KB057991

울프 일기

## 일러두기

1. 국내에 출간된 책은 출간명을 따랐으며 미출간 저작인 경우 원서명을 그대로 살렸다.

2. 독자의 이해를 돕기 위해 '참조'를 추가하였으며 역자의 뜻에 따라 원문을 실었다.

3. 외래어 표기는 일차적으로 국립국어원 표기법을 따랐으나 현재 더 널리 통용되는 표기는 예외로 했다.

4. 본문에 포함된 주석 대부분은 울프가 자신의 일기에 직접 첨언한 것이며 이는 소괄호 안의 (울프 주)로 표기했다.

5. 울프는 일기에 이니셜 및 애칭으로 주변인, 잡지 제호, 출판사명 등을 기록하였는데 이를 원문을 살려 번역하였고 독자의 이해를 돕기 위해 대괄호[ ]로 표기했다.

A Writer's Diary

# 울프 일기

## 버지니아 울프

박희진 옮김

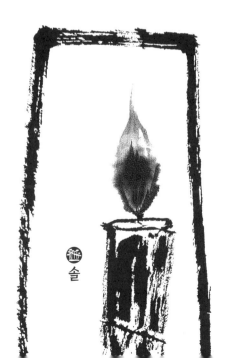

솔

# 울프 전집을 발간하며

왜 지금 울프인가? 1941년 3월 28일 양쪽 호주머니에 돌을 채워넣고 우즈 강에 투신 자살한 작가 버지니아 울프의 전집을 이역만리 한국에서 왜 지금 내놓는가?

20세기 초라면 울프에 대한 모더니스트로서의 위상 정립 작업이 필요했을 수도 있다. 또한 1980년대라면 1970년대 이후 서구에서 활발하게 진행된 페미니즘 논의와 연관시켜 페미니스트로서의 위치 설정 작업이 필요하다고 할 수도 있다. 울프는 누가 뭐래도 페미니스트이다. 울프의 페미니즘은 비록 예술이라는 포장지에 곱게 싸여 있기는 하지만 나름대로 격렬한 것이다. 그럼에도 불구하고 페미니즘은 절대로 울프 문학의 진수도 아니며, 전부는 더더욱 아니다.

그녀의 문학은 한마디로 말해서 인간주의 문학이다. 사랑을 설파한 문학, 이타주의利他主義를 가장 소중히 여긴 고전 중의 고전이 그녀의 문학이다. 모더니즘, 페미니즘, 사회주의와 같은 것들은 그녀가 목적지를 향해 나아가는 도중에 잠깐씩 들른 간이역에 불과하다. 궁극적인 목적지는 인본주의라는 정거장이었다. 그동안 그녀는 모더니즘의 기수라는 훤칠한 한 그루의 나무로, 또는 페미니즘의 대모代母라는 또 한 그루의 잘생긴 나무로 우리의 관심을 지나치게 차지하여 우리가 크고도 울창한 숲과 같은 이 작가의 문학 세계를 제대로 보지 못하는 경향이 없지 않았다. 이제는 바야흐로 이 깊은 숲을 조망할 때가 온 것으로 믿는다. 지금 우리가 울프를 다시 읽어야 하는 이유가 여기에 있다.

이 전집이 울프를 바로 이해하는 데 도움이 되고, 나아가 읽는 이의 정서를 순화하는 데 작은 도움이 되었으면 한다.

울프 전집 간행위원회

# 차례

# 1918년(36세)

### 8월 4일, 월요일

공책을 하나 사서 먼저 크리스티나 로세티[1]에 대한 인상을, 다음으로 바이런[2]에 대한 인상을 쓰기 전에 우선 여기 몇 자 적어두는 것이 좋겠다. 첫 번째 이유는 르콩트 드 릴[3]의 책을 많이 사서 지금 돈이 얼마 남아 있지 않기 때문이다. 크리스티나는 타고난 시인이라는 큰 자질을 가지고 있는데, 자신도 그것을 잘 알고 있는 것 같다. 그러나 만약 내가 신에 대해 소송을 벌인다면 크리스티나야말로 내가 맨 먼저 불러낼 증인이 될 것이다. 크리스티나의 글은 우울하다. 우선 크리스티나는 스스로를 사랑에 굶주리게 하고 있는데, 이것은 삶에 대해서도 굶주린다는 것을 의미한다. 다음으로 시에 대해서도 크리스티나는 종교가 자기에게 요구한다고 생각하는 것 때문에 스스로를 굶주리게 했다. 크리스티나

---

1 　Christina Rossetti, 1830~1894, 영국의 시인. 단테 가브리엘 로세티의 누이동생.
2 　Byron, 1788~1824, 영국의 시인. 셸리, 키츠와 함께 대표적인 낭만주의 시인.
3 　Leconte de Lisle, 1818~1894, 프랑스 시인이며 고답파의 리더. 울프는 그의 그리스어 고전 번역을 높이 평가하고 있었다.

에게는 두 사람의 좋은 구혼자가 있었다. 첫 번째 인물은 나름대로 특이한 데가 있었다. 그는 양심이 있는 사람이었다. 크리스티나는 특정한 색깔의 크리스천하고만 결혼할 수 있다고 생각하고 있었다. 그런데 그는 그런 색깔을 한 번에 몇 달밖에 유지할 수가 없는 사람이었다. 결국 첫 번째 구혼자는 로마 가톨릭 신자가 되어 사라지고 말았다. 더욱 안 좋았던 것은 두 번째 콜린스[4]의 경우다. 콜린스는 매우 유쾌한 학자였고, 비세속적인 은둔자였으며, 크리스티나를 한결같이 숭배했으나 콜린스를 교회의 우리 안에 몰아넣을 수는 없었다. 이런 이유 때문에 크리스티나는 콜린스가 사는 곳을 애정 어린 마음만으로 방문할 수밖에 없었고, 이것은 크리스티나가 죽을 때까지 계속되었다. 크리스티나의 시 또한 거세되고 말았다. 크리스티나는 성경의 「시편」을 시의 모양으로 바꾼다든지, 자신의 모든 시를 기독교 교리에 맞게 쓰려고 하였다. 그 결과 스스로의 뛰어난 독창력을 엄격한 금욕으로 굶겨 볼품없게 말려버렸다고 나는 생각한다. 만약 자유만 주어졌더라면 크리스티나는 브라우닝 부인[5]보다 훨씬 더 좋은 시를 쓸 수 있었을 것이다. 크리스티나는 아주 쉽게 글을 썼다. 참된 재능이 있는 사람들이 대개 그렇지만, 자연스럽게 솟아나는 생각을 어린애처럼 쓰는 것 같았다. 물론 그 재능은 아직 충분히 성숙되지 않은 상태이기는 했지만 크리스티나는 자연스럽게 노래하는 능력을 타고난 사람이었다. 크리스티나는 사색도 했고, 상상력도 지니고 있었다. 세속적으로 추측컨대 크리스티나는 점잖지 못한 것이나,

---

4   Collins, 1825?~1881, 라파엘 전파의 화가. 로세티와 한때 약혼했으나 뒤에 파혼한다. 울프는 콜린스를 이후의 또 다른 파혼자 바곳 케일리(Bagot Cayley, 1823~1883)와 혼동하고 있다.

5   Elizabeth Barrett Browning, 1806~1861, 영국의 시인. 영국 빅토리아 시대의 대표 시인인 로버트 브라우닝의 아내다.

기지가 뛰어난 것이나 모두 쓸 수 있었을 것이다. 이 모든 희생에 대한 대가로 크리스티나는 구원을 받을 수 있는지에 대한 확신도 가지지 못한 채 공포 속에서 죽었다. 그러나 이렇게 말하는 나도 크리스티나의 시를 다시 한 번 더 읽어본 것에 불과하며, 그것도 이미 알고 있는 시에만 눈길이 갔다는 것을 고백하지 않을 수 없다.

## 8월 7일, 수요일

아샴[6]에서 쓴 일기에는 자질구레한 것들, 꽃이랑 구름, 딱정벌레나 계란 값 등에 대한 꼼꼼한 관찰로 가득 차 있다. 혼자 있으니 달리 기록할 사건도 없다. 큰 사건이래야 고작 애벌레 한 마리를 으깨 죽였다는 따위거나, 우리들이 흥분한 사건이란 어젯밤 루이스[7]에서 가정부들이 돌아왔다는 것 정도도. 가정부들은 레너드에게는 전쟁 관계의 책들, 그리고 나에게는 『영국 평론』을 가져다주었는데, 거기에는 국제연맹에 대한 브레일스퍼드의 글이랑 『환희』에 대한 캐서린 맨스필드[8]의 글이 들어 있었다.[9] 나는 『환희』를 읽고 "캐서린도 이젠 끝났군!" 하고 소리치며 내동댕이쳤다. 이런 이야기를 읽고 난 뒤에 캐서린에 대해 여자로서, 또 작가로서 얼마만큼 신뢰를 가질 수 있을지 모르겠다. 캐서린의 지력은 아주 얇은 두께의 흙으로서, 완전 불모의 바위를 겨우 1, 2인치

---

6 울프 부부가 1912년부터 1919년 사이에 사용한 별장이 있었다.

7 아샴과 나중에 살게 되는 로드멜에서 가까운 마을. 한때 울프의 언니 바네사가 살았다.

8 Katherine Mansfield, 1888~1923, 뉴질랜드 태생의 영국 작가.

9 『영국 평론』의 8월호에는 브레일스퍼드의 「국제주의의 탄생」이라는 현상 논문과 맨스필드의 『환희』가 실려 있었다.

의 두께로 덮어 싼 것에 불과하다고 말할 수밖에 없다.『환희』는 비교적 긴 작품이므로 좀 더 깊이 파고들어 갈 기회가 있었을 터이다. 대신 캐서린은 피상적인 재치를 보이는 것에 만족하고 있다. 구상 전체가 빈약하고 경박하며, 설사 불완전하더라도 값있는 정신의 비전이라고 할 만한 것이 전혀 없다. 문장도 서툴다. 그 결과 인간으로서 캐서린이 둔감하고 냉혹하다는 인상을 받는다. 다시 읽기는 하겠다. 그러나 내 의견은 달라지지 않을 것이다. 그녀는 이런 식으로 계속 글을 써서 스스로와 머리[10]를 만족시킬 것이다. 그들이 오지 않은 것이 다행이다. 글 한 편으로 캐서린의 사람됨에 대해 이처럼 많은 것을 읽어낸다는 것이 어리석은 짓일까?

어찌 되었든 읽던 바이런을 계속해 읽게 되어 매우 기쁘다. 적어도 바이런에게는 남자로서의 매력이 있다. 사실 바이런이 여자들에게 미쳤을 영향을 상상하기가 너무 쉽다는 것을 알게 되고는 더 재미가 생겼다. 특히 어리석거나 배우지 못한 여자들은 바이런에게 머리를 들 수가 없었을 것이다. 또 많은 여자들이 바이런을 고쳐 보고 싶었을 것이다. 나는 어릴 때부터 (거틀러가 자기가 무슨 대단한 사람임을 증명하기나 하려는 듯, 늘 이 말을 했지만) 누군가의 전기를 철저히 읽고 거기에 내가 그 사람에 대해서 구할 수 있는 모든 정보를 이어 붙여 그 사람의 사람됨을 상상하는 버릇이 있었다. 한참 정신이 팔려 있을 때는 쿠퍼나 바이런이나 다른 누구의 이름이든 간에 전혀 뜻하지도 않던 책의 페이지에서 튀어나오는 것이다. 그런가 하면 그 사람은 갑자기 멀어져 죽은 사람 중의 하나가 되기도 한다. B의 시가 말할 수 없이 서툴다는 사실에 나는 큰 충격을 받는다. 특히 무어[11]가 거의 황홀경

---

10　John Middleton Murry, 1889~1957, 영국의 평론가이며, 맨스필드의 남편.
11　G. E. Moore, 1873~1958, 영국의 철학가.

에 빠져 인용하는 부분이 그렇다. 왜 그들은 B[바이런]의 『앨범』류의 시를 시의 정수라고 생각하는 것일까? 그런 시는 L. E. L.[12]이나 엘라 휠러 콕스[13]보다 나을 것도 없다. 사람들은 B가 할 수 있고, 또 스스로도 재능이 있다고 생각한 풍자를 하지 않도록 설득시키고 말았다. B는 풍자(호라티우스의 패러디)가 든 가방과 「차일드 헤럴드의 순례」를 가지고 동양에서 돌아왔다. 사람들은 B에게 「차일드 헤럴드의 순례」야말로 지금까지 씌어진 것 중 최고의 시라는 확신을 갖게 만들었다. B는 젊었을 때는 자신의 시에 대해 확신을 가진 적이 없었다. B와 같은 독선적인 사람이 그런 생각을 했다는 것이야말로 그에게 시적 자질이 없었다는 증거다. 워즈워스나[14] 키츠[15] 같은 시인들은 다른 것을 믿듯이 스스로의 재능도 믿었다. B의 성품은 종종 루퍼트 브룩[16]을 연상시키는데, 이것은 브룩에게는 미안한 일이다. 어쨌든 바이런은 대단한 힘을 가진 사람이다. 편지들이 그것을 증명해준다. 바이런은 또한 여러 면에서 뛰어난 성품을 지니고 있다. 다만 아무도 바이런이 잘난 척하는 것을 조롱해서 못하게 한 적이 없으므로, 좀 지나치게 호러스 콜[17]처럼 되고 말았다. 바이런을 조롱할 수 있는 것은 여자뿐이었는데, 여자들은 오히려 그를 숭배하고 말았다. 바이런의 부인에 대한 얘기는 아직 하지 않았지만, 그 부인은 비웃는 대신 못마땅한 표정만 지었을 것이다. 그래서 바이런은 '바이런적'이 되고 말았다.

---

12　Letitia Elizabeth Landon, 1802~1838, 영국의 시인이자 소설가.

13　Ella Wheeler Wilcox, 1850~1919, 미국의 시인이자 작가.

14　Wordsworth, 1770~1850, 영국의 대표적 낭만파 시인.

15　1795~1821, 영국의 낭만파 시인.

16　Rupert Brooke, 1887~1915, 영국의 시인. 그의 전쟁시가 유명하다.

17　Horace Cole, 1881~1936, 많은 장난 사기극으로 유명한 인물.

# 8월 8일, 금요일[18]

인간사에 대한 관심이 없다는 것은 우리를 평화롭고 만족스럽게 만든다. 그런 틈에 바이런이나 읽자. 이미 말한 것처럼 1세기나 지난 지금 내가 바이런을 사랑할 준비가 되어 있는 이상 『돈 후안』[19]에 관한 내 판단은 편파적일 수 있다. 이만한 길이로 이만큼 읽기 쉽게 쓴 시는 달리 또 없을 것이다. 이 시의 필치가 튀는 용수철처럼 마음 내키는 대로 전속력으로 뛰쳐나가는 특성을 지녔다는 데도 그 원인이 있을 것이다. 이와 같은 글쓰기는 그 자체로 하나의 발견이다. 좀처럼 찾기 어려운 것이다. 이런 글쓰기는 탄력성을 가진 하나의 형체로서, 그 안에 무엇을 넣어도 그대로 간직할 수 있다. 그리하여 바이런은 기분 내키는 대로 쓸 수 있었고, 또 머릿속에 떠오르는 생각을 말할 수가 있었다. 바이런은 굳이 "시적일" 필요가 없었다. 그리하여 바이런은 거짓 낭만과 상상의 사악한 천재성에서 헤어날 수가 있었다. 바이런이 진지할 때는 성실하며, 자기가 좋아하는 모든 문제에 덤벼들 수 있다. 그는 스스로에게 단 한 번의 채찍질을 하지 않고도 장시를 16편이나 쓸 수 있다. 분명히 바이런은 우리 아버님 레슬리 경이 철저하게 남성적 기질이라고 불렀을 특성, 유능하며 기지에 뛰어난 특성을 지니고 있다. 나는 여러 환상을 늘 경건하게 존중하는 적법한 책보다는 이런 위법적인 책이 훨씬 더 재미있다고 생각한다. 그렇더라도 이런 책은 누구나 흉내낼 수 있는 것은 아니다. 자유롭고 쉬워 보이는 모든 것이 그렇듯, 오로지 숙련되고 원숙한 사람만이 그 일을 만족스럽게 해낼 수 있다. 그러나 바이런에게는 아이

---

18  '8월 9일 금요일'의 잘못인 듯.
19  바이런의 풍자시.

디어가 넘쳐난다. 이것이 바이런의 시에 강인한 느낌을 주며, 그 느낌 때문에 나는 바이런의 시를 읽는 동안 주위 경치나 방 안을 여기저기 기웃거리게 된다. 오늘 밤엔 바이런의 시를 끝낸다는 즐거움이 있다. 그러나 바이런의 시를 절마다 즐겁게 읽었다는 사실을 생각할 때, 읽기를 마친다는 것이 왜 즐거운지 알 수 없다. 책이란 좋은 책이든 나쁜 책이든 늘 그렇다. 메이너드 케인스[20]도 같은 말을 하고 있었다. 케인스는 한참 책을 읽고 있는 도중에 앞으로 읽어야 할 부분이 얼마나 남아 있는지 알기 위해 항상 책 끝의 광고를 찢어 버리곤 했다.

## 8월 19일, 월요일

그동안 읽어오던 소포클레스[21]의 『엘렉트라』를 마쳤다. 따지고 보면 터무니없이 어려운 것도 아닌데 시간이 꽤 걸렸다. 늘 나에게 신선한 인상을 주는 것은 이야기의 웅장함이다. 이런 웅장한 이야기로 좋은 희곡을 쓰지 않는다는 것은 불가능해 보인다. 아마도 그 웅장함은 전통적으로 이미 완성된 줄거리, 수많은 배우나 작가, 비평가들의 손에 의해 닦이고 개량되고 군더더기가 떨어져 나가, 마치 바다 속에서 반들반들하게 된 유리 조각 같은 이야기 줄거리 때문일지 모른다. 또한 청중 모두가 일어날 일을 미리 알고 있다면, 훨씬 섬세하고 미묘한 표현이라도 효과를 나타낼 것이고, 또 말을 많이 줄일 수 있을 것이다. 어쨌든 늘 내가 느끼는 바이지만 그리스 비극은 아무리 조심해서 읽어도 충분치

---

20  1883~1946, 저명한 영국의 경제학자. 블룸즈버리 그룹의 일원으로 울프와 가까운 친구였다.

21  Sophocles, B.C. 496~406, 고대 그리스의 3대 비극 작가 중 한 사람.

않다. 모든 행동과 힌트를 제아무리 무겁게 여겨도 부족하다는 생각이다. 황량한 모습도 표면적인 것에 불과하다. 그러나 텍스트 안에서 잘못된 감정을 읽어낼 수 있다. 제브[22]가 많은 것을 알아내는 데 나는 늘 굴욕감을 느낀다. 혹시 제브가 너무 많은 것을 읽어내지는 않았는가 하는 것이 나의 유일한 의구심이다. 마음만 먹으면 서툰 현대 영국 연극에 대해서도 그럴 수가 있다. 끝으로 그리스어 특유의 매력은 여전히 강하고, 여전히 설명하기가 어렵다. 원문과 번역 사이의 차이가 말할 수 없이 크다는 사실은 처음 몇 자만 읽어보면 안다. 영웅적 여성은 그리스에서나 영국에서나 마찬가지다. 말하자면 에밀리 브론테[23]와 같은 유형이다. 클리템네스트라와 엘렉트라는 분명히 모녀간이니 얼마간 공감하고 있을 것이다. 그러나 이것이 잘못되면 아주 격렬한 증오를 낳을 수도 있다. 엘렉트라는 무엇보다 가족을 우선시하고 아버지를 제일로 여기는 유형이다. 엘렉트라는 아들보다 전통을 더 중히 여기며, 자신이 어머니가 아니라 아버지에게서 태어났다고 생각한다. 당시의 관습은 완전히 거짓이고 우스꽝스러운 것인데도 우리 영국의 관습처럼 하찮고 시시하게 보이지 않는다는 것은 신기한 노릇이다. 엘렉트라는 중세 빅토리아 시대 여인들보다 훨씬 더 구속을 받는 환경에서 살았지만, 그것 때문에 엘렉트라가 거칠고 당당해졌다는 것 말고는 달리 영향을 미치지 못했다. 엘렉트라는 혼자 산책도 나가지 못했다. 요즘 같았으면 하녀와 이륜마차를 대령시켰을 일이지만.

---

22  Sir Richard Claverhouse Jebb, 1841~1905, 그리스 학자. 소포클레스를 편집하여, 자세한 주와 더불어 영어로 번역했다. 그 가운데 『엘렉트라』도 들어 있다.
23  Emily Brontë, 1818~1848, 영국의 작가, 『폭풍의 언덕』의 작가.

# 9월 10일, 화요일

　서섹스에서 밀턴[24]을 읽고 있는 것은 나 하나만이 아니겠지만, 『실낙원』을 읽고 있는 동안에 이 시에 대한 감상을 적어둘 필요를 느낀다. 감상이란 마음속에 남아 있는 것을 비교적 잘 나타내는 법이다. 나는 많은 수수께끼를 읽지 않고 그냥 지나쳤다. 시 전체의 느낌을 맛보기 위해 너무 쉽게 슬슬 읽어버렸다. 그러나 이 '전체 느낌'이라는 것은 최고의 학문이 우리에게 주는 보답이라는 사실을 알게 되었고, 또 그것에 어느 정도 동의한다. 이 시를 다른 어떤 시와 비교해보아도 거기에는 극단적인 차이가 있다는 사실에 깊은 감명을 받는다. 그것은 감정의 숭고한 초연함과 비인격성 때문일 것이다. 나는 소파에 누워 쿠퍼[25]를 읽은 적은 없지만, 「소파」는 『실낙원』의 품위 없는 대체물이라고 생각한다. 밀턴 시의 내용은 온통 천사들의 생김새, 싸움과 비상, 그리고 주거에 대한 놀랍고 아름답고 당당한 묘사로 가득 차 있다. 밀턴은 오싹해지는 것과 광대한 것, 비열한 것과 숭고한 것들은 다루지만 우리들 마음의 열정 따위를 다룬 적은 없다. 위대한 시 가운데 인간의 기쁨과 슬픔에 대해 이처럼 소홀했던 시가 또 있었던가? 밀턴의 시는 인생을 판단하는 데 아무런 도움이 되지 않는다. 나는 밀턴이 살아 있었다든가, 남자들이나 여자들을 알고 있었다는 느낌을 전혀 받지 못했다. 결혼이나 여자의 의무 따위에 대해 까다롭게 구는 인물들만이 그런 느낌을 준다. 밀턴은 남권주의자의 제1인자였지만 여성에 대한 비방은 자신의 불운에서 나온 것이며, 집안싸움을 하다 악의에 차서 뱉어버린 막말처럼 들린다. 하

---

24　John Milton, 1608~1674, 영국의 시인.
25　William Cowper, 1731~1800, 영국의 시인. 쿠퍼의 시 가운데 「소파」라는 작품이 있다.

지만 밀턴의 시의 매끄러움과 강인함과 정교함이란! 대단한 시다. 밀턴의 시를 읽고 나면 셰익스피어조차 약간 어수선하고 사사로우며, 격렬하고 불완전해 보일 것이다. 이 시야말로 시의 정수이며, 다른 시들은 거의 모두 여기에 물을 탄 것에 불과하다. 문체는 이루 말할 수 없이 섬세해, 색깔 하나하나의 차이를 느낄 수 있게 한다. 그리하여 진행 중인 사건이 종료된 뒤에도 한참 동안이나 문체만 들여다보게 된다. 아주 깊은 곳에서 우리는 새로운 조합과 삭제, 명구나 숙련된 표현을 발견하게 된다. 더욱이 맥베스 부인의 공포나 햄릿의 외침, 연민이나 동정, 직관 따위는 전혀 없음에도, 형상화된 인물들은 위엄에 차 있다. 그 안에는 우리가 우주 안에서의 우리들의 위치, 신에 대한 의무, 종교에 관해 품고 있는 많은 생각들이 요약돼 있다.

# 1919년(37세)

## 1월 20일, 월요일

   공책을 산 다음에 여기에 써놓은 것을 베낄 것이므로 새해에 걸맞은 미사여구는 생략하겠다. 이번에 내게 부족한 것은 돈이 아니라, 두 주일 동안이나 침대에 누워 있던 끝이어서 플리트 가까지 몸을 끌고 나갈 기운이다. 내 오른손 근육의 감각도 일하는 아줌마 손처럼 마비된 느낌이 든다. 이상한 노릇이지만 문장을 다루는 것도 마찬가지로 뻣뻣한 느낌이다. 이치로는 한 달 전보다 더 정신적으로 무장이 되어 있어야 할 터인데 말이다. 2주간 침대에 누워 있었던 것은 이를 하나 뺐기 때문이며, 또 너무 지쳐서 머리가 아팠기 때문이다 — 마치 사라졌다 나타났다 하는 1월 안개와 같은, 오랜 동안의 우울한 생활. 앞으로 몇 주 동안은 하루에 한 시간을 글 쓰는 시간으로 정한다. 오늘 아침은 그 시간을 비축해 두었기 때문에 그 일부를 여기서 쓸 수가 있다. 레너드는 외출 중이며, 1월분 일기가 상당히 밀려 있기 때문이다. 그러나 이 일기를 쓰는 것은 글을 쓴다는 부류에 들지 않는다는 것을 알게 된다. 지난 한 해 동안 쓴 일기를 다시 읽어보고는 기분 내키는 대로 앞질러 달려 나가는 그 속도에 놀라지 않을 수 없었기 때문이다. 때로는 길가의 돌부리에 견딜 수 없게 차이면서 달려나가는 것이다. 그러나 가장 빠른 타자기보다 더 빨리 쓰지 않았다면, 또 쓰던 손을 멈추고 생각에 잠기든지 했다면 이 글은 결코 쓰지 못했을 것이다. 이와 같은 방법의 장점은 만약에 내가 머뭇거렸다면 빼버렸을 사소한 것들을 우연하게도 건져 올렸다는 데에 있다. 그와 같은 것들은 쓰레기 속의 다이아몬드인 것이다. 만약 버지니아 울프가 나이 50이 되었을 때, 이 일기를 근거로 회고록을 쓰려고 해도 문장 하나 제대로 쓸 수 없다고 해도, 나는 그저 쉰 살의 버지니아 울프를 위로하고 벽난로의 존재를 일깨워주는 수밖에 없다. 일기장을 태워서 쪽지들이 새까만 필름처럼 타면서 그 안에 빨간 눈이 생기도록 태워도 좋다는 허가를 내주게 될 것이다. 그러나 쉰 살의 버지니아 울프를 위해 내가 준비하고 있는 이 일을 생각하면 그녀가 부러워진다. 이보다 내가 더 좋아할 일은 없다. 그 생각을 하니 다음 토요일에 맞이하게 될 내 서른일곱 번째 생일도 그리 무섭지 않아진다. 그것은 부분적으로는 이 나이 든 부인(이 나이가 되면 어떤 핑계도 통하지 않는다. 50은 많은 나이다. 자신은 아니라고 항의할 테고, 나도 많은 나이가 아니라는 점에 동의하겠지만) 때문이고, 또 다른 까닭은 지금처럼 갇혀 있는 몇 주 동안, 저녁에 친구들에 관한 이야기를 쓰는 일의 기초를 금년 중에 확실하게 다져놓을 것이기 때문이다. 그들 친구들의 지금의 상태, 그들의 성품에 관한 이야기들을 쓰고, 그들이 해놓은 일에 대한 평가를 내리고, 그들이 앞으로 할 일에 대한 예측을 해보리라. 이 쉰 살의 부인은 내가 진실에 얼마나 가까운가를 볼 수 있게 될 것이다. 그러나 오늘은 충분히 많이 썼다(15분

밖에 걸리지 않았지만).

## 3월 5일, 수요일

아샴에서 나흘, 찰스턴[1]에서 하루를 묵고 방금 돌아왔다. 레너드가 돌아오기를 기다리고 있는 지금, 내 머리는 아직도 기찻길을 달리고 있어 책은 볼 수 없다. 그런데 읽어야 할 것이 이렇게 많을 줄이야! 제임스 조이스[2], 윈덤 루이스[3], 그리고 에즈라 파운드[4]의 전 작품을 읽고, 디킨스[5]와 개스켈 부인[6]의 전 작품과 비교해야 한다. 그 밖에 조지 엘리엇[7]과 마지막으로 하디[8]도 읽어야 한다. 그런데 지금 막 애니 아주머니[9]의 작품을 푸짐하게 읽었다. 그렇다, 지난번 일기를 쓰고 난 다음에 아주머니가 돌아가셨다. 정확히 말해 1주일 전에 프레시워터에서 돌아가시고, 어제 햄스테드에 묻히셨다. 그곳은 6, 7년 전에 리치먼드가 노란 안개 속에 묻히는 것을 보았던 곳이다. 아주머니에 대한 내 감정은 애매하다. 바꿔 말해 반은 다른 감정들을 반영하고 있는 것 같다. 아

1  클라이브와 바네사가 살던 집. 로드멜의 멍크스 하우스에서 8마일 떨어진 곳에 있다.
2  James Joyce, 1882~1941, 아일랜드의 소설가. 20세기의 가장 영향력 있는 작가 중 하나. 울프와 같은 해에 태어나 같은 해에 사망. 『율리시스』의 작가.
3  Wyndham Lewis, 1882~1957, 영국의 화가이자 작가.
4  Ezra Pound, 1885~1972, 미국의 시인이자 평론가.
5  Charles Dickens, 1812~1870, 영국의 소설가.
6  Mrs. Gaskell, 1810~1865, 영국의 소설가. 사회주의적 경향의 심리 소설을 썼다.
7  본명은 Mary Ann Evans, 1819~1880, 영국의 소설가. 『아담 비드』 『사일러스 마너』 등의 소설이 유명하다.
8  Thomas Hardy, 1840~1928, 영국의 소설가이자 시인. 『테스』 『무명의 주드』의 작가.
9  작가 새커리의 두 딸 중 언니인 레이디 리치. 울프의 『밤과 낮』에 등장하는 힐베리 부인 Mrs. Hilbery의 모델. 한편 레이디 리치의 동생이 울프의 아버지 레슬리 스티븐Leslie Stephen의 첫 번째 부인이다.

버지는 아주머니를 좋아하셨다. 아주머니는 저 오래된 19세기의 하이드 파크 게이트[10]의 세계를 하직하는 거의 마지막 인물이다. 대개의 노부인들과는 달리 애니 아주머니는 사람들 만나는 것을 불안해하지 않았다. 하지만 우리를 보시고는 좀 불편해하지 않으셨나 하는 생각이 가끔 든다. 마치 우리가 이미 먼 곳으로 가버리고, 곱씹어 생각하고 싶지 않은 불행을 생각나게 한 것처럼. 또 아주머니는 다른 아주머니들과는 달리, 세상 돌아가는 일에 대해 우리들 의견이 서로 날카롭게 대립할 수 있다는 사실을 아실 만큼 현명하셨다. 아마 그 때문이겠지만 아주머니는 평상시 자기를 둘러싸고 있는 사람들과는 달리, 자기가 나이를 먹고 있다는 것, 세상에 뒤처지고 있다는 것, 그리고 소멸하고 말 것이라는 것을 의식하고 계셨다. 그러나 나로 말하자면, 아주머니를 진심으로 존경하고 있었기 때문에 이런 따위의 걱정은 전혀 할 필요가 없었을 것이다. 그러나 세대 차이란 어쩔 수가 없다. 2, 3년 전 레너드와 내가 찾아갔을 때, 몸이 아주 왜소해진 아주머니는 목둘레에 깃털 목도리를 하고 응접실에 혼자 앉아계셨는데, 그 방은 크기는 좀 작지만 옛날 응접실과 꼭 같은 모양이었다. 18세기의 아늑한 분위기와, 오래된 초상화나 오래된 도자기들이 그러했다. 아주머니는 우리를 위해 차를 준비해놓고 계셨다. 아주머니의 태도는 약간 서먹했고, 적지 않게 우울해 보였다. 내가 아버지에 대해 물어보자 아주머니는, 그 젊은이들이 "크고 우울한 소리"로 웃었다던가, 그들 세대는 매우 행복했지만 이기적이었다는 말씀을 하셨다. 그리고 우리 세대는 당신이 보기에 멋지지만, 매우 무서운 세대이기도 하다는 말씀을 하셨다. 그러면서도 요즘엔 아주머니 시대에 있었던 유형의 작가가 없다는 말씀도 하셨다. "몇몇 작가

10 울프가 어릴 때 살던 곳.

에게 그런 기질이 약간 보이기는 하지. 예를 들면 버나드 쇼[11]가 그렇지만 그것도 약간일 뿐이야. 즐거웠던 것은 옛날 작가들을 위대한 사람으로서가 아니라 보통 사람으로 알고 지냈다는 사실"이라고 말씀하셨다. 그리고 칼라일[12]과 아버지에 대한 말씀을 하셨는데, 칼라일은 매스컴에 글을 쓰니 차라리 흙탕물에 얼굴을 씻는 편이 낫겠다고 했다는 것이다. 아주머니는 난로 옆에 서서 주머니였든가, 아니면 상자였든가에 손을 넣으시고는 소설을 4분의 3쯤 쓰셨는데, 마치지는 못하셨다고 하시던 생각이 난다. 나는 그것이 끝났다고 생각하지 않는다. 그렇지만 내일 날짜 『타임스』에는 아주머니에 대해 내가 알고 있는 모든 것을 약간은 장밋빛으로 장식해서 말해두었다. 헤스터에게 편지를 썼으나, 내 감정의 성실성에 대한 의구심이 가시지 않는다!

## 3월 19일, 수요일

사건들이 너무나 빨리 잇달아 일어나고, 그 사건들에 대한 내 생각도 사건 못지않게 산더미로 쌓여, 여기 적어넣기로 작정했던 것들을 적어놓을 시간이 없다. 내가 쓰려는 것은 바넷 부부[13]와, 남의 영혼에 손가락을 집어넣고 의기양양해하는 메스꺼운 사람들에 관한 것이다. 바넷 부부는 적어도 팔꿈치까지 담그고 있다. 어떤 자선 사업가 못지않게 악랄한 방법을 쓰고 있으므로 좋은

---

11  Bernard Shaw, 1856~1950, 아일랜드 출신의 영국 극작가이자 비평가. 노벨 문학상 수상. 『인간과 초인』의 작가.

12  Carlyle, 1795~1881, 영국의 비평가이자 역사가.

13  새무얼 바넷(Rev. Canon Samuel Augustus Barnett, 1844~1913)과 그의 아내 헨리에타(Henrietta Barnett, 1851~1936)는 사회 사업가로 특히 빈민 교육에 관심이 많았다.

예가 될 것이다. 무엇 하나 망설이거나 반성하는 법이 없는 사람들이고 보니 쉽사리 자신들의 정체를 드러낸다. 따라서 내 비판 능력까지 무뎌지게 된다. 내가 그들을 싫어하는 것은 나의 지적 속물근성 때문일까? 헨리에타 바넷이 "그리고 나는 '위대한 문'에 가까이 왔습니다"라거나 "신은 곧 선이고, 악마는 곧 악이다"라고 할 때 분노를 느끼는 것이 나의 속물근성 때문일까? 이 같은 비천함이 동포들을 위해 애쓰는 일과 무슨 필연적인 관계라도 있다는 말인가? 그리고 그들의 잘난 체하는 자기만족의 강인함이란! 그들이 하고 있는 일의 정당성에 대해 단 한 번도 의문을 가져 보는 일이 없다. 항상 비정하게 앞으로만 전진해 나가니까 당연히 그들이 하는 일은 엄청난 규모에 이르고, 놀랄 만한 번영에 이르게 된다. 게다가 유머나 통찰력이 있는 어느 누가 자신의 천재성을 칭송하는 시를 인용할 수 있단 말인가? 어쩌면 이 모든 것은 배우지 못한 사람들의 지나친 아첨과, 가난한 사람들을 힘들이지 않고 지배할 수 있다는 사실에 그 뿌리를 두고 있는지 모른다. 한 인간이 다른 인간을 지배한다거나, 지도한다거나, 자기 의지를 강요하는 따위의 행동에 내 반감은 더욱더 커진다. 끝으로 내 문학적 취향은 이야기를 밋밋하게 끌고 가다가, 만개한 작약꽃처럼 끝내는 그 솜씨를 견딜 수 없다. 그러나 이상은 이 두꺼운 두 권의 책[14]에 대한 나의 대충의 의견에 불과하다.

---

14  바넷 부인이 쓴 두 권으로 된 『*Rev. Canon Samuel A. Barnett: His Life, Work and Friends*』

# 3월 27일, 목요일

……레너드는 이틀 동안 아침저녁을 『밤과 낮*Night and Day*』을 읽느라 보냈다. 마침내 그가 오늘 아침 내린 판결에 나는 무척 기뻤다. 그걸 어느 정도 믿어야 할지는 모르겠다. 내게는 『밤과 낮』이 『출항*The Voyage Out*』보다 훨씬 더 성숙하고 완성된 만족스러운 책이라고 생각된다. 그럴 만한 이유가 있다. 나는 하찮은 감정을 천착하느라 시간을 낭비했다는 비난에 스스로를 노출시켰다고 생각한다. 분명히 재판도 못 찍을 것이다. 그렇지만 현대 영국 소설의 실태로 보아, 나의 독창성과 성실성이 현대 작가 대부분과 비교해 조금도 뒤질 데가 없다고 생각하지 않을 수 없다. 레너드는 이 책에 담긴 철학이 매우 우울하다고 말한다. 이것은 어제 레너드가 했던 말에 잘 들어맞는다. 그러나 인간 전체를 바라보고, 또 자기가 생각하는 것에 대해 쓸 때, 어떻게 우울해지지 않을 수 있는가? 그러나 나는 희망을 잃는 것에는 찬성하지 않는다. 그러고 보니 참 묘한 말이 되었다. 그리고 상식적인 해답이 도움이 되지 않는다면 새로운 해답을 찾아야 한다. 그리고 아직 대신할 만한 새로운 해답이 없는 채 낡은 해답을 버리는 과정은 슬픈 것이다. 그렇기는 하지만 생각해보면, 예를 들어 아널드 바넷[15]이나 새커리[16]나 어떤 해답을 내놓았단 말인가? 조금이라도 자기의 영혼을 존중하는 사람이 받아들일 수 있는 적절한 해답, 만족스러운 해결과 같은 해답 말이다. 이제 하기 싫은 마지막 타자 일을 끝냈다. 그리고 이 일기 끼적거리는 일을 마치고 나면, 편지를 써

15  Arnold Bennett, 1867~1931, 영국의 소설가이자 극작가, 비평가.
16  William Thackeray, 1811~1863, 영국의 소설가. 『허영의 시장』의 작가.

서 제럴드[17]에게 월요일 점심을 같이 먹자고 말해봐야지. 『밤과 낮』의 후반부만큼 즐겁게 글을 써본 일이 없는 것 같다. 사실 이 책의 어느 부분도 『출항』만큼 부담스럽지는 않았다. 그리고 편안한 마음으로 흥미를 가지고 쓰는 글이 성공을 약속해주는 것이라면, 적어도 누군가는 이 책을 즐겁게 읽어줄 것이라는 희망을 가져도 좋을 것 같다. 그러나 내가 감히 이 책을 다시 읽을 수 있을까? 자기가 쓴 것이 출판되어 나온 것을 얼굴을 붉히거나, 떨거나, 얼굴을 가리려 하지 않고 읽을 수 있는 날이 언제고 오기는 올까?

## 4월 2일, 수요일

어제 제럴드한테 『밤과 낮』을 가져가서 반은 가족적인, 반은 사무적인 인터뷰를 하고 왔다. 나는 클럽 회원[18]의 문학관을 좋아하지 않는다. 한 가지 이유는 나에게 자랑하고 싶은 맹렬한 욕망을 불러일으키기 때문이다. 네사[19]와 클라이브[20], 그리고 레너드의 칭찬을 하고 말았다. 그들이 얼마나 돈을 많이 벌었는가 등. 그러고 나서 우리는 보따리를 끌렀고, 제럴드는 책의 제목이 마음에 들었으나 모드 안슬리 양의 『밤과 낮들*Nights and Days*』이라는 제목의 책이 있으니까 머디스 출판사와의 관계가 복잡해질지 모르겠다고 말했다. 그러나 그는 이 책을 꼭 출판하고 싶다고 말했다. 아주 푸근한 회견이었다. 나는 제럴드의 머리칼이 하나같

---

17  Gerald Duckworth, 1870~1937, 출판업자이며 울프와는 아버지가 다른 오빠.
18  부유한 사람들의 배타적 일류 클럽에 출입하는 사람.
19  언니 바네사.
20  Clive Bell. 언니 바네사의 남편.

이 희어졌으며, 머리칼 사이사이에 간격이 생긴 것을 알 수 있었다. 듬성듬성 씨를 뿌린 밭이랄까. 고든 광장에서 차를 마셨다.

## 4월 12일, 토요일

『몰 플랜더스』[21]를 읽다가 10분을 쪼개서 이 글을 쓴다. 내 시간표대로였다면 이 책은 어제 끝마쳤어야 하는데, 읽다가 말고 런던에 가고 싶은 욕망에 지고 말았다. 그러나 나는 디포[22]의 눈을 통해 런던을 보았다. 특히 헝거퍼드 다리에서 바라다본 도시의 흰 교회와 궁전이 그러했다. 나는 그의 눈을 통해 성냥을 팔고 있는 나이 많은 여자들을 보았다. 그리고 세인트 제임스 광장의 보도를 치마를 끌며 걷고 있는 소녀들은 『록새너』[23]나 『몰 플랜더스』에서 빠져나온 것처럼 보였다. 2백 년이 지난 지금에도 나에게 이와 같은 압력을 가하는 디포는 위대한 작가임에 틀림없다. 위대한 작가라는 포스터[24]가 디포의 책을 전혀 읽지 않았다니! 내가 도서관에 가까이 가자 포스터가 나를 손짓해 불렀다. 우리는 다정하게 악수를 했다. 그러나 나는 포스터가 항상 민감하게 나에게서 몸을 사리고 있다는 것을 느낀다. 여자인, 그것도 머리가 좋은 여자이며, 신식 여자인 나를 피하고 있는 것이다. 새삼 그런 생각이 들자 나는 포스터에게 디포를 읽으라고 명령했다. 포스터 헤어져서 도서관에 가서 디포를 몇 권 더 빌렸다. 가는 길에 비커스 서점에서도 한 권 샀다.

21  다니엘 디포의 소설.
22  Daniel Defoe, 1659~1731, 영국의 작가. 『로빈슨 크루소』의 작가.
23  다니엘 디포의 소설.
24  Edward Morgan Forster, 1879~1970, 영국의 소설가.

# 4월 17일, 목요일

스트레이치 집안 사람들에 대해서 아무리 나쁜 말을 많이 해도 그들의 지성이 즐거움의 원천이라는 사실에는 변함이 없다. 더없이 반짝거리며, 명석하고 민첩한 지성이다. 내가 가장 경탄해 마지않는 특성들을 스트레이치 집안 이외의 사람들에게는 보류하고 있다는 말은 덧붙일 필요가 없을 것이다. 리튼[25]을 본 지가 하도 오래되어 리튼에 대한 인상을 리튼이 쓴 글에 지나치게 의존해서 판단하게 된다. 그리고 레이디 헤스터 스탠호프에 대한 리튼의 문장은 그가 쓸 수 있었던 글 가운데 최상의 글이 아니다. 『애서니엄』에 글을 쓴 사람들의 글에 대한 험담을 쓰자고 들면 이 페이지를 전부 메울 수도 있다. 어제는 캐서린[26]과 차를 같이 마셨다. 머리[27]는 흙빛 얼굴을 하고 옆에 말없이 앉아 있다가, 우리들이 자기가 하는 일과 관련된 말을 할 때만 생기가 돌았다. 머리는 자기가 쓴 작품에 대해 이미 부모와 같은 조심스러운 편견을 가지고 있었다. 나는 정직하려고 노력했다. 마치 정직이 내 철학의 일부인 양. 휘파람 소리를 내는 새들에 대해 그랜토트Grantorte[28]가 쓴 글이며, 리튼과 그밖의 사람들의 글이 마음에 들지 않는다는 말을 했다.[29] 남성적 분위기라는 것은 나를 당황하게 만든다. 그들은 사람을 믿지 않는 것일까? 무시하는 것일까? 그렇다면 그들은 왜 찾아온 사람 옆에서 떠나지 않고 끝까지 앉아 있는 것인가? 사실을 말하자면, 예를 들어 엘리엇이 나에게

---

25  Lytton Strachey, 1880~1932, 영국의 전기 작가.
26  Katherine Mansfield―레너드 주.
27  맨스필드의 남편.
28  Grantorto의 착오.
29  D. H. 로렌스는 「Whistling of Birds」라는 시를 『애서니엄』에 Grantorto라는 익명으로 발표됐다.

대해 무슨 말을 했는지 내가 알고 싶어 한다는 사실을 머리가 무시한 채 엘리엇의 정통적인 남성다움에 대해 이야기할 때도 나는 항복하지 않는다. 나는 남성들의 지성을 토막 내는 갑작스러운 절벽이 있다고 생각한다. 남자들은 바보 같은 생각에 우쭐댄다. 캐서린과 말하는 것이 훨씬 편하다. 캐서린은 예상한 대로 휘고, 예상한 대로 저항한다. 우리는 훨씬 적은 시간에 훨씬 많은 거리를 갈 수 있다. 그러나 나는 머리를 존경한다. 그에게 잘 보이고 싶다. 하이네만은 K. M.[캐서린 맨스필드]의 소설을 거부했다. 그리고 캐서린은 로저[30]가 파티에 자기를 초대하지 않은 것을 묘하게 언짢아했다. 캐서린이 냉정해 보이는 것은 표면적인 것에 불과하다.

## 4월 20일, 부활절. 일요일

긴 논문을 쓰고 나면 으레 나태해지는데, 이번 달 들어 쓴 두 번째의 긴 논문인 디포에 관한 글을 마친 뒤여서 이 일기를 꺼내 읽었다. 자기가 쓴 글을 읽을 때는 항상 일종의 죄스러운 열정으로 읽게 된다. 내 일기의 문체는 난폭하며 제멋대로인 데다 번번이 비문법적이며, 그대로 두어서는 안 될 단어들이 눈에 띄어 읽기가 좀 괴롭다. 앞으로 이 일기를 읽을 사람이 누구든지 간에, 이것보다는 훨씬 더 잘 쓸 수 있다는 것을 말해두고자 한다. 이 일기에 더 이상 시간을 소비하지 않겠다. 그리고 나는 이 일기를 사람들에게 보여주지 않을 것이다. 그렇지만 여기서 조금 칭찬을 해

---

30  Roger Fry, 1866~1934, 영국의 미술 평론가. 블룸즈버리 그룹의 일원. 울프는 1940년에
    그의 전기를 발표했다.

도 좋을 것 같다. 이 일기에는 거친 구석과 박력이 있으며, 때로는 뜻하지 않게 어떤 문제에 대해 급소를 찌를 때가 있다. 그러나 더욱 중요한 것은, 이처럼 나만을 위해 글을 쓰는 습관은 글쓰기의 좋은 훈련이 된다는 신념이 나에게는 있다는 사실이다. 글쓰기는 근육을 이완시켜준다. 잘못을 저지르거나 실수를 한다고 해도 신경 쓸 것은 없다. 이처럼 글을 빨리 쓰고 있으니 대상을 향해 직접적으로 순식간에 돌진하지 않으면 안 된다. 그러니 닥치는 대로 단어를 찾고 골라서, 펜에 잉크를 묻히느라 쉬는 시간 말고는 간단없이 그 단어들을 내던져야 한다. 지난 1년 동안 직업적인 글을 쓰는 일이 좀 편해진 것 같은데, 이것은 차 마시고 난 뒤에 스스럼없이 보낸 반 시간 덕분이라고 생각한다. 게다가 일기라는 것이 도달할지도 모를 희미한 형태의 그림자 같은 것이 내 앞에 떠오른다. 그러다 보면 따로따로 떠다니는 인생의 부유물 같은 소재들을 가지고 내가 무엇을 할 수 있을지를 알게 될지 모르며, 지금 내가 하고 있는 것처럼 이것을 의식적으로, 그리고 신중하게 소설 속에 사용하는 것 말고도 다른 용도를 발견할 수 있을지도 모른다. 내 일기가 어떤 모양이기를 바라는가? 짜임새는 좀 느슨하지만 지저분하지는 않고, 머릿속에 떠올라오는 어떤 장엄한 것이나, 사소한 것이나, 아름다운 것이라도 다 감쌀 만큼 탄력성이 있는 어떤 것. 고색창연한 깊숙한 책상이나 넉넉한 가방 같은 것이어서, 그 안에 허섭스레기 같은 것들을 자세히 살피지 않고도 던져넣을 수 있는 그런 것이기를 바란다. 한두 해 지난 뒤 돌아와 보았을 때, 그 안에 들어 있던 것들이 저절로 정돈이 되고, 세련되고, 융합이 되어 주형으로 녹아 있는 것을 보고 싶다. 정말 신비스럽게도 이런 저장물들에는 그런 일이 일어나곤 한다. 그같은 주형이 우리 인생에 빛을 반사할 만큼 투명하면서도, 예술 작품의 초월성이 갖는 침착하고 조용한 화합물이기를 바란다. 오래된 일기를 다시 읽으면서 생각하는 것이지만, 가장 중요한 것은 검열자로서의 역할을 다하는 것이 아니라, 마음 내키는 대로 아무거나 쓰는 것이다. 내가 별생각 없이 써놓았던 것에서, 쓸 당시에는 전혀 눈에 띄지 않았던 곳에서 의미를 발견하고, 묘한 기분이 들기 때문이다. 그러나 산만함은 곧 지저분함이 된다. 어떤 인물이나 사건을 기록해야 할 때는 약간의 노력이 필요하다. 펜이 길잡이 없이 멋대로 제 갈 길을 가게 해서는 안 된다. 안 그러면 버넌 리[31]의 글처럼 느슨하고 지저분해질 염려가 있다. 버넌 리가 글들을 연결하는 방식은 내가 느끼기에는 너무 느슨한 감이 있다.


## 5월 12일, 월요일

지금은 한창 출판의 계절이다. 머리와 엘리엇[32]과 나는 오늘 아침 대중의 손에 맡겨져 있다.[33] 그 때문에 아마도 나는 약간, 그러나 의심할 바 없이 우울해진 것 같다. 나는 제본돼 나온 「큐 가든Kew Gardens」을 다 읽었다. 이 책이 나올 때까지 싫은 일은 미루어두었다. 결과는 잘 모르겠다. 왠지 하찮고 짧게 느껴졌다. 어째서 레너드가 이 책에 그처럼 감명을 받았는지 모르겠다. 레너드의 의견으로는 이것이 지금까지 내가 쓴 단편 중에서 가장 잘됐

---

31  Vernon Lee, 1856~1935, 영국의 비평가.

32  T. S. 엘리엇—레너드 주.

33  머리의 『판단력 비판』 엘리엇의 『Poems』 그리고 울프의 「큐 가든」이 모두 호가스 출판사에서 1919년 5월 12일에 출판되었으며, 마지막 두 책의 인쇄와 장정은 전적으로 울프 부부의 손으로 이루어졌다.

다는 것이다. 레너드의 판정을 듣고 나는「벽 위에 난 자국Mark on the Wall」을 읽을 마음이 생겼는데, 읽고 나니 결점투성이였다. 언젠가 시드니 워터로우가 한 말이지만, 글을 쓴다는 것의 가장 나쁜 점은 남의 칭찬에 크게 의존하게 된다는 사실이다. 이 단편 때문에 칭찬받을 일은 없을 거라고 거의 확신하고 있으므로, 크게 신경은 쓰지 않을 것이다. 칭찬을 받지 않으면 아침에 글 쓰는 일이 힘들어진다. 그러나 의기소침하는 것도 불과 30분이다. 일단 글을 쓰기 시작하면 모든 것을 다 잊어버린다. 사람이란 부침을 무시하는 법 또한 진지하게 배워야 한다. 여기서는 칭찬받고, 저기서는 아무 말도 못 듣는 일을. 머리와 엘리엇에게는 주문이 들어왔지만 나에게는 없었다. 변함없는 중요한 사실은 문학에 종사하는 것이 나에게는 즐거움이라는 것. 정신이 이처럼 안개 속에 있듯 몽롱한 것에는 다른 원인이 있다고 생각한다. 그 원인이 깊은 곳에 숨어 있기는 하지만. 인생에는 썰물과 밀물이 있는 법이고, 그 법칙이 숨어 있는 원인을 설명해줄 것이다. 그러나 그 썰물과 밀물을 일으키는 것이 무엇인지는 나도 모르겠다.


### 6월 10일, 화요일


저녁 먹기 전의 15분을 이용하여 그간의 큰 공백을 메우지 않으면 안 된다. 우리는 방금 클럽에서 돌아온 길이며, 펠리컨 출판사에「벽 위에 난 자국」의 재판을 부탁하고, 제임스[제임스 스트레이치]와 차를 마시고 오는 길이다. 제임스의 정보에 의하면, 케인스는 평화조약의 조항에 화가 난 나머지 공직을 분연히 박차고 나와, 지금은 케임브리지 대학에 자리를 얻었다는 것이다. 정말 나는 나 자신을 칭찬해야 한다. 왜냐하면 내가 일기를 중단한 것은 우리가 아샴에서 돌아와 응접실의 큰 테이블에 「큐 가든」을 주문하는 편지가 하나 가득 쌓여 흩어져 있는 것을 발견한 때였기 때문이다. 편지는 소파에도 흩어져 있었고, 우리는 식사하는 동안에도 간간이 편지를 열어보면서 유감스럽게도 말다툼을 했다. 우리 모두 흥분해 있었고, 우리들 마음 속 흥분의 조류가 서로 맞부딪치고 있었다. 찰스턴에서 불어오는 비평의 폭풍 때문에 흥분의 파도가 일고 있었기 때문이다. 이처럼 많은 주문이 (서점과 개인한테서 150부가량이나) 온 것은 『타임스』의 문예란에 실린 서평 때문이다. 로건이 쓴 것으로 짐작되는[34] 그 서평에는 내가 바랄 수 있는 모든 칭찬이 실려 있었다. 열흘 전만 해도 이 작품이 완전히 실패라고 생각하고 극기의 심경으로 있었는데! 성공의 기쁨은 첫째, 우리들의 말다툼 때문에 상당히 손상되었고, 두 번째로는 90부가량을 준비하는 일 때문에 손상되었다. 표지를 자르고, 주소를 쓰고, 봉투를 붙이고, 그리고 마지막으로 발송하는 일인데, 그 일 때문에 빈 시간을 전부, 아니 비지 않은 시간의 일부까지를 오늘 아침까지 모두 써버렸다. 그러나 요 며칠 동안 쏟아진 성공의 소나기란! 게다가 뉴욕의 맥밀런 사에서 편지가 왔는데, 『출항』을 읽고 너무 감동해서 『밤과 낮』도 읽어보고 싶다는 것이다.[35] 기쁨을 관장하는 신경은 손쉽게 무뎌지는 것 같다. 조금씩 마시는 것도 좋지만, 명성의 심리라는 것은 여유 있게 생각해볼 만한 가치가 있다. 그 싱싱함을 앗아가는 것은 친구들일 거라는 생각이 든다. 리튼이 웹 부부와 우리 집에서 점심을 먹었

---

34  이 짐작은 잘못되었다. 실제로는 『타임스 리터러리 서플리먼트』의 정기 기고자인 헤럴드 차일드(Harold Child, 1869~1945)가 썼다.

35  맥밀런사에서는 전에 레너드의 책을 출판한 적이 있어, 이것이 계기가 된 듯하다.

는데, 내가 여러 가지 나의 성공에 대해 이야기했을 때, 리튼의 얼굴에 얼핏 그늘이 진 것처럼 보인 것은 내 착각일까? 그것은 곧 사라지기는 했으나, 장밋빛 내 과일이 태양 빛에 가려지는 것보다 빠르지는 못했다. 하긴 나도 리튼의 승리에 대해 비슷한 태도를 취하기는 했다. 『빅토리아 왕조의 명사들』에 나오는 구절에 애스퀴스 씨와 그 부인이 밑줄을 치고, "M"이나 "H"라고 첫 글자를 써놓았다는 이야기를 리튼이 장황하게 늘어놓을 때, 나는 별로 기분이 좋지 않았다. 그러나 이런 생각을 할 때 리튼의 마음 속에는 틀림없이 아늑한 등불이 켜져 있었을 것이다. 점심 식사는 성공적이었다. 우리는 정원에서 식사를 했는데, 리튼은 대화를 나누는 동안 매우 우아하게 행동했다. 게다가 옛날에 보였던 것보다 더한 자신감을 보였다. "그러나 나는 아일랜드에는 관심이 없어……."

## 7월 19일, 토요일

평화협정에 대해 무슨 말이든 해야 할 터이지만, 그 사건이 붓을 새로이 들어야 할 만한 가치가 있는 건지는 알 수 없다. 창틀 사이에 몸을 끼워넣고 앉아 있자니, 잎사귀에 간단없이 떨어지는 빗방울이 거의 내 머리 위에 떨어지는 것 같다. 이제 10분 정도 지나면 리치먼드의 행렬이 시작될 것이다. 시의원들이 위엄을 나타내기 위해 정장을 하고 길거리를 걸어갈 때, 박수 칠 사람이 몇이나 될까. 왠지 내가 의자에 씌워놓은 네덜란드제 커버 같은 느낌이 든다. 그리고 모두 시골에 가버리고, 나 홀로 남아 있는 것 같은 느낌도 든다. 나는 쓸쓸하고 먼지투성이이며, 환멸을 느끼고 있다. 물론 우리들은 행렬을 구경하지 않았다. 거리 외곽에 많은 쓰레기통이 있는 것을 보았을 뿐이다. 약 30분 전까지만 해도 비가 오지 않았다. 하인들은 의기양양한 아침을 보내고 왔다. 그들은 복스홀 다리에서 모든 것을 다 구경했다. 장군, 병사, 탱크와 간호병과 군악대가 지나가는 데 두 시간이나 걸렸다. 평생 본 것 가운데 가장 멋진 광경이었다고들 했다. 그 행렬은 체펠린 호의 비행과 함께, 복스홀 거리의 역사에서 지대한 역할을 담당하게 될 것이다. 그러나 나는 잘 모르겠다. 행렬은 하인들을 위한 축제 같다. "백성"들의 마음을 달래고 위로하기 위해 짜낸 것 같은 생각이 든다. 그런데 지금 비가 와서 이걸 다 망쳐버렸다. 어쩌면 "백성"들을 위해 별도의 대접을 생각해내야 할지 모른다. 이것이 내 환멸의 이유일지도 모른다. 이 평화 축제에는 뭔가 타산적이며 정치적이고 불성실한 데가 있다. 게다가 진행하는 방식은 아름답지도, 자발적이지도 않다. 깃발도 별로 많이 보이지 않는다. 우리 집에는 하인들이 졸라서 산 깃발들이 있다. 우쭐한 마음에, 우리를 놀라게 하려고 졸라대서 산 것들이다. 어제 런던에서는 언제나처럼 끈적하고 육중한 군중이, 비에 젖은 한 무리의 벌들처럼 졸리고 둔하게 트라팔가 광장 위를 기어가며, 근처의 보도 위를 움직이고 있었다. 단 하나의 기분 좋은 광경은 장식적인 기교 때문이 아니라 바람이 한 줌 불어왔기 때문이다. 넬슨 제독의 동상 꼭대기에 매단 긴 혓바닥 모양의 천이 공기를 핥고 지나가는 것이 용의 큰 혓바닥 같기도 하고, 휘감겼다가는 펼쳐지고, 펼쳐졌다가는 다시 휘감기는 것이 느린 뱀의 동작처럼 보여서 아름다웠다. 그 밖에도 극장과 음악당에는 유리로 된 큰 바늘꽂이 방석을 박아놓았는데, 그것이 때 이른 시간에 안에서 빛나고 있었다. 빛의 효과를 더 낼 수 있었을 것도 같다. 하지만 밤은 무더웠으며, 그것대로 멋졌다. 로켓 폭탄이 터질 때마다 순간 방 안이 환해져, 우리는 잠자리에 든 뒤에도 한동안 잠들지 못했다. (그런데 지금은 비가 내리고 있고, 잿빛이 도는 갈색 하늘 아래 리치먼드의 종이 울리고 있다. 헌데 교회의 종소리는 결혼식과 크리스마스만을 생각나게 할 뿐이다.) 이렇게 울적한 글밖에 못 쓰는 내 자신이 조금 비굴하다는 생각을 지워버릴 수가 없다. 우리들은 모두 기쁘고 스스로 즐기고 있다는 신념을 지니고 있는 것으로 되어 있으니까. 그래서 누군가의 생일에 어떤 이유로 일이 잘못되었을 때도, 애들 방의 우리들은 명예를 걸고 즐거운 척하는 것이다. 몇 해 뒤에는 그것이 얼마나 무서운 속임수처럼 생각되었는가를 고백하게 된다. 그러니 몇 년 뒤에 온순한 이 군중이 그들도 진실을 꿰뚫어 보았노라, 더 이상 이런 건 싫다고 고백한다면, 그렇다면, 그것 때문에 내가 더 유쾌해질까? 1917년 클럽의 저녁 만찬과 베산트 부인[36]의 연설은 혹시나 남아 있을지 모를 약간의 매력마저도 모두 효과적으로 앗아가 버리고 말았다. 홉슨은 냉소적이었다. 홉슨은 큰 덩치에 음산한 얼굴을 한 노부인인데, 큰 머리통은 흰 곱슬머리로 뒤덮여 있었다. 홉슨은 축제 분위기로 환하게 조명을 받은 런던을 라호르[37]와 비교하는 말부터 시작했다. 그러고 나서 홉슨은 우리가 인도를 학대하고 있다는 것에 대해 우리 자신을 맹렬하게 공격했는데, 그녀 자신은 아무래도 "우리"가 아니고 "그들"인 모양이었다. 겉으로는 그럴 듯해 보이고, 1917년 클럽 사람들은 박수로 찬성을 표시했지만 나는 홉슨의 논지가 그 정도로 견실했다고는 생각하지 않는다. 나는 연설도 써놓은 글처럼 듣는 버릇이 있어, 홉슨이 때때로 내휘두르

36   Mrs. Annie Besant, 1847~1933, 여권 운동가이자 작가.
37   파키스탄의 도시.

는 꽃다발도 더없이 인위적인 것으로 보였다. 예술가만이 유일하게 정직한 인종이라는 생각이 점점 더 강하게 든다. 사회 개혁가나 자선가들은 더 이상 손쓸 수 없게 되며, 동족을 사랑한다는 미명하에 그처럼 많은 수치스러운 욕망을 감추고 있기 때문에, 결국은 그들이 우리들보다 더 많은 흠을 잡히게 된다. 그러나 내가 만약 그들 가운데 하나였다면?

## 7월 20일, 일요일

평화 축전에 관한 이야기는 여기서 끝내야 할 것 같다. 결국 인간이란 별수 없는 군집 동물이다. 우리들 가운데 가장 냉정한 사람마저 그렇다. 여하튼 나는 행렬이 지나가고, 평화의 종이 울리는 동안 내내 꼼짝 않고 앉아 있다가, 밥 먹고 나서는 뭔가 일이 벌어지고 있으면 나도 그 안에 들어가 있는 것이 좋겠다는 생각을 했다. 그래서 불쌍한 레너드를 끌어내고, 읽고 있던 월폴[38]을 집어던졌다. 우선 줄지어 선 유리등에 불을 켜고 나서, 비가 그친 것을 보고 차 마시기 직전에 밖으로 나갔다. 얼마 전부터 들리는 폭발음 소리로 보아 불꽃놀이를 하는 모양이었다. 길모퉁이의 공회당 문이 열려 있었고, 방은 사람으로 꽉 차 있었다. 쌍으로 왈츠를 추고 있는 사람들. 불안정한 목소리로 고함지르며 노래하는 사람들. 노래하기 위해서는 술이라도 취해야 하는 듯했다. 한 떼의 꼬마들이 등불을 들고, 막대기를 딱딱 치면서 잔디 위를 행진하고 있었다. 전등불을 켤 만큼 사치스러운 가게는 많지 않았다. 술이 곤드레가 된 상류사회 부인을 반쯤 술이 취한 두 사내가 부

---

38  Walpole, 1884~1941, 영국의 소설가.

축하고 있었다. 우리는 그리 많지 않은 군중과 함께 언덕을 향하여 걸어 올라갔다. 반쯤 오르니 조명은 거의 다 사라졌으나, 우리는 그냥 올라가 테라스까지 갔다. 그때 우리는 무엇인가를 보았다. 그렇다고 해도 대단한 것을 본 것은 아니다. 습기 때문에 폭약의 효과가 감소했기 때문이다. 공 모양의 빨강, 파랑, 노랑, 녹색의 불덩어리가 천천히 하늘로 올라가 터지면, 타원형의 꽃이 되었다가 작은 부스러기가 되어 떨어지다가는 없어지고 만다. 여기저기 몽롱한 불빛이 남았다. 나무들 사이로 템스 강 위로 올라간 로켓들은 모두 아름다웠다. 사람들 얼굴에 비치는 불빛은 묘한 느낌을 주었으나, 물론 엷은 회색 안개가 모든 것을 덮어버리고, 불빛의 광채도 앗아갔다. 불치의 상이군인들이 육군병원의 침상에 누워 우리들에게 등을 돌린 채 담배를 피우면서 이 소란이 끝나기를 기다리고 있는 것은 슬픈 광경이었다. 떠들고 놀았다니, 우리는 철없는 애들과 같다. 그래서 우리는 열한 시에 집으로 돌아와 내 서재에서 일링[39]시가 전력을 다해 축제를 벌이고 있는 것을 구경했다. 놀랍게도 둥근 불덩어리 하나가 너무 높이 올라가, 레너드가 그것을 별이라고 착각했다. 그러나 그 밖에도 아홉 개나 더 있었다. 오늘은 종일 비가 왔으므로 축제 끝에 남은 것은 틀림없이 모두 사라지고 말 것이다.


## 10월 21일, 화요일

오늘은 트라팔가 기념일[40]이다. 어제는 『밤과 낮』이 출판된, 기

---

39  런던 외곽의 자치구.
40  1805년의 넬슨 제독의 승리와 전사를 기념하는 날.

넘할 만한 날이다. 아침에 내가 필요한 견본 여섯 권을 받았고, 그중에서 다섯 권을 보냈다. 그러니 지금쯤은 내 친구 다섯이 책 안에 부리를 밀어넣고, 책을 탐독하고 있을 것이다.[41] 내가 초조한 건가? 이상하게도 그렇지 않다. 초조하다기보다는 오히려 흥분되고 기쁘다. 우선 책이 나왔다. 그래, 일은 다 끝났다. 그 책을 조금 읽어보니 마음에 들었다. 내게 중요한 것은 몇몇 사람들의 판단인데, 나에게는 그들이 내 책을 좋게 생각해줄 것이라는 일종의 확신이 있다. 설사 그들이 내 책을 좋게 생각하지 않는다고 하더라도 나는 또 다른 이야기를 쓰기 시작할 것이므로, 내 확신은 더욱 확고해진다. 물론 모건이나 리튼, 혹은 그밖의 사람들이 내 책에 열광해 준다면 나는 스스로에 대해 더 자신감이 생길 것이다. 재미없는 것은 상투적인 말을 하는 사람들을 만나는 일이다. 그러나 나는 내가 무엇을 목표로 삼고 있는가를 알고 있다. 이번은 좋은 기회였고, 나는 최선을 다했다고 생각한다. 그러니 이제는 냉철한 마음으로 결과를 신에 맡길 수가 있다.

## 10월 23일, 목요일

『밤과 낮』에 대한 최초의 반응을 기록해두어야겠다. "의심할 바 없이 최고 천재의 작품이다" ― 클라이브 벨. 그렇다고는 해도 클라이브는 내 책이 마음에 들지 않았을는지 모른다. 그는 『출항』에 대해 비판적이었으니까. 그래도 그런 말을 들으면 기쁘다. 그러나 클라이브의 말에 믿음은 가지 않는다. 그러나 이것은 내가 불안해할 필요가 없다는 징조다. 내가 그 판단을 존중하는 사

---

41  울프는 『밤과 낮』을 바네사, 클라이브, 리튼, 포스터, 바이올렛 디킨슨에게 보냈다.

람들이 클라이브만큼은 열광하지 않겠지만, 그들도 틀림없이 같은 편에 설 것이라고 나는 생각한다.

## 10월 30일, 목요일

류머티즘이라는 핑계로 글을 더 쓰지 않아도 된다. 류머티즘이 아니더라도 내 손은 글을 쓰는 데 지쳤다. 내 자신을 전문적인 분석의 대상으로 삼는다면, 지난 며칠 동안 일어난 일에 대해, 그리고 『밤과 낮』에 대한 내 감정의 기복에 대해 재미있는 이야기를 쓸 수 있을 것이다. 클라이브의 편지에 이어 네사의 편지가 왔다. 아낌없는 칭찬이었다. 이어 리튼의 편지가 왔다. 열정적인 칭찬이었다. 위대한 승리라든가, 고전이라든가, 뭐 그런 말들. 이어 바이올렛[42]의 칭송이 뒤따르고, 어제 아침에는 모건의 다음과 같은 글도 왔다. "나는 이 작품이 『출항』보다 덜 좋은 것 같다." 매우 감탄했노라는 말도 있고, 서둘러 읽었으니 다시 한 번 찬찬히 읽어보겠다는 약속도 있으나 모건의 편지는 다른 편지들에서 받은 기쁨을 모두 앗아가 버렸다. 하지만 이야기를 계속해야겠다. 오후 세 시쯤 되니 다른 사람들의 칭찬보다 모건의 비난 때문에 더 행복하고 편안해졌다. 마치 탄력성 있는 구름이나 쿠션 같은 솜털 안에서 행복하게 뒹굴다가 다시 인간적 분위기로 되돌아온 것 같은 기분이다. 나는 모건의 의견을 다른 누구의 의견 못지않게 소중히 여기고 있다. 그리고 『타임스』에 서평이 나왔다. 굉장히 칭찬을 했고, 또 이지적인 기사이기도 하다. 이를테면 『밤과 낮』은 표면적으로는 반짝거리는 데가 덜해도, 앞의 작품보다는

---

42   Violet Dickinson. 울프의 오래된 지기—레너드 주.

더 깊은 맛이 있다고. 나도 그 의견에 동의한다. 이번 주로 서평이 끝났으면 좋겠다. 그 뒤로는 이지적인 편지들이 왔으면 좋겠다. 나는 단편을 쓰고 싶다. 어쨌든 큰 짐을 벗은 느낌이다.


## 11월 6일, 목요일

어젯밤 시드니와 모건이 와서 우리와 식사를 했다. 전체적으로 보아 그 때문에 음악회에 가지 않은 것은 잘된 일이다.『밤과 낮』에 대하여 모건에게 품었던 의심이 풀렸다. 왜 모건이『밤과 낮』을『출항』보다 덜 좋다고 했는지 이유를 알게 됐다. 이해하고 나면 낙담할 비판이 아니었다는 것을 알게 된다. 현명한 비판이란 모두 그럴 것이다. 그러나 나 자신이 비평을 많이 쓰고 있으니 더 이상 자세한 이야기는 쓰지 않겠다. 모건이 한 말을 요약하면 다음과 같다.『밤과 낮』은 엄격한 형식을 갖춘 고전적인 작품이다. 따라서『출항』과 같은 막연하고 보편적인 책 속의 인물들보다는 훨씬 더 사랑스러운 인물이 필요하다고 생각한다는 것이다.『밤과 낮』에 등장하는 인물 중에 사랑스러운 사람은 하나도 없다. 모건은 왜 그런 인물들을 선정했는가에는 관심이 없다. 모건은『출항』의 인물들에 대해서도 관심이 없으며, 또 그럴 필요를 느끼지도 않는다. 이것을 제외하고는 사실상 모건은 모든 것에 감탄하고 있었으며,『밤과 낮』이 다른 작품보다 못하다고 비난하고 있었던 것이 아니었다. 오오, 그리고 모건은『밤과 낮』에 아름다움이 무더기로 들어 있다고 했다. 사실 그 때문에 우울해질 필요가 하나도 없었던 것이다. 시드니는 이 소설에 완전히 충격을 받았고, 이번에 내가 뭔가를 "해냈다"고 생각한다고 말했다. 그나저나, 나도 참 한심한 인간이 되어가고 있다! 나이 먹은 버지니아마저도 여기는 대부분 읽지 않고 지나갈 것이다. 그러나 당장은 이것들이 중요하게 느껴진다. 『케임브리지 매거진』지에 등장인물을 좋아하지 않는다는 모건의 말이 되풀이되고 있다. 그렇지만 내가 현대문학의 최전선에 서 있다는 것이다.[43] 그들은 내가 내 인물들에 대해 냉소적이라고 한다. 그러나 그들이 상세한 부분을 언급하자 가스난로 옆에서 불을 쪼이며 서평을 읽고 있던 모건이 자기 생각은 다르다고 말하기 시작했다. 이처럼 비평가들의 생각은 모두 다르기 때문에 불쌍한 작가는 비평가들을 통제하려고 하다가도 도리어 찢기고 마는 것이다. 몇 년 만에 처음으로 열시에서 열한 시 사이에 강둑을 산책했다. 언젠가 한 번 비유했던 것처럼 그곳은 닫힌 집과 같다. 의자 위에 먼지가 쌓인 방 같다. 이른 시간이라 어부들은 없었고, 길에는 아무도 없었다. 다만 큰 비행기 한 대가 제 일을 하고 있었다. 우리는 별로 말을 하지 않았다. 우리가 (적어도 내가) 침묵에 신경을 쓰지 않았다는 증거겠지. 모건은 예술가의 정신을 가지고 있다. 모건은 영리한 사람들이 하지 않는 단순한 말을 한다. 그래서 나는 모건이 최고의 비평가라고 생각한다. 모건은 남들이 보지 못했던 분명한 사실을 불쑥 내뱉는다. 모건은 자기 자신의 소설 때문에 애쓰고 있다. 건반을 두드려보지만 아직까지는 불협화음만 들린다.

---

43  『케임브리지 매거진』의 첫 페이지에 E. B. C. 존스가 「Reality and Dream」이라는 제목으로 『밤과 낮』에 대한 긴 서평을 실었다.

# 12월 5일, 금요일

또 며칠간의 공백이 생겼다. 그러나 이 일기는 신중하고 꾸준하게 호흡하고 있다고 생각한다. 집에 돌아온 이후 그리스어 책을 보지 않았다는 생각이 났다. 서평용 책밖에는 거의 읽지 않았는데, 이것은 내 집필 시간이 전혀 내 것이 아니었다는 증거다. 내가 지나치게 전문화했다는 사실을 발견하고는 걱정할 지경에 이른다. 아무것도 쓰지 않은 종이를 들여다보지 못하는 내 마음은 불안 때문인지, 아니면 다른 무슨 이유 때문인지, 마치 길 잃은 어린애처럼 되고 만다. 집 안을 배회하고, 층계 가장 밑에 앉아 우는 어린애처럼. 아직도 내 주위는『밤과 낮』때문에 어수선해서 많은 시간을 낭비하게 된다. 조지 엘리엇은 자기 책에 대한 말을 들으면 글 쓰는 데 방해가 된다고 서평을 읽지 않았다. 그 까닭을 알 것 같다. 칭찬이건 비난이건 크게 마음에 담아두지 않으려 하지만, 서평은 내 생각을 중단시켜 뒤를 돌아보게 하고, 설명하거나 뭔가를 뒤져보게 만든다. 지난주에『웨이페어러』지에 신랄하게 비판하는 대목이 있었고, 금주에는 올리브 헤슬타인이 약을 발라준다. 그러나 K. M.이 말한 것처럼 제인 오스틴[44]의 재판이 되기보다는 내 식대로『네 마리의 정열적인 달팽이』를 쓰는 편이 낫겠다.

---

44  Jane Austen, 1775~1817, 영국의 소설가. 대표작은『오만과 편견』

# 1920년(38세)

## 1월 26일, 월요일

어제가 내 생일이었다. 그래서 이제 서른여덟이 되었다. 그렇다. 스물여덟 때보다 훨씬 더 행복하다. 그리고 오늘이 어제보다 더 행복하다. 새 소설의 새로운 형식에 대한 생각이 떠올랐기 때문에. 하나의 일이 또 다른 것에서 흘러나온다고 생각하면 어떨까. 아직 쓰지 않은 소설에서처럼, 10쪽짜리가 아니라 200쪽쯤 되는. 그렇다면 내가 바라는 만큼의 느긋함과 경쾌함을 얻을 수 있지 않을까. 그것이 내 생각에 더 가깝고, 또 격식과 속도를 유지하면서 모든 것을, 정말 모든 것을 다 감싸 안을 수 있지 않을까? 내가 의심하는 것은 그것이 인간의 마음을 얼마나 감싸 안을 수 있는가 하는 점이다. 내게 인간의 마음을 모두 그물로 건져 올릴 만큼의 대화를 이끌어갈 재능이 있는 걸까? 이번 접근 방법은 전혀 새로울 것이다. 때문에 발판은 고사하고 벽돌 한 장도 보이지 않는다. 모든 것이 어슴푸레하다. 그러나 열정과 유머는 모두 안개 속의 불빛처럼 빛나 보인다. 그러면 많은 것을 담을 수 있는 공간을 발견할 수 있을 것이다. 들뜬 기분, 엉뚱한 것들, 기분 내키는 대로 걷는 경쾌하고 활발한 걸음걸이. 내게 이런 것들을 할 수 있을 만큼의 충분한 능력이 있는가, 그것이 문제다. 「벽 위에 난 자국」이나 「큐 가든」, 「씌어지지 않은 소설Unwritten Novel」 등이 손에 손을 잡고 한데 어울려 춤추는 모양은 어떨까. '한데 어울린다'는 것의 의미에 대해서는 알아보아야 하겠지만. 테마도 아직 모르겠다. 하지만 2주 전에 다소 우연하게 떠올린 형식에서 나는 무한한 가능성을 본다. 위험은 그 가증할 자기중심적 자아일 것이다. 이것이 조이스나 리처드슨[1]을 버려놓았다고 생각한다. 나에게 조이스나 리처드슨처럼 책의 내용을 답답하게 제한하지 않으면서도 책을 나로부터 떼놓을 수 있는 벽을 쌓을 만큼 유연성과 풍부함이 있는 것일까? 바라건대 내가 내 일에 충분히 숙련되어, 갖가지 즐거움을 사람들에게 제공할 수 있었으면 한다. 어쨌든 나는 더 모색하고, 실험하지 않으면 안 된다. 그러나 오늘 오후 나는 한줄기 빛을 보았다. 아직 쓰지도 않은 소설을 이처럼 쉽게 전개하고 있는 것을 보면, 분명히 거기에 나를 위한 길이 있다고 생각한다.


### 2월 4일, 수요일

매일 밤 열두 시부터 새벽 한 시까지 『출항』을 읽고 있다. 1913년 이래 읽어본 적이 없다. 이 책을 어떻게 생각하느냐고 묻는다면 모르겠다고 대답할 수밖에 없다. 어쩌면 광대극 같고, 이어 붙인

---

1  Samuel Richardson, 1689~1761, 영국의 소설가. 현대적 의미에서의 영국 최초의 소설 『클라리사』, 『파멜라』의 작가.

헝겊 조각 같기도 하고, 어떤 곳은 단순하고 엄격한가 하면 또 어떤 곳은 천박하고 경망스러우며, 여기는 신의 진리 같은가 하면 또 여기서는 내가 바라는 대로 힘차게 자유롭게 흘러간다. 이것을 어떻게 생각해야 할지 모르겠다. 결함은 얼굴이 화끈거릴 정도로 형편없는가 하면, 어떤 문장의 말솜씨라든가, 앞을 곧바로 바라보는 시선은 또 다른 의미에서 얼굴을 달아오르게 만든다. 전체적으로 보아 나는 이 젊은 여인의 용기가 상당히 마음에 든다. 이 여인은 얼마나 용감하게 장애물을 공격하는지…… 그리고 내 말투, 상당한 글재주다! 거의 고칠 곳이 없다. 값싼 재담, 멋진 풍자, 그리고 심지어는 비속한 말(이라기보다는 상스러운 말)의 작자로 후세에 전해질 것이다. 이런 표현들은 무덤 속에서도 끊임없이 욱신거릴 것이다. 하지만 사람들이 왜『출항』이『밤과 낮』보다 낫다고 하는지 알 수 있을 것 같다. 나는 이 작품이 더 훌륭하다고 생각하지는 않지만, 더 당당하고, 더 영감을 주는 광경을 제공하고 있다고 생각한다.

## 3월 9일, 화요일

조금 불안하기는 하지만 당분간 이 일기를 계속해야겠다. 나는 때때로 내가 이 일기에 알맞은 문체를 만들어냈다고 생각한다. 차를 마시고 난 다음의 편안하고 밝은 시간에 알맞은 문체 말이다. 그러나 현재로서는 유연성이 부족하다. 그러나 신경 쓰지 않기로 한다. 나이 먹은 버지니아가 안경을 끼고 1920년 3월 대목을 읽을 때, 틀림없이 나더러 일기를 계속하라고 말할 것이다. 친애하는 내 망령이여, 안녕하셨습니까? 그리고 내가 50이라는 나이를 그리 많은 나이라고 생각하지 않는다는 점에 주목하기 바란다. 그 나이에도 좋은 책을 몇 권 쓸 수 있을 것이다. 멋진 책을 위한 재료가 여기 있지 않은가. 이제 현재의 내 이름의 소유자로 되돌아와서, 일요일에 나는 캠든 힐에 슈베르트의 5중주를 들으러 갔다. 조지 부스[2]네 집에 가보고, 내 이야기를 위한 취재도 하고 훌륭한 분들을 만난다는 이유들 때문에 그곳에 갔고, 이 모든 것이 7실링 반이라는 싼값에 이루어졌다.

사람들이 자신의 방을 나처럼 집어삼킬 듯한 명석한 시선으로 들여다보는 일이 있을까 의심스럽다. 한 시간 동안 한 번 그런 것이기는 하지만. 오싹할 정도의 피상적인 품위. 그러나 그것은 3월 연못의 얼음처럼 얇다. 일종의 상업적인 깔끔함이다. 말총으로 만든 직물과 마호가니가 바로 그 증거다. 흰 패널, 페르메이르[3]의 복제품들, 오메가 식탁, 여러 색깔의 커튼 등은 오히려 위장에 불과하다. 방치고는 아주 재미없는 방이다. 그 정도로 타협. 타협 또한 재미있는 것이지만. 나는 가족제도에 반대하고 싶어졌다. 미망인 복장을 한 나이 든 부스 부인이 일종의 단 위에 엄숙히 자리 잡고, 그 좌우에는 헌신적인 딸들이 둘러싸고 있었다. 손자들은 어쩐지 상징적인 천사들처럼 보였다. 단정하고 재미없는 소년소녀들이라니![4] 거기에 우리들은 털옷을 입고 흰 장갑을 끼고 앉아 있었다.

---

2  George Booth. 울프의 부모님 때부터의 친구 분들.
3  Vermeer, 1632~1675, 네덜란드의 화가.
4  부스 부인에게는 세 딸과 스물네 명 이상의 손자, 손녀들이 있었다.

울프 일기   47

## 4월 10일, 토요일

운이 좋으면 다음 주에 『제이콥의 방*Jacob's Room*』을 쓰기 시작할 것이다. (이런 말을 한 것은 이번이 처음이다.) 묘사하려고 마음먹고 있는 계절은 봄이다. 다음 몇 가지를 적어두겠다. 금년에 나무에 새싹이 나온 것을 사람들이 거의 알지 못한다. 하긴 나뭇잎이 완전히 떨어진 것처럼 보이지도 않았으니까. 밤나무 몸통에도 늘 보던 까만 쇳빛이 보이지 않으며 늘 무언가 부드럽고 옅은 색깔이 보이는데, 이것은 평생 보지 못했던 것이다. 분명히 우리는 한겨울을 건너뛰고 마치 한밤중의 태양과 같은 계절을 보낸 뒤, 환한 대낮에 다시 돌아온 것이다. 그래서 나는 밤나무 잎이 돋았다는 것을 거의 알지 못했다. 작은 파라솔 같은 잎이 우리들 창가의 나무 위에 퍼져 있다. 그리고 묘지의 잔디는 마치 녹색 물처럼 오래된 묘석 위에 퍼져 있다.

## 4월 15일, 목요일

글씨가 엉망이 됐다. 어쩌면 엉망인 것은 내 문체일는지 모른다. 내가 제임스[5]에 대해 쓴 글을 리치먼드[6]가 절찬했다는 말을 했던가?[7] 그런데 이틀 전에 키 작은 워클리라는 늙은이가 『타임스』에서 내 글을 공격하고, 내가 헨리 제임스의 최악의 매너리즘

---

5   Henry James, 1843~1916, 미국의 소설가인데, 1915년에 영국 시민으로 귀화했다. 『데이지 밀러』, 『여인의 초상』의 작가.

6   Bruce Richmond. 1905년부터 1938년까지 『타임스 리터러리 서플리먼트』의 편집장을 지냈다.

7   울프는 『타임스 리터러리 서플리먼트』에 퍼시 러벅이 편집한 『헨리 제임스의 편지』의 평을 쓴 적이 있다.

(즉 닳고 닳은 비유)에 **빠졌**다는 말을 하면서 내가 제임스의 감상적인 여자 친구일 것이라는 말을 넌지시 비추고 있었다. 퍼시 러벅[8]도 나와 한통속으로 당했다. 잘하는 일인지 못하는 일인지는 몰라도 나는 얼굴을 붉히며 내가 쓴 글을 마음 속에서 지워버리고, 내가 쓴 모든 것을 냉철한 시선으로 다시 본다. 이것은 옛날부터 있어온 "화려한 심정의 토로"에 대한 것으로서, 틀림없이 워클리의 비판은 옳다. 그러나 이 병은 내가 본래부터 가지고 있던 것이고, 헨리 제임스에게 감염된 것은 아니다. 이것이 위안이 될는지는 몰라도. 그러나 나는 이 점에 주의하지 않으면 안 된다. 『타임스』의 분위기가 그렇게 만든다. 한 가지 이유는 『타임스』에 글을 쓸 때는 형식을 갖춰야 한다는 점이다. 특히 헨리 제임스의 경우에는 글 쓰는 것을 복잡한 무늬의 도안을 그릴 때처럼 장식을 많이 달게 된다. 그러나 데즈먼드[9]는 자청해서 칭찬을 해주었다. 칭찬과 비난에 대한 어떤 규칙이 있으면 좋겠다. 나는 운명적으로 무더기로 비난을 받게 되어 있는 것 같다. 남의 이목을 끌고, 특히 나이 든 신사들을 짜증나게 하는 모양이다. 틀림없이 「씌어지지 않은 소설」을 헐뜯을 것이다. 이번에 그들이 어떻게 나올지는 모르겠다. "글을 잘 쓴다"는 것이 사람들을 분개시키는 이유다. 늘 그래왔다. 사람들은 "건방지다"고 말한다. 여자가 글을 잘 쓰다니, 또 게다가 『타임스』에 글을 쓰다니, 이것이 그들의 생각이다. 『제이콥의 방』을 쓰기 시작하는 일을 좀 미뤄야 할지 모르겠다. 그러나 비난은 비난대로 값어치가 있다. 심지어는 워클리의 글에서마저 자극을 받는다. 워클리는 (좀 알아보았더니) 65세에다 너절한 가십거리나 찾고 다니는 수다쟁이며, 데즈먼드조차

---

8    Percy Lubbock, 1879~1965, 영국의 비평가.
9    Desmond MacCarthy, 1878~1952, 영국의 평론가. 블룸즈버리 그룹의 일원.

우습게 여기는 인간이라는 생각을 하면 기분이 좋아진다. 그러나 위클리의 말에도 일리가 있다는 사실을 잊어서는 안 된다. 내가 『타임스』에 쓴 글이 역겨울 정도로 세련되며, 우아하고 정감 있다는 그의 말은 새겨들을 만한 구석이 있다는 말이다. 그러나 그렇게 하지 않기가 쉽지 않다. 헨리 제임스에 대한 글을 쓰기 시작하기 전에 내가 생각하고 있는 것을 말하리라, 그리고 그것을 내 식대로 하리라 맹세했기 때문이다. 그런데 이 쪽을 다 쓰고 난 지금까지도 「씌어지지 않은 소설」이 나왔을 때 어떻게 내 마음의 안정을 찾아야 할지는 모르겠다.

## 5월 11일, 화요일

나중을 위해 적어둘 필요가 있다고 생각하지만, 새 책을 쓰기 시작하면 그처럼 신나게 끓어오르던 창조력은 얼마 뒤에는 조용해지고, 좀 더 차분하게 일하게 된다. 의심이 생긴다. 그러다 체념하게 된다. 무엇보다도 포기해서는 안 된다는 결심, 그리고 머지않아 어떤 형태를 갖추게 될 것 같다는 느낌이 이 일을 계속하게 만든다. 조금 불안하다. 이 구상을 어떻게 실현시킬 수 있을까? 일을 시작하자마자 익숙한 풍경 속을 걷고 있는 사람처럼 된다. 이 책에서는 즐겁게 쓸 수 있는 것 이외에는 아무것도 쓰고 싶지 않다. 하지만 쓴다는 것은 늘 어려운 일이다.

# 6월 23일, 수요일

　최근에 나온 콘래드[10]의 책이 솔직히 잘 쓴 책이 아니라는 말을 하기가 힘들었다. 하지만 결국 그 말을 해버렸다.[11] 온 세상이 존경해 마지않는 작품에 대해 흠을 잡는다는 것은 (약간) 괴로운 일이다. 아무래도 진실은 다음과 같다는 생각이 든다. 즉, 콘래드에게는 좋은 문장과 나쁜 문장을 구별해줄 사람이 없고, 외국 사람이다 보니 서툰 영어를 하며, 굼뜬 여편네와 결혼했으니 점점 더 움츠러들어, 전에 한때 성공했던 방법만을 고수하게 된다. 그러나 그런 방법을 계속 쌓아 올리다 보면 결국에는 어김없이 이른바 멜로드라마가 되고 만다. 『구출』이라는 작품에 버지니아 울프라는 서명을 달고 싶지는 않다. 그러나 남들도 이런 생각을 할까? 어찌 되었든 특정한 책에 대한 내 의견은 그 무엇과도 바꿀 수 없다. 절대로, 절대로 그럴 수는 없다. 만약에 그것이 젊은 사람이 쓴 책이거나, 혹은 아는 사람이 쓴 책일 때, 아니 그럴 때도 내 생각이 잘못될 수는 없다. 근자에 나는 머리의 각본은 못 쓰겠다고 말했고, K[캐서린 맨스필드]의 소설을 정확히 평가했고, 올더스 헉슬리[12]에 대해 총체적 평가를 내리지 않았던가. 그런데 로저가 이 정확한 평가에 난도질을 하고 있다는 말을 들었을 때, 적절함에 대한 내 감각이 상처를 입지 않겠는가?[13]

---

10　Joseph Conrad, 1857~1924, 영국의 소설가.

11　울프는 『타임스 리터러리 서플리먼트』에서 콘래드의 『구출』을 평하는 「A Disillusioned Romantic」이라는 제목의 글을 썼다. 울프는 그 서평에서 콘래드의 낭만은 실패한 낭만이라는 점을 지적하고 있다.

12　Aldous Huxley, 1894~1963, 영국의 소설가.

13　여기 언급한 작품들은 머리의 『시나몬과 안젤리카』, 맨스필드의 『성질 없는 남자』, 헉슬리의 『림보』 등이다.

# 8월 5일, 목요일

식후에 읽은 『돈키호테』에 대한 감상을 이야기해보겠다. 당시의 글은 요즘처럼 재미있는 것이 별로 없던 때, 난로 둘레에 앉아 있는 사람들을 즐겁게 하려고 썼던 것이다. 여자들은 실 잣는 일을 하고, 남정네들은 생각에 잠겨 앉아 있으며, 명랑하고 공상적이며 유쾌한 이야기를 마치 다 큰 애들에게 하듯 하는 것이다. 『돈키호테』도 그런 동기에서 씌어졌다는 인상이 깊다. 무엇보다도 우리들을 계속해서 즐겁게 하려고 한다. 내가 판단하는 한, 아름다움과 사색은 모르는 사이에 저절로 생겨난다. 세르반테스는 진지한 의미에 대해서는 거의 별 생각이 없고, 우리들이 보듯 『돈키호테』를 보고 있지 않다. 사실 이것이 문제다. 비애나 풍자의 어디까지가 힘들이지 않고 우리 것이 될 수 있는가. 혹은 저런 위대한 인물들은 자기들을 바라보는 세대에 따라 달라지는 능력을 가지고 있는 것일까? 확실히 이야기의 대부분은 재미없다. 아니, 그 정도는 아니지만 제1권의 끝 부분은 좀 그렇다. 이곳은 분명히 읽는 사람을 만족시키기 위해 쓴 부분이니까. 말은 조금밖에 하지 않고, 많은 부분을 마음 속에 담아 두는 것은 마치 이야기의 그 부분을 더 이상 발전시키고 싶지 않아서인 것 같다. 갤리선[14]의 노예들이 행진하고 있는 광경이 그 예다. 세르반테스도 내가 느끼는 만큼의 아름다움과 비애를 모두 느꼈을까? 나는 두 번이나 '비애'라는 말을 썼다.

이것이 현대적인 관점에서 보아 본질적인 것일까? 하지만 이야기의 처음 부분 전체에서 볼 수 있듯이, 돛을 펴고 위대한 이야기의 돌풍을 타고 달려나갈 수 있다는 것은 얼마나 멋진가! 페르

---

14    2단으로 노가 달린 돛배로, 죄수나 노예들에게 젓게 했다.

난도, 카르디노, 루신다의 이야기는 당시 유행에 맞춘 궁정풍의 에피소드일 것이라고 생각되는데, 어쨌든 나에게는 지루하다. 나는 『단순한 고아』[15]도 읽고 있다. 재기 넘치고, 효과적이고 재미있지만 아주 무미건조하며 말쑥하다. 세르반테스에게는 그 모든 것이 있다. 아직 설익은 상태라고 해도 좋다. 그러나 깊고, 대기에 비유될 만하다. 살아 있는 등장인물들이 인생 그대로의 알차고 윤색된 그림자를 던진다. 이집트인들은 대부분의 프랑스 작가들이 그렇듯, 그 대신 본질적인 가루를 조금 주는데, 그것은 훨씬 더 톡 쏘는 느낌이고 효과적이다. 하지만 결코 그만큼 포괄적이거나 광범위하지는 않다. 맙소사! 내가 지금 무얼 쓰고 있는 건가! 늘 이런 생각만 하고 있다. 요즘 나는 매일 아침 『제이콥의 방』을 쓰고 있다. 날마다의 일이 뛰어넘어야 하는 장애물처럼 느껴진다. 일이 끝난 뒤 장애물을 멋지게 뛰어넘든지, 아니면 차단 봉을 떨어뜨리든지 할 때까지는 내 정신이 아니다. (나도 모르게 또 딴 생각을 했다.) 어떻게든지 흄[16]의 산문을 구해 나를 정화해야겠다.


## 9월 26일, 일요일

아무래도 나는 겉으로 말한 것보다는 신경을 더 쓰고 있었던 모양이다. 어쩌다 『제이콥의 방』을 중지하고 말았기 때문이다. 더구나 내가 그처럼 즐기던 그 파티가 한참 벌어지고 있던 중간에. 오랫동안 (두 달 동안 쉬지 않고) 글을 쓴 뒤에 나타난 엘리엇 때문에 내가 맥이 빠지고 말았다. 엘리엇은 나에게 어두운 그

---

15  『단순한 고아』(1919)는 앨버트 아데스와 앨버트 요시포비치라는 두 이집트 작가가 프랑스어로 쓴 작품이다.

16  David Hume, 1711~1776, 영국의 철학자이자 역사가.

림자를 던져주었다. 소설을 쓸 때는 우리 마음이 담대하고 자신에 차 있어야 한다. 엘리엇은 아무 말도 하지 않았다. 그러나 나는 내가 지금 하고 있는 일을 조이스 씨가 더 잘하고 있지나 않을까 하는 생각이 들었다. 그리고 내가 지금 하고 있는 일이 무엇인가 하는 생각을 하기 시작했다. 이럴 때 늘 그렇지만, 내가 계획하고 있는 일에 관해서 충분히 분명하게 생각하지 않았다는 의구심이 들었다. 이렇게 되면 사람이 오므라들고, 좀스럽게 되고, 주저하게 된다. 이건 결국 다 끝났다는 뜻이다. 두 달 동안 일했던 것이 그 원인인 것 같다. 이렇게 말하는 것은 지금 내가 에벌린 쪽으로 방향을 바꾸어 여성에 관한 글을 하나 쓰기 시작했기 때문이다. 이것은 신문에 발표된 바넷 씨[17]의 반대 의견에 대한 맹렬한 항의문이다.[18] 두 주 전 나는 산책을 하면서 쉬지 않고 『제이콥의 방』을 구상해왔다. 인간의 마음은 참 요상하다! 변덕스럽고, 불성실하고, 그림자 앞에서는 한없이 움츠러든다. 어쩌면 내 마음 밑바닥에서는 모든 점에서 내가 레너드에게 뒤지고 있다고 느끼고 있는지 모른다.

## 10월 25일, 월요일. 겨울의 첫날

왜 인생은 이처럼 비극적인 것일까? 심연 위에 걸쳐놓은 한 가닥 다리와 같다. 아래를 보면 현기증이 난다. 끝까지 걸어갈 수 있을지 모르겠다. 왜 이런 느낌이 드는 걸까? 그렇게 말하고 나니까 그런 느낌이 사라졌다. 불이 타고 있다. 우리들은 『거지 오페

17  Arnold Bennett.
18  1920년 9월에 발표된 『Our Women』이라는 수필집에서 바넷은 "지적으로나 창조적으로나 남자는 여자보다 더 우수하다"고 주장하고 있다.

라』[19]를 보러 갈 것이다. 그러나 이것은 늘 내 주변에 있어왔다. 나는 눈을 감고 있을 수 없다. 무기력하다. 일이 제대로 되고 있지 않다는 느낌. 나는 여기 리치먼드에 앉아 있고, 마치 들판 한가운데 세워놓은 등불처럼 내 빛은 어둠 속에서 타오른다. 글을 쓰고 있으면 우울증이 좀 가신다. 그렇다면 왜 좀 더 글을 자주 쓰지 않는가? 아마도 허영심 때문일 것이다. 자기 자신에게조차 성공한 사람으로 보이고 싶은 것이다. 나는 문제의 핵심을 건드리지 못하고 있다. 아이가 없다는 것, 친구들과 멀리 떨어져 살고 있다는 것, 글을 잘 쓸 수 없다는 것, 먹는 데 돈을 너무 많이 쓴다는 것, 늙고 있다는 것 등이다. 나는 '왜'나, '무엇 때문에'에 대해 너무 많이 생각한다. 자신에 대해 너무 많이 생각한다. 하는 일 없이 시간이 내 주위를 펄럭거리고 지나가는 것이 싫다. 그렇다면 일을 하면 되지. 그렇다, 그러나 너무 쉽게 피곤해진다. 읽는 것도 조금밖에 할 수 없고, 쓰는 것도 한 시간이 고작이다. 여기는 아무도 시간을 즐겁게 보낼 수 있게 찾아와 주는 사람도 없다. 그러나 또 막상 오면 짜증이 난다. 런던에 가는 수고가 너무 크다. 네사의 애들은 너무 커서 차를 마시러 집에 데려올 수도 없고, 동물원에 데려갈 수도 없다. 용돈도 넉넉지 않으니 뭘 많이 해줄 수도 없다. 그러나 이것들은 사소한 문제라는 것을 안다. 가끔 생각하지만 우리들 세대에게 그처럼 비극적인 것은 인생 그 자체다. 신문 표제치고 어느 누군가의 비명소리가 들리지 않는 것이 없다. 오늘 오후에는 맥스위니 얘기며, 아일랜드의 폭력 사태 얘기, 아니면 파업 얘기. 불행은 어디든지 있다. 문 바로 저쪽에도 있다. 아니면 어리석음이 있는데, 이것은 더 나쁘다. 그렇다고 해서 살에 박힌 가시를 뽑아 버릴 생각은 없다. 『제이콥의 방』을 쓰면 다시 기운이

---

19   존 게이가 쓴 뮤지컬. 1728년에 공연되었다.

날 것 같다. 에벌린이 오기로 했다. 지금 여기 쓰고 있는 것이 마음에 들지 않는다. 그렇기는 해도 나는 참 행복한 사람이다. 다만 그 심연 위에 걸쳐놓은 한 가닥 다리에 대한 느낌만이 아니라면.

# 1921년(39세)

## 3월 1일, 화요일

    나는 이 일기를 만족스러울 만큼 건전하게 쓰고 있다고 생각하지 않는다. 내 문체의 무수한 변화형 가운데 하나가 이 소재와 맞지 않는 것은 아닐까? 아니면 내 문체가 굳어버린 것일까? 내가 보기에 문체는 늘 변하고 있다. 그러나 아무도 그것을 알아채지 못한다. 나도 그 문체에 이름을 붙일 수는 없다. 사실 내게는 내적이고 자동적인 가치의 척도가 있다. 그 척도가 내가 시간을 유용하게 사용하는 방법을 결정한다. 이를테면 "이 30분 동안은 러시아어 공부를 해라"든지, 아니면 "이 시간은 워즈워스에 써라"고 명령한다. 아니면 "지금은 갈색 양말을 깁는 게 낫겠다"라고. 어떻게 해서 이런 가치 기준이 생겼는지 모르겠다. 어쩌면 청교도적인 조상의 유산일는지도 모른다. 나는 즐거움에 대해 편견을 가지고 있다. 알 수 없는 노릇이다. 사실을 말한다면, 일기를 쓰는 일조차 머리를 쥐어짜게 만든다. 러시아어를 공부할 때만큼은 아니지만. 그러나 러시아어를 공부할 때도 반쯤은 난롯불을 들여다보면서 내일 쓸 것에 대해 생각하고 있다. 플랜더스 부인이 과수원 안에 있다. 내가 지금 로드멜[1]에 있다면 들판을 걸으면서 이 모든 것을 생각해냈을 것이다. 글 쓰는 느낌도 좋아졌을 것이다. 그러나 지금은 랠프[2]와 캐링턴[3], 브렛[4]이 떠나서 정신이 산만해져 있다. 우리는 저녁을 먹고 조합에 갈 것이다. 과수원에 있는 플랜더스 부인에 대해 충분히 생각할 여유가 없다.

## 3월 6일, 일요일

네사는 「월요일 아니면 화요일Monday or Tuesday」이 잘됐다고한다. 자비롭게도, 그 말을 들으니 내 눈에도 이 작품이 조금 괜찮아 보인다. 그렇지만 평론가들이 이 작품에 대해 뭐라고 말할지가 조금 궁금해진다. 다음 달 지금쯤의 이야기다. 미리 맞춰 볼까? 글쎄,『타임스』는 호의적이지만 조금 신중할 것이다. 울프 부인은 기교에 빠지는 것을 경계해야 한다고 말할 것이다. 울프 부인은 불명료한 글을 쓰지 않도록 해야 한다고, 그녀가 가지고 태어난 위대한 재능, 등등. 울프 부인은 단순하고 서정적인 것을 쓸 때가 가장 돋보인다, 또는「큐 가든」에서처럼.「씌어지지 않은 소설」은 성공작이라고 말하기 어렵다. 그리고「어떤 연구회A Society」에 대해 말하자면, 재기는 보이지만 너무 한쪽으로 치우쳐 있다. 그러나 울프는 언제 읽어도 재미있는 작가다, 라고.『웨스트민스

---

1    루이스 근처의 작은 마을로, 울프 부부는 그곳에 멍크스 하우스를 구입하여 1919년부터 별
     장으로 사용했다. 울프가 말년을 보낸 곳이다.
2    Ralph Partridge—레너드 주.
3    Mrs. Partridge—레너드 주.
4    Dorothy Brett—레너드 주.

터』나 『폴 말』이나, 그밖의 다른 진지한 석간지에서는 비아냥을 곁들여 간단하게 취급할 것이다. 자기가 쓰고 있는 것의 내용보다 자기 목소리에 더 심취해 있다고 일반적으로 말할 것이다. 보기 흉하게 체한다, 불쾌한 여자다, 라고. 그러나 실제로는 내가 어디서고 대단한 주목을 받지는 못할 것이다. 그렇기는 하지만 나는 꽤 유명해졌다.

## 4월 8일, 금요일. 오전 11시 10분 전

『제이콥의 방』을 쓰고 있어야 하는데, 그럴 수가 없다. 대신 왜 쓸 수 없는지, 그 이유를 적어놓겠다. 이 일기는 친절하며, 무표정하고, 믿을 만한 친구니까. 요는 내가 작가로서는 실패했다는 사실이다. 유행에 뒤처졌고, 나이도 먹었고, 더 이상 뭘 잘할 수도 없으며, 머리가 나쁘다. 봄은 도처에 와 있는데, 내 책은 (때 이르게) 세상에 나와 그만 순이 잘려버렸다. 젖은 화약과 같다. 확실한 사실 한 가지를 말하자면, 랠프가 출판 날짜를 적지 않은 내 책 한 권을 『타임스』에 서평용으로 보낸 일이다. 그 결과 「늦어도 월요일엔」이라는 짤막한 글이 잘 보이지 않는 곳에 어쨌든 실리기는 했다. 상당히 지리멸렬한, 그러나 충분히 호의적인 글이지만, 꽤 우둔한 글이었다. 다시 말해 그들은 내가 뭔가 재미있는 것을 추구하고 있다는 사실을 알지 못하는 것이다. 그래서 나까지, 정말 그렇지는 않은가, 하는 생각이 들게 된다. 그래서 『제이콥의 방』을 쓰지 못하는 것이다. 아 참, 그리고 리튼의 책이 나왔다. 3단 기사로 취급되고 있다. 아마 칭찬일 것이다. 이런 얘기를 조리 있게 쓸 생각도 들지 않는다. 내 기분은 가라앉을 대로 가라앉아, 반 시간 동안, 전에 없이 우울해졌다. 다시는 글을 쓰지 않겠다는 생각이 들었다, 서평 이외에는. 엎친 데 덮친 격으로, 우리는 리튼을 위한 유쾌한 출판기념회가 열리는 41번지로 갔다. 그래야 하는 것이지만, 리튼은 내 책을 읽었을 텐데도 거기에 대해서는 한마디도 하지 않았다. 그래서 나는 처음으로 리튼의 칭찬을 믿지 못하겠다는 생각이 들었다. 만약 『타임스』의 문예란에서 나를 신비스럽다든가, 수수께끼라고 한다면 나는 조금도 신경을 쓰지 않을 것이다. 리튼은 그런 것을 좋아하지 않으니까. 그러나 내가 만약 평범하고 문제 삼을 존재조차 못 된다면?

어쨌든, 이 칭찬이나 명성이라는 문제에 직면하지 않으면 안 된다. (미국의 도란 출판사가 이 책을 거절했다는 말을 잊었다.)[5] 인기라는 것이 도대체 무엇인가? (로티가 우유를 가져다주고, 일식이 끝나는 통에[6] 잠시 쉬고 난 지금, 나는 여기 말도 안 되는 것들을 써놓았다는 사실을 분명히 인정한다.) 로저가 어제 진실을 말해주었는데, 사람이란 자기가 어떤 수준에 도달해 있기를 원하고, 또 남들이 자기 작품에 대해 흥미를 느끼고 관심을 가져주기를 원한다. 내가 이미 사람들의 흥미를 끌지 못하게 된 것이 아닌가 하는 생각이 나를 우울하게 만든다. 신문, 잡지 덕분에 더 뻗어나갈 수 있는 바로 이때에 말이다. 이미 자리 잡은 평가 따위는 필요 없다. 이를테면 내가 이 나라의 대표적인 여류 작가로 인정을 받기 시작했다는 평가 따위. 물론 나는 모든 개인적 비평을 받아들여야 하는데, 그것이 진짜 시험인 것이다. 이 모든 것을 고려한 다음에 내가 아직 "흥미 있는" 작가인가, 아니면 시대에 뒤진 존재인가를 말할 수 있을 것이다. 여하튼 만약 내가 시대에 뒤진 존

---

5   도란은 거절했으나 하코트 브레이스 출판사에서 『월요일 아니면 화요일』을 1921년 11월에 출판했다.

6   1921년 4월 8일, 오전 8:35~11:05 사이에 런던 근방에서 일식이 관측되었다.

재라면 글 쓰는 일을 기민하게 그만둘 용의가 있다. 나는 기계가 되고 싶지는 않다. 평론을 뱉어내는 기계라면 모를까. 이렇게 글을 쓰고 있노라면, 머릿속 어딘가에 쓰고 싶은 것에 대한 그 기묘한, 그러면서 기분 좋은 느낌이 생겨난다. 나만의 시각 말이다. 그러나 1,500명의 독자가 아니라, 대여섯 명의 독자를 위해 글을 쓴다는 느낌이 이 시각을 바꿔놓지는 않을까, 나를 괴팍하게 만들지는 않을까? 아니, 그렇지는 않을 거라고 생각한다. 그러나 앞서 말했듯이, 이런 쓸데없는 이야기를 너절하게 늘어놓는 그 밑바닥에는 하찮은 허영심이 도사리고 있기 때문에, 우리는 그것과 대결하지 않으면 안 된다. 나를 위한 유일한 처방은, 온갖 것에 관심을 갖는 것이다. 마음이 상하면 러시아어에, 그리스어에, 신문에, 정원에, 사람들에게, 또는 글을 쓰느라 중단했던 활동 등에 내 정력을 곧장 쏟아부어야 한다.


## 4월 9일, 일요일


내 병의 증상에 대해 적어두어야겠다. 다음에 같은 증상이 나타났을 때 알 수 있도록. 첫날은 비참하고, 둘째 날은 행복하다. '상냥한 매'[7]가 『뉴 스테이츠먼』에 나에 대해 쓴 글이, 적어도 내가 중요한 인물이라는 느낌을 갖게 해주었고(우리가 원하는 것은 이런 것이다), 심킨 마셜[8]이 전화로 50부를 더 보내 달라는 주문을 해왔다. 그러니 틀림없이 책이 팔리고 있는 것이다. 이제부터는 꼬집고 조롱하는 개인적 비평을 견뎌 내야 하는데, 그건

---

7 데즈먼드 매카시의 필명—레너드 주.
8 Simpkin, Marshall, Hamilton, Kent & Co.는 런던 시내의 유수한 도서 도매업자.

유쾌한 일이 아니다. 내일은 로저가 올 것이다. 모두가 귀찮다! 그리고 그 책에는 다른 단편을 넣고, 감상적으로 보이는「유령의 집Haunted House」은 뺐더라면 좋았을 것이라는 생각이 든다.

## 4월 12일, 화요일

서둘러 내 병의 다른 증세에 대해서도 적어두어야겠다. 그래야 다음번에는 여기 돌아와서 자가 치료를 할 수 있으니까. 글쎄, 그럭저럭 급성기는 지나고 지금은 철학적인, 반우울증적 무관심 단계에 들어선 모양이다. 오후는 여러 가게에 소포를 돌리거나, 지갑을 찾으러 경시청에 가느라 보냈다. 그 뒤에 차를 마시러 레너드를 만났는데, 리튼이「현악 사중주String Quartet」[9]를 대단한 작품으로 여긴다는 놀라운 소식을 전해 줬다. 이 소식은 랠프를 통해 전해 들었는데, 그는 과장하는 사람이 아니고, 랠프에게 리튼이 거짓말을 할 필요도 없다. 이 말에 한순간 모든 신경이 기쁨에 넘쳐, 그 덕분에 커피 사는 것도 잊어버리고 황홀경 속에 몸을 부들부들 떨면서 헝거퍼드 다리를 건너갔다. 아름답게 파란 빛깔의 저녁이었고, 템스 강은 하늘색이었다. 게다가 내가 참된 발견들을 향해 가고 있는 사람이며, 절대로 가짜가 아니라고 말해주는 로저가 있다. 그리고 현재로서는 매상도 기록을 깼다. 나는 우울했던 것만큼 기분이 좋은 것은 아니지만 일종의 안정 상태에 있다. 운명은 나에게 손가락 하나 건드릴 수 없다. 비평가들은 씹어댈지 모르고, 그러면 매상은 줄어들지 모른다. 내가 두려워했던 것은 내가 하찮은 존재로 무시당하는 것이다.

9    1921년에 출간된 버지니아 울프의 단편소설.

# 4월 29일, 금요일

리튼에 대해 몇 마디 해둬야겠다. 아마도 지난 1년보다 요즘 더 자주 만나고 있는 것 같다. 리튼의 책과 내 책에 대해 이야기했다. 여기 적는 대화는 베리에스에서 주고받은 것이다. 금도금을 한 깃털, 거울, 파란 벽이 있는 방 한 모퉁이에서 리튼과 내가 차와 브리오슈 빵을 들고 있다. 우리는 줄잡아 한 시간은 더 앉아 있었다.

"어젯밤에는 자다 말고 깨서 당신의 자리매김에 대해 생각했어요."라고 내가 말했다. "생시몽[10]과 라브뤼르[11]랄까."

"맙소사"라고 리튼이 신음소리를 냈다.

"그리고 매콜리[12]랄까." 내가 덧붙였다.

"그래, 매콜리지"라고 리튼이 말했다. "매콜리보다는 조금 낫지."

"그러나 당신은 그의 제자는 아니지요."라고 내가 우겼다. "그는 더 세련된 사람이고, 게다가 당신은 짧은 책밖에 쓰지 않았잖아요."

"나는 다음에 조지 4세[13]에 관해 써볼 작정이오."

"하지만 당신의 자리매김이······." 하고 내가 다그쳤다.

"그러는 당신의 자리매김은?"

"나는 '현존하는 여류 작가 중 가장 재능 있는 사람'이지요. 그렇게 『브리티시 위클리』에 나와 있던데요"라고 내가 말했다.

"그 말에 나도 영향을 받을 것 같군"이라고 리튼이 말했다.

그리고 리튼은 내가 그처럼 상이한 여러 문체로 글을 써도, 언제나 내가 쓴 글을 알아볼 수 있다는 말을 했다.

---

10  St. Simon, 1675~1755, 프랑스의 정치가이자 저술가.
11  La Bruyère, 1645~1696, 프랑스의 도덕주의자.
12  Macaulay, 1800~1859, 영국의 역사가이자 정치가.
13  1820~1830, 사치스러운 생활로 알려져 있다.

"그건 내가 열심히 노력한 결과예요"라고 내가 주장했다. 그리고 우리는 역사에 대해 이야기했다. 기번[14]은 일종의 헨리 제임스라고 짐짓 말해봤다.

"아니, 그렇지 않아요. 전혀 다르지요"라고 리튼이 말했다.

"기번은 나름대로의 시각을 가지고 있고, 그것을 고집해요"라고 내가 말했다. "그러고 보면 당신도 그렇지요. 나는 비틀거리지만." 그러나 기번은 어떤 존재인가?

"아, 제 몫을 잘해내고 있지요"라고 리튼이 말했다. "포스터는 기번을 악동이라고 해요. 그러나 기번은 다양한 생각을 갖고 있지 못해요. 아마도 '미덕'을 믿고 있는지 모르지요."

"그건 참 예쁜 단어예요"라고 내가 말했다.

"그렇지만 야만인들의 무리가 로마 시를 유린하는 대목을 읽어 봐요. 대단해요. 사실 기번은 초기 기독교 신자들에 대해 괴이한 생각을 갖고 있어요. 그들에게는 이렇다 할 만한 것이 아무것도 없다고 생각했던 거지요. 그러나 한번 읽어보세요. 나도 내년 10월에는 읽으려고 해요. 그리고 플로렌스에 갈 작정인데, 밤에는 매우 쓸쓸하겠지요."

"당신은 영국 사람보다 프랑스인에게 더 많은 영향을 받은 것 같아요"라고 내가 말했다.

"맞아요. 나는 그들의 명석함을 물려받은 것 같아요. 그들이 나를 만들어낸 거지요."

"전에 내가 당신을 칼라일과 비교한 적이 있지요"라고 내가 말했다. "『회상』을 읽어봤는데, 당신 것하고 비교하면, 그건 이 빠진 무덤 파는 노인의 넋두리지요. 그렇지만 멋진 표현들은 많아요."

"아, 그 점은 맞아요"라고 리튼이 말했다. "하지만 일전에 노튼

---

14  Gibbon, 1737~1794, 영국의 역사가. 『로마제국 쇠망사』의 저자.

과 조이스에게 칼라일의 글을 읽어줬더니, 그들이 소리를 질렀어요. 이건 도저히 안 되겠다고."

"그렇지만 나는 '대중'이 좀 걱정이에요."

"그건 내게 위험이란 말이지요?"

"그래요. 당신의 글은 너무 세련되었어요."라고 내가 말했다. "그렇지만 조지 4세는 멋진 주제지요. 쓰는 일이 신날 것 같아요."

"당신 소설은 어떻게 됐어요?"

"아, 보물찾기 통 속에 손을 넣고 휘젓고 있는 중이에요."

"그것이 놀라운 대목이지. 게다가 보석마다 전부 다르니 말이에요."

"그래요, 나는 20인의 인간이에요."

"그렇지만 밖에서는 전체밖에 보이지 않아요. 조지 4세에 대해 가장 어려운 점은, 내가 구하는 사실을 아무도 말해주지 않는다는 사실이지요. 역사는 전부 다시 써야 돼요. 온통 도덕 얘기뿐이니……."

"그리고 전쟁 얘기지요."라고 내가 덧붙였다.

그러고 나서 우리는 함께 거리를 걸었다. 내가 커피를 사야 했으므로.


## 5월 26일, 목요일

어제 나는 고든 광장에 앉아 케인스와 한 시간 반 동안 잡담을 했다. 때로 나는 사람들을 묘사하는 대신 그들이 말하는 것을 적어두고 싶다. 문제는 그들이 별로 말을 하지 않는다는 점이다. 케인스는 칭찬받는 것을 좋아한다고 말했다. 그리고 항상 자랑을 하고 싶다고 말했다. 케인스는 많은 남자들이 자랑을 들어줄 상대가 필요해서 결혼을 하는 것이라고 말했다. 그렇지만 속아주는 사람도 없는데 자랑한다는 것은 이상하지 않느냐고 내가 말했다. 게다가 "다른 사람도 아닌 당신이 칭찬을 받고 싶어 한다는 것은 이상해요. 당신과 리튼은 자랑을 할 수준의 존재가 아니죠. 그것이 최고의 승리예요. 당신들은 가만히 앉아 아무 말도 하지 않아도 되죠."라고도 말했다. 그러나 케인스는 칭찬을 받고 싶다고 말했다. 자기가 자신 없어 하는 대목에서 칭찬이 필요하다고. 그리고 우리는 출판에 대해 이야기했다. 호가스 출판사[15]와 소설에 대해서도. 작중 인물이 어떤 버스를 탔는가, 따위의 설명은 왜 하느냐고 그가 물었다. 그리고 힐베리 부인이 때로는 캐서린의 딸이면 안 되는 이유가 무엇인지 물었다. "아, 그래요, 그건 재미없는 책이에요." 라고 내가 말했다. 그러나 케인스는 끝내기 전에 뭐든 다 써넣어야 된다는 것을 이해하지 못하는 것 같았다. 나의 걸작은 조지에 관한 회상[16]이라고 케인스가 말했다. "당신은 실제 인물에 대해 쓰는 척하면서 이야기를 꾸며내서는 안 돼요."라고도 말했다. 나는 매우 실망했다. (그리고 만약 조지가 내 클라이맥스라면…… 나는 한낱 글쟁이가 아니던가)

---

15 울프 부부가 취미삼아, 그리고 울프의 정신적 치료를 위해 시작한 출판사. 울프의 작품을 출판했을 뿐만 아니라, 나중에는 영국 문학사상 기념비적인 작품들도 다수 출판하였다.
16 『존재의 순간들』에 실린 「22 Hyde Park Gate」

# 8월 13일, 토요일

"콜리지[17]는 램[18]만큼 행동하는 것이 어울리지 않는 사람이다. 그러나 그 이유는 다르다. 콜리지는 키가 크고 동작이 느린 데다 몸이 단단하여, 몸이 가볍고 허약했던 램과는 좋은 대조를 이루었다. 운동이 부족했던 덕분에 나이보다 더 늙어 보였는지 모른다. 콜리지의 머리칼은 나이 50에 이미 백발이었다. 콜리지는 대개 까만 옷을 입고 있었고 몸가짐이 매우 조용해서, 풍모는 신사다웠다. 죽기 전 몇 년 동안은 성직자였다. 그러나 콜리지의 얼굴에는 어딘가 범접할 수 없는 젊음이 있었다. 얼굴은 둥글고, 생기가 넘치는 색깔이었으며, 호감을 주는 이목구비에, 사람 좋아 보이는 입은 게으른 듯 반쯤 벌리고 있었다. 소년과 같은 그의 표정은 어렸을 때와 마찬가지로 몽상에 잠기고, 사색하며, 일생을 세상과 떨어져, 책과 꽃 속에서 살아온 콜리지와 같은 사람에게는 참 잘 어울리는 것이었다. 콜리지의 이마는 마치 조용하고 큰 대리석 덩어리처럼 유별나게 컸으며 그의 모든 정신 활동이 집중한 것 같은 멋진 눈이 그 이마 밑에서 활발하게 움직이고 있었다. 그 눈은 마치 그처럼 많은 사색을 담당하는 것은 한낱 기분 전환이라고 말하는 듯했다."

"그리고 그것은 기분 전환이었다. 해즐릿[19]은 콜리지의 천재성은 머리와 날개만으로 이루어진 정령과 같아서, 영구히 하늘에 떠 있는 것처럼 보인다고 했다. 나는 다른 인상을 받았다. 내 상상으로 콜리지는 사람 좋은 마법사로서 이 지상을 매우 좋

---

17  Samuel Taylor Coleridge, 1772~1834, 영국의 시인. 워즈워스와 더불어 영국의 낭만주의 시대를 열었다.

18  Charles Lamb, 1775~1834, 영국의 수필가.

19  William Hazlitt, 1778~1830, 영국의 비평가.

아하고, 안락의자에 편하게 푹 앉을 생각을 하면서도, 자기의 몽상을 눈 깜짝할 사이에 자기 둘레로 불러 모을 수 있는 사람처럼 보였다. 게다가 콜리지는 몽상을 몇천 개로 바꿀 수도 있으며, 식사 시간이 되면 힘들이지 않고 그 몽상을 잊어버릴 수도 있는 사람이었다. 관능적인 육체 위에 놓인 강력한 지성이었다. 그 지성을 가지고, 말하고 몽상하는 일 말고 달리 한 일이 없다는 것은, 그 같은 육체에게는 다른 일을 더 하지 않는 것이 편해서 그랬는지 모른다. 그렇다고 콜리지가 나쁜 의미의 관능주의자였다는 뜻은 아니다……."

이상이 리 헌트[20]의 회상기 제2권 223쪽에서, 언젠가 쓸 일이 있을 것 같아 수고를 마다않고 인용해놓은 전부다. 리 헌트는 우리들의 정신적 스승이고, 자유인이었다. 헌트에게는 데즈먼드에게 그렇듯 말을 붙일 수가 있었을 것이다. 가벼운 사람이었겠지만, 틀림없이 문명인이었을 것이다. 내 육친의 할아버지보다 훨씬 더 그랬을 것이다. 이 같은 자유롭고 강인한 정신의 소유자들이 세상을 전진시킨다. 그리고 과거라는 낯선 광야에서 이런 사람과 우연히 마주치게 되면, "아, 우리는 한패야"라고 말하게 된다. 이것은 대단한 칭찬이다. 백 년 전에 죽은 사람들은 대부분의 사람들에게는 이방인 같다. 우리는 그들에게 예의 바르게는 대하지만, 솔직히 편하지는 않다. 셸리[21]는 해즐릿 소유의 『라미아』[22]를 손에 쥐고 죽었다. 해즐릿은 그 책을 다른 사람에게 돌려받는 것이 싫어서, 화장할 때 같이 태워버렸다. 장례식에서 집에

---

20  Leigh Hunt, 1784~1854, 영국의 시인이자 소설가, 비평가이면서 극작가. 리 헌트와 울프의 증조부인 제임스 스티븐(James Stephen, 1789~1859)은 동시대 사람들이다.
21  Percy Bysshe Shelley, 1792~1833, 영국의 대표적 낭만주의 시인.
22  키츠의 시.

돌아갈 때? 해즐릿과 바이런은 배꼽을 잡고 웃었다. 이것이 인간의 본성이라는 것이고, 해즐릿은 이 사실을 감추지 않는다. 게다가 나는 해즐릿의 호기심에 찬 인간적 공감이 마음에 든다. 역사는 전쟁과 법률 얘기로 지루해진다. 그리고 바다 여행에 관한 책들은 여행자가 쓸데없이 아름다운 경치를 묘사하는 통에 그처럼 지루해지는 것이다. 대신 선실에 내려가서 선원들이 어떻게 생겼으며, 무엇을 입었고, 무엇을 먹었고, 어떻게 행동했는가에 대해 이야기하는 것이 훨씬 더 재미있다.

칼라일 부인[23]이 돌아가셨다. 사람들은 남이 승리에 취해 의기양양할 때보다 엄청난 불행을 만나 어쩔 줄을 몰라 할 때를 더 좋아한다. 그녀는 큰 희망과 많은 재능을 가지고 출발했는데, (사람들 말에 의하면) 모든 것을 다 잃어버리고, 기면성嗜眠性 뇌염으로 세상을 떠났다고 한다. 아들 다섯을 앞세우고, 인류에 대한 자신의 희망은 으깨진 채.


## 8월 17일, 수요일

레너드가 런던에서 퍼거슨이나, 사무실에 다녀올 때까지 시간을 보내기 위해 여기 뭔가를 끼적거리고 있어도 될 것이다. 확실히 내 글 쓰는 능력이 돌아온 것 같다. 나는 하루 종일 글을 쓰다가, 쉬다가 하면서 원고 하나를 써냈다. 『스콰이어』에 실리게 될지도 모른다. 그쪽에서 이야기를 한 편 원했고, 혹스퍼드 부인이 톰셋 부인에게 내가 영국에서 제일은 아닐지 몰라도 가장 머리 좋은 여자 가운데 하나라고 말했기 때문이다. 지금까지 내게 부

---

23　Rosalind Frances Howard, Countess of Carlisle, 1845~1921, 여권 운동가.

족했던 것은 정신력이 아니라 칭찬이었던 것 같다. 어제 나는 성경식 표현으로 설사에 걸렸다. 닥터 밸런스를 불렀더니 점심 식사 뒤에 왔다. 닥터 밸런스와 주고받은 대화를 여기 적을 수 있으면 좋으련만. 온화하며 눈두덩이 두툼한 자그마한 노인인데, 루이스 마을 의사의 아들로서 늘 여기 살아왔다. 여러 해 전에 배운 기본 의학 지식을 양심적으로 적용하는 의사였다. 닥터 밸런스는 프랑스어는 외마디로 할 수 있을 정도다. 레너드나 내가 그보다는 훨씬 더 많은 것을 알고 있었으므로, 우리는 일반적인 주제에 대해 이야기했다. 베랄 노인[24]에 대해, 그가 의도적으로 굶어 죽은 일에 대해 이야기했다. "그를 입원시킬 수도 있었는데" 하고 닥터 밸런스가 생각에 잠기며 말했다. "한 번 입원한 적이 있어요. 베랄의 누이동생은 지금까지 병원에 있지요. 완전히 실성한 것 같아요. 집안 내력이 안 좋은 것 같아요, 아주 안 좋아요. 나는 베랄과 당신 거실에 같이 앉아 있었지요. 난로 바로 옆이 아니면 따뜻하지 않았어요. 베랄이 체스에 흥미를 갖도록 유도해 보았는데, 그게 되질 않았어요. 아무 데도 흥미를 느낄 수 없는 듯했어요. 너무 나이가 많고, 몸이 약했지요. 입원시킬 수가 없었어요." 그래서 베랄 노인은 마당을 어슬렁거리다가 스스로 굶어 죽은 것이다.

다리를 포개고 앉아 때때로 작은 콧수염을 생각에 잠긴 듯 만지작거리면서, 닥터 밸런스는 내가 하는 일이 무엇이냐고 물었다. (그는 내가 만성이며, 상류 부인이라고 생각했던 것 같다.) 나는 글을 쓴다고 했다. "무엇을 쓰는가요, 소설이요? 가벼운 거요?" 맞아요, 소설을 써요. "내 환자 가운데 다른 여류 소설가가 있는데, 다드니 부인이라고, 내가 그 부인을 격려해줬지요. 어떤 계약, 새

24  Jacob Verrall, 1844~1918. 멍크스 하우스의 전 소유자.

소설을 쓰기 위한 계약을 하는데 말이지요. 그 부인은 루이스가 너무 시끄럽다고 그래요. 게다가 마리온 크로퍼드[25]도 있고……. 그러나 더드니 씨[26]야말로 퍼즐왕이지요. 어떤 문제를 내도 못 맞히는 게 없어요. 가게 팸플릿에 인쇄할 퍼즐도 생각해내지요. 신문에 퍼즐 난을 쓰고 있어요."

"전쟁 때 암호 푸는 일을 도왔나요?"라고 내가 물었다.

"글쎄, 거기에 대해서는 잘 모르겠어요. 그러나 많은 군인들이 그에게 편지를 보냈지요. 아무튼 퍼즐왕이니까요."

여기서 닥터 밸런스는 발을 반대로 포갰다. 마침내 그는 떠났다. 닥터 밸런스는 레너드에게 루이스 체스 클럽에 가입할 것을 권했는데, 나도 가능하면 거기 가입하고 싶었다. 색다른 그룹을 들여다본다는 것은 항상 말할 수 없는 황홀감을 안겨준다. 나는 결코 닥터 밸런스나 퍼즐왕과 어울릴 일이 없을 테니까.


## 8월 18일, 목요일

아무것도 쓸 것이 없다. 다만 이 견딜 수 없는 초조감을 적어 잊어버리고 싶다. 지금 나는 바위에 쇠사슬로 묶여 있다. 아무것도 할 수 없다. 모든 걱정, 양심, 초조, 강박관념이 나를 긁고 할퀴고, 되풀이해서 덮치도록 내맡겨진 운명에 놓여 있다. 이런 날에는 산책을 해도 안 되고, 일을 해도 안 된다. 무슨 책을 읽어도 내가 쓰고 싶은 주제의 일부로 내 마음 속에 부글거리고 일어난다. 서섹스 전체에서 나만큼 불행한 사람은 다시 없을 것이다. 또는 내

25 Marion Crawford, 1854~1909, 영국의 작가. 이탈리아에 거주.
26 수학 퀴즈의 전문가. 퀴즈에 관한 많은 저서를 가지고 있으며, 아내 앨리스는 유명한 대중 작가였다.

안에, 그것을 사용할 수만 있다면 사물을 즐길 수 있는 무한한 능력을 비축하고 있다는 사실을 나만큼 강하게 의식하고 있는 사람도 없다. 햇볕이 노란 들판 전체와 길고 나지막한 헛간 위에 흐르고 있다. (아니, 결코 흐른다고 할 수 없다. 넘치고 있다.) 그리고 펄 숲속을 거닐다 돌아올 수 있다면 무엇인들 아까울 것이 없을 성싶다. 더러워진 채로, 땀을 흘리며, 콧잔등은 집을 향한 채, 몸의 근육 하나하나가 피곤해지고, 머리는 달콤한 라벤더 향기에 취해 건강하고 냉정해져서, 내일 작업을 위해 의욕에 넘쳐 돌아올 수만 있다면. 그러면 무엇이든 잘 관찰할 수 있을 것이고, 바로 그 순간 거기에 알맞은 표현이 머리에 떠오를 것이며, 그것은 장갑처럼 꼭 맞을 것이다. 그러면 먼지투성이의 길에서 페달을 밟는 동안, 내 이야기는 저절로 만들어질 것이다. 그러다 해가 저물고, 집에 돌아와서 저녁 식사 후에 한바탕 시에 잠긴다. 반은 읽고, 반은 시에 살고, 그러면 육체가 녹아내리듯이 거기서 꽃들이 빨갛고 희게 단숨에 솟아난다. 자! 이제 내 초조감에 대해 반은 썼다. 불쌍하게도 레너드가 잔디 깎는 기계를 이리저리 움직이고 있는 소리가 들린다. 나같은 마누라는 바구니에 담아 빗장을 걸어 잠가야 한다. 물려고 덤비니까! 그런데도 레너드는 어제 온종일 나를 위해 런던을 뛰어다니다시피 하고 왔다. 그렇지만 만약 우리가 프로메테우스[27]이고, 바위는 단단하고, 쇠파리들이 못 견디게 찔러 댄다면, 감사고 애정이고 무엇 하나 고상한 감정은 맥을 못 추게 될 것이다. 이렇게 8월도 헛되이 지나고 만다.

다만 나보다 더 괴로워하는 사람들 생각을 하면 조금은 위안을 받는다. 이것은 자기중심주의의 도착일 거라고 생각한다. 이

---

27　그리스 신화의 등장인물로서, 인류의 수호자다. 프로메테우스는 하늘에서 불을 훔쳐 인간에 전해준 죄로, 바위에 묶여 매일 독수리에게 심장을 파먹히고, 낮에는 다시 회복하는 형벌을 받는다.

제 이들 지긋지긋한 나날을 헤쳐나갈 시간표를 짜 봐야겠다.

불쌍한 렌그랑 양은 말로리 부인에게 진 것이 분해 라켓을 집어 던지고 울기 시작했다. 아마 렌그랑 양의 허영심은 엄청 클 것이다. 틀림없이 자신이 렌그랑 양이란 사실이 세상에서 제일 대단한 일이라고 생각하고 있을 것이다. 나폴레옹처럼 지는 법이 없는 인간이라고.[28] 암스트롱은 크리켓 국제 시합에서, 출구 맞은편에 꼼짝 않고 버티고 서서 투수들에게 멋대로 자기 좋은 역할을 맡게 했다. 덕분에 게임 전체가 시간 부족으로 만화처럼 되고 말았다. 그리스극의 아이아스[29]도 마찬가지 기질이다. 그런데 우리는 모두 아이아스를 영웅적이라고 말한다. 그리스 사람들에게는 무엇이든지 용서가 된다. 나는 작년 이래 그리스어를 한 줄도 읽지 않았다. 이번에도 그랬다. 비록 그것이 속물근성에서라고 해도 나는 다시 그리스어로 되돌아갈 것이다. 나이 들면 그리스어를 읽을 것이다. 오두막집 문 앞의 여자만큼 나이가 들면. 그 여자의 머리칼은 흰 데다 숱이 많아서 배우들이 쓰는 가발이라고 해도 믿을 것 같다. 좀처럼 인류애에 젖는 일이 없는 나도 셰익스피어를 읽지 않는 사람들이 안됐다는 생각이 든다. 그리고 올드 빅 극장에서 오셀로가 상연되었을 때, 가난한 남녀와 애들이 구경하는 것을 보고 나는 정말로 너그럽고 민주적인 엉터리 감정을 가질 수 있었다. 그 화려함과 그 가난함! 지금 나는 초조감을 쏟아내고 있으므로, 말이 안 되는 소리를 해도 상관이 없다. 확실히 정상적인 사물의 균형이 조금이라도 흐트러지면 나는 불안해진다. 나는 이 방과 이 시계視界를 너무나 잘 안다. 그 안에서 걸을 수가 없어 모든 것의 초점이 맞지 않는다.

28  렌그란 양은 1919년부터 5년 동안 전 미국, 영국의 테니스 챔피언이었다.
29  그리스 신화에 등장하는 살라미스의 왕 텔라몬의 아들. 트로이 포위군의 용사이다. 아킬레우스의 갑옷을 오디세우스에게 빼앗긴 것에 분개하여 자살하였다.

## 9월 12일, 월요일

『비둘기의 날개』[30]를 읽고 나서 몇 마디 감상을 적겠다. 끝 부분에서 작가의 조작이 너무 정교해서, 독자는 예술가를 느끼는 대신 주제를 제공한 인간만을 느끼게 된다. 게다가 작가는 위기를 느끼는 능력을 잃어버린 것 같다. 너무 기교에 빠져, 일은 이렇게 하는 거예요, 라고 말하는 것이 들리는 것 같다. 그런데 정말 위기가 닥칠 때, 참된 예술가는 그것을 피하는 법이다. 절대로 그 위기를 다루어서는 안 된다. 그렇게 함으로써 감명은 그만큼 깊어진다. 마지막으로 말해둘 것은, 이처럼 많은 명주 손수건을 던지고 주무르고 나면, 그 배후에 있는 인물에 대해서는 아무것도 느끼지 못하게 된다는 점이다. 이렇게 주무르고 나면 밀리는 사라지고 만다. 작가는 좀 지나쳤다. 그러니 이 작품을 다시 읽을 수가 없다. 정신적 이해력과 폭은 대단하다. 늘어지고, 느슨한 문장은 단 하나도 없지만, 소심함인지 자의식인지, 뭔지 알 수 없는 이것 때문에 문장은 몹시 거세되고 말았다. 교양 있게 보이려고 하지만 교양 있게 보인다는 것이 무엇인지를 약간 우둔하게 이해하고 있다는 점에서 헨리 제임스는 전형적인 미국인이다.


## 11월 15일, 화요일

정말로, 정말로 이것은 불명예스러운 일이다. 11월에 들어선 지 보름이 지났는데도, 나의 일기는 조금도 나아지지 않았다. 아무것도 쓰지 않았을 때는 대개 책 제본을 하고 있었거나, 4시에

30  헨리 제임스의 소설.

차를 마시고 둘이 산책을 나갔거나, 혹은 이튿날 글을 쓰기 위해 무엇인가를 읽었거나, 늦게 나갔다가 등사판용 재료를 가지고 와서 정신없이 시험을 해보고 있었다고 생각하면 된다. 우리는 로드멜에 갔는데, 종일 세찬 바람이 불었다. 마치 북극 들판에 갔다 온 것 같다. 그래서 종일 난롯불 돌보는 일로 시간을 보냈다. 일전에 나는 『제이콥의 방』의 마지막 말을 썼다. 정확히 말해 11월 4일의 금요일인데, 시작한 것이 1920년 4월 16일이니까 「월요일 아니면 화요일」을 쓰느라, 그리고 아팠던 6개월간의 공백을 빼고 나면 1년이 걸린 셈이다. 나는 아직 읽어보지 않았다. 『타임스』에 보낼 헨리 제임스의 귀신 이야기들과 씨름을 하고 있는 중이다.[31] 더는 못 읽겠다는 기분으로 그것들을 방금 집어던진 참이 아니었던가? 이제부터는 하디를 해야 한다. 그러고는 뉴즈[32]의 생애에 대해 쓰고 싶다. 그러고는 『제이콥의 방』의 윤문을 해야 한다. 그리고 내가 패스턴의 편지에 달려들 기운이 있으면, 언젠가 『독서』를 쓰기 시작해야 한다. 『독서』를 쓰기 시작하면 새 소설 구상을 하게 될 것이다, 틀림없이. 단 한 가지 의문은 내 손가락이 이렇게 많은 글을 쓰는 일을 감당해낼까, 하는 것이다.


## 12월 19일, 월요일

내 소포 포장이 끝날 때까지 서평의 성격에 대해 몇 마디 추가해두겠다.

---

31  제목은 「Ghost Stories」

32  Sir George Newnes, 1851~1910, 영국의 출판업자이자 잡지 경영자.

"울프 부인이신가요. 헨리 제임스에 대해 쓰신 서평에 대해 한두 마디 여쭐 것이 있습니다."

"첫째는…… (소설집에 나오는 이야기의 정확한 제목에 관한 것이었다) 그리고 부인께서는 '음란한'이라는 단어를 쓰셨는데, 물론 꼭 바꾸시라는 말씀은 아니지만, 헨리 제임스의 어떤 작품에도 이 말은 쓰기가 좀 강한 표현 같아서요. 물론 나도 그의 소설을 읽은 지가 오래되기는 했지만…… 내 인상으로는……."

"그렇지만 저는 그 작품을 읽었을 때 그렇게 느꼈어요. 그때 인상으로 글을 쓰는 수밖에 없다고 생각하는데요."

"그러나 그 단어의 통상적인 뜻도 알고 계시겠지요. 그건, 저, '비천하다'는 뜻이지요. 우리의 불쌍한, 사랑스럽고 나이 먹은 헨리 제임스를 생각하면……. 아무튼 다시 생각해보시고 20분 후에 전화 주세요."

그래서 나는 다시 생각하고 12분 반만에 요청받은 결론에 도달했다. 그러나 이럴 때 어떻게 해야 하나? 상대방은 '음란한'이라는 단어를 싫어할 뿐만 아니라, 그밖의 어떤 단어도 별로 좋아하지 않는다는 사실을 분명히 했다. 이런 일이 점점 더 자주 일어난다는 사실을 생각할 때, 나는 변명을 하고 절교를 하든지, 적당히 비위를 맞추고 살든지, 아니면 시류에 저항하며 계속 글을 쓰든지 하는 수밖에 없다는 생각이 들었다. 마지막 방침이 정답이겠지만, 자기가 그러고 있다는 의식이 나를 옥죈다. 글을 쓸 때 딱딱해지면 자발성이 사라지게 된다. 어쨌든 당장은 되어가는 대로 내버려 두고, 체념하고 야단을 맞기로 한다. 사람들은 틀림없이 투덜댈 것이고, 자기 신문을 외아들처럼 사랑하는 불쌍한 브루스는 일반 독자들의 비판을 두려워한 나머지 우리에게 더 심하게 굴 것이다. 그것은 불쌍한 나이 먹은 헨리 제임스에 대한 나의 불경 때문이 아니라,『서플리먼트』에 화가 미치기 때문이다. 참 나도 하찮은 일에 시간을 낭비했다.

# 1922년(40세)

## 2월 15일, 수요일

　독서에 대한 기록을 좀 남겨두려고 한다. 우선 피콕[1]의 『악몽의 사원』과 『변덕스러운 성』. 두 권 모두 내가 기억하던 것보다 훨씬 더 좋다. 확실히 피콕은 나이 들어 읽어야 그 맛을 안다. 내가 어렸을 때 그리스의 기차 안에서 토비[2] 맞은편에 앉아 피콕을 읽고 있던 생각이 난다. 내가 "메러디스[3]에 나오는 여자들은 피콕에서 가져온 것 같아, 굉장히 매력적인 여자들이야"라고 말했을 때 토비가 그 말에 동의해서 몹시 기뻤던 생각이 난다.[4] 그때 나는 이 작품에 대한 내 열정을 좀 과장해야 했던 것 같다. 토비는 그걸 그냥 좋아했다. 나는 신비라든가 낭만, 혹은 심리 따위를 원했다. 지금의 나는 무엇보다도 아름다운 산문을 원한다. 나는 더

---

1  Thomas Love Peacock, 1785~1866, 영국의 시인이자 소설가. 『악몽의 사원』은 낭만주의를 강력하게 풍자한 소설이다.
2  Thoby Stephen. 울프의 오빠. 1906년에 장티푸스로 사망.
3  George Meredith, 1828~1909, 영국의 시인이자 소설가.
4  메러디스는 피콕의 사위.

욱더 그 맛을 알게 됐다. 그리고 풍자를 더 즐긴다. 내가 더 좋아하는 것은 피콕의 회의론이다. 피콕의 지적인 면이 나를 즐겁게 해준다. 게다가 환상적인 것이 엉터리 심리학보다 훨씬 더 많은 것을 가져다준다. 피콕이 볼이 약간 빨개졌다는 말만 하면 나머지는 내가 채운다. 피콕의 소설들은 모두 짧았다. 나는 누르스름한 색깔이 도는, 초판에 아주 잘 어울리는 자그마한 책으로 작품들을 읽었다.

늠름한 스콧[5]이 다시 나를 움켜쥐고 있다. 『올드 모탤러티』[6]를 반쯤 읽었다. 좀 지루한 설교들을 참아야 한다. 그러나 모든 것들이 너무 조화를 잘 이뤄 그런 것을 지루하다고 해도 되는지 의심스럽다. 암갈색과 황갈색으로 부드럽게 칠해진 스콧의 기묘한 단색 풍경화마저도 잘 어울린다. 마치 옛날 대가가 그린 전형적인 인물 같은 이디스나 헨리도 정확히 자기 자리에 놓여 있다. 그리고 커디와 모스도 언제나처럼 생명 그 자체같이 항상 힘차게 전진하고 있다. 그러나 내가 보기에 아무래도 스콧은 조명하는 것과 이야기하는 일 때문에, 『골동품 수집가』 때처럼 흥에 겨워 곧바로 앞으로 나아갈 수가 없었던 것 같다.


## 2월 16일, 목요일

앞의 이야기를 좀 더 계속하자면, 확실히 마지막 몇 장은 삭막한 회색이다. 그리고 분명히 알아보기 쉽게 너무 손질해놓았다. 짐작컨대 실력자들이 본래의 흐름을 가로막았을 것이다. 모턴은

5    Sir Walter Scott, 1771~1832, 스코틀랜드의 시인이자 소설가.
6    1816년에 나온 스콧의 소설.

거드름쟁이이며, 이디스는 멍청이고, 에반데일은 멋쟁이다. 설교자의 지루함은 그렇다고 치자. 하지만, 하지만 나는 다음 장에서 어떤 일이 벌어지는지 알고 싶다. 이들 멋쟁이 노인들은 무엇이든 용서해줄 수 있다.

역사적 인물의 초상화를 그리는 사람들을 얼마만큼 믿을 수 있을까? 바이올렛 디킨슨[7]을 두 시간 동안 만난 것이 바로 어제 오후인데, 그 얼굴을 묘사하는 일이 쉽지 않으니 말이다. 바이올렛이 현관으로 몸을 기우뚱거리며 들어오면서 로테에게 지나가는 말처럼 "내 마멀레이드는 어디 있지? 울프 부인은 어때? 좀 나아졌나? 지금 어디 있는데?"라고 말하는 것이 들리는 듯하다. 그러면서도 바이올렛은 외투와 우산을 내려놓는 동안 한 마디도 듣고 있지 않다. 그리고 바이올렛이 들어올 때, 마치 거인처럼 키가 커 보였다. 옷은 맞춤이었고, 까만 리본에는 빨간 혀가 달랑거리는 진주 돌고래가 매달려 있었다. 몸은 좀 부한 편이고, 얼굴은 흰데다가 파란 눈이 튀어나와 있었고, 콧잔등에는 작은 상처가 있었다. 작고 예쁜 손은 귀족적이다. 다 좋았다. 그러나 바이올렛의 말은? 자연의 여신도 설명하지 못할 것이다. 자연이 일부러 나사 하나를 빠트려 놓았으니, 난들 바이올렛의 말을 이해할 수 있겠는가? "늙은 리블스데일과 호너를 넣는다니 말도 안 돼. 그래서 R 부인은, 부인은 애스터가 출신이야, 자기 돈은 한 푼도 투자하지 못하겠대. 네 친구 슈라이너 양은 방콕으로 갔어. 슈라이너 양이 이튼 광장에서 샀던 그 많은 장화랑 구두 생각나지? 솔직히 말해 나는 슈라이너도, 장화도, 이튼 광장도 생각나지 않아." 그리고 테헤란에서 돌아온 헤르만 노먼이 그곳 사태가 엉망이라고

---

7    바이올렛 디킨슨은 울프가 처음으로 마음을 주었던 여인이다. 디킨슨은 울프보다 열세 살 많다. 열세 살에 어머니를 잃은 울프를 여러 가지로 돌봐주었다. 울프는 그녀를 '이모'라고 불렀다.

말하더라는 이야기 등.

"그 사람은 내 사촌이에요"라고 내가 말했다.

"어머나!" 그리고 우리는 노먼 집안 사람들에 대한 이야기를 했다. 레너드와 랠프는 그 사이 차를 마시며, 때때로 포도탄[8]이 터지는 것을 막아주었다. 이런 이야기들을 잘 연결하면 제인 오스틴 식의 매우 재미있는 스케치가 될 것이다. 그러나 사랑스러운 제인은 마음만 먹으면 그밖의 어떤 것이라도 쓸 수 있다. 아니, 그러지 않았을 것 같다. 제인은 일반적 사색에 빠지는 타입이 아니었다. 바이올렛 주위를 둥그렇게 둘러싸고 일종의 아름다움을 더해 주는 그림자를 누구도 묘사할 수 없을 테니까. 바이올렛은 대화는 끊임없이 이어져야 한다는 오래된 신조를 갖고 있었으나, 이윽고 조용해지고, 자비로워지고, 관대해진다. 무엇이든 바이올렛의 수비 범위 안으로 끌어들이는 해학적인 공감을 보여준다, 그것도 아주 자연스럽게. 바이올렛은 약간의 소금과 현실성이 가미된 폭넓은 소설가의 자질을 가지고 있다. 게다가 사물을 그 자체의 분위기 안에 담가버리는 재주를 가지고 있다. 단 이 모든 것을 단편적으로 당돌하게 해낸다. 바이올렛은 살고 싶은 생각이 없노라고 나에게 말했다. 그러면서 "나는 매우 행복해"라고 말했다. "물론 매우 행복하지. 그렇다고 더 살고 싶은 것은 아니야. 무엇 때문에 살아야 하지?" "친구분들은 어때요?" "내 친구들은 다 죽었어." "오지는요?" "아, 오지는 내가 없어도 잘해낼 거야. 나는 신변 정리를 하고 나서 사라져버리고 싶어." "그렇지만 영혼의 불멸을 믿고 계시지 않아요?" "아니, 그렇지는 않아. 죽으면 흙이 되고, 재가 되는 거지." 물론 바이올렛은 웃었다. 그러나 왠지 포괄적인 상상력을 가지고 있어서, 듣고 있노라면 바이올렛이 하

---

8    옛날 대포알. 울프의 짜증을 나타낸다.

는 말을 믿게 된다. 확실히 나는 바이올렛이 좋다. 젊을 때 싹트고, 그처럼 숱한 중요한 일들과 뒤엉킨, 야릇하고, 깊고 오래된 감정에 '사랑'이란 단어가 알맞은 말일까? 나는 바이올렛의 크고 아름다운 파란 눈을 보고 있었다. 그 눈은 티 없고 관대하며 다정스러워, 보고 있노라면 프리섬[9]과 하이드 파크 게이트를 생각나게 한다. 그러나 이렇게 적어 보아도 이것이 초상화가 되지는 않는다. 왜 그런지 바이올렛은 나에게 천재적 여성의 스케치 같은 인상을 준다. 바이올렛은 모든 유동적 재능을 가지고 있으면서도 뼈대가 될 재능을 가지고 있지 못하다.


## 2월 17일, 금요일


방금 페나세틴(진통제)을 한 봉지 마셨다. 레너드가 「월요일 아니면 화요일」에 대한 약간 비호의적인 서평이 『다이얼』지에 실렸다는 말을 했기 때문이다. 내가 평소 경외하던 이 잡지에서는 왠지 칭찬을 받으리라 기대했기 때문에 실망감이 더 컸다. 나는 어디에서도 성공하지 못할 것이라는 생각이 든다. 그러나 고맙게도 나는 철학을 좀 배웠다. 내가 자유로워졌다는 뜻이다. 나는 쓰고 싶은 것을 쓰고, 문제는 그것뿐이다. 게다가 나는 남에게서 충분한 존경을 받고 있다.


9    영국 서남부의 작은 마을.

# 2월 18일, 토요일

다시 한 번 죽음에 관한 생각을 떨쳐버릴 수 있었다. 명성에 대해 어제 하고 싶었던 이야기가 마음 속에 있다. 나는 인기 작가가 되지 말아야 한다는 것이다. 정말 그렇게 생각하고 있으니, 내가 무시당하건 모욕을 당하건 그것은 각오했던 바다. 나는 내가 쓰고 싶은 대로 쓰고, 사람들은 말하고 싶은 대로 말하면 된다. 작가로서의 나에 대해 사람들이 갖는 유일한 관심이 나의 기이한 개성이라는 것을 알기 시작했다. 의지력이라든가, 정이라든가, 사람들을 놀라게 하는 것 등이 아니고, "무언가 기묘한 개성"이 정확히 내가 존경하는 특징이 아니겠는가, 하고 스스로에게 말해본다. 예를 들어 피콕이나, 배로나, 던, 그리고 『고독』속의 더글러스에게는 약간 그런 데가 있다. 이들 말고 당장 머리에 떠오르는 사람은 누굴까? 피츠제럴드[10]의 편지. 이런 재능을 가진 사람들은 평범해지고 난 다음에도 감미롭고, 힘찬 멜로디가 오랫동안 울림을 계속 전해준다. 그 증거가 될 만한 이야기로 내가 읽은 것 중 다음과 같은 것이 있다. 어떤 어린 소년이 일요 학교에서 상으로 마리 코렐리[11]의 책을 받고 즉시 자살했다는 것이다. 검시관 말에 의하면, 마리 코렐리의 책 가운데 한 권은 "절대로 좋은 책"이라고 말할 수 없는 것이었다고 한다. 아마도 그래서 『힘센 아톰』은 점점 쇠퇴하고, 『밤과 낮』은 뜨고 있는지 모른다. 현재로서는 『출항』이 가장 높은 평가를 받고 있는 것 같다. 그러면 나도 기운이 난다. 내년 4월이 되어 책이 나온 지 7년이 되면, 『다이얼』은 이 작품의 뛰어난 예술성에 대해 이야기하고 있을 것이다. 만약

---

10  Edward Fitzgerald, 1809~1883, 영국의 시인이자 번역가.
11  Marie Corelli, 1855~1924, 영국의 소설가.

그들이 7년 후에 『밤과 낮』에 대해 같은 이야기를 한대도 나는 만족스러울 것이다. 그러나 「월요일 아니면 화요일」을 정말로 알아줄 사람이 나타나려면 앞으로 14년은 더 기다려야 한다. 나는 바이런의 편지를 읽고 싶은데, 『끌레브의 공주』[12]를 마저 읽지 않으면 안 된다. 이 걸작 소설은 오랫동안 내 양심에 짐이 되어 왔다. 소설에 대해 이러고저러고 하면서 이 고전을 읽지 않다니! 그러나 고전을 읽는다는 것은 일반적으로 꽤 힘이 드는 일이다. 더구나 이 책처럼 그 취향과 모양새, 의젓함, 예술성이 완벽한 경우에는 더욱 그렇다. 머리칼 하나 흐트러진 데가 없다. 그 아름다움은 위대하다. 그러나 그것을 감상하기는 쉽지 않다. 등장인물은 모두 기품이 있으며, 그들의 움직임은 위엄이 있다. 기교는 좀 거추장스럽다. 여러 이야기를 해야 하고, 그러면 편지는 잊어버리게 된다. 그러나 우리가 지켜보는 것은 인간 마음의 움직임이지, 근육이나 운명의 움직임이 아니다. 그러나 고상한 마음을 가진 사람들의 이야기는 다른 상황에서는 가까이 할 수 없는 나름대로의 움직임을 가지고 있다. 예를 들어 끌레브 부인과 그 어머니 사이의 관계에는, 다 드러내놓고 말하지 못할 기묘한 깊이가 있다. 내가 이 작품에 대한 서평을 쓴다면 나는 인격의 아름다움을 주제로 삼을 것이다. 그러나 다행히 나는 이 책의 서평을 쓰지 않는다. 지금 몇 분 동안 나는 『뉴 스테이츠먼』의 서평들을 대충 훑어보았다. 커피를 마시고 담배를 피우는 사이사이 나는 『네이션』을 읽었다. 영국의 가장 뛰어난 두뇌들이 잠시 내가 즐길 수 있도록 내 눈높이에 맞는 글을 쓰기 위해 몇 시간인지 알 수 없는 오랜 시간 동안 (비유적으로 말해) 땀을 흘린 것이다. 서평을 읽을 때 나는 서평 전체를 으깨다시피 해서 이것이 좋은 책인가, 아니면 나

---

12   마담 드 라파예트(Madame de Lafayette, 1634~1693)의 소설.

쁜 책인가, 하는 한두 문장을 얻어낸다. 그러고 나서 내가 이 책이나 서평을 쓴 사람에 대해 알고 있는 사실에 비추어 이 두 문장을 가감한다. 그러나 내가 서평을 쓸 때는, 문장 하나하나를 마치 세명의 재판장 앞에 가져가 심판을 받는 것처럼 쓴다. 내가 쓴 글이 구겨져 내던져진다는 것을 믿을 수가 없다. 서평이라는 것이 더욱더 경망한 것으로 생각된다. 그러면서 한편으로는 더욱더 나를 매료시킨다. 그러나 6주 동안이나 독감을 앓고 나니, 내 머리는 새벽의 샘물이 쏟아져 내리는 상태와는 거리가 멀어졌다. 내 공책은 닫힌 채로 내 침대 옆에 놓여 있다. 처음에는 나도 모르게 뭉게뭉게 떠오르는 생각들 때문에 변변히 읽지도 못했다. 그것들을 즉각 적어두어야 했다. 그것은 매우 즐거운 일이다. 바람을 좀 쏘이고, 지나가는 버스를 보고, 강가에서 빈둥거리고 있다 보면, 고맙게도 불꽃이 다시 튀기 시작할 것이다. 나는 생과 사 사이에 묘한 상태로 매달려 있다. 종이칼은 어디 갔을까? 바이런 경의 책 갈피를 잘라야 하는데.[13]


## 6월 23일, 금요일

앞서 말했듯이 『제이콥의 방』은 그린 양이 타자하는 중이고, 7월 14일에는 대서양을 건넌다. 그러면 나에게는 회의와 부침의 계절이 시작된다. 나는 스스로를 방어하기 위해 다음과 같이 할 작정이다. 엘리엇을 위한 이야기를 많이 진전시키고, 『스콰이어』에 기재할 전기, 그리고 『독서』에 몰두할 것이다. 그렇게 하면 운

---

13  프랑스 책은 그때 당시까지만 해도 독자가 한 쪽씩 종이칼로 자르면서 읽도록 제본되어 있었다.

명에 따라 내 베개의 방향을 바꿀 수 있을 것이다. 만약 이 모든 것이 재치 있는 실험이라고 그들이 말한다면, 나는 본드 가에 있는 댈러웨이 부인을 완성품으로 내놓을 것이다. 네 소설은 말이 안 된다고 그들이 말하면 나는, 오머로드 양이라는 환상소설은 어떠신가요, 하고 말할 것이다. "당신의 인물은 어느 하나 우리의 관심을 끌지 못한다"고 그들이 말하면 나는, 그렇다면 내 비평을 읽어보라고 말할 것이다. 그런데 『제이콥의 방』에 대해서는 그들이 무어라고 말할 것인가? 미쳤다, 라고 말할 것이다. 지리멸렬한 광상곡이다, 라고. 글쎄, 모르겠다. 다시 읽어보고 내 생각을 이 일기에 고백하겠다. '소설 다시 읽어보기'는 『리터러리 서플리먼트』에 보내려고 아주 공들여 쓴, 그러면서 꽤 재치 있게 쓴 글의 제목이다.


## 7월 26일, 수요일

일요일에 레너드가 『제이콥의 방』을 통독했다. 레너드는 이것이 내 작품 가운데 가장 잘된 것이라 생각한다. 레너드의 첫 마디는 이 작품이 놀랍게 잘 쓴 작품이라는 것이었다. 우리는 그것에 대해 이야기했다. 레너드는 이 작품을 천재적 작품이라고 한다. 이것이 어느 작품과도 같지 않다고 한다. 레너드는 등장인물들이 유령 같다고 말하면서 이것이 매우 이상하다고 했다. 내가 인생 철학 같은 것을 전혀 가지고 있지 않다는 것이다. 내 인물들은 운명에 따라 이리저리 움직이는 꼭두각시 인형이라고. 레너드는 운명은 이런 식으로 움직이는 것이 아니라고 생각한다. 그는 다음 번에는 내 "수법"을 한두 인물에만 사용해야 할 것이라고 지적했다. 이 작품을 매우 재미있고 아름답다고 생각했으며, (아마도 파티 장면만을 제외하고는) 어디 하나 잘못된 곳이 없고, 뜻이 분명하노라고 말했다. 포키 덕분에 내 머리가 혼란해져서 이 일을 제대로 반듯하게 적을 수가 없다. 불안하고 흥분한 상태지만 전체적으로 보아 나는 기분이 좋다. 우리 두 사람 모두 독자들이 어떻게 생각할지는 알지 못한다. 내 마음 속에서 자기 자신의 목소리로 무엇인가 말하기 시작하는 방법을 (나이 40이 되어) 찾아냈다는 사실을 믿어 의심치 않는다. 이 사실이 내게 아주 소중하므로, 나는 이제 누가 칭찬하지 않아도 앞으로 나아갈 수 있을 것이라는 느낌이 든다.

## 8월 16일, 수요일

『율리시스』를 읽고, 찬반 간에 내 의견을 정해야 한다. 지금까지 2백 쪽을 읽었다. 아직 3분의 1도 채 못 읽었다. 처음 2, 3장에서는 재미와 자극, 매력, 흥미를 느꼈다, 묘지 광경의 마지막 부분까지는. 그 나머지는 소심한 대학생이 여드름을 짜듯 당황스럽고, 지루하고, 초조하고, 환멸스럽다. 그런데 톰[T. S. 엘리엇]은, 그 위대한 톰은, 이 소설이 『전쟁과 평화』와 맞먹는 작품이라고 생각하고 있다! 나에게는 무식하고 천한 책으로 여겨진다. 이것은 독학한 노동자의 책이다. 우리 모두는 그들이 얼마나 남을 괴롭히며, 자기중심적인 데다가 주장이 강하고, 미숙하며, 사람을 놀라게 하며, 심지어는 구역질나게 하는지를 알고 있다. 익힌 고기를 먹을 수 있는데 왜 날것을 먹어야 하는가? 그러나 만약 당신이 톰처럼 빈혈기가 있다면 그 피에는 일종의 방자함이 있는 것이다. 대단히 평범한 나는 곧 다시 고전이 읽고 싶어진다. 이 취향은 나중에 바뀔지 모른다. 나는 나의 비평적 지혜에 대해서는 양보하지 않는다. 땅에 말뚝을 꽂듯 2백 쪽에 표시를 해놓는다.

지금 내가 하고 있는 일은 머릿속을 열심히 훑어 『댈러웨이 부인*Mrs. Dalloway*』을 위한 것을, 반밖에 차지 않은 양동이로 퍼내는 일이다. 나는 이런 느낌을 좋아하지 않는다. 나는 너무 빨리 글을 쓴다. 더 조이지 않으면 안 된다. 열흘 동안에 『독서』를 4천 단어나 썼다. 이건 기록이다. 그러나 이것은 책의 도움을 받아 서둘러 그린 패스턴의 스케치일 뿐이다. 나는 나의 신속한 변화 이론에 따라 이 관행을 중지하고, 『댈러웨이 부인』을 쓰기로 한다. (이 작품은 한 무더기의 다른 작품들을 몰고 올 것이라는 느낌이 들기 시작한다.) 그런 뒤에 초서를 하고, 제1장을 9월 초까지 끝낸다. 그때쯤이면 머릿속에서 그리스어도 다시 시작될 것이다.[14] 그러니 미래는 모두 구역 표시가 된 셈이다. 그리고 『제이콥의 방』이 미국에서 거절당하고 영국에서 무시된다고 해도, 나는 내 땅을 철학적으로 열심히 경작하고 있을 것이다. 시골에서는 도처에서 곡식 추수를 하고 있기 때문에 이런 비유가 나왔고, 동시에 변명도 된다. 『리터러리 서플리먼트』를 위해서는 글을 쓰지 않을 것이기 때문에 변명이 필요 없다. 그들을 위해 다시 글을 쓰는 일이 있을까?

---

14 『보통의 독자』의 첫 번째 글은 「패스턴과 초서」이고, 두 번째 글은 「하나도 모르는 그리스에 관하여」다.

## 8월 22일, 화요일

스스로를 달래서 다시 글을 쓰게 하기 위해서는 다음과 같이 하는 것이 좋다. 첫째, 밖에서 가벼운 운동하기. 다음으로 좋은 문학 서적을 읽기. 문학이 날것에서 만들어진다고 생각한다면 그것은 착각이다. 문학은 인생에서 나와야 한다. 그렇다, 그래서 나는 시드니한테 방해받는 것을 싫어한다. 우리는 내면의 것을 구체화하지 않으면 안 된다. 모든 것을 어느 한 점에 극도로, 극도로 집중해야 한다. 머릿속에 여기저기 흩어져 있는 자기 성격의 파편에 의지해서는 안 된다. 시드니가 오면 나는 버지니아가 되고 만다. 그러나 글을 쓰고 있을 때의 나는 감수성 그 자체가 된다. 때로는 버지니아가 되는 것도 좋다. 단, 내가 산만해지고, 다양해지고, 사교적이 될 때 말이다. 그러나 우리가 여기에 있는 한은 오로지 감수성으로 남아 있고 싶다. 그런데 새커리는 읽을 만하다. 매우 발랄하며, 샹크스네 집안 사람들이 말하듯, 놀라운 통찰력을 드러내고 있다.

## 8월 28일, 월요일

그리스어를 다시 시작할 작정이다. 그리고 계획을 확실히 세워야 한다. 오늘이 28일. 『댈러웨이 부인』은 9월 2일(토요일)에 끝마칠 예정. 3일(일요일)에서 8일(금요일)까지는 초서를 해야 한다. 초서, 그 장은 9월 12일까지 끝내야 한다. 그리고 나선? 『댈러웨이 부인』의 다음 장을 쓸까? 만약 다음 장이 있다면 말이다. 제목을 『수상 *The Prime Minister*』이라고 하면 어떨까? 그 일은 우리가 돌아오는 그다음 주까지 진행될 것이다. 어쩌면 10월 12일까지. 그러고 나면 그리스어를 시작할 수 있을 것이다. 그러니까 오늘 28일부터 12일까지 시간이 있는 셈이다. 6주가 조금 넘는다. 그러나 때때로 일이 방해받을 수 있다는 것도 감안해야 한다. 그런데 무엇을 읽지? 호머를 조금. 그리스극 하나. 플라톤을 조금. 짐메른.[15] 교과서로는 셰퍼드. 벤틀리[16]의 전기. 철저히만 읽는다면 이것으로 족하다. 그렇지만 어떤 그리스극을 읽지? 호머는 얼마나 읽고, 플라톤은 어딜 읽지? 그리고 시집이 있다. 이들 작가들은 모두 엘리자베스 시대 작가들이며, 결국은『오디세이』까지 읽게 된다. 그리고 유리피데스[17]와 비교하기 위해 입센[18]을 조금 읽어야 한다. 라신[19]과 소포클레스, 말로[20]와 아이스킬로스[21]도 비교할 수 있다. 꽤 학문적으로 들린다. 그러나 이것들은 정말 재미있을지도 모른다. 재미없으면 더 이상 할 필요가 없다.


## 9월 6일, 수요일


교정쇄(『제이콥의 방』의)[22]가 하루 걸러 오기 때문에 그 일을 시작하면 적당히 우울해질 것이다. 지금 읽어보니 얄팍한 것이 의미가 없어 보인다. 단어는 종이에 거의 자국을 남기지 않는다.

---

15  Sir Alfred Zimmern, 1879~1957, 영국의 정치학자. 옥스퍼드 대학 교수.
16  Richard Bentley, 1662~1742, 영국의 고전학자이자 비평가.
17  Euripides, B.C. 480~406, 그리스 3대 비극 시인 중 하나.
18  Henrik Johan Ibsen, 1828~1906, 노르웨이를 대표하는 극작가.
19  Jean Baptiste Racine, 1639~1699, 프랑스의 극작가.
20  Christopher Marlowe, 1564~1593, 영국의 극작가.
21  Aeschylus, B.C. 525~456, 그리스 3대 비극 시인 중 최초의 시인.
22  레너드 주.

그러니 사람들은 내가 실제 인생과는 별로 상관도 없는 우아한 환상을 썼다고 할 것이다. 글쎄, 어떨는지. 어쨌든 나의 본능은 나에게 친절하게도, 지금부터 뭔가 멋진 것을 쓸 것이라는 환상을 갖게 해준다. 무언가 넉넉하고, 깊고, 유려한 것, 그리고 손톱처럼 딱딱하면서도 다이아몬드처럼 빛나는 것을.

『율리시스』를 다 읽었는데, 이것은 불발탄이라고 생각한다. 분명히 천재성은 있다고 생각한다. 그러나 저급한 종류의 것이다. 이 책은 산만하다. 불쾌한 느낌을 준다. 젠체하기도 한다. 통상적인 의미에서뿐만 아니라 문학적인 의미에서도 천하다. 일급 작가들은 쓴다는 일 그 자체를 존경하는 나머지, 남을 놀라게 하거나, 묘기를 부리거나 하는 따위의 재주는 부리지 못한다고 말하고 싶다. 이 책을 읽는 동안 줄곧, 초등학교 풋내기 생각이 났다. 재기와 능력은 충분히 있지만, 자의식 과잉에다 자기중심적이기 때문에 판단이 흐려져서 엉뚱한 짓을 하고, 잘난 체하고, 소란스럽고, 차분한 데가 없고, 선의의 사람들로 하여금 안됐다는 생각을 갖게 하고, 엄격한 사람들을 당황스럽게 만들 따름이다. 우리는 아이가 커서 지금처럼 되지 않길 바란다. 그러나 조이스는 40살이니 그럴 가능성도 없어 보인다. 나는 이 책을 주의 깊게 읽은 것도 아니고, 한 번 읽었을 뿐이다. 알기 어려운 책이다. 그러니 틀림없이 내가 이 책의 가치를 부당하게 놓치고 있을 것이다. 무수히 작은 탄환이 날아왔다 다시 튕겨져 나가는 느낌이다. 그렇다고 얼굴 한가운데 치명상을 입는 것은 아니다, 예를 들면 톨스토이처럼. 그러나 조이스를 톨스토이와 비교하다니, 이건 말도 안 되는 이야기다.

# 9월 7일, 목요일

이 대목을 쓰고 있는데 레너드가 미국의 『네이션』에 실린 무척 명석한 『율리시스』의 서평을 건네주었다.[23] 이 서평은 처음으로 책의 의미를 분석하고 있으며, 내가 판단했던 것보다는 훨씬 더 인상적인 작품으로 평가하고 있다. 그러나 첫인상에는 장점이 있고, 일종의 영속적인 진리가 있다고 생각한다. 그래서 나는 내 첫 인상을 취소하지 않겠다. 그렇지만 그 작품의 몇몇 장은 다시 읽어야겠다. 짐작컨대 어떤 작품의 최종적인 아름다움을 동시대인들은 결코 느낄 수 없다. 그러나 동시대인들은 틀림없이 압도당할 것이다. 그런데 나는 그렇지 않았다. 내가 상대방을 고의로 경멸한 면이 있다. 동시에 내가 톰의 칭찬 때문에 지나치게 자극을 받은 면도 있다.

# 9월 26일, 목요일

시시한 소식 하나. 금요일에 모건[E. M. 포스터]이 오고, 톰은 토요일에 왔다. 톰과 주고받은 이야기는 여기 적어놓을 만한 가치가 있지만, 불이 어두워져서 쓸 수가 없다. 게다가 지난번 찰스턴에서 의견 일치를 보았듯이, 회화라는 것은 적을 수가 없는 것이다. 톰은 『율리시스』에 대해 많은 부분에서 "조이스는 월터 페이터[24]를 바탕으로 하고, 뉴먼[25]의 영향을 약간 받고 있다."고 말

---

23  길버트 셀데스가 쓴 서평.

24  Walter Pater, 1839~1894, 영국의 비평가, 역사가.

25  John Henry Newman, 1801~1890, 영국의 종교가이자 저술가.

했다. 나는 조이스가 남성적이라고, 다시 말해 숫염소 같다고 말했지만 톰이 동의하리라고는 기대하지 않았다. 그러나 톰은 동의했다. 그리고 조이스가 많은 중요한 것을 빠트렸다고 말했다. 톰의 생각으로는 이 책이 19세기 전체를 파괴했으므로, 기념비적인 존재가 될 것이라는 것이다. 조이스는 이제 더 이상 다른 책을 쓸거리가 없어지고 말았다. 이 책은 영어의 모든 문체가 무의미하다는 것을 보여주었다. 톰은 이 책의 몇몇 문장은 아름답다고 생각하지만 "위대한 구상"은 없다고 했다. 그것은 조이스가 뜻한 바는 아니다. 조이스는 자신이 하려고 했던 일을 완전히 해냈다고 생각한다고 말했다. 그러나 조이스가 인간성에 대해 새로운 통찰을 이룩했다고는 생각하지 않는다. 톨스토이처럼 새로운 이야기는 하지 못한 것이다. 블룸[26]은 우리에게 아무것도 가르쳐주지 않는다. 톰은 심리를 이야기하는 이 새로운 방법은 자신에게는 효과가 없어 보인다고 말했다. 이 작품은 밖에서 흘깃 보기만 해도 알 수 있는 만큼의 사실도 우리에게 말해주지 않는다. 그런 의미에서 나는 새커리의 『펜더니스』가 더 계몽적이었다고 말했다. (말들이 지금 내 창가에서 풀을 뜯고 있고, 작은 부엉이가 울고 있어 말도 안 되는 이야기를 써놓고 말았다.) 그래서 우리는 시트웰[새쉐버럴 시트웰]로 화제를 바꿨다. 시트웰은 오로지 자기의 감수성을 탐구하는 일에 매달리고 있는데, 톰은 이것이 큰 잘못이라고 생각한다. 그러고는 도스토옙스키에 대한 이야기를 했는데, 도스토옙스키가 영문학의 붕괴라는 점에 우리는 의견 일치를 보았다. 씽[27]은 엉터리다. 현상은 처참하다. 왜냐하면 형식이 맞지 않기 때문이다. 톰이 생각하기에는 가망도 없다는 것이

26  『율리시스』의 주인공.
27  John Millington Synge, 1871~1909, 아일랜드의 시인.

다. 톰의 말에 의하면, 오늘날 시인이기 위해서는 제1급의 시인이 아니면 안 된다는 것이다. 위대한 시인들이 있을 때는 조무래기 시인들도 그 영광의 얼마간을 받고 있었으므로 무가치하지는 않았다. 그런데 지금은 위대한 시인이 없다. 마지막 위대한 시인이 있었던 것은 언제였지요, 라고 내가 물어보았다. 톰은 존슨[28] 시대 이후 흥미를 느낄 수 있는 시인은 한 명도 없다고 말했다. 톰은 브라우닝[29]은 게으르다고 했다. 그들은 모두 게으름뱅이라고 말했다. 그리고 맥콜리[30]는 영어의 산문을 못쓰게 만들었다고 했다. 현대인들은 영어를 무서워하고 있다는 데 우리는 의견 일치를 보았다. 그것은 글이 현학적이 되었기 때문이고, 사람들이 충분히 책을 읽지 않기 때문이라고 톰이 말했다. 사람들은 모든 문체의 글을 철저히 읽어야 한다. D. H. 로렌스[31]는 가끔 괜찮게 쓸 때가 있는데, 특히 마지막 소설 『아론의 지팡이』가 그렇다는 것이다. 가끔 반짝하는 데가 있지만, 아주 무능한 작가라고 말했다. 어쨌든 톰은 그와 같은 생각을 고집할 수가 있었다. (이제 빛이 어두워지기 시작한다― 궂은비가 나린 뒤의 7시 10분.)


## 10월 4일, 수요일

어제 브레이스[32]에서 다음과 같은 편지를 받아 나는 약간 우쭐해지고 고집스러워졌다. "우리는 『제이콥의 방』이 뛰어나게 탁

28  Samuel Johnson, 1709~1784, 18세기 영문학을 대표하는 문호.
29  Robert Browning, 1812~1889, 앨프리드 테니슨과 더불어 빅토리아 시대를 대표하는 시인.
30  Thomas Babington Macaulay, 1800~1859, 영국의 수필가.
31  David Herbert Lawrence, 1885~1930, 영국의 소설가이자 시인.
32  하코트 브레이스 출판사.

월하고 아름다운 작품이라고 생각합니다. 물론 선생께서는 선생 나름대로의 방법을 가지고 계시고, 그것이 어느 만큼의 독자를 확보할 수 있을지 예측하기는 쉽지 않습니다. 틀림없이 열광적인 독자가 있을 것이며, 우리는 이 책을 출판하게 된 것을 기쁘게 생각합니다"는 등의 내용이었다. 이것은 편견이 없는 사람으로부터의 최초의 증언이어서 매우 기쁘다. 이 책이 전체로서 얼마간의 인상을 주고 있는 것이 틀림없기 때문이며, 완전히 차가운 불꽃은 아니라는 증거이기 때문이다. 10월 27일에 출판할 작정이다. 덕워스[33]는 틀림없이 나에게 화가 좀 나 있을 것이다. 나는 내 자유의 냄새를 코로 느끼고 있다. 사람들이 뭐라고 하건 신경 쓰지 말고, 일반 독자들을 위해 진지하게, 재주 부리지 말고 일을 해나가는 것이 옳다고 생각한다. 가까스로 나는 자신이 쓴 것을 읽는 것이 좋아졌다. 이전보다 자신에게 더 잘 어울리는 것 같다. 이제 자신의 과제를 예상 이상으로 잘 완수한 것이다. 『댈러웨이 부인』과 초서의 장을 끝냈다. 『오디세이』를 다섯 장 읽었다. 『율리시스』도 끝냈다. 지금은 프루스트[34]를 시작했고, 초서와 패스턴의 편지도 읽기 시작했다. 분명히 두 책을 동시에 병행해서 읽는다는 내 계획은 실천 가능하며, 하나의 목적을 가지고 책을 읽는 것을 나는 즐긴다. 나의 유일한 의무는 『리터러리 서플리먼트』에 보낼 원고인데(수필에 관한 것이다), 그것은 아무 때나 나 좋을 때 쓰면 된다. 그러니 나는 자유롭다. 이제부터는 그리스어를 규칙적으로 읽고, 금요일 아침에 『수상』을 시작하자. 3부작을 읽고, 소포클레스와 유리피데스와 플라톤의 대화를 하나 읽겠다. 그리고 벤틀리와 제브의 전기도. 나이 마흔이 돼서 나는 내 뇌의 메커

---

33 아버지가 다른 울프의 오빠.
34 Marcel Proust, 1871~1922, 프랑스의 소설가. 그의 『잃어버린 시간을 찾아서』는 현대문학의 걸작 중 하나로 여겨진다.

니즘에 대해 알기 시작했다, 어떻게 하면 거기서 최대의 즐거움과 일을 끄집어낼 수 있는가를. 그 비결은 언제나 일을 즐길 수 있도록 만드는 것이다.

## 10월 14일, 토요일

리튼과 캐링턴에게 『제이콥의 방』에 관해 한 통씩의 편지를 받았다. 그리고 셀 수 없이 많은 봉투를 썼다. 이제 출판 직전이다. 월요일에는 『런던의 존』에 실릴 사진을 찍어야 한다. 리치먼드는 편지를 보내고, 책 광고를 목요일에 내고 싶으니 출판을 좀 연기하자고 했다. 내 느낌? 평온하다. 그런데 어쩌면 리치먼드는 나를 그처럼 칭찬하는 걸까? 시로서의 이 책의 평가는 영원할 것이라고 예언하고 있다. 리치먼드는 내 로맨스가 걱정이란다. 하지만 문장의 아름다움은……, 등등. 리튼은 나를 너무 칭찬해서 순수하게 기뻐할 수가 없다. 어쩌면 신경이 무뎌지고 말지 모른다. 나는 다시 고요한 물 속에 들어가서, 첨벙거리며 헤엄을 치고 싶다. 남이 보지 않는 데서 글을 쓰고 싶다. 『댈러웨이 부인』은 가지를 쳐서 이제 한 권의 책이 되었다. 그리고 나는 여기서 광기와 자살에 대한 연구의 윤곽을 그리고 있다. 다시 말해 정상적인 사람과 미친 사람이 동시에 바라다보는 세계, 뭐 이와 비슷한 거다. 셉티머스 스미스, 이 이름은 괜찮을까? 그리고 『제이콥의 방』보다 더 사실에 충실하게 쓰고 싶다. 그러나 『제이콥의 방』은 내가 글을 자유롭게 쓰기 위해 필요한 단계라고 생각한다. 그리고 이제 이 다정한 일기에다 내 일의 계획을 세워야 한다.

그리스어를 계속해서 읽어야 한다. 『수상』은 앞으로 1주일 이 내에 끝내자. 그러니까 21일이다. 그리고 『타임스』에 보낼 수필에 관한 원고를 쓸 준비를 해야 한다. 그건 23일이다. 아마 11월 2일까지 걸릴 것이다. 그러니까 지금은 수필에 대해 집중하지 않으면 안 된다. 아이스킬로스를 좀 하고, 짐메른을 시작하고, 서둘러 벤틀리를 끝내야 한다. 실제로 벤틀리는 내 목적을 위해 큰 도움이 안 되니까. 이상으로 좀 정리가 됐다. 그렇지만 아이스킬로스를 어떻게 읽어야 할지 잘 모르겠다. 빨리 읽고 싶지만 그것은 소망일 뿐이다.

그런데 『제이콥의 방』의 성공에 대한 내 생각은 어떤 것인가? 5백 부는 팔릴 것이다. 천천히 팔려 6월까지는 8백 부가 팔린다. 어디선가에서 "아름다움" 때문에 높은 평가를 받겠지만, 살아 있는 인물을 원하는 사람들한테는 혹평을 받을 것이다. 신경이 쓰이는 유일한 평가는 『리터러리 서플리먼트』의 서평이다. 그것이 가장 현명하다는 의미에서가 아니라, 사람들에게 가장 많이 읽히고, 또 대중들 앞에서 내가 광대 취급 받는 것을 견딜 수 없기 때문이다. 『웨스트민스터 가제트』는 적대적일 것이다. 『네이션』도 그럴 것이다.[35] 그러나 계속해서 글을 쓰려는 내 결심을 흔드는 것은 아무것도 없고, 내 즐거움을 빼앗을 것은 아무것도 없다. 이럴 때의 나는 아주 진지하다. 따라서 무슨 일이 일어나도, 표면상으로 동요하는 듯이 보여도 속은 단단하다.

---

35 『위클리 웨스트민스터 가제트』에 실린 무기명의 평은 악의적이었다. 그러나 『네이션 앤 애서니엄』에 실린 포레스트 리드의 글은 호의적이었다. 리드는 울프를 전적으로 독창적인 작가로 칭송하고 있다.

## 10월 17일, 화요일

일기는 내 일의 진척 상황표 구실을 하기 때문에 여기 서둘러 적어두겠다. 첫째는 내 책을 반쯤 읽었다는 데즈먼드에게서 온 편지로서 "당신이 지금까지 이렇게 잘 쓴 적이 없었다…… 나는 놀랍고 어리둥절하다" 뭐 그 비슷한 내용이었다.[36] 두 번째는 바니[37]가 열광해서 전화를 걸어온 일이다. 바니는 멋지다, 내 작품 중 문제없이 최고다, 위대한 활력을 지닌 중요한 작품이라고 말했다. 36부가 더 필요하다고 말하면서, 사람들이 이미 이 책을 구하려고 "아우성"이라고 한다. 그러나 랠프가 가 본 책방에서는 이 사실이 확인된 바 없다. 오늘은 50부 이하가 팔렸다. 그러나 아직 도서관이 있고, 또 심킨 마셜이 있다.


## 10월 29일, 일요일

메리 버츠 양[38]이 떠나고 내 머리는 독서를 하기엔 너무 멍청해져서, 혹시 나중에 읽으면 재미있을지 몰라 여기 일기를 쓰기로 한다. 나는 주고받는 이런저런 이야기에 지치고, 또 늘 그렇듯, 『제이콥의 방』을 좋아하는 사람들과 좋아하지 않는 사람들 때문에 마음고생을 하다 보니 집중을 할 수 없게 되었다. 목요일에는 『타임스』에 서평이 실렸다. 길고, 조금 미지근하다는 생각이 들었다. 인물을 이런 식으로 만들어낼 수는 없다고 하면서도 칭찬

---

36  정확한 내용은 다음과 같다. "You have never written so well……. You are a marvel and a puzzle, as a writer."
37  David Garnett, 1892~1981, 영국의 작가이자 출판업자.
38  Mary Butts, 1890~1937, 영국의 모더니스트 작가.

도 꽤 많이 하고 있다. 물론 모건에게는 이와 반대되는 내용의 편지를 받았다. 이 편지가 제일 마음에 든다. 650부쯤 판 것 같다. 그리고 제2쇄를 주문했다. 내 느낌? 여느 때와 같다. 복합적인 느낌이다. 나는 결코 완전한 성공을 거둘 책은 쓰지 못할 것이다. 이번 경우에는 비평가들은 내게 적대적이었고, 개인적으로 아는 사람들은 열광했다. 나는 위대한 작가이거나, 아니면 멍청이 중 하나다. 『데일리 뉴스』는 나를 "중년의 관능주의자"라고 한다. 『폴 말』지는 나를 별볼일 없는 존재로 무시해버린다. 나는 무시당하고 조롱받을 것을 각오하고 있다. 새로 찍는 2쇄의 운명은 어떤 것일까? 지금까지는 우리들이 기대했던 것 이상의 성공을 거두었다. 그 어느 때보다 이번이 가장 기뻤다. 모건, 리튼, 바니, 바이올렛, 로건[39], 필립[40]은 모두 열렬한 편지를 보내왔다. 그러나 이제는 더 이상 이런 것들에 신경을 쓰고 싶지 않다. 이것들은 메리 버츠의 향수처럼 내 주위를 감돌고 있다. 칭찬을 받은 횟수를 더하고, 서평을 비교하는 일은 이제 싫다. 나는 『댈러웨이 부인』을 철저히 구상하고 싶다. 나는 다른 어떤 책보다 이 책을 더 착실히 준비해서, 되도록 큰 성과를 올리고 싶다. 『제이콥의 방』도 미리 준비를 충분히 했더라면 좀 더 조일 수가 있었을 것이다. 그러나 나는 걸으면서 길을 닦지 않으면 안 되었다.

---

39   Logan Pearsall Smith ─ 레너드 주.
40   Philip Morrell ─ 레너드 주.

# 1923년(41세)

## 6월 4일, 월요일

나는 은밀하게 까다로워졌다. 한 가지 이유는 나 자신을 너무 주장하기 때문이다. 나는 갑자기 내 책에 관심을 가지게 되었다. 오토[1]와 같은 사람들이 얼마나 비열한가에 대해 적어두고 싶다. 한 영혼이 얼마나 믿을 것이 못 되는가에 대해서도 적어두고 싶다. 나는 종종 너무 관대했던 것 같다. 사실 사람들은 다른 사람에 대해 거의 신경을 쓰지 않는다. 사람들은 생명에 대해 말 못 할 광적인 본능을 가지고 있다. 그러나 사람들은 결코 자기 자신 이외의 것에는 애착을 느끼지 않는다. 퍼프[2]는 자기의 가정을 사랑하며, 무엇 하나 바꾸고 싶은 것이 없다고 했다. 퍼프는 냉담한 무례함이 싫다고 했다. 데이비드 경[3]도 마찬가지 의견이었다. 이것은

---

1   Lady Ottoline Morrell, 1873~1938, 이 뒤의 기록은 오토와 필립 모렐이 사는 가싱턴에서 지낸 어느 주말에 관한 것이다. 오토는 영국의 귀족으로서, 예술 애호가이며, 이른바 사교계의 여왕이다.

2   Anthony Asquith, 1902~1968, 영국의 유명한 영화감독. 코의 생김새 때문에 어머니가 그를 퍼핀(puffin, 바다오리)이라고 불렀다.

3   David Cecil, 1902~1986, 영국의 전기 작가이자 문학비평가.

아마도 저들이 정해놓고 쓰는 말일 것이다. 퍼프가 말했다. 정확히는 잘 모르겠다고. 나는 퍼프와 함께 야채밭 둘레를 걷고, 리튼이 여자 애와 노닥거리고 있는 녹색 벤치 옆을 지났다. 색빌 웨스트와 들판을 걸었는데, 그는 몸이 좋아졌고, 좀 더 나은 소설을 쓰고 있노라고 말했다. 또 이집트 유태인인 메나세(?)[4]라는 사람과 호수 둘레를 걸었는데, 그는 자기 가족을 사랑한다면서, 가족이 모두 정신이 이상해서 책에 나오는 사람처럼 말한다고 했다. 그리고 그들은 내가 쓴 것(『옥스퍼드의 젊은이들』)을 인용하면서, 내가 한번 와서 이야기해주기를 바라고 있다고 말했다. 그리고 애스퀴스 부인이 있었다. 강한 인상을 받았다. 애스퀴스 부인은 돌처럼 흰 얼굴에 늙은 매처럼 갈색의 베일에 싸인 눈을 가지고 있었다. 그리고 그 눈에는 내가 생각하는 것 이상의 깊이와 예리함이 있었다. 친밀감, 편안함, 결연함을 갖춘 인물이다. "아! 만약에 셸리의 시만 있고 셸리라는 사람은 없다면!"이라고 애스퀴스 부인이 말했다. 셸리는 정말 견디기 어려운 사람이라고 부인은 단언했다. 옷에 수천 파운드를 썼는데도 애스퀴스 부인은 딱딱하고 차가운 청교도다. 말하자면 말을 타듯 인생을 다스려 나가는 사람이라고나 할까. 그러면서 지나가는 길에 한두 개씩 뭔가를 건져 올리는데, 나는 그것을 훔치고 싶지만 결코 그러지는 않을 것이다. 부인은 리튼을 데리고 가면서, 리튼의 팔짱을 끼고는 서둘러 갔다. 그러고는 "사람들"이 자기를 쫓아온다고 생각했다. 그러나 필요할 때는 "사람들"에게 매우 붙임성 있게 대한다. 지금은 창틀에 앉아서 자수를 놓는 가난한 흑인과 이야기하고 있다. 이 사람에게 오토는 매우 친절히 대해준다. 오토는 늘 친절한데, 그것은 밤에 잠잘 때 스스로에게 친절하다고 말하기 위해서다. 이

4    정확한 이름은 메나세Menasce.

것이 오토의 혐오스러운 성격 중 하나다. 오토는 가난하고 키 작은, 자수 놓는 이를 파티에 초대하고, 자기 자신의 아름다운 모습을 완성하려고 한다. 이처럼 사람에게 빈정대는 것에는 생리적으로 불쾌한 데가 있다. 당신은 참 건강해 보이네요, 라고 오토가 나에게 말했는데, 기분이 언짢았다. 왜 그럴까? 한 가지 이유는, 내가 골치가 아팠기 때문일 것이다. 그러나 건강해서 인생에서 많은 것을 얻어내기 위해 힘을 사용하는 것은 분명히 이 세상에서 가장 유쾌한 일이다. 내가 싫어하는 것은, 내가 항상 신경을 쓰고, 또 사람들이 내게 신경을 쓰는 것이다. 알게 뭐람. 일이다, 일을 해야 한다. 리튼은 우리에겐 아직도 20년이 남았다고 한다. 애스퀴스 부인은 스콧을 좋아한다고 했다.


## 6월 13일, 수요일


거기[5]에는 녹색 리본이 달린 모자를 쓴 레이디 콜팩스가 있었다. 지난 주일 콜팩스와 점심을 먹었다는 이야기를 했던가? 그날은 더비 경마가 있던 날[6]인데, 비가 오고 있었다. 등불은 모두 갈색을 띠고 있었고, 추웠다. 콜팩스는 대패에서 나오는, 인공적이며 끊임없이 이어지는 대팻밥처럼, 길게 이어지는 문장으로 주절대고 또 주절댔다. 클라이브와 리튼과 나에게는 별로 성공한 파티가 아니었다. 클라이브가 돌아와 있었다. 클라이브는 얼마전 여기서 레오 마이어즈와 식사를 했다. 그리고 나는 골더스 그

---

5    시인 이디스 시트웰이 주동이 되었던 시 낭송회.
6    런던 근교 서리 주의 엡섬 경마장에서 매년 5월 마지막, 또는 6월 첫 수요일에 열리는 경마.

린으로 가서, 메리 쉽생크스[7]와 그녀의 정원에 앉아 인생이 낭비되지 않도록, 늘 하듯이 용감하게 애써 이야깃거리를 찾아 나갔다. 선선한 산들바람이 정원의 경계를 이루고 있는 촘촘한 관목 사이를 쓸고 지나갔다. 왜 그랬는지 이상한 감정이 나를 엄습했다. 어떤 감정이었는지 지금은 생각이 나지 않는다. 요사이 나는 자주 내 감정을 통제하지 않으면 안 된다. 마치 내가 어떤 장애물을 뚫고 지나가거나, 아니면 내 바로 옆을 무언가가 세차게 내려치는 느낌이 든다. 이것이 무슨 전조인지 나는 알지 못한다. 존재의 시에 관한 일반적인 감각이 나를 짓누른다. 종종 그것은 바다와 세인트 아이브스[8]와 관계가 있다. 또한 46번지[9]로 가는 것은 나를 흥분시킨다. 지하철 하차장에 놓인 두 개의 관을 볼 때, 나의 모든 감정이 옥죄어 든다. 시간이 날아가는 것을 느끼며, 이것이 내 감정들을 한데 모아준다.

## 6월 19일, 화요일

내가 쓴 것에 대해 무슨 말인가 할 수 있을 것 같은 생각에 이 일기장을 집어 들었다. 그것은 K. M.이 그녀의 『비둘기 둥지』에 대해 한 말에 자극을 받은 것이지만, 나는 그 작품을 잠시 들여다보았을 뿐이다. K. M.은 사물을 깊이 느낀다는 것에 대해 많은 말을 하고 있었다. 순수함에 대해서도 많은 말을 하고 있는데, 비록 비판의 여지는 많지만 더 이상 언급하지 않겠다. 지금 나는 내 작

---

7    Mary Sheepshanks, 1870~1958, 여권 운동가.
8    영국의 남서 해안에 있는 작은 마을. 울프는 어릴 때 이곳 별장에서 해마다 여름을 지냈다.
9    블룸즈버리 구의 고든 광장 46번지. 아버지가 돌아가신 뒤 울프가 형제들과 함께 살았던 아파트.

품에 대해서는 어떤 느낌을 가지고 있는가. 이 책, 다시 말해 『시간들 *The Hours*』[10]이 그 제목이라고 한다면. 글을 쓰기 위해서는 깊이 느껴야 한다고 도스토옙스키가 말했다. 나도 그런가? 아니면 말을 좋아하는 내가 말장난만 하고 있는 것은 아닐까? 아니, 그렇지는 않다. 이 책에는 너무 많다 싶을 정도의 아이디어가 들어 있다. 나는 생과 사, 정상과 광기에 대해 쓰고 싶다. 사회제도를 비판하고, 그것이 가장 강렬하게 움직이고 있는 모습을 보이고 싶다. 그러나 지금 나는 젠체하고 있는지 모른다. 오늘 아침 카[11]에게서 내 「과수원에서」[12]가 마음에 들지 않는다는 편지를 받았다.[13] 그러면 나는 금방 신선한 기분이 된다. 나는 무명 인사가 되고, 그저 글 쓰는 것이 좋아 글을 쓰는 사람이 된다. '카'는 칭찬을 받고 싶다는 동기를 앗아가 버리고, 아무 칭찬을 못 받더라도 즐겁게 글을 쓸 수 있을 거라는 느낌을 갖게 해준다. 일전에 어느 저녁 던컨[14]이 자기 그림에 대해 한 말이 바로 이것이다. 무도회용 의상을 모두 벗어버리고, 벌거벗고 서 있는 느낌, 그것이 매우 기분 좋았다는 기억이 있다. 이야기를 계속하자. 나는 『시간들』을 깊은 감정으로 쓰고 있는 것일까? 물론 그 미친 짓을 그린 장면은 나를 너무 괴롭히고, 내 정신이 밖으로 뿜어 나오게 하므로, 그 장면을 대하면서 다음 주를 보낼 수는 없을 것 같다. 그러나 문제는 등장인물들이다. 아널드 바넷과 같은 사람들은 내가 오래 기억될 등장인물을 창조하지 못하며, 『제이콥의 방』에서는 창조하지 않

10  뒤에 『댈러웨이 부인』이라는 제목으로 바뀐다.

11  Mrs. Arnold-Forster ─ 레너드 주.

12  1923년 4월에 『크라이티어리언』지에 발표된 울프의 단편.

13  편지 내용은 다음과 같다. "No, I don't think I really liked in the Orchard ─ but then I'm a jealous critic ─ & I love you very much."

14  Duncan Grant, 1885~1978, 스코틀랜드 화가. 블룸즈버리 그룹의 일원.

았다고 말한다.[15] 내 대답은, 그러나 그것은 『네이션』에 맡겨두자. 요는 등장인물을 너무 잘게 썰어놓았다는 낡은 논쟁인데, 이것은 도스토옙스키 이래의 논쟁거리다. 분명히 나에게는 "현실성"에 대한 재능이 없다. 나는 어느 정도 고의적으로 비현실화한다. 현실이라는 것, 그 천격스러움을 믿지 않기 때문에. 그러나 이야기를 좀 더 계속하자. 그렇다면 나에게 참된 진실을 전달할 능력이 있는가? 혹시 나는 자신에 대한 수필만 쓰고 있는 것은 아닌가? 이런 물음에 대해 제아무리 나쁘게 대답해도 이 흥분은 그대로 남는다. 모든 것을 털어놓고 이야기하자면, 소설을 다시 쓰기 시작한 지금, 나는 내 안에서 빛나는 힘이 넘쳐 솟구쳐 올라오는 것을 느낀다. 한바탕 비평을 쓰고 나면, 나는 내 머리의 한쪽만을 사용하여 비스듬히 글을 쓰고 있다는 느낌이 든다. 이것은 옳은 말이다. 능력을 마음대로 사용한다는 것은 행복을 뜻하기 때문이다. 그렇게 하면 사람들하고도 더 잘 지낼 수 있고, 더 인간다워진다. 그러나 이 책에서는 중심적인 사항들에 집중하는 것이 가장 중요하다. 비록 그것들이 언어 미화에는 어울리지 않는다고 해도 말이다. 그러나 틀림없이 어울릴 것이다. 나는 진드기처럼 내 몸 위로 기어오르는 머리 부부를 그냥 내버려둘 생각은 없다. 그들은 남을 귀찮게 할 뿐더러, 이런 생각을 품는다는 것은 사람의 품격을 떨어뜨리는 일이다. 18세기를 생각해보라. 그 당시 사람들은 그들의 생각을 지금처럼 억제하지 않고 노출시켰다.

『시간들』이야기로 되돌아가서, 이 작품 때문에 한바탕 싸움이 벌어질 것 같다. 구성이 매우 기묘하며, 게다가 아주 당당하다. 거

---

15   베넷은 「Is the Novel Decaying?」이라는 글에서 다음과 같은 말을 하고 있다. "I have seldom read a cleverer book than Virginia Woolf's 『Jacob's Room』(…) But the characters do not vitally survive in the mind because the author has been obsessed by details of originality and cleverness."

기에 맞도록 나는 항상 내용을 비틀지 않으면 안 된다. 구성은 독창적이고, 대단히 내 흥미롭다. 쉬지 않고 점점 더 빨리 맹렬하게 쓰고 또 쓰고 싶다. 말할 필요도 없이, 내가 할 수 없는 일이다. 앞으로 3주간만 지나면 나는 바싹 말라버리고 말 것이다.

## 8월 17일, 금요일

여기서 내가 논하고 싶은 것은 내 수필에 관한 것이다. 그것들을 묶어 한 권의 책으로 엮는 일이다. 그것들을 오트웨이 식의 대화 속에 삽입한다는 멋진 생각이 방금 떠올랐다.[16] 그렇게 하면 그것들에 주석을 달거나, 뺄 수밖에 없었던 것이나, 넣지 못했던 것을 더할 수 있다는 이점이 있다. 예를 들어 조지 엘리엇에 관한 수필에는 분명히 맺음말이 필요하게 될 것이다. 그리고 각각의 수필에 대해 배경을 제공하면 "책이 될 것"이다. 단순히 원고를 한데 모아 묶는다는 것은 비예술적으로 생각된다. 그러나 내가 지금 하려는 방식은 너무 예술적일는지 모른다. 그것은 너무 지나칠 수 있고, 또 시간도 많이 걸릴 것이다. 하지만 그 일을 매우 즐길 수 있을 것 같다. 그러면 나는 내 개성에 가까운 곳에서 풀을 뜯을 수 있다. 그러면 덜 뻐길 수 있게 될 것이고, 여러 가지 잔잔한 것들을 다 함께 싸안을 수 있을 것이다. 그러면 마음이 훨씬 더 편안해질 것 같다. 그러니 한번 해볼 만하다고 생각한다. 제일 먼저 해야 할 일은 일정한 수의 수필을 준비하는 것이다. 서론을 위해 한 장을 할애할 수도 있다. 신문을 읽는 한 가족이라든가, 해

---

16 울프는 얼마 전에「콘래드와의 대담」이라는 제목의 글을 쓴 바 있는데, 여기서는 책을 좋아하는 페넬로페 오트웨이와 친구가 대화를 나누는 형식을 취하고 있다.

야 할 일은 수필 하나하나를 걸맞은 분위기로 감싸는 것이다. 각각의 수필을 생활의 흐름 속에 통합시켜 책의 모양을 갖추어 나간다. 어떤 중요한 주제에 중점을 두고. 그런데 그 중점이 무엇인지는 수필들을 다시 읽어보지 않고는 모르겠다. 틀림없이 소설이 주제가 될 것이다. 어찌 되었든 이 책은 현대문학으로 끝이 나야 한다.

| | |
|---|---|
| 6 제인 오스틴 | 시간 순으로 |
| 5 애디슨 | |
| 14 콘래드 | 몽테뉴 |
| 15 동시대인의 대한 인상 | 이블린 |
| | 디포 |
| 11 러시아인들 | 셰리든 |
| 4 이블린 | 스턴 |
| 7 조지 엘리엇 | 애디슨 |
| 13 현대 수필들 | 제인 오스틴 |
| 10 헨리 제임스 | 샬럿 브론테 |
| 소설 다시 읽기 | 조지 엘리엇 |
| 8 샬럿 브론테 | 러시아인들 |
| 2 디포 | 미국인들 |
| 12 현대소설들 | 소로 |
| 그리스인들 | 에머슨 |

| | |
|---|---|
| 9 소로 | 헨리 제임스 |
| 에머슨 | 현대소설 |
| 3 셰리든? | 소설 다시 읽기 |
| 2 스턴? | 수필 |
| 1a 옛 전기 | 동시대인에 대한 인상 |

이상이 대충의 제목이다.


## 8월 29일, 토요일

오랫동안 『시간들』과 싸워 왔다. 나에게는 가장 감질나고 만만치 않은 작품 중 하나라는 것을 알게 됐다. 어떤 부분은 아주 형편없고, 또 어떤 부분은 아주 괜찮다. 이 책은 나의 흥미를 대단히 많이 끈다. 그래서 책 꾸미는 일을 그만둘 수가 없다, 아직은. 이 책은 왜 그런 걸까? 나는 스스로를 신선하게 하고 싶다. 둔하게 하고 싶지 않다. 그러니 더 이상 말하지 않겠다. 다만 이 이상한 증세는 적어두어야 한다. 즉 글 쓰는 것이 재미있으므로, 내가 글 쓰는 일을 계속해서 이 일을 끝마칠 것이라는 확신에 대해서.


## 8월 30일, 목요일

나무를 자르라는 말을 들을 것 같다. 우리는 난로에 때기 좋게 나무를 잘라야 한다. 왜냐하면 우리는 매일 밤 오두막에 앉아 있고 게다가, 맙소사, 이 바람이란! 어젯밤 우리는 목장의 나무들을 바라보고 있었는데, 이리저리 마구 휘둘리는 데다가, 가지에는 나뭇잎이 묵직하게 매달려 있어, 휘둘릴 때마다 그러다 부러질 것만 같았다. 그러나 오늘 아침에 보니 라임나무의 잎이 떨어져 있을 뿐이었다. 어젯밤 한참 폭풍이 불 때, 나는 개스켈 부인[17]의 『아내들과 딸들』의 한 장을 읽었는데, 이것은 마치 능직 면포와 쌀로 만든 흰 푸딩 같았다. 그래도 『늙은 아낙네의 이야기』[18]보다는 확실히 낫다. 나는 보다시피, 지금 『독서와 저술』에 대해 맹렬히 생각하고 있다. 내 계획을 적어둘 시간이 없다. 『시간들』과 내 발견에 대해 해야 할 이야기가 많다. 내 등장인물들 뒤에 내가 얼마나 아름다운 동굴을 파고 있는가에 대해. 그것들은 정확히 내가 바라고 있는 것을 줄 수 있다. 인간성, 유머, 깊이. 내 아이디어는 이 동굴을 연결해서 그것들 하나하나가 현재의 순간에 드러나도록 하는 것이다. 식사다!


## 9월 5일, 수요일


그리고 나는 「콘래드와의 대담」에 대한 세상의 반응에 약간 당황하고 있다. 그것은 전적으로 부정적이다. 누구 하나 그것에 대해 이야기하는 사람이 없다. M[모건]과 B[브루스 리치먼드] 모두 동의하지 않는 눈치였다. 상관할 것 없다. 당황한다는 것은 언제나 나에게 가장 많은 자극을 주는 치료법이다. 새 책을 쓰기 전에는 찬물로 샤워를 해야 하고, 또 대개 그래왔다. 강장제 구실을

17  Elizabeth Gaskell, 1810~1865, 영국의 소설가.
18  아널드 바넷의 소설.

한다. 그러면 나는 "그래, 좋아. 나는 스스로를 위해 글을 쓰는 거야"라고 말하게 되고, 앞으로 전진하게 된다. 그것은 내 문체를 더 분명하고 솔직하게 만드는데, 이것은 모두 좋은 것이라고 생각한다. 어쨌든 나는 책 쓰기 시작하는 일을 다섯 번이나 했다. 그러나 맹세코 이번이 마지막이 될 것이다. 쓰고 있는 것은 『보통의 독자The Common Reader』라고 불리게 될 책이다. 오늘 아침 첫 쪽을 꽤 잘 썼다. 이처럼 한바탕 난리를 치르고 난 뒤에도 글을 쓰기 시작하자마자 새 국면이, 그것도 지난 2, 3년 동안 생각지도 못했던 국면이 당장 분명하게 떠오르는 것은 신기한 노릇이다. 그것이 글 전체에 새로운 균형을 제공해준다. 간단히 말해서, 나는 우리들 자신에 대한 몇 가지 질문에 대하여 해답을 찾기 위해 문학을 본격적으로 천착해볼 작정이다. 등장인물은 단순한 견해일 뿐이며, 인격을 부여하는 일은 어떤 일이 있어도 피해야 한다. 틀림없이 콘래드와의 모험에서 이것을 배운 것 같다. 머리카락 색깔이나, 나이 등등에 대해 분명한 기술을 하자마자 책 속으로 무언가 경박하고 불필요한 것들이 끼어든다. 식사다!

## 10월 15일, 월요일

리젠트 파크에서의 미친 장면을 한참 쓰고 있는 중이다. 내가 되도록 사실에 밀착해서 글을 쓰고 있다는 것을 알게 된다. 매일 아침 50단어가량 쓴다. 언젠가는 이것을 다시 써야 한다. 이 책의 구상은 나의 다른 어떤 책보다도 주목할 만하다고 생각한다. 그 구상을 다 펴지 못할지 모른다. 이 책에 대한 생각으로 머릿속이 꽉 차 있다. 지금까지 내가 생각했던 모든 것을 다 써버릴 수 있을 것 같다. 확실히 지금까지의 그 어느 때보다도 어떤 것에 강제받지 않는 느낌이다. 아직도 분명치 않은 것은 댈러웨이 부인의 성격이다. 너무 경직돼 있고, 너무 번쩍거리고, 너무 야할지 모르겠다. 그러나 댈러웨이 부인을 지탱하기 위해 무수한 사람들을 등장시킬 수 있다. 오늘은 1백 번째 쪽을 썼다. 물론 지금까지 나는 탐색만 해왔다, 작년 8월까지는 말이다. 내가 터널 작업이라고 부르는 것을 발견하기까지 1년간의 모색이 필요했다. 이 방법으로 나는 지난 얘기를 필요에 따라 조금씩 이야기할 수 있다. 이것이 지금까지의 나의 주된 발견이다. 이 방법을 찾기 위해 그처럼 많은 시간이 걸렸다는 사실은 퍼시 러벅의 주장이 얼마나 잘못된 것인가를 증명해준다. 퍼시 러벅이라면 이런 일은 의식적으로 할 수 있다고 말했을 것이다. 나는 비참한 상태에서 더듬는다. 어떤 날 밤에는 이 책을 그만두어야겠다고 결심했을 정도다. 그러다 숨겨진 샘물을 찾아낸다. 그러나 맙소사! 나는 아직 나의 위대한 발견을 다시 읽지 못했다. 어쩌면 이것은 전혀 중요한 것이 아닐지 모른다. 알게 뭔가. 감히 말하건대 나는 이 책에 대해 희망을 가지고 있다. 정직하게 말해서 내가 더 이상 한 줄도 더 쓸 수 없게 될 때까지 나는 글을 써나갈 작정이다. 저널리즘이고 뭐고 간에 모두 이것에 길을 양보해야 한다.

# 1924년(42세)

## 5월 26일, 월요일

런던은 매력적인 곳이다. 말하자면 황갈색 마법의 양탄자를 타고, 손가락 하나 까딱하지 않고, 아름다움의 한가운데로 운반돼 가는 것 같다. 밤은 놀라울 정도여서, 하얀 주랑 현관과 넓고 조용한 거리는 모두 아름답다. 그리고 사람들은 토끼처럼 가볍고 즐겁게 들락거린다. 나는 사우샘프턴 거리를 내려다보고 있다. 거리는 바다표범의 등처럼 젖어 있거나, 햇빛 때문에 빨갛거나, 아니면 노란색이다. 나는 버스들이 오가는 것을 보고, 미친 듯 손잡이를 돌려대는 낡은 풍금 소리를 듣는다. 언젠가 런던에 대해 쓰리라. 이 도시가 개인의 생활을 집어 들어, 힘들이지 않고 그것을 가져가 버리는 모습을. 지나가는 사람들의 얼굴을 보니 내 마음이 밝아진다. 로드멜에 있을 때처럼 마음이 가라앉지 않는다.

내 마음은 『시간들』에 대한 생각으로 가득 차 있다. 6월, 7월, 8월, 9월 넉 달 동안 쓸 작정이다. 그러면 책이 끝날 것이고, 그런 다음 석 달 동안은 책을 치워두겠다. 그 사이에 에세이를 끝내자.

그러면 10월, 11월, 12월, 혹은 1월이 된다. 그리고 1월, 2월, 3월, 4월에 원고를 수정해서 4월에는 에세이집이 나오게 되고, 5월에는 소설이 나온다. 이것이 내 계획이다.[1] 책은 지금 내 머리 밖에서 혼자 자유롭고 빠르게 돌고 있다. 이 증세가 시작된 작년 8월의 위기 이래, 잦은 방해에도 빠르게 돌고 있다. 책은 더욱 분석적이 되고, 인간적이 되었다고 생각한다. 덜 서정적이다. 그러나 나를 속박하고 있던 굴레를 거의 모두 잘라냈고, 이제 그 안에 무엇이든 쏟아부을 수 있다는 느낌이 든다. 그렇다면, 그것은 잘된 일이다. 읽는 일이 남아 있다. 이번에는 8만 단어를 목표로 삼고 있다. 8만 단어를 쓰기 위해서는 런던이 좋다. 앞서 말했듯이, 우선 도시의 활기가 나를 받쳐주기 때문이다. 다람쥐 장 안에 들어 있는 것 같은 내 생활에서, 쳇바퀴 도는 일을 그만둘 수 있다는 것은 대단한 일이다. 그리고 사람들을 자유롭고 편하게 만날 수 있다는 것은 나에게는 큰 이득이다. 그리고 침체된 내 주위를 신선하게 하기 위해 날쌔게 들락거릴 수가 있다.

### 8월 2일, 토요일

우리는 지금 로드멜에 와 있다. 아침 먹을 때까지 일기를 쓸 시간이 20분 남아 있다. 우울증에 사로잡혀 마치 우리들이 늙어버렸고, 모든 것이 끝이 난 것 같은 느낌이다. 정신없이 돌아가는 런던과 대조되어서 그럴 것이다. 게다가 내 책 일이 저조하고(셉티머스[2]의 죽음) 나는 스스로를 실패자라고 생각하기 시작한다. 호

1   4월 23일에 『보통의 독자』가 5월 14일에 『댈러웨이 부인』(『시간들』의 새 이름)이 출간되었다.
2   『댈러웨이 부인』의 등장인물.

가스 출판사가 존재하는 것은 출판사가 나로 하여금 우울한 생각을 하지 않게 해주고, 만일의 경우에 내가 기댈 수 있는 확실한 뒷받침을 제공해주기 때문이다. 어쨌든 내가 못 쓰면 다른 사람이 쓰게 할 수 있다. 일거리가 생기는 것이다. 시골은 수도원과 같다. 영혼이 위로 헤엄쳐 올라온다. 줄리언[3]이 방금 왔다 갔다. 키가 큰 청년으로, 내 동생 같은 느낌이 든다. 그것은 내가 확고하게 자신이 젊다고 생각하기 때문이다. 여하튼 우리는 편하게 앉아 잡담을 했다. 달라진 게 없다. 줄리언이 다니는 학교는 오빠 토비가 다니던 학교의 연장이다.[4] 토비가 늘 그랬듯이 줄리언은 친구들과 선생들에 대한 이야기를 한다. 나는 그때와 꼭 마찬가지로 이야기에 흥미를 느낀다. 줄리언은 예민하고 머리 회전이 매우 빠르며, 상당히 공격적인 소년이다. 웰스[5]의 소설에 빠져 발견이나 세계의 미래에 대한 생각으로 머릿속이 꽉 차 있다. 그리고 내 혈연이니까 이해하기가 쉽다. 상당히 키가 클 것이고, 변호사가 될 것이다. 이 일기 첫 부분에서 내가 투덜거린 것과는 달리, 솔직히 말해 나는 내가 나이가 들었다고 느끼지 않는다. 문제는 글 쓰는 일에 더욱 박차를 가하는 일이다. 그래서 지금처럼 하루에 가까스로 2백 단어를 써내는 대신, 기분이 나서 일을 철저하고 깊게, 그리고 쉽게 할 수만 있다면 좋겠다. 그러면 원고가 쌓여가는 데 따라 그 옛날의 공포가 되돌아온다. 나는 그것을 읽고 빛바랜 느낌을 받을 것이다. 나는 『제이콥의 방』 다음에는 더 이상 할 일이 없을 거라고 했던 머리의 말이 옳았다는 것을 증명하게 될 것

---

3   줄리언 벨. 언니 바네사의 아들—레너드 주.
4   16세였던 줄리언은 레이튼 파크 스쿨에 다녔으며, 울프의 오빠 토비는 브리스톨의 클리프턴 칼리지를 다녔다.
5   Herbert George Wells, 1866~1946, 영국의 소설가. 『타임머신』 등의 공상과학 소설의 작가.

이다.[6] 그러나 만약 이 책이 무엇인가를 증명하게 된다면, 그것은 내가 이렇게밖에는 글을 쓸 수 없다는 것, 절대로 이 방법을 버리지 않을 거라는 것, 더욱더 그 길을 탐색하고, 고맙게도 단 한순간이나마 이 일에 권태를 느끼는 일은 없을 거라는 것을 증명하게 될 것이다. 그런데 이 가벼운 우울증, 이것은 무엇인가? 도버 해협을 건너가서 1주일가량 아무것도 쓰지 않고 있으면 나을 것 같다. 나와는 상관없이 바삐 움직이는 것을 보고 싶다. 이를테면 프랑스의 마을 장터. 사실이지 기운만 있다면 디에프[7]로 건너가고 싶다. 아니면 타협안으로 서섹스로 버스 여행을 갈 수 있다면. 8월은 더울 것이다. 폭우가 쏟아질 것이다. 우리는 오늘 건초 더미 밑에서 비를 피했다. 하지만 영혼의 미묘함과 복잡함이라니! 결국 나는 영혼에 청진기를 대고 그 숨소리를 듣고 있는 것은 아닌가? 거처를 옮긴 일로 나는 며칠간 마음이 흔들린다. 인생이란 그런 것이고, 또 그것은 건전한 것이다. 앨리슨 씨나 혹스퍼드 부인, 잭 스콰이어라면 절대로 동요하지 않을 것이다. 2, 3일 지나면 이곳이 익숙해지고, 일을 시작하고, 읽고 쓰게 되면 이런 기분은 모두 사라져버릴 것이다. 모험적으로 살고, 야생염소의 수염을 잡아당기고, 벼랑 끝에 서서 떨거나 하는 일이 없으면 틀림없이 우울해지는 일도 없을 것이다. 그러나 그렇게 되면 우리는 이미 빛이 바랬고, 운명론적이고, 늙은 것이다.

---

6    머리는 『네이션 앤 애서니엄』에 실린 글에서 로렌스, 맨스필드, 울프 등의 독창적인 젊은 작가들이 플롯에 관심을 잃게 되었다는 점을 지적하면서 다음과 같은 말을 하고 있다. "the novel has reached a kind of impasse."
7    영국-프랑스 해협에 면한 프랑스의 항구 도시.

## 8월 3일, 일요일

그러나 이것은 일에 관한 문제다. 나는 책 쓰는 일에 전념함으로써 이미 상당히 안정된 상태에 있다. 우선 소설 250단어를 쓰는 일, 그리고 『보통의 독자』를 체계적으로 시작하는 일. 아마 이번이 80회분일 것이다. 이 일은 섬광을 붙잡을 기회만 있으면 눈 깜짝할 사이에 끝마칠 수 있는 일이다. 그러나 이런 일들에는 해야 할 일이 엄청 많다. 지금 생각이 났지만, 나는 『천로역정(天路歷程, Pilgrim's Progress)』[8]을 읽지 않으면 안 된다. 허친슨 부인[9] 것도. 리처드슨을 뭉개버려도 될까? 아직 읽어본 적이 없다. 좋다. 집까지 빗속을 뛰어가서 『클라리사』[10]가 있는지 보고 오자. 그러나 이렇게 되면 하루 중 큰 덩어리의 시간을 빼앗기게 되고, 또 『클라리사』는 보통 긴 소설이 아니다. 그리고 나는 『메데이아』[11]를 읽어야 한다. 플라톤을 번역한 것도 조금 읽어야 한다.


## 8월 15일, 금요일

이런 생각을 하고 있는 중에 콘래드의 사망 소식이 전해졌고, 이어서 곧 『리터러리 서플리먼트』에서 전보가 와서, 콘래드에 대한 글을 써 달라는 부탁을 해왔다. 나는 으쓱한 기분에 충실하게, 그러나 마지못해 썼다. 글이 실렸다. 그리고 『리터러리 서플리먼

---

8   존 버니언(John Bunyan, 1628~1688)의 우화적 소설.
9   루시 허친슨의 『*Memoirs of the Life of Colonel Hutchinson*』
10  새뮤얼 리처드슨(Samuel Richardson, 1689~1761)의 소설.
11  에우리피데스의 비극. 에우리피데스(Euripides, B.C. 480~406)는 아이스킬로스, 소포클레스와 함께 고대 아테네의 3대 비극 작가.

트』의 그 호는 나에게는 엉망이다. (왜냐하면 나는 내가 쓴 글은 읽을 수 없으며, 또 앞으로도 결코 읽을 수 없을 것이기 때문이다. 게다가 난쟁이 위클리가 다시 싸움을 걸고 나섰으니, 다음주 수요일에는 나를 씹으려 들 것이다.) 이번만큼 힘들게 일해본 적도 없다. 왜냐하면 닷새 동안에 논설 하나를 쓰기 위해 차 마시고 난 다음 한 시간까지 이용했기 때문이다. 그러다 차 마실 때 하는 일과 아침에 하는 일도 구별하지 못하게 됐다. 그러나 그 덕분에 어쨌든 로건이 비평적인 일이라고 부르는 작업을 위해 가외로 두 시간을 얻을 수 있지 않았던가? 그래서 나는 지금 실험을 하고 있다. 점심 먹기 전에는 소설을, 차 마신 뒤에는 에세이를, 이런 식으로. 『댈러웨이 부인』은 10월까지 끝낼 수 없다는 것을 알았기 때문이다. 어떤 계획을 세울 때 나는 항상 가장 중요한 중간 상황을 잊어버린다. 곧장 저 성대한 파티로 가면 일이 끝난다고 생각한다. 셉티머스는 잊고 말이다. 그런데 그 일은 굉장한 집중력을 요하는 까다로운 작업이다. 거기다 식사 중인 피터 월시를 지나쳐 버렸는데, 그도 만만치 않은 걸림돌이 될 수 있다. 내가 불이 켜진 방을 건너다니는 것을 좋아하는 것은 내 뇌가 그렇게 생겨 먹었기 때문이다. 불이 켜진 방들. 들판의 길들은 회랑과 같다. 그리고 지금 나는 누워서 생각하고 있다. 그런데 어째서 전적으로 중년이 되어서야 시에 취미가 생기는 것일까? 내가 스무 살일 때는, 토비 오빠가 그처럼 절실히 권했음에도, 결코 셰익스피어를 재미로 읽을 수가 없었다. 그러나 오늘 저녁 산책하면서 『존 왕』의 두 막을 읽고, 다음으로 『리처드 2세』를 읽을 생각을 하니 마음이 밝아졌다. 지금 필요한 것은 시다, 그것도 긴 시. 실제로 『계절』[12]을 읽을까 생각 중이다. 집중력과 로맨스, 단어들이 모두 엉

---

12   제임스 톰슨(James Thomson, 1700~1748)의 시.

겨 붙고 녹아서 빛나는 것을 갖고 싶다. 더 이상 산문을 읽느라 낭비할 시간이 없다. 그러나 사람들은 이와 정반대로 말할 것이다. 스무 살 때 나는 18세기 산문을 좋아했다. 해클루트[13]와 메리메[14]가 좋았다. 칼라일의 많은 글과 스콧의 전기와 서한, 기번과 두 권짜리 여러 종류의 전기물, 그리고 셸리를 읽었다. 지금 내게 필요한 것은 시다. 그래서 나는 술집 앞의 술 취한 수병처럼 후회하고 있다……. 곡물 밭과 헐렁한 파랑, 빨강 옷을 입은 추수하는 아낙네들의 무리, 그리고 노랑 옷을 입고 서서 바라보고 있는 소녀들을 어떻게 묘사해야 할지 따위를 요즈음은 자주 고민하지 않는다. 그러나 이것은 내 눈 탓이 아니다. 일전에 찰스턴에서 돌아왔을 때, 저녁이 너무 아름다워(놀랄 만큼, 그리고 넘쳐나리만큼) 내 신경은 곤두섰고, 빨개지고, 감전된 것 같았다(적절한 표현이 없을까?). 그래서 그 순간 그것들을 모두 붙잡아서 간직해둘 수 없는 것이 원망스러워졌다. 인생을 걸어가는 과정에서 보게 되는 갖가지 발전을 파악하려는 데서 인생은 한없이 흥미로워진다. 나는 마치 시험 삼아 손가락들을 펴고, 이것저것 허섭스레기로 가득 찬 터널 속 좌우편을 더듬고 있는 같은 느낌이 든다. (이때 레너드가 왔는데, 그는 나를 위해 내일 다디[15]를 틸턴[16]까지 태우고 갈 마차를 주문하고 돌아왔다.) 그리고 나는 더 이상 올더니스네 젖소들 무리와 만났던 일 따위를 묘사하지는 않는다. 몇 년 전만 해도 그랬을 것이다 젖소들이 강아지 그리즐 주위에서 수사슴들처럼 짖고 울던 모습을. 또 내가 지팡이를 들어 젖소를 쫓으며 맞

13   Hakluyt, 1552?~1616, 영국의 지리학자.
14   Prosper Merimée, 1803~1870, 프랑스의 극작가.
15   George Humphrey Wolferston ('Dardie') Rylands, 이튼과 케임브리지에서 공부했고, 호가스 출판사에서 일한 적이 있다. 시인이 됨. 「Russet and Taffeta」라는 시를 울프에게 바치기도 했다.
16   케인스가 농가를 빌린 펄 근처의 마을―레너드 주.

섰던 일을. 소들이 머리를 뒤흔들며 땅을 쿵쿵거리며 나를 향해 달려왔을 때 내가 호머를 생각했다는 사실을. 가짜 싸움이다. 그리즐은 더욱 교만해지고 흥분해서, 짖어대면서 싸움을 벌였다. 아이아스? 내가 그리스인들에 대해서는 전혀 무지한데도, 이 그리스인은 내 피와 살이 되었다.

## 9월 7일, 일요일

아무것도 쓰지 않는다는 것은 불명예스러운 일이다. 설사 쓴다고 해도 현재분사밖에 사용하지 않는 질척거리는 문장이라니. 그런데 그것이 『댈러웨이 부인』의 마지막 부분에서는 매우 도움이 된다는 것을 발견했다. 나는 지금 그 부분을 쓰고 있다. 드디어 파티 장면에 왔다. 그 장면은 부엌에서 시작해서 천천히 이 층으로 올라갈 것이다. 그 부분은 매우 복잡하고 생기 넘치며, 탄탄한 부분이 될 것인데, 거기서 모든 것이 얽히면서 세 가지 다른 곡조로 끝나게 된다. 즉 층계의 각 단계 하나하나가 클라리사에 대해 무언가 요약하는 말을 한다는 식이다. 누구에게 이 말을 시킬까? 피터, 리처드, 아니면 혹시 샐리 시튼? 그러나 나는 아직 이 문제에 골몰하고 싶지는 않다. 어쩌면 이것이 내 소설의 여러 가지 끝맺음 가운데 가장 잘된 부분이 될는지 모르며, 아마도 성공할 것이다. 그러나 나에게는 처음 부분을 다시 읽어야 하는 작업이 남아 있으며, 솔직히 말해 광기에 대한 이야기를 읽기가 두렵다. 그리고 재기가 앞서는 것이 두렵다. 그러나 지금은 여기서처럼 은유가 술술 나온다는 이유만으로도 바늘로 솔기를 홀쳐야 한다고 확신한다. 정성 들여 만들고 완성한 작품에서 어떤 묘사의 질을 지킬 수만 있다면. 그것이 내 목표이기도 하다. 어찌 되었건 이제는 아무도 나를 돕거나 방해할 수가 없다. 『타임스』에서 나에게 칭찬의 홍수를 퍼부었다. 리치먼드는 나의 소설을 전폭적으로 지지한다는 말을 해서 나를 매우 감동시켰다. 나는 리치먼드가 내 소설을 읽어주었으면 하면서도, 늘 그가 읽지 않을 거라는 확신을 하게 된다.

나는 여기서 천당에라도 오른 기분으로 목요일에는 일이 끝날 것이라고 생각하고 있었다. 로티가 카린에게 우리 부부가 앤을 초대할 모양이라고 말했다. 그래서 내가 공손하게, 그럴 생각이 없다고 했는데도 앤은 내가 자기를 위해 그런 것이라고 제멋대로 해석했다. 그러고는 토요일에 와서 모든 것을 산산조각내버렸다. 더욱더 나는 고독해진다. 기분의 부침에서 오는 고통은 가늠할 수가 없고, 또 나는 그것을 설명할 수도 없다…… 지금 내 일주일은 엉망이 됐다. 그런데 둘이 함께 보낸 지난 일주일은 마치 우리가 라플란드[17]에서 밤을 보낸 것처럼 고요하고 멋진 시간이었다. 나는 착한 아줌마처럼 집으로 들어가야지, 하고 생각하는데, 태어나기를 나는 착한 아줌마가 아니다. 데이지에게 뭐 필요한 것이 없느냐고 물어야 할 것을, 당연한 권리처럼 내일 쓸 『댈러웨이 부인』에 대한 생각으로 현재의 순간을 가득 채워버리고 만다. 유일한 해결책은 목요일까지 혼자 있으면서 운수를 걸어보는 수밖에 없다. 밤에 잠을 잘 못 잔(이것도 K[카린]의 탓이지만) 것이 일부 원인일 것이다. 그렇지만 나는 철저히 내 상상 속에 젖어 산다. 산책하거나 앉아 있을 때 떠오르는 번쩍이는 생각에 완전히 의지하고 있다. 내 마음 속에서는 여러 가지 일이 끓어올라서는 간단없는 장관을 이루는데, 그것이 내 행복이다. 이런 술은 이

17  유럽의 북극권.

렇다 할 특징이 없는 사람하고는 잘 맞지 않는다. 이 같은 우는 소리는 여기서 끝내야 한다. 한 가지 이유는 어두워서 잘 보이지 않는다는 것, 그리고 루이스에서 자루를 들고 온 탓에 손이 떨린다는 것이다. 루이스의 성곽 위에 앉아 있을 때, 거기서 가랑잎을 쓸고 있던 노인이 요통을 고치는 방법을 가르쳐 주었다. 명주 한 타래로 몸을 감으면 된다고 했다. 명주 값은 3페니다. 나는 박물관에서 브리턴의 카누랑 1750년에 로드멜에서 발견되었다는 서섹스에서 가장 오래된 쟁기, 그리고 세링가파탐에서 착용했다는 투구 일습을 보았다. 이 모든 것들에 대해 써보고 싶다. 그리고 물론 애들은 멋지고 매력적인 존재다. 앤을 데리고 왔는데, 앤은 흰 바다표범에 대한 이야기를 하거나 책을 읽어달라고 졸랐다. 그리고 카린이 어떻게 저런 냉담한 표정을 짓고 있을 수 있는지 알 수 없다. 내가 보기에 애들 마음 속에는 매우 존경스러운 데가 있다. 아이들하고만 있으면서 매일 아이들을 볼 수 있다는 것은 굉장한 경험일 것이다. 아이들에게는 어른들이 전혀 갖고 있지 않은 것이 있다. 솔직함. 앤은 바다표범이나 강아지가 있는 자신만의 세계에서 계속해서 조잘조잘, 조잘조잘 이야기한다. 앤은 오늘 저녁 코코아를 마실 수 있어 행복하고, 내일 검은 딸기를 따러 갈 수 있어 행복하다. 앤의 마음의 벽은 온통 이런 밝고 생생한 것들로 덮여 있어서, 그 애는 우리가 보는 것을 보지 않는다.


## 10월 17일, 금요일


불명예스러운 일이다. 나는 놀라운 사실을 적어둘 시간을 내보려고 이 층으로 뛰어 올라갔다. 즉 『댈러웨이 부인』의 마지막 쪽의 마지막 단어를 쓰려고 했으나 방해받고 말았다. 어찌 되었든 나는 그 단어를 어제부터 1주일 전에 써놓았다. "그녀가 거기 있었던 것이다"라고. 그리고 이 일이 끝나 기뻤다. 지난 몇 주일 동안 이 일이 나를 괴롭혀 왔기 때문인데, 머릿속은 비교적 맑았다. 이 말은 내가 팽팽하게 당겨진 줄 위에서 발을 헛짚지 않고 가까스로 빠져나왔다는 느낌이 보통 때보다는 덜하다는 뜻이다. 평상시보다 내가 의도하는 바를 더 충실하게 표현한 것 같다. 그러나 다시 읽을 때도 그럴는지는 자신이 없다. 이 책은 어떤 의미에서는 묘기였다. 몸이 아파 중단한다는 일 없이 일을 마쳤는데, 이것은 흔치 않은 일이다. 그리고 실제로 1년 동안 쓴 작품이다. 끝에 가서 저널리즘을 위해 단 며칠만을 할애한 것 말고는, 3월 말부터 10월 8일까지 글을 썼다. 그래서 이 책은 다른 책들과 다른지 모른다. 어쨌든 나는 머리와 다른 사람들이 내가 『제이콥의 방』을 쓰고 난 뒤 스스로를 묶었다고들 했던 그 마법에서 풀려난 느낌이다. 단 한 가지 문제는, 내가 다른 책을 쓰지 않도록 붙잡아 두는 일이다. 사람들이 말하는 내 막다른 골목은 그처럼 멀리까지 뻗쳐 있고, 또 그처럼 많은 것을 보여준다. 나에게는 이미 올드 맨(Old Man, 신이나 권위자)이 보인다.

이 일기에서 내가 글 쓰는 연습을 하고 있다는 생각이 든다. 나름대로 기초 연습을 하고 있는 것이다. 그렇다. 어떤 효과를 시험해보고 있는 것이다. 아마도 여기서 나는 『제이콥의 방』을 연습했을 것이다. 『댈러웨이 부인』도 그렇고, 다음 책도 여기서 발명할 것이다. 여기서 나는 순수하게 정신적으로만 글을 쓰기 때문이다. 또 매우 재미있기도 하다. 그리고 1940년에 늙은 버지니아가 여기서 무언가를 알아볼지도 모른다. 늙은 버지니아는 무엇이든 볼 수 있는 인간이 되어 있을 것이다. 지금 내가 할 수 있는 것

이상으로, 라고 생각한다. 그러나 지금은 피곤하다.

## 11월 1일, 토요일

내가 하고 있는 일에 대해 뭔가 기록을 남겨두지 않으면 안 된다. 왜냐하면 이제야말로 허리띠를 조이고 일에 덤벼들어야 하기 때문이다. 이 두 책을 어떻게 끝내는가 하는 것이 문제다. 『댈러웨이 부인』은 빨리 끝내려고 하지만 역시 시간이 걸릴 것이다. 아니다. 나는 아무것도 정확히 말할 수 없다. 왜냐하면 이것은 내가 다음 주에 실험해야 할 일이기 때문이다. 얼마나 고쳐 써야 하는가, 또 시간은 얼마나 걸릴 것인가? 마음 같아서는 에세이를 소설보다 먼저 내고 싶다. 어제는 메리 방에서 차를 마시고, 빨간 등을 켠 예인선들을 구경하고, 철석거리며 흘러가는 강물 소리를 들었다. 까만 옷을 입은 메리는 목둘레에 연꽃 잎을 달고 있었다. 여자들과 친할 수 있다면 얼마나 즐거울까. 남자들과의 관계보다 훨씬 비밀스럽고 속내를 털어놓을 수 있을 것이다. 이것에 관해 쓰는 것도 재미있을 것이다. 정말로? 그래서 내가 생각하기에 일기 쓰는 일은 내 문체에 크게 도움이 된다. 매듭을 풀어 주는 격이다.

## 11월 18일, 화요일

내가 하고 싶은 말은 글을 정통적으로 써야 한다는 것이다. 예술은 존중되어야 한다. 여기 써놓은 것들을 읽다가 이런 생각이 났다. 우리 마음을 자유분방하게 놔두면 자기중심적이고 개인적인 것이 되는데, 나는 그것을 혐오한다. 그러나 동시에 마음에는 불규칙한 불꽃도 있어야 한다. 어쩌면 이 섬광을 발하기 위해서는 먼저 혼이 있어야 하는지 모른다. 그러나 대중들 앞에 그런 모습으로 나타나서는 안 된다.『댈러웨이 부인』의 미친 부분을 써나가고 있는데, 이 부분이 없는 것이 더 좋지 않을까, 하는 생각을 하게 된다. 그러나 이것은 댈러웨이 부인을 어떻게 다뤄야 하는가를 알고 난 뒤에 생각하니 그렇다는 말이다. 언제나 끝에 가서야 전체를 어떻게 써야 했나를 알게 된다.

## 12월 13일, 토요일

나는 지금 전속력으로『댈러웨이 부인』전부를 처음부터 다시 타자하고 있다. 이것은『출항』때도 비슷했는데, 좋은 방법이라고 생각한다. 왜냐하면 이렇게 함으로써 전체를 젖은 붓으로 손질할 수 있고, 또 따로따로 만들어져 말라버린 부분들을 융합할 수 있기 때문이다. 실제로 정직하게 말해서, 이 작품은 내 소설 가운데서 가장 만족스러운 것이라고 생각한다. (그러나 나는 아직 이 작품을 냉철한 눈으로 읽지는 않았다.) 비평가들은 이 작품이 아우러지지 않았다고 말할 것이다. 미친 장면들이 댈러웨이의 장면들과 엮여 있지 않기 때문이다. 그리고 가끔 문장이 피상적이고 현란하다. 그렇다고 그것이 "비현실적"일까? 이것이 하찮은 재주일까? 나는 그렇지 않다고 생각한다. 앞서도 말했겠지만, 이것은 나를 내 정신의 가장 풍요로운 지층으로 깊이 파묻히게 하는 것 같은 느낌을 준다. 나는 지금 쓰고 쓰고 또 쓸 수 있다. 세상에서 가장 행복한 느낌이다.

## 12월 21일, 월요일

정말 부끄러운 노릇이다, 일기장에 빈 데가 많다는 사실이. 결정적으로 런던은 일기를 쓰기에 좋지 않다. 이 일기장은 그중 얇아서 이것을 로드멜에 가져가야 하는지, 또 가져간들 거기다 뭘 적어넣을 수는 있을지 자문하고 있다. 분명히 올해는 사건이 많은 해였다, 내가 예언했듯이. 1월 3일에 꾸었던 꿈은 거의 현실로 나타났다. 지금 우리는 여기 런던에서 넬리[18]하고만 있다. 다디는 갔지만 그 대신 앵거스가 와 있다. 그래서 알게 된 것이지만, 집을 옮긴다는 것이 생각처럼 대단한 일도 아니다. 결국 몸을 바꾸는 것도, 뇌를 바꾸는 것도 아니기 때문이다. 여전히 나는 "내 글"에 몰두하고 있다. 로드멜에서 레너드가 『댈러웨이 부인』을 읽을 수 있도록 원고를 베끼는 일에 박차를 가하고 있다. 그리고 『보통의 독자』를 위해 마지막 손질을 하느라 한바탕 법석. 그리고, 그리고 나면 해방이다. 적어도 그동안 쌓였던 한두 개의 이야기를 쓸 수 있도록 해방될 것이다. 그런데 그것들이 정말 이야기인지, 아니면 뭔지 점점 알 수 없게 된다. 다만 되도록 내 생각에서 가까운 곳에서 풀을 뜯고, 거기에다 보기 흉하지 않은 모양을 갖추도록 하고 있다는 것만은 비교적 확실하게 느낄 수 있다. 점점 낭비가 줄고 있다. 그러나 아직도 일에 기복이 있다.

18  울프가 어릴 때부터 있던 찬모.

# 1925년(43세)

## 1월 6일, 수요일

　　로드멜은 온통 강풍과 홍수뿐이었다. 이 표현은 정확하다. 강이 범람했다. 열흘에 이레 동안이나 비가 왔다. 산책 나갈 엄두가 나지 않을 때가 종종 있었다. 레너드가 가지치기를 했는데, 그것은 영웅적 용기가 필요한 작업이었다. 내 영웅주의는 순수하게 문학적인 것이어서, 나는 『댈러웨이 부인』을 고쳐 쓰는 일이 고작이다. 교정은 글을 쓴다는 일 가운데서 가장 오싹한 부분이며, 가장 우울하고, 가장 힘겨운 부분이다. 가장 좋지 않은 곳은 (늘 그렇듯이) 첫 부분으로, 비행기가 여러 쪽에 걸쳐 독무대를 차지하다가 사라지고 만다. 레너드는 그것을 읽고 내가 쓴 것 중의 최상의 것이라고 생각한다. 그러나 레너드는 그렇게 생각하려 애쓰는 것은 아닐까? 그래도 나는 레너드에게 동의한다. 레너드는 이 작품이 『제이콥의 방』보다 연속성이 있다고 생각한다. 그러나 두 테마 간에 눈에 보이는 연관성이 없으므로, 직접 비교하기는 힘들다. 어쨌든 원고를 클라크 출판사로 보냈고, 다음 주 교정쇄가 올 것이다. 이것은 하코트 브레이스 출판사에 보낼 것인데, 그들은 내 원고를 보지도 않고 출판을 응낙해주고, 인세를 15퍼센트로 인상해주었다.

<h2 style="text-align:center">4월 8일, 화요일</h2>

나는 지금 이 순간의 인상 속에 잠겨 있다. 남부 프랑스에서 이 넓고, 희미하고, 평화로운 개인 공간으로 돌아왔다는 복잡한 인상이다. 하지만 어제까지 그렇게 생각했었던 런던에 대한 인상은 오늘 아침 목격한 사고 때문에 뒤집어졌다. 한 여자가 자기 몸 위로 덮친 자동차 때문에 난간에 끼어 오, 오, 오 하고 약한 소리로 울부짖고 있었다. 종일 그 우는 소리가 들렸다. 나는 여자를 도우러 가지 않았다. 그때 빵가게 주인이며 꽃가게 아저씨가 모두 도우러 갔다. 이 세상의 잔인함과 강한 야만스러움이 나에게 남아 있다. 밤색 옷을 입고 보도 위를 걷고 있는 여자가 있다. 갑자기 빨강 색깔의 차가 뒤집어지면서 여자 위를 덮치고, 그 여자가 오, 오, 오 하는 소리가 들려온다. 네사의 새 집을 보러 가던 길에 광장에서 던컨을 만났는데, 던컨은 아무것도 보지 못했으므로 전혀 내 기분을 이해할 수 없었다. 네사도 그 점에서는 마찬가지였다. 네사는 작년 봄 안젤리카가 당한 사고와 이 일을 연관지어 보려는 노력을 얼마간 했으나, 나는 언니에게 이것은 그저 갈색 옷을 입고 지나가던 여인의 이야기일 뿐이라고 설명했다. 그래서 우리는 비교적 차분하게 집 구경을 할 수 있었다.

마지막 일기를 쓰고 몇 달이 지난 뒤, 자크 래버레트[1]가 작고했

---

1    프랑스인으로서 케임브리지에서 공부한 화가(1885~1925). 3월 7일 작고.

다. 자크는 죽고 싶어 했다.[2] 자크는 『댈러웨이 부인』에 대해 편지를 보내왔는데, 그것은 내 일생의 가장 행복한 날 중 하루를 나에게 선사해주었다.[3] 이번에는 정말 내가 뭔가를 해낸 것인가? 그러나 프루스트와 비교하면 나는 아무것도 아니다. 요즘 나는 프루스트에 빠져 있는데, 프루스트의 특징은 극도의 감수성과 극도의 끈기가 한데 엮여 있다는 점이다. 프루스트는 변덕스러운 색조의 마지막 한 점까지 추구한다. 프루스트는 고양이 힘줄만큼 질기고, 나비 날개의 가루만큼이나 덧없다. 프루스트는 나에게 영향을 미칠 것이며, 동시에 나로 하여금 내 문장 하나하나에 화를 내게 만들 것이다. 앞서 말했듯이 자크가 죽었다. 그리고 나는 당장 여러 감정에 사로잡히기 시작한다. 나는 이 소식을 이곳 파티에서 들었다. 클라이브, 비 하우[4], 줄리아 스트레이치[5], 다디…… 그러나 나는 죽음 앞에서 기가 죽을 생각은 전혀 없다. 마치지 못한 별것 아닌 말을 중얼거리면서, 방 밖으로 나가고 싶다. 이것이 이 소설이 나에게 미친 영향이다. 작별을 고하는 것도 아니고, 복종하는 것도 아니고, 다만 누군가가 어둠 속으로 걸어 나간다. 그러나 이 악몽은 무서운 것이었다. 지금 내가 할 수 있는 것은 죽음을 자연스럽게 대하는 것인데, 이것이 매우 중요하다. 나는 몽테뉴가 한 말을 나 나름대로 다음과 같이 말해본다. "문제가 되는 것은 이승이다."

---

2   몸이 마비되는 병을 앓고 있었다.
3   『댈러웨이 부인』의 교정쇄를 읽고 다음과 같은 편지를 보내왔다. "Almost it's enough to make me want to live a little longer, to continue to receive such letters and such books……"
4   Beatrice Isabel Howe. 훗날의 마크 러벅 부인. 『A Fair Lady Leapt Upon My Knee』의 작가.
5   Julia Strachey, 1901~1979, 작가.

카시스[6]가 마지막에 어떤 모습으로 내 마음에 각인될까를 지켜보고 있다. 바위가 있다. 우리는 아침을 먹고 나서는 밖으로 나가 바위에 앉아 햇볕을 쪼이곤 했다. 레너드는 모자도 쓰지 않은 채 앉아, 무릎 위에서 무언가를 쓰곤 했다. 어느 날 아침 레너드가 성게를 발견했다. 성게는 빨갛고, 가시가 돋쳐 있었는데, 그 가시가 약간 떨리고 있었다. 그러고 나서 우리는 밖으로 나가 오후 산책을 했다. 언덕을 곧장 올라가 숲속으로 갔다. 거기서 어느 날 차지나가는 소리를 듣고, 바로 아래에 라 시오타로 가는 길이 있는 것을 발견했다. 그 길은 돌투성이인 데다가 가파르고, 날씨가 매우 더웠다. 한번은 새들이 재잘거리는 것 같은 큰 소리를 들었는데, 개구리인 것 같았다. 잎이 톱날 같은 야생의 빨강 튤립이 들판에 피어 있었다. 밭은 모두 언덕을 잘라내 네모지고 작은 선반처럼 만들어졌고, 포도나무가 이랑에 줄지어 서 있었다. 그리고 이곳저곳이 온통 싹이 돋는, 이름 모를 과일나무들로 빨간빛, 장밋빛, 보랏빛 물보라를 이루고 있었다. 여기저기에 흰색, 노란색, 또는 파랑색으로 칠한 모난 집들이 있었는데, 모두 덧문은 단단히 잠긴 채였다. 둘레에는 평탄한 길이 있었으며, 그중 하나에는 비단향꽃무가 줄지어 있었다. 도처에 비할 데 없는 청결함과 결연함이 있었다. 작은 항만 라 시오타의 파란 물 위에 오렌지색의 큰 배가 떠 있었다. 이들 항만은 모두 완전히 둥근 모양이고, 가장자리에는 옅은 색의 회벽 집들이 있었다. 이들 집은 매우 높고 덧문이 달려 있었는데, 칠이 벗겨진 데를 때로는 푸른 잎이 무성한 화분을 놓거나, 옷을 말리거나 해서 가려놓았다. 때로는 늙은 부인이 내다보고 있었다. 사막처럼 돌이 많은 언덕 위에서는 그물을 말리고 있었다. 거리에서는 어린애들이랑 여자애들이 잡담을 하

---

6    프랑스 남쪽 프로방스의 어촌. 언니 바네사가 살고 있었다.

거나, 밝고 옅은 색깔의 숄이나 면제 드레스를 입고 어슬렁거리고 있었다. 한편 남자들은 중앙 광장의 흙을 파내서, 그곳에 포장된 안마당을 만들고 있었다. 상드리옹 호텔은 바닥에 빨간 타일을 깐 흰 집으로, 여덟 명가량 수용할 수 있을 것 같다. 이 호텔의 전체 분위기가 많은 것을 생각하게 해주었다. 냉담한데다가 무관심하고, 겉으로만 예의 바른 기묘한 인간관계를 보여주는 것 같다. 인간의 본성이 지금은 일종의 규약으로 환원된 느낌이다. 서로 알지 못하는 사람들이 만나서, 같은 종족 구성원으로서의 권리를 주장하지 않으면 안 될 위급한 상황들에 대비해 만들어진 규약. 실제로 우리는 모두 접촉하며 산다. 그러나 우리 마음의 깊은 곳은 위협받지 않는다. 그러나 레너드와 나는 너무 너무 행복했다. 사람들이 말하듯이, "지금 죽는다고 해도" 등등.[7] 누군들 내가 완전한 행복을 알지 못했다고는 말하지 못할 것이다. 그러나 정확히 그것이 어느 순간인가, 또 그 원인은 무엇이었는가에 대해 말할 수 있는 사람은 거의 없다. 나 자신도 가끔 만족의 연못을 휘저으면서, "그러나 이것이 내가 바라던 전부다"라고밖에는 말하지 못한다. 그보다 더 나은 것을 전혀 생각해낼 수 없다. 그리고 신들이 행복이라는 것을 만들었을 때, 그것을 인간에게 주기를 아까워했을 것이라는, 반쯤 미신 같은 생각을 가지고 있다. 그러나 어떤 뜻하지 않은 방법으로 행복을 손에 넣었을 때는 별문제다.

---

7    셰익스피어의 다음 구절을 인용한 것. '…If it were now to die,/'Twere now to be most happy' —『Othello』II, i, 191~192.

## 4월 19일, 일요일

지금은 저녁을 먹고 난 뒤 우리들이 처음으로 맞이한 일요일 저녁이다. 글을 쓰고 싶다는 기분이 잠시 나를 스치고 지나갔다. 아직도 나는 나의 성스러운 반 시간을 사용하지 않았다. 그러나 생각해보라. 언젠가 내가 여기서 링 라드너 씨의 글을 성공적으로 윤문했다고 회상하기보다는, 뭔가 읽기를 잘했다고 생각할 때가 올 것이다. 나는 이번 여름에 글을 써서 3백 파운드를 벌어, 로드멜에 욕조와 더운 물이 나오는 싱크대를 설치할 작정이다. 그러나 쉬 쉬, 내 책은 출판에 임박해 떨고 있으며, 내 미래는 불확실하다. 장래 예상에 대해 말하자면, 『댈러웨이 부인』은 성공이라고들 말하고 있으며(하코트 출판사는 "대단하다"고 생각한다), 2천 부가 팔렸다. 나는 크게 기대하지 않는다. 『제이콥의 방』이 나온 뒤에 기적적으로 명성이 올라갔는데, 지금도 그때처럼 천천히, 그리고 조용히 명성이 올라가 주기를 기대한다. 저널리스트로서의 나의 주가도 꾸준히 올라가고 있다. 책은 거의 팔리지 않지만 말이다. 나는 어느 쪽인가 하면, 별로 신경이 날카롭지 않다. 그리고 늘 하듯이 눈을 번득이지 않고 나의 새로운 이야기들을 깊이 천착하고 싶다. 이를테면 토드[8]라든가, 콜팩스[9]라든가, 기타 등등.

---

8    잡지 『보그』의 편집장으로서, 전위적인 작가의 글을 많이 실었다.
9    사교계의 유명인사.

## 4월 20일, 월요일

현재의 내 마음 상태를 생각해볼 때, 한 가지 사실이 이론의 여지가 없어 보인다. 즉, 내가 내 유정油井의 밑바닥까지 파내려 갔으면서도, 이 모든 것을 표면까지 끌어올릴 만큼 충분히 빨리 쓰지 못한다는 사실이다. 이 순간 적어도 여섯 개의 이야기가 내 안에서 끓고 있다. 그리고 이제야 이 모든 생각을 말로 엮어낼 수 있다는 느낌이 든다. 그러나 아직도 무수한 문제들이 남아 있다. 그러나 이 조급함과 위급함은 전에 느껴보지 못한 것이다. 나는 훨씬 더 빨리 쓸 수 있다고 믿는다. 만약에 쓴다는 것이 종이 위에 한 마디 갈겨쓴 뒤, 그것을 타자하고, 또 고쳐 쓰는 일이라면, 그 과정을 되풀이하는 일이라면 말이다. 실제로 글을 쓴다는 것은 붓을 한 번 휘갈기는 일과 같다. 나중에 잔손질을 하면 된다. 만약 내가 흥미로운(위대한, 이라고는 말할 수는 없다) 작가가 된다면? 기묘하게도 내 허영심에도 불구하고, 나는 아직까지 내 소설에 대단한 신뢰를 갖지 못하고 있다. 또 소설이 내 자신을 표현한다고 생각하지도 못했다.

## 4월 27일, 월요일

『보통의 독자』가 목요일에 나왔다. 오늘이 월요일인데 나는 아직까지 이 책에 관해 사적이건 공적이건 간에 한마디도 듣지 못했다. 마치 연못에 던진 돌을 잔물결 하나 일으키지 않고 물이 삼켜버린 느낌이다. 그리고 지금은 완전히 만족스러운 상태이며, 어느 때보다도 신경을 덜 쓰고 있다. 여기에 글을 적고 있는 것은,

다음에 내 책들의 숭고한 진보에 대해 생각할 수 있도록 하기 위해서다. 나는 『보그』지를 위해, 다시 말해 사진작가 베크[10]를 위해, 울너 씨[11]가 마구간을 화실로 꾸민 곳에서 포즈를 취해주고 있었다. 어쩌면 그곳이 울너 씨가 결혼하고 싶어 했던 우리 어머니 생각을 한 곳인지 모른다. 지금 나는 사람들이 여러 상태의 의식을 가지고 있으며, 그것이 제2의 본성이라고 말하고 싶다. 파티 의식이라든가, 의상 의식 등. 베크 가게에서의 유행(갈런드 부인[12]이 전시회 준비를 지휘하고 있었는데)이 분명 그 하나다. 거기서 사람들은 특정한 외피를 분비해서, 그 껍데기로 스스로를 묶어주면서도 자신들을 다른 사람들에게 보호한다. 이를테면 나처럼 외피 밖에 있는 이물질 말이다. 이들의 의식 상태는 파악하기가 매우 어렵지만(분명히 나는 적절한 표현을 찾고 있다), 나는 항상 이 문제에 되돌아온다. 예를 들면 파티 의식. 시빌의 의식. 그 의식을 깨서는 안 된다. 그 의식은 뭔가 현실적인 것이다. 그 의식은 지켜야 한다. 그러기 위해 함께 머리를 짜야 한다. 그래도 내가 하고 싶은 말을 정확히 표현할 수가 없다. 그리고 잊기 전에 서둘러 그레이브스[13]의 묘사를 끝내고 싶다.

## 5월 1일, 금요일

이것은 사람들이 말하듯 훗날 참고할 기록이다. 『보통의 독자』

---

10  Maurice Adams Beck, 1886~1960, 당시 『보그』지의 전속 사진사. 울프의 사진을 찍어 『보그』에 실은 적이 있다.
11  Woolner, 1825~1892, 라파엘 전파의 화가.
12  『보그』지의 유행 담당 편집원.
13  Robert von Ranke Graves, 1895~1985, 영국의 시인이자 소설가.

는 나온 지 여드레나 되었는데, 아직 단 하나의 서평도 나오지 않았다. 그리고 아무도 이것에 대해 나에게 편지를 쓰거나, 말을 하거나, 그것이 존재한다는 사실을 인정하지도 않는다. 예외는 메이너드, 리디아, 그리고 던컨. 클라이브는 눈에 띄게 말이 없다. 모티머는 독감에 걸려 비평을 하지 못한다. 낸시가 이 책을 읽고 있는 것을 보았는데, 아무 소식도 전해주지 않았다. 이 모든 것이 이 책에 대한 암울하고, 차갑고, 우울한 반응을 보여준다. 완전한 실패다. 방금 희망과 두려움의 단계를 지나, 지금은 내 실망이 내가 지나온 길에 오래된 물병처럼 떠 있다. 그래도 나는 새로운 모험을 위해 나서고 있다. 같은 일이 『댈러웨이 부인』에 일어난다 해도 놀랄 필요가 없다. 그웬에게 편지를 써야 한다.

## 5월 4일, 월요일

이것은 한 권의 책의 체온 도표다. 우리는 케임브리지에 갔고, 골디는 현재 생존하고 있는 비평가 가운데 나를 가장 우수한 비평가로 생각한다고, 골디 특유의 당돌하고 괴팍한 어조로 다음과 같이 말했다. "2, 3개월 전 『리터러리 서플리먼트』에 엘리자베스 시대 작가들에 관해서 비상하게 훌륭한 논문을 쓴 것이 누구냐"고 묻기에 나는 나의 가슴을 손가락으로 가리켰다. 『컨트리 라이프』에, 너무도 미약해서 거의 뜻도 알아들을 수 없을 정도로, 『보통의 독자』의 정체성에 관한 이야기를 하려는 시도가 있었고, 또 『스타』에 네사의 표지를 비웃는 글이 실렸다고 앵거스가 알려준다. 그래서 나는 내가 무명 작가이고, 괴짜라는 이유로 많은 비판이 쏟아져 나올 것이라고 예측한다. 그리고 열성적인 비판도 조금 나올 테고, 판매는 느리게 진척될 것이며, 명성은 올라가리라고. 그래, 내 명성은 확실히 올라가고 있다.

## 5월 9일, 토요일

『보통의 독자』에 관해 『리터러리 서플리먼트』가 거의 두 칼럼을 신중하고 양식을 갖춘 칭찬으로 채우고 있다. 넘치지도, 모자라지도 않게. 그것은 『타임스』에서의 내 운명이기도 하다. 골디가 쓰기를 "이것은 영어로 된 최고의 비평이다. 유머와 재치가 있고, 깊이가 있다"고 했다. 나는 모든 극단적 칭찬과 평범한 비평에 내맡겨질 운명을 타고난 것 같다. 그러나 나는 『리터러리 서플리먼트』에서는 열정적 서평을 받아본 적이 없다. 『댈러웨이 부인』에 대해서도 마찬가지일 것이다. 그때가 다가오고 있다.

## 5월 14일, 목요일

내 책의 체온에 대해 좀 더 기록해두고 싶다. C. R.(『보통의 독자』)은 팔리지 않는다. 그러나 칭찬은 받고 있다. 오늘 아침 『맨체스터 가디언』을 집어 들고, 포셋 씨가 쓴 「V. W.(Virginia Woolf)의 예술」이라는 글을 읽고는 정말 기뻤다. "재기와 성실성이 적절히 배합되어 있으며, 기발하면서도 심오하다"고. 『타임스』가 이렇게 분명히 말해주면 좋으련만, 『타임스』는 마치 자갈을 입안에 넣고 빨아들이는 사람처럼 중얼거리고 있다. 『타임스』가 나에 대해 단두 칼럼이라도 중얼거린 적이 있었던가. 그러나 이상한 일은 다음과 같은 것이다. 솔직히 말해 나는 『댈러웨이 부인』에 대해 거의 신경을 쓰지 않았다. 왜 그럴까? 이번 여름에 이 작품에 대해 얼마나 많은 말을 해야 하나, 하는 생각을 하니 처음으로 약간 지겨운 생각이 든다. 사실을 말하자면 쓴다는 것이 진짜 즐거움이고, 남에게 읽힌다는 것은 표면적인 것이다. 나는 지금 비평을 그만두고 『등대로To the Lighthouse』에 달려들고 싶다는 생각으로 가득하다. 이 소설은 상당히 짧아질 예정이다. 소설에서 아버지의 성격을 완전하게 그릴 것. 그리고 어머니와 세인트 아이브스섬, 유년 시대, 그리고 늘 내가 써넣고 싶어 하는 모든 것들, 인생, 죽음, 등등. 그러나 중심은 아버지의 성격이 될 것이다. 아버지가 배에 앉아서 "우리는 모두 혼자 죽는다"[14]라는 시구를 중얼거리면서, 죽어가는 고등어를 짓눌러 죽이는 장면. 그러나 자제하지 않으면 안 된다. 우선 단편을 몇 개 쓰면서 『등대로』가 끓어오를 때까지 기다려야 한다. 그리고 차를 마시거나 식사를 하는 사이사이에 쓸 준비가 될 때까지 조금씩 보태 나가야 한다.

## 5월 15일, 금요일

『댈러웨이 부인』에 관한 나쁜 서평 두 편(『웨스턴 메일』과 『스콧츠맨』). 뭐가 뭔지 모르겠다, 예술이 아니다, 등등.[15] 그리고 얼스 코트에 있는 한 젊은이가 보낸 편지. "이번이야말로 당신은 해냈다. 당신은 인생을 붙잡아 그것을 한 권의 책으로 만들었다……." 갑자기 이렇게 흥분한 것을 용서해주기 바란다. 그러나

14  테니슨의 『경기병대의 돌격』에서.
15  『스콧츠맨』지의 서평에는 다음과 같은 말이 있다. "None but the mentally fit should aspire to read this novel (…) It may be said such is life, but is it art?"

더 이상 인용할 필요는 없다. 만약 내 신경이 곤두서 있지 않았다면, 이런 것을 쓰려고 하지 않았을 것이다. 무엇 때문에 그랬을까? 갑작스러운 더위와 인생의 소음 때문일 것이다. 나 자신의 사진을 본다는 것은 스스로에게 좋지 않다.

## 5월 20일, 수요일[16]

그런데 모건은 감탄해주었다. 이것은 내 마음을 한결 가볍게 해준다. 모건은 『제이콥의 방』보다 낫다고 말한다. 많은 말을 하지 않고 떠나면서 내 손에 키스를 하고, 이 일에 대해 굉장히 기쁘다, 매우 행복하다고 (또는 그런 취지의 말을) 했다. 모건의 생각으로는……. 자세한 비평 이야기는 하지 않겠다. 더 듣게 될 것이다. 단지 이번 비평은 이번 책의 문체가 더 단순하고, 다른 사람들과 비슷해졌다는 것뿐이었다.

## 6월 1일, 월요일

오늘은 공휴일. 우리는 지금 런던에 있다. 내 책의 운명에 대해 적는 일이 약간 지겹다. 지금 두 책 모두 떴다. 『댈러웨이 부인』은 놀랍게 성적이 좋다. 벌써 1,070부가 팔렸다. 모건의 의견에 대해서는 이미 언급한 바 있다. 그런데 비타[17]는 약간 미심쩍어하고, 데즈먼드는 (그의 책 때문에 자주 만나는데) 로건이 C. R.(『보통

16　5월 19일로 잘못 적혀 있다.
17　Vita Sackville-West(Mrs. Harold Nicolson, 1892~1962), 영국의 작가이자 시인.

의 독자』)이 잘됐다고 생각하고 있으며, 그 이상의 말은 없었다고 말해 나에 대한 칭찬을 엉망으로 만들어놓았다. 데즈먼드는 나를 우울하게 만드는 남다른 재주를 가지고 있다. 데즈먼드는 기발한 방법으로 인생의 기세를 꺾어놓는다. 나는 그를 좋아한다. 그러나 그 자체로서는 더없이 매력적인 데즈먼드의 균형 감각과 선량함, 유머가 어쩐지 그에게서는 그 광채를 잃고 만다. 이 것은 내 일에 대해서뿐만 아니라, 인생에 대해서도 마찬가지다. 그런데 지금 하디 부인이 와서 토마스가 C. R.을 읽거나, 읽어주는 것을 듣기를 "매우 좋아한다"고 말했다. 로건은 혈관에 소금밖에 없는 미국 사람인데, 모건을 빼놓고는 나는 큰 칭찬을 받은 셈이다. 타우흐니츠 출판사도[18] 내 책에 대해 물어왔다.

## 6월 14일, 일요일

부끄러운 고백 하나. 지금이 일요일 아침, 방금 열 시를 지난 시간인데, 나는 소설이나 서평은 쓰지 않고 일기를 쓰려고 앉아 있다. 내 정신 상태 이외에 다른 아무런 핑계도 없다. 그러나 책 두 권을 끝내고 난 뒤 곧장 새 책에 집중할 수는 없는 노릇이고, 편지, 연설, 서평 등이 더욱더 내 마음의 동공을 넓혀 놓는다. 차분히 앉아서 몸을 오므리고, 스스로를 닫아버릴 수가 없다. 나는 여섯 편의 단편을 썼다. 아니 서둘러 갈겨쓰고, 어쩌면 『등대로』에 대해 너무 골똘히 생각했는지 모른다. 현재까지는 두 책 모두 성공이다. 『댈러웨이 부인』은 이번 한 달에 『제이콥의 방』이 1년 걸려 팔린 것보다 더 팔렸다. 2천 부 파는 것도 가능할 것 같다. 이번

---

18  라이프치히에 있는 타우흐니츠 출판사. 영미 작가의 책을 많이 출판했다.

주 『보통의 독자』도 돈을 벌어들이고 있다. 노신사들도 내 작품은 길게, 그리고 엄숙하게 다룬다.

## 6월 18일, 목요일

그렇다. 리튼은 『댈러웨이 부인』을 좋아하지 않는다. 이상하게도 리튼이 그렇게 말했기 때문에 그가 더 좋아지며, 리튼이 한 말에 별로 신경이 쓰이지 않는다. 리튼의 말에 의하면 장식(지극히 아름다운)과 사건(꽤 평범하거나, 중요하지 않은)이 조화를 이루지 못한다는 것이다. 리튼은 이것이 클라리사 안에 존재하는 모순 때문에 생긴 것이라고 생각한다. 리튼이 보기에 클라리사는 불쾌하며 한계가 있다. 그렇지만 나는 교대로 클라리사를 조롱하거나, 눈에 띄게 내 자신으로 감싼다는 것이다. 그래서 이 책은 전체로서의 울림이 탐탁지 않다고 나는 생각한다. 그러나 리튼은 그 점이 전체를 이루는 것이라고 말한다. 그리고 리튼은 때로 글이 지극히 아름답다고 말한다. 천재라는 말밖에 달리 할 말이 없다고도 말했다! 천재성은 언제 나타날지 아무도 모른다. 리튼은 내가 지금까지 쓴 것 가운데서 가장 천재성이 뛰어나다고 말했다. 어쩌면 내가 스스로의 방식을 터득하지 못했는지도 모른다고도 말했다. 내가 더 거칠고 더 환상적인 것, 이를테면 『트리스트럼 샌디』[19]처럼 무엇이든지 받아들일 수 있는 틀을 사용해야 할지 모른다고도 했다. 그러나 그렇게 되면 나는 정서의 끈을 놓치게 될 것이라고 내가 말했다. "그렇다, 당신의 출발점이 될 현실이 필요하다"고 리튼이 동의했다. 그러나 어떻게 해야 하는가가

19  로렌스 스턴(Lawrence Sterne, 1713~1768)의 소설.

문제다. 리튼은 내가 출발점에 있으며, 종착점에 있다고 생각하지 않는다는 말을 했다. 그리고 C. R.은 대단한 고전이지만, 『D 부인』은 흠이 있는 보석일 수도 있다고 말했다. 이것은 매우 개인적인 생각이고, 또 구식 생각일 것이라고도 말했다. 그러나 리튼의 말에는 얼마간 진실이 있다고 생각한다. 왜냐하면 어느날 밤 로드멜에서 나는 클라리사가 왠지 싸구려로 보여 다 그만둘까 생각했던 기억이 나기 때문이다. 그때 나는 클라리사의 추억을 꾸며냈다. 그래도 클라리사에 대한 일종의 불쾌감이 남아 있었다. 그러나 키티에 대한 내 감정에는 거짓이 없었고, 또 예술에 있어서는 작가가 등장인물을 좋아하지 않아도 상관이 없다고 생각한다. 어떤 등장인물은 자신들에게 일어나는 사건의 중요성을 감소시킨다고 하는데, 그것이 사실이라면 이야기는 달라진다. 이런 일은 나에게 상처를 주거나 우울하게 하지는 않는다. 이상하게도 클라이브나 다른 사람들(그들 몇몇)이 이 작품이 걸작이라고 말할 때는 별로 신이 나지 않는다. 리튼이 트집을 잡으려고 할 때 나는 격렬한 전투적 기분으로 돌아가지만, 그것은 나에게는 자연스러운 것이다. 나는 내가 성공했다고 생각하지 않는다. 나는 노력할 때의 감각을 더 좋아한다. 책이 사흘 동안 전혀 움직이지 않다가 이제 다시 조금씩 팔리기 시작한다. 1천5백 부만 팔린다면 정말 신날 텐데. 이제 1,250부 팔렸다(7월 20일. 약 1,530부가량 팔렸다 ― 울프 주).

## 6월 27일, 토요일

밤에 차가운 바람이 불더니 날씨가 매서워졌다. 그날 밤 로저의 가든파티에서는 온갖 중국 등잔에 불을 밝혔다. 그런데 나는 나와 같은 족속들을 좋아하지 않는다. 나는 나 같은 족속을 혐오한다. 나는 그들을 모른 체한다. 나는 그들이 더러운 빗방울처럼 나를 스치고 지나가도록 내버려둔다. 이제 나는 예전처럼 다음과 같은 기운을 더 이상 불러일으킬 수가 없다. 다시 말해, 작고 마른 모습들이 떠다니다 옆을 스치고 지나가는 것을 보거나, 바위위에 들러붙어 있는 것을 볼 때, 그들 주위를 돌거나, 적셔주거나, 파고들거나, 기운이 나게 해서 마침내는 그들을 채워주고 창조해내는 그런 기운 말이다. 한때 나는 이런 일을 할 재능과 정열이 있었다. 그것이 파티를 힘들면서 흥분된 것으로 만들었다. 그런데 지금은 아침 일찍 일어나서, 하루 종일 혼자 있을 수 있다는 사실을 가장 즐긴다. 편안하고 자연스러운 자세로 지낼 수 있는 하루, 약간의 출판 일. 내 자신의 생각의 깊은 바다 밑으로 조용히 내려가서, 물밑 세계를 항해하는 일. 그리고 밤에는 내 물통을 스위프트[20]로 가득 채운다. 리치먼드를 위해 스텔라와 스위프트에 관한 글을 쓸 것이다. 『보그』지의 회계에서 몇 푼 받아온 은혜의 대가로. C. R.(지금은 너무 많은 칭찬을 받은 책인데) 최초의 수확은 『애틀랜틱 먼슬리』에 글을 쓰라는 청탁이다. 이래서 나는 비평쪽으로 밀려가고 있다. 이것은 급할 때 큰 의지가 된다. 스탕달[21]과 스위프트에 관한 글을 써서 큰돈을 벌 수 있는 이 능력. (그러나 이 글을 쓰면서도 나는 『등대로』를 구상하고 있다. 전편을 통해 바닷소리가 들린다. "소설"이라는 말 대신 내 책들을 위한 새로운 이름을 발명해야겠다는 생각이 든다. 새로운…… 버지니아 울프 저. 뭐라고 한담? 만가輓歌?)

---

20   Jonathan Swift, 1667~1745, 아일랜드 태생의 영국 작가. 『걸리버 여행기』의 작가.
21   프랑스의 작가이자 비평가, 1783~1842, 『적과 흑』의 작가.

# 7월 20일, 월요일

지금 문이 열리더니 모건이 들어오면서 에투알에서 점심을 먹자고 했다. 집에 좋은 송아지 고기와 햄 파이가 있기는 했지만 그의 초대에 응했다. (이것이 고전적 저널리스트들의 문제다.) 이것은 어쩌면 스위프트의 영향인지 모른다. 방금 스위프트에 관한 글의 마지막 부분을 썼는데, 그러느라 여기서 시간을 다 보냈다. 이제 내가 할 일의 목록을 생각해보아야 한다. 앞으로 2주 동안은 짤막한 이야기를 하나 쓰거나, 아니면 비평을 하나 쓰거나. 『등대로』를 멍크스 하우스에서 보내는 첫날에 쓰기 시작하고 싶다는 미신적 소망 때문이다. 멍크스 하우스에서 두 달이면 책을 마칠 수 있을 것이다. "감상적"이라는 말이 마음에 들지 않는다(나는 어떤 이야기 안에서 이 말을 털어낼 것이다. 뉴욕의 앤 왓킨스[22]가 수요일에 내 이야기에 관해 물어볼 일이 있어오기로 되어 있다). 그러나 이번 테마도 감상적일지 모른다. 아버지와 어머니와 어린애가 마당에 있다. 죽음. 등대로의 항해. 막상 쓰기 시작하면 갖가지 방법으로 이야기를 풍부하게 만들 수 있을 것이다. 살찌게 하고, 가지를 치게 하고, 지금은 보이지 않는 뿌리도 내리게 한다. 그리고 그 안에는 압축시킨 여러 인물들이 들어 있게 될 것이다. 그리고 유년시절. 그리고 내 친구들이 나에게 부추겼던 그 비인간적인 일, 시간의 흐름, 그 결과 내가 의도한 것의 통일성이 깨진다. 그 부분(나는 이 책을 다음 세 부분으로 나누어 생각하고 있다. 1. 거실의 창가 2. 7년 뒤 3. 항해)이 몹시 내 흥미를 끈다. 그같은 문제는 우리 머릿속에서 새로운 땅을 개척한다. 관습에 빠지는 것을 막아준다.

22　뉴욕의 문예 대행업자.

로드멜에서는 무엇을 읽는담? 내 머릿속에는 수많은 책들이 있다. 나는 정신없이 읽어서 『알려지지 않은 사람들의 생애』를 위한 자료를 모으고 싶다. 이것은 알려지지 않은 사람들의 이야기를 차례로 엮어, 영국의 전 역사를 쓰려는 것이다. 프루스트와 스탕달을 끝내고는 이것저것 집적거릴 것이다. 로드멜에서 보내는 8주 동안에 무한한 분량의 일을 할 수 있을 것처럼 보인다. 사우스이즈[23]의 집을 사게 될까? 아마도 사지 않을 것이다.

## 7월 30일, 목요일

견딜 수 없게 졸리고, 또 무기력해졌다는 것을 여기 적어둔다. 정말 다음 책에 대해 생각하고 싶은데, 좀 더 머리가 맑아질 때까지 기다려야 할 것 같다. 문제는 내가 두 문제 사이에서 망설이고 있다는 사실이다. 아버지의 성격만을 강렬하게 그릴 것인가, 아니면 훨씬 광범위하고 느긋한 책을 쓸 것인가. 봅 T.[24]가 내 속도가 굉장하며, 또 특색이 있다고 말한다. 이번 여름 펜으로 방황한 결과, 하찮은 일로 시간을 보내는 한두 가지 비법을 터득한 것 같다. 나는 피아노 건반 위에서 손을 여기저기 움직이고 있는 즉흥 연주가처럼 여기 앉아 있었다. 결과는 전혀 미지수이며, 거의 요령부득이다. 나는 더 큰 고요함과 힘을 배우고 싶다. 그러나 만약 내가 그 작업에 착수하면, 『밤과 낮』과 같은 밋밋함에 빠지게 되지는 않을까? 고요함이 싱겁게 끝나지 않게 만들 힘이 나에게 있단 말인가? 당장은 이들 질문에 대한 해답을 미뤄두기로 하

23  우즈 강 바로 옆에 있는 근처 마을.
24  R. C. Trevelyan, 1872~1951, 시인이며 고전학자. 울프의 오랜 친구.

자. 그래서 이 에피소드는 끝난다. 그러나 맙소사, 글을 쓰기에는 머리가 너무 멍하다. 그래서 도브레 씨[25]의 소설이나 갖다 읽어야겠다고 생각한다. 그러나 내게는 하고 싶은 말이 수도 없이 많다. 『등대로』에서 감정들을 더 철저하게 분석하기 위해 뭔가를 할 수 있다고 생각한다. 내가 그 방향을 향해 일을 하고 있다고 생각된다.

## 9월 5일, 토요일

요즘 마치 타이어가 펑크 난 차를 운전하듯 기운이 거의 쇠진했다는 것을 어째서 알지도 느끼지도 못하는 것일까? 실제가 그렇다. 그래서 찰스턴에서 있었던 Q[퀜틴 벨]의 생일파티 도중에 기절하고 말았다. 그 뒤 2주 동안 나는 괴이한 양서류적 두통을 앓으며 여기 누워 있다. 그 결과 꽉 채워 넣어야 했을 8주 동안의 계획에 큰 구멍을 내고 말았다. 걱정할 건 없다. 무슨 일이 닥치든 잘 처리하라. 그 기묘하고 버거운 신경 계통에 의해 귀신 들린, 믿지 못할 인생이라는 괴물이 갑자기 뒷걸음을 치더라도, 절대로 당황해서는 안 된다. 마흔세 살이 된 지금에도 나는 이 신경 계통이 어떻게 작용하고 있는지 알지 못한다. 왜냐하면 여름 내내 스스로에게 "나는 끄떡없다. 불과 2년 전만 해도 나를 산 채로 긁어놓았을 감정의 난투 속을, 지금은 평온하게 지나갈 수 있다"고 말했다.

그럼에도 나는 『등대로』에 대해 재빠르고 유익한 공격을 가했다. 2주도 채 안 되는 사이에 스물두 쪽을 써냈다. 나는 아직도 벌

---

25   Bonamy Dobrée, 1891~1974, 호가스 출판사에서 도브레의 에세이집을 출판한 적이 있다.

벌 기어 다니고 있고, 쉬 피곤해진다. 그러나 다시 한 번 기운을 낼 수 있다면, 한없는 흥미를 가지고 이야기를 계속할 수 있을 것이다. 『댈러웨이 부인』의 처음 몇 쪽을 쓰는 일이 얼마나 힘들었던가를 생각해볼 일이다. 머리를 쥐어짜면서, 단어 하나하나를 증류해냈던 것이다.

## 9월 13일, 월요일. 아마도

　부끄러운 노릇이다. 나는 지금 이 글을 마당이 보이는 작은 방의 침대에서 쓰고 있다. 햇빛은 계속 빛나고, 포도 잎은 투명한 녹색이며, 사과나무 잎들은 너무 찬란하다. 그래서 아침을 들면서 나뭇 잎들을 다이아몬드와 비교하거나, 거미줄을 (그것들은 놀랍도록 빨리 나타났다가 사라진다) 다른 어떤 것과 비교하며, 시를 쓰는 어떤 남자에 대한 작은 이야기를 생각해냈다. 여기서 나는 마벌[26]이 묘사한 시골 생활과, 헤릭[27]을 생각하게 된다. 마벌과 헤릭의 작품은 대부분 도시와 도시의 환락에 대한 반동이라는 생각이 든다. 그러나 자세한 사실들은 잊어버렸다. 나는 내 목 뒷덜미에 있는 불쌍한 신경 다발을 시험하기 위해 쓰고 있다. 버텨줄까, 아니면 자주 그랬듯이 다시 무너져버릴까? 이런 말을 하는 것은 아직도 내가 양서류적이어서, 침대에 누웠다 일어났다 하고 있기 때문이다. 그러는 한 가지 이유는, 그것이 글을 쓰고 싶은 내 조바심을 만족시키기('조바심'을 '만족시킨다'니!) 때문이다. 글을 쓴다는 것은 내게는 큰 위안인 동시에 형벌이기도 하다.

---

26　Andrew Marvell, 1621~1678, 영국의 시인.
27　Robert Herrick, 1591~1674, 영국의 시인.

## 9월 22일, 화요일

글씨가 점점 엉망이 된다. 이것은 호가스 출판사의 또 다른 희생이다. 그러나 내가 호가스 출판사에 진 빚은 내가 손으로 쓰고 있는 이 모든 것을 가지고도 갚기 어려운 것이다. 조금 전에도 나는 허버트 피셔[28]에게 홈 유니버시티 시리즈에 포스트 빅토리안에 관한 책을 하나 쓰라는 청탁을 거절하는 편지를 쓰지 않았던가. 마음만 먹으면 내가 호가스 출판사를 위해 한 권의 책을 쓸 수 있다는 것, 더 좋은 책을 쓸 수 있다는 것, 혼자 힘으로 쓸 수 있다는 것을 알고 있기 때문이다! 저 대학 학감들 위세 아래 갇혀 있다는 생각을 하면 피가 얼어붙는 것 같다. 그러나 나는 영국에서 자기가 쓰고 싶은 것을 쓸 수 있는 유일한 여자다. 다른 여자들은 총서나 편집자 정도만 생각해야 한다. 어제 하코트 브레이스 출판사에서 『댈러웨이 부인』과 C. R.이 각각 주당 148권과 73권씩 팔린다고 알려 왔다. 책이 나온 지 4개월 된 것치고는 놀라운 기록이다. 그 덕에 이 집이나 사우스이즈 집에 욕실이나 화장실을 만들 수 있을지 모른다. 나는 지금 습하고 푸른 저녁노을 속에서 이 글을 쓰고 있다. 저녁노을은 짜증스럽고 우울한 날에 대한 뒤늦은 회한이며, 지금은 사라졌지만, 틀림없이 구름은 언덕 위에 금빛으로 빛나면서, 언덕 꼭대기의 가장자리를 부드러운 금빛으로 장식했을 것이다.

28  Herbert Fisher, 1865~1940, 울프의 친 사촌. 『홈 유니버시티 라이브러리』의 편집자. 옥스퍼드 대학의 학장과 국회의원을 지냈다.

# 12월 7일, 화요일

나는 『인도의 길』[29]을 읽고 있다. 다른 곳에서도 이 책에 대해 써야 하기 때문에, 여기서는 자세한 말을 하지 않겠다. 호가스 출판사를 위한 이 책에서 나는 소설에 관한 어떤 이론을 발견하게 되리라고 생각한다. 나는 여섯 권의 소설을 읽고는 딴짓을 좀 하려고 한다. 내가 생각하고 있는 것 중 하나는 '원근법'에 관한 것이다. 그러나 잘 모르겠다. 내 머리가 견뎌내지 못할 것이다. 충분히 면밀하게 생각할 수가 없다. 그러나 만약 C. R.이 하나의 테스트라면 크게 힘들이지 않고 좋은 생각들을 찾아내서 그것들을 표현할 수 있다. (말이 난 김에 말인데, 로버트 브리지스[30]가 『댈러웨이 부인』을 좋아한다고 한다. 아무도 이 책을 읽지 않겠지만, 아름답게 쓰인 책이라는 점, 그리고 무슨 말을 더 했다는데, 모건에게서 이 말을 듣고 온 L[레너드 울프]이 더 이상 기억하지 못한다.)

나는 이것이 '발전'의 문제가 아니라, 소설 속의 산문과 시에 관련된 문제라고 생각한다. 예를 들어 한쪽 끝에는 디포가, 그리고 다른 한쪽 끝에는 E. 브론테가 있다. 그들은 현실을 각기 다른 곳에 놓는다. 관습이라든가, 실생활 따위를 깊이 들여다볼 필요가 있을지 모른다. 이 이론을 밀고 나갈 수 있을지 모르지만, 아니면 다른 것으로 받쳐줘야 할지도 모른다. 그리고 죽음이 (늘 느끼는 것이지만) 서둘러 다가오고 있다. 마흔세 살. 앞으로 몇 권이나 더 책을 쓸 수 있을까? 케이티[31]가 왔다. 지금은 볼품없이 된

---

29  E. M. 포스터의 소설.
30  Robert Bridges, 1844~1930, 영국의 시인. 1913년에 계관시인이 된다.
31  크로머 백작부인—레너드 주.

몰골 위에, 일종의 버려진 아름다움의 틀을 매단 채. 여전히 몸은 탄탄하고 눈은 파랗지만, 이제 당당했던 그 자태는 없다. 25년 전 케이티가 H. P. G. 22번지[32]에 살 때의 모습을 떠올릴 수 있다. 작은 코트와 스커트를 입고 있었다. 더없이 멋졌다. 눈은 반쯤 감고 있었고, 목소리는 조롱하는 듯 사랑스러웠다. 꼿꼿한 자세. 위풍당당한 모습. 수줍어했고. 지금 케이티는 계속해서 이야기를 해 댄다.

"하지만 버지니아, 나한테 구혼하는 공작이 한 사람도 없었어. 그들은 나를 얼음 여왕이라고 불렀지. 그런데 왜 내가 크로머와 결혼했냐고? 내가 이집트를 싫어했거든. 또 병자들이 싫었어. 내 평생 두 번 매우 행복한 때가 있었지. 어렸을 때. 자라기 시작하고는 그렇지도 않았지만. 그 뒤 우리 집 애들 클럽과 내 별장, 그리고 복슬강아지, 그리고 현재. 지금 나는 원하는 모든 것을 가지고 있어. 정원과, 내 강아지."

케이티의 자식들이 큰 부분을 차지하고 있다고는 생각하지 않는다. 케이티는 예의 차갑고 괴팍한 위대한 영국 여인 중 한 사람이다. 자기의 지위를 더없이 즐기고, 세계적인 세인트 존 목재회사가 자신에게 베푸는 우월성을 즐기며, 지금은 온갖 먼지투성이의 구멍과 구석을 쑤시고 다닐 자유가 있다. 파출부 같은 복장에, 원숭이 같은 손을 하고, 손톱에는 때가 낀 채 이야기를 그칠 줄 모른다. 살도 많이 빠졌다. 거의 안개로 녹아 없어진 것이다. 케이티에게는 거의 애정이 없고, 이렇다 할 열정적 흥미도 갖고 있지 않았지만, 재미있었다. 이제 하고 싶은 말은 다 했고, 태양도 올라왔으니, 크리스마스 선물 목록을 만들어야겠다.

---

32  하이드 파크 게이트 22번지, 울프가 일곱 살 때까지 살던 곳—레너드 주.

# 1926년(44세)

<u>2월 23일, 화요일</u>

　내 소설 때문에 낡은 깃발처럼 흔들리고 있다. 그 소설이란『등대로』다. 내 자신을 위해서라도 적어둘 가치가 있다고 생각하는데, 마침내, 마침내『제이콥의 방』에서의 그 투쟁 끝에(끝 부분을 제외하고는 전편을 통해)『댈러웨이 부인』에서의 사투 끝에, 나는 이제 내 평생을 통해 가장 빠르고 가장 자유롭게 글을 쓰고 있다. 다른 소설보다 더 빠르게(20배는 더 빠르게) 쓰고 있다. 이것은 내가 제 길에 들어섰다는 증거다. 그리고 내 영혼 속에 열린 과일도 여기서 거둬들이면 된다. 나는 이전에 면밀하고 간결한 노력을 주창해왔는데, 이제 와서 다산과 유창함이 중요하다는 이론을 발명하게 됐다는 것은 우스운 노릇이다. 어쨌든 오전은 이렇게 계속된다. 그리고 오후에는 줄곧 내 뇌에게 채찍질을 하지 않도록 죽을 고생을 한다. 나는 완전히 책 속에 살고 있어서, 표면에 올라올 때는 정신이 꽤 몽롱해진다. 광장 주변을 산책할 때는 가끔 무슨 말을 해야 할지 생각이 나지 않는다. 이것은 물론 좋지 않

은 일이다. 그러나 책을 위해서는 좋은 징조일지도 모른다. 물론 나는 이와 같은 사실을 대부분 알고 있다. 내 책들은 모두 이런 식이었다. 이제는 무엇이든 시작할 수 있을 것 같다. 이 "무엇"이란 내 머릿속에 있는 혼잡과 무게와 혼란이다.


## 2월 27일, 토요일

　이 일기를 위해 새로운 습관을 익히려고 한다. 매일 새로운 쪽에서 시작하는 것. 진지한 작품을 쓸 때의 내 버릇이다. 분명히 올해 일기장에는 약간의 낭비를 할 수 있는 여유가 있다. 내 영혼에 대해 말하자면, 나는 왜 영혼을 접어 두겠다는 말을 했을까? 생각이 나지 않는다. 그리고 사실 영혼이란 그것에 대해 직접 말할 수 있는 것이 아니다. 쳐다보면 없어지고 만다. 그러나 천장을 쳐다본다든지, 강아지 그리즐을 바라본다든지, 리젠트 파크에서 지나가는 사람들의 구경거리가 된 동물원의 하등 동물들을 볼 때 영혼이 슬며시 다시 들어온다. 그렇게 오늘 오후 영혼이 다시 되돌아왔다. 들소를 바라보면서, L이 묻는 말에 멍하니 대답하면서 혼자, 그걸 써야지, 라는 말을 했다. 그런데 뭘 쓴다는 거지?
　웹 부인[1]의 책[2] 덕분에 내 자신의 인생에 대해 조금 생각하게 되었다. 오늘 아침 1923년에 관한 글을 조금 읽었으며[3], 다시 머리가 아프기 시작했고 달콤한 침묵을 한 모금 마셨다. 당시 웹 부인의 인생에는 대의명분이 있었다. 기도라든가 원칙 따위의. 내 인

1　Beatrice Webb, 1858~1943, 영국의 사회운동가.
2　베아트리스 웹이 일기에서 발췌한 글을 모아 『나의 도제살이』이라는 제목으로 발간한 책.
3　여기서 울프가 읽고 있는 것은 자신의 일기 중 1923년분이다. 웹 부인의 글은 아니다. 왜냐하면 웹 부인의 책은 1868년에서 1892년 사이에 쓴 일기에서 발췌한 것이기 때문이다.

생에는 아무것도 없다. 커다란 흥분과 뭔가에 대한 탐구. 커다란 만족, 거의 언제나 하고 있는 일을 즐기면서도 기분은 항상 변한다. 지루해본 적이 없다고 생각한다. 가끔 늘어질 때가 있다. 그러나 나는 회복하는 힘을 가지고 있다. 이미 시험해보았다. 그리고 지금 쉰 번째 시험을 하고 있는 중이다. 나는 아직 내 머리를 매우 조심해서 아껴 써야 한다. 그러나 오늘 L에게 말했듯, 나는 상류 사회의 향락적인 삶을 좋아한다. 홀짝홀짝 마시고, 눈을 감고 맛을 감상하는 것. 거의 모든 것이 즐겁다. 그런데 내 안에는 초조한 탐구자가 있다. 어찌하여 우리 인생에서는 발견이라는 것이 없는 것인가? 어찌하여 우리의 손을 올려놓고 "바로 이거다"라고 말할 수 있는 것이 없는 것일까? 내 우울증은 고통스러운 감정에서 온다. 나는 찾고 있다. 그러나 그건 아니다, 그건 아니다. 그건 무엇일까? 내가 죽기 전에 그것을 찾게 될까? 그리고 (어젯밤 러셀 광장을 가로질러 갈 때) 하늘에 있는 산들을 보고, 큰 구름과 페르시아 위에 뜬 달을 본다. 거기에 무엇인가가 있다는 엄청나고 놀라운 느낌을 받는데, 그것이 바로 "그것"이다. 그것은 반드시 아름다움을 뜻하지는 않는다. 다만 그것은 그 자체로 충분하고, 만족스러우며, 완성된 것이다. 땅 위를 걷고 있다는 내 자신의 이상한 감각도 거기에 있다. 인간의 지위가 한없이 기묘하다는 감각. 달이 떠 있고, 산처럼 솟아 있는 구름이 보이는 러셀 광장을 총총걸음으로 걷는 것. 나는 누구인가, 나는 무엇인가, 등등. 이런 질문은 항상 내 마음 속을 떠다닌다. 그러다가 어떤 확실한 사실을 만나게 된다. 편지라든가, 사람이라든가. 그러면 아주 신선한 기분으로 그것들과 마주하게 된다. 늘 이렇게 계속된다. 내가 진실이라고 믿고 있는 이런 일이 나타날 때, 나는 상당히 자주 "그것"과 만나게 된다. 그러면 아주 마음이 편해진다.

## 3월 9일, 화요일

　메리[메리 허친슨]의 파티에 대해 말하자면, 언제나처럼 분을 바르고, 입술을 그리고, 구두와 양말을 신은 것이 약간 부끄러웠던 것 말고는 문학의 우월성 때문에 나는 행복했다. 이것이 우리를 쾌적하고 건전하게 유지해준다. 조지 무어[4]와 나에 관한 이야기이지만.

　무어는 핑크빛의 바보 같은 얼굴을 하고 있다. 딱딱한 대리석 같은 파란 눈에, 관모처럼 생긴 눈같이 흰 머리칼, 손은 작고 야들야들하고, 어깨는 축 처져 있고, 창자는 높이 달려 있다. 단정하고 솔질이 잘된 자줏빛 도는 옷, 내가 보기에 완벽한 매너. 이야기할 때의 그는 겁을 먹거나 오만하지 않다. 나를 내 값어치에 합당하게 받아들이며, 모든 사람을 값어치에 상응하게 받아들인다. 그럼에도 불구하고 그는 누구에게 겁을 먹거나, 당하거나 하는 법 없이 생기 있고 예리하다. 그러나 우리는 하디와 헨리 제임스에 대해 무슨 말을 할 수 있을까?

　"저는 비교적 겸손한 사람입니다. 그렇지만 『에스터 워터즈』[5]가 『테스』보다 잘된 책이라고 생각합니다. 그러나 그 사람을 위해 무슨 좋은 말을 해줄 수 있습니까? 그는 글 쓸 줄을 모르는 사람입니다. 이야기 만들어낼 줄을 몰라요. 소설의 기교란 오로지 이야기를 만들어내는 데 있습니다. 그런데 그는 한 여성에게 고백을 하게 합니다. 어떻게 하느냐고요? 3인칭입니다―사람을 감동시키고, 깊은 인상을 심어주어야 할 그 장면을 말입니다. 톨

---

4　George Moore, 1852~1933, 아일랜드 출신의 시인이자 소설가, 켈트 문예 부흥 운동에 참가.
5　조지 무어의 소설.

스토이[6] 같았으면 어떻게 했을까 생각해보세요."

"그렇지만" 하고 잭[7]이 말했다. "『전쟁과 평화』는 세계 최고의 소설입니다. 수염을 붙인 나탈리아를 처음 본 로스토프가 그녀의 그대로의 모습에 반하는 그 장면이 지금도 생각이 나요."

"아니, 그건 별로 대수로운 것이 못 됩니다. 그건 어디서나 볼 수 있는 흔한 장면이예요. 그러나 당신은(나에게 ─ 이렇게 부르는 것을 반쯤 주저하면서) 하디에 대해 두둔할 말이 있습니까? 할 말이 없으시겠지요. 영국 소설은 영국 문학의 최악의 부분입니다. 프랑스 소설과 비교해보세요 ─ 러시아 문학하고도요. 헨리 제임스는 그 괴상한 은어를 발명하기 전까지는 짤막한 괜찮은 소설 몇 편을 썼지요. 그렇지만 그것들은 돈 많은 사람들에 관한 이야기예요. 부자들에 대해 쓸 이야기는 없지요. 왜냐하면 그도 말했다고 생각하는데, 그들에게는 전혀 본능이 없기 때문입니다. 그러나 헨리 제임스는 대리석 난간에 매료돼 있었지요. 그의 등장인물은 하나같이 정열이 없어요. 그리고 앤 브론테[8]는 자매들 가운데서 가장 위대하며, 콘래드는 글 쓸 줄을 모릅니다" 등등. 그러나 이것은 시효가 지난 이야기다.

## 3월 20일, 토요일

이 많은 일기는 어떻게 되는 건가, 라고 어제 자문해보았다. 내가 죽는다면 레오가 이것을 어떻게 할까? 불태워버리기는 싫어 할

---

6   Tolstoy, 1828~1910, 러시아의 작가. 『전쟁과 평화』『안나 카레니나』『부활』 등을 저술했다.
7   Mr. St. John Hutchinson ─ 레너드 주.
8   Anne Brontë, 1820~1849, 영국의 소설가. 브론테 세 자매 가운데 막내.

것이고, 출판할 수도 없을 것이다. 글쎄, 이것을 한 권의 책으로 엮고, 나머지는 태워버리면 된다. 틀림없이 이 일기 안에는 작은 책 한 권거리는 있다. 여러 가지 단편이나, 갈겨 써놓은 것들을 좀 손질하면. 누가 알랴? 이것은 가벼운 우울증이 시켜서 하는 말이다. 요즘 가끔 우울증이 와서, 때로는 내가 늙었고, 추하고, 했던 말을 반복한다는 생각이 든다. 그러나 내가 아는 한, 작가로서의 나는 이제 겨우 자기 생각을 쓸 수 있게 됐을 뿐이다.

## 4월 30일, 금요일

습하고 바람이 많았던 달의 마지막 날이다. 예외는 부활절에 문이 모두 갑자기 열렸던 것, 그리고 늘 그렇듯이 여름이 타오르듯 다가왔던 것, 다만 구름에 가렸을 뿐. 나는 아이원 민스터 마을에 대해 아무 말도 하지 않았다. 어쩌다 이 생각이 들었는지를 생각하면 재미있어진다. 크랜본 체이스 때문이다. 한데 모아 정돈해 재배하지 않고, 여기저기 산재해 있는 발육부전의 원생림. 아네모네, 히아신스, 제비꽃이 햇볕이 거의 들지 않아 빛바랜 검푸른 색으로 사방에 흩어져 있다. 그리고 블랙모어 골짜기. 거대한 천장과 밑에 가라앉은 들판들. 여기저기 햇볕이 들고, 마치 하늘에서 흘러내리는 물의 베일처럼 여기저기 비가 내린다. 그리고 언덕이 매우 가파르게 (이것이 적절한 표현이라면) 물결치고 있어 등성이와 암붕岩棚이 생겼다. 그리고 교회 비명에는 "평화를 구하고 얻다"라고 쓰여 있는데, 문제는 누가 이처럼 낭랑하고 멋진 묘비명을 썼을까 하는 것이다. 그리고 아이원 마을의 청결함과 행복함, 안녕함 전체가 빈정거리기 좋아하는 우리에게 역시 이것이 제대로 된 질서가 아닌가 하는 생각을 갖게 한다. 한 잔의 차와 크림 역시 기억하고 있다. 뜨거운 목욕, 그리고 나의 새 가죽 코트. 섀프츠베리는 내가 생각했던 것보다 훨씬 더 낮고, 덜 당당했다. 그리고 본머스에 차를 타고 갔던 일. 바위 뒤에 있었던 개와 부인. 스와니지의 경치를 보고 집에 돌아온 일.

　어제 『등대로』의 제1부를 마치고 오늘 제2부를 시작했다. 마음대로 되지 않는다 ― 이것은 가장 추상적이고 어려운 부분이다 ― 빈 집을 그려야 하고, 누구의 성격 묘사도 하지 않고, 시간의 흐름을 그린다. 모두 눈도 없고, 얼굴도 없고, 매달릴 건더기도 없다. 그래도 나는 달려들어 대번에 두 쪽을 써내린다. 이것은 하나의 헛소리인가, 아니면 넘치는 재치인가? 어찌하여 나는 이처럼 말에 부풀어 오르고, 내가 하고 싶은 대로 할 수 있는 자유가 있는 것처럼 보이는 것일까? 조금 읽어보니까 제법 생기가 돈다. 조금 압축할 필요는 있겠지만, 그 밖에 큰 문제는 없다. 이 기세 좋은 유창함을 『댈러웨이 부인』(마지막 부분을 제외한)과 비교해보라. 이것은 꾸며낸 것이 아니다. 이것은 문자 그대로의 사실이다.


## 5월 25일, 화요일

　윤곽만이긴 하지만 『등대로』의 제2부를 마쳤다. 이런 속도라면 어쩌면 7월 말까지 마칠 수 있을지 모르겠다. 만약 7개월만에 책을 쓴다면, 그것은 기록이 된다.

## 7월 25일, 일요일

처음에는 하디인 줄 알았는데, 심부름하는 애였다. 작고 마른 여자 아이였는데, 전통적인 모자를 쓰고 있었다. 하디 부인은 과자 담는 은쟁반 따위를 들고 들어왔다. 하디 부인이 자신의 강아지 이야기를 했다. 얼마 동안 있다가 가면 될까요? 하디 씨는 많이 걸으실 수 있나요, 등등, 나는 말을 이어 나가기 위해 필요한 말들을 했다. 하디 부인은 아이 없는 부인에게 특유한 크고 슬픈 윤기 없는 눈을 가지고 있었다. 마치 자기 분수를 터득한 사람같이 매우 온순하고 몸이 가벼웠다. 그러나 대단히 민첩한 것은 아니고, 많은 손님을 맞아야 하는 체념 같은 것이 서려 있었다. 잔가지 장식이 들어 있는 보일 천(올이 굵은 얇은 평직물)으로 만든 양장을 입고 있었고, 까만 구두에 목걸이를 하고 있었다. "우리는 매일 산책을 하지만, 우리 집 강아지가 멀리 가지 못해서 우리도 지금은 멀리 산책을 못 해요"라고 하디 부인이 말했다. 강아지가 사람을 문다고도 했다. 하디 부인은 강아지에 대해 이야기할 때 더욱 자연스럽고 생기가 넘쳤는데, 그녀의 관심의 중심에는 강아지가 있는 것이 분명했다. 그때 하녀가 들어왔다. 뒤이어 문이 더욱 단정히 열리면서 볼이 통통하고 쾌활한 작은 노인이 총총걸음으로 들어왔다. 그 노인의 분위기는 명랑하면서도 사무적이었는데, 마치 나이 든 의사나 변호사가 우리와 악수하면서 "그래, 무슨 일이신가요 ―"라는 따위의 말을 할 때 같았다. 노인은 짙은 쥐색 양복에 줄무늬 넥타이를 매고 있었다. 코에는 이음매가 있었으며, 코끝은 밑을 향해 굽어 있었다. 둥그스름하고 흰 얼굴에, 눈은 색깔이 바래고 눈물이 고여 있었으나, 전체적으로는 쾌활하고 힘차 보였다. 노인은 둥근 식탁을 향해 모서리가 셋 있는 의자에 앉아 있었는데(나는 이처럼 사람들이 많이 드나드는데 지쳐 사실만을 기록한다), 식탁에는 과자 쟁반 등이 놓여 있었다. 초콜릿을 바른 빵, 좋다고 알려진 차. 그러나 노인은 삼각의자에 앉아 차 한 잔만을 마셨다. 매우 상냥했고, 자기 의무를 자각하고 있었다. 노인은 대화가 끊어지지 않게 했으며, 말을 이어나가려는 노력을 경멸하지도 않았다. 노인은 우리 아버지 이야기를 했다. 우리 아버지를 뵈었다는 것이다. 노인은 나를 본 적이 있다고 했다. 어쩌면 언니였는지도 모르지만, 그의 생각으로는 요람 속에 있는 나였다는 것이다. 노인이 하이드 파크 플레이스에 간 적이 있다고 했다. 아, 그게 게이트였던가, 매우 조용한 거리였어요. 아버님이 그곳을 좋아하신 것도 그 때문이었겠지요. 그러니 그 사이 한 번도 그가 그곳에 다시 가지 않았다는 사실은 의외지요. 그 근처는 자주 가는데. 아버님이 내 소설 『성난 군중으로부터 멀리』[9]를 실어주기로 했어요. 그 소설에서 다루고 있는 몇 가지 문제에 대해, 우리는 어깨를 나란히 하고 영국의 대중과 싸웠지요. 들었겠지만요. 그러고는 출판 예정이었던 다른 소설이 나오지 못하게 됐다는 이야기를 하셨어요. 프랑스에서 오던 소포가 없어졌다는 것이었지요. 아버님 말씀처럼 좀처럼 일어나기 힘든 일이지만, 큰 원고 소포였으니까요. 그러고는 아버님께서는 내 이야기를 보내달라고 하셨어요. 그가 콘힐 잡지사의 모든 규정을 어겼다고 생각하는데, 즉 작품 전체를 보지 않았으니 말이지요. 그래서 나는 한 토막씩 보냈는데, 결코 늦는 법은 없었어요. 젊다는 것은 무서운 거예요! 틀림없이 책 내용이 전부 내 머리 안에 각인돼 있었던 거지요. 막히는 법도 없었어요. 매달 나왔지요. 잡지사 사람들은 초조했는데, 그건 새커리 양 때문에 그랬을 겁니다. 새커리 양

---

9    토머스 하디의 소설. 즉, 이 대화에 나오는 작은 노인은 하디다.

은 인쇄기가 돌아가는 소리를 듣자마자 마비가 와서, 한 줄도 쓸 수 없다고 했다는 거예요. 소설이 이런 식으로 나온다는 것은 좋지 않아요. 소설을 위해 무엇이 좋은가를 생각하기보다, 잡지사를 위해 무엇이 좋은가를 먼저 생각하게 되니까요.

"튼튼한 커튼을 만들려면 뭐가 좋지요"라고 하디 부인이 장난스럽게 말참례를 했다. 하디 부인은 차 테이블에 기댄 채 아무것도 먹지 않고 밖을 내다보고 있었다.

그러고 나서 우리는 원고에 대해 이야기했다. 스미스 부인이 『성난 군중으로부터 멀리』의 원고를 전쟁 중 어느 서랍에서 찾아내서는 그것을 적십자를 위해 팔았다는 것이다. 지금 하디는 그 원고를 돌려받았고, 인쇄소에서는 표시한 부분을 모두 지웠다고 했다. 그러나 하디는 그대로 두었으면 한다고 말했다. 그래야 그것이 진짜라는 증거가 되니까.

하디는 늙은 파우터 비둘기(다리가 긴 집비둘기)처럼 머리를 숙인다. 하디는 무척 긴 얼굴과 묘하게 생긴 빛나는 눈을 가지고 있었는데, 눈은 이야기를 하는 도중에 빛을 더해 간다. 하디는 6년 전 스트랜드에 살고 있을 때, 자기가 어디에 있는지도 모르면서 그 고장을 샅샅이 알고 있었다고 말했다. 윅크 가에서 헌 책들을(별로 중요한 책은 아니었다) 사곤 했다는 말을 했다. 그러고는 어찌하여 제임스 대로는 그처럼 좁고, 베드포드 거리는 그처럼 넓은지 모르겠다고 했다. 그 점이 종종 이상했노라고. 이런 식이라면 런던은 얼마 안 있어 알아보지 못하게 될 거예요. 하지만 나는 거기에 다시 갈 일이 없겠지요. 하디 부인은 거기까지는 여섯 시간 정도의 쉬운 드라이브 거리라며 그를 설득하려 했다. 런던을 좋아하시느냐고 내가 묻자, 하디 부인은 그랜빌 바커가 그곳 요양소에서 "일생 중 가장 좋은 시간을 가졌다"고 했기에, 라고 말했다. 도체스터 사람들은 모두 알고 있지만, 런던에는 재미있는 사람들이 훨씬 더 많을 거라고 하디 부인은 생각하고 있었다. 지그프리트[10]의 아파트에는 자주 오셨던가요? 아니요, 라고 내가 대답했다. 그리고 하디 부인은 지그프리트와 모건에 대해 물었고, 마치 이들 부부가 지그프리트의 방문을 즐기기라도 하는 것처럼, 그가 알기 어려운 사람이라고 말했다. 웰스한테서 들은 이야기인데, 하디 씨가 공습을 보러 런던에 갔었다면서요, 라고 내가 물었다. "못하는 말이 없군!"이라고 하디가 말했다. "제 집 사람이에요. 우리가 바리네 집에 있던 어느 날 밤 공습이 있었어요. 멀리서 펑 하는 소리가 들렸지요. 서치라이트가 예뻤어요. 만약 이 아파트에 폭탄이 떨어진다면 몇 작가가 죽게 될까, 하는 생각을 했었지요." 그리고 하디는 기묘한 미소를 지었다. 그것은 신선하면서도 약간 냉소적인 미소였다. 하여튼 날카로웠다. 정말로 내가 보기에 하디에게는 순박한 농부 같은 면은 조금도 없었다. 하디는 돌아가는 일을 모두 완전히 알고 있는 것 같았다. 의심이나 주저 같은 것은 없었다. 자기 생각이 분명했으며, 자기 일에서 해방되어 있기 때문에 자기 일에 대해 아무 의심도 없었다. 하디는 자기 소설에 대해 별로 흥미가 없었으며, 다른 사람의 소설에 대해서도 흥미가 없었다. 모든 것을 편안하고 자연스럽게 받아들였다. "나는 소설을 쓰는 데 많은 시간을 바치지 않아요"라고 하디가 말했다. "가장 오래 쓴 것이 『더 나이너스츠』였습니다(그는 "더 디너스츠"라고 발음했다)." "그러나 사실 그건 세 권이잖아요"라고 하디 부인이 말했다. "그래요. 그래서 6년이 걸렸지요. 그러나 그 동안 그 책만 쓰고 있었던 것은 아니에요." "시를 정기적으로 쓰시나요?"라고 내가 물었다(나는 하디가 자기 책에 대해

10  Siegfried Sassoon, 1886~1967, 영국의 시인이자, 소설가.

해주는 말을 꼭 듣고 싶었다. 그러나 강아지가 끊임없이 화제에 끼어들었다. 어떻게 사람을 무는가, 어떻게 경관이 찾아왔는가, 어떻게 강아지가 아픈가, 그래도 강아지를 위해 그들이 아무것도 해줄 수 없다는 것, 등). "강아지를 좀 데리고 들어와도 될까요?"라고 하디 부인이 물었고, 웨섹스라는 개가 들어왔다. 털이 헝클어진 거친 느낌의 갈색과 흰색의 잡종견이었다. 집을 지켜야 할 의무가 있으니까 사람을 무는 거지요, 라고 하디 부인이 말했다. "글쎄, 그래도 되는지 모르겠네"라고 하디는 아주 자연스럽게 말했다. 또한 하디는 자기 시를 대수롭게 여기지 않고 있는 눈치였다. "소설을 쓰시면서 동시에 시도 쓰시나요?"라고 내가 물었다. "아니요. 시는 상당히 많이 썼습니다. 그리고 여기저기 보내기도 했지요. 그러나 늘 되돌아와요"라고 말하면서 혼자 웃었다. "당시 나는 편집자라는 사람들을 믿고 있었어요. 많은 원고가 없어졌어요. 좋은 원고는 다 없어졌지요. 그러나 나는 초벌 원고를 찾아내서 그것을 근거로 해서 시를 다시 썼어요. 늘 초벌 원고가 나와요. 얼마 전에도 하나 찾았어요. 그러나 더 이상은 나오지 않겠지요."

"지그프리트는 이 근처에 방을 얻고 열심히 일을 해보겠다고 했는데, 곧 떠나버리고 말았습니다."

"E. M. 포스터는 뭘 쓰는 데 시간이 많이 걸리는 사람이에요. 7년간이나"하면서 하디는 혼자 웃었다. 이런걸 보고 있으면 그의 편한 성품에 강한 인상을 받는다. "『성난 군중으로부터 멀리』는 다르게 썼더라면 틀림없이 훨씬 더 나은 작품이 되었을 텐데"라고 하디가 말했다. 그러나 그럴 수 없었으니 아무래도 상관없는 일이라고 했다.

하디는 자주 켄싱턴 광장에 있는 러싱턴의 집에 가서, 우리 어머니를 보았다고 했다. "어머님은 내가 아버님과 이야기하는 동안에 방을 들락날락하셨지요."

떠나기 전에 나는 하디가 자기 작품에 대해 한 마디 해주기를 원했기 때문에, 만약 나처럼 기차 안에서 읽기 위해 그의 책들 가운데서 한 권을 고른다면 어떤 책을 골라주시겠느냐고 물어 보았다. 나는『캐스터브리지의 시장』을 가져왔었다. "그 책은 지금 각색 중이에요"라고 하디 부인이 말참견을 했다. 그 외에『인생의 작은 아이러니들』을 가져왔다.

"그 책은 재미있던가요?"라고 하디가 물었다. 책을 놓을 수가 없었다고 내가 중얼거렸는데, 그것은 사실이었지만 왠지 거짓말처럼 들렸다. 어쨌든 하디는 남의 말에 휘둘릴 사람이 아니었고, 곧 젊은 여인에게 결혼 선물을 주는 이야기를 시작했다. "내 책은 하나도 결혼 선물로는 어울리지 않지요"라고 하디가 말했다. "울프 부인에게 당신 책을 하나 증정해야지요"라고 하디 부인이 꼭 해야 할 말을 했다. "그래야지. 그런데 유감스럽게도 얇은 종이에 찍은 작은 책밖에 없는 것 같아요"라고 하디가 말했다. 나는 서명만 해주시면 상관없다고 항변했다(말하고 나니 왠지 불편했다).

그리고 델 라 메어[11] 이야기가 나왔다. 그의 최근 이야기책은 이들 부부에게는 아주 실망스러웠던 것 같다. 하디는 메어의 시 몇 편을 아주 좋아했다. 그런 이야기를 쓰다니 그는 고약한 사람일 거라고 사람들은 말합니다. 그러나 메어는 아주 좋은 사람이에요, 정말 좋은 사람이지요. 제발 시를 버리지 말라고 말한 친구에게 "시가 나를 버릴까 봐 걱정이에요"라고 말했다지요. 사실 메어는 매우 친절한 사람이어서, 그를 만나고 싶어 하는 사람은 누구든지 만난다. 때로는 하루에 16명이나 손님을 맞는다고 한다. "그렇게 사람을 만나고 있으면 시를 쓸 수 있나요?"라고 내가 물었다.

11    Walter de la Mare, 1873~1956, 영국의 시인이자 소설가.

"쓸 수 있겠지요, 못 쓸 까닭이 없어요. 그것은 체력의 문제입니다"라고 하디가 말했다. 그러나 분명히 하디는 고독을 더 좋아했다. 하디는 항상 양식 있고 진지한 말을 해서, 남에게 듣기 좋은 말을 해야 한다는 일을 불유쾌하게 생각하는 성격을 갖게 되었다. 하디는 이 모든 것에서 초연해 보였다. 매우 활동적인 정신. 하디는 사람들 묘사하기를 좋아하고, 추상적인 말을 싫어했다. 그런 식으로 로렌스 대령[12]의 이야기를 했다. 부러진 팔을 "이렇게 받치고" 링컨에서 하디가 있는 데까지 왔어요. 그러고는 안에 누가 있는지 알아보느라고 문에 귀를 대고 엿듣지요. "자살이나 하지 않으면 좋은데"라고 하디 부인이 생각에 잠긴 채 말했다. 하디 부인은 아직도 찻잔 위에 몸을 구부린 채 낙심한 듯 밖을 응시하고 있었다. "로렌스는 자주 그런 말을 했어요. 물론 내놓고 그런 말을 하지는 않았지만요. 그러나 로렌스의 눈 언저리에는 푸르스름한 그늘도 있었지요. 로렌스는 스스로를 군대 안의 쇼[조지 버나드 쇼]라고 말해요. 그가 어디에 있는지 아무도 몰라요. 그렇지만 신문에는 났어요." "공군에는 가지 않겠다고 나에게 약속했어요"라고 하디가 말했다. "남편은 하늘과 관계된 것은 전부 싫어해요"라고 하디 부인이 말했다.

이제 우리는 모퉁이에 있는 흔들이 대형 괘종시계를 쳐다보기 시작했다. 이제 그만 가야 할 시간이라고 말했다. 오늘 하루 당일치기로 왔노라고 말해보았다. 나는 하디가 L에게 위스키와 물을 권했다는 말을 잊었다. 그것은 하디가 손님을 접대하는 주인으로서, 그리고 다른 모든 일에 있어 유능하다는 인상을 주었다. 그래서 우리는 일어나서 하디 부인의 방명록에 서명을 했다. 하디

---

12   Thomas Edward Lawrence, 1888~1935, 이른바 '아라비아의 로렌스'는 하디 부부의 절친한 친구였다.

는 나에게 줄 『인생의 작은 아이러니들』을 가져다 서명을 하고
는, 종종걸음으로 가져왔다. 울프Woolf를 Wolff라고 서명했는데,
틀림없이 약간 망설였을 것이다.[13] 이때 웨섹스가 돌아왔다. 개를
쓰다듬을 수 있으시냐고 물었다. 그러자 하디는 집안의 주인답게
개를 쓰다듬었다. 씨근거리면서 웨섹스가 나갔다.

　하디에게는 편집자를 어렵게 생각한다거나, 지위에 대한 경의
를 표한다거나, 지나치게 검소하다든가 하는 기색은 추호도 없었
다. 나에게 깊은 인상을 심어준 것은 하디가 보여준 자유와, 편안
함과, 활력이었다. 하디는 매우 "위대한 빅토리아 시대 인물"처럼
보였다. 하디는 매사를 대수롭지 않게 손을 한 번 휘저어 처리하
며(그의 손은 보통의 통통한 작은 손이다), 문학을 대단하게 여
기지는 않지만, 사실과 사건에 대해서는 무한한 흥미를 가지고
있었다. 그러고는 어쩌다 상상에 빠져, 완전히 그 속에 몰입해서,
자기가 하는 일이 어렵다거나, 대단하다는 생각도 없이 상상하고
창조하게 된다. 말하자면 상상에 사로잡혀, 그 안에서 살고 있다.
하디 부인은 하디에게 낡은 회색 모자를 내밀었고, 그는 총총걸
음으로 우리를 길가로 배웅했다. "저건 뭔가요?"라고 내가 맞은
편 언덕에 있는 한 무리의 나무를 가리키며 물었다. 왜냐하면 하
디의 집은 마을 밖 탁 트인 곳에 있었기 때문이다. (육중하게 큰
언덕이 완만한 물결 모양을 이루고 있었고, 앞과 뒤에는 나무들
이 관상용으로 자라고 있었다.) "웨이머스지요"라고 그는 쾌활하
게 대답했다. "밤에 빛이 보여요. 빛 그 자체가 아니라, 빛이 반사
한 것 말입니다." 여기서 우리는 작별했고, 그는 다시 총총걸음으
로 들어갔다.

　나는 하디에게 모건이 설명했던 오래된 테스의 그림을 볼 수 있

13　이 책은 1970년 4월 27일에 소더비 경매장에서 팔린 바 있다.

겠느냐고도 물었다. 그러자 하디는 허코머의 그림을 바탕으로 만든 형편없는 판화가 있는 곳으로 데려갔다. 그것은 테스가 방에 들어오는 장면을 그린 그림이었다. "이것은 내가 생각하는 테스를 비교적 잘 묘사했어요"라고 하디가 말했다. 그러나 나는 그가 오래된 그림을 가지고 있다는 말을 들었노라고 말했다. "꾸며낸 얘기지요"라고 하디가 말했다. "나는 때때로 그녀를 닮은 사람을 만나곤 해요."

하디 부인은 이런 말도 했다. "올더스 헉슬리를 아시나요?" 안다고 대답했다. 부부는 지금 헉슬리의 책을 읽고 있는데 "매우 솜씨 있는" 책이더라고 했다. 그러나 하디는 그것을 기억하지 못했다. 그는 부인이 책을 읽어줘야 한다고 말했다. 이제 눈이 그 정도로 나빠진 것이다. "이젠 그들이 모든 것을 바꿔놓았어요"라고 하디가 말했다. "우리는 시작과 중간과 끝이 있다고 생각했지요. 그런데 그들의 소설 중 어떤 것은, 한 여인이 방을 나가는 데서 불쑥 끝나는 것이 있어요." 하디는 혼자 웃었다. 그러나 하디는 더 이상 소설을 읽지 않는다. 모든 것, 이를테면 문학, 소설 따위는 이제 멀리 떠나가 버린, 진지하게 다룰 것이 못 되는 하나의 놀이처럼 생각되었다. 하디는 아직도 그 일에 종사하고 있는 사람들에게 동정심과 연민의 정을 갖고 있었다. 그렇다면 그의 남모르는 흥미와 활동은 무엇인가. 우리와 작별한 뒤 하디가 총총걸음으로 무엇을 하러 갔는지 나는 알 수 없다. 뉴질랜드에서 어떤 소년이 그에게 편지를 보내오기 때문에 그 답장을 써야 한다. 어느 일본 신문에서 하디 특집을 냈다고 해서 그것을 가져왔다. 블런든[14] 이야기도 나왔다. 하디 부인이 젊은 시인들이 하고 있는 일들을 그에게 알려주는 모양이었다.

14  Leon Blunden, 1896~1974, 영국의 시인이자 비평가. 동경제국대학 교수 역임.

# 로드멜 1926년

1주일 동안 내 머리에서 젖을 짜낼 예정이 없으므로, 여기에 세계에서 가장 위대한 책의 처음 몇 쪽을 적어놓겠다. 오로지 성실한 자기 사상만으로 쓴 책이라면 그럴 것이다. 책이 "예술 작품"이 되기 전에 우리가 그것을 붙잡을 수 있다면? 마치 아샴 언덕을 올라올 때처럼 갑자기 머릿속에 떠올라 오는 것을 아직도 따끈할 때 붙잡을 수 있다면, 물론 그럴 수는 없다. 왜냐하면 언어의 과정은 느리고 혼란스럽기 때문이다. 단어 하나를 찾기 위해 멈춰서야 할 때가 있다. 그리고 또 채워 넣어야 할 문장의 틀이 있다.

**예술과 사상**

내가 생각하는 것은 다음과 같다. 만약에 예술이 사상에 기초를 두고 있다면, 그것을 변형시키는 과정은 어떤 것인가? 우리가 하디 부부를 방문했던 이야기를 하면서, 나는 이야기를 꾸미기 시작했다. 다시 말해 하디 부인이 테이블에 기대어 무표정하게 멍하니 밖을 내다보고 있는 장면을 자세히 적음으로써 그것을 주제로 삼았고, 모든 것이 그것과 어울리게 했다. 그러나 실제로 일어난 일은 그렇지 않았다.

다음은,

**살아 있는 사람들의 글**

나는 거의 읽지 않지만 그가 나에게 책을 주었기 때문에 지금 M. 베어링[15]을 읽고 있다. 잘된 작품인 것을 알고는 놀랐다.

---

15   Maurice Baring, 1874~1945, 영국의 극작가이자 시인, 소설가. 『C』는 1924년에 나온 소설.

그러나 얼마나 잘됐다는 건가? 위대한 책이 아니라고 말하기는 쉽다. 그러나 어떤 자질이 부족하다는 건가? 아마도 그것은 인생에 대한 우리의 비전에 아무것도 보태주는 것이 없을 것이다. 그렇지만 중대한 결점을 찾기는 쉽지 않다. 완전히 이류인 이 같은 책들이 해마다 적어도 20명의 작가에 의해 쏟아져 나온다고 생각하는데, 그런 책들이 이 정도의 가치를 지닌다는 것은 놀라운 일이다. 내가 절대로 읽지 않으니까, 그것들은 존재하지 않는다고 생각하는 버릇이 있다. 엄밀히 말해 실제로 그렇다. 즉 2026년에는 존재하지 않을 것이다. 그러나 지금은 이것이 엄연히 존재하고 있다. 이 사실이 나를 약간 당황하게 만든다. 이제 클라리사가 지겨워진다. 그러나 이것은 중요하다고 생각한다. 왜 그런가?

## 내 두뇌

약간의 신경쇠약이 왔다. 우리는 화요일에 여기(로드멜)에 왔다. 의자에 주저앉아 꼼짝할 수가 없다. 모든 것이 진부하고, 생기도 없고, 색깔도 없다. 그저 쉬고 싶은 욕망뿐. 수요일, 밖에 나가 혼자 있고 싶을 뿐이다. 공기 맛이 달다. 말을 피했다. 책을 읽을 수가 없었다. 글을 쓸 수 있는 나의 능력을 생각하면 무언가 믿을 수 없는, 내가 아닌 다른 사람의 능력 같은 경외감을 느낀다. 두 번 다시 글쓰기를 즐길 날은 없을 것이다. 머리는 완전히 비어 있다. 소파에서 잤다. 목요일. 사는 재미가 하나도 없다. 그러나 살아가는 데 조금은 더 적응한 것 같다. 버지니아 울프로서의 성격이나 개성은 완전히 사라졌다. 초라하고 겸손해졌다. 할 말을 찾기가 쉽지 않다. 되새김질하는 소처럼 자동적으로 책을 읽는다. 소파에서 잤다. 금요일. 몸이 무겁다. 그러나 머리는 조금 움직인다. 사물에 주의하기 시작한다. 한두 가지 계획을 세웠다. 문장을 만들 기운이 없다. 콜팩스 부인에게 힘들게 편지를 썼다. 토요일(오늘). 훨씬 정신이 맑아지고 가벼워졌다. 글을 쓸 수 있을 것 같았으나 그만두었다. 아니 쓸 수가 없었다. 금요일에 시를 읽고 싶은 생각이 들었다. 시는 내 안의 개성에 대한 감각을 되돌려준다. 단테[16]와 브리지스[17]를 조금 읽었다. 뜻에 신경을 쓰지 않고 읽었는데도 읽는 것이 즐거웠다. 지금 나는 간단한 것을 하나 쓰려고 하는데, 아직 소설은 아니다. 그러나 오늘은 감각이 살아나고 있다. 아직 "구성하는" 힘은 없다. 내 책 속에 정경을 그려넣고 싶은 욕망도 없다. 문학에 대한 호기심이 되돌아오고 있다. 단테를 읽고 싶다. 그리고 해블록 엘리스[18]와 베를리오즈[19]의 자서전도. 조개껍질로 테를 두른 거울을 만들고 싶다. 이상과 같은 과정은 때로는 몇 주에 걸쳐 일어난다.

### 비율의 변화

때로 저녁이나 흐린 날에는 경치의 비율이 갑자기 변한다. 목장에서 사람들이 스툴볼[20]을 하고 있는 것을 보았는데, 평평한 곳에 있는 그들은 저 밑에 가라앉은 것처럼 보였다. 그리고 언덕은 높이 솟아오른 듯했고, 산들이 그들을 둘러싸고 있었다. 자세한 것은 흐릿하게 지워져 보였다. 이것은 몹시 아름다운 효과를 가져왔다. 주변이 거의 색깔이 없는 곳이어서, 여인

16   Donte, 1265~1321, 이탈리아의 시인. 『신생』과 『신곡』의 작가.
17   Robert Bridges, 1844~1930, 영국의 계관시인.
18   Havelock Ellis, 1859~1939, 영국의 의사.
19   Louis Hector Berlioz, 1803~1869, 프랑스의 낭만주의 작곡가.
20   크리켓의 일종. 주로 여자들이 하는 게임.

네들의 옷 색깔은 매우 밝고 순수해 보였다. 나는 사물의 비율이 정상이 아니라는 것을 알고 있다. 마치 다리 사이로 사물을 보듯.

## 이류 예술

다시 말해 모리스 베어링의 『C』라는 작품은 그것이 처한 한계 때문에 이류인 것이 아니다. 혹은 처음 볼 때, 눈에 띄게 그런 구석은 없다. 한계란 이 작품의 비존재의 증명이다. 그가 할 수 있는 것은 오로지 한 가지, 즉 자기 자신을 드러내는 일뿐이다. 매력적이며, 청결하고, 겸손하며, 감수성이 강한 영국 신사. 별로 멀리 미치지도 못하며, 많은 빛을 발하는 것도 아닌 이 반경 밖에서는 모든 것이(본래 지녀야 할) 모습을 지니고 있다. 가볍고, 확실하고, 균형 잡히고, 사람을 감동시키기까지 한다. 이야기하는 품도 얌전하고, 무엇 하나 과장된 것도 없고, 모든 것이 연관지어져 있고, 균형이 잡혀 있다. 이런 책이라면 얼마든지 읽겠다고 내가 말하자, L은 이런 책을 읽고 있으면 얼마 안 가서 너무나 지루해서 죽을 지경이 될 거라고 말했다.

## 철새들

참새과에 속하는 철새다. 시청의 사무원이나 비서처럼 보이는 두 소녀가 결연하게, 햇빛에 그을리고 먼지를 뒤집어 쓴 채, 셔츠와 짧은 스커트를 입고, 등에는 봇짐을 메고 햇볕이 내려쬐는 뜨거운 라이프의 길을 터벅터벅 걷고 있다. 내 본능은 즉시 그들을 배척하는 장막을 친다. 나는 저들이 매사에 모가 나고, 서툴고, 자기주장이 강할 거라고 생각한다. 그러나 이것은 모두 큰 잘못이다. 이 장막은 나를 몰아내고 만다. 장막을 쳐서는 안 된다. 왜냐하면 장막은 우리의 외피로 만들어지기 때문이다. 그리고 사물 그 자체를 보아야 한다. 그것은 장막과는 아무 공통점도 가지고 있지 않다. 그러나 장막을 친다는 습관은 매우 보편적인 것이어서, 어쩌면 그것이 우리의 건전한 정신을 지켜 주고 있는지도 모른다. 만약 사람들을 우리의 공감대에서 멀리하는 이런 장치가 없다면, 우리는 아마도 완전히 녹아버리고 말지 모른다. 남과 떨어져 있다는 것이 불가능해질 것이다. 그러나 장막은 지나치게 많고, 공감은 그렇지 않다.

### 회복되는 건강

이것은 이미지를 그릴 수 있는 능력으로 나타난다. 모든 광경이나 단어에 대한 암시력이 막대하게 증가한다. 셰익스피어는 이 능력을 엄청나게 많이 가지고 있어서, 그에 비하면 평상시의 내 상태는 장님과, 귀머거리와, 벙어리와, 화석과, 냉혈 생선의 상태와 같다. 셰익스피어와 나를 비교한 정도로, 나와 불쌍한 바솔로뮤 부인[21]을 비교해 버렸다.

### 공휴일

살이 많이 찐 부인과, 소녀와 남자가 공휴일(완전한 태양과 만족의 날)을 묘지에서 산소를 돌보며 보낸다. 스물세 명의 젊은 남녀가 보기 흉한 검은 상자를 어깨나 팔에 들고 길을 걷고, 사진을 찍으면서 이날을 보낸다. 남자가 여자에게 말한다. "조용한 이곳 몇몇 마을은 오늘이 공휴일인지도 모르는 것 같아." 우월감과 가벼운 경멸이 섞인 말투다.

---

21 셰익스피어 작 『말괄량이 길들이기』 도입부에서 슬라이의 아내 역할을 하는 급사 부인.

## 부부 관계

아널드 바넷에 의하면 결혼이 끔찍한 것은 그 "일상성" 때문이라고 한다. 인간관계의 모든 예리함은 이 일상성에 마모되고 만다, 고. 진실은 오히려 다음과 같다. 예를 들어 7일 가운데 4일 동안의 생활, 은 자동적인 것이 된다. 그러나 5일째에 (남편과 아내 사이에) 감각의 구슬이 형성되는데, 그것은 좌우편에 있는 기계적이고, 습관적이고, 무의식적인 나날들 때문에, 더 충실하고 더 감각적이 된다. 다시 말해 1년 중에는 군데군데 매우 강렬한 순간들의 매듭이 있다는 것이다. 하디의 "비전의 순간들"이다. 이런 조건하에서가 아니라면, 하나의 대인 관계가 당분간이나마 어떻게 계속될 수 있단 말인가?


## 9월 3일, 금요일

브램버의 정원 찻집의 여인네들. 무덥고 뜨거운 여름날. 장미 정자. 희게 칠한 테이블. 하층 중류사회. 간단없이 자동차가 지나간다. 종이가 흩어져있는 잔디 여기저기에 산재하는 회색의 돌 조각들. 이것이 성곽의 잔해 전부다.[22]

여인이 테이블 위에 몸을 구부리고 손님 접대를 지휘하고 있다. 두 명의 중년 여자가 그녀를 돕고 있는데, 이들을 웨이트리스로 고용하고 있다(아니면 마멀레이드빛을 한 살찌고, 몸은 아주 부드러운 라드 같은, 곧 결혼하기로 되어 있는, 나이는 고작 16세 정도인 소녀 대신인가).

---

22  브램버는 한때 모르만 행정의 중심지였으며, 예전에는 당당한 성곽이 있었다.

**여인**: 손님들한테 뭘 내놓으면 될까?

**소녀**(매우 지루한 듯 양팔을 허리에 대고): 케이크, 버터 바른 빵, 홍차, 잼?

**여인**: 말벌이 말썽을 부린 모양이지? 곧잘 잼 통에 들어가네 (마치 잼이 내놓을 가치가 없다고 생각한다는 듯).

딸이 동의하다.

**여인**: 금년엔 말벌이 유난히 극성스러워.

**소녀**: 그래요.

그래서 잼은 내놓지 않는다.

이런 일이 나를 즐겁게 했던 것 같다.

그 밖에는 찰스턴, 틸턴, 『등대로』, 비타, 소풍 정도. 올 여름은 드넓고, 따뜻하고 신선한 공기 안에 몸을 담그고 있는 느낌이다. 이런 8월은 몇 해 동안 느껴보지 못했다. 자전거도 탔다. 정해진 일을 한 것은 없다. 그러나 좋은 공기를 마시며 강으로 내려가거나, 언덕을 올라갔다는 것. 소설은 쉽사리 그 끝이 보이는데, 이상하게도 좀처럼 끝에 다가가지 못한다. 나는 잔디 위의 릴리를 묘사하고 있다. 그러나 이것이 그녀의 참된 모습인지는 모르겠다. 그 내용에 대해서도 자신이 없다. 단 한 가지 확실한 것은, 매일 아침 한 시간 동안 멍하게 내 안테나로 하늘을 가볍게 두드린 다음, 대개 열두 시 반까지 열심히 힘들이지 않고 글을 쓴다는 사실이다. 그렇게 해서 2쪽을 끝낸다. 그러니까 앞으로 3주 안에 쓸수 있을 것이다―책을 마칠 수 있을 것이라고 예상한다. 어떤 모양이 될까? 지금 나는 결말 부분을 구상하고 있다(여기서부터는 9월 5일 일기 — 울프 주). 문제는 끝에 가서 릴리와 R 씨를 어떻게 만나게 해서 재미있는 결말을 맞도록 할 것인가, 이다. 나는 여러 생각들을 마음 속에서 부화시키고 있다. 내일 시작할 마지막 장면은「배 안에서」다. 나는 R이 바위를 올라가는 장면에서 끝을 내려고 했었다. 그렇게 되면 릴리와 그녀의 그림은 어떻게 되는가? 릴리와 카마이클이 릴리의 그림을 보는 장면과 R의 성격을 요약하는 마지막 장면이 있어야 할까? 그렇게 할 경우 그 순간의 강렬함은 김이 빠지게 된다. 만약 이것이 R과 등대 사이에 들어가게 되면, 내가 보기에 너무 자주 방침이 바뀌는 것 같다. 괄호 안에 넣으면 어떨까? 그렇게 되면 우리는 두 이야기를 동시에 읽고 있다는 느낌을 받게 될 것이다.

어떻게든 해결이 날 것이다. 그러고 나서 질의 문제에 신경을 써야 한다. 어쩌면 흐름이 너무 빠르고, 너무 자유로워서, 약간 경박하게 보일지도 모른다. 한편으로는『제이콥의 방』과『댈러웨이 부인』보다 더 섬세하고 인간적이라고 생각한다. 써나가면서 나는 스스로의 풍부함에 용기를 얻는다. 해야 할 말은 이렇게 해야 한다는 것이 이것으로 증명되었다고 생각한다. 늘 그렇듯이, 책의 마지막 부분을 쓰고 있는 동안에 여러 가지 다른 이야기 거리가 머릿속에 싹튼다. 여러 인물들에 관한 책. 전체 이야기의 줄거리는 다음과 같은 간단한 문장에서 끄집어낼 수 있다고 생각한다. 예를 들어 클라라 페이터[23]가 "바커의 핀은 그 끝이 무뎌졌다고 생각하지 않으세요?"라고 했던 말 따위. 그들의 내장 전부에 대해 이런 식으로 장황하게 이야기할 수 있다고 생각한다. 그

---

23   Clara Ann Pater, 1841~1910, 월터 페이터의 누이동생. 울프는 그녀에게 그리스어를 배웠다.

러나 그것은 구제할 길 없이 진부하다. 그것들은 전부가 간접화법이다. 아니, 전부는 아니다. 왜냐하면 두서너 개의 직접 화법의 문장이 들어 있으니까.『등대로』의 서정적인 부분은 10년의 세월 속의 일을 모아놓은 부분이고, 그러면서도 다른 경우처럼 본문에 방해가 되지 않는다. 이번에는 비교적 완전한 원이 그려졌다고 생각한다. 예의 비평가들이 뭐라고 할지 확실치 않다. 감상적? 빅토리아풍?

나는 호가스 출판사를 위해 문학에 관한 내 책을 출간할 계획에 착수해야 한다. 여섯 장으로 한다. 큼지막한 제목 아래 여러 생각들을 묶으면 어떨까. 예를 들어 상징, 신, 자연, 줄거리, 대화. 소설 하나를 골라서 그 안에서 뛰어난 부분은 어떤 것인가를 살펴본다면. 그 부분들을 별개로 독립시키고, 그 밑에 그것을 가장 잘 보여주는 예들을 모든 책에서 가져다 모아놓는다면. 그렇게 되면 아마도 역사적인 작업이 될지도 모른다. 그래서 각 장을 아우르는 하나의 이론을 전개할 수 있을지도 모른다. 이 일을 위해 진지하고 정확한 독서를 할 수 있을 것 같지는 않다. 차라리 내 안에 쌓인 여러 생각들을 정리해 보고 싶다.

그리고 나는 돈벌이를 위해 한 무더기의 "개요"를 쓰고 싶다. (왜냐하면 우리는 내가 200파운드 이상을 벌어들일 때는 둘이서 나누기로 새로 약속했기 때문이다.) 그러나 이것은 나에게 어떤 책들이 오는가에 따라 우연에 맡겨지는 수밖에 없다. 그런데 요즘 며칠 동안 나는 엄청나게 기쁘다. 잘은 모르겠다. 아마도 이성 理性과 무슨 관련이 있을 것이다.

## 9월 13일, 월요일

어떤 일의 끝에 다다른다는 것은 축복이다, 라고 나는 신음소리를 내며 스스로에게 말한다. 이것은 무언가 오래 계속된, 상당히 고통스러우면서도 흥분되는 자연의 과정과 같은 것으로서, 말로는 표현할 수 없을 정도로 끝나기를 바라는 것이다. 아침에 일어나서, 아, 이제 끝났구나, 라고 생각할 때의 안도감. 안도감과 실망감이라고 생각한다. 지금 나는 『등대로』에 대해 이야기하고 있는 것이다. 드 퀸시[24]에 관한 글을 써내느라고 지난주 나흘을 소비했기 때문에 나는 화가 나 있다. 이것은 6월부터 끌어오던 원고다. 윌러 캐서[25]에 대해 쓰고 30파운드를 벌 수 있는 기회를 거절했다. 앞으로 1주일만 있으면 이 돈벌이가 되지 않는 소설도 끝이 날 것이다. 그렇게만 된다면 돌아가기 전에 윌러 캐서에 대해 쓸 수 있는 시간이 날 것이다. 그러면 10월까지는 나의 1년분 수입 200파운드 가운데서 70파운드를 손에 넣게 된다. (내 욕심은 끝이 없다. 페르시아 양탄자나 항아리, 의자 등을 살 수 있게 은행의 내 구좌에 50파운드가 있으면 좋겠다.) 리치먼드에 저주가 있으라, 『타임스』지에 저주가 있으라, 내 꾸물대는 버릇과 신경에 저주가 있으라. 그러나 코브던 샌더슨[26]과 헤먼스 부인[27]에 착수하여 뭔가를 만들어내겠다.[28] 모건은 『인도로 가는 길』[29]을 완성하고 나서 "이건 실패다"라고 느꼈다는 말을 했다. 『등대로』

---

24  De Quincey, 1785~1859, 영국의 수필가이자 비평가.

25  Willa Cather, 1873~1947, 미국의 소설가.

26  Cobden Sanderson, 1840~1922, 영국의 인쇄·제본업자.

27  Mrs. Hemans, 1793~1835, 영국의 시인.

28  코브던 샌더슨에 대해서는 『네이션 앤 애서니엄』에 서평을 실은 바 있으나, 헤먼스 부인 (Felica Hemans, 1793~1835)에 대해 쓴 글은 없다.

29  모건, 즉 E. M. 포스터의 대표작.

에 대해 말하자면, 내 느낌은……, 어떤 것일까? 최근 1, 2주 동안 규칙적으로 글을 쓴 탓에 약간 늘어지는 느낌이다. 그러나 약간 의기양양한 느낌도 든다. 만약 내 느낌이 옳다면, 이번이야말로 내 방법을 가장 오래 적용했고, 또 그것이 성공적이었다. 다시 말해 내가 더 많은 감정과 인물을 걸어 올렸다는 말이다. 그러나 걸어 올린 것을 들여다보기 전까지는 알 수 없다. 이것은 다만 내 감정의 한 과정일 뿐이다. 자넷 케이스의 그 가증스러운 비평에 언제까지나 괴로워하는 것도 괴이한 노릇이다. "(『댈러웨이 부인』에 대해) 이것은 모두 허식적인…… 기술이지요. 여기에 비하면 『보통의 독자』는 내용이 있어요." 그러나 이처럼 어려울 때는 어떤 날벌레라도 달라붙을 권리가 있으며, 이때는 정해놓고 쇠파리란 녀석이 덤벼든다. 뮤어[30]는 명석한 칭찬을 해주지만 나에게 용기를 줄 힘이 별로 없다. 특히 내가 일할 때, 다시 말해 아이디어가 막힐 때 그렇다. 그리고 마지막 배 안에서의 대목은 잔디 위의 릴리 장면처럼 자료가 많지 않아 힘이 든다. 어쩔 수 없이 더 직접적이고 더 강력해진다. 내가 보기에 나는 상징을 좀 많이 사용하고 있다. 그리고 "감상"에 빠지는 것을 두려워하고 있다. 테마 전체가 이 비난을 받아야 할까? 나는 어떤 테마라도 그 자체가 좋고 나쁘다고 말할 수는 없다고 생각한다. 그것은 자신 특유의 성격에 기회를 줄 뿐이다. 그것뿐이다.


### 9월 30일, 목요일

 여기에 덧붙이고 싶은 말은, 이 근심 걱정이라는 것의 신비적

---

30  Edwin Muir, 1887~1959, 영국의 시인이자 비평가.

인 측면에 관한 것이다. 어찌하여 우리는 혼자가 아니라 다른 무엇과 함께 이 우주에 남게 되었느냐는 것. 나의 깊은 우울, 의기소침, 권태, 또는 무엇이든 간에 그 한가운데서 나를 무섭게 하고, 또 흥분시키는 것이 바로 이것이다. 생선 지느러미가 멀리서 지나가는 것이 보인다. 내가 하려는 말을 무슨 이미지로 전할 수 있을까? 실제로는 아무 이미지도 없다고 생각한다. 재미있는 것은, 지금까지 나의 모든 감정과 생각 속에서 이 일과 부딪쳐본 적이 없다. 인생은 진지하고, 정확하게 말해 더없이 기묘한 것이다. 그 안에 현실의 정수가 있다. 나는 이것을 어릴 때 늘 느끼곤 했다. 물웅덩이를 건너지 못한 적이 있다. 이상하기도 하지, 나는 누구인가 따위를 생각하느라고. 그러나 글을 쓴다고 해서 뭘 알게 되는 것도 아니다. 내가 원하는 것은 오로지 이상한 내 정신 상태의 기록을 남겨두려는 것뿐이다. 이것이 또 하나의 책[31]의 배후에 숨어 있는 충동인지도 모른다. 지금 내 머리 속은 텅 비어 있고, 책에 대한 생각은 아무것도 없다. 내 아이디어가 처음 생겨나는 모습을 지켜보고, 스스로의 과정을 더듬어보고 싶다.

## 11월 23일, 화요일

매일 『등대로』를 6쪽씩 다시 읽고 있다. 『댈러웨이 부인』만큼 빠르지는 않다고 생각한다. 그러나 많은 부분이 아주 조잡해서, 타자를 하면서 고쳐 써야 한다. 이것이 펜과 잉크로 고쳐 쓰는 것보다 훨씬 쉽다는 것을 알았다. 지금 내 생각으로는, 이 책은 내가 쓴 책 가운데 확실히 가장 잘된 것 같다. 『제이콥의 방』보다 더 충

31    아마도 『파도』거나 『나방들』(1929년 10월)—레너드 주.

실하며, 그때보다는 더 고르다. 또한 『제이콥의 방』의 방보다 더 재미있는 것들이 들어 있고, 그때처럼 절망적인 광기의 기록 때문에 복잡해지지도 않았다. 더 자유롭고 더 섬세하다고 생각한다. 그러나 앞으로 쓸 책에 대해서는 전혀 아이디어가 없다. 내가 내 수법을 완성했기 때문에, 앞으로 이 수법을 고수해서, 어떤 식으로든 이대로 밀고 나가게 될 수도 있다는 말이다. 전에는 수법에 대한 새로운 진전이 있으면 그 진정이 새로운 주제로 이어졌다. 왜냐하면 내가 그 수법을 사용할 기회가 생겼기 때문이다. 그러나 이따금 한 여인의 반신비적이며, 매우 심오한 인생이 나를 괴롭혀서, 그 인생을 언젠가는 전부 말해버려야 한다. 그때 시간은 완전히 소멸되고, 미래는 어떻게든 과거에서부터 꽃을 피울 것이다. 하나의 사건(가령 꽃이 하나 떨어지는) 속에 그 인생이 들어 있을지도 모른다. 현실적 사건은 실제로는 존재하지 않는다는 것이 내 이론이니까. 시간도 마찬가지다. 그러나 나는 이 생각을 고집하지는 않겠다. 나는 내 총서에 들어갈 책을 준비해야 한다.

# 1927년(45세)

## 1월 14일, 금요일

이것은 늘 따르던 방식이 아니다. 그러나 새 일기장이 없으니 여기다 써야겠다(『등대로』의 첫 부분도 여기에 썼다). 그리고 마지막도 여기에 써야 한다. 지금 나는 마지막 힘든 일을 끝마쳤다. 월요일 레너드가 읽을 수 있도록 완성해놓았다. 1년에서 며칠 모자라는 시간에 이 일을 마쳤고, 그리고 이 일에서 해방이 되어 감사하다. 10월 25일부터 고쳐 쓰고 다시 타자하는 일을(어떤 부분은 세 번씩이나) 해왔고, 틀림없이 앞으로도 다시 해야 할 것이다. 그러나 할 수 없다. 이 책은 딱딱한 근육질의 책이어서, 이 나이가 된 내 안에도 뭔가가 있다는 것을 증명했다는 느낌이 든다. 이 책은 쇠진하거나, 늘어지거나 하는 책은 아니다. 적어도 다시 읽기 전의 내 느낌은 그렇다.

## 1월 23일, 일요일

레너드는 『등대로』를 읽고 내 책 중에서 월등하게 가장 뛰어나며, "걸작"이라고 말한다. 레너드는 내가 묻기도 전에 이 말을 했다. 나는 놀[1]에서 돌아와 아무것도 묻지 않고 앉아 있었다. 레너드는 이 책이 완전히 새로운 것이라고 한다. '심리적 시'라는 것이 그가 붙인 이름이다. 『댈러웨이 부인』보다 더 잘됐고, 더 재미있다고 한다. 이렇게 큰 위안을 받고 나니, 내 마음은 언제나처럼 모든 것을 던져버리고, 잊어버리고 만다. 그러다가 교정을 보거나 책이 나왔을 때, 또다시 정신을 차리고 걱정하게 될 것이다.

## 2월 12일, 토요일

X[비타 색빌 웨스트]의 산문은 너무 유창하다. 읽고 있자니 내 펜마저 미끄러워지는 것 같다. 고전을 읽을 때 나는 감정이 억제되지만, 거세되지는 않는다. 아니, 그 반대다. 지금 적절한 표현을 찾을 수는 없지만. 내가 "Y—"라는 글을 쓰고 있었다면, 나는 색깔이 있는 이 물을 몽땅 쏟아냈을 것이다. 그러고 나서 내 자신의 공격 방법을 찾아냈을 것이다. 혹은 찾아냈다고 생각할 것이다. 내 생각을 분명히 하고, 그것을 정확하게 표현할 수 있다는 것은 작가로서의 내 장점이라고 생각한다. 만약 내가 기행문을 쓴다면, 나는 그 기행문을 쓸 수 있는 어떤 관점이 보일 때까지 기다릴 것이다. 조용하게 설명해 나가는 방법은 옳지 않다. 사물도 그런 식으로 우리 머릿속에 나타나는 것이 아니다. 그렇지만 X는 매우 숙

---

1    해럴드 니콜슨의 집이 있는 곳.

런된 금빛 목소리를 가지고 있다. 그러다 보니 『등대로』를 내일부터 월요일까지, 인쇄된 것을 가지고 쭉 읽어야겠다는 생각이 들었다. 나만의 기묘한 방법이지만, 처음 읽듯이 쭉 읽을 것이다. 한 번은 대충 자유롭게 읽을 것이다. 그러고는 세부적인 것까지 꼬치꼬치 훑어볼 것이다. 『등대로』의 첫 증상은 호의적이 아니었다는 것을 적어둬야겠다. 로저가 "시간이 흐르다"를 좋아하지 않은 것이 분명하다. 『하퍼스』와 『포럼』은 연재 판권을 거절해왔다. 브레이스 출판사는 내가 보기에 『댈러웨이 부인』 때보다 훨씬 덜 열정적인 편지를 보내왔다. 그러나 이들 평은 교정을 보지 않은 초고를 근거로 한 것이다. 그러나 어쨌든 나는 굳은살이 박였다. 레너드의 평이 나를 받쳐준다. 나는 이것도 아니지만 저것도 아니다.

## 2월 21일, 월요일

다음과 같은 새로운 연극을 만들어 내면 어떨까. 예를 들어,

여자가 생각한다……
그도 생각한다.
풍금이 울린다.
그녀가 쓴다.
그들이 말한다:
그녀가 노래한다.
밤이 말한다
그들이 실수한다

이런 식으로 진행해야 한다고 생각한다, 어떻게 하는 건지는 몰라도. 사실에서 벗어날 것. 자유로우나 집중해야 하고, 산문이면서 시여야 한다. 소설이면서 희곡이다.

## 2월 28일, 월요일

그렇지만 나는 더욱더 열심히 일할 작정이다. 만약 그들(훌륭한 사람들, 친구들)이 『등대로』에 반대하는 충고를 한다면 나는 전기를 쓰겠다. 역사적 문서들을 입수해서, 『알려지지 않은 사람들의 생애』를 쓸 계획을 이미 세워 놓았다. 그러나 무엇 때문에 나는 남의 충고를 따를 생각을 하는가? 휴일이 지나고 나면 옛날부터 해오던 생각이 언제나처럼 다시 찾아올 것이다. 그 생각은 전보다 더 신선하고, 더 중요하게 보일 것이다. 그리고 나는 그 엄청난 고양감과, 창조의 열의와 욕구를 느끼면서 다시 출발할 것이다. 내가 창조하는 것이 완전히 잘못된 것일 수도 있는데, 그렇다면 그것은 이상한 노릇일 수밖에.

## 3월 14일, 월요일

페이스 헨더슨[2]이 차를 마시러 왔다. 용감하게 이야기의 꽃을 피우면서 나는, 매력도 없고 돈도 없는 한 여인이 홀로 해낼 수 있는 여러 가지 가능성을 머릿속에 그려보았다. 우선 나는 다음과 같은 상황부터 상상했다. 그녀가 도버 가도에 차를 세워놓고 도

2    허버트 헨더슨(후에 허버트 경이 됨)의 아내—레너드 주.

버로 간다. 그리고 해협을 건넌다, 등등. 갑자기 나도 장난삼아 디포 식의 이야기를 쓸 수 있을지 모른다는 막연한 생각이 들었다. 열두 시와 한 시 사이에 갑자기 나는 판타지를 하나 생각해냈는데, 그 제목은『제서미 신부들』이다.[3] 왜인지는 나도 모르겠다. 나는 그 이야기 주변에 몇 개의 번득이는 광경을 생각해냈다. 가난하고 고독한 두 여인이 다락방에 살고 있다. (이것은 환상이니까) 무엇이든지 보인다. 타워 브리지, 구름, 비행기. 그리고 길 저쪽 방에서 노인들이 듣고 있다. 모든 것이 뒤죽박죽으로 돌아가야 한다. 내가 편지를 쓸 때처럼 전속력으로 써야 한다. 랭골렌 부인들에 대해, 플래드게이트 부인에 대해, 그리고 지나가는 사람들에 대해. 실재하는 인물을 그려내려는 노력을 해서는 안 된다. 새피즘(여성 동성애) 냄새도 약간 풍겨야 한다. 풍자가 주조가 되어야 한다. 풍자와 무질서. 부인들은 콘스탄티노플을 꿈꾸는 것으로 한다. 금빛 둥근 지붕의 꿈. 내 자신의 서정적 기질도 풍자한다. 모든 것을 조롱한다. 그리고 마지막은 세 개의 점으로 끝난다. … 식으로. 솔직히 말해 나는 세 권의 진지하고 시적인 실험 소설을 끝내고 난 뒤 탈선을 하고 싶어진 것이다. 그 실험적 소설들은 항상 형식에 면밀한 주의를 기울여야 했다. 나는 뿌리치고 뛰쳐나가 사라지고 싶다. 항상 내 머릿속에서 맴도는 무수한 생각의 조각들이나 작은 이야기들을 한데 합쳐 구체화하고 싶다.『제서미 신부들』을 쓰는 일은 몹시 즐거울 것이다. 그리고『제서미 신부들』은 내가 쓰려고 하는 다음 작품을 시작하기 전에 내 머리를 쉬게 해줄 것이다. 그다음 작품은 매우 진지하고, 신비스러우며, 시적인 작품이 될 것이다(『올랜도 *Orlando*』에서『파도 *The Waves*』(1933년 7월 8일)로 발전 — 울프 주). 그 사이『제서미 신부들』을

---

3    실제로 출간되지는 않았다.

손대기 전에 나는 소설에 관한 책을 써야 하는데, 그 책은 1월 전에는 끝나지 않을 것이다. 때때로 시험 삼아 한두 쪽씩 급하게 써보아도 좋을 것이다. 그리고 이 생각은 증발해 없어질지도 모른다. 여하튼 이 기록은 이런 것들이 기묘하게, 무섭게, 예기치 않게 저절로 생겨나는 모습을 기록한 것이다. 한 시간 사이에 한 가지 생각 위에 다른 생각이 포개져 나타난다. 이렇게 해서 나는『제이콥의 방』을 호가스 하우스의 난로를 보면서 구상했다. 그리고『등대로』는 여기 광장에서 어느 오후에 구상했던 것이다.

## 3월 21일, 월요일

내 뇌가 맹렬하게 활동하고 있다. 마치 내가 시간의 경과, 노년과 죽음을 의식하고 있는 듯이 책을 대할 수 있으면 좋겠다.『등대로』의 어떤 부분은 너무 아름답다. 부드럽고, 나긋나긋하고, 깊은 맛이 있다고 생각한다. 어떤 때는 한 쪽 전체에 걸쳐 단 한 단어도 잘못된 것이 없다. 디너파티 장면과 배 안의 아이들 장면에서 그런 느낌을 받는다. 그러나 잔디 위의 릴리는 그렇지 못하다. 썩 마음에 들지는 않는다. 그러나 끝 부분은 좋다.

## 5월 1일, 일요일

그러고는 내 책이 곧 나올 것이라는 생각을 떠올린다. 사람들은 내가 겸허하지 못하다고 할 것이다. 별별 이야기를 다 할 것이다. 그러나 솔직히 말해 이번에는 별로 신경이 쓰이지 않는다. 친구들 의견마저도. 이래도 좋은지 확신은 없다. 처음으로 다시 통독했을 때 실망했다. 나중에는 마음에 들었다. 어쨌든 이것이 내 최선이다. 그러나 책이 인쇄돼 나온 뒤에 비판적으로 다시 읽는 것이 좋을까? 무슨 말인지 모르겠다, 척한다는 둥 말이 많은 가운데서도 내 책의 판매량이 꾸준히 올라가고 있는 것은 고무적이다. 책이 나오기 전에 이미 1,220부가 팔렸고, 1,500부는 팔릴 것인데, 이것은 나와 같은 작가에게는 나쁘지 않은 성적이다. 그리고 내가 진짜라는 것을 보여줄 수 있는 다른 일에 골똘히 몰두하고 있는 자신을 발견하게 된다. 책이 목요일에 나온다는 것도 잊고.

## 5월 5일, 목요일

책이 나왔다. (내 생각으로는) 출판 전에 1,690부가 팔렸다. 『댈러웨이 부인』의 배다. 그러나 나는 지금 『타임스』의 『리터러리 서플리먼트』 서평이 드리운 축축한 구름 밑에서 이 글을 쓰고 있다. 그것은 『제이콥의 방』과 『댈러웨이 부인』 때의 복사판이다. 신사답고, 친절하며, 소심하고, 아름다움을 칭찬하는가 하면 인물 묘사를 탐탁하게 여기지 않아 나를 적잖이 우울하게 만든다. "시간이 흐르다"에 신경이 쓰인다. 전체가 약하고, 깊이가 없고, 생기가 없고, 감상적이라고 할지 모른다. 그러나 솔직히 말해 나는 크게 신경 쓰지 않는다. 혼자서 깊은 생각에 잠기고 싶다.

## 5월 11일, 수요일

내 책. 서평에 신경을 쓰지 않는다는 말을 해서 무슨 소용이 있단 말인가. 비난이 섞여 있기는 해도 적극적인 칭찬이 그처럼 내 마음에 활력을 주어, 마음이 말라버리지 않도록, 이처럼 내 머릿속을 아이디어로 꽉 차게 해주는 마당에. 마저리 조드[4]와 클라이브를 통해 얻은 막연한 힌트에서, 어떤 사람들은 이것이 나의 최고의 책이라고 말한다는 것을 알게 되었다. 아직까지 비타는 칭찬을 하고 있다. 도티[5]는 열광하고 있다. 알지 못하는 사람도 편지를 썼다. 아마 아무도 끝까지 읽은 사람은 없을 것이다. 앞으로 2주간은 이렇게 어정쩡하게 지내게 될 것이다. 불안하지는 않으나 신경은 쓰인다. 2주가 지나면 끝이 날 것이다.


## 5월 16일, 월요일

이 책. 칭찬에 관한 한 이 책은 이제 홀로서기를 했다. 나온 지 열흘이 됐다. 지난주 목요일이다. 네사는 열광적이다. 숭고하고, 거의 뒤집어지게 할 정도의 작품이란다. 네사는 이 책이 우리들 어머니의 놀라운 초상화라고 말한다. 내가 최고의 초상화 화가라고. 네사는 이 책에 완전히 몰입했고, 죽은 사람들이 되살아나는 것을 고통스럽게 느꼈다고도 말했다. 그 밖에도 오토라인[6], 비타,

---

4   Margery Joad. 1923에서 1925년까지 호가스 출판사 편집장으로 있었다.
5   Dorothy Wellesley. 나중에 웰링턴 공작부인이 되다 — 레너드 주.
6   레이디 오토라인은 울프에게 보낸 편지에서 다음과 같이 말하고 있다. "The Beauty of it is overwhelming — especially to me the 2nd Part — "Time Passes" (…) All these pages marked & marked, for they seem to me some of the loveliest pages in English prose."

찰리, 올리버 경[7], 토미, 그리고 클라이브 등도 마찬가지다.


## 6월 18일, 토요일


    몇 가지 이유 때문에 이 일기장은 말도 못하게 얇아졌다. 벌써 1년의 반이 지나는데 몇 쪽밖에 쓰지 못했다. 어쩌면 오전 중에 너무 열심히 일하느라 쓸 시간이 없었는지 모른다. 두통이 심해, 3주는 그냥 날아갔고. 로드멜에 온 지 1주일이 지났다. 여러 이미지가 떠오른다. 그 이미지들은 갑자기 내 눈앞에 펼쳐진다(예를 들어, 6월 어느 날 밤에 마을이 바다로 빠져나가는 것처럼 보이고, 집들이 배처럼 보였던 일, 습지가 불타는 거품처럼 보였던 일). 그리고 거기 평화에 싸여 누워 있을 때의 무한한 쾌적함. 나는 테라스가 있는 새 정원에 온종일 누워 있었는데, 테라스는 거의 완성 단계에 있다. 내 비너스 상의 움푹 들어간 목 부분에 작은 파란 새들이 둥지를 틀었다.[8] 어느 뜨거운 날 오후 비타가 와서 우리는 그녀와 함께 강으로 걸어갔다. 강아지 핑커는 이제 헤엄쳐서 레너드의 지팡이를 물어올 수 있게 되었다. 나는 책을 읽는다. 아무리 시시한 책일지라도. 모리스 베어링이나 가벼운 전기물. 천천히 아이디어가 조금씩 흘러들어오기 시작하고, 이어 갑자기 이야기가 떠올라(레너드가 '사도들'[9]과 식사를 같이한 날 밤) 나는 『나방들』이야기를 되풀이했다.[10] 이 소설은 굉장히 빨리 쓸 수

---

7    올리버 경도 대단한 울프 예찬자였으나, 『등대로』에 대한 그의 평범한 논평에 울프는 오히려 화를 내고 있다.

8    목이 없는 석고상이 정원의 벽에 서 있었다.

9    블룸즈버리 그룹의 전신이라고 할 수 있는 케임브리지의 모임.

10   이것은 뒤에 『파도』가 된다.

있을 것이다. 아마도 오랫동안 현안 중인 소설에 관한 책을 쓰는 도중에라도 쓸 수 있을 것이다.[11] 『나방들』은 여기 대충 적어놓은 윤곽에 옷만 입히면 된다. 극적인 시라는 착상. 인간의 생각에 대해서뿐만 아니라, 선박이나 밤 등 다 함께 계속해서 흘러가는 것들. 흐름은 빛나는 나방들이 도착하자 중단된다. 한 남자와 여자가 테이블에 마주 앉아 이야기를 하고 있을 예정. 아니면 가만히 있는 것으로 할까? 이야기는 사랑 이야기여야 한다. 마침내 그녀는 마지막 큰 나방이 들어오게 한다. 그 대조는 다음과 같은 것이 되어도 좋을 듯싶다. 그녀는 지구의 연령에 대해 이야기하든가 생각해도 좋다. 인류의 죽음에 대한 것도 좋다. 그러자 나방들이 계속해서 들어온다. 남자는 완전히 희미한 채로 내버려두어도 될지 모른다. 프랑스에. 바다 소리가 들린다. 밤. 창 밑에 있는 정원. 그러나 이 작업은 좀 더 무르익어야 한다. 나는 축음기가 베토벤의 후기 소나타를 연주하고 있는 동안 그 일을 조금 한다. (창은 마치 우리들이 바닷가에 있는 것처럼 돌쩌귀 안에서 몸을 비틀고 있다.)

우리는 비타가 호손덴 상[12]을 받는 것을 보았다. 오싹한 쇼라고 생각한다. 연단에 있는 명사들에 대한 이야기가 아니다. 연단에는 스콰이어, 드링크워터, 비니언[13] 뿐이었다. 우리들 모두, 말 많은 작가들에 대한 이야기다. 맙소사! 우리들 모두 얼마나 하찮게 보였을까! 어떻게 하면 우리들이 재미있고, 또 우리들 작품이 중요한 것처럼 보이게 할 수 있을까? 글 쓴다는 일 전체가 한

---

11  프랑스의 카시스에 가던 바네사가 밤에 나방들 때문에 괴로움을 당한다는 편지를 보내오는데, 여기에 큰 흥미를 느낀 울프가 나방을 주제로 한 이야기를 구상하고, 이것이 뒤에 가서 유명한 『파도』로 발전한다.

12  지난해(1926)의 가장 뛰어난 문학작품에 주어지는 상. 존 드링크워터가 수여했다.

13  Lawrence Binyon, 1896~1943, 시인이자 미술사가. 스콰이어와 로렌스 비니언은 선정위원이었다.

없이 싫어졌다. "내 작품"을 읽든지, 좋아하든지, 싫어하든지간에 내가 신경 쓸 사람이 하나도 없었다. 또 내 평론에 대해서도 누구 하나 신경을 쓰지 않을 것이다. 이들 모두의 온화하고 통속적인 태도에 강한 인상을 받았다. 그러나 그들 속에는 그들의 외관이 보여주는 것보다 더 중요한 잉크의 흐름이 있을지 모른다— 겉 보기에 그들은 단정히 옷을 입고, 온후하며 예의 바르다. 내 느낌 에 우리들 가운데는 완전히 성숙한 정신의 소유자는 하나도 없 는 것 같다. 사실 거기 모인 사람들은 문예 세계의 귀족계급이 아 니라, 멍청하고 우둔한 중류계급이었다.

## 6월 22일, 수요일

여자를 싫어하는 사람들은 나를 우울하게 만든다. 톨스토이와 아스퀴스 부인 모두 여자를 싫어한다. 내 우울증은 허영의 한 모 습일 것이다. 그러나 그렇다면 좌우간의 모든 강한 의견 역시 허 영이다. 나는 A 부인의 딱딱하고 독단적이며 공허한 문체가 싫다. 그러나 이것으로 충분하다. 어차피 내일 A 부인에 대해 글을 쓸 것이다. 나는 매일 무엇인가에 대해 쓰고, 몇 주간은 일부러 돈벌 이를 위해 떼어놓는다. 그러면 9월에는 우리들 각각의 호주머니 에 50파운드씩이 들어올 것이다. 이것은 결혼 이래 최초로 갖게 되는 내 자신의 돈이다. 최근까지 돈의 필요를 느낀 적이 없다. 내 가 원하면 돈을 벌 수 있지만, 나는 돈을 위해 글 쓰는 것을 피하 고 있다.

## 6월 23일, 목요일

사교 생활이 별로 없는 덕에 이 일기가 살이 찐다. 이렇게 조용한 런던의 여름을 보낸 적이 없다. 눈에 띄지 않게 군중들 속에서 빠져나오는 것은 아주 쉬운 일이다. 나는 병자로서의 내 기준을 만들어두었기 때문에 아무도 나를 성가시게 하지 않는다. 누구 하나 나에게 뭘 해달라고 하는 사람이 없다. 이것은 내가 선택한 것이지 그들이 선택한 것이 아니라고 내심 자만하고 있다. 혼돈의 한가운데서 조용히 있을 수 있다는 것은 일종의 사치다. 대화 중에 재치를 발휘하게 되면 즉각 두통이 와서 종일 젖은 걸레 같은 기분이 든다. 조용하게 살고 있으면 차갑고 명석하고 활동적인 아침을 맞을 수가 있어, 나는 많은 일을 하고, 산책할 때 내 뇌를 공중에 튕겨 올릴 수 있다. 올 여름 두통을 피할 수 있다면, 나는 얼마간의 승리감을 맛볼 수 있을 것이다.


## 6월 30일, 목요일

이제 나는 일식을 묘사해두어야 한다.[14]

화요일 밤 열 시경에 승객이 꽉 찬(우리 칸은 공무원들이었다) 아주 긴 열차가 킹스 크로스 역을 출발했다. 우리 칸에는 비타와 헤럴드, 퀜틴, L과 내가 있었다. "틀림없이 여긴 햇필드지"라고 내가 말했다. 나는 시가를 피우고 있었다. 그러자 "여긴 피터버러야"라고 L이 말했다. 우리는 계속해서 어두워지기 전의 하늘을 보고

---

14  영국에서 2백 년 만에 볼 수 있는 일식이었다. 29일에 개기 일식을 볼 수 있는 노스 요크셔까지 특별 열차가 운행되었다.

있었다. 부드러운 양털 같았다. 그러나 알렉산드라 파크 위에 별이 하나 있었다. "비타, 저것이 알렉산드라 파크야"라고 헤럴드가 말했다. 니콜슨 부부는 졸음이 오는 모양이었다. H는 몸을 오그리고 V의 무릎에 머리를 올려놓고 잤다. 잠이 든 H는 레이턴[15]이 그린 사포처럼 보였다. 그렇게 우리는 중부 지방을 지났고, 요크에서는 아주 오랫동안 정차했다. 그리고 우리는 샌드위치를 꺼냈고, 내가 화장실에 갔다 와보니 헤럴드가 사람을 시켜 몸에 묻은 크림을 말끔히 닦아내고 있었다. 그러고는 그가 샌드위치를 담는 사기그릇을 깨트렸다. L이 참지 못하고 웃었다. 그리고 우리는 다시 졸았다. 적어도 N 부부는 졸았다. 그러자 기차는 건널목에 다다랐는데, 거기서 버스나 자동차들이 모두 옅은 노란색 등을 켜고 긴 행렬을 이룬 채 기다리고 있었다. 점점 하늘이 회색빛이 되었다. 그러나 아직도 양털처럼 부드럽고 얼룩 반점이 있었다. 리치먼드에 도착한 것은 세 시 반경이었다. 날씨는 차가웠고, N 부부가 다퉜는데, 에디[에드워드 색빌웨스트]의 말에 의하면 V의 짐 때문이라고 했다. 우리는 큰 버스를 타고 떠났고, 거대한 성을 보았다(성에 관심이 있는 비타가 저 성이 누구의 것인지 모르겠다고 말했다). 그 성의 정면에는 창문을 덧붙여 놓았고, 그 안에는 등불이 켜져 있는 듯했다. 들판은 온통 6월의 들풀과 빨강 술이 달린 식물로 불타고 있었다. 그러나 이들 술은 아직 색이 오르지 않았고, 아직도 옅은 색깔이었다. 마찬가지로 옅은 색깔에 회색빛을 띠고 있는 것은 완고해 보이는 요크셔의 작은 농가들이었다. 어느 농가 옆을 지날 때 농부와 아내, 그리고 그녀의 동생이 나왔다. 교회에 가는 것처럼 모두 까만 옷을 야무지고 단정하게 입고 있었다. 또 다른 보기 흉한 네모진 농가에서는 두 여인이 이 층

15  Frederick Leighton, 1830~1896, 영국의 화가이자 조각가.

에서 창밖을 내다보고 있었다. 창에는 반쯤 흰 블라인드를 내려 놓았다. 우리는 세 대의 큰 버스를 타고 있었고, 그 중 한 대가 멈춰 서면 다른 차들이 먼저 가곤 했다. 차들은 모두 느리고 힘이 셌다. 무척 가파른 언덕을 올라갔다. 기사가 한 번 내려서 우리 차 바퀴 뒤에 작은 돌을 놓았다. 불충분했다. 사고가 일어날 만도 했다. 다른 차들도 많았다. 그 수가 갑자기 증가한 것은 우리가 바든 펠의 정상에 올라갔을 때였다. 거기서는 사람들이 차 옆에서 캠핑을 하고 있었다. 밖에 나가보고는 우리들이 무척 높은 곳에 왔다는 것을 알았다. 거기는 습지여서, 습하고, 히스투성이었으며, 들꿩을 사냥하기 위한 사격장이 있었다. 풀 속에 여기저기 길이 있었고, 사람들이 이미 자리를 잡고 있었다. 그래서 우리도 거기로 가서 리치먼드를 내려다볼 수 있는 가장 높은 곳으로 걸어갔다. 저 밑에 등불이 하나 켜져 있었다. 우리들 주위에는 골짜기와 습지가 겹겹이 경사를 이룬 채 둘러싸고 있었다. 그것은 마치 하워스[16]의 시골 같았다. 그러나 해가 떠올라 오는 리치먼드 위에는 부드러운 회색 구름이 있었다. 태양이 어디 있는지는 금빛 점으로 알 수 있었다. 그러나 아직 시간은 일렀다. 우리는 몸을 녹이기 위해 발을 구르면서 기다리지 않으면 안 되었다. 레이는 더블베드에서 걸어온 물빛 줄무늬 담요로 몸을 휘감고 있었다. 그녀는 믿을 수 없을 정도로 크게 보였으며, 침실 냄새가 났다. 색슨은 몹시 나이 들어 보였다. 레너드는 시계만 보고 있었다. 네 마리의 커다란 빨간색 사냥개가 들판 위로 뛰어왔다. 우리 뒤에서는 양들이 풀을 뜯고 있었다. 비타는 모르모트를 사려고 한 적이 있었다 (퀜틴은 야만인을 사는 편이 낫겠다고 충고했지만). 그래서 비타는 때때로 동물들을 관찰하고 있었다. 구름 속에는 군데군데 엷

16  브론테 자매가 자란 곳.

은 곳이 있었고, 몇 곳은 완전히 구멍이 나 있었다. 때가 되면 태양이 구름을 통해 보일 것인가, 아니면 이런 구멍으로 나타날 것인가가 문제였다. 우리는 불안해지기 시작했다. 우리는 구름 밑바닥에서 광선이 빠져나오는 것을 보았다. 한순간 태양이 획 지나가는 것이 보였다. 그것은 마치 빈틈을 맹렬한 속도로 사뿐히 지나가는 것 같았다. 우리는 연기에 검게 그을린 안경을 꺼냈다. 태양은 붉게 타오르는 초승달 같았다. 다음 순간 다시 구름 속으로 재빨리 미끄러져 들어가고 말았다. 빨간 빛의 꼬리만이 남았다. 그러고는 늘 보던 금빛 아지랑이만이 남았다. 시시각각 시간이 지나가고 있었다. 우리는 속은 느낌이었다. 양들을 보았다. 그들은 전혀 두려워하는 기색이 없었다. 사냥개들은 뛰어다니고 있었다. 모두가 길게 늘어서서, 약간 위엄 있는 자세로 쳐다보고 있었다. 우리들은 마치 세상이 태어나는 것을 지켜보는 노인들 같다고 나는 생각했다. 스톤헨지의 드루이드교 승려들 같다고나 할까. (그러나 이 생각은 새벽의 옅은 빛 속에서 더욱 선명하게 나타났다.) 우리들 뒤에는 구름 속에 크고 파란 공간들이 있었다. 그곳은 아직도 파란색이었다. 그러나 지금은 색이 사라지고 있었다. 구름이 창백해지기 시작했다. 붉은빛이 도는 검은색. 저 밑 골짜기에는 빨강과 검은색이 장관을 이루며 섞여 있었다. 거기에는 하나의 등불만이 빛나고 있었다. 밑은 온통 구름이었고, 매우 아름다웠으며, 미묘한 색깔을 띠고 있었다. 구름 때문에 아무것도 보이지 않았다. 그 24초가 지나가고 있었다. 그러자 우리는 다시 하늘을 쳐다보았다. 그러자 재빨리, 정말 재빨리 모든 색깔이 사라졌다. 거센 폭풍우가 시작될 것처럼 점점 더 어두워졌다. 빛은 더욱더 가라앉았다. 우리는 계속해서 이것이 그림자라고 말했다. 그리고 이제 끝났다. 우리는 그림자 안에 있다고 생각했다. 그러자 갑자기

빛이 사라졌다. 힘이 쭉 빠졌다. 빛은 완전히 사라졌다. 아무 색깔도 없었다. 지구는 죽어 있었다. 그것은 놀라운 순간이었다. 그러나 다음 순간 마치 공이 하나 튕겨져 나온 것처럼 구름에 다시 색깔이 나타났다. 그것은 섬광 같은 옅은 색깔에 불과했다. 빛은 그렇게 돌아왔다. 빛이 사라졌을 때 나는 뭔가 거대한 순종이라는 느낌이 강하게 들었다. 무언가가 무릎을 꿇고 앉았다가, 빛들이 되돌아오자 갑자기 일어나는 것 같은. 빛은 놀랍도록 가볍고, 재빨리, 그리고 아름답게 골짜기와 언덕 위에 되돌아왔다―처음에는 기적 같은 반짝임과 경쾌함으로, 그러고는 거의 정상으로, 큰 안도감과 함께(잠시 색깔은 더없이 아름다웠다, 신선하고 다채롭게. 여기가 파랑색인가 하면 저기는 밤색. 모두가 새로운 색깔이어서, 마치 한 번 씻어내고 다시 칠을 한 듯했다―울프 주).

그것은 앓고 난 뒤에 회복한 느낌과 같았다. 우리들의 건강은 예상보다 나빴던 것이다. 우리는 죽은 세계를 보았다. 자연의 힘이란 이 정도였다. 우리들의 위대함이라는 것도 피상적인 것에 불과하다. 이제 우리는 다시 모포를 말아 쓰고 있는 레이나, 테 없는 모자를 쓴 색슨 등이 되었다. 몹시 추웠다. 빛이 사라지면서 추위는 더해 갔다. 얼굴들이 창백해졌다. 그리고…… 이제 1999년까지 기다려야 한다. 이제 남은 것은 풍부한 빛과 색깔 안에서 우리가 통상적으로 느끼는 아늑함이다. 이것은 한동안 확실히 환영할 만한 것이었다. 그러나 이 느낌이 그곳 전체에 자리를 잡자, 암흑 뒤에 그 빛과 색깔이 다시 돌아왔을 때 느낀 안도감과 휴식감이 사라진 것이 아쉬웠다. 암흑을 어떻게 묘사하면 될까? 예기치 않았을 때에 풍덩 빠지는 것과 같다. 하늘이 하는 대로 내맡겨진 느낌. 우리들 자신의 고귀함. 드루이드교의 승려들. 스톤헨지. 그리고 뛰어다니는 빨간 개들. 이 모든 것이 내 마음 속에 있었다.

그리고 런던에 있는 응접실에서 끌려 나와, 영국의 가장 쓸쓸한 황야에 놓였다는 것도 인상적이었다. 그 밖에는 요크의 공원에서 에디가 이야기를 하고 있을 때, 자지 않으려고 하다가 결국 잠들어 버렸던 일이 생각난다. 기차에서 또 잤다. 기차 안은 더웠고, 우리는 엉망이었다. 차 안은 잡동사니로 꽉 차 있었다. 헤럴드는 매우 친절하고 자상했다. 에디는 짜증이 나는 모양이었다. 로스트 비프와 파인애플 덩어리를 먹었으면 좋겠다고 했다. 집에 돌아온 것은 아마도 여덟 시 반.

## 9월 18일, 화요일

시간이 있다면 써야 할 것이 산더미처럼 많다. 그럴 힘이 있다면. 뭘 조금만 써도 내 글 쓰는 능력은 소진하고 만다.

로턴 플레이스[17] 건과 필립 리치[18]의 죽음.

이 두 가지 일은 동시에 일어났다. 열흘 전 비타가 여기 왔을 때 우리들은 차를 타고 로턴으로 가서 로턴 플레이스로 밀고 들어가 집 안 구경을 했다. 태양이 빛나는 날 아침, 그 집은 더없이 아름답고 평화로웠다. 그리고 오래된 방들이 끝없이 많아 보였다. 그리하여 나는 이 집을 사겠다는 마음으로 불타 집으로 돌아와서, L을 부추겨서 러셀이라는 농부에게 편지를 썼다. 그리고 답장이 오는 것을 흥분해서 초조하게 조바심을 내며 기다렸다. 며칠

---

17  16세기에 건립된 건물의 유적. 18세기에 농가로 개조되었으며, 당시에는 높은 벽돌 탑이 유일한 잔재였다. 울프는 이곳을 비타와 구경했다.
18  리치 경의 아들—레너드 주.

뒤 러셀이 직접 왔다. 그래서 우리는 가서 보기로 했다. 그렇게 작정하고 희망이 부풀어 올랐을 때,『모닝 포스트』를 열어보고 필립 리치의 사망 기사를 읽었다. "불쌍한 필립 같으니, 그는 이제 더 이상 집을 살 수 없게 되었구나"라고 나는 생각했다. 그리고 언제나처럼 이미지의 행렬이 내 마음 속을 지나갔다. 그리고 처음으로 이 죽음이 나를 굼벵이로 만들어놓은 느낌이었다. 더 이상 살아갈 권리가 없다는 느낌이 들게 했다. 마치 내 인생은 필립의 생명의 대가인 것 같았다. 그런데 나는 필립에게 친절하지 못했다. 그를 식사에 초대하거나 그런 적도 없었다. 그래서 두 감정이(집을 산다는 것과 그의 죽음에 관한) 서로 싸우고 있었다. 어떤 때는 집이 이기고, 어떤 때는 죽음이 이겼다. 그리고 우리는 집을 보러 갔는데, 그 집은 말할 수 없이 황량했다. 모든 것이 덧대어져 있었고 망가져 있었다. 겉이 껄끄러운 참나무와 회색 종이. 흠뻑 젖은 마당과 뒷마당에 있는 현란한 빨간색의 오두막. 나는 갑자기 감정이 부서지면서 거품으로 사라지는 강렬함과 선명함을 느낀다. 이제 나는 필립 리치에 대해 생각하는 것을 잊고 만다.

하지만 언젠가 하나의 장엄한 역사적 두루마리처럼, 나의 모든 친구들의 윤곽을 그리려고 한다. 어젯밤 침대에서 이 생각을 했다. 왜 그런지 모르지만, 제럴드 브레넌[19]부터 시작하고 싶다. 이 생각 속에는 뭔가가 있을 것 같다. 이것은 동시대 사람들이 살아 있는 동안에 자기 자신이 살아온 시대의 전기를 쓰는 한 방법이 될지도 모른다. 아주 재미있는 책이 될 것이다. 어떻게 쓰는가가 문제다. 비타는 올랜도라는 젊은 귀족 남성이 돼야 한다. 리튼도 써야 한다. 사실 그대로, 그러나 환상적이어야 한다. 그리고 로저, 던컨, 클라이브. 아드리안. 이들의 삶은 서로 얽혀 있다. 나는 평생

---

19   Gerald Brenan, 1894~1987, 영국의 작가.

걸려도 못 쓸 만큼의 많은 책을 생각할 수 있다. 얼마나 많은 작은 이야깃거리가 내 머릿속에 들어와 있는지! 예를 들어 자기한테 온 편지를 읽지 않는 에셀 샌즈. 짧은, 나름대로 뜻이 있는 별개의 정경들을 모아 책으로 만들어도 좋다. 에셀은 자기 편지를 열어 보지도 않았던 것이다.

## 9월 25일, 화요일

맞은편 페이지에 작업용 공책으로 잘못 알고 셸리에 관한 메모를 적은 것 같다.

이제부터 로드멜의 연대기 작가가 되어 본다.

35년 전에는 로드멜에 160세대가 살았는데, 지금은 80세대에 불과하다. 소년들이 도회지로 나가기 때문에 인구가 줄고 있다. 혹스포드 목사님[20] 말에 의하면 이곳 소년들 가운데 어느 누구도 밭을 가는 법을 배운 이가 없다고 한다. 주말 별장이 필요한 부자들은 오래된 농부들의 집을 터무니없는 값으로 산다. 멍크스 하우스는 H 씨에게 400파운드에 팔리고 했던 것인데, 우리가 700파운드를 주고 샀다. H 씨는 시골 별장을 갖고 싶어 하지 않는다고 말하면서 이를 거절했다. 그런데 앨리슨 씨가 방 두 개짜리 집을 1,200파운드에 산다며, 우리 집은 2,000파운드는 받을 수 있을 것이라고 말했다. 혹스포드 씨는 나이를 먹고 늙어가고 있는 사람이었다. 혹스포드 씨의 비아냥과 또 그 비아냥이 단순하고 진부한 그의 말에 가져다주는 유쾌한 말투가 나를 즐겁게 한다. 몹시 누추하고, 팔다리는 늘어지고, 까만 털로 짠 벙어리장갑을 낀 혹스포

20   1927년 당시의 로드멜 교구 목사―레너드 주.

드 씨는 나이 속으로 가라앉고 있었다. 그의 생명은 썰물처럼 천천히 빠져나가고 있다. 아니면 곧 심지가 기름 속으로 가라앉아 사라지고 말, 꺼져가는 촛불이라고 해도 좋다. 보기에 혹스포드 씨는 늙은 새 같기도 하다. 얼굴은 작고 오밀조밀하며, 눈은 칙칙하나 빛나며, 눈꺼풀은 두터웠다. 안색은 아직도 불그스레했다. 그러나 턱수염은 마치 풀을 뽑지 않은 마당 같다. 혹스포드 씨의 볼 전체에는 잔털들이 맥없이 자라고 있고, 대머리에는 두 가닥의 털이 마치 연필 자국처럼 그려져 있었다. 혹스포드 씨는 안락의자에 펄썩 주저앉고서는, 마을 이야기의 보따리를 푼다. 그의 이야기는 언제나 가벼운 냉소가 곁들여져 있어, 마치 전혀 야심도 없고, 성공하지도 못한 그가 더 힘 있는 사람들의 우스꽝스러운 점을 몰래 조롱함으로써, 손해를 벌충하려는 듯했다. 혹스포드 씨는 화려한 것을 좋아하는 신참자들이 밭이나 농장에 사용하는 경비에 냉소적이었다. 그러나 혹스포드 씨는 어느 쪽도 편들려 하지 않았다. 혹스포드 씨는 인도 차를 중국 차보다 좋아했으며, 누가 무슨 생각을 하든 별로 신경을 쓰지 않았다. 혹스포드 씨는 끝도 없이 담배를 피웠으며, 손가락은 별로 깨끗지 못했다. 자기 집 우물 이야기를 하다가 혹스포드 씨가 말했다. "목욕을 하고 싶다면 별문제지만요." 짐작컨대 혹스포드 씨는 70년 동안 목욕을 하지 않고 살았을 것이다. 그리고 혹스포드 씨는 사소한 실용적인 이야기를 좋아한다. 예를 들면 알라딘식 램프에 대한 이야기. 이포드 교구의 사제가 값이 싼 베리타스 램프의 갓을 대신 사용하는 방법을 알고 있다는 이야기. 알라딘 램프는 2실링 10펜스라고 한다. 그렇지만 베리타스 램프는 갑자기 어두워져서 쓸 수 없게 된다는 등. 문설주에 구부리고 앉아 두 사제가 이야기하고 있는 화제는 램프 갓에 관한 것이다. 또한 혹스포드 씨는 차고를 만드는 방법에 대해 조언을 해주기도 한다. 퍼시[21]에게 어떻게 구덩이를 파게 하고, 늙은 피어스는 벽에 어떻게 시멘트를 발라야 하는가, 등의 충고를 해준다. 짐작컨대 혹스포드 씨는 자신의 일생 중 아주 많은 시간을 시멘트나 구덩이에 관해 퍼시나 피어스와 같은 사람들과 허물없이 이야기하느라고 보냈을 것 같다. 사제로서의 그의 본성은 별로 겉으로 나타나지 않는다. 혹스포드 씨는 보웬[22]을 위해 승마학교를 사주지 않을 것이라고 말했다. 보웬의 누이동생은 그렇게 했다. 혹스포드 씨는 그것이 좋다고 생각하지 않았다. 보웬의 누이동생은 로팅딘에 학교를 가지고 있으며, 12필의 말을 가지고 사육사들을 고용하여, 일요일을 포함해 온종일 그 관리에 종사하고 있다. 그러나 가족회의에서 자기 의견을 말하고는 더 이상 신경을 쓰지 않는다. 혹스포드 씨의 아내는 딸 편을 들고 싶어 하고, 자기 고집을 관철하고 싶어 한다. 사제는 구부정하게 걸어 서재에 들어가는데, 거기서 무엇을 하는지는 아무도 모른다. 하실 일이 많으시냐고 내가 물었더니 그 질문이 좀 재미있으셨던 것 같다. 일은 아니고, 한 젊은 여인을 만날 일이 있어요, 라고 대답했다. 이렇게 말하고는 다시 안락의자에 자리를 잡고, 한 시간 반가량의 방문 내내 그렇게 앉아 있었다.

### 10월 5일, 수요일

출발 시간이 가까워지고 있기 때문에, 마치 누추한 여인숙 같은 분위기 속에서 이 글을 쓰고 있다. 핑커는 의자 위에서 자고 있

---

21  정원사.
22  목사님의 딸—레너드 주.

다. 레너드는 램프의 밝은 빛 아래 작은 전나무 테이블에 앉아 수표에 서명을 하고 있다. 불은 종일 재로 덮여 있는데, 우리가 종일 불을 피웠고, 또 B 부인이 청소를 하지 않기 때문이다. 봉투가 여러 장 벽난로 근처에 흩어져 있다. 내가 쓰고 있는 펜은 약하고 가늘다. 밖은 틀림없이 맑고 갠 데다 노을이 졌을 것이다.

우리는 어제 앰벌리에 갔는데, 거기다 집을 한 채 살까 생각하고 있다. 왜냐하면 그곳은 강가 목초지와 언덕 사이에 있는 놀랍도록 아름다운 장소며 잊혀진 곳이기 때문이다. 우리 둘은 이 나이에 아직도 이처럼 충동적이다.

그러나 우리는 그레이 부인만큼 나이를 먹지는 않았다. 그레이 부인은 그 사과에 대해 고맙다는 말을 하러 왔다. 그레이 부인은 사과를 사겠다고 사람을 보낼 수도 없었다고 말했다. 어차피 우리가 돈을 받지 않을 테니까, 그러면 그것은 동냥하는 것과 마찬가지니까요, 라고 말했다. 그레이 부인의 얼굴에는 주름이 깊이 파여 있었다. 주름은 채찍 자국처럼 얼굴을 가로지르고 있었다. 86세인데, 올해 같은 여름은 처음이라고 했다. 젊었을 때는 가끔 4월에도 너무 더워 시트 한 장 덮는 것도 괴로웠다고 했다. 그레이 부인의 젊을 때라는 것은 틀림없이 아버지 젊었을 때와 거의 일치할 것이다.[23] 계산해보니 그레이 부인은 아버지보다 아홉 살 젊다. 1841년생. 빅토리아 시대의 영국에서 그녀는 무엇을 보았을까, 궁금하다.

나는 여러 상황을 생각해낼 수는 있으나 이야기 줄거리를 만들지 못한다. 이를테면 만약 내가 어떤 절름발이 소녀 옆을 지나치게 되면 나도 모르게 어떤 정황을 만들어낼 수 있다. (지금은 생각이 나지 않지만) 이것이 내가 가지고 있는 작가적 재능의 싹

---

23　울프의 아버지 레슬리 스티븐은 1832년생.

이다. 그건 그렇고, 내 책에 관해 편지가 연달아 오는데, 어느 것도 별로 마음에 들지 않는다.

만약 내 펜이 허락한다면, 지금은 작업 계획표를 써야 한다. 『트리뷴』을 위한 마지막 원고를 쓰고 나서 다시 한가해졌으니 말이다. 그러자 언제나처럼 곧 내 머리 속으로 흥분되는 계획들이 밀고 들어온다. 1500년에 시작해서 지금까지 계속되고 있는 전기로, 그 제목은 『올랜도』. 비타. 남녀 간의 성을 바꾼다는 것만이 다르다. 내 즐거움을 위해 앞으로 한 주 동안 여기에 몰두하려고 한다. 한편……


## 10월 22일, 토요일


일기는 늘 차 마신 뒤에 쓴다고 전에 말했던 것 같다. 내 머리 속은 아이디어로 가득했는데, 열렬한 숭배자 아슈크로프트 씨와 핀드레이터 양[24]에게 그 아이디어를 모두 써버렸다.

"앞으로 한 주 동안 여기에 몰두하리라" 지난 2주 동안 이 일 말고는 아무것도, 아무것도, 아무것도 하지 않았다. 나는 얼마간 은밀하게, 그러나 그러기에 더욱 정열적으로 전기 『올랜도』를 쓰기 시작했다. 작은 책이 될 예정이고, 크리스마스까지는 마치게 될 것이다. 나는 그것을 『소설』과 한데 엮을 생각이었으나, 일단 머리가 뜨거워지기 시작하면 멈출 줄을 모른다. 문구를 생각하면서 걷다가 앉아서 장면들을 궁리한다. 요는 나는 내가 아는 최대의 환희 한가운데에 있다. 나는 2월, 혹은 그 이전부터 이 환희를 자제해왔다. 책의 계획을 말한다든가, 아이디어를 기다린다든가 하

24　Mary Findlater, 1865~1963, 대중소설을 쓴 작가.

는 것을! 그런데 모든 것이 폭풍우처럼 닥쳐왔다. 나는 평론을 쓰는 일에 진력이 나 있었고, 또 견딜 수 없이 지루한 『소설』을 쓰고 있었기 때문에, 스스로를 달래기 위해 이렇게 말했다. "재미 삼아 이야기를 한 페이지 써도 좋다. 그 대신 열한 시 반 정각에는 중단하고, 낭만파 작가들에 대한 글을 계속할 것." 그 이야기가 무엇에 관한 것인지에 대해서는 거의 생각해본 적이 없다. 그러나 내 머리를 그 쪽으로 돌릴 수 있다는 안도감에, 몇 달 동안 느껴보지 못한 행복감에 젖을 수 있었다. 마치 햇볕을 쪼이고 있거나, 푹신한 쿠션에 누워 있는 것처럼. 그래서 이틀 후에는 내 시간표를 완전히 던져버리고, 이 광대극의 순수한 기쁨 속에 몸을 내맡기고 말았다. 이 즐거움은 지금까지의 어느 즐거움 못지않다. 지나치게 쓰다 보니 반쯤 두통이 시작되어, 지친 말처럼 멈춰 서서, 어젯밤에는 수면제를 조금 먹어야 했다. 그 때문에 아침을 먹을 때 입 안이 화끈거려, 늘 먹던 계란을 먹지 못했다. 나는 『올랜도』를 반쯤 장난스런 문체로, 사람들이 단어 하나하나를 모두 이해할 수 있도록, 매우 분명하고 평이하게 쓰고 있다. 그러나 진실과 환상은 주의 깊게 균형을 이루어야 한다. 이 소설은 비타, 바이올렛 트레퓨시스[25], 라셀레스 경[26], 놀 등에 근거를 두고 있다.[27]

## 11월 20일, 일요일

나는 모건이 "인생"이라고 부르는 것에서 한 순간을 낚아채서

---

[25]  Violet Trefusis, 1894~1972, 남장을 한 비타가 그녀와 극적이고 열렬한 사랑을 한 적이 있다.

[26]  Lord Lascelles, 1882~1974, 결혼 전에 비타에게 청혼한 적이 있다.

[27]  『올랜도』는 이들과 러시아 공주 사샤, 그리고 해리엇 공주 등에서 그 소재를 구하고 있다.

여기 몇 자 급하게 적기로 한다. 내가 여기 적은 것은 얼마 되지 않는다. 그러나 인생이란 모두 합치고 보면 작은 폭포이고, 글리세이드[28]이며, 격류다. 대체로 보아 지금이 우리들의 가장 행복한 가을이라고 생각한다. 이처럼 할 일이 많고, 또 지금까지는 성공이다. 살림살이도 편하고, 그밖의 온갖 것들도. 나의 오전은 열 시부터 한 시까지 허둥지둥 급하게 지나간다. 너무 빨리 쓰기 때문에 점심 먹기 전에 타자할 여유도 없다. 『올랜도』, 이것이 이번 가을의 중심 과제다. 평론을 쓰고 있을 때는 하루나 이틀 아침을 제외하고는 결코 이런 느낌을 받을 때가 없다. 오늘 아침에 제3장을 시작했다. 여기서 나는 뭔가 배울 수 있을까? 그러기에는 농담이 너무 많이 들어가 있는지도 모르겠다. 그러나 나는 이런 평이한 문장이 좋다. 그리고 기분 전환으로 시도해본 양식도 마음에 든다. 물론 깊이가 너무 없다. 캔버스 위에 물감을 튀겨놓은 듯. 그렇지만 1월 7일까지(라고 해 두자)는 초벌 작업을 마치고, 그다음에 다시 쓸 작정이다.


## 11월 30일, 수요일[29]

　L이 크래이니엄에서 식사했을 때의 런치 파티에 대해 몇 자 급하게 적어두겠다. 가벼운 잡담을 하는 재주. 사람들에 관해. 보기 해리스.[30] 모리스 베어링. B. H.는 모든 사람을 "알고 있다." 이 말은 아무도 모른다는 이야기다. 프레디 포슬이요? 아, 그래요, 그

---

28　눈 쌓인 비탈에서의 제동 활강.
29　12월 1일(목요일)의 착오인 듯.
30　Bogey Harris, 1871~1950, 부유한 미술품 수집가.

사람 알지요. 이런저런 레이디도 알고 있단다. B. H.는 모든 사람을 알고 있기 때문에 모른다는 것을 인정하지 못한다. 세련되고 반들반들한 인물로서, 늘 외식을 하는 사람. 로마 가톨릭 신자이고. 식사 도중에 모리스 베어링 씨가 말한다. "하지만 레이디 B[비버브룩]가 오늘 세상을 떠났지요." 시빌이 말한다. "뭐라고 하셨던가요." "그렇지만 R. M.이 어제 그녀와 점심 식사를 하고 있었는데"라고 보기가 말한다. "어쨌든 그녀가 사망했다는 기사가 오늘 신문에 났어요"라고 M. B.가 말한다. 시빌이 말한다. "그렇지만 그녀는 아직 무척 젊지 않아요. 아이보 경이 그의 딸이 결혼할 남자를 만나달라고 저에게 부탁했어요." "저는 아이보 경을 압니다"라고 보기가 말한다, 아니면 말할 것이다. "거 참 이상하군요"라고 시빌이 말한다. 시빌은 런치 파티에서 젊은이의 죽음을 가지고 격투를 벌이는 것을 그만두기로 한다. 그러자 이야기는 가발로 옮겨 간다. "레이디 찰리는 아침에 일어나기 전에, 늘 갑판 위의 수병에게 자기 가발을 말아 달라고 하지요"라고 보기가 말한다. "그래요, 나는 그녀를 평생 알고 지냈지요. 그들과 요트를 같이 탄 적도 있고요. 레이디의 눈썹이 수프에 빠진 적도 있습니다. 존 쿡 경은 몸이 너무 무거워서, 층계를 올라올 때는 여럿이서 당겨 올려야 했습니다. 한때 그분은 한밤중에 침대에서 일어나다 바닥에 떨어져, 거기에 다섯 시간이나 누워 있어야만 했지요. 꼼짝할 수가 없었답니다. B. M.은 웨이터를 시켜 나에게 배 한 개와 긴 편지를 보내왔어요." 여러 가문이나 시대에 관한 이야기들. 모두가 부담 없고, 피상적인 이야기들이다. 누구를 아는가가 문제이고, 재미있는 이야기를 한다는 것에는 관심이 없다. 보기는 매일 한바탕 새로운 화제를 만들어 낸다.

# 12월 20일, 화요일

오늘은 대충 1년 중 낮이 가장 짧은 날에 해당하며, 아마도 가장 추운 날에 해당할 것이다. 우리는 무서운 서리가 내리는 암담함 한가운데 있다. 나는 맑은 대기 속에 까만 원자의 존재를 느낀다. 그러나 어찌된 일인지 그것을 만족스럽게 묘사할 수가 없다. 지난 날 밤 로저와 헬렌과 함께 걸어서 집에 돌아왔을 때, 보도는 가루 같은 큰 눈송이로 하얗게 덮여 있었다. 지난 일요일, 네사의 집에서 돌아올 때였다. 몇 달만이 아니었나 싶다. 그러나 나에게는 언제나처럼 "시간이 없다." 이를테면 지금처럼, 레너드는 지난번 강의를 검토 중이고[31], 강아지 핑커는 의자에서 자고 있는 오늘과 같은 한겨울 깊은 밤에, 내가 해야 할 일을 생각해보자. 나는 베니지널의 이야기[32], 줄리언의 희곡[33]이랑 체스터필드 경의 서간문을 읽고 있어야 하며, 허버트에게 (『네이션』에서 보내온 수표에 관해) 편지를 쓰고 있어야 한다. 나에게는 그냥 쓰는 일보다 이와 같은 일들을 더 소중하게 여기는 비합리적인 가치의 척도가 있다.

이 같은 생각이 어젯밤 네사의 아이들이 모인 파티에서 내 마음에 번득였다. 꼬마들이 노는 모습을 보고 한없이 감상적인 내 목이 메었다. 이제 안젤리카[34]는 다 커서 의젓하다. 온통 회색과 은빛이며, 여자다움의 본보기 바로 그것이었다. 아직 꽃피지 않은 이성과 감성[35]의 꽃망울이다. 회색 가발과 바다 빛 옷을 입고 있었

---

31  레너드는 '민주적 지배 연합' 주최의 강연회에서 여섯 번에 걸쳐 'Imperialism and the Problem of Civilization'이라는 제목의 강연을 했다.

32  미상.

33  여러 편의 희곡을 이모인 울프에게 보내 의견을 물어 왔다. 줄리언 벨은 나중에 스페인에서 전사한다.

34  언니 바네사의 딸.

35  제인 오스틴의 소설 『이성과 감성』

다. 하지만 이상하게도 지금 나는 스스로의 아이를 갖고 싶다는 생각을 거의 하지 않는다. 죽기 전에 뭔가를 써놓고 싶은 끝없는 욕망, 덧없고 열띤 인생에 대한 느낌이 나로 하여금 바위 위에 있는 사람처럼 단 하나의 말뚝에 매달리게 만든다. 나는 자신의 아이가 주는 육체성을 좋아하지 않는다. 이 생각은 로드멜에서 문득 떠올랐다. 그러나 그것을 적어둔 적은 없다. 물론 부모가 된 내 자신을 그려볼 수는 있다. 아마도 이런 감정을 무의식적으로 죽여버렸는지도 모른다. 아니면 자연이 그렇게 하는지도 모른다.

나는 아직도 『올랜도』의 제3장을 쓰고 있다. 말할 것도 없이 2월까지 원고를 마치고, 봄에 인쇄에 부친다는 환상은 버릴 수밖에 없다. 생각했던 것보다 길어지고 있기 때문이다. 방금 나는 O가 공원에서 한 소녀(넬)를 만나, 제라드 가에 있는 깔끔한 방으로 들어가는 장면을 생각하고 있는 중이다. 거기서 소녀는 자기 신분을 밝힌다. 둘은 이야기를 한다. 그러다가 이야기는 여인의 사랑에 관한 한두 가지 이야기로 샌다. 여기서 O의 밤 생활에 대한 이야기로 들어가게 된다. 그리고 O의 손님(이 말을 쓰겠다)에 대한 이야기로. 그러고 나서 O는 존슨 박사를 만나게 되고, 아마도 "세상의 모든 귀부인들에게"(어떻게든 이 부분을 인용하고 싶다)를 쓰게 될 것이다.[36] 이렇게 해서 나는 세월이 흘러가는 느낌을 낼 수 있을 것이다. 그리고 18세기의 빛나는 장면을 묘사하고, 다음으로 19세기의 구름이 피어오르는 장면을 묘사하자. 그리고 19세기로. 그러나 나는 아직 이 부분을 생각하지 않았다. 이 모든 것을 빠르게 써 내려가, 글의 흐름을 통일할 수 있으면 좋겠다. 흐름의 통일은 이 책에서 중요한 부분이다. 반은 농담조로, 반

---

36 비타의 조상인 도셋 백작, 찰스 색빌이 한 말인데, 울프는 『올랜도』에서 이 표현을 사용하지 않고 있다.

은 심각해야 한다. 여기저기 마음먹고 과장된 부분을 뿌려 놓을 것. 어쩌면 용기를 내서 『타임스』에 원고료 인상을 요구할지도 모른다. 그러나 내 연보에 쓸 수 있다면, 결코 다른 신문에 글을 쓰고 싶지는 않다. 『올랜도』는 내 의사와는 상관없이, 어쩌다 그처럼 그 자체로 강한 힘을 가지게 된 것일까! 마치 태어나기 위해 주위의 모든 것을 밀쳐낸 듯하다. 그러나 지금 3월 부분을 다시 읽어보니, 실제는 그렇지 않아도 정신적으로는 바로 그 당시 내가 계획했던 대로의 엉뚱한 작품이 되어 있다. 다시 말해 정신은 풍자적이고, 구조는 환상적이다. 정확히 그렇다.

그렇다, 여기 반복해 두겠다. 매우 행복한, 이상스럽게 행복한 가을이다.


## 12월 22일, 목요일


머리가 무거워서 잠시 일기책을 열고 나 자신을 엄격하게 책망하려고 한다. 사회의 가치는 사람을 냉대하는 데 있다. 나는 저속하고, 평범하며, 엉터리다. 나는 얕은 말재주가 몸에 배기 시작했다. 어젯밤 케인스의 집에 있을 때, 내 말재주는 싸구려로 보였다. 나는 기분이 언짢았기 때문에, 내가 하는 말이 속까지 빤히 들여다보였다. 다디가 옳은 말도 했다. V가 자신을 문체에 내맡기고 있을 때는 독자들은 오로지 그것만을 생각하게 된다. V가 상투적인 표현을 사용할 때는, V가 무슨 말을 하고 있는지를 생각한다고. 그러나 다디는 나에게 논리적인 힘이 없으며, 마치 아편의 환상 속에서 살며 글을 쓰고 있는 것 같다고 말한다. 그리고 그 꿈은 너무 자주 자기 자신에 관한 것이라고.

그런데 중년이 가까워 오고 노년이 눈앞에 보이면, 이런 결점들에 대해 엄격할 필요가 있다. 나는 너무나 쉽게 경솔하고, 자기 중심적인 여자가 되고 있는 듯하다. 남에게 칭찬을 강요하고, 거만하며, 속 좁고 시들어버린 여인으로. 네사의 애들(나는 언제나 나와 언니를 비교할 때 우리 둘 가운데 그녀가 훨씬 더 마음이 넓고, 훨씬 더 인간적이라고 생각한다). 지금은 네사를 조금도 시기하는 마음 없이 존경하는 마음으로 바라다본다. 세상에 대해 우리 둘이 공동 전선을 펴고 있다는 옛 시절 어린애 같은 감정의 그루터기가 조금은 남아 있다. 우리들의 모든 싸움에서 네사가 거두었던 찬란한 승리가 얼마나 자랑스러웠던가. 네사는 아이들에게 둘러싸여, 태연하고 겸손하게 거의 무명의 존재로 목표를 앞질러 가고 있다. 그리고 (네사에게 있어선 감동적인 일이지만) 네사가 지니고 있는 약간의 부드러움만이, 그녀도 이처럼 많은 무서움과 슬픔을 무사히 통과했다는 것에 대해 경탄과 놀라움을 느끼고 있다는 것을 보여준다……

몽상은 흔히 자신에 관한 것이다. 이것을 고치고, 자신의 예리하고 바보스러운 하찮은 인격이나 명성, 그리고 그밖의 것들을 잊어버리기 위해서는 독서를 하고, 다른 사람들을 만나고, 더 사색을 해야 하고, 더 논리적으로 글을 써야 한다. 무엇보다도 계속 일을 해야 한다. 무명으로 남아 있는 연습을 할 것. 남과 같이 있을 때는 침묵할 것. 말을 하더라도 눈길을 끄는 말투가 아니라, 가장 조용한 말투로 말을 할 것. 이상이 의사들이 내리는 것과 같은 스스로에 대한 "처방"이다. 어제 저녁 파티는 꽤 허전했다. 그러나 여기는 아주 좋다.

# 1928년(46세)

## 1월 17일, 화요일

　어제 우리들은 하디의 장례식에 다녀왔다.[1] 무슨 생각을 했느냐고? 바로 그 전에 읽은 막스 비어봄[2]의 편지[3]에 대해, 그리고 뉴넘 여자 대학생들 앞에서 행할 여성의 글쓰기에 관한 강의[4]에 대해 생각했던 것 같다. 이따금 어떤 감정이 가슴 속으로 밀려든다. 그러나 나는 인간이라는 동물이 장례식과 같은 의식에 임해 품위를 지킬 수 있는 능력이 있다고 생각하지 않는다. 주교가 얼굴을 찌푸리며 흠칫하는 것을 우연히 본다. 그의 반들반들 반짝이는 코를 본다. 손에 십자가를 들고, 그것을 황홀하게 들여다보고 있는 안경 낀 젊은 사제가 위선자가 아닌가 의심해 본다. 로버

---

1　하디는 1월 11일에 사망했다. 그의 유언에 따라 심장은 고향에, 유골은 "시인 묘역"에 묻혔으며, 두 장례식이 동시에 이루어졌다.
2　Beerbohm, 1872~1956, 영국의 에세이스트이자 풍자화가.
3　비어봄은 편지에서 『보통의 독자』를 어떤 현대 비평서보다 높이 평가한다는 말과 함께, 버지니아의 소설이 일반 독자들에게는 너무 어렵다는 말을 하고 있다.
4　'뉴넘 예술가 모임'에서 5월에 행할 예정이었던 강연.

트 린드[5]의 넋 나간 초췌한 눈을 본다. 그리고 열등한 X[스콰이어]에 대해 생각해본다. 다음으로 여기 관이 있다. 멋없이 크다. 무대용으로 쓰일 때처럼 흰 공단으로 씌워놓았다. 상여꾼들은 나이 든 신사들로서, 얼굴이 상당히 빨갛고 경직된 채 모서리 천을 잡고 있다. 밖에서는 비둘기가 날아다니고, 인공 등 불빛은 충분히 밝지 않다. "시인 묘역"[6]으로 향하는 행렬. "확신 속에 영원불멸을 희망하며"라는 극적이고, 어쩌면 멜로드라마틱한 문구. 클라이브네 집에서 식사를 한 뒤 리튼이, 이 위대한 사람의 소설은 시시한 것 중에서도 가장 시시한 것이어서, 차마 읽어줄 수 없다고 주장했다. 눈을 감고 힘없이 앉아 있거나 누워 있는 리튼, 아니면 분개해서 눈을 부릅뜨고 있다. 레이디 스트레이치[7]는 천천히 쇠약해지고 있으나, 앞으로도 여러 해 그런 상태로 있을 것이다. 이 모든 장면 위로 왠지 불안한 변화와 죽음에 대한 느낌이 덮쳐왔고, 헤어진다는 것은 죽음이라는 느낌이 들었다. 그리고 내 자신의 명성에 대한 느낌, 왜 이런 생각이 들었을까? 그리고 그 명성이 먼 곳에 있다는 느낌. 그러자 메러디스에 관한 두 편의 원고를 써야 하며, 하디 론을 윤문해야 한다는 긴박한 느낌. 집에 앉아 책을 보고 있는 레너드. 그리고 막스의 편지. 그리고 이 모두가 공허하다는 느낌.

---

5    Robert Lynd, 1879~1949, 영국의 에세이스트이자 비평가.
6    웨스트민스터 사원 안에 있는 저명한 작가와 시인들의 묘역.
7    Lady Strachey, 1840~1928, 덩컨 그랜트의 숙모.

## 2월 11일, 토요일

　너무 추워서 펜을 잡고 있지도 못하겠다. 이 모든 것의 공허함, 이라고 쓰고 지난번 일기를 중단했다. 그리고 꽤 집요하게 그 생각을 했다. 아니었다면 아마 여기 일기를 썼을지도 모른다. 하디와 메러디스 두 사람은 내가 심한 두통에 시달리자 나를 침대에 눕혔다. 단 하나의 문장도 짜내지 못한 채, 의자에 앉아 중얼거리고, 몸을 비틀 때의 이 느낌을 잘 안다. 막힌 창문과 같은 머릿속에 스치는 것은 아무것도 없다. 이럴 땐 서재의 문을 닫고, 귀에 고무마개를 한 채 잠자리에 든다. 그리고 하루 이틀 누워 있다. 그 사이 몇 리그(1리그는 약 4.8km)씩 여행을 한다! 기회가 주어지자마자 곧장 "감각"이 온통 내 등골과 머릿속에 퍼진다. 그러고는 엄청난 피로감. 심한 고뇌와 절망. 그리고 천국과 같은 안식과 휴식. 그러고는 다시 찾아드는 비참함. 나만큼 신체적 조건에 의해 기분이 고양되거나 가라앉는 사람은 없을 거다. 그러나 이제 끝났다. 더 이상 이야기하지 말자……

　어찌된 일인지 나는 『올랜도』의 마지막 장에서 맥없이 고전하고 있다. 마지막 장은 가장 멋져야 할 부분이다. 항상, 항상 마지막 장이 손에서 빠져나간다. 지루해진 것이다. 스스로에게 채찍질을 한다. 나는 아직도 새로운 바람이 불어주길 희망하고 있으며, 별로 신경을 쓰지 않는다. 다만 10월과 11월, 12월을 그처럼 활기차게 만들었던 즐거움을 맛볼 수 없다는 것이 아쉽다. 결국 이 작품은 공허한 것이 아닌지 자문해본다. 그리고 이렇게 길게 쓴다는 것이 지나치지 않는 가에 대해서도.

## 2월 18일, 토요일

체스터필드 경에 대한 글을 손보고 있어야 하는데 하지 않고 있다. 나는 5월에 뉴넘 여자대학에서 강연하기로 한 "여성과 문학"에 대해 멍하니 생각에 잠겨 있다. 마음이란 벌레들 가운데 가장 변덕스러운 벌레. 스치고 날아다니는가 하면 팔딱거리기도 한다. 어제 『올랜도』 가운데서 가장 예민하고 가장 멋진 부분을 쓸 생각이었지만 늘 겪는 신체적 문제 때문에 정말로 단 한 자도 쓰지 못했다. 그 고통이 오늘 가셨다. 더없이 이상한 느낌이다. 마치 머릿속의 생각의 흐름을 손가락 하나가 막고 있는 느낌이다. 그러다가 손가락을 치우면 피가 사방으로 솟구친다. 다시금 나는 O를 쓰는 대신 강연할 내용 전체를 이리저리 검토하고 있다. 그리고 유감스럽게도 우리는 내일, 맙소사, 드라이브를 간다. 왜냐하면 나는 다시 책으로 돌아와야 하기 때문이다― 책은 지난 2,3일 동안을 더없이 밝게 해주었다. 그렇다고 해서 글 쓸 때의 내 감각이 절대 신뢰할 수 있는 지침이라는 뜻은 아니다.


## 3월 18일, 일요일

책받침을 잃어버렸다. 이 일기책이 빈혈 상태에 이른 것에 대한 좋은 핑계가 생겼다. 사실은 편지들을 쓰는 사이에 어제 시계가 한 시를 칠 때 『올랜도』를 마쳤다는 사실을 적어두기 위해 여기 글을 쓴다. 어쨌든 캔버스는 채워졌다. 인쇄에 넘기기 전에, 반드시 석 달 동안은 면밀하게 검토해야 할 것이다. 왜냐하면 뒤죽박죽으로 물감을 뿌려대느라 캔버스 여기저기에 수도 없이 빈

곳이 생겼기 때문이다. 그러나 비록 잠정적이기는 하지만 "끝"이라고 쓸 때는 고요하면서도 무언가 완성했다는 느낌이 든다. 우리는 오는 토요일 떠나는데, 떠나는 날 내 마음은 편안할 것이다.

이 책은 다른 어떤 책보다도 빨리 썼다. 이 책은 전체가 농담이다. 그러나 즐겁게 빨리 읽을 수 있으리라고 생각한다. 작가의 휴일 같은 것. 앞으로 다시는 소설을 쓰는 일이 없을 거라는 확신이 더욱 강해진다. 운을 맞춘 시의 단편이 떠오른다. 우리는 토요일에 자동차로 프랑스를 횡단하고, 4월 17일에 귀국해서 여름을 지내게 될 것이다. 시간이 날아간다. 정말 그렇다. 여름이 다시 돌아오고, 나에게 아직 그 여름을 찬탄할 능력이 있다니. 세상이 다시 눈부시게 돌아가고, 푸르고 파란 색깔을 바로 눈앞에 가져다주다니.


### 3월 22일, 목요일


이것이 『올랜도』의 마지막 쪽이고, 지금은 1시 25분 전이다. 쓰고자 했던 것은 모두 썼고, 토요일에 우리는 해외로 간다.

그렇다, 이제 『올랜도』는 끝났다. 10월 8일에 장난삼아 시작했던 것이. 그런데 내 취향치고는 좀 길어졌다. 두 마리 토끼를 쫓다가 한 마리도 못 잡은 격이다. 농담치고는 너무 길고, 진지한 책치고는 너무 경박한지 모른다. 그러나 더 이상 이런 것들을 생각하고 싶지 않다. 내 마음은 오로지 푸른 들판과, 태양과, 포도주에 굶주려 있다. 앉아서 아무것도 하지 않는 것에. 지난 6주 동안 나는 샘물이기보다는 오히려 양동이였다. 가만히 앉아 차례로 쏘아대는 총알을 맞았다. 사격장 앞을 토끼가 지나가면 친구들이 빵빵 쏘아댄다. 고맙게도 시빌이 오늘 약속을 연기했다. 그렇게 되면 다디 한 사람만 남게 되고, 내일은 고맙게도 온종일 혼자 있을 수 있다. 그러나 돌아와서는 이 토끼 사격장을 관리해야겠다고 생각한다. 또 돈벌이 문제가 있다. 차분히 앉아 매달 25파운드에 얌전한 글 한 편씩을 쓰고 싶다. 스트레스 없이 살아가고 싶다. 그리고 책을 읽는다. 읽고 싶은 책을. 사람은 마흔 여섯쯤 되면 구두쇠가 돼야 한다. 시간이 날 때는 본질적인 것에 대해서만 써야 한다. 그러나 도덕적인 고찰은 이것으로 충분하다고 생각한다. 오히려 사람을 묘사해야 한다. 다만 원해서가 아니라 의무감으로 이처럼 색깔 없이 사람을 바라다보면, 우리의 마음은 주의 깊은 관찰을 하는 데 약간 게을러진다.

습하고 바람이 부는 날씨. 내주 이맘때면 우리는 프랑스 한가운데에 있을 것이다.


## 4월 17일, 화요일

예정대로 어젯밤에 돌아왔다. 마음 속의 먼지를 가라앉히기 위해 여기 글을 쓴다. 우리들은 프랑스를 종단하고 돌아왔다. 멋진 싱어차를 타고, 그 비옥한 땅 구석구석을 지나왔다. 지금은 마을과 교회의 뾰족탑과, 여러 광경들이 머릿속에 떠오르고, 다른 것들은 가라앉는다. 그중에서도 특히 머리를 꼿꼿이 치켜들고, 평평한 땅 위를 걸어가는 달팽이 같던 사르트르 대성당[8]이 아른거린다. 교회 중에서 가장 돋보인다. 장미 꽃무늬 창은 마치 까만 벨벳 위에 놓인 보석 같다. 겉은 매우 복잡하면서도 간결하다. 길게 늘어서 있으면서도 환상적이거나 장식적이지 않도록 신경을 썼

---

8 파리 서남쪽에 있다.

다. 이 모든 것을 회색빛 날씨가 짓누르고 있었다. 그리고 때때로 밤에 비에 젖어 돌아왔던 일이며, 호텔에서 빗소리를 듣던 일이 생각난다. 종종 나는 그 고장 포도주를 두 잔가량 마시고, 깡충거리며 돌아다녔다. 상당히 급하게 진행된 벼락치기 여행이었다. 어수선한 이 기록이 말해주듯이. 한 번은 폭설이 내리는 날 산꼭대기에 있었다. 그리고 긴 터널 속에서 겁을 먹은 적도 있었다. 번번이 문명에서 약 20마일 정도 떨어진 곳에 머무르기도 했다. 어느 비 오는 날 오후, 산골 마을에서 펑크가 나는 바람에 어느 가정집에 들어가 그곳 사람들과 앉아 있었다. 선량하고, 세심하고, 예절 바른 여인. 예쁘고 수줍은 딸은 얼즈필드에 데이지라는 친구가 있다고 했다. 그들은 송어를 잡고, 멧돼지를 사냥한다고 했다. 이어서 우리는 프로라크로 갔는데, 나는 거기서 책을 한 권 발견했다. 낡은 책장에 지라르댕의 전기가 있었다. 책은 집과 함께 팔려 온 것이었다. 밤엔 늘 뭔가 맛있는 음식을 먹었고, 잠자리에는 뜨거운 물통이 있었다. 아 참, 그리고 내 상금, 프랑스 사람들한테서 40파운드를 받았다.[9] 그리고 줄리앙. 하루이틀 꽤 더웠고, 퐁뒤가르에서는 일광욕을 했다. 그리고 (단테가 지옥에 관한 아이디어를 품게 된 곳이라고 던컨이 일러주었던) 레 보. 그러는 동안에도 단어에 대한 내 욕망은 점점 더 커져, 마침내는 한 장의 종이와 펜과 잉크가 바랄 수 있는 하나의 기적처럼 생각되었다. 펜으로 종이를 긁는 행위마저도 나에게는 성스러운 위안이었다. 그리고 성 레미와 햇빛 속의 유적들. 이것들이 모두 어떻게 진행되었는지, 일들이 어떻게 서로 관련되었는지, 생각나지 않는다. 그러나 특출한 곳들은 분명하게 기억하고 있다. 오늘 오후에 『네이

---

9  『등대로』로 페미나 상을 받음. 『라 비 에뢰즈』 잡지사에서 해마다 수여하는 문학상. 심사위원은 모두 여성이나, 수상자의 성별 제한은 없다. 1904년 창시.

션』에서 레이몬드와 이야기하고 있을 때, 중요한 문제에서는 의견이 일치한다는 것을 발견했다. 그 전에 세찬 비바람 속에서 묘지[10]를 지나갈 때, 우리는 호프[11]와 교양 있어 보이는 흑인 여인을 만났다. 그들은 우리를 힐끗 쳐다보고는 그냥 스쳐 지나갔다. 다음 순간 "버지니아"라고 부르는 소리가 들려 돌아보니, 호프가 되돌아오고 있었다. "제인[12]이 어제 돌아가셨어요"라고 호프가 중얼거렸다. 반쯤 자는 듯, 정신 나간 사람처럼, "넋 나간 사람"처럼 보였다. 우리는 셸리가 자주 산책했다는 크롬웰의 딸 무덤 옆에서, 제인의 죽음을 애도하며 포옹을 했다. 제인은 묘지 밖에 마련된 뒷방에 누워 있었다. 우리가 최근에 제인을 본 곳도 그곳이었다. 제인은 베개 위에 몸을 일으키려고 했었는데, 그녀는 마치 인생이 이리저리 굴리다가 아무렇게나 내동댕이친 늙은이처럼 보였다. 기품 있고, 만족하고 있었지만, 지쳐 있었다. 호프는 더러운 흙빛 종이 같은 색깔이었다. 그러고 나서 우리는 사무실로 갔고, 일을 하기 위해 집으로 왔다. 이제부터는 열심히 일하고 또 일해야 한다.


## 4월 21일, 토요일


나는 다시 한 번 시간과 싸우면서 글을 쓰는 오래된 습관의 소용돌이에 휘말려 있다. 그러나 내가 시간에 맞춰 글을 쓴 적이 있었던가? 『올랜도』는 하나의 변덕이었고, 더 이상 여기에 시간을

---

10   브런즈윅 광장 뒤에 자리 잡은 묘지. 제인 해리슨과 호프 멀리스가 그 근처에 살고 있었다.
11   Hope Mirrlees, 1887~1978, 영국의 소설가이자 시인.
12   Jane Harrison, 1850~1928, 영국의 고전학자.

쓰지 않기로 맹세한다. 책은 9월에 나올 예정. 완벽한 예술가라면 원고를 모두 버리고, 다시 쓰고, 문장을 다듬었을 것이다. 끝도 한도 없이. 그러나 나는 이것저것 읽을거리가 있기 때문에 시간을 내야 한다. 아직 정해진 바는 없다. 나는 어떤 여름을 나는 바라고 있는 걸까? 7월 1일 이전에 16파운드를 쓸 수 있으니까 (레너드와 나는 새로운 약속을 했다.) 더욱 마음이 자유롭다. 드레스나 모자를 살 수 있고, 원한다면 좀 나다닐 수도 있다. 그러나 유일하게 흥분되는 삶은 상상 속의 삶이다. 머릿속에서 자동차 바퀴가 돌기 시작하면 돈도 별로 필요 없고, 드레스나 심지어는 로드멜의 집을 위한 찬장이나 침대, 소파도 필요 없어진다.

## 4월 24일, 화요일

오늘은 멋지고 흥분되는 여름날이다. 겨울은 으르렁거리면서 북극의 자기 집으로 도망갔다. 나는 어젯밤 『오셀로』를 읽고, 작가가 엄청나게 쏟아내는 말들과 그 말 뒤집기에 깊은 인상을 받았다. 내가 『타임스』를 위해 서평을 쓴다면 말이 너무 많다고 쓸 것이다. 셰익스피어는 긴장이 풀어졌을 때, 이처럼 말이 많아지는 것 같다. 위대한 장면들에서는 모든 것들이 꼭 맞는 장갑처럼 있어야 할 자리에 놓여 있다. 강요받지 않을 때의 우리의 머리는 단어들 사이에서 구르고 튕기곤 한다. 위대한 말의 거장들이 한 손으로 글을 쓰고 있을 때, 그들의 머릿속이 그렇다. 그런 사람은 늘 넘친다. 조무래기 작가들은 말을 아낀다. 언제나처럼 셰익스피어에게 깊은 인상을 받았다. 그러나 이 순간 내 머리는 단어에 (영어 단어에) 완전히 노출돼 있다. 단어들이 나에게 심한 타격을 가하고, 나는 그것들이 튕겨져 나가고 튀어 오르는 것을 본다. 지난 4주 동안은 프랑스어만 읽었다. 프랑스어에 관한 원고가 하나 머리에 떠오른다. 이 언어에 대해 우리가 과연 무엇을 알고 있는가에 관한.

## 5월 4일, 금요일

이 찬란한 여름 날, 차를 마시러 다우티 거리에 있는 젠킨스 양[13] 한테 가기 전에, 페미나 상에 대한 이야기를 해야 한다. 차를 마시러 가는 것은 젊은 여성에게 잘난 체하지 않기 위한 의무감에서다. 그러나 의심할 바 없이, 나는 고압적인 존재일 것이다. 하지만 오늘은 멋진 날이었다.

시상식은 지루하고 바보스러운 시간이었다. 놀랄 것도 당황스러울 것도 없는 하나의 의식이었다. 휴 월폴이 내 책이 아주 마음에 들지 않는다는 말을 했다. 더 정확히 말해 자기 책에 대한 대단한 위협이라고 했다. 유리 새 같은 로빈 양이 자기 자리에서 기어 나와 말했다. "어머니를 기억하고 있어요. 세상에서 제일 아름다운 마돈나였고, 동시에 아주 세상 물정에 밝은 분이었지요. 내 아파트에 자주 날 보러 오셨지요."(어느 더운 여름날 방문했던 일 같다) "그분은 속이야기를 하는 법이 없었어요. 갑자기 아주 뜻밖의 말을 하곤 해서, 마돈나 얼굴을 한 분이 그러니까 사람들은 그것을 '심술궂다'고 생각했지요." 이 말은 재미있었다. 그 나머지 말은 별로 인상에 남은 것이 없다. 그 일 말고는 내가 싸구려 까만 옷을 입고 있어, 추하게 보였을 거라는 오싹한 느낌만 남아 있다.

13   뒤에 유명한 전기 작가가 된다.

나는 이 콤플렉스를 어찌할 수가 없다. 새벽녘에 깜짝 놀라 깬다. 게다가 "명성"이라는 것이 추하고 짐스러워진다. 아무것도 아닌 것이 사람의 시간을 빼앗는다. 끊임없이 미국 사람들이 온다. 크 롤리, 게이지. 가지가지 제안들을 해온다.

## 5월 31일, 목요일

태양이 다시 떠올랐다.『올랜도』는 반쯤 잊어버렸다. 왜냐하면 지금 L이 읽고 있기 때문에, 이제 반은 내 소유가 아니다. 조금 더 오래 가지고 있었으면 응당 했을 손질을 하지 못했다고 생각한 다. 너무 변덕스럽고, 고르지 못하지만 군데군데 재기가 넘치는 곳도 있다. 전체적인 효과에 대해서는 뭐라고 말할 수 없다. 내 작 품 가운데서 "중요한" 것은 아니라고 생각한다. L은 이것이 풍자 라고 말한다.

L은 내가 생각했던 것 이상으로『올랜도』를 심각하게 생각하 고 있다. 어떤 점에서는 이것이『등대로』보다 낫다고 생각한다. 다루고 있는 소재가 더 재미있으며, 인생에 더 애착이 있으며, 더 폭이 넓다고. 사실을 말하자면, 장난 삼아 시작했던 일이 뒤에 가 서는 진지해진 것이다. 그래서 통일성이 부족해졌다. L은 그 점 이 매우 독창적이라고 말한다. 어쨌든 이것으로 "소설"을 쓰지 않 게 되어 기쁘다. 다시는 소설을 쓴다는 비난을 받지 않기를 바란 다. 이번에는 빽빽하게 논리적인 평론을 하나 쓰고 싶다. 소설에 관한 책. 그리고 에세이 하나(『타임스』를 위한 톨스토이론 따위 는 말고). 데즈먼드를 위해「버니 박사의 저녁 파티」를 생각하고

있다.[14] 그다음은? 나는 해치 문을 조심스레 잠가두고 있다. 그렇지 않으면 너무 많은 계획이 밀려든다. 다음에는 뭔가 추상적이고 시적인 것을 쓰고 싶은데, 모르겠다. 살아 있는 사람들의 전기를 쓴다는 생각은 상당히 마음에 든다. 오토라인이 머리에 떠오르지만 그건 안 된다. 그 원고는 모두 찢어버리고, 많은 것을 기록하고, 바깥 세상으로 과감히 나가야 한다. 6월의 날씨다. 조용하고, 화창하고, 신선하다. 라이트하우스(자동차) 때문에 나는 예전처럼 런던에 갇혀 있다는 느낌이 그다지 들지 않는다. 개인 날 저녁, 런던에 있으면서도 이제는 부러워하지 않고도 어느 날 저녁의 황무지나 프랑스를 상상할 수 있다. 그리고 런던 그 자체도 언제나 나를 매혹시키고, 자극하고, 나에게 연극과, 이야기와, 시를 들려준다. 두 발을 움직여 거리를 걷고 다니는 수고만 감내한다면. 오늘 오후 핑커를 데리고 그레이즈 인 가든즈 파크에 가서 레드 라이온 광장과 모리스의 집을 보았다. 그리고 50년대 겨울 밤의 그들을 생각했다. 우리도 못지않게 흥미로운 존재라고 생각했다. 어제 죽은 소녀가 발견됐다는 그레이트 오먼드 거리를 보았다. 사람들을 위해 기독교 이야기를 재미있게 만들어 보려는 구세군의 말을 들어 보았다. 도무지 매력이라고는 없는 젊은 남녀들이 주목을 끄느라 한바탕 농담을 하고 있었다. 이야기를 재미있게 해보려고 그러는 것 같았다. 그러나 솔직히 말해서 그들을 쳐다보고 있을 때, 나는 웃거나 비판은 하지 않지만, 참 이상하고 우습다는 생각을 한다. "주님께로 오라"는 것이 무슨 뜻인지 궁금해진다. 자기 과시욕으로 그 일부를 설명할 수 있을 것이다. 구경꾼들의 박수. 이것에 힘을 얻어 소년들이 찬송가를 부른다. 그리고 점원 소년들로 하여금 그들이 구원을 받았다고 소리 높여 선

---

14    1929년 7월에 『뉴욕 헤럴드 트리뷴』에 발표되었다.

언하게 만든다. 이 같은 이유 때문에 『이브닝 스탠더드』를 위해 글을 쓰려고 한다. 나는 스스로에게 납득할 만한 말을 하려 했는데, 아직 그러지 못했다.

## 6월 20일, 수요일

『올랜도』에 신물이 나서 아무것도 쓸 수 없다. 일주일 동안 교정을 보았다. 이제는 문장 하나도 생각해낼 수 없다. 스스로의 수다가 싫다. 어쩌자고 계속해서 말을 쏟아내는가? 그리고 독서할 힘도 거의 다 잃어버렸다. 하루에 대여섯, 일곱 시간씩 교정을 보고, 이것저것 꼼꼼하게 글을 쓰다 보니 스스로의 독서 능력을 심하게 훼손하게 되었다. 저녁을 먹고 프루스트를 집어 들었다가 다시 놓았다. 이것은 최악의 경우다. 자살하고 싶어진다. 이제 할 일이 아무것도 없어진 느낌이다. 모든 것이 싱겁고 무가치해 보인다. 이제 내가 어떻게 부활하는가를 주의 깊게 살펴보겠다. 뭔가를 읽어야겠다고 생각한다, 괴테의 전기라든가.

## 8월 9일, 수요일

······내가 이것을 쓰고 있는 까닭의 일부분은 이야기를 써야 하는 부담에서 벗어나기 위해서다. 이를테면 2주 전에 우리들이 이곳[15]에 온 이야기 같은. 우리는 찰스턴에서 점심을 먹었고, 비타가 이곳으로 왔다. 그러고는 시간이 있어 라임킬른으로 농장을

15  로드멜의 멍크스 하우스—레너드 주.

보러 갔다. 그러나 틀림없이 나는 10년 뒤면 사실 쪽에 더 흥미를 느끼게 될 것이다. 그리고 내가 책을 읽을 때처럼 세부 사항들, 상세한 점을 듣고 싶어 할 것이다. 그렇게 되면 책에서 눈을 떼고, 그 상세한 점들을 조직해서 하나의 이야기를 만들어낼 것이다. 진실이라는 것은 바로 우리 눈앞에 있을 때보다, 선별되지 않은 사실의 무더기 상태로 있을 때 이것을 근거로 훨씬 더 진실 된 것을 만들어낼 수 있는 것 같다. 지난 월요일은 날씨가 좋았던 것 같다. 우리는 라이프를 가로질러 드라이브를 했다. 좁은 길가에 있는 문에 한 여자애가 남자 친구와 서 있었다. 우리는 차를 돌리기 위해 그들의 대화를 중단시켜야 했다. 그들의 대화가 우리 때문에 강물이 막히듯 중단되었을 거라는 생각을 했다. 그들은 반은 재미로, 그러나 짜증이 나서 우리더러 왼쪽으로 가라고 일러주었는데, 도로는 보수 중이었다. 그들은 우리가 떠나서 기뻤을 것이나, 우리에게 일말의 관심을 보였다. 자동차를 타고 있는 저 사람들은 누굴까? 어디로 가는 걸까? 그리고 이 의문들은 그들의 마음 속에 가라앉고, 그들은 우리를 완전히 잊어버리고 만다. 우리는 계속 길을 재촉해 농장에 도착했다. 건조로의 꼭대기에는 우산 살 같은 것이 돌출해 있었다. 모든 것이 망가지고 색이 바래 있었다. 튜더식 농가에는 거의 창문이 없었다. 아주 작은 내닫이창들이 있을 뿐. 옛날 스튜어트 시대의 농민들은 거기서 평평한 땅을 내다보았을 것이다. 마치 빈민가의 주민들처럼 불결하고 단정치 못한 몰골로. 그러나 그들에게는 위엄이 있었다. 적어도 두꺼운 벽이 있었고, 벽난로가 있었고, 견고함이 있었다. 그런데 지금 이 집에 살고 있는 사람은 핑크빛 얼굴을 한, 호리호리하고 나이든 남자로서, 그는 안락의자에 앉아 우리에게 마음대로 보라고 했다. 그는 호프 건조로처럼 관절이 늘어지고, 얼마간 삭았고, 마치 곰팡이 낀 카펫처럼 축축하고, 밑에 요강이 삐져나온 침대처럼 더러워 보였다. 벽은 끈적거렸다. 가구는 빅토리아 시대 중기의 것이었으며, 빛은 거의 들어오지 않았다. 모두가 죽어가고 있었고, 썩고 있었다. 그는 거기서 그렇게 50년 동안 살아왔고, 누구에게 이곳을 개축시킬 만큼의 아름다움이나 힘이 없었으므로 이 집은 바스러지고 말 것이다.[16]

## 8월 12일, 토요일

이 독백을 계속할까, 아니면 청중을 가상하고 그들의 요구대로 묘사를 할까? 이 말은 지금 내가 다시 한 번(다시 한 번, 그렇다) 쓰고 있는 소설에 관한 책에 대해 하는 말이다. 소설에 관한 책은 먹고살기 위해 쓰는 책이다. 생각나는 대로 로망스에 대해, 디킨스 등등에 관해 쓴다. 오늘 저녁에는 제인 오스틴을 서둘러 읽고, 내일 뭔가를 그럴듯하게 꾸며내야 한다. 그러나 이들 평론은 모두 이야기를 쓰고 싶다는 욕망 때문에 뒤로 밀릴지 모른다. 『나방들』[17]이 내 머리 뒤통수 어디에선가에서 맴돈다. 그러나 클라이브는 어제 찰스턴에서 계급 차별은 존재하지 않는다고 말했다. 우리는 거대한 접시꽃 모양의 핑크색 불빛 아래서, 밝은 하늘색 컵으로 차를 마셨다. 모두들 시골 생활에 조금 취해 있었다. 나는 약간 목가적이라고 생각했다. 물론 아름다운 곳이었고, 시골의 평화는 부러웠다. 나무들은 모두 튼튼하게 서 있었다. 어째서 나는 나무들을 보게 되었을까? 외관은 나에게 큰 힘을 가지고 있

16   이 집은 그 뒤 보수되어 지금도 존재한다.
17   훗날의 『파도』—레너드 주.

다. 지금도 나는 거센 바람과 맞서 힘차게 날아오르는 떼까마귀들을 보면서, 본능적으로 "저것을 어떻게 표현하면 될까?"라고 자문한다. 그리고 거칠게 흐르는 공기의 흐름과, 마치 공기가 파도의 물마루나 잔물결, 사나움으로 가득 찬 것처럼, 떼까마귀들의 날개가 공기를 가를 때의 떨림을 어떻게 하면 더 선명하게 묘사할 수 있을까 생각해본다. 까마귀들은 위아래로 올라갔다 내려왔다 하는데, 마치 거친 물속에서 헤엄치고 있는 사람들처럼, 그 운동이 그들을 자극하고 고무하는 것 같다. 그러나 이처럼 생생하게 보이는 것 중에서 펜으로 그려낼 수 있는 것은 정말 얼마 안된다. 그것은 내 눈에 뿐만 아니라, 우리 인간의 모종의 신경 섬유나 부채 같은 막에 생생하게 감지되는 것이다.

## 8월 31일, 금요일

오늘이 8월 마지막 날이고, 거의 늘 그랬듯이 엄청나게 아름다운 날이다. 밖에 나가 앉아 있어도 될 만큼 매일 맑고 덥다. 그러나 하늘은 방랑하는 구름으로 가득하다. 그리고 언덕에서 나를 그처럼 황홀하게 만드는 빛의 점멸, 그것을 나는 언제나 앨러배스터(설화석고) 그릇 밑의 빛과 비교한다. 요즘 옥수수는 서너 줄, 또는 다섯 줄로 서 있는 것이 계란과 향료를 곁들인 단단하고 노란 케이크처럼 보인다. 먹음직스러워 보인다. 때때로 말이, 도스토예프스키의 표현을 빌린다면 "미친 듯이" 개울가를 달리는 것을 본다. 그리고 저 구름, 할 수만 있다면 저것을 묘사하고 싶다. 어제는 어느 구름에 흘러내리는 머리칼이 있었는데, 그것은 마치 노인의 아주 가느다란 흰 머리칼 같았다. 지금 구름은 납빛 하늘을 배경으로 하얗게 보였다. 그러나 집 뒤의 풀은 햇빛을 받아 푸르게 보인다. 오늘 나는 경마장까지 걸어가다 족제비를 한마리 보았다.


## 9월 10일, 월요일

……레베카 웨스트가 "남자들은 거드름쟁이"라고 말하자 데즈먼드가 발끈하는 것을 보고 우스웠다. 그래서 나는 『전기와 편지』에서 여류 소설가의 "한계"에 대해 잘난 체하고 사용하고 있는 말로 데즈먼드에게 응수해 주었다. 그러나 여기엔 별 악의가 없었다. 우리들의 이야기는 생산적이었다. 이야기의 어느 이음새 하나도 메마르지 않았다. 이제 우리도 나무 꼭대기의 둥지로 돌아오는 떼까마귀들처럼 돌아가야 하지 않나요? 저들의 까욱거리는 울음소리는 둥지에서 밤을 지낼 시간이 되었다는 것을 알려주는 것은 아닌지요? 몇몇 친구들한테서 뭔가 다정하고 감동적인 진심을 본 듯하다. 그리고 친하게 지내는 즐거움도. 마치 해가 저무는 것 같이. 해가 지고 나의 육체도 식어가는 것을 느낄 때, 그런 이미지가 종종 내 마음 속에 떠오른다. 내 존재의 낡은 원판이 식듯이, 그러나 이것은 시작에 불과하다. 이제 우리는 달처럼 차가운 은빛으로 바뀔 것이다. 올해는 매우 활기찬 여름이었다. 사람들과 마음껏 터놓고 지낸 여름이었다. 여기서 우리는 자주 성역이나 수녀원으로 들어와 종교적인 운둔 생활을 했다. 한번은 커다란 고뇌를 경험했고, 항상 얼마간의 두려움이 있었다. 그처럼 사람은 고독을, 그릇 밑바닥까지 보는 것을 두려워하는 것이다. 8월에도 여러 번, 이곳에서 내가 맞본 경험 가운데

하나이다. 그때 나는 내가 "리얼리티"라고 부르는 것에 도달하게 된다. 리얼리티란 내 바로 앞에서 보는 어떤 것이다. 뭔가 추상적인 것. 그러나 언덕이나 하늘에 있는 것. 그것에 비하면 무엇 하나 중요한 것이 없다. 그 안에서 나는 쉬고, 계속해서 존재할 것이다. 나는 그것을 리얼리티라고 부른다. 그리고 때때로 리얼리티가 나에게 가장 필요한 것이라고 생각한다. 나는 계속해서 그것을 찾는다. 그러나 누가 알랴, 일단 펜을 들고 쓰기 시작하면? 리얼리티는 하나인데, 우리가 글을 쓸 때는 리얼리티를 이런 것, 저런 것으로 만들지 않을 수 없다. 그러나 어쩌면 이것이 내 재주인지도 모른다. 아마도 그 재주가 나를 다른 사람들과 구별하는 것인지도 모른다. 리얼리티를 만들어내는 것에 이처럼 날카로운 감각을 갖는다는 것은 드문 일일지 모른다고 나는 생각한다. 그러나, 반복하거니와, 누가 알랴? 내가 이것을 표현할 수 있었으면 좋겠다.

## 9월 22일, 토요일

이번 여름은 세상에서 가장 멋진 여름이었다. 뿐만 아니라 가장 사랑스러운 여름이었다. 아직 바람이 부는데도 참으로 맑고 청명하다. 그리고 구름은 유백색이다. 내 눈에 보이는 지평선 위의 헛간은 쥐색이고, 건초는 옅은 금빛이다. 들판을 소유하게 된 다음부터는 로드멜에 대한 내 감정에 새로운 광택이 더해졌다. 나는 파고들어 이 고장에 나를 심고, 이곳의 일부가 되기 시작했다. 만약 돈이 생긴다면 이 집에 한 층을 더 올리겠다. 그러나 『올랜도』에 관한 뉴스는 어둡다. 출판되기 전에 『등대로』 판매량의 3분의 1쯤 팔릴지 모르겠다. 어떤 책방도 여섯 권이나 열두 권씩

밖에 사려고 하지 않는다. 아무도 전기 따위는 원하지 않으니 어쩔 수 없는 노릇이라고 그들은 말한다. 그러나 이것은 소설인데, 라고 리치 양[18]이 말한다.

하지만 그들은 첫 장에 전기라고 쓰여 있지 않습니까, 그러니 전기물 칸에 꽂아야지요, 라고 말한다. 그러니 출판 비용 건지기도 쉽지 않을 것이다. 이 책을 전기라고 부르며 재미있어 했던 비싼 대가다. 게다가 나는 이 책이 내 책 중에서 가장 대중적이라고 그처럼 확신했는데! 그리고 책값은 9실링이 아니고 10실링 6펜스나 혹은 12실링 6펜스로 잡아야 한다고 말한다. 아이고, 맙소사! 은행의 예금이 바닥나기 전에 올 겨울 몇 편의 원고를 써야 한다. 지금 나는 소설에 관한 책에 결사적으로 매달리고 있다. 지금 급하게 쓰고 있는 도로시 오스본이 아니었더라면 초벌 원고는 끝났을 것이다. 다시 쓰기는 해야겠지만 힘든 일은 끝난 셈이다. 연달아 책을 읽어대야 하는 일말이다. 이젠 무엇을 읽어야 하나? 그 소설들은 오랫동안 내 마음 속에 남아 있었다. 그 소설들과 헤어진다는 것은 고마운 일이다. 영시나 프랑스 전기물들을 읽자. 『알려지지 않은 사람들의 전기』라는 제목의 책을 위한 독서를 할까? 그리고 『나방들』은 언제 시작하나? 그 곤충들에게 내몰리기 전까지는 시작하지 않을 것이다. 또 그 책이 어떤 모양을 갖추게 될지 전혀 감이 잡히지 않는다. 완전히 새로운 시도가 되리라고 생각한다. 나는 늘 그렇게 생각한다.

18  외판원이었다―레너드 주.

# 10월 27일, 토요일

　말도 안 되는 일이다. 이처럼 다리 위에 기대고 서서, 그처럼 많은 시간이 흘러가는 것을 바라다보고 있다니 말도 안 된다. 기대고 서 있었던 것만은 아니다. 초조하게, 흥분해서, 불안하게 이리저리 뛰어다녔다. 강물은 악의에 차서 맴돌고 있다. 왜 나는 이런 비유를 하는 걸까? 오랫동안 아무것도 쓰지 않았기 때문이다. 『올랜도』는 출판되었다. 나는 비타와 함께 버건디에 갔다. 눈 깜짝할 사이에 지나갔다. 모든 것이 지리멸렬이다. 내가 바라는 것은 바로 이 순간, 토요일 저녁 6시 8분 전부터 완전히 다시 집중할 수 있게 되는 것이다. 일기가 끝나면 패니 버니의 일기를 집어 들고, 그 원고를 열심히 쓰자. 불쌍한 맥키 양[19]이 그 일로 전보를 보내왔다. 나는 읽고 생각할 것이다. 9월 26일 프랑스로 떠날 때부터 나는 독서하는 일과 생각하는 일을 중단했다. 돌아와서는 런던 생활과 출판 일에 몰두했다. 나는 『올랜도』에 조금 식상했다. 누가 뭐라고 생각하든 나는 약간 무관심해졌다. 산다는 즐거움은 행하는 것에 있다.[20] 늘 그렇듯이 나는 잘못 인용하고 있다. 내 말뜻은 나를 흥분시키는 것은 쓰는 일이지, 읽힌다는 사실이 아니라는 것이다. 그리고 사람들이 내 글을 읽는 동안은 쓸 수가 없기 때문에, 항상 마음이 좀 허전해진다. 그러면 마음에 흥을 돋우어 보지만, 고독 속에 있을 때만큼 행복하지 않다. 그들이 하는 말에 의하면, 책에 대한 반응은 기대 이상이다. 첫 주 판매량은 기록적이었다. 내가 느긋하게 칭찬에 젖어 있을 때, 『옵저버』에서

---

19　헬렌 맥어피(Helen MacAfee, 1884~1956)의 잘못. 『예일 리뷰』의 편집장이며 비평가.

20　참조. '…Women are angels, wooing: Things won are done; joy's soul lies in the doing.' —Shakespeare, 『*Troilus and Cressida*』 I, ii, 278~279.

스콰이어가 짖어댔다.[21] 그러나 지난 일요일 백스에서 단풍이 흩날리고, 그 빛으로 밝게 빛나는 곳에 앉아 스콰이어의 글을 읽고 있을 때, 나는 내 자존심의 바위가 내 안에 끄떡 않고 버티고 있는 느낌을 받았다. "스콰이어의 글은 결코 나를 다치게 하지 못한다"라고 나는 자신에게 말했다. 지금도 마찬가지다. 그리고 확실히, 밤이 되기 전에, 마음이 가라앉고 평온해졌다. 그리고 『모닝 포스트』에서 휴가 다시 사탕발림을 했고, 레베카 웨스트는 너무 나팔을 불어대서(그게 그녀다운 방식이다) 나는 약간 멋쩍고, 바보스럽다는 느낌이 들었다.[22] 이쯤에서 끝났으면 좋겠다.

고맙게도 여자들한테 강의를 해야 하는 긴 고역이 방금 끝났다. 거튼에서 강연을 마치고, 비가 쏟아질 때쯤 돌아왔다. 굶주렸으나 용기 있는 젊은 여성들, 이것이 내가 받은 인상이다. 머리가 좋고, 열심이며, 가난하다. 그리고 떼를 지어 학교 선생이 되도록 운명 지어졌다. 와인을 마시고, 자기만의 방을 갖도록 하십시오, 라고 담담하게 말해줬다. 어찌하여 인생의 모든 호사와 사치는 남성인 줄리언이나 프랜시스에게만 주어지고, 여성인 페어[23]나 토마스[24]에게는 주어지지 않는 것인가? 어쩌면 그것을 별로 좋아하지 않는 줄리언이 있을지도 모른다. 때때로 나는 세상이 변해 간다고 생각한다. 나는 이성이 확산되는 것을 볼 수 있다고 생각한다. 그러나 나는 인생에 대해 더욱 가깝고, 속 깊은 지식을 가졌으면 했다. 실제적인 일을 다루고 싶었던 적도 있다. 하루 저녁

---

21 스콰이어는 "the author had no gusto in the writing"이라고 말하고, 『올랜도』는 "entertain the drawing-room for an hour"라는 등의 말을 하고 있다.

22 레베카 웨스트는 『올랜도』가 "a poetic masterpiece of the first rank"라고 적고 있다.

23 엘시 엘리자베스 페어(Elsie Elizabeth Phare, 1908~?)는 당시 뉴넘 대학의 학생으로, 나중에 제럴드 맨리 홉킨스와 앤드류 마블의 권위자가 된다.

24 당시 학생이었던 마거릿 엘렌 토마스(Margaret Ellen Thomas, 1907~?)는 울프를 초청한 학생들 가운데 하나였다.

그런 이야기를 하면 가슴이 울렁거리고, 활력이 넘치는 것을 느낀다. 내 안에 있던 모나고 분명치 않던 것들은 부드럽게 펴지고 분명해진다. 개인의 가치란 보잘것없는 것이라고 생각한다. 누군들 무슨 값어치가 있겠는가. 인생이란 얼마나 빠르고, 맹렬하고, 당당하게 지나가 버리고 마는 것일까. 그리고 살겠다고 헤엄치고 있는 저 수천의 군중들. 나도 나이가 들고 성숙했다는 느낌이 든다. 그렇다고 아무도 나를 존경하는 사람은 없다. 그녀들은 매우 열심이고, 자기중심적이었다. 오히려 나이나 명성 따위를 대수롭게 여기지 않는다고 하는 편이 맞을 것이다. 경외감 따위는 거의 가지고 있지 않았다. 거튼의 복도는 무시무시한 높은 교회의 둥근 천장처럼 보였다. 여기저기 등이 하나씩 켜진 차갑고 반짝이는 복도는 길게 이어져 있었다. 천장이 높은 고딕풍의 방들. 반들거리게 닦아놓은 밝은 밤빛의 나무판자가 끝도 없이 이어져 있었다. 여기저기 사진이 걸려 있었다.

## 11월 7일, 수요일

그리고 이것은 나 자신의 즐거움을 위해 쓰는 것이다. 그러나 이런 표현이 나를 망설이게 만든다. 왜냐하면 만일 자기 자신만을 위해 글을 쓴다고 할 때, 어떤 일이 벌어질지 나는 알지 못하기 때문이다. 글 쓰는 습관은 깨지고, 그 결과 글을 전혀 쓰지 않게 될 것이다. 나는 수면제 때문에 머리가 상당히 아픈데다, 흐릿하고 멍하다. 이것은 『올랜도』의 여파 같다(이 말의 뜻은 무엇인가? 무심코 트렌치[25]를 열어보았으나, 분명히 아무 설명도 없

25 리차드 체네빅스 트렌치가 편집한 『*A Select Glossary of English Words used formerly*

다). 하긴 그렇다. 여기에 글을 쓰면서부터, 대중들 눈에 나는 2인치 반쯤 커졌다. 이제 나는 저명한 작가들 중 한 사람이 되었다고 말해도 좋을 것 같다. 레이디 쿠나드[26]와 차를 마셨다. 그녀하고는 언제나 점심이나 저녁을 같이 할 수 있었다. 가보니 레이디 쿠나드는 작은 모자를 쓰고 전화를 하고 있는 중이었다. 혼자 조용히 이야기한다는 것, 그것은 그녀의 스타일이 아니다. 레이디 쿠나드는 속을 다 털어놓기에는 너무 영리하다. 그녀의 특징은 거침없이 내키는 대로 이야기하는 것인데, 그러기 위해서 굳이 주위에 사람이 필요하지는 않다. 어리석고 작은 잉꼬 같을 얼굴을 한 여인. 그러나 잉꼬만큼 어리석지는 않다. 나는 레이디 쿠나드에게 걸맞는 최상급의 형용사를 찾으려고 애썼으나, 환상의 날개를 펼 수가 없었다. 종복들? 괜찮기는 한데 조금 진부하고 우호적이다. 대리석 바닥? 괜찮기는 한데 조금 매력이 부족하다. 적어도 나에게는 심금을 울려주는 것이 없다. 이렇게 두 사람이 얼굴을 맞대고 앉아 있으면, 판에 박히고 김빠진 이야기밖에 나올 것이 없다. 이 책은 토마스 브라운 경을 생각나게 하는군요, 우리 시대의 가장 위대한 책이지요, 라고 실업가 부인이 약간 단조로운 말투로 나에게 말하는데, 꽃다발에 둘러싸여 샴페인을 마시면서 하는 말이 아니라면 나는 이런 투의 말을 믿지 않는다. 그때 도네갈 경이 들어왔다. 그는 입심 좋은 아일랜드 청년인데, 피부 색깔은 거무스레한데다, 혈색이 나쁘고, 약삭빠른 인간으로 편집 일을 하고 있었다. "그들이 당신을 거지 취급을 하지 않던가요?"라고 내가 물었다. "전혀 아닌데요"라고 도네갈 경이 대답했다. 후작씩이나 된 사람이 남한테 거지 취급을 받는다는 말에 놀라워

*in senses different from their present」*(1859).

26  Maud Cunard, 1872~1948, 미국 출신의 부유한 미망인. 그녀에게 초청된다는 것은 예술계에서 인정받는다는 것을 의미했다.

했다. 그리고 우리는 층계와 무도실에 걸려 있는 그림을 보기 위해 위로 올라가서, 마침내는 C 부인의 침실로 갔다. 거기엔 온통 꽃 그림이 걸려 있었다. 침대에는 장밋빛 비단으로 만든 삼각형의 차양이 달려 있었다. 창은 모두 광장을 향해 있었고, 녹색의 비단 커튼이 걸려 있었다. C 부인의 화장대는(내 것과 같았으나 금빛으로 칠을 했다.) 열린 채였고, 금색 머리 빗과 손거울이 보였다. 또한 금빛 슬리퍼 위에는 금빛 양말이 얌전하게 놓여 있었다. 여위고 늙은 엄지공주를 위해 이 모든 장식품이 필요하다니. C 부인이 두 개의 커다란 자동 연주 악기를 울려서, 나는 침대에 누워 이것을 듣느냐고 물었다. 그렇지 않다고 했다. C 부인은 그 같은 엉뚱한 일을 할 만한 사람이 아니었다. 중요한 것은 돈이다. C 부인은 색빌 부인이 오면 꼭 뭔가를 속여서 빼앗아간다는 꽤 지저분한 이야기를 들려주었다. 한번은 흉상을 가져갔어요. 5파운드짜리였지만, 그것을 사는 데는 1백 파운드나 들었다는 것이다. 또 어떤 때는 놋으로 만든 문 두드리는 쇠고리를 가져갔다고 했다. "게다가 그녀의 수다란, 정말 참기 힘들지요……" 어쩌다 흔해빠진 지저분한 이야기의 속을 들여다보고 말았다. 그 불쾌한 공기를 정화하는 것은 보통 일이 아니었다. 그러나 틀림없이 C 부인은 그녀 나름의 날카로움, 인생에 대한 매서운 비판력을 가지고 있었다. 그러나 나는 꼭 조이는 구두 발끝으로 걸어 집으로 오는 도중, 그 안개 속에서, 그 추위 속에서, 마치 모험을 하듯 문을 열고 들어갔을 때, 그 안에서 쾌활하고 재미있는 진짜 사람, 이를테면 네사나, 던컨이나, 로저 같은 사람을 만날 수 있다면 얼마나 멋질까 하는 생각을 했다. 누군가 신선하고, 정신이 진동하는 그런 사람을 만나게 된다면. 쿠나드나 콜팩스 같은 사람들은 거칠고 통속적이고 지루하다. 비록 그들이 인생이라는 사업에서는 비범한 능력을 가지고 있을지라도.

다음에 무엇을 써야 할지 생각이 나지 않는다. 지금 형편은 다음과 같다. 『올랜도』는 물론 매우 활발하고, 재기 넘치는 책이다. 그렇다, 그러나 나는 탐구하려 들지 않았다. 항상 탐구만 하고 있어야 하는가? 그렇다, 라고 생각한다. 왜냐하면 나의 반응이 보통 때와는 다르기 때문이다. 이 나이가 되고서도 그것을 가볍게 떨쳐 버릴 수가 없다. 『올랜도』는 나에게 직선적인 문장을 쓰는 법을 가르쳐주었다. 연속성과 이야기의 구성을 가르쳐주었고, 현실이 가까이에 오지 못하도록 하는 방법을 가르쳐주었다. 그러나 물론 나는 다른 어려움은 고의로 피했다. 『등대로』에서 그랬듯이, 내 내면의 한계까지 내려가지도 않았고, 모양새를 다듬지도 못했다.

그러나 『올랜도』는 확실하게 분명하고 압도적인 충동이 가져다준 결과물이다. 나는 장난을 하고 싶었다. 나는 공상을 하고 싶었다. 그리고 나는 (그리고 이것은 중요한 사실인데) 사물에 만화적 가치를 부여하고 싶었다. 이 기분은 아직도 내 주위를 맴돌고 있다. 나는 역사를 써보고 싶다. 이를테면 뉴넘 대학이나, 같은 기분으로 여성운동에 관한 역사를. 이 기분은 내 안의 깊은 곳에 있다. 적어도 반짝이며 절박한 상태로. 그러나 이것이 칭찬에 자극된 것은 아닌가? 지나치게 자극을 받은 것은 아닌가? 천재를 쉽게 하기 위해서는 재능이 담당해야 할 직무가 있다는 것이 내 지론이다. 내 말은 사람들은 즐길 줄도 알아야 한다는 것이다. 재능이 단순한 재능일 때는 사용되지 않은 재능이다. 반면 재능이 진지할 때는 일을 한다. 이처럼 한쪽이 다른 한쪽을 쉽게 한다.

그렇다, 그러나 『나방들』은? 그것은 추상적이고, 신비스럽고, 맹목적인 책이 될 터였다. 즉 하나의 시극. 지나치게 신비적이고,

지나치게 추상적인 것은 허세일는지 모른다. 이를테면 네사나 로저, 그리고 던컨과 에델 샌즈[27]가 그 시극에 감탄한다고 해도. 그러나 이것은 타협할 수 없는 나의 일면이다. 따라서 저들의 칭찬을 받는 편이 낫다.

그리고 어떤 평론가는 문체라는 점에서 내가 하나의 위기에 직면했다고 말한다. 너무 유창하고 매끄러워서, 독자들 머릿속을 물처럼 빠져나간다는 것이다.

이 병은 『등대로』에서 시작됐다. 처음 부분은 미끄러지듯 흘러갔다. 나는 얼마나 쓰고 또 썼던가?

이번에는 『댈러웨이 부인』이나 『제이콥의 방』에서처럼, 억제되고 단단한 문체로 쓸까?

요는 다른 책들을 쉽게 해주는 책을 쓰는 것이다. 다양한 문체와 주제들. 왜냐하면 결국 내 기질 속에는, 내가 하는 말이거나 남이 하는 말이거나, 어떤 것의 진실도 믿지 않으려는 면이 있기 때문이다. 그리고 항상 맹목적으로, 본능적으로 낭떠러지에서 어떤 것 — 어떤 것이 부르는 소리를 따라 맹목적으로, 본능적으로 뛰어내리는 듯한 느낌으로 따라가려고 한다. 그러니 이제 『나방들』을 쓴다면, 이런 신비스러운 감정들과 직면하지 않으면 안 된다.

X[데즈먼드]는 우리들의 일요일 산책을 엉망으로 만들었다. 이제 데즈먼드에게선 곰팡내가 나고, 그는 나를 우울하게 만든다. 그러면서도 데즈먼드는 사리를 분별할 줄 알고, 또 매력적인 사람이다. 어떤 일에도 놀라지 않고, 어떤 일에도 쇼크를 받지 않는다. 그 모든 일들을 겪어보았다는 느낌이다. 기차의 3등 칸에서 밤새 앉아 있던 사람처럼, 밀가루 반죽 방망이로 밀어낸 듯, 매끄럽고 젖은 채로, 주름지고 구겨진 사람 같았다. 데즈먼드의 손가

27    Ethel Sands, 1873~1962, 영국의 화가.

락은 담배에 누렇게 찌들어 있었다. 아래턱의 이빨이 하나 빠져 있었다. 머리칼은 축축했고, 눈은 더욱더 흐릿해졌다. 하늘색 양말에는 구멍이 나 있었다. 그런데도 데즈먼드는 결연하고 단호하다. 이 점이 나를 그처럼 우울하게 만든다. 자기 생각만이 옳다고 생각하는 모양이었다. 우리들 생각은 변덕이고, 탈선이라고. 그러나 만약에 그의 생각이 옳다면 틀림없이 살아갈 목적은 하나도 남지 않을 것이다. 기름기 있는 비스킷 조각 같은 목적도 없어진다. 그리고 남정네들의 자기중심주의는 나를 놀라게 하고, 쇼크마저 준다. 내가 아는 여자들 가운데 내가 혹시나 바쁘거나 피곤하거나, 혹은 지루하지나 않을까 염려하는 기색도 없이 내 안락의자에 3시부터 6시 반까지 앉아 있을 수 있는 사람이 과연 있을까? 그렇게 앉아서는 자기 고민이나 골칫거리를 중얼거리고 투덜댈 사람이 있을까? 초콜릿을 먹고, 책을 보다가, 마침내는 흐뭇해져서 일종의 막연한 자기만족에 휩싸여 징징거리면서 일어서 가는 사람이 있을까? 뉴넘 대학이나 거튼 대학의 여학생들은 그러지 않을 것이다. 그들은 훨씬 더 쾌활하고, 훨씬 더 예의가 있다. 그들에게서 저런 뻔뻔스러움은 찾아볼 수 없다.

## 11월 28일, 수요일

아버지 생신. 살아계셨으면 96세가 되었을 것이다. 그렇다, 오늘로 96세다. 그도 다른 사람들처럼 96세가 될 수 있었지만, 고맙게도 그렇게 되지는 않았다. 그랬더라면 그의 인생이 내 인생을 완전히 끝장내 버렸을지 모른다. 그렇다면 어떻게 됐을까? 나는 글도 쓰지 못했을 것이고, 책도 없었을 터, 생각할 수 없는 노릇이다.

1928(올해)

1832(아버지가 태어난 해)


옛날에 나는 매일같이 아버지와 어머니 생각을 하곤 했다. 그러나 『등대로』를 쓰고 난 다음에, 나는 그들을 내 마음 속에 묻어 버렸다. 그래서 지금은 아버지가 때때로 마음 속에 돌아오기는 하지만, 이전과는 다르다. (다르다는 것이 진실이라고 믿는다. 즉 내가 이들 두 분에게 건강을 해칠 정도로 정신적 압박을 받아왔다는 사실. 따라서 그들에 대해 글을 쓸 필요가 있었다.) 이제 아버지는 좀 더 동시대인의 모습을 하고 내 마음 속에 되돌아온다. 언젠가는 그가 써놓은 것을 읽어야 한다. 다시 예전처럼 느끼고, 다시 그의 목소리를 듣고, 이건 다 아는 이야기라고 말할 수 있을까?

이처럼 세월은 흘러간다. 가끔 나는 자문해본다. 어린애가 은빛 공에 홀리듯, 나는 인생에 의해 최면에 걸린 것은 아닐까, 라고. 그리고 이것이 산다는 것이냐, 고. 이것은 매우 빠르고, 반짝거리고, 자극적이다. 그러나 어쩌면 천박할는지 모른다. 나는 인생이라는 공을 두 손에 들고, 그 둥글고, 매끄럽고, 무거운 감촉을 조용히 느끼면서, 그렇게 며칠이고 가지고 있고 싶다. 프루스트를 읽어야 할 것 같다. 앞으로 뒤로 왔다 갔다 하면서 읽을 것이다.

내 다음 책으로 말하자면, 나는 내 마음 속에서 절박해질 때까지 쓰는 일을 자제할 것이다. 잘 익은 배처럼, 내 마음 속에서 무겁게 익어, 늘어지고 터지게 되어, 잘라주지 않으면 떨어진다고 소리칠 때까지. 『나방들』은 아직도 나에게서 떨어지지 않는다. 언제나처럼 오후 차 마시는 시간과 저녁 식사 시간 사이에, L이 축음기를 틀고 있는 사이에 청하지도 않았는데 나타난다. 나는 한두 페이지를 쓰다가는 중단한다. 확실히 나는 몇 가지 문제점에 봉착하고 있다. 우선 명성의 문제가 있다.『올랜도』는 매우 성공적이었다. 그런 식으로 계속해서 써나갈 수 있다. 그렇게 하라고들 성화다. 사람들은 그 작품이 자연스럽고 편안하다고 말한다. 그리고 나도 할 수만 있다면, 다른 특징을 잃지 않고 그런 특성들을 지키고 싶다. 그러나 이런 특성은 대개 다른 특성을 희생시킨 결과다. 다시 말해 외면적으로 글을 쓴 결과다. 만약에 깊이 파내려간다면 이런 특성을 잃게 되지 않을까? 그리고 내면적인 것과 외면적인 것에 대한 내 태도는 무엇인가? 어느 정도 글을 편안하게, 탄력을 받아 써내려 가는 것은 좋다고 생각한다. 그렇다. 외면성마저도 좋다고 생각한다. 이 둘을 합치는 것도 틀림없이 가능할 것이다. 지금 금방 떠오른 생각이지만, 내가 하고 싶은 것은 모든 원자들에게 생기를 불어넣는 일이다. 다시 말해 모든 쓰레기와 죽은 것, 불필요한 것들을 없애버리는 일이다. 한순간 안에 무엇이 들어 있든지 간에, 그 순간 전체를 그려낼 것. 그 순간이 생각과 감각이 합쳐진 것이라고 하자. 바다의 소리 같은. 폐기물과 죽은 것들은 이 순간에 속하지 않는 것을 포함시키는 데서 온다. 사실주의자들의 저 무서운 서술 방법. 이를테면 점심 식사부터 저녁 식사 때까지의 묘사. 그것은 거짓되고, 비현실적이고, 단지 관습적인 것에 불과하다. 시가 아닌 것을 왜 문학에 끼워넣는가, 시는 생기를 불어넣는다. 소설가들에 대한 내 불만이 바로 이런 것이 아니었던가? 그들이 가릴 줄을 모른다는 사실. 시인들은 사물을 단순화해서 성공한다. 실제적으로 모든 것이 삭제된다. 그런데 나는 모든 것을 넣으면서, 그것들에게 생기를 불어넣고 싶다.『나방들』에서 내가 하고 싶은 것이 바로 그것이다. 이 작품 안에는 난센스도, 사실도, 지저분한 것도 들어 있어야 한다. 그러면서 투명해야 한다. 입센이나 셰익스피어, 그리고 라신을 읽어야겠다고 생각한다. 그리고 그들에 관해 뭔가를 쓰자. 내 머리 구조가 그렇다 보니, 이것이 가장 좋은 자극제가 될 것이다. 읽을 때는 맹렬하게, 그러면서 정확하게 읽자. 그렇지 않으면 나는 자꾸만 건너뛰게 된다. 나는 게으른 독자니까. 아니, 그렇진 않다. 나는 내 머리가 무자비하게 엄격한 것에 놀라고, 약간 불안해한다. 내 머리는 읽고 쓰는 일을 그칠 줄 모른다. 나로 하여금 제럴딘 쥬즈베리[28]에 관해, 하디에 관해, 여성 문제에 관해 끊임없이 글을 쓰게 만든다. 나는 너무 프로가 되어버려 이미 꿈꾸는 아마추어는 될 수 없다.


## 12월 18일, 화요일

L이 방금 들어와서 『올랜도』의 제3판에 대해 의논했다. 발주했다. 지금까지 6,000부 이상 팔렸다. 아직도 활발하게 팔리고 있다. 이를테면 오늘은 150부. 대부분의 날은 50부나 60부. 나는 늘 놀라고 있다. 그러다 말 것인가, 아니면 계속될 것인가? 어쨌든 내 방은 안녕하다. 결혼 후 처음으로, 그러니까 1912년부터 1928년까지, 16년 만에 처음으로 나는 돈을 쓰고 있다. 그러나 아직 소비용 근육의 움직임이 자연스럽지 않다. 죄스러운 느낌이 든다. 사야 한다는 것을 알 때도 사는 것을 뒤로 미루게 된다. 그러나 내 호주머니 안에 동전이 넉넉히 있다는 기분 좋은 사치스러운 느낌을 맛보고 있다. 전에는 매주 13실링의 용돈이 늘 부족하거나, 다 써버렸거나 했다.

28  Geraldine Jewsbury, 1812~1880, 영국의 비평가이자 소설가.

# 1929년(47세)

## 1월 4일, 금요일

그런데 인생은 아주 견실한 것일까, 아니면 매우 덧없는 것일까? 이 두 가지 모순이 내 머릿속에서 떠나지 않는다. 지금까지 늘 그래왔고, 또 앞으로도 영원히 그럴 것이다. 이 두 모순은 지금 이 순간 내가 서 있는 세계의 깊은 곳까지 다다른다. 다른 한편으로 이 두 모순은 일시적인 것이고, 곧 날아가 버릴 투명한 것이기도 하다. 나는 파도 위의 구름처럼 지나가 버릴 것이다. 비록 우리들은 변하고, 차례로 잇달아 그처럼 빠르게, 빠르게 날아가더라도, 우리네 인간은 연속적이고 계속적이어서 우리는 스스로를 통해 빛을 발하는 것인지 모른다. 그러나 빛이란 무엇인가? 나는 인생의 무상함에 너무 깊은 인상을 받아서, 종종 안녕이라는 인사를 한다. 이를테면 로저와 식사를 하고 난 뒤나, 앞으로 몇 번이나 네사를 더 만날 수 있을까, 하는 생각을 하고 난 뒤에.

# 3월 28일, 목요일

정말로 부끄러운 일이다. 새해가 시작되고 나서 이처럼 오랫동안 일기를 쓰지 않은 적은 없다. 사실은 1월 16일에 우리는 베를린에 갔고, 그 뒤 3주 동안은 병상에 누워 있었고, 그 뒤 아마도 3주 동안은 글을 쓸 수가 없었다. 그리고 나서 예의 폭발적인 창작활동에 에너지를 모두 다 써버리고 말았다. 침대에 누워 구상했던 것, 즉『여성과 소설』의 마지막 원고를 마쳤다.[1]

늘 그렇듯이 이야기를 적는 것이 귀찮다. 다만 오늘 오후 토트넘 코트 가에서 네사를 만났던 일만은 적어두겠다. 우리 모두 추억의 흐름 속에 깊이 빠져, 그 속을 헤엄치고 다녔다. 네사는 4개월 예정으로 수요일에 떠난다. 인생이 우리 둘을 갈라놓기보다 오히려 더 가깝게 만드는 것은 괴이한 노릇이다. 나는 팔 밑에 찻잔이나, 축음기판이나, 양말 따위를 끼고 다니면서 참으로 많은 것들을 생각하고 있었다. 리치먼드에 살 때, 내가 "의의 깊은"이라고 불렀던 그런 날 중의 하루였다.

봄에 관해 내가 늘 하던 말을 다시 반복하지 말아야 할 것 같다. 인생은 계속해서 앞으로 나아가는 것이므로, 우리는 항상 새로운 이야기를 발명해 내야 할는지 모른다. 우리는 멋진 문체도 만들어 내야 한다. 확실히 내 머릿속에는 항상 많은 새로운 아이디어들이 끊임없이 샘솟고 있다. 그 가운데 하나가 예를 들어, 앞으로 몇 달 동안 수녀원에 들어가 내 마음 속에 침잠해 보자는 것이다. 블룸즈버리는 끝났다. 지금 나는 어떤 것에 직면하려고 한다. 그로 인해 상당히 고독하고 고통스러운 모험과 공격의 계절이 될

---

1  10월에 케임브리지 대학에서 행한 강연들을 근거로 한 것인데, 이것이 발전하여 뒤에『자기만의 방』이 된다.

것이다. 그러나 새로운 책을 위해 고독은 좋은 것이다. 물론 친구들도 사귈 것이다. 겉으로는 내가 외면적인 생활을 하는 것으로 보일 것이다. 우아한 옷도 좀 사고, 새로운 집을 방문할 것이다. 그러는 동안 줄곧 나는 마음 속에 자리 잡고 있는 이 모난 형태에 공격을 가할 것이다. 『나방들』(이라고 부르게 된다면)은 제법 모서리가 분명해질 것이다. 그러나 나는 그 틀에 만족하지 않는다. 게다가 이처럼 갑자기 많은 작품을 쓴다는 것은 단순한 능변일지 모른다. 옛날에 내 책들은 문자 그대로 수정을 도끼로 찍어낸 문장들로 이루어져 있었다. 그런데 지금 내 마음은 더없이 초조하고, 조급하고, 어떤 의미에서는 필사적이기까지 하다.

## 5월 12일, 일요일

L이 차를 마시고 읽을 수 있도록 『여성과 소설』의 마지막 원고를 방금 끝냈으므로 여기서 중단하겠다. 식상했다. 이제는 멈췄다고 낙천적으로 생각했던 펌프가 다시 움직이기 시작한다. 『여성과 소설』에 대해서는 자신이 없다. 찬란한 에세이? 그럴지도 모른다. 이 안에는 많은 노력이 들어갔다. 많은 의견들을 졸여서 일종의 젤리를 만든 다음, 될 수 있는 대로 빨갛게 물을 들였다. 그러나 나는 다시 출발하고 싶어 좀이 쑤신다. 쉽사리 한계를 만들어 내는 시야에 방해 받지 않고 글을 쓰고 싶다. 이 책에서 내 청중은 너무나 가까이에 있다. 사실들은 잘 다듬어져 서로 조화를 이루고 있다.

# 5월 28일, 화요일

『나방들』에 대해서. 어떻게 시작하면 될까? 어떤 책으로 만들면 될까? 이렇다 할 큰 충동이 느껴지지 않는다. 열병 같은 것도 없다. 있는 것은 오로지 어려움이라는 커다란 압력뿐. 그렇다면 왜 그걸 쓰는가? 도대체 글은 왜 쓰는가? 매일 아침 나는 재미 삼아 짤막한 이야기를 스케치한다. 그러나 이들 스케치들이 어디든 쓸 모가 있다고 말하려는 것은 아니다. 나는 이야기를 쓰려는 것이 아니다. 그러나 그렇게 해서 이야기가 만들어지는 것인지도 모른다. 생각 중인 하나의 정신. 그것은 빛의 섬들일 수 있다. 내가 표현하려는 흐름 속에 있는 섬들. 흘러가고 있는 인생 그 자체. 나방들의 강력한 흐름이 이쪽으로 온다. 중앙에는 하나의 램프와 꽃병. 꽃은 항상 변할 수 있다. 그러나 각 장면 사이에는 내가 지금 생각할 수 있는 것보다 더 많은 통일성이 있어야 한다. 그것은 자서전이라 불러도 좋다. 어떻게 하면 나방들이 몰려오는 사이에 다른 것보다 더 강력한 하나의 공간, 혹은 하나의 막을 만들 수 있을까? 만약 장면들만으로 이루어진다면? 여기가 시작이고, 여기가 중간이고, 여기가 클라이맥스라는 느낌이 들어야 한다. 그때 그녀가 창문을 열고, 나방이 들어온다. 두 개의 상이한 흐름을 설정하게 될 것이다. 날아다니는 나방들과 중앙에 꼿꼿이 서있는 꽃. 간단없이 붕괴하고 갱생하는 식물. 그 잎들 속에서 그녀는 사건들을 볼 수 있을지 모른다. 그러나 그녀란 누구를 말하는가? 결코 그녀가 이름을 갖도록 해서는 안 된다. 라비니아나 페넬러피 따위의 이름 말이다. "그녀"면 된다. 그러나 그렇게 되면 너무 예술가연하는 것이 되고, 어쩐지 번쩍이는 비단 같고, 상징의 옷자락을 날리는 격이 된다. 물론 그녀로 하여금 과거와 미래를 오가면서 생각하게 만들 수는 있다. 여러 이야기를 만들어 낼 수도 있다. 그러나 그것은 내가 바라는 바가 아니다. 그리고 정확한 장소나 시간에는 신경을 쓰지 않겠다. 창밖에는 무엇이 있어도 좋다. 배든, 사막이든, 런던이든.

## 6월 23일, 일요일

레너드의 어머니를 만나기 위해 차를 몰고 워딩에 갔던 날은 너무 더워서 목이 아팠다. 이튿날 아침은 두통이 났다―그래서 우리는 오늘까지 로드멜에 머물렀다. 로드멜에서는 『보통의 독자』를 통독했는데(이 사실은 매우 중요하다) 좀 더 간결하게 쓰는 법을 배워야 할 것 같다. 특히 마지막 글처럼 일반적인 생각을 담은 글에서 그렇다. "동시대인의 인상"이라는 글인데, 내 글의 산만한 문체 때문에 오싹했다. 그 원인 중 하나는, 글을 쓰기 전에 사물을 깊이 생각하지 않았기 때문이고, 다른 하나는 뜻의 덩어리를 여러 개 쑤셔넣기 위해 문체를 확장했기 때문이다. 그 결과, 비틀거리고, 산만하고, 숨이 가쁜, 내가 싫어하는 문체가 되어 버렸다. 『자기만의 방』을 인쇄하기 전에 아주 꼼꼼히 교정을 보지 않으면 안 된다. 이리하여 나는 스스로 커다란 우울의 호수 속으로 빠져들고 말았다. 그 호수의 깊이란! 나라는 인간은 정말 우울하게 태어났다! 물 위에 떠 있는 유일한 길은 일을 하는 것이다. 이번 여름을 위한 한 가지 메모, 나는 감당할 수 있는 이상의 일을 맡아야 한다. 아니, 어쩌다 이렇게 된 건지 모르겠다. 일을 중단하자마자 나는 내가 밑으로, 밑으로 가라앉는 것을 느낀다. 그리고 언제나처럼 더 깊은 곳으로 가라앉을수록 진리에 더 가까이 도

달하게 될 것이라고 느낀다. 그것만이 유일한 위안이다. 일종의
고귀함이나 엄숙함. 아무것도 없다는 사실에 직면해야 한다. 우
리들 누구에게도 아무것도 없다는 사실을. 일도, 독서도, 글을 쓰
는 것도 모두 위장이다. 남들과의 관계도. 그렇다, 애를 갖는다는
것조차 소용없는 짓이다.

　그러나 『나방들』이 너무 너무 선명하게, 또는 너무 집요하게
보이기 시작해서 편하게 있을 수가 없다. 그 책은 이렇게 시작될
것이다. 새벽. 바닷가의 조가비들. 잘은 모르겠지만, 수탉 소리나
나이팅게일 소리. 그때 모든 어린이들은 긴 책상을 바라보며 앉
아 있다. 수업. 시작. 그건 그렇고, 그곳에는 모든 종류의 인물들이
있을 것이다. 그리고 책상 앞에 있는 사람이 아무 때나 인물들 가
운데 아무나 부를 수 있다. 그러고는 이 인물이 분위기를 살려 내
서 이야기가 만들어진다. 예를 들어 강아지나 간호사들에 대해.
또는 애들 취향의 모험 이야기. 모든 이야기는 철저히 아라비안
나이트 식으로 진행된다. 그렇게 계속해 나간다. 이 부분이 유년
기다. 그러나 그것이 내 유년 시대여서는 안 된다. 그리고 연못 위
에 보트들. 애들의 시각. 비현실성. 사물들은 기묘하게 균형을 이
룬다. 그러고는 다른 인물이나 모습을 택할 것. 이 모든 것의 주위
에 비현실의 세계가 있어야 한다. 환상의 파도처럼. 나방이 들어
와야 한다. 아름다운 한 마리의 나방이. 계속해서 파도 소리가 들
리도록 할 수 있을까? 아니면 농가 안마당의 소음. 무언가 괴이
하고 엉뚱한 소음. 그녀가 책을 가지고 있어도 좋다. 읽을 책 하
나, 써넣을 책 하나, 오래된 편지들. 이른 아침의 햇빛. 그러나 이
햇빛을 고집할 필요는 없다. 왜냐하면 "현실"에서 벗어나 자유로
워야 하니까. 그러나 모든 것은 타당해야 한다.

　물론 이 모든 것은 "실제" 인생이다. 공허는 이것이 없을 때만

나타난다. 나는 지금까지 반 시간 동안에 이 사실을 확실하게 증명했다. 『나방들』에 대한 생각을 시작하면 내 마음은 푸르게 생기가 돈다. 그리고 다른 사람 안으로 들어가는 것이 훨씬 쉬워진다고 생각한다…….

## 8월 19일, 월요일

식사 때문에 일기를 중단했던 것 같다. 그리고 나는 이 노트를 다른 기분으로 열었다. 잘된 건지 아닌지는 모르지만 『여성과 소설』, 혹은 『자기만의 방』의 마지막 교정을 방금 마쳤다는 놀라운 사실을 기록하기 위해. 다시는 이 원고를 읽는 일이 없으리라고 생각한다. 잘된 것인가, 아닌가? 책 안에 불안한 생명이 들어 있는 것 같다. 그 안의 생물이 등을 아치형으로 구부리고 달려가는 것처럼 느껴진다. 그러나 많은 부분은 늘 그렇듯이, 너무 축축하고, 나약하고, 너무 목소리가 높다.

## 9월 10일, 월요일

레너드는 찰스턴으로 피크닉을 갔고, 나는 여기 있다. "피곤"해서. 그러나 왜 피곤할까? 우선 나는 절대로 혼자 있지 못하기 때문이다. 이것이 내 불만의 시작이다. 육체적으로 피곤하기보다는 심리적으로 피곤하다. 잡지에 글을 기고하는 일과 교정 보는 일에 무리를 해서 몸이 망가졌다. 그러면서 밑에서는 내 나방 책이 모양을 갖춰 나가고 있었다. 그렇다, 그러나 그 진행은 매우 느리다. 내가 바라는 것은 그 책을 쓰는 것이 아니라, 이를테면 2, 3주 동안 그 책에 대해 그저 생각하는 것이다. 같은 생각의 흐름 속에 들어가, 그 안에 모든 것을 매몰시키고 싶다. 어쩌면 아침에 내 방 창가에 앉아 몇 문장 쓰게 될는지도 모른다. (사람들은 어딘가 멋진 곳에 갔다. 아마 허스먼수에 갔을 것이다. 묘하게 안개 낀 이 저녁에. 그러나 막상 떠나는 시간이 되었을 때, 내가 하고 싶은 것은 혼자 언덕을 거니는 일이었다. 지금 나는 조금 외롭고, 버려지고, 속은 것 같은 느낌이다. 할 수 없는 노릇이지만.) 그래서 내 생각의 흐름 속에 들어갈 때마다 거기서 갑자기 끌려 나온다. 케인스 부부가 왔다. 그리고 비타가 왔으며, 안젤리카와 이브도 왔다.[2] 그리고 우리는 워딩턴에 갔는데, 그때부터 내 머리가 지끈거리기 시작했다. 그래서 나는 여기 있다, 글도 못 쓰고. 그건 상관없지만. 생각하는 일도 못 하고, 느끼거나 보지도 못한 채. 그리고 혼자서 보낼 수 있는 오후를 보물처럼 안고서. 레너드가 이 순간 유리문에 나타났다. 그들은 허스먼수도 어디도 가지 않았다는 것이다. 그리고 스프로트[3]와 광부가 한 사람 왔으며, 나는 아무것도 손해 본 것이 없다. 최초의 자기중심적 즐거움.

정말로 책 한 권에 드는 여러 가지 예감들(창조에 종사하는 정신 상태)은 매우 기묘하며, 잘 알 수도 없다……

그리고 이제 내 나이 마흔 일곱이다. 그렇다, 그리고 내 신체적 장애는 더욱 심해질 것이다. 우선 내 눈. 작년에는 안경 없이 책을 읽었던 것 같다. 지하철 안에서 신문을 펼쳐들고 읽을 수 있었다. 차츰 잠자리에서 안경이 필요하다는 사실을 알게 되었다. 그리고

---

2    울프 부부는 레너드의 어머니가 여름을 지내기 위해 호텔에 묵고 있는 워딩턴에 조카 안젤리카와 그녀의 친구 이브 영거를 데리고 갔었다.

3    Walter John Herbert Sprott, 1897~1971, 케임브리지 사도들 가운데 하나. 노팅엄 대학의 심리학 강사.

지금은 (아주 이상한 각도로 치켜들고 있지 않는 한) 안경 없이는 한 줄도 읽을 수가 없다. 지금 안경은 이전 것보다 도수가 훨씬 더 높아서, 안경을 벗고 나면 한동안 장님이 된 것 같다. 그 밖에 달리 아픈 곳은? 듣는 것은 완전하다고 생각한다. 걷는 것도 예전과 같다고 생각한다. 그러나 갱년기가 다가오고 있지 않은가? 갱년기는 곤란하고 위험한 시기가 아니겠는가? 그러나 분명한 상식을 가지고 대한다면 갱년기는 극복할 수 있을 것이다. 그것은 자연의 한 과정이라는 것. 여기 누워서 책을 읽을 수도 있다는 것. 그리고 나서도 자기의 능력은 달라진 것이 없고, 어떤 의미에서는 아무것도 걱정할 것이 없다는 것. 나는 몇 권의 재미있는 책을 썼고, 이젠 돈을 벌 수 있고, 좀 쉬어도 괜찮다는 것. 그렇다, 아무것도 신경 쓸 일이 없다. 그리고 인생에 주어진 이상한 휴식 시간들(나는 그것들을 많이 경험했다)은 예술적으로 수확을 가장 많이 올릴 수 있는 기회고, 그 덕분에 나는 비옥해질 것이다. 호가스 출판사에서 미친 듯 행동했던 나 자신을 생각한다. 그리고 그 많은 잔병치레. 이를테면 『등대로』를 쓰기 전에 앓았던 병. 6주간만 병상에 누워 있으면 『나방들』은 걸작이 될 텐데. 그러나 『나방들』이라는 제목으로 출간하지는 않겠다. 갑자기 생각이 난 것이지만, 나방들은 낮에 날지 않는다. 그리고 촛불을 켜놓을 수도 없다. 전체적으로 보아 책의 모양에 대해 좀 더 생각할 필요가 있다. 시간이 주어진다면 충분히 생각할 수 있을 것이다. 여기서 글 쓰는 것을 멈추겠다.

## 9월 25일, 수요일

어제 아침 나는 『나방들』을 다시 쓰기 시작했다. 그러나 이것을 제목으로 하지는 않을 작정이다. 그리고 몇 가지 문제를 황급히 해결해야 한다. 누가 그것을 생각하고 있는가? 작가인 나는 생각하는 사람 바깥에 있는 걸까? 속임수가 아닌 어떤 장치가 있어야 한다.

## 10월 11일, 금요일

『나방들』이라고 해야 하나, 아니면 『파도』라고 해야 하나, 어쨌든 그것을 쓰지 않기 위해 나는 여기에 글을 쓰려고 덤벼들었다. 내 딴에는 빨리 쓰는 법을 배웠다고 생각했는데, 그렇지 못했다. 그리고 괴이하게도 나는 맛있게, 즐거운 마음으로 글을 쓰고 있지 않다. 집중하느라 그럴 것이다. 슬슬 써지지 않고, 힘이 든다. 게다가 평생 이처럼 막연하면서 정교한 계획을 다루어 본 적이 없다. 한 가지 목표를 달성하면 언제나 나는 다른 수많은 것들과의 관계를 생각하지 않으면 안 된다. 쉽게 앞으로 나아갈 수 있는데도 나는 끊임없이 멈춰 서서, 전체의 효과를 생각하게 된다. 특히 내 계획 가운데 무슨 근본적인 잘못이 있지 않은가, 해서. 방안에서 여러 가지 물건을 집어 들고 그 물건으로 다른 것들을 연상하는 이 방법은 별로 만족스럽지 않다. 그러나 지금 당장은 본래의 계획에 이만큼 충실하면서도 운신의 폭을 허용해주는 다른 어떤 방법도 찾아볼 수 없다. 그리하여 아마도 나는 10월의 나날들을 조금 힘들게 그리고 침묵에 둘러싸인 채 보내게 될 것이다.

이 마지막 말이 무엇을 뜻하는지는 나도 잘 모르겠다. 까닭은 내가 계속해서 사람들을 "만나고" 있기 때문이다. 네사와 로저, 제퍼스 부부[4], 찰스 벅스튼[5], 그리고 데이비드 경을 만나야만 했고, 엘리엇 부부도 만나야 한다. 아, 그리고 비타도 있다. 아니다, 물리적 침묵이 아니고, 무언가 내면적 고독이다. 분석할 수만 있다면 재미있을 것이다. 한 가지 예를 들면, 오늘 오후 베드포드 플레이스를 걷고 있었다. 주변에 많은 하숙집들이 있는 곧바른 길을. 그리고 다음과 같은 시키지도 않는 말을 혼자 중얼거렸다. 나는 얼마나 고통을 받고 있는가. 아무도 내가 얼마나 고통을 받고 있는지 모른다. 토비 오빠가 죽었을 때처럼, 내 고뇌와 싸우면서 나는 이 길을 걷고 있다. 혼자서. 무언가와 혼자 싸우고 있다. 그러나 그때는 악마와 싸워야만 했으나, 지금은 상대가 없다. 그리고 집 안에 돌아오면 모두가 너무 조용하다. 내 머릿속에는 더 이상 맹렬하게 돌아가는 차바퀴 소리가 들리지 않는다. 그런데도 나는 쓰고 있다. 아, 그리고 우리들은 매우 성공적이다. 그리고 여기에, 내가 가장 사랑하는 변화가 기다리고 있다. 그렇다, 로드멜에서의 마지막 날 저녁, 레너드가 마지못해 나를 데리러 왔을 때, 케인스 부부가 왔다. 메이너드는 『네이션』을 떠날 것이고, 허버트도 그럴 것이다.[6] 그리고 아마 우리도 그럴 것이다. 그리고 지금은 가을이고, 불이 켜질 것이고, 네사는 피츠로이 가에 있다. 커다란, 희미한 방에서 너울거리는 가스등 밑 마루 위에, 짝짝이 접시나 컵을 놓고. 그리고 호가스 출판사는 번성하고, 그리고 이 명사

---

4 Robinson Jeffers, 1888~1962, 미국 시인. 호가스 출판사에서 그의 시집을 출판한 적이 있다.

5 Charles Buxton, 1875~1942, 당시 노동당 국회의원.

6 케인스는 1923년 이래로 『네이션 앤 애서니엄』을 운영해왔고, 허버트 헨더슨 이 그 편집을 맡아 왔다. 그러나 헨더슨은 다른 직장으로 옮겨 갔고, 케인스는 『뉴 스테이츠먼』과의 합병을 계획하게 된다. 그 계획은 1931년에 이루어진다.

만들기는 이제 만성이 되고, 나는 그 어느 때보다 부자이고(오늘은 귀걸이를 샀다), 그럼에도 나라는 기계 어딘가에는 공허함과 침묵이 있다. 대체로 보아 나는 별로 신경을 쓰지 않는다. 왜냐하면 내가 좋아하는 것은 이리 번쩍 저리 번쩍 뛰어다니는 것이니까. 내가 현실이라고 부르는 것에 자극을 받아. 만약 내가 이상스럽게 스며드는 이 불안이나 안식, 행복이나 불쾌 따위의 압박을 견뎌내지 못한다면, 나는 그저 묵묵히 복종의 늪에 빠져들었을 것이다. 그러나 여기 싸워야 할 무엇이 있다. 그래서 아침 일찍 눈이 뜨면 나는 싸워라, 싸워라, 라고 홀로 되뇐다. 만약 이 감정을 붙잡을 수만 있다면 그렇게 할 텐데. 그것은 사람이 살 수 있는 세상에서, 고독과 침묵에 의해 쫓겨날 때, 실제의 세상이 노래하고 있는 느낌. 모험에 나서려고 할 때에 찾아오는 느낌. 지금은 돈, 등등이 있으니까 무엇이든 마음대로 할 수 있다는 데서 오는 이상스러운 자유감이 있다. 나는 극장표(「여성 가장」[7])를 사러 갔다가, 거기에 저가 여행 목록이 걸려 있는 것을 보고, 내일 스트랫퍼드어폰에이번[8]의 축제에 가리라 마음먹는다. 못 갈 것도 없지. 아니면 주말에 아일랜드나 에든버러에 갈 생각을 한다. 틀림없이 못 가겠지만. 그러나 뭐든지 할 수 있다. 이 기묘한(인생이라는) 승마용 말은 순종이다. 이런 말을 한다고 해서 내가 하고 싶은 말을 전할 수 있을까? 그러나 결국 나는 허공을 붙잡고 있는 것은 아니다. 그걸 생각하면 묘하다. 클라이브가 보고 싶다.

7   G. B. 스턴의 작품.
8   셰익스피어의 생가가 있음.

## 10월 23일, 수요일

　실제로 나는 한 시간 글을 쓰고, 그러고는 내 뇌를 더 이상 이처럼 회전시킬 수는 없다고 느끼고는 급히 물러나서는, 타자를 치고, 열두 시에는 끝낸다. 『자기만의 방』을 출판하기 전에 내 감상을 말해두겠다.[9] 모건이 서평을 쓰지 않으려는 것이 좀 불길하다 (그는 어제, 즉 12월 3일, 이 책이 매우 마음에 든다는 편지를 보내왔다 ─ 울프 주). 작품 안에 날카로운 여성적 울림이 있어, 내 친한 친구들이 이 책을 싫어하는 것이라는 생각이 든다. 그래서 리튼이나 로저, 모건의 종잡을 수 없는 농담조의 비평 말고는 어떤 비평도 받지 못할 거라는 예감이 든다. 그리고 출판계에서는 친절하게 이 책의 매력과 발랄함에 대해 이야기할 것이다. 또한 내가 페미니스트라는 공격을 받을 것이고, 어쩌면 새피스트(동성연애자)라는 의심을 받을지도 모른다. 시빌이 나를 점심 식사에 초대할 것이다. 젊은 여성들이 엄청나게 많은 편지를 보내올 것이다. 이 책이 심각하게 취급되지 못할 수도 있다는 생각이 든다. 울프 부인은 매우 뛰어난 작가여서 그녀가 쓰는 것은 무엇이든 읽기가 편하다 (…) 바로 이 여성적인 논리 (…) 그래서 딸들에게 읽혀야 한다는. 별로 큰 관심이 없다. 『나방들』. 그러나 제목은 "파도"로 하는 편이 나을 것이다. 이 책은 조금씩 써나가고 있다. 한쪽에서 낙담하면, 다른 쪽에 신경을 쓰면 된다. 이 책은 하찮은 것입니다, 라고 말하겠다. 그러나 『자기만의 방』은 열의와 확신을 가지고 썼다.

　어제 저녁 우리는 웹 부부[10]와 식사를 했고, 에디와 도티를 차

---

9　1929년 10월 24일에 영국과 미국에서 동시에 출간되었다.

10　남편 시드니 웹(Sidney Webb, 1859~1943)은 영국의 사회주의자이자 당시 식민지 장관이었다. 독학으로 대학 교수가 된 인물.

에 초대했다. 그런 세련된 디너파티에서는 남성 손님과 친근하고 편안한 이야기를 할 기회가 생기기 마련인데, 이번에는 휴 맥밀런[11]과 버컨 부부[12]와 그의 생업에 관한 이야기를 했다. 웹 부부는 친절했지만 케냐 문제에 관해서는 이쪽 말을 들으려 하지 않았다.[13] 우리는 두 하숙방에 앉아서 (식당에는 휘장 뒤에 놋쇠로 된 침대가 있었다) 두껍고 빨간 스테이크를 먹는다. 그리로 위스키 대접을 받는다. 언제나처럼 교양 있고, 비개인적이며, 이것들을 완전히 의식하고 있는 분위기였다. "우리 집 아이에게는 장난감을 주지요." 그러나 그 이상은 안 됩니다. "내가 내각에 들어가는 것에 대해 집사람이 이렇게 말합니다." 아니다, 그들은 환상 따위는 가지고 있지 않다. 그리고 나는 그들을 L과 나와 비교해보고는, (짐작컨대 이 이유 때문이라고 생각하지만) 애 없는 부부의 상징적 특성인 비애를 느꼈다. 둘이 연합해서 무엇인가를 나타내고 있는 것이다.

## 11월 2일, 토요일

지금까지 『자기만의 방』은 대단한 성공이다. 잘 팔리고 있는 것 같다. 뜻밖의 편지들이 온다. 그러나 나는 『파도』 쪽에 더 관심이 있다. 방금 아침에 써놓은 분량의 타자를 마쳤는데, 완전한 확신할 수는 없다. 이 안에는 뭔가가 있는데(『댈러웨이 부인』 때 느꼈듯이) 그것을 제대로 붙잡을 수가 없다. 『등대로』를 쓸 때와 같

---

11   Hugh Macmillan, 1873~1952, 나중에 맥밀런 경이 된다.
12   작가 존 버컨.
13   당시 노동당의 자문 위원이었던 레너드 울프는 시드니 웹에게 케냐의 복지 증진을 위한 노동당의 약속을 조속히 이행할 것을 촉구했다.

은 속도와 확신은 전혀 없다. 『올랜도』는 애들 장난에 지나지 않는다. 어딘가에 방법상의 잘못이 있었던 것은 아닌가? 무슨 속임수 같은 것, 그 때문에 흥미로운 것이 확고한 기반을 갖지 못하게 되는. 나는 기묘한 상태에 있다. 어떤 분열을 느낀다. 여기 재미있는 것이 있는데도, 그것을 올려놓을 든든한 책상이 없다. 어쩌면 다시 읽을 때 섬광처럼 떠오를지도 모른다. 일종의 해답과도 같은 것. 시간과 바다를 배경으로, 나의 등장인물들을 놓을 수 있는 지점을 찾는 것은 잘한 일이라고 나는 확신한다. 그러나, 맙소사, 확신을 가지고 거기까지 자신을 파내려 가는 그 어려움이란! 어제는 확신이 있었으나, 오늘은 사라져 버렸다.

## 11월 30일, 토요일

죄책감을 느끼며 일기를 쓴다. 아침 일이 끝난 다음에. 『파도』의 제2부를 시작했다. 잘 모르겠다, 잘 모르겠다. 하나의 책을 완성하기 위한 메모를 계속해서 쓰고 있는 느낌이다. 언제쯤 그 책을 쓰는 고뇌와 직면하게 되는지는 아무도 모른다. 어딘가 조금 더 높은 곳에서라면, 이 모든 것을 종합할 수 있을지도 모른다. 로드멜에 마련된 나의 새로운 방에서라면. 『등대로』를 읽는다고 쓰는 일이 더 쉬워지지는 않는다…….

## 12월 8일, 일요일

읽고 또 읽고, 아마 3피트 두께의 원고를 읽었을 것이다. 주의 깊게 읽기도 했다. 그중 많은 것들은 직접 관계가 없는 것들이다. 그래서 많이 생각하게 된다. 이제 이 짐을 내려놓고, 엘리자베스 시대의 작가들을 읽을 수 있는 여유가 생겼다. 무명의 군소 작가들. 무지한 내가 전혀 들어보지도 못한 사람들, 이를테면 퍼트넘, 웹, 하비. 이 생각은 나를 기쁨으로 가득 채운다. 과장이 아니다. 미지의 새 땅에 가서, 펜을 손에 들고 읽기 시작하고, 적절한 표현을 발견하려고 덤벼들고 생각하는 것, 이것은 아직도 나를 크게 흥분시키는 일 중의 하나다. 아, 그런데 L은 사과를 선별하는 작업을 시작하였고, 그 작은 소음이 나를 방해한다. 무슨 말을 하려고 했는지 생각이 나지 않는다.

그래서 쓰는 일을 중단했다. 그렇다고 크게 손해날 일은 없다. 엘리자베스 시대 시인들의 명단을 만들어 보았다. 그러고는 로드 브루턴이나 위다에 관한 글을 써달라는 드 라 메아의 부탁을 행복한 마음으로 거절했다. 이런 계통의 작가들은 인기는 있지만, 제인이나 제럴딘의 경우가 잘 보여주듯이, 나로서는 곧 바닥이 난다. 나는 평론을 쓰고 싶다. 그렇다, 그러면 한두 사람의 잘 알려져 있지 않은 사람을 새로이 조명할 수 있을지도 모른다. 내가 처음으로, 그리고 아주 맹렬하게 사랑했던 것은 엘리자베스 시대의 산문 작가들이다. 그 취향을 자극한 것은 아버지가 나를 위해 집으로 날라다 주신 해클루트[14]다(나는 약간의 감상에 젖어 그 일을 생각한다). H. P. G.[15]에 앉아있는 어린 딸을 생각하면서 도서관 안을 터벅터벅 걷고 있는 아버지. 그때 아버지의 나이는 틀림없이 예순 다섯이었을 것이다. 나는 그때 열다섯이나 열여섯. 그리고 어째서 그랬는지는 모르겠지만, 나는 황홀했다. 정확히

---

14    Richard Hakluyt, 1552~1616, 영국의 작가. 1589년에 그의 위대한 작품 『The Principal Navigations, Voyages, and Discoveries of the English Nation』을 발표.

15    하이드 파크 게이트. 울프가 어릴 때 식구들과 함께 살던 곳.

흥미를 느낀 것은 아니었지만, 크고 노란 책장을 볼 때 나는 무아지경에 빠졌다. 나는 언제나 그것을 읽고 이름도 없는 모험가들을 꿈꾸며, 틀림없이 내 공책에다 그 사람들의 문체를 연습했을 것이다. 그때 나는 기독교에 대해 길고도 아름다운 산문을 쓰고 있었다. 그 제목은 『일반인의 종교』. 그것은 인간에게 신이 필요하다는 것을 증명하기 위한 것이었는데, 거기서 신은 변하는 과정에 있는 것으로 묘사돼 있었다. 그리고 나는 여성의 역사도 썼다. 또 우리 집안의 역사도. 이 모든 것이 장황했고, 문체는 엘리자베스풍이었다.[16]


## 로드멜에서—크리스마스 선물날Boxing Day[17]


2주 동안이나 혼자 있을 수 있다니, 정말 믿을 수 없을 정도로 마음이 평온하다. 이런 휴가를 스스로에게 부여한다는 것은 거의 불가능하다. 우리는 무자비하게 손님들을 거절했다. 이번만큼은 우리끼리 지내자, 라고 말했고, 실제로 그것은 가능할 것 같다. 애니는 나에게 아주 이해심이 많다. 내가 굽는 빵이 아주 잘 구워진다. 모두가 취해 있고, 단순하며, 생기 있고, 능률적이다. 내가 허우적거리고 있는 『파도』를 제외하고는. 고민하던 끝에 터무니없는 헛소리를 두 쪽이나 썼다. 문장마다 여러 가지로 다르게 써본다. 타협도 해보고, 실수도 하고, 여러 가능성을 검토해보고. 그 결과 내 원고는 미친 사람의 꿈처럼 되어버린다. 그러고는 그 원고를 다시 읽으면 어떤 영감이 떠오르나 않을까 해서 무슨 뜻이

---

16  이들 원고는 지금 하나도 남아 있지 않다.

17  고용인이나 집배원에게 선물Christmas box을 하는 12월 26일. 이 날이 일요일이면 그 이튿날.

든 의미를 갖도록 손질한다. 아직 만족스럽지는 않다. 뭔가가 빠져 있다고 생각한다. 보기 좋게 하려고 아무것도 희생한 것은 없다. 스스로의 핵심을 향해 조여들어 가고 있다. 모두 다 지워버린다고 해도 상관없다. 그러나 거기에는 뭔가가 있다. 이번에는 격렬한 시험을 해볼 생각이다. 런던에 대해, 잡담에 대해. 가차 없이 내 길을 밀고 나갈 것이다. 그리고 나서도 아무 성과가 없다면, 그래도 여러 가능성을 시험해본 보람은 있다. 그러나 이 실험이 좀 더 즐거운 것이면 좋으련만. 그러나 『등대로』나 『올랜도』 때처럼 하루 종일 이 생각만 하지는 않는다.

# 1930년(48세)

## 1월 12일, 일요일

오늘은 일요일. 그리고 방금 이렇게 소리쳤다. "이젠 다른 것을 생각할 수 없다"고. 끈기와 근면 덕분에 이제 나는 『파도』를 구성하는 일을 그만둘 수 없게 됐다. 약 일주일 전에 『유령 파티』를 쓰기 시작했을 때도 같은 느낌을 예리하게 받았다. 6개월 동안 힘들게 써 온 끝에, 이제는 그대로 밀고 나가 끝을 낼 수 있을 것이라는 느낌이 든다. 그러나 어떻게 하면 책의 모양을 갖추게 할 수 있을까에 대해서는 전혀 확신이 서지 않는다. 많은 것을 버려야한다. 중요한 사실은, 빨리 써서 이 기분이 깨지지 않도록 하는 것, 가능하면 끝낼 때까지는 휴일도 휴식도 가져서는 안 된다. 그러고 나서 쉴 것. 그리고 고쳐 쓸 것.

# 1월 26일, 일요일

마흔 여덟이 됐다. 우리는 로드멜에 있었다. 다시 습하고 바람이 부는 날. 그러나 내 생일에 우리는 날개 접은 회색빛 새처럼 언덕 위를 거닐었다. 그리고 첫 번째 여우를 보았다. 꼬리털을 쭉 뻗은 매우 긴 여우였다. 그리고 두 번째 여우를 보았다. 그 여우는 짖고 있었다. 우리 머리 위의 태양이 뜨거웠기 때문이다. 그 여우는 가볍게 울타리를 뛰어넘어, 가시금작화 속으로 들어갔다. 좀처럼 보기 드문 광경이었다. 영국에는 여우가 몇 마리나 될까? 밤에 채플린 경의 전기를 읽었다. 나는 아직 내 방에서 자연스럽게 글을 쓸 수 없다. 왜냐하면 책상 높이가 불편하고, 손을 녹이기 위해서는 허리를 구부려야 하기 때문이다. 모든 것은 내가 익숙해 있는 것에 완전하게 일치해야 한다.

말해두는 것을 잊었지만, 6개월간의 우리들 가계를 정리하고 보니, 지난해 내 수입이 3천2십 파운드나 된다. 공무원 월급에 해당한다. 그처럼 오랫동안 2백 파운드로 만족해야만 했던 나에게는 놀라운 일이다. 그러나 내 수입은 심하게 줄 것이다. 『파도』는 2천 부 이상 팔리지 않을 것이다(『파도』는 오늘로 즉 1931년 1월 30자로 3주 만에 약 6천5백 부가 팔렸다. 그러나 이제 더 이상 팔리지 않을 것이다 — 울프 주). 나는 그 책에 찰싹 달라붙어 있다. 이를테면 접착성 종이 위의 파리처럼 들러붙어 있다. 때로는 떨어지기도 한다. 그러나 (마치 가시금작화 속을 뚫고 나가는듯한 맹렬한 방법으로) 다시 써나가노라면, 마침내 주제의 핵심을 잡은 느낌이 든다. 어쩌면 나는 지금 뭔가에 대해 솔직히, 그것도 길게, 말할 수 있을지 모른다. 그리고 내 책의 모양을 제대로 갖추기 위해, 더 이상 끊임없이 낚싯줄을 늘이고 있을 필요가 없을지 모른다. 그러나 어떻게 해서 한데 어우르고, 어떻게 어울리게 하고, 어떻게 하나로 압축해야 할지, 알 수 없다. 또 어떻게 끝이 날지도 예측할 수 없다. 큰 규모의 대화가 될지도 모른다. 간주들interludes 은 매우 어렵지만, 꼭 필요한 것이라고 생각한다. 다리를 놓아 주고, 또 (바다, 비정한 자연 같은) 배경을 만들어 주기 위해서도. 잘 모르겠다. 그러나 이처럼 갑자기 생각이 떠오르면, 그 생각이 옳은 것 같다. 여하튼 이럴 때는 다른 형태의 소설은 단순한 반복으로밖에 보이지 않는다.

## 2월 16일, 일요일

1주일 동안 소파에 누워 있을 것. 나는 오늘 늘 겪는 불안정한 흥분 상태 속에 앉아 있다. 비정상적으로 가끔 글을 쓰고 싶은 발작이 일어났다가는 다시 꾸벅거리고 존다. 맑고 차가운 날이다. 만약 기운과 의무감이 버텨준다면, 차를 몰고 햄스테드에 갈 것이다. 그러나 내가 의미 있는 글을 쓸 수 있을 것 같지 않다. 머릿속에 구름이 헤엄치고 있다. 몸을 너무 의식하고, 일상에서 너무 벗어나 있어, 소설로 되돌아갈 수가 없다. 한두 번 머릿속에서 그 기묘한 날갯짓 소리를 들었다. 아플 때 자주 듣는 소리다. 예를 들어 작년 이맘때, 내가 침대에 누워 『자기만의 방』(이틀 전까지 1만 부 팔렸다.)을 구상하고 있을 때. 만약 앞으로 다시 2주간 침대에 누워 있을 수 있다면(그러나 그런 기회는 없다), 『파도』의 전체를 볼 수 있을 것이다. 아니면 물론 다른 일을 시작할 수 있을지도 모른다. 현재로서는 카시스에 잠시 다녀오는 쪽으로 마음이 기울어져 있으나, 그러기 위해서는 내가 지금 가지고 있는 결단력 이상의 것이 필요하다. 우리는 그냥 여기에 쪼그리고 있을 것이다. 핑커가 방 안을 돌아다니며 (봄의 표시인) 밝은 곳을 찾고 있다. 내 경우에 이 병은, 뭐라고 형언해야 하나, 어느 정도 신비스러운 것이라고 생각한다. 내 머릿속에 무엇인가가 일어난다. 머릿속에 생겨난 갖가지 인상들은 곧 사라져버린다. 머리는 안으로 틀어박혀 버린다. 번데기가 된다. 종종 육체적 통증 때문에 축 늘어져 있다. 작년처럼. 아니면 지금처럼 그저 불편하기만 하다. 그러다가 갑자기 뭔가가 터진다. 이틀 밤 전에 비타가 여기 왔었다. 비타가 가고 난 뒤 나는 저녁을 음미하기 시작했다. 봄이 오고 있다는 것을. 은색의 빛깔. 그 빛깔은 일찍 켜놓은 등불과 섞여버렸다. 차들이 모두 길을 질주하고 있다. 인생이 시작된다는 가공할 느낌을 받는다. 그 느낌은 내 감정의 본질과 뒤섞여 있지만, 그것을 묘사할 수는 없다. (나는 계속해서 『파도』 안의 햄프턴 코트 장면을 구상하고 있다. 이 책을 제대로 끝낼 수 있을지는 아무도 모른다! 아직까지는 잡다한 단편의 잡동사니에 불과하다.) 그런데 위에서도 말했듯이, 이들 긴 휴식 사이에 (머리에서 현기증이 나는 바람에, 정확하게 적어두기 위해서가 아니라, 나 자신을 안정시키려는 글을 쓰기 위한 휴식이었는데) 봄이 시작되는 것을 느꼈다. 그리고 비타의 생활이 충실하고 발랄하다는 것을 느꼈다. 이윽고 모든 문들이 열렸는데, 이것은 내가 생각하기에, 내 안에 있는 나방이 날갯짓을 했기 때문이다. 그러고 나서 나는 무슨 이야기든 지어낸다. 여러 생각이 내 안으로 밀려든다. 종종 내가 내 머리나 펜을 통제하기도 전에 이런 일이 생긴다. 이런 단계에서 글을 쓰려고 하는 것은 소용없는 짓이다. 글을 쓴다고 해도 이 흰 괴물의 속을 채울 수 없을 것 같다. 누워서 좀 자고 싶다. 그러나 하루 만에 감기를 떨쳐 버리고, 몸이 불편한데도 일을 나간 레너드에게 미안한 생각이 든다. 나는 옷도 안 입고 아직 빈둥거리고 있다. 엘리[1]가 내일 오기로 되어 있다. 그러나 방금 말했듯이, 내 머리는 게으름을 피우면서 일을 한다. 아무것도 하지 않는 것이 종종 가장 유익한 방법이다. 지금 모루아[2]의 『바이런』의 전기를 읽고 있다. 이것을 읽고 있으면 차일드 해럴드[3]에 눈이 가게 된다. 이것저것 생각하게 만든다. 참 묘한 혼합물이다. 더없이 나약하고 감상적인 혜먼즈 부인과 모지고 벌거벗은 힘이 엮여져 있다. 어떻게 한데 엮였을까? 그리고 C. H.의 묘사는 "아름답다". 위대한 시인이 쓴 것처럼. 바이런에게는 세 가지 요소가 있다.

1. 낭만적인 흑발의 귀부인이 기타에 맞춰 노래를 하고 있다.

"탐부르기! 탐부르기! 멀리서 들려오는 네 경고의
나팔소리가 용감한 자들에게 희망과 전쟁의 승리를 약속해
준다."

"오! 검은 피부에, 눈처럼 흰 셔츠와 텁수룩한 외투를 입은
스리오트인들보다 더 용감한 자가 있는가."

— 꾸민 냄새가 나는, 척하는 못난 짓이다.

2. 그리고 바이런 자신의 산문처럼 정열적인 레토릭이 있다. 그의 산문 못지않다.

---

1  Dr. Frances Elinor Rendel, 1885~1942, 리튼 스트레이치의 조카로 1924년 이래 울프의 담당 의사였다.
2  André Maurois, 1885~1967, 프랑스 작가이자 에세이스트.
3  「차일드 해럴드의 순례」 바이런의 장편 서사시.

"조상 대대의 노예들이여! 너희들은 모르는가?
자기를 해방코자 하는 자가 먼저 일격을 가해야 하는 것을.
정복은 오른팔로 이룩하는 것.
갈리아인이나 러시아인이 그대들을 구해주는가? 아니다!"

3. 그리고 나에게 가장 진실하게 들리는 것, 거의 시라고 할 수 있는 것.

"사랑스런 자연은 아직도 더없이 친절한 어머니!
늘 변하기는 해도 그 모습은 온화하다.
그녀의 드러낸 젖을 실컷 먹게 해다오.
그녀의 총아는 아니나, 언제까지나 젖을 떼지 못한다.

나에게 그녀는 밤낮으로 미소를 지었다.
아무도 그녀를 알아보지 못할 때 나는 그녀를 알아보고,
더욱더 그녀를 요구했고, 그녀가 화를 낼 때 가장 사랑했다."

4. 그리고 물론 순수하게 풍자적인 데가 있다. 예를 들면 런던의 어느 일요일의 묘사와 같은 것. 그리고

5. 마지막으로(그러나 이것으로 셋 이상이 되었다) 어쩔 수 없는 비극적 색조가 있다. 반은 꾸민, 반은 진실된 것으로서, 죽음이나 친구를 잃은 주제에 후렴처럼 반복된다.

"가혹한 죽음이여! 그대는 나에게서 가져갈 수 있는 모든 것을
가져가 버렸다.

부모, 친구, 그리고 지금은 친구 이상의 것을.
네 화살이 이처럼 빨리 날아온 적은 없었다.
그리고 아직도 슬픔이 슬픔에 뒤섞여
인생에 남아 있는 얼마 안 되는 기쁨마저 빼앗아버렸다.
(이상은 모두 C. H.의 제2편에서 인용 ― 울프 주)

바이런의 모습을 요약하면 이상과 같다. 바이런에게는 거짓되고, 김빠진, 아주 변하기 쉬운 요소가 있다. 만약에 바이런이 풍부하고 더 넓은 시야를 가졌다면, 전체를 한데 어우를 수 있었을 것이다. 바이런은 소설가가 될 수도 있었다. 그러나 바이런의 편지에서 그의 산문을 읽고, 아테네에 대해 품고 있는 분명히 순수한 감정을 읽게 되면 묘한 기분이 든다. 바이런이 시에서 습관적으로 사용하는 어투와 비교하면 더욱 묘하다(아크로폴리스에 대해서는 얼마간 냉소하고 있다). 그러나 이 냉소마저도 하나의 가식이었는지 모른다. 사실은 그처럼 높은 전압은 통상적인 인간의 감정과는 조화를 이룰 수 없다. 척하든지 소리를 질러대지 않으면 안 될 것이다. 그렇더라도 어떤 것하고도 조화를 이룰 수 없다. 『익살스러운 앨범』에서 바이런은 자기 나이가 백 살이라고 했다. 나이를 감정으로 가늠한다면 이것은 맞는 말이다.


## 2월 17일, 월요일

열이 올랐다가 지금은 내려갔다. 그리고 지금은……

## 2월 20일, 목요일

할 수 있다면 내 머리를 다그쳐야 한다. 어쩌면 어떤 성격 묘사를 할 수 있을지 모른다.

## 3월 17일, 월요일

(작가에게 있어) 어떤 책을 판단하는 시금석은 작가 자신이 하고 싶은 말을 자연스럽게 할 수 있는 공간을 만들었는가에 있다. 오늘 아침 내가 로우다가 한 말을 할 수 있었듯이. 이것은 이 책이 살아 있다는 증거다. 왜냐하면 이 책은 내가 하고 싶은 말을 뭉개버리지 않고, 조금도 압축하거나 수정하지 않은 채 내가 그 안에 슬쩍 들어갈 수 있도록 허용해주었기 때문이다.

## 3월 28일, 금요일

그렇다. 이 책을 쓰는 것은 참 묘한 작업이다. "이 책에 비하면 애 낳는 것 따위는 아무것도 아니야"라고 말했을 때, 나는 종일 도취된 상태에 있었다. 그때 나는 완성된 책 전체의 모습을 바라보고, (에델 스미스[4] 문제로) L과 다투고, 산책을 해서 기분을 풀었으며, 아마도 지금까지 느껴보지 못한 책의 형식, 그 장려함과 위대함의 압력을 느꼈다. 그러나 도취된 상태로 원고를 급하게

---

4　Ethel Smyth, 1858~1944, 영국의 작곡가이자 여성 참정권 운동가. 1930년 2월에 처음 울프를 본 이래 곧 사랑에 빠져, 71세가 된 나이에 하루에도 몇 번씩 편지를 보냈다. 뒤에는 친구로 지냈다.

갈겨쓰지는 않을 것이다. 나는 끈기 있게 일을 하고 있는데, 이것은 내 책 중에서 가장 복잡하고 어렵다고 느낀다. 이 책을 어떻게 끝내야 할지 모르겠다. 사람마다 한마디씩 해대는 엄청난 토론 (하나의 모자이크)이 아니라면 말이다. 곤란한 점은, 이것이 모두 강도 높은 압력을 받고 있다는 사실이다. 나는 아직 보통으로 말하는 목소리를 터득하는 단계에도 이르지 못했다. 그러나 거기에는 무엇인가가 있다고 생각한다. 그래서 나는 정력적으로 끈기 있게 일을 계속하고, 많은 부분을 시처럼 소리를 내서 읽으면서 다시 쓸 작정이다. 이 작품은 좀 더 확장될 수 있을 것이다. 지금은 압축된 형태라고 생각하니까. 이것은, 내가 어떤 작품을 만들어내든지 간에, 크고 잠재력이 있는 주제다. 아마 『올랜도』는 그렇지 못할 것이다. 여하튼 나는 울타리를 뛰어넘었다.

## 4월 9일, 수요일

(『파도』에 대해) 지금 내가 생각하고 있는 것은, 아주 간단한 몇 마디로 한 인물이 갖는 성격의 본질을 묘사하는 것이다. 이 작업은 거의 만화처럼 대담하게 진행해야 한다. 어제 마지막이 될지 모르는 장면에 들어섰다. 이 책의 다른 모든 부분과 마찬가지로, 여기서도 단속적으로 진행된다. 아무리 해도 제대로 되지 않아 다시 제자리로 끌려온다. 그러나 그 결과 작품은 더 견실해질 것이다. 나는 내가 쓰는 문장들을 살펴봐야 한다. 『올랜도』나 『등대로』에서의 분방한 문체는 이 작품 형식의 극단적인 난해함 때문에 제동이 걸렸다. 『제이콥의 방』에서처럼. 아직까지는 이것이 가장 발전된 형식이라고 생각한다. 그러나 물론 어디에선가 실패

할지도 모른다. 나는 본래의 구상을 냉철하게 지켜왔다고 생각하지만, 내가 두려워하는 것은, 고쳐 쓰는 것이 도가 지나쳐 전체를 못쓰게 만들지나 않을까 하는 점이다. 그러면 불완전한 작품이 될 수밖에 없다. 그러나 내 등장인물들을 하늘을 배경으로 또렷이 세우는 데는 성공했다고 생각한다.

## 4월 13일, 일요일

글을 다 쓰고 나서 즉시 셰익스피어를 읽었다. 내 머리가 활짝 열려 있고, 한참 작열하고 있을 때에. 그러면 셰익스피어는 나를 망연자실하게 만든다. 나는 셰익스피어의 작가로서의 폭과 속도와 조어력이 얼마나 놀라운 것인지 그때까지는 진정 알지 못했다는 사실을 깨닫는다. 그때란 언제였냐면, 나와 동일한 곳에서 출발한 것처럼 보이는데도, 점점 더 빨리 걸어 나가, 나를 완전히 앞질러버리고, 내가 미친 듯 흥분한 가운데서도, 그리고 고도로 집중할 때조차 상상도 할 수 없었던 일을 그가 힘 하나 안 들이고 척척 해낸다는 사실을 피부로 느꼈을 때였다. 심지어는 그다지 유명하지 않은 희곡들조차 가장 빨리 쓰는 사람보다도 더 빨리 쓰고 있다. 단어들이 너무 빨리 뚝뚝 떨어지기 때문에 그것들을 미처 주워 담을 수가 없을 정도이다. 예를 들어 다음을 보라. "끊어 온 백합이 다 시들어 있는데도."[5] (이것은 완전한 우연이다. 어쩌다 눈에 띈 것이다.) 분명히 셰익스피어의 머리는 완벽하게 유연하여, 어떤 일련의 생각에 얼마든지 광을 낼 수가 있었다. 그러

---

5  참조: 'When I did name her brothers, then fresh tears/stood on her cheeks, as doth the honey-dew/Upon a gather'd lily almost wither'd.' —Shakespeare, 『*Titus Andronicus*』III, i.

고는 느긋하게 아무렇지도 않게 꽃의 소나기를 뿌려 댔다. 그렇다면 왜 사람들이 글을 쓰려고 하는가? 이것은 "글을 쓴다" 는 문제가 아니다. 셰익스피어는 문학이라는 것을 완전히 초월해 있다고 말할 수 있다. 지금 하고 있는 말의 의미가 무엇인지 내가 제대로 알기나 한다면 말이다.


## 4월 23일, 수요일

오늘은 『파도』의 역사상 매우 중요한 아침이다. 왜냐하면 어려운 고비를 지나, 바로 눈앞에 마지막 장면을 본 것 같기 때문이다. 마침내 나는 버나드를 마지막 장면 속에 넣을 수가 있었다. 이제부터 그는 곧바로 걸어가, 문 앞에 설 것이다. 그리고 파도의 마지막 장면이 나타날 것이다. 우리는 지금 로드멜에 있는데, 이 흐름을 깨지 않고 작업을 끝마칠 수 있도록, 여기 하루 이틀 더 (가능하다면) 묵을 작정이다. 아, 그리고 휴식. 다음엔 평론을 하나 쓴다. 그러고는 다시 구성하거나 주조하는 지긋지긋한 이 작업으로 되돌아온다. 그래도 이 일에는 얼마간의 기쁨이 따를 것이다.


## 4월 29일, 화요일

펜촉 가득히 잉크를 묻힌 펜으로 지금 막 『파도』의 마지막 문장을 마쳤다. 나 자신을 위해 다음과 같은 기록을 남겨두어야 한다고 생각한다. 그렇다, 나는 아직까지 이처럼 내 지력을 한계까지 확장해서 작업을 해본 적이 없다. 마지막 몇 쪽은 확실히 그랬다. 언제나처럼 맥없이 너덜너덜 떨어지지는 않을 것이다. 그리고 엄격히 금욕적으로 본래의 계획에 충실했다고 생각한다. 스스로를 위해 이 정도의 칭찬은 할 수 있다. 그러나 이번만큼 구멍투성이고, 짜깁기를 많이 한 책은 없다. 다시 고쳐 지을 필요가 있다. 그렇다, 단순한 구조 변경이 아닌. 어쩐지 구조가 잘못됐다는 생각이 든다. 신경 쓸 것 없다. 좀 더 편하고 거침없는 내용을 쓸 수도 있었다. 그러나 이 결과물은 그 비전에 대한 나대로의 탐구였다.『등대로』를 마친 뒤, 로드멜에서 보낸 그 불행한 여름, 혹은 그 3주간 내가 경험한 그 비전. (그래서 생각이 난 것인데, 나는 서둘러 내 머리에 달리 할 일을 마련해주어야 한다. 아니면 그것은 다시 나를 쪼아대고, 나는 비참해질 것이다. 가능하면 뭔가 상상력이 풍부하고 가벼운 것을. 왜냐하면 처음에는 더없이 편안하겠지만, 나는 곧 해즐릿[6]이나 평론에 싫증이 나고 말 테니까. 그리고 내 머리 뒤 꼭지에서 여러 가지 일들의 어렴풋한 윤곽이 드러나고 있는 상황을 기분 좋게 느끼고 있다. 이를테면 던컨의 전기. 아니다, 화실 안에서 빛나고 있는 캔버스에 대해 뭔가를. 그러나 서두를 필요는 없다.)

(오후다. ─ 울프 주) 그리고 사우샘프턴 가를 걸으면서 혼자 생각한다. "여러분을 위해 새 책을 썼어요."


## 5월 1일, 목요일

오늘 아침을 완전히 망쳐버렸다. 문자 그대로 망쳐버렸다.『타임스』사람들이 내가 시간이 있다는 계시를 하늘에서 받은 듯 책

---

6   William Hazlitt, 1778~1830, 영국의 작가.

을 하나 보내왔다. 그리고 나도 이 자유에 취해 급하게 전보를 치고, 스콧에 대해 쓸 의향이 있다고 반 도렌[7]에게 알렸다. 그런데 스콧을 읽어보니[8], 또 휴가 소개해 준 편집자 생각을 하니[9], 더 이상 서평을 쓰고 싶지도 않고, 쓸 수도 없었다. 이 책을 읽느라, 그리고 리치먼드에게 쓸 수 없다는 편지를 쓰느라 초조해졌다. 내 채광창을 물빛과 금빛으로 만드는 찬란한 5월의 첫날을 망쳐버리고 말았다. 내 머리 속에는 쓰레기 더미만 있을 뿐이다. 읽을 수도, 쓸 수도, 생각할 수도 없다. 사실은 물론 『파도』로 되돌아가고 싶다. 그래, 그것이 진실이다. 『파도』는 내가 쓴 다른 모든 책들과 모든 면에서 다르다. 그중 하나가, 책을 마치자마자 곧 다시 쓰기 시작했다든지, 아니면 열심히 다시 생각했다는 점. 생각하고 있던 것이 보이기 시작한다. 그리고 상관없는 것들을 한 무더기로 잘라 버리고 싶어지고, 좋은 문장들의 뜻을 분명히 하고, 날카롭게 다듬고, 빛이 나게 하고 싶어진다. 파도 뒤에 또 파도. 숨 돌릴 틈도 없다. 그렇게 계속된다. 그러나 일요일에는 데본과 콘월을 차로 한 바퀴 돌 예정이므로 한 주간 쉬게 된다. 그리고 돌아와서는 비판적인 내 두뇌의 운동을 위해, 아마도 1개월가량 일을 하게 될 것이다. 그러나 무슨 일을 해야 하나? 소설을 쓰나? 아니다, 지금은 다른 소설을 쓰지 않겠다……

7   Irita Van Doren, 1891~1966, 37년간 미국 『뉴욕 헤럴드 트리뷴』의 편집장을 지냈다.
8   『The Private Letter-Books of Sir Walter Scott』
9   휴가를 보내며 이 책의 서문을 썼다.

## 8월 20일, 수요일

『파도』는 결국 하나의 극적 독백이 될 모양이다(지금 1백 쪽째 읽고 있다). 중요한 것은 그 독백을 계속해서 파도의 리듬에 맞춰 들고 나게 하는 것이다. 그것들을 연속해서 읽을 수 있을까? 전혀 알 수 없다. 『파도』는 내가 스스로에게 줄 수 있었던 가장 큰 기회라고 생각한다. 그래서 가장 완전한 실패라고 생각한다. 그러나 나는 이 책을 쓸 수 있었던 스스로를 존경한다. 그렇다, 비록 그것이 나의 선천적 결점을 드러내보인다고 해도.


## 9월 8일, 월요일

내가 삶으로, 즉 글 쓰는 일로 되돌아왔다는 표시로 새 책을 시작하겠다. 그리고 보니 오늘이 토비의 생일이다. 살아 있었다면 오늘로 쉰 살이 되었을 것이다. 이곳에 온 이래 나는 늘 그랬듯이 (아, 언제까지 늘 그래야 하나) 두통에 시달려 왔다. 그래서 어제까지 거실의 내 침대에 마치 축 늘어진 근육 섬유처럼 누워 있었다. 지금은 다시 일어나서, 다시 움직이고 있다. 머릿속에는 하나의 새로운 광경이 있다. 정원 안에서의 죽음에 대한 나의 도전.

그러나 이 책을 열게 될 첫 문장은 방금 내가 14쪽짜리 해즐릿의 원고에 클립을 끼면서 소리친 다음과 같은 말이다. "아무도 나만큼 열심히 일한 사람은 없다." 전에는 내가 이런 일을 일상적인 일처럼 해치운 적이 있다. 지금은 이 일이 미국 사람들을 위한 것이라는 점과, 또 미리 합의를 봐야 한다는 이유 때문에, 수고는 말할 것도 없고, 터무니없이 많은 시간을 소비하게 된다. 해즐릿을 읽기 시작한 건 1월부터였을 것이다. 그러나 그 작은 뱀장어의 한가운데, 정수를 작살로 바로 찔렀는지 모르겠다. 이것이야말로 평론의 목적인데. 이처럼 많은, 이처럼 짧은, 온갖 주제에 관한 에세이들 가운데서 그 정수를 찾아낸다는 것은 보통 힘든 일이 아닐 것이다. 신경 쓸 것 없다. 오늘은 원고를 보내버리겠다. 이상하게도 평론에 대한 식욕이 돋우어졌다. 나는 그 방면에 약간의 재주가 있는 것 같다. 조이고, 갈아대고, 고문하는 일만 없다면 좋으련만.

### 12월 2일, 화요일

아무리해도 오늘 아침 『파도』의 그 매우 어려운 부분(그들의 인생이 궁전을 배경으로 어떻게 빛나 보이는가, 하는 장면)을 쓸 수 없었다. 이 모두가 아널드 바넷과 에델[10]의 파티 때문이다. 두 단어도 이어 쓸 수 없다. 나는 B와 단둘이서 에델의 작은 뒷방에 두어 시간가량 있었던 것 같다. 이 만남은 틀림없이 "울프 부인과 사이좋게 지내기 위해" B가 계획한 것이라고 생각한다. 그런데 나는 B와 사이가 좋건 말건 조금도 관심이 없다. "말씀하세요"라고 내가 말한다. B가 그렇게 말하지는 못하니까(그는 그 뒤 프랑스에 가서 물 한 잔을 마신 뒤 장티푸스로 사망했다. 3월 30일. 오늘이 그의 장례식이다 ― 울프 주). B는 입을 다물고, 눈을 감고, 몸을 뒤로 젖히고 있다. 기다리고 있으려니까 마침내 B는 조용하게, 조금도 당황하지 않고 "말씀, 시작하세요."라고 또박또박 말한다. 이런 식의 재미도 없는 대화가 견딜 수 없을 정도로 계속된

10   Ethel Sands ― 레너드 주.

다. 우스운 일이다. 그러면서 이 노인이 좋아진다. 작가로서 나는 B의 흐릿한 갈색 눈에서 천재의 징표를 찾아내려고 최선을 다해 본다. 일종의 관능과 기력을 보았다고 생각한다. 그러나 맙소사, B는 다음과 같이 마구 지껄여대기 시작했다. "나는 실수투성이의 바보지요. 데즈먼드 맥카시에 비한다면 갓난애 같고, 거기다 교수들을 공격하다니 이 얼마나 서툰 짓입니까?" 이 순진함은 매력적이지만, 만약 B 자신이 암시하고 있듯이, B가 "창조적 예술가"라는 느낌이 들었다면 더욱 매력적이었을 것이다. 그는 조지 무어가 "광대의 아내"에서 자신에게 "다섯 개의 마을"이 갈 길을 보여주었고, 거기서 무엇을 볼 것인가를 가르쳐주었다고 말했다. B는 G. M.에게 깊은 존경심을 가지고 있지만, G. M.이 성적性的으로 승리한 일화을 자랑했다는 점에서 그를 경멸한다고 했다. "그는 젊은 아가씨가 자기를 찾아왔던 이야기를 했어요. 그녀가 소파에 앉았을 때 그는 그녀에게 옷을 벗으라고 했다는 거예요. 그랬더니 그녀가 옷을 전부 벗고 그에게 보여주었다는 거지요……. 말도 안 돼요. (…) 그러나 그는 비상한 작가예요. 그는 단어 때문에 사는 사람이지요. 그러나 지금은 병이 났어요. 그런데 그는 견딜 수 없게 따분한 사람이에요. 그는 한 말을 되하고 되합니다. 그러나 머지않아 사람들은 나에 대해 '그 사람 죽었어요'라고 말하겠지요." 나는 성급하게 말했다. "선생님 책 말입니까?" "아니 내가 말이오"라고 B는 대답했다. B는 자기 책에 내가 생각하는 것보다 더 긴 생명을 부여하는 것 같았다.

"내 유일한 생명은 이거지요"라고 B가 말했다(끊임없이 하루에 천 단어씩을 차례차례 써나가는 것). "더 이상 필요한 것이 없어요. 쓰는 것 말고 달리 아무 생각도 하지 않아요. 싫증을 내는 사람들도 있지만요." "갖고 싶은 옷은 모두 가지고 계시겠지요"

라고 내가 말했다. "그리고 욕실과 침대, 요트도요." "물론이지요, 내 양복들은 모두 최고급품이지요."

마침내 나는 데이비드 경을 끌어들이는 데 성공했다. 우리는 이 노인에게 우리를 세련된 사람들이라고 생각하느냐고 따졌다. B는 햇필드[11]의 문은 닫혀 있다고 말했다. 세상에 대해. "그렇지만 목요일엔 열려 있습니다."라고 데이비드 경이 말했다. "저는 목요일엔 가고 싶지 않은데요."라고 B가 말했다. "그런데 선생께서는 (런던 사투리의 특징을 나타내기 위해) h를 일부러 빼시는 거지요?"라고 내가 말했다. "우리보다 더 많은 '경험'을 가지고 계시다고 생각해서요." "나는 때로 사람들을 괴롭히기는 하지만" 이라고 B가 말했다. "내가 댁보다 더 많은 '경험'을 가지고 있다고는 생각지 않아. 그만 집에 가봐야겠군요. 내일 아침 또 천 단어를 써야 하니까." 그리고 나니 저녁도 말라빠진 한 토막밖에 남지 않았다. 그리고 나는 이 일기장에 펜조차 움직일 수 없는 지경이 되었다.

비고: 자기 이름을 찾기 위해 기사나 서평 따위를 뒤지는 일은 아마도 좋지 않은 일일 것이다. 그러나 나는 종종 그렇게 한다.


## 12월 4일, 목요일

오늘 『리터러리 서플리먼트』에 가벼운 비난의 글이 실렸다. 그래서 나는 결심을 했다. 첫째, 『파도』를 전부 고쳐 쓸 것, 둘째, 대중에게 등을 돌릴 것. 가벼운 비난의 말을 한마디 하고.

11  영국에서 정치적 영향력이 가장 큰 세실가가 제임스 1세에게 받은 집.

## 12월 12일, 금요일

오늘이 내가 『파도』의 마지막 부분에 달려들기 전에, 스스로에게 허락할 수 있는 마지막 숨을 쉴 수 있는 날이라고 생각한다. 지금까지 1주일 동안 쉬었다, 라는 것은 세 개의 작은 이야기를 썼다든가, 어느 날 아침은 빈둥거리고 쇼핑을 하는 데 사용하고, 또 어느 날 아침, 그러니까 오늘 아침은 새 책상을 정돈하거나, 이런저런 시시한 일들을 하는데 소비했다는 말이다. 그러나 이제 호흡을 가다듬었으므로, 앞으로 3주나 혹은 4주 동안 일을 해야 한다. 내 생각으로는 『파도』를 연속된 읽을거리로 만들어야 할 것 같다. 간주들을 묶어 하나로 통합해야 한다. 아 참, 그리고 몇몇 간주는 다시 써야 한다. 그러고는 교정. 그리고 메이블[12]에게 보낸다. 그리고 타자 친 것을 고쳐서 레너드에게 넘긴다. 레너드 손에 들어가는 것은 아마도 3월 말경이 될 것이다. 그리고 잠시 치워 두었다가 6월에 인쇄하게 될 것이다.


## 12월 22일, 월요일

어젯밤 베토벤의 4중주를 듣다가 생각이 났는데, 사이사이에 끼워넣은 부분을 모두 버나드의 마지막 말에 융화되도록 "오, 고독이여"라는 말로 끝내도록 하자. 그렇게 해서 간단없이 모든 장면을 버나드에 흡수시킨다. 이것은 테마로서 파도가 아니라 노력, 노력이 지배적이라는 것을 보여주기 위한 장치기도 하다. 그리고 인격, 그리고 도전. 그러나 예술적으로 말해 그 효과가 어떤지는

---

12 타이피스트 겸 가정부.

잘 모르겠다. 왜냐하면 전체적인 균형으로 보아, 결론을 위해 마지막에 파도를 개입시키는 것이 필요해질지 모르기 때문이다.


## 로드멜에서, 12월 27일, 토요일


버나드의 마지막 말에 관해 이야기하는 것이 무슨 소용이 있다는 말인가? 우리는 여기 화요일에 왔는데, 이튿날 내 감기는 언제나처럼 독감이었고, 그래서 언제나처럼 열이 나서 침대에 누워 있었다. 머리를 쓸 수도 없고, 분명히 글자도 제대로 쓸 수 없다. 아마 이틀만 지나면 회복할 것이다. 그러나 그때가 되면, 내 앞이마 뒤의 스펀지는 마르고 창백해질 것이며, 그 결과 나의 고양과 집중의 소중한 2주간은 날아가 버리고 말 것이다. 그러고는 아무 일도 해놓지 못한 채, 다시 그 시끄러운 생활과 넬리[13]에게 되돌아가게 될 것이다. 그러나 어떤 기발한 생각을 해낼지 모른다는 생각에 위안을 받는다. 지금은 비가 오고 있다. 애니의 애는 탈이 났고, 옆집 강아지들이 깽깽 짖어대고 있다. 모든 색깔이 침침하고, 생명의 맥박은 둔하다. 나는 멍하니 언제나처럼 이 책 저 책 헤매고 있다. 디포의 『여행기』. 로완의 자서전.[14] 벤슨의 회고록.[15] 진즈.[16] 권총으로 자살한 스키너 목사(서머셋 교구 목사의 일기 — 울프 주)가 안개 속의 핏빛 태양처럼 떠오른다. 어쩌면 더 정신이 맑을 때 다시 한 번 읽어볼 가치가 있는 책일는지 모른다.

---

13  울프가 어릴 때부터의 찬모.

14  『The Autobiography of Archibald Hamilton Rowan』

15  『As We Were: A Victorian Peep-Show』

16  『The Mysterious Universe, The Universe Around Us, The Journal of a Somerset Rector』

스키너는 자기 집 위쪽에 있는 너도밤나무 숲에서 자살했다. 그는 평생 돌을 캐고, 모든 장소를 캐머로두눔으로 환원시키려 하면서 살았다. 싸움도 하고, 말다툼도 하고, 그러면서 자식들을 사랑했으나, 그들을 쫓아냈다. 한 유형의 인생에 대한 명석하고 잔인한 그림이다. 격분하고, 불행하며, 몸부림치며, 견딜 수 없는 고뇌에 빠져 있는 사람. 아 참, 나는 Q. V.[17]의 편지를 읽었다. 그리고 만약에 엘런 테리[18]가 여왕으로 태어났더라면 어떻게 됐을까 생각해본다. 제국에는 완전한 재앙이었을까? Q. V.는 전혀 심미적이지 않다. 일종의 프러시아적 유능함과 자신감이 그녀에게서 유일하게 눈에 띄는 점이다. 물질적이다. 글래드스턴[19]에게 포악하다. 부정직한 하인을 다루는 여주인처럼. 자신의 지력을 알고 있다. 그러나 그 지력은 철저하게 평범하며, 다만 유전적으로 물려받은 힘과, 축적된 권력 의지만이 이 지력을 돋보이게 할 뿐이다.

## 12월 30일, 화요일

아마 거기에 결여된 것은 통일성일 것이다. 그러나 비교적 잘 됐다고 생각한다. (불을 쪼이면서 『파도』에 대해 혼잣말을 하고 있다.) 모든 장면을 보다 짜임새 있게 통합할 수 있다면, 주로 리듬에 의해. 그리하여 끊김을 피하고, 이쪽 끝에서 저쪽 끝까지 피가 폭포처럼 흐르게 할 수 있다면. 낭비나 다름없는 문장 속의 단절을 나는 원치 않는다. 여러 장으로 나누는 것도 피하고 싶다. 여

---

17  Queen Victoria─레너드 주.
18  Ellen Terrry, 1847~1928, 영국의 대표적 셰익스피어 여배우.
19  영국의 수상.

기 조금이라도 내 업적이 있다면, 그것은 다음과 같은 것이다. 충실하고 토막 나지 않은 완전함. 장면과 생각과 인물의 변화를 한 방울도 흘리지 않고 이루어냈다는 것. 만약에 이 일을 열의를 가지고 일반에게 통용될 수 있게 다시 할 수 있다면 더 바랄 것이 없다. 내 혈액의 온도가 올라가고 있다(37도까지). 그래도 나는 루이스에 갔고, 케인스 부부가 차를 마시러 오기도 했다. 안장에 올라타 있기 때문인지 온 세상이 제 모양을 갖추고 있다. 나의 균형을 잡아주는 것은 이 책이다.

# 1931년(49세)

## 1월 7일, 수요일

내 머리는 쌩쌩하지 못하다. 지난 2주 동안 물결치는 언덕도, 들판도, 울타리도 보지 못했다. 너무 많은 불 켜진 집과, 밝게 조명된 책과, 펜과 잉크뿐. 독감이 저주스럽다. 여기는 아주 조용하다. 가스의 씩씩거리는 소리밖에 들리지 않는다. 정말 로드멜은 너무 추웠다. 나는 작은 참새처럼 얼어붙었다. 그러나 나는 기막힌 문장 몇 개를 썼다. 『파도』만큼 재미있게 쓴 책은 거의 없다. 왜 지금도 끝 부분에서 한두 개의 돌을 파헤치고 있는 걸까? 구변이 좋은 것도 아니고, 확신도 없다. 아마도 버나드의 독백을 잘 이용해서 산문을 깨뜨리고, 깊이 파내려가고, 산문을 움직이게 만들 수 있을지 모른다. 그렇다, 맹세를 해도 좋다. 지금까지 산문이 그래 보지 못했을 정도로 움직일 수 있을지 모른다. 소리 죽여 웃고, 재갈거리는 것부터 랩소디에 이르기까지. 무언가가 매일 아침 내 항아리 안으로 들어간다. 무언가 생각지도 않았던 것이. 내가 갑자기 이리저리 방향을 바꾸기 때문에 거센 바람은 두렵

지 않다. 그리고 평론을 위한 몇몇 아이디어를 생각해냈다. 하나
는 고스[1]를 위한 것, 이야기꾼으로서의 비평가. 즉 관념적 비평가.
또 하나는 문예에 관해. 또 하나는 여왕들에 관해.

그런데 이것은 사실이다.『파도』는 너무도 집중해서 쓴 것이
라, 차 마시는 시간과 저녁 시간 사이에 짚어 들어 읽을 수가 없
다. 나는 열 시에서 열한 시까지 약 한 시간 동안밖에 이 책을 쓸
수 없다. 그리고 타자를 치는 일은 아마도 가장 어려운 부분일 것
이다. 8만 자밖에 안 되는 작은 책을 쓰는 데 2년씩이나 걸린다면
보통 일이 아니다. 그러나 나는 한 쪽으로 기운 돛단배처럼, 더 빠
르고 가벼운 모험을 향해 돌진할 것이다. 어쩌면 또 다른『올랜
도』를 쓸지 모른다.


## 1월 20일, 화요일

지금 목욕하던 도중에 새 책[2]에 대한 생각이 떠올랐다.『자기
만의 방』의 후속편으로 쓰는 여성들의 성생활에 관한 책. 제목
은『여성들의 직업*Professions for Women*』이라고 해도 좋을지 모르겠
다[3](이 책은『여기서 지금*Here and Now*』— 이라고 생각한다. 1934년
5월 — 울프 주).[4] 이 흥분이란! 이 아이디어는 수요일 '피파 협회'에

---

1　영국의 시인이자 평론가, 1849~1928.
2　나중에『3기니』가 될 책 — 레너드 주.
3　『자기만의 방』의 속편으로 간행된『3기니』를 위해 울프는 다음에서 보듯 여러 번 그 제목을
　　바꿨다. Professions for Women — The Open door — Opening the Door — A Tap
　　at the Door — Men are like that — On Being Despised — P. & P. — The Next
　　War — What Are We to Do? — Answers to Correspondents — Letter to an
　　Englishman — Two Guineas.
4　울프의 머릿속에는 두 책이 얽혀 있다.『여기서 지금』은 나중에『세월』이라는 제목으로 간행
　　된 책이다. 울프는『세월』을 위해 다음에서 보듯 열 번이나 그 제목을 바꿨으며,『여기서 지

서 발표할 원고를 쓰던 중에 생각난 것이다.[5] 지금은 다시 『파도』에 관해서. 하나님 맙소사, 나는 지금 매우 흥분해 있다.

<br>

## 1월 23일, 금요일

유감스럽게도 너무 흥분해서 『파도』를 계속할 수가 없다. 『열린 문*The Open Door*』[6]이라고 불러야 할지, 아니면 뭐라고 불러야 할지 모르지만, 이것을 구상하는 일에만 매달리게 된다. 교훈적이고 논증적 문체가 극적인 문체와 충돌해서, 버나드의 내면으로 되돌아가기가 힘들다는 것을 알게 되었다.

<br>

## 1월 26일, 월요일

고맙게도 49세가 된 첫날 나는 『열린 문*Opening the Door*』에 대한 강박관념을 떨쳐버리고 『파도』로 되돌아왔다고 정직하게 말할 수 있다. 그리고 이 순간 책의 전모를 보았으므로, 이제 이 책을 끝낼 수 있다. 이를테면 3주 안에. 그러면 2월 16일이 된다. 고스를 쓰고 나서, 평론을 하나 쓰고는 『열린 문』의 개략을 대충 쓰고, 4월 1일까지 끝낸다. (부활절이 4월 3일이다.) 그러고는 이탈

---

금』은 그 두 번째다. The Pargiters─Here and Now─Music─Dawn─Sons and Daughters─Daughters and Sons─Ordinary People─The Caravan─Other People's Houses─The Years.

5    필리파 스트레이치(Philippa Strachey, Pippa, 1872~1968)는 리튼 스트레이치의 누이 동생으로 '영국 여성 봉사 협회'의 간사였다. 필리파는 울프에게 런던 지회에서 1931년 1월 21일에 강연해 줄 것을 부탁했었다.

6    훗날의 『세월』

리아로 여행을 하게 될 것이다. 가령 5월 1일 돌아와서 『파도』를 끝낸다면, 원고를 6월에 인쇄하도록 보낼 수 있고, 책은 8월에 나올 것이다. 여하튼 이와 같은 일정은 가능하다. 어제 우리는 로드멜에서 까치를 한 마리 보았고, 봄을 알리는 새들이 우는 소리를 들었다. 날카롭고, 자기중심적인 것은 인간과 같다. 햇볕이 뜨거웠다. 캐번[7]으로 산책을 나갔다. 호리로 해서 집에 돌아왔는데, 거기서 우리는 하늘색 자동차에서 세 남자가 뛰어내려, 모자도 쓰지 않은 채 들판을 가로질러 뛰어가는 것을 보았다. 우리는 들판 한가운데서 은빛과 하늘빛의 비행기도 보았는데, 그것은 나무와 암소들 사이를 다치지 않고 날아가는 것처럼 보였다. 그런데 오늘 아침 신문을 보니 그 세 사람이 죽었다는 것이다. 그 비행기가 땅에 추락한 것이다. 그러나 우리들은 가는 길을 계속했다. 이 일은 그리스의 명시선 가운데의 묘비명을 생각나게 한다. 내가 가라앉았을 때 다른 배들은 항해를 계속했다, 고 하는.[8]

## 2월 2일, 월요일

이제 『파도』가 끝나가고 있다. 토요일이면 끝날 것이다.

다음은 단순한 작가의 메모. 책 하나를 붙잡고 이번처럼 머리를 쥐어짠 적은 없다. 그 증거로 나는 거의 다른 것을 읽거나 쓸 수가 없다. 아침이 지나면 그저 무거운 발걸음으로 여기저기 돌

---

7    서섹스 동부의 벌판에 홀로 솟아 있는 작은 언덕. 로드멜의 북쪽, 루이스의 동쪽에 있다. 높이는 146미터.

8    『*The Greek Anthology*』의 7권에 나오는 다음과 같은 구절. "I am the tomb of a shipwrecked man; but set sail, stranger: for when we were lost, the other ships voyaged on."

아다닐 뿐이다. 아, 어쨌든 이 일주일이 지나서, 내가 그 길고 힘든 일을 마쳤고, 그 비전도 끝났다는 안도감을 맛볼 수 있다면 얼마나 좋을까. 정확히 내가 의도한 바를 해냈다고 생각한다. 물론 계획을 대폭 바꾸기는 했다. 그러나 내 느낌은 내가 말하고 싶었던 말을 억지를 써서라도 고집스럽게 해냈다는 것이다. 그러나 이 억지는 너무 심해서, 독자의 관점에서 보면 실패였는지 모른다. 까짓것, 신경 쓸 것 없다. 용감한 시도였다. 싸워 얻을 만한 가치가 있는 것이었다고 생각한다. 아, 그리고 자유의 몸이 되어 다시 사소한 일들을 가지고 아등바등하는 즐거움, 게으르게 퍼져서 무슨 일이 일어나든 개의치 않는 즐거움. 그러면 다시 온 정신을 집중해서 책을 읽을 수 있을 것이다. 최근 4개월 동안은 하지 못한 것 같다. 이 책을 쓰는 데 18개월이 걸린 셈이 된다. 가을까지는 출판할 수 없을 것이다.


## 2월 4일, 수요일

우리 두 사람의 하루가 날아갔다. L은 매일 아침 10시 15분에 재판소에 가야 한다. 그의 배심원들은 소집되지만, 재판은 항상 이튿날 10시 15분으로 연기된다. 그리고 『파도』에 강력한 일격을 가할 작정이었던 오늘 아침은 (버나드가 "오, 죽음이여"라고 말하기 이틀 전인데) 여의사 엘리 선생님 때문에 망쳐버렸다. 엘리는 아홉 시 반에 올 약속이었는데 열한 시까지 오지 않았다. 지금은 열두 시 반, 우리는 앉아서 우리 시대와 직업 여성에 대해 이야기하고 있다. 그것은 늘 하는 청진기 검사와, 내 신열의 원인을 알아내려는 헛된 의식이 끝난 뒤의 일이다. 만약 7기니를 투자할

용의가 있으면 병원균을 밝혀낼지 모른다. 그러나 그럴 생각이 없다. 그래서 나는 같은 약을 언제나처럼 먹어야 한다.

이처럼 『파도』의 마지막에 와서 악화하는 것은 너무 이상하고 제멋대로다. 크리스마스까지는 끝냈어야 했다.

오늘은 에델[9]이 온다. 월요일에 에델의 리허설을 보러 갔다. 포틀랜드 플레이스에 있는 큰 집인데, 차가운 결혼 케이크 같은 아담 양식의 석고며, 누추한 빨강 양탄자가 있었고, 넓은 면이 우중충한 녹색으로 칠해져 있었다. 리허설은 창이 활 모양을 하고 밖으로 돌출된 기다란 방에서 행해졌는데, 실제로 그 방에서는 다른 집들을 보거나 들여다볼 수가 있었다. 쇠로 된 계단, 연통, 지붕, 벽돌로 된 삭막한 경치. 아담식 벽난로에서는 장작이 소리를 내며 타고 있었다. 이제는 볼품없는 소시지 같은 L 부인, 공단으로 휘감은 또 다른 소시지 같은 헌터 부인[10]이 소파에 나란히 앉아 있었다. 에델은 창가의 피아노 곁에 서서, 낡은 펠트 모자를 쓰고, 스웨터와 짧은 스커트를 입고, 연필로 지휘하고 있었다. 에델의 코끝에 콧물이 붙어 있었다. 서더비 양[11]은 '영혼'을 부르고 있었다. 나는 서더비 양이 홀에서 노래할 때와 완전히 동일한 황홀경과 영감에 찬 태도로 이 방에서 노래하고 있다는 것을 알 수 있었다. 두 명의 젊은, 젊어 보이는 남자가 있었다. 에델의 코안경은 점점 콧잔등 쪽으로 흘러 내려왔다. 에델은 때때로 노래했고, 한번은 콘트라베이스를 집어 들고는 고양이 비명 같은 소리를 냈다. 그러나 에델은 매사 솔직하게, 직선적으로 행동하기 때문에 우스꽝스러운 데는 전혀 없다. 에델은 자의식을 완전히 잃어버린

9   Ethel Smyth—레너드 주.
10  에델의 언니, 1857~1933.
11  Elsie Suddaby, 1893~1980, 소프라노 가수.

다. 에델은 활력과 에너지로 넘친다. 에델은 모자를 이리저리 흔들어 댄다. 성큼성큼 율동적으로 방을 가로질러 엘리자베스[12]에게 가서, 이것이 그리스 멜로디라고 일러주고는 다시 성큼성큼 되돌아온다. 자, 이제부터 영매의 힘에 의한 가구의 공중 부양이 시작됩니다, 라고 에델이 말했다. 아마 죄수의 도망이나 반항, 혹은 죽음과 관련된 초자연적 장난에 대한 이야기인 것 같았다. 내 생각에 에델의 음악은 너무 문자 그대로의 느낌이고, 너무 긴장되어 있는 것 같다. 내 취향이라 하기에는 너무 교훈적이다. 그러나 이것이 음악이다, 라는 사실에 나는 늘 강한 인상을 받는다. 특히 에델이 그처럼 실제적이고 활기찬 학자적 정신에서 시종일관된 화음과 조화, 그리고 멜로디를 짜낸다는 사실에 감명을 받는다. 만약 에델이 위대한 작곡가라면 어찌될 것인가? 이 터무니없는 생각은 에델에게는 하나의 평범한 생각에 불과하다. 에델의 음악은 에델이 존재하는 의미의 본질이다. 지휘를 할 때 에델은 베토벤의 음악을 듣고 있다고 믿는다. 의자에 조용히 앉아 있는 우리들 주위를 성큼성큼 걸을 때, 에델은 이것이야말로 지금 런던에서 벌어지고 있는 가장 중요한 사건이라고 생각한다. 어쩌면 그럴지도 모른다. 그런데, 나는 늙은 L 부인의 묘하게 민감하고 예민한 유대인 얼굴을 보고 있었다. 부인은 마치 나비의 촉각처럼 음악에 따라 떨고 있었다. 나이 든 유대인 여인들은 음악에 참 민감하다. 더없이 유순하고, 더없이 유연하다. 헌터 부인은 금줄로 만든 지갑을 손에 든 채, 납 인형처럼 침착하게, 장식을 달고, 못으로 박아놓은 듯 앉아 있었다.

---

12   Elizabeth Williamson, 1901~1980, 헌터 부인의 손녀. 대학에서 수학과 천문학을 가르쳤다.

## 2월 7일, 토요일

나머지 2, 3분 내에 감사하게도 『파도』가 끝나리라는 사실을 여기 적어두어야 한다. 15분 전에 "오, 죽음이여"라는 말을 썼다. 마지막 열 쪽은 순간순간 너무 강렬하게 도취되어, 마치 내 자신의 목소리, 아니면 어떤 다른 사람의 목소리를 비틀거리며 뒤쫓고 있는 것 같았는데(내가 미쳤을 때처럼), 나는 늘 내 앞을 날아가던 목소리들이 생각나서, 거의 무서운 생각이 들었다. 여하튼 이젠 끝났다. 그리고 지금 15분 동안 나는 영광과 평정 속에서 가만히 앉아 있었다. 그리고 토비 생각이 나서 눈물을 조금 흘리면서, 첫 페이지에 줄리언 토비 스티븐(Julian Thoby Stephen, 1881~1906)이라고 써도 될까, 하는 생각을 했다. 그러면 안 될 것 같다. 승리와 안도감은 지극히 육체적인 것이다! 잘됐건 못됐건 이젠 끝났다. 그리고 마지막 부분에서 분명히 느꼈던 것처럼, 그냥 끝마친 것이 아니라, 할 말을 잘 마무리했고, 완전하게 만들었다. 그것이 성급하게, 그리고 단편적으로 이루어졌다는 점은 알고 있다. 그러나 『등대로』를 끝내 갈 즈음, 로드멜의 내 창가에서 내다본 습지 위에 나타난 물의 사막에서, 그물로 물고기를 건져 올렸던 것처럼 말이다.

마지막 단계에서 재미있었던 것은, 준비해두었던 이미지나 상징을 내 상상력이 모두 집어 들어 사용하고 집어던질 때의 자유스러움과 대담함이다. 이것이야말로 그 이미지나 상징을 바르게 사용하는 방법이라고 확신한다. 처음에 시도했던 것처럼 시종일관된 한 묶음으로서가 아니라, 단순한 이미지로 사용하는 것이다. 그들을 전개하지 않고 단순히 암시만 한다. 이렇게 해서 바다와 새들의 소리와, 새벽과 정원을 무의식 속에 존재하게 해서, 지하에서 할 일을 하게 하는 것이다.


## 3월 28일, 토요일


어젯밤 아널드 바넷이 서거했다. 생각했던 것보다 나를 슬프게 한다. 사랑스러운 순수한 사람. 조심스럽고, 어쩐지 살아가는 모양이 약간 어색한 사람. 선의의 사람이었고, 진중하고, 친절하며, 세련되지 못한 사람이었다. 바넷은 자기가 거칠다는 사실을 알고 있었다. 막연하게 버둥거리면서 다른 무엇을 더듬고 있었다. 성공으로 포식했고, 감정이 상하기도 했으며, 탐욕스럽고, 굼뜬 사람. 견딜 수 없도록 산문적이며, 상당히 위엄도 갖추고 있었다. 고집스럽게 글을 쓰려고 했으나 항상 실망했다. 화려함과 성공에 현혹돼 있었다. 그러나 순박한 사람이었다. 지루한 늙은이. 에고이스트. 바넷은 능력을 가지고 있었음에도, 상당히 인생의 처분에 내맡겨져 있었다. 문학에 대한 견해는 구멍가게 주인 수준. 그러나 기초적 지식은 가지고 있었다. 기름과 번영에 둘러싸여 있었으며, 제국시대의 흉측한 가구에 대한 욕망으로 가득했다. 감수성이 있었다. 얼마간의 참된 이해력과 거대한 흡수력을 가지고 있었다. 이상이 오늘 아침 내가 신문에 기고할 원고를 쓰면서 간간이 생각했던 것들이다. 매일 천 자씩을 쓰겠다고 하던 바넷의 결심이 생각난다. 그리고 그날 밤 그 천 자를 쓰기 위해 총총걸음으로 나가던 일도 생각난다. 그리고 이제 다시는 그가 앉아 성실하고 예쁜, 그러나 단조로운 글씨로 정해진 양만큼의 쪽수를 채우기 위해 글을 쓰는 일이 없으리라는 생각이 나를 슬프게 한다. 그것이 누구든 간에 순수하게 보이는 사람이 사라지는 것을 안

타까워하는 것은 이상한 일이다. 바넷은 인생에 직접 부딪치고 있었다. 바넷이 나를 깎아내리려 했다는 점에서 그렇다. 그러나 나는 그가 계속해서 나를 깎아내리기를 바랐고, 나도 그를 깎아내리고 싶었다. 인생의 한 요소(비록 나에게는 먼 인연의 것이었으나)를 빼앗기고 말았다. 이런 일들이 힘든 부분이다.[13]

### 4월 11일, 토요일

아, 이미 쓴 것을 고치는 일에 지쳤다. 여덟 편의 평론, 이젠 단숨에 써내는 법을 배웠다는 생각이 든다. 너무 집착하지 않고. 글쓰는 일 그 자체는 어려울 것이 없다. 내가 괴로운 것은 고쳐 쓰는 일의 지긋지긋함이다. 써넣거나 빼버리는 일. 평론 주문은 그칠 줄을 모른다. 영구히 평론을 써나가는 수가 있다.

그러나 나에게는 나만의 문체가 없다. 글쎄, 얼마간의 인상은 남길 것이다. 그러나 그것에 대해 별로 할 말이 없다. 아니 오히려 할 말이 너무 많다. 그러나 그걸 말할 기분은 아니다.

### 5월 13일, 수요일

때때로 여기다 몇 문장씩 쓰지 않으면 사람들이 말하듯 나는 펜 잡는 법을 잊어버리게 될 것이다. 나는 지금 332쪽의 매우 압

---

13  아널드 바넷의 1930년 일기에는 그가 어떤 파티에 갔을 때 버지니아 울프도 손님으로 와 있었다는 사실을 적고 있다. 그리고 다음과 같이 부연하고 있다. "버지니아는 괜찮은 사람이었다. 다른 손님들은 우리 둘이 하는 말을 숨을 죽이고 듣고 있었다. Virginia is all right; other guests held their breath to listen to us." —레너드 주.

축된 『파도』를 처음부터 끝까지 타자하는 일에 몰두하고 있다. 매일 7, 8쪽을 타자한다. 이렇게 계속하면 6월 16일이나, 혹은 그 언저리에서 끝날 수 있을 것이다. 그러기 위해서는 상당한 결단력이 필요하다. 그러나 필요한 모든 곳을 고치고, 경쾌한 박자를 유지하고, 한데 아우르고, 확장하고, 그밖의 모든 마지막 과정을 마치기 위해서는 이밖에는 다른 방법이 없다. 이것은 마치 젖은 붓으로 화폭 전체를 문지르는 일과 같다.

## 5월 30일, 토요일

아니다, 방금 말했듯이, 지금 시각은 12시 45분. 더 이상 쓰지 못하겠다. 정말로 더 못 쓴다. 나는 지금 죽음의 장을 베끼고 있다. 두 번이나 고쳐 썼다. 오늘 오후에 다시 손보고 끝냈으면 좋겠다. 그러나 내 머릿속의 근육이 딱딱한 공으로 동그랗게 말리는 것은 어쩐 까닭인가! 이 책은 내 작품 가운데 가장 집중해서 쓴 책이다. 아, 일이 끝났을 때의 안도감. 그러나 가장 재미있는 책이기도 했다(지금 162쪽을 타자하고 있다. 그러니까 26일 동안에 반을 한 셈이다. 운이 좋다면 6월 1일에 끝낼 수 있을 것이다— 울프 주).

## 6월 23일, 화요일

그리고 어제 6월 22일, 낮이 점점 짧아지기 시작하는 날이라고 생각하는데, 나는 『파도』를 고쳐 찍는 일을 마쳤다. 맙소사, 그렇다고 일이 끝난 것은 아니다. 왜냐하면 이제부터 고쳐 찍은 것을 다시 고쳐야 하기 때문이다. 이 일을 시작한 것이 5월 5일이니까, 아무도 이번에 내가 조급했거나 부주의했다고 말할 수는 없다. 그러나 잘못된 곳과 단정치 못한 곳은 무수하게 많을 것이다.

## 7월 7일, 화요일

이 끝없는 교정 작업에서 헤어나(지금 간주 부분의 작업을 하고 있다) 몇 마디라도 자유롭게 쓸 수 있다면! 그보다 더 좋은 것은 아무것도 쓰지 않는 것이다. 그러고는 바람에 날리는 엉겅퀴처럼, 무책임하게 언덕 위를 걸어 다닐 수 있다면. 그러고는 내 뇌가 이처럼 단단하게 얽혀 들어간 매듭에서 빠져나올 수 있다면. 『파도』 이야기를 하고 있는 것이다. 이상이 7월 7일 화요일 열두 시 반 현재의 내 기분이다. 오늘은 좋은 날씨 같다. 후렴처럼 내 머릿속에 떠도는 말, 내 주위는 모두 아름다웠노라.

## 7월 14일, 화요일

지금은 7월 14일 아침 12시. 봅[14]이 파머가 연금을 받을 수 있도록 서명을 해달라고 나에게 왔다. 봅의 이야기는…… 주로 그의 새 집과 물 대야에 관한 것, 그리고 침실로 올라갈 때 아직도 촛불을 사용해도 되느냐는 것, 베시가 오늘 이사를 온다는 것, 자기가 1개월 예정으로 이탈리아로 떠난다는 것, 내 새 책을 한 권

---

14  R. C. Trevelyan, 1872~1951, 영국의 시인이자 번역가.

모이라 백작에게 보내줄 수 있느냐는 것, 이탈리아 사람들은 모두 백작이라는 것, 언젠가는 케임브리지 주변으로 네 명의 백작을 안내했다는 것 등이다. 파머…… 등등. 봅은 교대로 다리를 절면서, 모자를 벗었다 썼다 하면서, 문 쪽으로 갔다가 다시 왔다가 했다.

햄프턴 코트 장면의 교정을 방금 끝냈다는 말을 하려고 했다. (고맙게도 이것이 마지막 교정이다!)

내 『파도』의 이력은 다음과 같다.

본격적으로 쓰기 시작한 것이 1929년 9월 10일경.

초고를 마친 것이 1930년 4월 10일.

다시 쓰기를 시작한 것이 1930년 5월 1일.

다시 쓰기를 마친 것이 1931년 2월 7일.

다시 쓴 원고를 고치기 시작한 것이 1931년 5월 1일.

마친 것이 1931년 6월 22일.

타자한 원고를 고치기 시작한 것이 1931년 6월 25일.

타자 완료 예정이 1931년 7월 18일(희망컨대).

그다음은 교정보는 일뿐.

## 7월 17일, 금요일

그렇다, 오늘 아침이야말로 끝났다는 말을 할 수 있을 것 같다. 다시 말해 첫 부분을 다시 한 번, 그러니까 열여덟 번째 옮겨 썼다. L이 내일 이것을 읽는다. 그리고 나는 이 일기장을 열고 그의 판정을 적게 될 것이다(그날은 그의 판정을 듣지 못했다 —울프 주). 내 자신의 의견은, 맙소사, 이것은 어려운 책이다. 이 책처럼 긴장해본 적은 없는 것 같다. 그리고 솔직히 말해, 나는 L에게 신경을 쓰고 있다. 한 가지 이유는 L이 보통 때보다 더 솔직한 말을 할 것이기 때문이다. 이 작품은 실패일는지 모른다. 그러나 더 이상 어쩔 수 없다. 잘 쓰기는 했다고 생각하지만, 통일성이 없고, 너무 진하고, 움직임이 매끄럽지 못하다. 어쨌든 힘이 들었고, 간결하다. 어쨌든 나는 내 비전을 명중시키려고 했다. 그것이 성공하지 못했다고 해도, 올바른 방향으로 낚싯줄을 던진 것은 된다. 그래도 신경이 쓰인다. 전체 효과가 좀스럽고 깐깐할지 모른다. 신만이 아신다. 말했듯이, 내 마음 속의 꽤 불유쾌한, 작은 흥분에 힘을 주기 위해 되풀이해서 말하지만, 내일 밤이나 일요일 아침, L이 정원에 있는 내 서재로 원고를 가지고 와 앉으면서, "그런데"라고 시작할 그의 말에 몹시 신경이 쓰인다.


## 7월 19일, 일요일


  "이건 걸작이야"라고 L이 오늘 아침 내 별채 서재로 들어오면서 말했다. "당신이 쓴 책 가운데 최고예요." 그러면서 L이 처음 100쪽이 무척 어려워, 일반 독자가 얼마나 이해할 수 있을지 의심스럽다는 말을 했다는 것도 적어둔다. 그러나 하나님! 얼마나 내가 안도했는가! 나는 기쁜 나머지 라트 농장을 한 바퀴 돌려고 넘어지면서까지 빗속으로 나갔다. 노스이즈 근처의 경사면에 염소를 위한 농장 건설이 진행 중이며, 거기에 집이 한 채 들어설 것이라는 사실에 거의 체념하는 마음이 생겼다.

## 8월 10일, 월요일

지금—10시 45분—『파도』의 제1장을 읽었다. 단어 두서너 개와 쉼표 세 개를 제외하고는 아무것도 고치지 않았다. 그렇다, 여하튼 제대로 잘됐다. 마음에 든다. 이번만은 교정쇄에 연필 자국 몇 개만 내고 보낼 수 있을 것 같다. 이제 내 생각이 깊어진다. 나는 생각한다. "나는 장애물을 뛰어넘고 있다…… 우리는 레이몬드를 초대했다. 나는 머리가 아프고, 괴로운데도 바다 속을 천천히 걸어간다. 또 나는 …[15]을 얻을 수 있을지 모른다". 이번에는『플러쉬*Flush*』를 조금 쓰자.

## 8월 15일, 토요일

약간 흥분해 있다. 교정 일 때문에. 한 번에 몇 쪽씩밖에 읽을 수 없다. 이 책을 쓸 때도 그랬다. 이 황홀한 책이 가지고 있는 힘은 하늘만이 아실 것이다.

## 8월 16일, 일요일

똑 부러지게 할 일이 없어 일기를 쓰고 있는데, 이런 식으로 일기를 이용하는 것에 대해 일기에게 사과하지 않으면 안 된다. 다시 말해 나는 지금 교정을 보고 있는데 (오늘 아침에 마지막 장 교정을 보기 시작했다.) 그러고는 30분이 지나자 일을 멈추고, 집

---

15  판독 불능의 단어. A. O. 벨의 『*The Diary of Virginia Woolf*』에서는 box[?]로 판독하고 있다.

중했던 머리를 식혀야 한다는 사실을 깨달았다. 『플러쉬』의 일생을 쓸 수가 없다. 왜냐하면 리듬이 맞지 않기 때문이다. 여하튼 『파도』는 긴장되고 꽉 들어찬 작품이다. 내 머리를 이처럼 쥐어짜니 말이다. 평론가들은 뭐라고 말할까? 친구들은? 물론 그들은 별로 대수롭게 새로이 할 말이 없을 것이다.

### 8월 17일, 월요일

자, 방금 열두 시 반이 지났다. 『파도』의 마지막 수정 작업을 했다. 교정 완료. 내일 발송 예정. 결코, 결코 내가 이것을 다시 보는 일은 없을 것이라고 상상한다.

### 9월 22일, 화요일

홀트비 양[16]이 말한다. "이것은 당신의 다른 어느 작품보다 완전한 시입니다. 보기 드물게 섬세합니다. 아마도 『등대로』보다 인간의 마음을 더 깊게 꿰뚫어보고 있는 것 같습니다……." 내가 이 문장을 여기 옮기는 것은 그렇게 해도 내 체온에 영향을 미치지 않기 때문이다. 지난주 이맘때는 체온이 위험할 정도까지 내려갔다가 높아지곤 했는데, 지금은 올라가지 않고 정상이다. 아마 나는 안정을 되찾은 것 같다. 사람들은 그저 되풀이하는 재주밖에 없는 것 같다. 게다가 나는 많은 것들을 잊어버렸다. 내가 바라는 것은 사람들에게서 이것이 탄탄한 작품이고, 뭔가 의미하는

---

16 Miss Holtby, 1898~1935, 영국의 소설가.

바가 있다는 말을 듣는 것이다. 무엇을 의미하는지는 나도 다른 책을 쓸 때까지 모를 것이다. 나는 평론가라는 사냥개들을 멀리 따돌린 들토끼다.

## 타비스톡 광장 52번지에서. 10월 5일, 월요일

한 마디 적어둘 것은, 내가 기쁜 나머지 떨고 있다는 사실이다. 『편지』 쓰는 일을 계속할 수 없을 정도로. 까닭은 해럴드 니콜슨이 전화로 『파도』가 걸작이라고 말해 왔기 때문이다. 그러니, 그러니 만사 헛수고는 아니었던 셈이다! 내가 이 작품에서 가졌던 비전이 다른 이들의 마음에 어떤 영향을 미칠 수 있었다는 말이다. 이제 담배를 한 대 피우고 진지한 일로 돌아가자.

그런데, 이 자기중심적인 일기를 계속 쓰는 일. 나는 그리 흥분돼 있지는 않다. 그렇지 않다. 보통 때보다는 냉담하다. 만약 『파도』에 어떤 가치가 있다고 해도 이것은 나 혼자만의 모험이어서, 친애하는 오랜 친구 『리터러리 서플리먼트』가 눈을 깜박거리고, 미소 짓고, 돌봐주는 척해도 (『타임스』치고는 길고 친절하며 솔직한 서평이었는데) 이 모든 말들이 내 마음을 크게 움직이지는 못했다. 『액션』에 실린 헤럴드의 글도 마찬가지였다. 물론 어느 정도는 마음이 움직인다. 만약 악평을 받았다면 나는 불행했을 것이다. 그러나 나는 이미 이런 악평에서 멀리 떨어져 있다. 게다가 우리는 사람들을 만나고, 소포를 부치고 하느라 지쳐 있다. 이처럼 소원한 느낌이 든다는 것이 좋은 일인지. 다시 말해 『파도』는 그들이 생각하고 있는 책이 아니라는 사실. 그들(『타임스』 사람들)이 등장인물들에 대해 칭찬을 하는 것은 이상한 일이다. 나는 전혀 등장인물을 만들지 않으려고 했던 것인데. 그러나 나는 피곤하다. 내 습지와 내 언덕이 그립다. 바람이 시원한 내 침실에서 아침에 조용히 눈을 뜨고 싶다. 오늘 밤엔 방송. 내일은 로드멜로 간다. 다음 주에는 또 전쟁이다.


## 10월 9일, 금요일

정말이지, 이 난해한 책이 다른 어떤 책보다 "반응"이 좋다. 『타임스』에도 평이 났다.[17] 이것은 나에게는 처음 있는 일이다. 더군다나 잘 팔린다. 사람들이 그처럼 어렵고 지겨운 것을 읽다니 참으로 뜻밖의 기묘한 일이다!


## 10월 17일, 토요일

『파도』에 관한 추가 메모. 최근 사흘 동안 매상이 50부 정도로 떨어졌다. 하루에 500부씩이나 팔리는 큰 불길 뒤에 내가 예언했던 것처럼 장작이 다 타버리고 만 것이다. (3천 부 이상 팔릴 거라고는 생각지 않았다.) 그 까닭은 도서관에서 책을 읽는 사람들이 이 책을 끝까지 읽지 못하고 반품하기 때문이다. 그래서 내 예상은 앞으로 6천 부까지는 조금씩 팔리다가 뚝 끊어질 것인데, 그렇다고 완전히 죽지는 않을 것이다. 왜냐하면 이 책은, 자만심을 버리고 상투적인 표현을 쓰자면, 박수갈채 속에 등장했기 때문

17  1931년 10월 9일자에 실린 글에는 다음과 같이 적혀 있다. "Like some old Venetian craftsman in glass, Mrs Woolf spins the coloured threads, and with exquisite, intuitive sensibility fashions ethereal frailties of enduring quality."

이다. 모든 지역에서 열광적으로 읽혔다. 나는 모건 부부의 말처럼, 어떤 의미에서 상당한 감동을 받고 있다. 무명의 지방 평론가들은 거의 이구동성으로 말한다. 이것이야말로 울프 부인의 최고의 작품이다. 이것은 대중적인 작품은 아니다. 그러나 그녀가 이것을 썼으므로 우리는 그녀를 존경한다. 그리고 『파도』는 확실히 감동적이다, 라고. 나는 이 시대의 일류소설가가 될지도 모를 위험에 처해 있다. 그것도 인텔리들만을 위한 것이 아닌.

## 11월 16일, 월요일

『파도』에 대해 모건이 자발적으로 보내준 편지에서 한두 문장을 여기다 베끼는 (그래도 되나?) 즐거움을 스스로에게 선사하려고 한다.

"『파도』를 다시 한 번 읽고 나서 다시 편지를 드리려고 합니다. 나는 이 책을 읽으면서 케임브리지에서 주위 사람들과 이 책에 대해 이야기를 해왔습니다. 매우 중요하다고 느끼는 책에 관해 스스로를 표현하는 일은 쉽지 않지만, 하나의 고전을 만났다고 믿는 데서 오는 일종의 흥분을 느끼고 있습니다."

감히 말하거니와, 이 편지는 지금까지 어떤 책에 관해 받았던 어떤 편지보다 더 알찬 기쁨을 나에게 준다. 그렇다, 모건한테서 온 것이기에 그렇다. 우선 이 편지는 나에게 내가 그처럼 고독한 길을 걸어온 것이 옳았다고 생각할 이유를 제공해준다. 또 한 가지는 내가 오늘 런던 시내에서 새 책에 대한 구상을 했다는 것. 가게나 술집 주인들, 그리고 서민 생활의 정경들. 이 계획을 모건의 승인을 받아 확정지었다. 다디도 마찬가지 생각이다. 그렇다. 만약 내가 살아 있다면, 50에서 60세 사이에 아주 괴상한 책을 몇 권 쓰고 싶다. 내 머릿속에서 구상해온 생각들을 정확히 형상화할 시기가 마침내 왔다고 생각한다. 이 출발점에 오기까지 얼마나 오랜 동안 고생했던가! 만약 『파도』가 내 자신의 문체로 쓴 최초의 작품이라면 말이다! 내 문학 생애의 진기한 이야깃거리로 적어두는데, 나는 로저와 리튼이 『파도』를 좋아하지 않는다는 생각이 들어 그들과 마주치는 것을 애써 피하고 있다.

나는 열심히 일하고 있다. 내 방식대로. 새로운 『보통의 독자』[18]의 처음에 실을 엘리자베스 시대의 작가에 관한 두 개의 긴 원고를 윤문 중이다. 그런 뒤에 이들 논문들의 긴 일람표를 전부 검토해야 한다. 뇌의 뒷부분에서 새로운 비평 방식을 생각해낼 수 있다는 느낌도 든다. 『타임스』에 싣는 논문들보다 덜 딱딱하고, 덜 형식적인 것을. 그러나 이 책에서는 기존의 스타일을 지켜야 한다. 그러나 그러기 위해 어떻게 하면 되는가? 잘만 하면 책이나 사람들에 관해 써나갈, 더 간단하고, 미묘하고, 치밀한 방법이 있을 것이다. (『파도』는 7천 부 이상 팔렸다.)

---

18  『보통의 독자』는 총 두 권으로 출간되었다. 첫 번째 『보통의 독자』는 1925년, 두 번째 『보통의 독자』는 1932년에 출간되었다.

# 1932년(50세)

## 1월 13일, 수요일

늘 그렇지만 지금 나는 나 자신에게 사과하고 있다. 오늘은 새해 첫날이 아니다. 오늘은 13일이고, 나는 인생의 권태와 쇠퇴기 한가운데에 있다. 나는 벽에다 대고 말 한마디 속삭일 기운도 없다. 『파도』가 얼마나 힘들었는지 나는 아직도 몸이 뻐근하다!

앞으로 20년을 더 기대할 수 있을까? 오는 25일, 그러니까 다다음 주 월요일에 나는 쉰 살이 된다. 어떤 때는 내가 이미 250년을 산 것 같은 느낌이 들 때가 있고, 또 어떤 때는 버스를 탔을 때 그 안에서 내가 제일 젊다는 느낌이 들 때가 있다. (네사는 앉을 때마다 늘 그런 느낌이 든다고 한다.) 앞으로 소설을 네 편 더 쓰고 싶다. 『파도』와 『문 두드리는 소리』와 같은 유형의 소설을. 그리고 영문학을 초서에서 로렌스까지 훑어보고 싶다. 치즈에 실을 꿰듯이, 또는 어떤 바지런한 벌레가 이 책 저 책으로 종이를 씹어 먹으면서 나아가듯이. 이 계획은 내 작업 속도가 느리다는 점, 그리고 내가 점점 더 느려지고, 점점 더 멍청해지고 있다는 점, 또 내가 뭐든지 급한 대로 대충 하지 못한다는 점 등을 고려해서, 앞으로 내가 20년 더 살 수 있다면 충분히 할 수 있다고 생각한 일거리다.

## 1월 31일, 일요일

내가 『젊은 시인에게 보내는 편지』의 최종판이라고 부르는 것을 방금 끝냈기 때문에 잠시 숨을 돌릴 수 있다. 이 글의 냉소적인 말투로 보아, 종결이라는 것은 확실치 않다는 것을 알 수 있다. 글 쓴다는 것이 점점 더 어려워진다. 지금은 단숨에 쓴 것을 압축하고 고쳐 쓰고 있다. 여기서 자세히 밝힐 필요가 없는 목적 때문에, 앞으로 한 동안 이 일기를 대화를 위해 사용하고 싶다.

## 2월 8일, 월요일

『보통의 독자』를 또 쓰겠다는 말을 왜 했을까? 그걸 쓰자면 몇 주일이나, 몇 달이 걸릴 텐데 말이다. 가끔 기분전환 삼아 그리스어나 러시아어를 읽는 것을 별개로 치고, 1년 동안 영문학만 공부한다면, 틀림없이 소설적인 내 뇌에 도움이 될 것이다. 어쨌든 머리를 쉬게 될 것이다. 어느 날 갑자기 둑이 터진 것처럼 소설이 쏟아져 나올 것이다. 아침나절 오랜 시간 던[1]에 대한 글을 쓰고 나서 감상을 쓰고 있다. 다시 고쳐 써야겠지만, 할 만한 가치가 있는 것인지? 나는 한밤중에 텅 빈 넓은 방에 있는 듯한 느낌으로

---

1    John Donne, 1572~1631, 대표적인 형이상학파 시인.

눈을 뜬다. 리튼은 죽었고, 그 공장들을 짓는다는 이야기. 그것이 무슨 의미가 있는가. 인생은, 내가 일을 하지 않을 때는, 갑자기 얇아지고, 아무래도 좋은 것이 된다. 리튼이 죽었는데, 그 죽음을 분명히 보여주는 것은 아무것도 없다. 그런데 사람들은 그에 관해 천박한 원고들을 쓰고 있다.

## 2월 11일, 목요일

내 머리는 『문 두드리는 소리』만을 생각하고 있다(제목을 뭐라고 하면 좋을지?).[2] 이것은 주로 『웰스의 여성론』을 읽은 탓이다—여성은 지난 10년 동안 시험을 받아왔는데, 아무것도 증명한 것이 없으니, 미래 세계에서 여성은 보조적이고 장식적이어야 한다는 등.[3]

## 2월 16일, 화요일

나는 방금 던의 원고를 "완료"했다. 여기서 따옴표는 반어적으로 사용된 것이다. 던은 위대한, 그러나 선의의 노력가라고 생각한다. 나는 글을 쓰고 싶어 몸이 떨리고 좀이 쑤신다. 글의 제목을

---

2   훗날의 『3기니』.―레너드 주.

3   웰스는 그의 『The Work, Wealth and Happiness of Mankind』(1932)의 11장 「The Role of Women in the World's Work」에서 다음과 같은 여성 비하적인 발언을 하고 있다. "Hitherto the role of women has been decorative and ancillary. And today it seems to be still decorative and ancillary (…) Her recent gains in freedom have widened her choice of what she shall adorn or serve, but they have released no new initiative in human affairs (…)"

뭐라고 하나? "이것이 남자다?", 아니다, 너무 노골적으로 페미니스트 냄새가 난다. 그럼 그 속편을 쓰자. 그 일을 위해 나는 세인트 폴 사원을 몇 개라도 폭파시킬 만큼의 충분한 화약을 준비해 두었다. 이 글엔 네 개의 그림이 들어갈 예정이다. 그리고 『보통의 독자』를 계속해야 한다. 한 가지 이유는 내 자격 증명을 위해.

## 5월 17일, 화요일

비평에 대한 바른 태도는 무엇일까? B 양이 『스크루터니』에서 나를 공격할 때 나는 무엇을 느끼고, 무슨 말을 해야 하나?[4] B 양은 젊고, 케임브리지 출신에다 열정적이다. 그리고 B 양은 내가 매우 서툰 작가라고 말한다. 지금 내가 해야 할 일은 남이 한 말의 핵심에 주목하고 (즉, 내가 깊이 생각하지 않는다는 점) 비평이 가져다 준 에너지의 작은 반동을 이용해서 더 강하게 자기 자신을 지키는 것이라고 생각한다. 앞으로 정말 내 평판이 내려갈지도 모른다. 나는 조소당하고, 손가락질을 당할 것이다. 어떤 태도를 취해야 하나, 분명히 아널드 바넷과 웰스는 젊은 사람들의 비평을 잘못 받아들였다. 가장 좋은 방법은 괘씸하게 생각하지 않는 것이다. 그렇다고 해서 오래 참고, 기독교적으로 순종하는 것도 아니다. 물론 나는 (대충 분석해볼 때) 극단적인 무모함과 겸손이 묘하게 혼합되어, 칭찬과 비난에서 재빨리 회복한다. 그러나

---

4   뮤리얼 브래드브룩(Muriel C. Bradbrook, 1909~1993)은 1932년 5월 『스크루터니』에 실린 글에서 다음과 같은 말을 하고 있다. "To demand 'thinking' from Mrs Woolf is clearly illegitimate: but such deliberate repudiation of it and such a smoke screen of feminine charm is surely to be deprecated." 브래드브룩은 나중에 (1965) 케임브리지 대학의 영문학 교수가 되었다. 셰익스피어의 권위자.

나는 확실한 태도를 가지고 싶다. 가장 중요한 것은 자신에 대해 너무 깊이 생각하지 않는 것이다. 비난을 솔직하게 검토할 것. 그러나 너무 요란스럽게 굴거나 불안해지는 말 것. 또 하나의 극단, 즉, 어떤 일이 있더라도 지나치게 생각함으로써 보복하려고 들지 말 것. 자, 이제 가시는 뽑혔다. 너무 쉽게 뽑혔는지 모르지만.

## 5월 25일, 수요일

지금 『데이비드 코퍼필드』[5]를 "끝마쳤다". 그리고 스스로에게 자문한다. 뭔가 좀 더 유쾌한 분위기로 도망갈 수는 없는 가. 좀 더 확산되고, 향기를 내고, 감각이 있는 살아 있는 인간이 될 수는 없는 것인가? 내가 겪고 있는 이 고통! 나는 얼마나 무서울 정도의 강한 감수성을 가지고 있는가! 지금, 우리들이 이곳으로 돌아오고 난 뒤, 나는 하나의 공처럼 쪼그라들었다. 보조를 맞출 수가 없다. 사물에 활력을 불어넣을 수가 없다. 놀랍도록 초연한 느낌이다. 젊은 사람들을 보니 내가 늙었다는 사실을 깨닫게 된다. 아니, 그것은 정확치 않다. 그저 앞으로 1년가량을 어떻게 견디나, 하는 생각을 한다. 생각해보라. 그래도 사람들은 살아가고, 그들 얼굴 뒤에서 어떤 일이 벌어지고 있는지 상상도 안 간다. 모든 표면은 딱딱하다. 나는 연달아 매를 맞고 있는 하나의 유기체에 불과하다. 어제 꽃 전시회에서 만났던 굳은 표정의 분칠한 얼굴들이 오싹하다. 이 모든 것들의 허망한 무의미함. 내 자신의 우둔함과 우유부단함에 대한 증오. 아무 의미 없이 다람쥐 쳇바퀴 돌듯,

5    찰스 디킨스의 소설(1850).

앞으로 앞으로 나가고 있는 듯한 진부한 느낌. 리튼의 죽음[6], 캐링턴의 죽음[7], 리튼과 이야기하고 싶은 갈망. 이 모두를 빼앗겼고, 이모두가 사라졌다……. 여성. 즉 직업에 관한 내 책. 소설을 또 하나쓸까. 지적 능력이 결핍된 스스로에 대한 경멸. 웰스를 읽어도 모르겠다……. 사교. 옷을 사는 것. 로드멜이 엉망이 되었다. 영국 전체가 엉망이 되었다. 한밤중에 우주 전체가 잘못되었다는 공포에휩싸인다. 옷 사는 일. 본드 거리가 싫고, 옷에 돈 쓰는 것이 싫다.가장 나쁜 것은 풀 죽은 불모의 느낌. 눈이 아프고, 손이 떨린다.

이 완전한 공허함과 지루함의 계절에 레너드가 한 말이 생각난다. "어찌된 노릇인지 일이 잘못되었다." 그것은 C가 자살한 날밤이었다. 우리는 공사장 발판이 있는 조용하고 파란 거리를 걷고 있었다. 나는 모든 폭력과 불합리가 공중을 가로지르는 것을보았다. 우리들은 작았고, 밖은 소란스러웠다. 뭔가 무섭고 불합리한 것, 이 주제로 책을 쓸 수 있을까? 그것은 내 세계에 질서와속도를 가져오는 한 방법이 될 것이다.


## 5월 26일, 목요일

오늘은 내 머리를 짓누르던 무게가 갑자기 사라지고, 생각하고, 논리적으로 사고하고, 한 가지 일에 집중할 수가 있다. 어쩌면이것이 새로운 분출의 시작일는지 모른다. 또는 어젯밤 L과 이야기를 주고받은 탓인지도 모른다. 나는 내 우울증을 분석해 보려고 했다. 내 머리 속에는 비판적인 것과 창조적인 두 종류의 생각

---

6    1932년 1월에 암으로 사망.
7    Dora Carrington, 1893~1932, 영국의 화가. 결혼하기는 하였으나 사랑하던 리튼 스트레이치가 죽자 그를 따라 두 달 뒤 권총으로 자살했다.

이 있는데, 이들의 갈등 때문에 내 머리가 피곤하다. 내가 바깥의 싸움, 소음, 불확실성에 과도하게 괴로워하고 있다는 점. 오늘 아침 내 머릿속은 상쾌하며, 내부는 긴장하거나 동요하지 않고 부드러운 느낌이 든다.

## 6월 28일, 화요일

방금 "드 퀸시[8]를 마쳤다". 이처럼 나는 매일 매일의 일정표를 잘 지켜서, 6월 말일에 『보통의 독자』를 넘겨주려고 한다. 그런데 그날이 목요일이라니 난감하다. 작년 여름은 『파도』를 쓰느라 이처럼 고생하면서 여름을 보냈다. 그것에 비하면 지금 일은 훨씬 덜 고생스럽다(이 표현의 기원은 무엇일까? 크리켓의 공 던지기에서? 아니면 당구에서?).[9] 여하튼 타는 듯한 더위에 정신이 희미해진다. 국왕의, 제왕의, 이런 말들을 나는 광장에서 중얼거리고 있다. 어제는 무척 더웠다. 프린스 머스키[10]가 말이 유창한 러시아 부인을 데리고 왔을 때도 더웠다. 유창하다는 것은 그녀가 기운이 넘쳐났고, 슬라브인 특유의 제스처가 많았다는 뜻이다. 그러나 머스키는 입을 꼭 다물고 있었다. 입을 열어도 몇 마디 내뱉을 뿐이었다. 그의 이는 누렇고, 고르지 않았으며, 이마에는 주름이 있었다. 절망과 고뇌가 얼굴에 역력했다. 그는 영국에서 12년간이나 하숙 생활을 해왔는데, 이제는 러시아로 "영원히" 돌아간다.

---

8   1785~1859, 영국의 소설가. 대표작은 『*Confessions of an English Opium-Eater*』

9   원문은 "This is less severe by a long chalk." 이 표현은 영국의 선술집에서 외상값을 분필로 적던 관습에서 나온 표현이다.

10  Prince Dmitry Syvatopolk Mirsky, 1890~1940, 러시아 출생의 사학자이자 비평가. 런던 대학의 러시아 문학 강사. 뒤에 본국으로 돌아가 강제수용소에서 사망.

그의 눈이 빛났다가 어두워졌다가 하는 것을 보면서 나는 속으로 생각했다. 머지않아 총알 하나가 당신의 머리에 박힐 것입니다, 라고. 이것이 전쟁이 낳은 결과 중 하나다. 덫에 걸려 갇혀 있는 이 남자. 그러나 그렇다고 해서 차 마시는 일이 즐거워지지는 않았다.


## 6월 29일, 수요일[11]

펜촉을 빨 때마다 내 입술은 잉크로 까맣게 된다. 잉크병에 담을 잉크가 없다. 지금 시간은 12시 10분. 방금 하디를 끝냈다. 그리고 다음 주 수요일까지는 『보통의 독자』를 완전히 끝내겠다고 스스로에게 약속한다. 오늘은 일요일. 어젯밤 열 시에 체펠린 비행선이 배꼽에 불이 달린 끈을 늘어뜨린 채 지나갔다. 이것으로 발레 공연의 마지막 날 밤에 가지 않았다고 후회했던 일도 위안이 되었다. 내 책상을 정리했는데, 이 책상은 내가 없는 동안 존이 사용할 것이다. 이제부터는 크리스티나 로세티에 덤벼들어야 한다. 그렇지만 자기가 쓴 글에 그리 쉽게 싫증이 나다니!

오늘은 수요일이지만[12], 실토하건대 아직 『보통의 독자』는 끝내지 못했다. 더군다나, 잘 썼다고 생각했던 마지막 글을 전부 다시 써야 한다. 짧은 글들을 한데 모아 책으로 엮는 일은 당분간 하지 않을 작정이다.

---

11  7월 3일(일요일)의 잘못인 듯.
12  이 부분은 7월 6일에 쓴 듯.

## 7월 11일, 월요일

새 펜을 집어 들고 새 쪽에다 이제는 현실이 된 다음 사실들을 적어두자. 즉 『보통의 독자』의 제2권 둘레에 녹색 고무 밴드를 끼웠고 지금은 1시 10분 전, 2층으로 가져갈 수 있는 상태로 거기 놓여 있다는 사실. 큰일을 해냈다는 느낌은 없다. 지겨운 일이 끝났다는 느낌뿐. 그러나 감히 말하건대, 이 책은 충분히 좋은 읽을 거리다. 그래도 이런 책을 또 하나 쓰기는 힘들 것 같다. 책 속을 파고드는 데 있어서 이 책보다 더 빠른 지름길을 알아내지 않으면 안 된다. 그러나 고맙게도 이것은 지금 당장 할 일은 아니다. 지금은 쉬고 있다. 다시 말해 내일은 뭘 쓸까, 하는 궁리를 하고 있다. 차분히 앉아 생각할 수 있다.


## 7월 13일, 수요일

하나의 유망한 소설을 구상하다가 잠이 들었다. 이것이 글 쓰는 방법이다. 언제나처럼 내 운명을 개선할 방책을 되씹고 있다. 우선 오늘 오후 리젠트 파크를 혼자 산보하는 것으로 시작하겠다. 내가 하고 싶은 말은 왜 하나라도 하고 싶지 않은 일을 하는가, 라는 것이다. 이를테면 모자를 사거나, 책을 읽는 일. 나이 든 조지프 라이트[13]나 나이 든 리지 라이트[14] 같은 사람들을 존경한

---

13  Joseph Wright, 1855~1930, 영국의 언어학자. 옥스퍼드 대학의 교수. 여섯 권으로 된 그의 『The English Dialect Dictionary』는 기념비적인 업적으로 일컬어진다. 그는 학생이었던 엘리자베스 메리 리와 공저로 고대·중세 영어에서 중요한 업적을 남겼다.
14  Elizabeth Wright, 1863~1958, 처녀 때 이름은 엘리자베스 메리 리.

다. 정말 오전 중에 제2권[15]이 왔으면 좋겠다.[16] 라이트는 방언 사전을 만든 분이다. 라이트는 구빈원 출신의 소년이다. 그의 어머니는 파출부였다. 라이트는 목사의 딸인 리 양과 결혼했다. 나는 방금 그들의 연애편지를 존경 어린 마음으로 읽었다. 라이트가 말했다. "언제나 즐거운 일을 하세요. 그러면 적어도 한 인간은 행복해지지 않습니까." 조와의 결혼을 생각하고 있던 리는 세부적인 것들이 전체의 일부가 되게 하십시오, 균형이 제대로 잡히게 하십시오, 라고 말했다. 우리가 했음직한 말을 하는 사람기란 기이하게도 참 드문 일이다. 인생에 대한 그들의 태도는 우리와 매우 닮았다. 조는 매우 건장하고 강건한 사람이다. "어떤 점에서 나는 매우 독특한 사람입니다"라고 조가 말했다. 우리는 조와 리지의 기록을 조금이라도 후세에 남겨야 한다. 조는 일을 다니시는 나이 드신 어머니를 옥스퍼드에 데려갔다. 어머니는 올 솔즈 대학을 소비조합 매점으로 만들면 좋을 거라는 생각을 했단다. 조는 주먹이 셌고, 애들을 쥐어박았다. 학문에 대한 조의 생각, 그것은 어떤 것일까? 때때로 나도 학문이 있으면 좋겠다고 생각한다. 발음과 방언에 대한 학문. 그러나 그건 무엇에 쓰나? 내 말은 그럴 생각이 있으면 왜 뭔가 아름다운 것을 만들지 않는가? 그렇다. 그러나 한편 학문이 승리한다는 것은 뭔가 영원히 남을 것을 만들기 때문이다. 조의 사전 덕분에 지금은 누구나 방언에 대해 알고 있다. 조는 시드니 웹과 월터 리프[17]의 더 거칠고 건장한 변종이다. 우둔하고 털투성이다. 그 두 사람보다 더 유머가 있고 힘

---

15  『The Life of Joseph Wright』(1932)의 제2권.
16  당시 울프는 라이트의 부인이 쓴 두 권으로 된 『The Life of Joseph Wright』를 읽고 있었다.
17  Walter Leaf, 1852~1927, 호머를 연구한 학자, 1919년부터 웨스트민스터 은행의 은행장을 역임했다.

이 세다. 밤새워 일하고, 목욕하고는 이튿날 다시 종일 일할 수 있다. 그들을 만나게 해준 것은 토비[18]의 수양어머니 와이스 양이었다. 그녀는 리지에게 목사관에서 꽃 가꾸는 일을 그만두고 옥스퍼드로 가라고 했다. 리지는 한가락 있는 여성이었다. 리지는 조가 어떤 일자리를 권해도 받아들이지 않았다. 신세를 지면 조의 쇠사슬에 묶인 곰 신세가 될 것 같았다는 것이다. 그러나 리지는 조와 결혼했다. 1896년 버지니아 워터네 집 근처 숲속에서 길을 잃었는데, 한 시간이나 앉아 고민한 끝에, 리지는 조의 청혼을 받아들였다. 그들은 빵 가게 마차를 얻어 타고 와이스 양에게 돌아왔다. 흥미진진한 이야기다. 조는 하인들에 관한 것이라면 무엇이든지 알고 있었다. 조는 14세에 독학으로 글을 깨쳤다. 1주일에 2페니씩 받고 침실에서 제분소 애들을 가르쳤다고 한다. 보기에는 무뚝뚝하지만, 매우 섬세한 사람이었던 것 같다. 이 글은 내가 얼마나 그들을 만나보고 싶었는가에 대한 하나의 증언이다. 지금 그녀에게 편지를 쓰고 싶다. 눈이 크고 빛나는 멋진 얼굴. 그렇다, 그러나 제2권에서는 어떤 일이 일어나나?


## 로드멜에서, 8월 5일, 금요일

어제 아침을 먹을 때 L이 내 방에 와서 "골디[19]가 죽었어요"라고 말했다. 골디를 잘 알지는 못했으나, 케임브리지의 믿음직스러운 친구들에 대해 품고 있던 것과 같은 감정을 그에게 느끼고

---

18  Donald Francis Tovey, 1875~1940, 에든버러 대학의 음악 교수. 일찍이 그의 재능을 알아본 소피 와이스 양(Miss Sophie Weisse, 1852~1945)이 그를 양자처럼 키웠다.

19  Goldsworthy Lowes Dickinson, 1862~1932, 영국의 사학가. 블룸즈버리 그룹과 밀접한 관계에 있었다.

있었다. 그리고 물론 『파도』에 대해 골디가 쓴 글이 마음에 들어 더 친해진 면도 있다. 나는 우리 모두가 어떤 거대한 작업의 한가운데 있다는, 참으로 이상한 느낌이 든다. 인생이라는, 이 사업의 영광. 죽을 수 있다는 것. 헤아릴 수 없는 광대함이 나를 감싸고 있다. 아니, 뭐라고 표현하기가 힘들다. 이 생각을 흘러가는 대로 내버려두면 틀림없이 "소설"이 될 것이다. (내 발상은 언제나 이렇게 나오고, 그것이 응축되어 소설이 된다.) 밤에 L과 다시 죽음에 대한 이야기를 했다. 금년 들어 두 번째다. 우리는 자동차에 깔린 벌레같이 되리라는 것. 벌레는 자동차에 대해 무엇을 알고 있을까. 그 차가 어떻게 만들어졌는가, 등. 이 모든 것엔 어떤 이유가 있을는지 모른다. 설사 있다고 해도, 우리 인간이 알 수 있는 이유는 아니다. 골디는 모종의 신비적인 믿음을 가지고 있었다.

우리는 루이스 경마장에 가서 까만 옷을 입은 그 살찐 부인을 보았다. 그녀는 사냥용 의자 위에 불안하게 앉아 있었는데, 그녀의 거대한 몸의 일부가 옆으로 삐져나와 있었다. 스포츠를 좋아하는 사회의 잡동사니 같은 인간들이 뒷좌석에 피크닉 바구니를 가득 실은 차를 탄 채 줄지어 있는 것을 보았다. 말에 돈을 건 사람들이 고래고래 소리 지르는 것을 들었다. 한순간 얼굴이 빨간 기수들에게 채찍을 맞으며 세차게 힘껏 땅을 차며 달려가는 말들을 보았다. 소리가 요란했다. 단단하고 긴장된 근육의 느낌. 언덕 저쪽의 바람 불고 해가 빛나는 경치가 황량하고 멀어 보였다. 나는 그들을 경작되지 않은 땅인 양 바라볼 수 있었다.

## 8월 17일, 수요일

『보통의 독자』를 더 이상 고칠 수 없을 때까지 고쳤다. 그리고 원고를 L한테 가져갈 때까지 몇 분 동안의 휴식이 주어졌다. 그럼 내가 다시 정신을 잃었던 이야기를 할까? 지난 목요일 밤 테라스에 L과 앉아 있을 때, 내 머릿속에서 달려가는 동물의 발굽들이 미쳐 날뛰기 시작했다. 더위 끝에 참 시원하네요, 라고 내가 말했다. 마치 단단한 에메랄드처럼 종일 타오르던 언덕이, 멋진 어둠속으로 사라지는 것을 우리는 보고 있었다. 그때는 부드럽고 아름답게 베일이 내리고 있었다. 그리고 흰 부엉이가 늪지에서 생쥐를 잡기 위해 날아가고 있었다. 그때 가슴이 뛰어 올랐다가 멎었다. 그리고 다시 뛰어 올랐다. 그리고 그 기묘한 쓴맛을 목구멍 뒤에서 느꼈다. 그러고는 맥박이 머릿속에서 뛰어 오르고, 점점 더 거칠고, 점점 더 빠르게 치고 또 쳤다. 기절할 것 같아요, 라고 말하면서 의자에서 미끄러져 풀밭 위에 누웠다. 아니, 의식이 없는 것이 아니었다. 나는 살아 있었다. 그러나 머릿속에서는 온통 동물들이 떼 지어 싸우고, 달리고, 발을 구르고 있었다. 이러다간 내 머릿속에서 뭔가가 터지지, 라고 생각했다. 그 고통은 천천히 가라앉았다. 한없는 곤란과 두려움 속에서 기를 쓰고 일어나 비틀거렸는데, 이번에는 정말로 정신을 잃었다. 고통스럽게 마당이 길어지고, 찌그러지면서 뒤로, 뒤로, 뒤로 물러났다. 내 몸을 추스를 수 있을까? 집까지. 가까스로 내 방까지 와서 침대에 쓰러졌다. 그러고는 아이를 낳을 때와 같은 고통. 그 고통도 천천히 사라졌다. 그러고는 점멸하는 등불처럼, 더없이 걱정하는 어머니처럼, 조각이 난 내 몸을 돌보며 누워 있었다. 매우 강렬하고 불유쾌한 경험.

## 8월 20일, 토요일

어제는 런던에서 묘한 하루를 보냈다. L 방의 창가에 서서, 이 순간을 주목해봐요, 21년 동안 이렇게 더운 적은 없었어요, 라고 혼잣말을 했다. 서재에서 호가스 출판사까지 가는데 마치 부엌을 지나가는 것처럼 바람이 뜨거웠다. 밖에는 처녀애들과 젊은이들이 흰 옷을 입고, 네모난 풀 위에 누워 있었다. 너무 더워서 우리는 식당에 앉아 있을 수가 없었다. L은 물건을 가져오거나 가져가거나 하면서 나에게는 내 자신의 몸을 이끌고 2층에 올라가지도 못하게 했다. 돌아올 때 우리는 자동차를 닫고, 앞 유리창을 열었다. 이처럼 우리는 뜨겁고 거친 강풍 속에 앉아 있었는데, 좁은 길과 숲에 다다르자 바람은 기분 좋게 시원하고 상쾌해졌다. 가장 시원한 장소는 40마일, 혹은 50마일로 전면 창을 열고 달리는 자동차의 앞좌석이다. 오늘 현재 시간은 12시 반. 바람이 불기 시작한다. 구름이 내려왔다. 지금 시간은 3시 4분, 거의 보통 여름 날씨의 더위다. 이 더위가 열흘 동안 계속됐다. 기절하고 난 뒤부터는 머리가 곧잘 지끈거린다. 아니면, 지끈거린다고 생각한다. 갑자기 죽을 수 있다는 생각이 들어, 그렇다면 실컷 먹고, 마시고, 웃고, 금붕어에게 먹이를 주자, 고 생각한다. 이상한 노릇이다. 사람들이 죽음에 대해 바보 같은 말들을 하고, 사람들이 죽음을 하찮게 알고, 몽테뉴가 말한 것처럼, 처녀들과 유쾌한 젊은이들과 웃고 있는 모습을 보이고 싶어 한다는 것은. L이 연못에 말뚝을 박아 구획 표시를 하고 있는데, 나는 거기서 사진을 찍을 예정이다. 울프 부인에 관한 책이 세 권 더 나온다.[20] 그러니 언젠가 내 작업

---

20  실제로는 위너프레드 홀트비의 책만이 간행되었다.(1932년 10월)

에 대한 기록을 만들어야겠다고 생각한다.[21]

　오늘 아침에는 주저하고, 망설이고, 떨기도 했지만 금년은 참 좋은 여름이다. 아름답게 조용하고, 상쾌하며, 강력하다. 내년 여름도 이와 같은 좀 더 인간적인 생활을 하고 싶다. 친구들과 허물없이 사귀고, 인간 생활의 폭과 즐거움을 느낄 것. 아직 하나의 틀을 만들려고 무리하지 말 것. 그리고 유연해지고, 일상적인 것들, 대화나 성격 따위의 액체가 내 몸 안에서 내가 그만! 이라고 말할 때까지 조용히 무의식중에 배어들어 오게 하자. 그러고 나서 나는 펜을 든다. 그렇다, 내 허벅지가 지금은 부드럽게 움직인다. 더 이상 온 신경이 곤두서 있지 않다. 어제 우리는 늙은 그레이 부인에게 자두를 갖다 드렸다. 그레이 부인은 쪼그라들어 한 구석 딱딱한 의자에 앉아 있다. 문은 열려 있다. 몸이 경련을 일으키며 떨고 있다. 늙은이 특유의 산란하고 멍한 표정으로 응시하고 있다. L은 그레이 부인의 푸념을 듣기 좋아했다. "나는 하루 낮에 대한 희망을 가지고 잠자리에 듭니다. 나는 하룻밤에 대한 희망을 가지고 침대에서 내려옵니다. 나는 무지한 노파예요. 쓰거나 읽지도 못해요. 그러나 매일 밤 하나님께 나를 데려가시라고 기도를 하지요. 그래요, 쉴 수 있게 말입니다. 내 고통이 얼마나 큰지 아무도 몰라요. 내 어깨 좀 만져봐요"라고 말하면서 안전핀을 더듬기 시작했다. 내가 어깨를 만져봤다. "무쇠처럼 단단해요. 물이 꽉 찼어요. 내 다리도 그래요"하면서 양말을 끌어내렸다. "수종증이에요. 내 나이 아흔둘이지요. 내 남자 형제와 여자 형제는 모두 죽었어요. 딸도 죽고, 남편도 죽고……." 그레이 부인은 자기의 비참함에 대해, 불행의 항목을 반복했다. 그밖의 다른 어떤 것도 볼 수 없었다. 처음부터 다시 시작할 뿐이었다. 그리고 우리가 드린 1파

---

21　다음부터는 9월 16일(금요일)에 쓴 것임.

운드 자두에 대해 고맙다는 뜻으로 내 손에 키스를 했다. 우리는 인생을 이렇게 다루고 있다. 읽지도 쓰지도 못하는데, 그녀는 죽고 싶어 하는데[22], 의사들은 그레이 부인을 살려놓는다. 고문을 하는 인간의 기술은 대단하다.

## 런던에서, 10월 2일, 일요일

그렇다, 새 펜촉을 쓰기로 하자. 이상하게도 이리로 돌아오면 글을 쓰고 싶은 기분이 엉망이 된다. 더욱 이상한 것은 나이 쉰 살이 된 지금, 내 화살을(그것이 무엇이든 간에) 자유롭게, 곧바로 빗나가지 않게 쏠 수 있을 만큼 몸의 균형이 잡혔다는 느낌에 사로잡혀 있다는 사실이다. 따라서 주간지의 법석 따위에는 전혀 관심이 없다. 그만큼 영혼이 변한 것이다. 나는 나이를 먹는다는 것을 믿지 않는다. 태양을 향해서 자기의 모습을 영구히 바꿔 나갈 수 있다고 믿는다. 나의 낙관주의는 여기서 생겨난 것이다. 그리고 지금 깨끗하고 건전하게 변하기 위해, 나는 이 엉성한 마구잡이식 생활을 청산하고 싶다. 사람들, 서평들, 명성, 이 모든 현란한 잣대들. 뒤로 물러나 앉아 집중할 것. 그래서 옷을 사거나, 사람을 만나느라 나돌아 다니지 않을 작정이다. 우리는 내일 레스터에 가서, 노동당 대회에 참석할 예정이다. 그리고 돌아와서는 출판의 열기 속으로 돌아온다. 나는 『보통의 독자』 때문에 조금도 떨리지 않는다. 홀트비의 책[23]도 마찬가지다. 나는 실제로 참가하지는 않고 이 순간 벌어지고 있는 일을 관찰하는 데 흥미가

---

22  판독 불능의 단어. 벨의 『*The Diary of Virginia Woolf*』에서는 parish로 판독하고 있다. 즉 '의사들'을 '교구의사들'로 읽고 있다.

23  위너프레드 홀트비의 『버지니아 울프』—레너드 주.

있다. 이것은 사람이 자기 능력을 의식하고 있을 때는 좋은 정신 상태다. 그리고 지금 나는 언덕들에 의해 힘을 얻고 있다. 그리고 시골. 로드멜에서 L과 나는 얼마나 행복했던가. 얼마나 자유로운 생활이었던가. 30마일, 혹은 40마일로 달리고, 언제든 멋대로 돌아와서 빈집에서 잠을 자는 일. 자질구레한 골칫거리들을 멋지게 처리하는 일. 그리고 매일 천상의 아름다움에 빠지는 것, 거르지 않고 산보하기. 자줏빛 밭이랑 위를 날아가는 갈매기. 또는 태링 네빌에 가는 것. 지금 내가 제일 좋아하는 것은 이런 나들이다. 넓고 대범한 대기 속으로. 갑자기 끌어당겨지거나, 괴롭힘을 당하거나, 끌려 다니지 말 것. 사람들은 편하게 놀러오고, 내 방에는 친교의 꽃이 핀다. 그러나 이것은 과거이거나 미래의 일이다. 나는 D. H. L.[24]도 읽고 있는데, 언제나처럼 불만을 느낀다. 로렌스와 나는 너무나 공통점이 많다. 자기 자신이고자 하는 절박한 기분. 그래서 로렌스의 작품을 읽어도 현실에서 빠져나갈 수가 없다. 공중에 붕 떠 있게 된다. 내가 원하는 것은 다른 세계에 마음대로 출입할 수 있게 되는 것이다. 프루스트가 이것을 가능케 해준다. 나에게 로렌스는 답답하고, 갇혀 있는 느낌이다. 이건 싫다, 라고 나는 계속해서 말한다. 로렌스는 한 가지 생각을 되풀이한다. 이것도 싫다. 나는 "하나의 철학" 따위는 질색이다. 나는 남이 수수께끼를 풀었다는 것을 믿지 않는다. (『서한집』에서처럼) 내가 좋아하는 것은, 갑작스럽게 사물을 형상화하는 것이다. 이를테면 (콘월의 바다에서) 파도 위를 뛰어가는 커다란 유령. 그러나 자신이 보고 있는 것을 설명하는 로렌스의 방식은 나를 만족시키지 못한다. 게다가 뭔가를 구하려고 헐떡거리는 노력은 우리를 괴롭게 한다. 그리고 "나에겐 6파운드 10실링이 남았다"라

24 『서한집 *The Letters of D. H. Lawrence*』(1932).

고 말한 로렌스를 정부는 마치 두꺼비처럼 짓밟아버리고, 그의 책에 판매 금지령을 내린다. 이 헐떡거리며 고뇌하는 한 인간에 대한 문명사회의 잔인함. 그리고 그 일이 얼마나 부질없는 짓인가. 이 모든 것 때문에 로렌스의 편지 안에서 일종의 헐떡임을 느낀다. 그리고 그 가운데 어느 하나 본질적인 것이 없다. 그래서 로렌스는 헐떡거리고 경련하듯 움직인다. 그리고 악기를 두 손가락으로 타는 것도 마음에 들지 않는다. 그 오만함도. 여하튼 영어에는 백만 개의 단어가 있다. 어찌하여 여섯 단어로 제한하는가? 또 그 일로 자찬하는 것은 뭔가? 그러나 내 신경을 긁는 것은 로렌스의 설교조의 말투다. 사실을 반밖에 모르면서 판결을 내리는 사람 같다. 난간에 매달린 채 방석을 두드리고 있다. 어서 나와 여기 뭐가 있는지 보세요, 라고 말해주고 싶다. 어떤 체계에 대해 충고를 한다는 것은 부질없고 안이한 짓이다. 여기서 얻는 교훈은, 돕고 싶으면 절대로 체계를 만들지 말라는 것이다. 70이 될 때까지는. 그것도 유연하고, 동정적이며, 창조적으로 자기의 모든 신경과 폭을 철저히 시험해보고 난 뒤의 일이다. 그러나 그는 45세에 세상을 떠났다. 왜 올더스는 그가 "예술가"였다고 말하는 것일까? 예술은 모든 설교를 걷어내고 있다. 사물 그 자체. 그 자체로서 아름다운 문장. 풍부한 바다.[25] 제비가 오기도 전에 피는 수선화.[26] 그런데 로렌스는 무언가를 증명한 것만을 말하려고 한다. 물론 나는 로렌스를 읽지 않았다. 그러나 『서한집』에서 로렌스는 어느 지점을 넘어서면 듣지를 못한다. 충고를 해줘야 한다. 독자들을 자신의 체계 안으로 끌어들이려고 한다. 그 체계에 복종하

25  참조: '…This my hand will rather/The multitudinous seas incarnadine,/ Making the green one red.' —Shakespeare, 『Macbeth』 II, ii, 61.
26  참조: '…daffodils,/That come before the swallow dares, and take/The winds of March with beauty.' —Shakespeare, 『The Winter's Tale』 IIII, iii, 116.

려는 사람들에게는 로렌스가 매력이 있다. 나에게는 아니다. 카스웰가 사람들을 로렌스의 체계에 복종시키는 것은 모독이라고 생각한다. 그들을 그냥 두는 것이 그들에게 경의를 표하는 방법이다. 그렇게 되면 카스웰가의 카스웰주의 이외에 공경할 것은 아무것도 없기 때문이다. 자신이 알게 된 모든 사람들을 누구든 간에 학교 학생처럼 꼬집거나, 때리거나 하는 로렌스의 솜씨는 여기에서 유래한 것이다. 이를테면 리튼, 버티, 스콰이어, 모두 편협하고 불결하다는 것이다. 자신의 잣대로 그들을 가늠한다. 어째서 다른 사람들을 이처럼 비판하는가? 좋은 것이 들어 있는 체계는 없다는 것인가? 배타적이 아닌 체계를 발견할 수 있다면, 얼마나 좋을까?

## 11월 2일, 수요일

그는[27] 수다스러운데다가 눈은 톡 튀어나오고, 몸은 말라빠진데다 축 늘어진 젊은이로서, 자기가 역사상 최고의 시인이라고 생각하고 있다. 그럴지도 모른다. 그러나 지금 나는 이런 것에 별 관심이 없다. 무엇에 관심이 있느냐고? 물론 내 글이다. 나는 방금 『타임스』에 보낼 「L. S.」[28]를 손질했다. 잘된 글이라고 생각한다. 그 많은 신문 가운데서 『타임스』에서 이 문제를 둘러싸고 벌인 법석을 생각할 때. 그리고 나는 『에세이』를 완전히 개작했다. 이것은 에세이이자 소설로서 『파지터가 사람들』[29]이라고 불리게 될 것이다. 이 책에서는 모든 것을 다 다룰 것이다. 성, 교육, 인

---

27  Stephen Spender, 1909~1995, 영국의 시인이자 비평가.
28  Leslie Stephen. 울프의 아버지.
29  훗날의 『세월』―레너드 주.

생, 등등. 그리고 산양처럼 더없이 힘 있고 날렵하게 1880년부터 오늘 이 자리까지 벼랑을 뛰어넘어 달려올 것이다. 여하튼 이것이 내 생각이고, 나는 완전히 몽롱한 꿈속에 취한 듯, 사우샘프턴의 거리를 걸으면서 큰 소리를 내서 문장을 주절거리거나, 장면들을 눈앞에 떠올리거나 하면서, 10월 10일 이후로는 거의 살아 있다는 느낌이 들지 않는다.

『올랜도』 때와 마찬가지로 모든 것이 저절로 흐름 속으로 흘러들어간다. 무슨 일이 벌어졌는가 하면, 결국 1919년 이후로, 이처럼 오랜 세월 동안, 사실을 다룬 소설을 쓰지 않고 있었기 때문에 (거기다 『밤과 낮』은 묻혀버렸고) 나는 여느 때와 달리 변화에 한없는 기쁨을 맛보고 있으며, 셀 수 없을 만큼의 사실을 가지고 있다는 것을 알게 된다. 때때로 비전에 끌리지만 저항하고 있다. 『파도』를 쓰고 난 다음에는 이것이 제 길이라고 나는 확신한다. 『파지터가 사람들』이야말로 다음 단계로, 즉 에세이이자 소설로 자연스럽게 인도해준다.


## 12월 19일, 월요일


그렇다, 오늘은 한계점에 이를 때까지 글을 썼다. 고맙게도 일을 멈추고 언덕의 시원한 곳에서 뒹굴 수 있고, 또 내 머릿속에서 돌고 있는 수레바퀴들을 (제발 그렇게 해달라고 얼마나 그들에게 빌었던가) 좀 식히고, 속도를 줄이다가 완전히 멈추게 할 수 있다. 스스로를 식히기 위해 『플러쉬』를 다시 시작하겠다. 정말로 10월 11일 이후로 60,320자를 썼다. 내 책 가운데서 이 책이 틀림없이 가장 빨리 쓴 책일 것이다. 『올랜도』나 『등대로』보다 훨씬 더 빠르다. 그러나 이 6만 단어는 땀을 빼고 말려서 3, 4만 단어로 줄여야 한다. 할 일이 태산 같다. 신경 쓸 것 없다. 윤곽은 다 돼 있고, 그 나머지에 대해서는 모양을 다 갖춰놓았다. 이런 감정은 처음 느끼는 것이지만, 이 책을 마칠 때까지는 길을 횡단하는 위험을 무릅써서는 안 된다고 생각한다.

그렇다, 1933년 10월 1일이 되면 나는 자유로워지고, 내 인생의 완전하고 절대적인 지배자가 될 것이다. 아무도 그들의 일로 여기 오게 하지 않을 것이다. 아무도 내 의사와는 상관없이 나를 자기들 좋은 대로 끌고 다니게 하지 않을 것이다. 아, 그리고 다음에는 시인의 책을 하나 쓰자. 이번 책은 내가 내 안에 가지고 있다고 상상하지도 못했던 사실들을 쏟아내고 있다. 지난 20년 동안 나는 이 사실들을 관찰하고 수집해온 것임에 틀림없다. 여하튼 『제이콥의 방』 이후로. 관찰했던 것이 너무 많이 나타나서, 나는 고를 수조차 없다. 그래서 한 단락에 6만 단어나 써버렸다. 내가 해야 할 일은 스스로를 통제하는 것이다. 그리고 너무 냉소적이지 않을 것. 그리고 자유스러움과 조심스러움의 균형을 잘 맞출 것. 그러나 『파도』에 비해 이 책은 얼마나 쉽게 쓴 책인가! 두 책은 금 몇 캐럿의 가치가 있을까? 물론 이것은 외면적인 것이다. 그러나 표면에는, 내가 생각했던 것보다, 더 많은 금이 있다. 어쨌든 "내 거위털 침대 따위가 무슨 상관이 있단 말인가? 잡동사니 옷을 입은 집시들한테로 가자, 오!" 분명히 집시들이다. 휴 월폴과 프리스틀리[30]가 아니다. 절대로. 사실 『파지터가 사람들』은 『올랜도』의 첫 번째 사촌이다. 여기서 사촌이란 육친을 뜻하는 것이기는 하지만, 『올랜도』는 『파지터가 사람들』을 쓸 수 있는 요령을 가르쳐 주었다. 그런데, 아, 여기서 적어도 열흘간 일을 중단해

30  John B. Priestley, 1894~1984, 영국의 소설가이자 극작가.

야 한다. 아니 14일간. 21일간은 아니더라도. 이제 나는 1880년에서 1900년에 해당하는 장을 써야 하는데, 이를 쓰기 위해서는 기술이 필요하다. 그러나 나는 가지고 있는 기술을 사용하기를 좋아한다. 우선 하던 일을 마치자, 그리고 내일은 떠난다. 매우 소득이 많고, 다채로우며, 성공적인 가을이었다고 생각한다. 그 일부는 지친 내 심장 덕분이고, 그 때문에 나는 조건을 달 수가 있었다. 이처럼 급하게, 이처럼 꿈에 빠져, 이처럼 격렬한 충동과 강박감 속에서 산 적이 없다. 『파지터가 사람들』 외에 다른 것은 거의 보이지 않는다.

## 로드멜에서, 12월 23일, 금요일

오늘은 정월 초하루가 아니다. 그러나 이 잘못은 용서받을 수 있을 것이다.[31] 뭔가를 써서 내 의기 소침하고, 산만하고, 비참한 기분을 날려버려야 한다. 왜냐하면 지금 3만 단어가 넘는 『플러쉬』를 다시 읽어보고, 이것은 안 되겠다는 결론에 도달했기 때문이다. 말도 안 되는 낭비다. 지루하기란! 넉 달 동안 일을 했고, 게다가 책은 얼마나 많이 읽었는가! 대단하게 숭고한 책들은 아니지만. 그런데 이것을 어떻게 해야 할지 모르겠다. 이 길이의 책으로선 제목이 적당치 않다. 너무 가볍고, 너무 진지하다. 이 가운데는 좋은 점도 있을 것이다. 그러나 훨씬 더 좋아져야 한다. 그래서 지금 나는 크리스마스를 이틀 앞두고 나의 회색빛 수렁에 빠져 있다. 『파지터가 사람들』의 일부는 썼다. 그러나 이제 다시 『플러

---

31    버지니아 울프는 해마다 새 일기장을 사용하였다. 이 일기와 다음 일기가 1933년용 새 일기장에 기록돼 있다─레너드 주.

쉬』로 되돌아갈 수는 없다는 느낌이 든다. 그리고 L은 실망할 것이다. 게다가 소득에도 손해가 났다. 짜증이 난다. 나는 『파도』를 쓰고 난 뒤 기분 전환 삼아 충동적으로 『플러쉬』에 손을 댔다. 나는 사전에 깊이 생각하는 버릇이 없다. 그래서 이 모양이 되었다. 한 달은 착실히 고생해야 할 것이다. 그래도 제대로 될지 의문이다. 그 시간이면 드라이든[32]과 포프[33]를 쓸 수 있었는데. 그래서 나는 새해를 우는 소리로 시작, 아니 끝내게 됐다. 오늘은 날씨가 몹시 덥다. 봄날 같다. 꽃 위에 벌들이 앉아 있다. 걱정할 것 없다. 큰 재앙은 아니다, 전혀 아니다.

32  John Dryden, 1631~1700, 영국의 시인이자 극작가, 평론가.
33  Alexander Pope, 1688~1744, 영국의 시인.

# 1933년(51세)

실제로 오늘은 1932년 마지막 날이다. 『플러쉬』를 마무리하는 작업에 너무 지쳐서, 하루에 열 쪽씩 해나가는 일이 뇌에 너무 부담을 주어서, 아침나절 쉬면서 그 시간을 여기 활용하고 있다. 늘 하던 대로 게으르게 내 인생 전체를 요약하기 위해…… 연못에 물이 차올랐다. 금붕어들이 죽었다. 오늘은 개었고, 옅은 물색의 겨울날이다. 그리고, 그리고, 그리고 흥분한 상태에서 『파지터가 사람들』을 생각한다. 어서 내 돛이 부풀어 오르고, 엘바이러와 매기가 다른 사람들과 함께 인생 전체를 뛰어다녔으면 좋겠다. 그런데 정말이지, 머리가 피곤해서 이 생각을 요약할 수가 없다.

## 1933년, 1월 3일

이 일기는 조금 어울리지 않는 자리에 와 있다.[1] 그 점은 나도 마찬가지다. 우리는 안젤리카의 파티에 참석하기 위해 어젯밤 로

---

1   이 부분은 1932년 일기장 끝에 있다—레너드 주.

드멜에 왔다. 새 란체스터 차(우리 것이 아니고 빌린 것이다)를 몰고 로드멜로 급하게 달려가기까지 30분간 내가 쓸 수 있는 시간이 있다. 우리들은 거의 2주 조금 못 미치게 그곳에 머물렀고, 나는 두통을 잊어보려고 활자와 고독 한가운데에 파묻혀 살았다. 그리고 『플러쉬』라는 그 지긋지긋한 놈을 13일 동안 다시 쓰느라고 집중한 나머지 겪은 긴장감을 떨쳐 버리고 『파지터가의 사람들』을 쓸 수 있는 자유(아, 이 멋진 자유!)를 얻기 위해, 나는 하룻밤 수다를 떨자고 우겨댔다.


## 1월 5일, 목요일


10년 안팎이 지났을 뿐인 지금, 5분 만에 혼자 글쓰기에 완벽한 필기장을 만들어 낸 스스로의 솜씨에 크게 기뻐하고 있다. 이 필기장에는 펜 꽂이가 있어서, 작가 생활에서의 가장 결정적인 순간에, 근처에 잉크나 펜이 없는 탓에 갑자기 떠오른 문장이 사라져버려 화를 내는 따위의 일은 두 번 다시 없을 것이다. 게다가 『플러쉬』를 백 쪽쯤 썼다는 사실도 매우 기쁘다. 화이트채플 장면을 쓰는 것은 이번이 세 번째인데, 그럴 만한 가치가 있는 건지 의심스럽다. 여하튼 나는 이 파란 종이 위에서 즐기며 노는 일을 그만둘 수가 없다. 고맙게도 이 일기는 고쳐 쓸 필요가 없다. 오늘은 습하고 안개가 낀 탓에, 여기 내 창문은 모두 안개 투성이다……. 독서를 할 수 있는 최고의 기분이라는 이유만으로도. 정말로 『파도』를 쓰는 동안의 긴장 때문에, 내 집중력은 여러 달에 걸쳐 약해졌다. 게다가 C. R.[2]을 위해 원고를 압축하는 그 작업 전

---

2  『보통의 독자』

체가 그렇다. 이 방면의 내 능력은 지금 절정에 이르렀고, 나는 여기 온 이래 꼼꼼하게, 힘찬 주의력을 가지고 열두 권인가, 열다섯 권 정도의 책을 읽었다. 이 기쁨. 내 머릿속에서 롤스로이스의 엔진이 다시 한 번 시속 70마일의 속도로 으르렁거리고 있는 느낌이다……. 또한 『파지터가 사람들』을 쓰는 동안 창조의 물결을 탔다는 생각에, C. R.을 좀 더 용기 있게 읽을 수 있다. 이 해방감, 마치 모든 것이 급류에 휩쓸리는 것 같다. 모든 책은 유동적이며, 강물처럼 불어난다. 그러나 이것은 그저 내가 하고 있는 일이 상당히 표면적이고, 조급하며, 초조하다는 징표라고 감히 말할 수 있다. 잘 모르겠다. 작업 기간으로 따지자면 『플러쉬』 일은 앞으로 1주분 남았다. 그리고 나의 20년을 하나의 장에 담는 문제에 맞닥뜨려야 한다. 이 책은 묘하게 길이가 일정치 않은 시간의 연속으로 보인다. 직선적이며 면밀한 서술형 구절들로 연결된 커다란 기구의 연속 같다. 나는 『밤과 낮』을 쓸 때 감히 사용하지 못했던 표현 형태를 유감없이 사용해볼 수 있을 것이다. 이 책은 별볼일 없는 책이 될지는 몰라도, 나에게 많은 것을 가르쳐주었다.

## 1월 15일, 일요일

오늘은 이곳에서의 마지막 아침인데, 편지를 쓰려고 왔다. 그래서 자연히 이 일기를 쓰고 있다. 그러나 지난 3주 동안 나는 한 줄도 쓰지 않았다. 『플러쉬』를 타자했을 뿐인데, 고맙게도 이 책은 어제 "끝냈다". 이것은 괄호 없이 말할 수 있다. 그러나 『플러쉬』를 쓰는 일은, 마치 개개비 둥지 속에 태어난 뻐꾸기 새끼한테 개개비 새끼가 밀리듯, 점점 『파지터가 사람들』에게 밀려났다. 정신 작용이란 참 묘하기도 하다! 약 일주일 전부터 나는 여러 장면들을 생각하기 시작했다. 무의식중에. 혼자 문장들을 중얼거리기도 하고. 나는 일주일 동안 여기 앉아 타자기를 쳐다보면서, 『파지터가 사람들』의 구절을 소리 내서 말하기도 했다. 점점 더 미친 짓으로 보인다. 그러나 내가 다시 글을 쓰기 시작하면, 이런 이상한 행동들은 모두 사라질 것이다. 나는 지금 파넬[3]을 읽고 있다. 그러나 이처럼 장면들을 구상하고 있으면 내 심장의 박동이 기분 나쁘게 빨라진다. 억지로 『플러쉬』 일을 하고 있자니, 평소의 두통이 되돌아왔다. 이번 가을 들어서는 처음으로. 어찌하여 『파지터가 사람들』이 내 가슴을 뛰게 하는 걸까. 어째서 『플러쉬』가 내 목덜미를 뻣뻣하게 만드는 걸까? 뇌와 신체 사이에는 어떤 관계가 있는 걸까? 할리 가[4]의 누구 하나 설명하지 못할 것이다. 그러나 증상들은 순수하게 신체적인 것이며, 하나의 책이 다른 책과 다르듯이 서로 다르다.


## 1월 19일, 목요일


솔직히 말해 『파지터가 사람들』은 개개비 둥지 속의 뻐꾸기와 같다. 진짜 자식은 『플러쉬』여야 하는데 말이다. 50쪽만 더 고치면 메이블에게 보낼 수 있다. 그 고약한 장면과 대화가 내 머릿속에서 계속해서 튀어 오른다. 한 쪽을 고치고는 20분 동안 멍하니 앉아 있다. 막상 쓸 단계에 이르면 혈압이 올라갈 것이다. 그러나 지금은 지루하고 당혹스러워 마음이 산란하다.

3  R. Barry O'Brien, 『*The Life of Charles Stewart Parnell*』(1898).
4  일류 의사들이 많이 살고 있는 런던의 거리 이름.

## 1월 21일, 토요일

『플러쉬』는 느릿느릿 진행 중이고, 냉큼 끝낼 수가 없다. 슬픈 사실이다. 나는 항상 뭔가 더 압축할 대상과, 더 맵시 있게 한데 휘감을 대상을 생각하게 된다. 말은 가지고 장난하는 것이 아니다. 그럴 수도 없다. 특히 그 말들을 "영구히" 존속시키고자 할 때는 더욱 그렇다. 그래서 나는 『파지터가 사람들』이 들어오지 못하게 막아놓는다. 이를테면 수요일까지. 그보다 더 늦지는 않을 것이다. 그리고 이들 인물들이 얼마만큼의 가치가 있는 건지 의심스러워진다. 교훈적이 될까 봐 걱정이다. 크리스마스 전에 내가 허겁지겁 글을 쓰도록 만든 것은, 아마도 그 가짜 정열이 한 짓에 불과했는지 모른다. 여하튼 나는 즐거웠고, 비록 조심스럽기는 하나, 또다시 즐길 것이다. 아, 소설을 쓰고, 또 다시 여러 장면들을 구상할 수 있는 이 자유. 이것이 이 몹시 차갑고 쾌청한 1월 아침의 내 외침이다.


## 1월 26일, 목요일

그런데, 『플러쉬』는 정말로 끝났다. 작은 이야기를 쓸 때는 별로 힘을 들이지 않아도 된다고 아무도 말하지 못할 것이다. 5주 동안은 내 마음이 철저히 이쪽을 향하고 있었는데, 이제는 그 마음을 다른 쪽으로, 『파지터가 사람들』 쪽으로 돌려야 한다. 변화를 바라는 마음을 중히 여기는 비평가는 아무도 없다. 그들은 다방면 어쩌고 하는 말을 한다. 다른 방향으로 가는 것은 당연한데 말이다. 만약 나에게 셰익스피어를 다룰 만한 재주가 있다면, 셰익스피어에서도 마찬가지 법칙을 발견하게 될 것이라고 믿는다. 비극, 희극, 등등. 『파지터가 사람들』 뒤에서, 순수한 시의 모습이 나에게 손짓하고 있는 것이 어렴풋이 보인다. 그러나 『파지터 가 사람들』은 내일 즐겨야 할 기쁘고 확실한 소유물이다. 그러나 얼마나 하찮아질지.

## 2월 2일, 목요일

지금 한창 『파지터가 사람들』을 쓰고 있기 때문에, 3월 한 달은 별로 돌아다니고 싶지 않다. 대신 이 책을 위해, 폭넓은 수확을 거둘 수 있는 일을 하겠다. 오늘 제1장의 개정 작업을 (보통 때보다 더 완전하게) 마쳤다. 나는 막간의 에피소드들을 없앨 예정이다. 그 에피소드들은 압축해서 본문에 넣을 작정이다. 그리고 부록으로 날짜[5]를 적어놓은 목록을 계획하고 있다. 좋은 생각일까? 조금 전에 W 부인(죽을 고비를 넘기다 지금은 회복 중에 있다)을 방문하고 나서, 갈매기들이 삼감형의 날개를 펴고 있는 한 떼의 갈매기들이 있는 서펜타인[6] 못가를 걷고 있을 때, 갑자기 골즈워디[7]가 이틀 전에 돌아가셨다는 생각이 났다. A. 바넷은 골즈워디는 도저히 견딜 수 없는 사람이라고 나에게 말했다. G 부인에게 잭(골즈워디)의 책에 대한 칭찬을 했어야 했다. 그러나 나는 골즈워디에게 불리한, 내가 하고 싶은 말을 다 할 수 있었다. 그 강직하던 분이 돌아가셨다.

---

5  『파지터가 사람들』에 대한 울프의 작업 과정과 생각의 변화 과정을 기록한 날짜.

6  런던의 하이드 파크에 있는 호수.

7  1867~1933, 영국의 소설가. 1932년에 노벨 문학상을 받았다.

## 3월 25일, 토요일

이 사회는 완전히 부패했다, 따라서 그 사회가 주는 어떤 것도 받고 싶지 않다, 등등이라고 방금 엘바이러 파지터의 입을 빌려 말했다. 이번에는 버지니아 울프로서, 아, 지겹다. 맨체스터 대학의 부총장[8]에게 문학박사가 되는 것을 사절한다는 말을 해야 한다. 그리고 이 일에 열심이시고, 우리들더러 묵고 가라고 하시던 레이디 사이먼[9]에게도 편지를 써야 한다. 엘바이러의 말을 어떻게 예절 바른 저널리즘의 말투로 바꾼단 말인가. 내가 쓰고 있는 상황이 실생활에서 나타나다니 이런 우연의 일치가 또 있겠는가! 내가 어떤 인물이고, 또 어디에 있는지 알 수 없다. 버지니아 울프인지, 아니면 엘바이러인지. 파지터 집안에 있는 건지, 밖에 있는 건지. 우리는 이틀 밤 전에 수잔 로렌스[10]와 식사를 했다. 맨체스터 대학의 스톡스 부인[11]이라는 사람이 거기 있었다. 7월에 당신에게 학위를 줄 수 있어 우리 남편이 얼마나 기뻐하는지요, 라고 스톡스 부인이 말을 시작했다. 그리고 내가 명예를 받게 되어 맨체스터가 기뻐할 것이라는 말을 그녀가 한바탕 늘어놓은 뒤에야 나는 용기를 내서 말을 했다. "그러나 저는 받지 않을 겁니다." 그 뒤 모두가 한바탕 논쟁을 벌였다. 네빈슨 부부(에벌린 샤프)[12], 수잔 로렌스, 등등. 그들은 모두 국가가 주는 명예는 받

8   Walter Moberly, 1881~1974.
9   Dorothy Shena Simon, 1883~1972, 맨체스터 시의 시의원이며, 고육위원회 위원장. 그녀의 남편 어니스트 사이먼 경은 맨체스터 시장과 국회위원을 지냈다.
10  Susan Lawrence, 1871~1947, 영국 노동당 출신의 최초의 여성 국회의원. 영국 노동당 당수를 지냈다.
11  Mary Stocks, 1891~1975, 영국의 작가이자 사회 활동가. 남작부인. 남편이 철학과 교수로 있는 맨체스터 대학에서 강의.
12  Henry Woodd Nevinson, 1856~1941, 저널리스트. 그의 두 번째 아내인 에벌린 샤프 (Evelyn Sharp, 1869~1955)는 작가이자 여권 운동가.

고 싶지 않지만 대학이 주는 학위는 받는다고 말했다. 그들이 하는 말을 듣고 있자니 내가 약간 바보스럽고, 잘난 체하고, 어쩌면 극단적이라는 느낌이 들었다. 그러나 그것은 표면적일 뿐이다. 어떤 일이 있어도 그런 엉터리를 눈감아 줄 생각은 없다. 또 그것은 절대로 나에게 최소한의 기쁨도 주지 않을 것이다. 네사와 나에게는 널리 알려지고 싶은 욕망이 없다. 언니는 내 논조를 원용해서 여성에게 붙는 칭호의 어리석음에 대해 나와 의견을 같이했다. 자, 이제 그 예절 바른 편지를 써야 한다. 친애하는 부총장님께……

## 3월 28일, 화요일

예절 바른 편지는 보냈다. 아직 답장이 안 왔고, 또 올 리도 없다. 덕분에 나는 7월에 소설을 쓰다 말고 밖으로 나가, 머리에 모피 털이 달린 모자를 쓰지 않아도 된다. 지금은 전에 없이 멋진 봄날씨다. 부드럽고, 따뜻하고, 파랗고, 안개가 서려 있다.

## 4월 6일, 화요일

아, 정말로 피곤하다! 『파지터가 사람들』의 마지막 부분을 쓰느라 기운을 다 써버렸다. 엘바이러가 침대에 누워 있는 장면까지 썼다. 그처럼 여러 달 동안 머릿속에 그려 오던 장면인데, 지금은 그 장면을 쓸 수가 없다. 이 부분은 이 책의 고비다. 크게 한 번 밀어서, 돌쩌귀 위에서 돌릴 필요가 있다. 여느 때처럼 의심이 밀려든다. 너무 빨리 쓰여졌고, 너무 얄팍한데다, 너무 겉만 번들거리는 것은 아닌지? 만약 그렇다고 해도, 이 책을 밟아 으깨버리기에는 너무 지쳐 있다. 그래서 이것을 한 달가량 묻어둘 작정이다. 아마 우리들이 이탈리아에서 돌아올 때까지. 그 사이에 골드스미스[13]나 쓰겠다. 그러고는 새로운 기분으로 다시 덤벼들어, 6월, 7월, 8월, 9월에 박차를 가해 보자. 넉 달이면 초교(10만 단어, 그러니까 5개월에 5만 단어)를 끝낼 수 있을 것이다. 그렇다면 그것은 내 기록이 될 것이다.

### 4월 13일, 목요일

이번에도 일을 너무 해서 고갈되고 말았다. 아무 생각도 남아 있지 않다. 그러나 우리는 오늘 출발한다. 책 몇 권만 가지고 가서 일광욕이나 하자. 나는 결코 글을 쓰지 않을 것이다. 나는 결코 사람들을 만나지 않을 것이다. T. L. S.[14]의 요구에 응해야 하기 때문에 기싱[15]을 조금만 건드리겠다.[16] 그러나 사실 나는 원하는 단어를 찾을 수가 없다. 단어를 잘못 쓰고 있다. 이것이 지금의 내 상태다. 석 달 동안 글을 쓰고 난 뒤에 늘 겪는 상태다. 이 책은 얼마나 재미있는가!

---

13  Oliver Goldsmith, 1730~1774, 아일랜드 태생의 영국 작가.
14  『타임스 리터러리 서플리먼트』
15  George Gissing, 1857~1903, 영국의 작가.
16  울프가 기싱의 『By the Ionian Sea』(1901)라는 작품에 대한 해설을 쓴 적이 있는데, 여기에 대해 기싱의 아들이 몇 가지 이의를 제기해 와, 울프가 그 답장을 써야 했다.

# 4월 25일, 화요일

　모두 끝났다. 우리들의 열흘간. 나는 거의 매일 골드스미스에 관해 썼기 때문에 (이 골드스미스와 그밖의 것들에 별로 큰 의미를 찾아볼 수는 없지만) 골드스미스를 읽거나 하면서 시간을 보냈다. 그렇다, 지금은 『플러쉬』의 교정을 보아야 하는데, 나는 그 작은 책에 약간의 의심을 품고 있다. 그러나 나는 지금 무엇이든 의심할 수밖에 없는 상태다. 출발에 앞선 어수선함. 오는 5일 금요일에 우리는 시에나[17]에 간다. 그 때문에 차분히 앉아 연속성이 있는 이야기를 구상할 수 없다. 그래서 나는 언제나처럼 새로운 것에 잠기고 싶다. 습관의 틀을 완전히 부숴버리고, 이탈리아와, 태양과, 한가로이 빈둥거리는 생활과, 이 모든 것에 대한 무관심이 가져다줄 도피를 원한다. 나는 물병에서 솟구쳐 올라오는 거품처럼 일어난다…….

　그렇지만 『파지터가 사람들』. 이것은 대단한 골칫거리가 될 것이다. 나는 용감하고 모험적이어야 한다. 나는 현대사회의 전모를 드러내고 싶다. 에누리 없이. 사실과 더불어 비전도. 그리고 이 둘을 한데 엮는다. 내 말은 『파도』와 『밤과 낮』을 동시에 진행시키는 것. 이것이 가능할까? 현재 나는 "현실적" 생활과 관련된 5만 단어를 모아놓았다. 이제 다음 50단어로 뭔가 논평을 해야 한다. 어떻게 하면 좋을까? 사건의 진행을 따라가면서. 엘바이러의 성격이 문제다. 엘바이러의 비중이 너무 커진 것이 아닌지 모르겠다. 그녀를 다른 것들과의 관계 속에서 보아야 한다. 이 대립이 현실의 두 흐름을 크게 돋보이게 하리라고 믿는다. 목하 사건의 진행은 너무 유동적이고 자유롭다. 이러한 진행은 읽기에는 가볍지

17　이탈리아 중부의 도시.

만, 활기는 있다. 활기를 살리면서 깊은 맛을 내기 위해 어떻게 하면 될까? 그러나 나는 이런 문제들이 좋다. 그리고 여하튼 이 자연스러움 속에는 숨결과 활력이 있다. 이 책은 무한한 폭과, 무한한 강도를 겨냥해야 한다. 그 안에는 풍자, 희극, 시, 이야기가 들어 있어야 한다. 이 모든 것들을 감싸 안기 위해서는 어떤 형태를 취해야 하나? 극이나 편지, 시도 포함시켜야 하나? 이제 전체를 파악하기 시작한 것 같다. 그리고 이 이야기는 일상적으로 계속되는 바쁜 생활의 압력으로 끝나야 한다. 수백만 개의 생각이 있으면서도 설교는 없어야 한다. 역사, 정치, 페미니즘, 예술, 문학, 간단히 말해 내가 알고 있는 것, 느끼는 것, 무시하는 것, 경멸하는 것, 좋아하는 것, 경탄하는 것, 증오하는 것 등등의 요약이다.

## 4월 28일, 금요일

한 마디만. 우리는 어젯밤 기차에서 내려 서펜타인 못으로 걸어갔다. 여름날 밤. 밤나무들이 크리놀린[18] 치마를 입고, 손에는 등을 들고 있었다. 회색빛이 도는 녹색의 물, 등등. 갑자기 L이 멀어져 갔다 싶더니 거기에 쇼가 있었다. 마른 정강이와 흰 수염. 성큼성큼 걷고 있었다. 우리는 울타리에 기대서 15분가량 이야기했다. 쇼는 팔짱을 끼고 뒤에 기댄 채, 몸을 꼿꼿이 하고 있었다. 금니를 해 박았다. 방금 치과에 갔다가 날씨에 "홀려서" 산책을 나왔다는 것이다. 매우 친근했다. 그것은 그가 사람들을 좋아한다고 생각하게 만드는 그의 기술이다. 아이디어가 끝도 한도 없이 튀어나온다. "사람들은 비행기가 자동차와 같다는 것을 쉬 잊

---

18  19세기에 부인들의 치마가 부하게 보이도록 말총으로 만든 일종의 페티코트.

어버립니다. 쿵 하고 튑니다. 우리는 만리장성 위를 날았어요. 멀리에서 작고 희미한 점을 보았지요. 물론 열대지대야말로 살 만한 곳이지요. 그곳 사람들은 본래 모습의 인간들이에요. 우리는 더럽혀진 모조품이구요. 나는 우리들을 놀란 표정으로 보고 있는 중국 사람들을 보고 놀랐습니다. 우리도 인간이라니! 물론 이 여행에는 수천 파운드가 들었지요. 그러나 우리들 꼴을 보면 햄프턴 코트까지 갈 찻삯도 없어 보였겠지요. 수많은 노처녀들이 여행을 오려고 여러 해 저금을 하지요. 그러나 내 명성이라니! 무서울 지경이었어요. 가는 공항마다 한 시간가량의 질문 공세를 받습니다. 나는 …[19]의 초대를 받아들이는 실수를 했어요. 나는 전교생이 모인 강단에 서게 됐지요. 그들은 소리치기 시작했어요. "우리는 버나드 쇼를 원한다"라고. 그래서 나는 그들에게 누구나 스물한 살에는 혁명가여야 한다, 라고 말해주었어요. 그 뒤 경찰은 물론 그들을 수십 명씩 감방에 처넣었지요. 나는 『헤럴드』에 기고해서, 디킨스가 여러 해 전에, 의회의 어리석음에 대해 했던 말을 환기시키려고 해요. 글을 쓸 수 없다면, 이 여행을 참아내지 못하겠지요. 두서너 권 썼지요. 나는 독자들에게 최대의 무게를 두는 것을 좋아합니다. 책은 1파운드 단위로 팔려야 합니다. 강아지가 작고 귀엽기도 해라. 그나저나(내 팔을 만지면서) 이렇게 붙잡아서 춥게 해드린 건 아닌지요?" 두 남자가 길을 가다 말고 서서 우리를 보고 있었다. 쇼는 다시 가늘어진 다리로 성큼성큼 걸어가 버렸다. 쇼가 우리를 좋아하는가 봐요, 라고 내가 말했다. 그러나 L은 쇼는 아무도 좋아하지 않을 것이라고 말했다. 50년 뒤에 사람들은 쇼에 대해서 뭐라고 말할까? 그는 76세라고 했다.

---

19 원고에서 이곳은 공백.

열대지방에 가기에는 너무 늙은 나이다.[20]

어젯밤, 그 바보 같은 책 『플러쉬』의 교정을 보느라 시간을 낭비해버렸다. 그 일에서 잠시 한숨 돌리기 위해 브루노 발터[21]에 대해 적겠다. 브루노는 거무스름하고 통통한 사람이었다. 스마트한 것과는 거리가 먼 사람이었다. "위대한 지휘자"다운 데는 전혀 없었다. 브루노는 자그마한 슬라브 사람이었고, 약간 셈 계통의 피가 섞여 있었다. 브루노는 거의 미친 사람이었다. 브루노는 자기가 히틀러라고 부르는 "독"을 체내에서 빼버릴 수가 없다고 했다. 브루노는 계속해서 "유태인 생각을 해서는 안 됩니다"라고 말했다. "편협성이야말로 무서운 권력을 휘두르게 하는 것임을 생각해야 합니다. 세계 전체의 상황을 생각하지 않으면 안 됩니다. 끔찍한 노릇이지요, 정말로 끔찍해요. 이 비열함, 이 옹졸함이 가능하다니요! 내가 사랑하는 독일, 우리들의 전통과 문화를 가진 독일. 우리들은 지금 불명예 그 자체입니다." 그러고는 소곤거리는 목소리 이상으로는 할 수 없는 말을 했다. 사방 도처에 스파이가 있다는 것이다. 브루노는 라이프치히에 있는 자신의 호텔 창가에 앉아, 종일 전화를 걸어야만 했다. 그동안 내내 군인들이 행진하고 있었다. 군인들은 결코 행진을 멈추지 않는다. 그리고 라디오에서는 프로그램 사이사이에 군가를 내보낸다. 무서운 노릇이야, 무서운 노릇. 브루노는 군주제가 유일한 희망이라고 생각한다. 브루노는 결코 독일에 돌아가지 않을 것이다. 브루노의 오케스트라는 150년 동안이나 존속했다. 그러나 무서운 것은 전체의 정신이다. 우리는 단결해야 한다. 어떠한 독일인과도 만나는 것을 거부해야 한다. 독일인들은 비문명인이라고 말해야 한다.

---

20  이하는 4월 29일(토요일)에 쓴 것.

21  Bruno Walter, 1876~1962, 음악가이자 지휘자. 1933년 히틀러가 집권하자 국외로 망명. 1939년부터는 미국에서 활동하다가 미국에서 사망했다.

독일인들과 무역을 하거나 어울려서는 안 된다. 독일인들은 자신들이 따돌림 당하고 있다는 사실을 알아야 한다, 싸움이 아니라 무시를 통해. 그러고는 음악으로 화제를 확 바꿨다. 브루노에게는 자기가 느끼는 모든 것을 그대로 살아가게 만드는 박력(천재성?)이 있다. 브루노는 지휘란 연주자 하나하나를 아는 것이라고 정의했다.

## 쥬앙 레 뼁에서, 5월 9일, 화요일

그렇다, 그 얼굴에 대해 적어두리라 다짐했다. 비엔나에서 우리가 점심 식사를 한 식당의 한 테이블에서 매우 가늘고 윤이 나는 명주 실로 수를 놓고 있던 여인의 얼굴. 그 여인은 숙명과도 같았다. 자기 보존술을 완전히 몸에 지닌 여인. 머리는 말아 올렸고, 윤기가 났다. 눈은 무심한 표정이어서, 아무것도 그녀를 놀라게 할 수 없을 것 같았다. 줄곧 사람들이 오가는 데서, 녹색 명주실로 수를 놓고 있었다. 아무것도 보지 않고, 그러면서 뭐든지 알고 있고, 아무것도 무서워하지 않았다. 아무것도 기대하고 있지 않았다. 완벽한 프랑스의 부르주아 부인.

어젯밤 카르팡트라[22]에서 작은 하녀와 이야기를 나누었다. 정직해 보이는 얼굴에, 머리는 갈기 모양으로 빗어 올렸고……, 썩은 이가 하나 있었다. 결국 인생이 그녀를 짓누를 것이라는 느낌이 들었다. 아마 18세, 그 이상은 아니었다. 희망도 없이 우여곡절 속에 붙잡혀 있었다. 가난하지만 약하지 않았고, 철이 들어 있었다. 그러나 충분히 철이 든 것은 아니어서, 그녀는 일시적이나마

22　프랑스 남부의 도시.

차를 타고 여행하기를 맹렬히 원했다. 그러나 저는 돈이 없어요, 라고 그녀가 나에게 말했다. 그것은 어차피 그녀의 작은 싸구려 양말과 구두로도 알 수 있었다. 여행을 하실 수 있다니 얼마나 부러운 일이에요. 카르팡트라를 좋아하시나 보지요? 그러나 여기는 늘 바람이 셉니다. 다시 오실 건가요? 아, 벨이 울리네요. 상관없어요. 여기 와서 이걸 보세요. 그래요, 저는 이런 걸 본 적이 없어요. 그래요, 그녀는 항상 영국 사람들을 좋아해요. ("그녀"란 또 다른 하녀를 말하는데, 머리는 뻣뻣이 일어선 선인장 같았다.) 그래요, 저는 항상 영국 사람이 좋아요, 라고 그녀가 말했다. 그 기묘하게 작고 정직하며, 까만 이를 가진 얼굴은 카르팡트라에 남아 있을 수밖에 없다. 결혼을 할까? 그리하여 저 문가에 앉아 뜨개질을 하고 있는, 저 거무스레한 여인네 가운데 한 사람이 될 것인가? 아니, 그녀에게는 뭔가 비극이 일어날 수도 있다. 왜냐하면 그녀에게는 우리의 란체스터 차를 부러워할 만한 머리가 있었으므로.

## 피사에서. 5월 12일, 금요일

틀림없이 셸리는 막스 비어봄보다 나은 선택을 했다. 셸리는 항구와 항만을 택했다. 그리고 셸리의 집에는 발코니가 있는데, 거기에 메리[23]가 서서 바다 저 쪽을 바라본다. 오늘 아침 돛을 비스듬히 단 배들이 들어오고 있었다. 바람이 부는 작은 마을. 핑크빛과 노란 색의 키가 큰 남국의 집들. 별로 달라진 게 없다고 생각한다. 부서지는 파도 소리가 가득하고, 바다를 향해 탁 트인 마을.

23  Mary Godwin. 셸리의 두 번째 아내.

바로 앞에 바다를 마주하고 선 상당히 황폐한 집. 셸리가 저기서 해수욕을 하고, 걷고, 벤치에 앉아 있었으리라고 생각한다. 그리고 메리와 윌리엄스 부인은 저 발코니에서 커피를 마셨을 것이다. 옷이나 사람들은 대개 지금과 비슷했으리라고 생각한다. 어쨌든 나름대로 위대한 사람을 위한 매우 훌륭한 집이다. 바다로 가득 찼다는 뜻으로 어떤 단어를 쓰면 좋을까? 오늘 밤은 생각이 나지 않는다. 피사의 네타노의 침실은 매우 높은 곳에 있었다. 이곳은 프랑스 관광객으로 가득하다. 아르노 강은 언제나처럼 커피 빛깔의 거품을 내면서 흘러간다. 수도원 안을 거닐었다. 먼지 냄새가 나는 이곳이 진짜 이탈리아다. 사람들이 떼 지어 길(기둥이 있는 길을 뭐라고 했던가, 아마 아케이드라고 했지), 아케이드 길을 걷고 있다. 셸리의 집이 바닷가에서 기다리고 있는데, 셸리는 돌아오지 않는다. 그리고 메리와 윌리엄스 부인이 발코니에서 바라보고 있는데, 트렐로니가 피사에서 돌아와서 해변에서 시체를 태운다, 이런 광경이 내 머릿속에 떠오른다.[24] 이곳 색깔은 매우 밝고, 축축한 하늘과 대비되는 희고 하늘빛 도는 대리석 빛깔이다. 탑은 엄청나게 기울어져 있다. 탁발 수도승이 익살스럽고 환상적인 가죽 모자를 쓰고 문가에 서 있다. 수도승들이 걷고 있다. 21년 전에 L과 산책을 하다가 폴그레이브 부부[25]를 만났을 때, 내가 기둥 뒤에 숨으려고 했던 곳이 바로 이 수도원(캄포 산토)이었다. 그런데 이번에 우리는 자동차로 왔다. 폴그레이브 부부는, 죽었을까, 아니면 많이 늙었을까? 어쨌든 이제 우리는 고약한 고장을 떠났다. 여기저기 빨강 지붕이 산재하는 대머리 독수리 같

---

24  셸리와 윌리엄스가 1822년 7월 8일에 익사하는 사고가 발생한다. 셸리의 시체는 8월 16일에 바이런, 트렐로니, 리 헌트 등이 보는 가운데 바닷가에서 화장됐다.

25  울프의 아버지 레슬리 스티븐과 친교가 있었다.

은 고장. 이곳이 옛날 우리가 기차를 타고 바이올렛 디킨슨[26]과 함께 찾아오곤 하던 이탈리아다. 호텔 버스를 타고.


## 시에나에서. 5월 13일, 토요일

오늘 우리는 더 없이 아름다운 경치를 보고, 우수의 남자를 만났다. 경치는 저절로 만들어지는 시의 한 행 같았다. 잘생긴 언덕은 빨강색과 녹색으로 불타고 있었다. 기다란 들판은 한 치도 남김없이 개간돼 있었다. 그것은 낡고, 거칠고, 딱 잘라 완전하게 표현돼 있었다. 나는 한 무리의 사람들에게 다가가서 "이 동네의 이름이 무엇인가요?"라고 물었다. …[27]라는 이름이었다. 그러자 파란 눈의 여인이 말했다. "저희 집에 가서 마실 것 좀 드시지 않겠어요?" 그녀는 잡담이 하고 싶었다. 그들 가운데 네다섯 명이 우리 주위에 와글와글 몰려왔기에, 나는 이 고장의 아름다움에 대해 키케로식의 연설을 했다. 그러나 저는 여행할 돈이 없어요, 라고 그녀는 손을 뒤틀며 말했다. 우리들은 그녀의 집에 가지 않았다. 그 집은 언덕 중턱에 있었다. 우리들은 악수를 했다. 그녀는 손에 먼지가 묻었다며, 자신의 손을 만지게 하지 않았다. 그러나 우리는 모두 악수를 했고, 나는 이 절경 속에 있는 그녀의 집에 갔으면 좋았을 걸, 하고 생각했다. 그러고 나서 개미가 기어 다니는 강가에서 점심을 먹고 있을 때, 우리는 그 우수의 남자를 만났다. 그는 손에 그가 손으로 잡은 대여섯 마리의 물고기를 들고 있었다. 참 아름다운 고장이에요, 라고 우리가 말하자 그는 아니요, 도

---

26  Violet Dickinson, 1865~1948, 울프 집안과 친한 사이로, 울프의 아버지가 1904년에 세상을 떠났을 때, 울프와 언니 바네사와 함께 이탈리아 여행을 한 적이 있다.

27  원고에는 공백—레너드 주.

회지가 더 좋지요, 라고 말했다. 그는 플로렌스에 갔던 적이 있고, 시골은 좋아하지 않노라고 말했다. 여행을 하고 싶으나 돈이 없었다. 그는 어떤 마을에서 일하고 있었다. 아니, 그는 시골을 좋아하지 않노라고 점잖고 교양 있는 목소리로 되풀이해 말했다. 극장도 영화관도 없고, 있는 건 오로지 완전한 아름다움뿐. 나는 그에게 담배를 두 개비 주었다. 처음에는 거절했으나 나중에는 물고기 여섯, 일곱 마리를 주겠다고 했다. 그러나 시에나에서 그걸 요리할 길이 없다고 하자, 그렇군요, 라고 동의하고는 우리들은 헤어졌다.

메모를 하는 것은 매우 즐거운 일이지만, 글을 쓴다는 것은 매우 어려운 기술이다. 다시 말해 항상 선택을 해야 하니까. 그리고 나는 너무 졸려서 손가락 사이로 모래가 빠져나가도록 하고 있을 뿐이다. 글을 쓴다는 것은 절대로 쉬운 재주가 아니다. 무엇을 쓸까 하고 생각하고 있을 때는 쉬워 보이지만, 그 생각은 증발해서 여기저기로 날아가 버린다. 우리는 시에나의 소음 한가운데 있다. 거대한 활모양의 터널 같은 돌로 된 도시. 떠들고 소리 지르는 애들로 꽉 찬 도시.

## 5월 14일, 일요일

그렇다, 나는 지금 열린 창가에서 『성스러운 샘』[28]을(건너 뛰어가면서) 읽고 있다. 이런 소음 속에서 읽기에는 가장 어울리지 않는 책이다. 저 밑에는 사람들의 머리, 머리, 머리들이 보인다. 시에나 전체가 회색과 핑크색의 행렬과, 시끄럽게 경적을 울려대

28  1901년에 발표된 헨리 제임스의 소설.

는 차들로 뒤덮여 있다. 뒤얽힌 이 책의 줄거리를 얼마나 쫓아갈 수 있을까? 모르겠다, 이것이 내 대답이다. 이야기의 줄거리가 끊겨도 그대로 내버려두겠다. 뛰어난 작가의 징표란 자기의 틀을 무자비하게 깨버리는 능력이라는 사실을 알게 된다. H. J.[헨리 제임스]의 조심스러운 모방자들 가운데는, 일단 문장을 만들어 내고는 그것을 깨부술 만큼의 활력을 지닌 사람이 하나도 없다. H. J.는 타고난 활력, 형태를 가지고 있다. H. J.는 스푼을 스튜(뭔가가 그득한 혼합물) 속에 깊숙이 찔러 넣었다. 이것, 즉 그의 활력과 그의 언어, 그가 물건을 움켜잡고, 흔들고, 집어던지는 힘은 항상 나에게 신선한 감명을 준다. 그러나 동시에, 온실 안의 난꽃 말고 도대체 누가 난 꽃의 분위기를 만들어낼 수 있을까, 하는 생각을 하게 된다. 아, 저 에드워드 왕조풍의 담백한 머리 색깔의 귀부인들, 맞춤 양복을 빼입은 "친애하는 신사들!" 그러나 저 천하고, 늙고, 사나운 크리비[29]에 비하면(L이 벼룩한테 물렸다) H. J.는 빈약하고 근육질이다. 의심할 바 없이 집정관의 사회, 브랜디와 고기 냄새, 화장을 하고 비로드를 입은 로렌스의 여인들, 전반적인 방탕, 호화로움과 저속함이 절정에 달했다. 물론 셸리나 워즈워스나 콜리지들은 울타리 저쪽에 존재하고 있었다. 그러나 그것이 크리비가 쓴 글에서 흘러나올 때, 그것은 세상 전체(버킹검 궁전, 브라이턴과, 이탤릭체 투성이인 여왕 스타일의 중간쯤 되는 세상)에 대해 절제되지 않은 매우 약한 것이다. 그러나 한 인간을 위한 치료를 어떻게 기대할 수 있는가? 유쾌하지 않은 선남선녀들이 추파를 던지고, 정신없이 먹고 있다. 그리고 비단과 금도금. 그리고 황태자비와 황태자. 나는 방종과 비만이 18세기를 덮쳐, 그것을 큰 공으로 부풀리고 꽃피웠다고 생각한다. 1860년

29　Thomas Creevey, 1768~1838, 영국의 정치가.

이라고 하는 것이 훨씬 더 정확하다.


## 5월 15일, 월요일

이것들을 전부 묘사할 수밖에 없다. 저 작고 뾰족한 녹색 언덕, 흰 소들과 포플러와 사이프러스 나무들, 그리고 여기서부터 아바치아[30]까지의 녹지 말이다. 이 녹지는 무한히 음악적인 햇빛 찬란한 녹색 들판이다. 우리들이 오늘 찾아온 곳이 여기다. 길을 찾지 못해 매력적인, 지친 농부들에게 차례로 물어보았으나, 아무도 이곳에서 4마일 이상 가본 적이 없었다. 마침내 돌을 깨고 있는 사람을 만났더니, 그가 길을 알고 있었다. 그는 내일 감독관이 오기 때문에 우리와 동행하기 위해 일을 중단할 수 없었다. 그는 아무도 없이 혼자였다. 누구 하나 말 상대도 없었다. 아바치아에 있던 나이 든 마리아도 마찬가지였다. 마리아는 아무것도 없는 커다란 석조 건물을 안내하면서, 중얼거리거나 말을 더듬었다. 마리아는 중얼중얼하면서 영국 사람들에 대해 말했다. 참 아름다운 사람들이라고. 댁은 백작부인이신가요, 라고 나에게 물었다. 그러나 마리아도 이탈리아 시골을 좋아하지 않았다. 그들은 좀스럽고 메말라 보였다. 그들은 메뚜기 같았고, 가난하고 양순한 사람들 같았다. 슬프고, 현명하고, 참을성 있고, 유머가 있었다. 노새를 데리고 있는 사내가 있었다. 그는 노새가 길 아래로 뛰어가도록 내버려두었다. 우리가 환영받는 것은 우리가 말을 할 것이라는 기대 때문인 것 같았다. 그들은 우리들 둘레에 모였다가, 우리가 가고 난 뒤에 우리들에 대한 이야기를 한다. 항상 얌전하고 친

---

30   아바치아는 몬탈치노의 남쪽 외진 골짜기에 있는 12세기 사원.

절한 소년, 소녀들 한 떼가 우리들 주위에 몰려 와서, 손을 흔들거나 모자를 들어 인사했다. 우리들 말고 아무도 경치를 보고 있는 사람은 없었다. 오늘 저녁 이 시간, 유게니안[31]은 뼈처럼 흰색이었다. 그리고 그곳에는 한두 채의 불그스레한 색깔의 농가가 있었다. 그리고 그림자의 바다에(소나기가 많이 왔으므로) 여기저기 한두 개의 불빛 섬이 헤엄을 치고 있었다. 그리고 농장 둘레에는 사이프러스 나무가 여러 갈래의 검은 띠를 이루고 있다. 마치 모피의 가장자리 장식 같다. 그리고 포플러와, 개울과, 나이팅게일의 노래 소리, 그리고 갑자기 불어오는 오렌지 꽃의 향기. 그리고 흰 턱을 흔들고 있는 설화석고처럼 흰 소, 소의 코 밑에는 흰 껍질이 여러 겹 늘어져 있다. 그리고 한없는 공허, 고독, 침묵. 새집이라고는 하나도 없고, 새로운 마을도 없다. 오로지 옛날부터 있던 포도밭과 올리브나무들이 있을 뿐. 언덕은 깨끗이 씻겨, 담청색으로 하늘을 등지고, 부드럽게 보인다. 언덕 뒤에 또 언덕.

## 피아첸차에서. 5월 19일, 금요일

날짜를 적다니 이상한 노릇이다. 방향 감각을 잃어버린 이 생활에서 오늘이 며칠인지 말할 수 있다면…… 이 말줄임표는 내가 무슨 말을 하고 싶은지 모른다는 것을 의미한다. 우리는 레리치에서 아펜니노 산맥을 넘어 종일 차를 몰았다. 그래서 지금은 갤러리가 있는 넓은 이탈리아의 여인숙에 있는데, 춥고, 수도원 풍이며, 심히 불편하다. 의자가 별로 없는 곳이어서, 지금 우리는 웅크리고 앉아 있다. L은 자기 침대 옆의 딱딱한 의자 위에, 나는

---

31  이탈리아 북부 지방.

내 침대 위에 앉아 있다. 우리 둘 사이에 있는 단 하나의 등불을 이용하기 위해서다. L은 호가스 출판사에 지시할 것들을 적고 있고, 나는 골도니를 읽으려는 참이다.

레리치는 덥고, 파란색이며, 우리는 발코니가 달린 방에 묵고 있다. 거기에는 처녀들과 엄마들이 있었다. 처녀들은 오래전에 인생의 모든 기회를 잃어버렸고, 온화한 슬픔을 나타내는 부드럽게 찡그린 얼굴을 하고, 완전한 침묵 속에, 마치 윔블던에서 일요일 저녁 찬밥을 먹을 때와 같은 복장을 하고 밥상을(그 식사는 영국 사람을 위해 준비한 것이었다) 마주했다. 그리고 은퇴한 영국계의 인도인이 있었다. 그는 우리가 미스 터체트[32]라고 부를 아가씨와 산책을 나간다. 그는 쾌활하고, 얼굴이 불그스레한 사람으로, 웨스트민스터 사원의 저녁 기도를 매우 좋아했다. 그녀는 런던의 더 템플에 나갑니다. 거기 "내 형제"가 방을 얻고 있습니다, 등등, 등등. 아펜니노 산맥에 대해서는 할 말이 아무것도 없다. 다만 꼭대기가 녹색 우산의 안쪽 같다는 것 말고는. 척추 뒤에 또 척추. 막대기 끝에 구름이 걸려 있다. 그러고는 파르마까지 내려간다. 덥고, 돌투성이이고, 시끄럽다. 가게에는 지도가 없다. 거기서부터 피아첸차까지는 쭉 자동차 도로다. 지금 시간은 저녁 9시 6분 전. 물론 길 떠난 고생이란 이런 것이다. 이것이 재빠른 움직임과 행동의 자유, 신발을 툭툭 털고 이튿날 휙 떠나는 것, 그리고 선선하고 깊은 개울가 녹지에서 점심을 먹는 것에 대한 대가다. 앞으로 일주일이면 모두 끝난다. 안락함도 불편함도. 약속, 시간, 관습이 줄 수 없는 흥취와 활력도 이제 끝이다. 앞으로 우리는 약속이나 관습을 여행의 즐거움 이상의 열정을 가지고 다시 시작할 것이다.

32  헨리 제임스의 작품 속 등장인물.

## 5월 21일, 일요일

졸음을 쫓기 위해 일기를 쓴다. 이것이 오늘 저녁의 숭고한 사명이다. 지금은 드라기냥[33]에 있는 2류 호텔의 열린 창가에 앉아 있다. 밖에는 플라타너스와, 언제나처럼 한 가지 곡조로 노래를 부르는 새, 그리고 늘 듣는 확성기 소리. 프랑스에서는 일요일에 모두가 자동차를 탄다. 그러고는 밤에 잠으로 피로를 씻는다. 호텔 주인들은 게걸스럽게 먹고, 트럼프 놀이를 그치지 않는다. 그라스[34]는 너무 만원이어서 우리는 늦은 시간에 이곳으로 왔고, 내일은 일찍 떠난다. 나는 크리비를 읽고 있고, L은『황금 가지』를 읽고 있다. 집에 있는 침대가 절실하다. 이것이 여행을 위해 지불해야 할 세금이다. 이처럼 졸리고 불편한 호텔의 밤, 등잔불 밑의 딱딱한 의자에 앉아 있는 것. 그러나 막상 길을 떠나면, 다시금 유혹이 힘을 발하기 시작한다. 내일은 엑스에, 그리고 집. 그리고 "집"은 하나의 자석이 되었다. 왜냐하면 나는『파지터가 사람들』의 구성을 그만둘 수가 없기 때문이다. 그 흥분제 없이는 살 수가 없다. 여행이 가장 사랑스럽고, 가장 기분을 풀어주는 대안이기는 하지만. 그러나 이제 휴가는 그만하고 일을 하고 싶다. 나는 이처럼 은혜를 모른다! 그러나 나는 파브리아 근처의 언덕과, 시에나 근처의 언덕도 갖고 싶다. 그밖의 언덕은 필요 없다. 남쪽의 저 어둡고, 녹색의, 격렬하고, 단조로운 언덕은 필요 없다. 우리는 오늘 방스에서 수많은 레이스 무늬 모양의 묘석 한가운데서 채색한 자갈로 돋보이게 한 불쌍한 로렌스의 피닉스를 보았다.[35]

---

33 남부 프랑스의 도시.
34 칸의 북서쪽에 위치한 프랑스의 대표적 휴양지.
35 로렌스는 1930년 3월 4일에 방스의 공동묘지에 묻혔다가, 1935년에 다시 발굴되어 화장된 뒤 뉴멕시코로 옮겨졌다.

## 5월 23일, 화요일

뭔가 쓰는 것이 가능하다면 너무 크지도, 너무 작지도 않은 이 흰 종이야말로 최상의 종이라고 혼잣말을 했다. 그러나 지금은 자극제로서 말고는 글을 쓰고 싶지 않다. 지금 상황을 말하자면, 나는 L의 침대에 앉아 있고, L은 단 하나의 안락의자에 앉아 있다. 보도를 오가는 사람들의 발자국 소리가 들린다. 여기는 비엔나다. 불판에 굽듯이 뜨겁다. 점점 더 뜨거워진다. 그리고 우리는 프랑스를 차로 횡단하려고 한다. 오늘은 화요일이고, 횡단 예정은 금요일. 주거와 습관으로부터의 도피와 여행이라는 이 기묘한 막간이 끝나려 하고 있다. 우리는 앞으로, 앞으로 나아간다. 엑스를 지나고, 아비뇽을 지나고, 계속 앞으로 나아간다. 나뭇잎으로 된 아치 밑을 지나고, 아무것도 자라지 않는 모랫길을 지나고, 성곽이 있는 회색빛 나는 검은 언덕 밑을, 그리고 포도나무 옆을 지날 것이다. 나는 『파지터가 사람들』에 관해 생각하고 있다. L은 운전을 하고, 포플러나무들이 있는 곳에 오면 밖으로 나와 강가에서 점심을 먹는다. 그리고 또 달린다. 그리고 강가에서 홍차를 한잔 마시고, 편지를 찾으러 간다. 레이디 신시아 모스리[36]가 돌아가셨다는 사실을 알게 된다. 그 광경을 상상하고, 그 죽음에 놀란다. 그리고는 더위 속에서 꾸벅꾸벅 졸다가 잠이 들어, 여기서 묵기로 작정한다. 호텔 드 라 포스트. 또 다른 편지 하나를 읽고, 도서협회가 아마도 『플러쉬』를 선정할 것 같다는 뉴스를 듣고, 만약 우리가 천 파운드나 2천 파운드를 쓸 수 있게 된다면 무엇을 할까 생각해본다. 커피를 마시고 있는 저 비엔나의 소시민들이라면 이 돈으로 무엇을 할까, 하는 생각을 해본다. 저 아가씨는 타이피

---

36　영국의 정치가. 1933년 5월 16일에 급성 맹장염으로 사망.

스트이고, 저 젊은이들은 사무원이다. 어떤 이유 때문인지는 몰라도 그들은 리옹에 있는 호텔들에 관한 토론을 시작한 모양이다. 그렇다고 그들이 가진 돈을 다 털어봐야 한 푼도 안 된다. 남자들은 모두 소변을 보러 갔다. 그들의 두 다리가 보인다. 모로코 병정들은 큰 외투를 입고 있으며, 애들은 공놀이를 하고 있고, 사람들은 한가로이 서 있고, 모든 것이 매우 회화적인 구성을 갖게 된다. 특히 남자들의 다리가 그렇다. 두 다리가 만드는 기묘한 각도. 호텔에서 식사를 하고 있는 사람들. 우리는 내일 일찍 출발하기 때문에 이 모든 것들이 기묘한 분위기를 자아낸다. 무엇인가가 내 머릿속에 비엔나를 각인시키려는 듯, 이 모든 것들이 어떤 의미를 갖도록. 이제는 집의 견인력, 자유, 그리고 짐을 싸지 않아도 되는 생활이 절실해진다. 아, 안락의자에 앉아 책을 읽는 일. 그리고 이를 닦기 위해 광천수를 달라고 하지 않아도 된다는 것!

### 타비스톡 52번지에서. 5월 30일, 화요일

그렇다, 모든 일 가운데 휴가를 마치고 집에 돌아오는 일이 의심할 바 없이 가장 저주받은 일이다. 이처럼 목적 상실증과 우울증에 시달린 적은 없었다. 읽을 수도 없다. 쓰거나 생각할 수도 없다. 여기에는 클라이맥스도 없다. 안락은 있다. 그러나 커피는 생각했던 것만큼 맛있지 않았다. 그리고 내 뇌는 소멸하고 말았다. 문자 그대로 펜을 집어들 기운도 없다. 지금 내가 해야 할 일은 이것을, 즉 내 기계를, 레일 위에 올려놓고, 한번 밀어주는 것이다. 맙소사, 어제 다시 골드스미스의 궤도를 따라 달리도록 얼마나 힘껏 그 열차를 밀었던가. 반쯤 써놓은 골드스미스에 관한 원고가 있다. 솔즈베리 경이 그럴듯하게 꾸민 연설은 어젯밤 먹다 남은 찬밥을 덥혀 놓은 것과 같다는 등의 말을 했다. 내 원고에 흰 기름이 낀 것이 눈에 띈다. 오늘은 조금 더 덥다. 미지근한 고기. 차가운 양고기 한 쪽. 여기는 쌀쌀하고 우울하다. 그렇다, 그러나 시계가 째깍거리는 것이 들리고, 봐서는 안 되지만, 차바퀴가 레일 위에서 구르기 시작한 것이 아닌가 하는 생각이 든다. 성령강림절은 멍크스 하우스에서 보낼 예정인데, 그날은 월요일이다. 교외에 있는 작은 멍크스 하우스에서. 나는 다시『파지터가 사람들』을 집어 들 수가 없다. 그것은 빈 달팽이 껍질이다. 그리고 뇌는 차가운 한 조각의 살덩어리가 된 채 텅 비어버렸다. 상관할 것 없다. 나는『파지터가 사람들』속으로 머리부터 빠져들어 갈 것이다. 그리고 지금은 내 정신을 이탈리아 사람, 이름이 무엇이었더라, 골도니의 방향을 따라 집중시키자. 동사 몇 개의 문제라고 생각한다.

문득 생각이 났지만, 지금의 내 정신 상태, 이 우울한 상태는 대부분의 사람들의 평상적인 상태일 것이다.


## 5월 31일, 수요일

이제 앞으로 4개월 동안『파지터가 사람들』을 쭉 써나갈 수 있는 지점에 도달했다고 생각한다. 아, 이 안도감. 생리적 안도감! 이제 더 이상 참을 수 없다는 느낌이 든다. 그리고 내 뇌는 계속해서 아무것도 없는 벽에 부딪치느라 고통을 당해 왔다.『플러쉬』, 골드스미스, 이탈리아의 자동차 여행, 등. 이제 내일부터는 쓰기 시작할 것이다. 말도 안 되는 생각밖에 떠오르지 않는다면? 작품은 모험적이고 대담해야 하며, 어떤 장애물도 뛰어넘어야 한다. 극이나 시나 편지나 대화를 끼워넣을 수도 있다. 평평한 것뿐만 아니라 둥그런 것도 있어야 한다. 이론뿐만 아니라 회화나 논쟁도 있어야 한다. 그걸 어떻게 해내느냐가 문제다. 예술의 모양을 갖춘 지적 논쟁. 다시 말해 어떻게 아널드 바넷의 통상적인 평범한 생활에 예술적 형태를 부여하는가, 이다. 앞으로 4개월 동안이 많고 어려운 문제들과 직면해야 한다. 지금으로서는 내가 무엇을 할 수 있는지 모르겠다. 나는 4주간의(3주간이 아니다) 휴가 끝에 완전히 방향 감각을 잃어버리고 말았다. 내일 우리들은 로드멜에 다시 간다. 사이사이 시간은 독서로 채워야 한다. 그러나 책에 빠지고 싶지는 않다. 그렇다, 지금은 내 옷 때문에 머리한테 가야 한다. 그리고 에델이 근처까지 와 있다. 그러나 편지는 없다. 성령강림절 때문에 다시 방해거리가 생겼다. 어젯밤 리치먼드를 차를 타고 지나면서, 나는 내 존재의 통합성에 대해 무언가 매우 심각한 생각을 하고 있었다. 글을 쓴다는 것만이 전체를 구성한다는 것, 글을 쓰고 있지 않으면 무엇 하나 전체를 이루지 못한다는 것. 그러나 무엇이 그리 심각했는지는 지금 생각나지 않는다. 큐 가든에 있는 석남화들은 색유리의 둔덕 같았다. 아, 이 초조함, 아, 이 불쾌한 기분.[37]

좋다, 낯익은 『파지터가 사람들』이 달리기 시작했다. 아, 끝낼 수 있다면. 쓴다는 것은 노력이고, 절망이기도 하다. 그러나 물론 일전에 불판에 굽는 듯한 로드멜의 더위 속에서 이 책의 전망이(이것이 리치먼드에서의 내 심각한 생각이었던 모양이다), 그리고 초점이 모아졌다는 점을 인정한다. 그렇다, 비록 표면에서는 긴장 때문에 괴로워하고 있어도 이 균형은 옳다. 오늘 아침 무

---

37  이하는 6월 8일(목요일)에 쓴 것임.

서운 절망에 괴로워하고, 아, 이것을 다시 쓰게 되었을 때, 형언할 수 없는 강렬한 고뇌(이 말은 단순히 표현할 수 없다는 뜻이다)에 괴로워하겠지만. 이 모든 것들을 (이 무수한 것들을) 한 데 묶어 두기 위한 고통.

(나는 지금 당장 더비 경마의 제비를 뽑으라는 호출을 받았다. 금년에는 인기마가 없다고 한다.─울프 주)

## 7월 10일, 월요일

벨라[38]가 와서 자동차 유리에 머리를 부딪쳤다. 코가 깨져서 정신이 혼미해졌다. 그때 나는 "늘상 찾아오는 정신 상태"에 빠져들었다. 얼마나 심하고 격렬했던가. 나는 리젠트 파크를 암담하고 비참한 마음으로 걸어 다녔으며, 늘 하듯이 내 원조 부대를 불러 나를 돌보게 했고, 그들은 그럭저럭 그 일을 해냈다. 이상은 내 정신적 기복을 기록해두기 위한 것이다. 그 정신적 기복 가운데 많은 것들은 알지도 못하는 사이에 지나가 버리고 만다. 그러나 그 기복은 예전보다 덜 격렬해진 것 같다. 그러나 너무 익숙하다. 우울증과 고통에 가슴을 조이면서 터벅터벅 길을 걷는 것. 그리고 예전처럼 경솔하게 내뱉은 두 단어 때문에 죽고 싶어지는 것.

## 7월 20일, 목요일

일주일 동안 거의 아무것도 쓰지 못한 끝에 지금은 다시 『파지

---

38  레너드의 누이동생 레이디 사우스혼─레너드 주.

터가 사람들』한가운데서 헤엄을 치고 있다. 문제는 알맹이를 압축해 넣는 일이다. 즉, 리듬을 지키면서 의미를 전달하는 것. 이 작품은, 적어도 E. M.[39]의 장면은 점점 더 연극 쪽으로 기울어지는 것 같다. 다음 부분은 제인 오스틴처럼 객관적이고 사실주의적이어야 한다고 생각한다. 그러는 동안에도 이야기는 계속될 것이고.

## 8월 12일, 토요일

네프 부인이 간 뒤 당연히 나는 너무 피곤해서, 몸서리가 쳐지고 몸이 떨렸다. 이틀 동안 누워 있었고, 아마 일곱 시간은 자고, 다시 침묵의 세계에 빠져들었다. 갑작스럽게 생각이 난 것이지만, 이 같은 완전한 피로감의 갑작스러운 발작은 왜 일어나는 것일까? 글을 쓴다고 이곳에 와서, 아직 문장 하나도 마치지 못했다. 무엇인가가 나를 밑으로 끌어내린다. 이것은 어떤 기묘한 힘에 의한 것일까? 아니면 무의식이 나를 그 속으로 끌어들이고 있는 것일까? 나는 뉴먼[40]에 관한 훼이버의 글을 읽고 있었는데, 신경쇠약에 대한 훼이버의 설명과 내 상태를 비교해보았다. 메커니즘의 어느 한 부분이 할 일을 거부한다는 것이다. 내 경우도 그런 것일까? 꼭 그렇지는 않은 것 같다. 왜냐하면 나는 아무것도 피하고 있지 않기 때문이다. 나는 『파지터가 사람들』을 쓰기를 바라고 있다. 아니다, 이 같은 완전한 피로감은 내가 소설과 생활이라는 두 세계에서 동시에 살아남기 위해 무리를 하는 데서 오는

---

39  주인공 엘바이러와 매기.
40  John Henry Newman, 1801~1890, 가톨릭 부제 추기경.

것이다. 네프 부부는 또 하나의 세계로부터 너무 멀리 나를 떼어 놓기 때문에 나는 엉망이 된다. 내가 전속력으로 글을 쓰고 있을 때 나에게 필요한 것은 오로지 산책을 하는 것, L과 함께하는 완전히 느긋한 어린애 같은 생활과, 나에게 익숙한 것뿐이다. 모르는 사람을 대할 때, 신중하고 결연하게 행동해야 하는 것이 나를 다른 영역으로 비틀어 넣는다. 붕괴는 여기서 온다.

## 8월 16일, 수요일

앨런 코브햄 경[41]의 전시 비행, 안젤리카와 줄리언이 타고 갈 배를 구해야 하는 일 때문에 다시 두통이 나서 자리에 눕게 되어 에델은 만나지 않았다.[42] 그러나 에델의 목소리는 들었고, 이 일에 관해 오늘 아침 여섯 쪽의 편지도 받았다.[43] 그리고 울프 부부를 만나지 않았고, 나는 다시 여기[44]에서 『파지터가 사람들』을 추고하고, 아, 그러면서 이 모든 것을 하나의 형태로 묶을 방도를 생각하고 있다. 얼마나 무서운 싸움이 될 것인가! 걱정할 건 없다. 투르게네프[45]를 읽고 있었기 때문에 "형식"에 관해 논하고 싶다. (하지만 그 두통을 앓고 난 뒤 내 손이 말할 수 없이 떨린다. 단어나 펜을 제대로 잡을 수가 없다. 그 습관이 깨어지고 말았다.)

---

41  Sir Alan Cobham, 1894~1973, 영국의 선구적인 비행가. 그의 회사 National Aviation Ltd.가 1932년과 1933년에 영국 일주 비행을 했는데, 울프는 조카 줄리언과 안젤리카를 데리고 루이스로 구경을 갔었다.

42  8월 14일에 멍크스 하우스로 찾아왔던 에델을 울프가 만나주지 않았다.

43  울프가 만나 주지 않은 것에 대한 항의 편지를 8월 15일에 보내왔다. 그 편지에서 다음과 같은 말을 하고 있다. "wonderful to sit in your house (…) only a board between us"

44  멍크스 하우스의 정원 끝에 있는 버지니아의 작업실—레너드 주.

45  Turgener, 1818~1883, 러시아의 작가.

형식이란 어느 하나가 다른 것을 바르게 이어 간다는 감각이다. 그 일부는 논리이다. 투르게네프는 본질적이지 않은 것을 진리에서 떼어 내기 위해 쓰고 또 고쳐 썼다. 그러나 도스토옙스키라면 모든 것이 중요하다고 말할 것이다. 그러나 D를 다시 읽을 수는 없다. 셰익스피어는 무대에 의해 형식의 구속을 받았다. (T는 낡은 제재를 위해 새로운 형식을 발견해야 한다고 말한다. 그러나 여기서 그는 형식을 다른 뜻으로 사용하고 있다고 생각한다.) 어떤 장면에서는 본질적인 것이 지켜져야 한다. 그것이 무엇인지 어떻게 아는가? D의 형식이 T의 것보다 더 좋은지, 더 나쁜지는 어떻게 아는가? D의 형식은 덜 항구적인 것으로 보인다. T의 생각은, 작가는 본질적인 것만 말하고, 그 나머지는 독자들에게 맡긴다는 것이다. D의 방침은 독자들에게 가능한 모든 도움과 시사점을 나누어준다는 것이다. T는 가능성의 수를 줄인다. 비평의 어려움은 그것이 매우 피상적이라는 사실에 있다. 작가는 훨씬 깊은 곳을 파고 있다. T는 보자로프를 위한 일기를 적고 있었다.[46] 보자로프의 입장에서 모든 것을 썼다. 우리가 가지고 있는 것은 오로지 250쪽뿐. 우리의 비평은 빙산의 꼭대기를 조감한 것에 불과하다. 나머지 부분은 물 속에 있다. 글의 서두를 이런 식으로 시작해도 좋을지 모르겠다. 이 글은 보통 때보다 덜 고르게, 덜 어우러지게 해도 좋았을 것이다.

---

46  투르게네프는 자기 작품(여기서는 『아버지와 아들』)의 등장인물들에 대한 일종의 전기를 쓰고 있으며, 울프가 그것의 서평을 쓴 적이 있다.

# 8월 24일, 목요일

일주일 전, 정확히 말해 금요일에 머리가 다시 제자리로 돌아와서 『파지터가 사람들』의 작업을 다시 시작했고, 앞으로 더 나아가기 전에 군살을 빼버리고, 장면들을 더 모아놓기로 작정했다. 그리고 첫 부분 전체를 더 어우러지게 하기 위해 재구성하는 일도 하고 있다. 이번에는 죽음이 1장에서 일어난다. 이 작품의 크기를 반으로 줄이려고 생각한다. 그러나 아직은 좀 황량하고, 덜컥거린다. 게다가 너무 서둘렀고, 또 무리가 있다. 방금 P 부인을 죽였는데, 옥스퍼드 장면으로 금방 옮겨 갈 수가 없다. 사실이지 이런 작은 장면들은 실생활에서와 꼭 마찬가지로 우리를 혼란시킨다. 그래서 짧은 시간에 다른 분위기로 전환할 수 없다. 첫 부분의 현실성은 완전하다고 생각한다. 만약 시를 넣게 된다면, 제2부에 그럴 만한 좋은 구실이 있다. 동일한 것을 두 가지 다른 관점에서 볼 수 있다면, 상당히 재미있는 실험이 될 것이다. 그런데 나는 어제 클라이브가 놓고 간 아르센 우사예[47]의 『참회록』을 읽느라 오전을 다 보냈다. 책은 나에게 얼마나 넓고 비옥한 즐거움을 주는가! 나는 방에 들어가 책상 위에 책이 잔뜩 쌓여있는 것을 발견했다. 책들을 모두 살펴보고, 냄새를 맡았다. 이 책들을 들고 가서 읽기 시작했다. 나는 여기서 영원히 책만 읽고 살아도 행복할 것 같다.

---

47   Arsène Houssaye, 1815~1896, 프랑스의 소설가이자 시인.

## 9월 2일, 토요일

갑자기 한밤중에 『파지터가 사람들』에 대해 『여기 그리고 지금』이라는 제목을 생각해냈다. 이 제목이 더 좋을 것 같다. 이 제목이라면 내가 추구해온 것을 나타내줄 뿐만 아니라, 『헤리스 사가』[48]나 『포사이트 사가』[49]나, 그밖의 것들과 경합하지 않아도 되기 때문이다. 제1부는 끝냈다. 다시 말해 압축하는 일을 마쳤다는 말이다. 엘리너의 하루도 압축하게 될 것이다. 그다음에는 무엇을 줄이지? 그 나머지 것들은 별로 압축할 성격의 것들이 아니다. 아마 지금까지 8만 단어로 줄였을 것이다. 앞으로 4만 단어는 더 써야 한다. 8만 더하기 4만이면 12만이 된다. 그렇다면 내가 써낸 책들 가운데서 가장 긴 책이 될 것이다. 『밤과 낮』보다도 길어질 것이다.

## 9월 26일, 화요일

언젠가 크래브[50]를 주제로 환상적인 작품을 써도 좋지 않을까 생각했다. 전기적인 환상, 전기의 한 실험? 나는 이곳에서 더없이 깊이 있게 흥미로운 글들을 많이 쓰려고 했다. 영혼과 영혼의 대화. 그런데 모두 놓쳐버리고 말았다. 왜냐고? 금붕어에게 먹이를 주던가, 새 연못을 들여다보던가, 또는 볼링을 하고 놀았기 때문이다. 지금은 아무것도 남아 있지 않다. 무엇에 관해 쓰려고 했는

---

48  휴 월폴의 소설.
49  존 골즈워디의 소설.
50  George Crabbe, 1754~1832, 영국의 시인이자 경제학자.

지 잊어버렸다. 행복. 어제는 완전히 행복한 날이었다. 그다음도 그렇고. 오늘 아침은 우선 N. S.[『뉴 스테이츠먼』]에 전화를 해서 『십이야』의 교정 내용을 알려주었다. 쉼표를 하나 넣어라, 세미콜론을 하나 빼라, 등. 그리고 지금 이곳에 와서 잉어 구경을 하고 난 뒤, 투르게네프에 관한 글을 쓰고 있다.


## 10월 2일, 월요일

이제 10월이다. 내일 우리는 헤이스팅스 회의에 참가해야 한다. 그리고 수요일에는 비타에게 갔다가 런던에 돌아온다. 이 일기장을 집어 든 것은, 책을 출판하기 전에 늘 하던 대로 스스로에게 훈계를 하기 위해서다. 목요일에 『플러쉬』가 나올 예정이고, 나는 이 책에 쏟아지는 칭찬 때문에 굉장히 우울해질 것이다. 사람들은 말할 것이다. "매력적이다", 섬세하다, 여성스럽다, 라고. 그리고 이 작품은 인기가 있을 것이다. 그러나 인기는 신경 쓰지 말고 흘려보내야 한다. 대신 『파지터가 사람들』, 혹은 『여기 그리고 지금』에 집중해야 한다. 내 자신을 단순한 여성스러운 수다쟁이라고 믿게 생각해서는 안 된다. 우선 그것은 사실이 아니다. 그러나 그들은 모두 그렇게 말할 것이다. 그리고 나는 『플러쉬』의 통속적 성공을 몹시 싫어할 것이다. 아니, 이것은 하나의 변덕에 불과하고, 엷은 물보라의 베일에 불과하다고 스스로에게 말해야 한다. 그리고 나는 과감하고 맹렬하게 창조해야 한다. 그럴 수 있는 능력을 어느 때보다 더 강하게 느끼고 있기 때문이다.

아니다, 오늘 아침 내 머리는 너무 피곤해서 보비나 엘바이러의 대목을 (두 사람은 세인트 폴에서 만나게 되어 있다) 계속할 수가 없다. 내가 이 작업을 풍족하게, 조용하게, 무의식적으로 할 수 있으면 좋겠다. 이 마지막 장면은 어렵다. 왜냐하면 『플러쉬』 덕분에 끊임없이 이런 저런 자질구레한 서평들이 튕겨져 나와 잠을 잘 수 없기 때문이다. 어제 『그랑타』지[51]는 이제 내가 소멸했다고 말했다.[52] 『올랜도』와 『파도』와 『플러쉬』는 위대한 작가가 될 가능성이 있는 사람의 죽음을 나타낸다고. 이 서평은 빗물 방울 하나에 불과하다. 이것은 다시 말해 여드름이 난 어느 조그마한 대학생이 개구리를 남의 침대에 넣어두는 따위의 짓궂은 장난 같은 것이다. 괴로운 것은 편지나 사진을 달라는 요구다. 하도 많이 와서 나는 어리석게도 N. S.지에 빈정대는 편지를 쓰고 말았다. 그 결과 더 많은 빗물 세례를 받았다. 이 비유는 우리가 글을 쓸 때 무의식적이어야 할 필요가 있다는 것을 보여준다. 그러나 문학에 있어서 유행이라는 것은 피할 수 없다는 것도 알아둘 필요가 있다. 또한 사람은 성장해서 변한다는 사실도. 그리고 드디어 내가 무명을 찬양하는 철학에 도달했다는 사실도. N. S.에 보낸 내 편지는 그 철학의 일부를 미숙한 상태로 세상에 공표한 것이다. 지난 겨울의 계시는 참 기묘하기도 했다! 자유. 이 덕분에 시빌의 초대를 거절하고, 인생을 더 강하고 차분하게 받아들일 수 있게 되었다. 나는 "유명"하거나 "위대"해지고 싶지는 않다.

---

51    1889년에 케임브리지 대학교 학생들에 의해 창간된 문예지.

52    1933년 10월 25일 자 『그랑타』에 실린 『플러쉬』와 『올랜도』, 『파도』에 대한 서평에는 다음과 같은 말이 들어 있다. "We must mourn the passing of a potentially great writer who perished for lack of an intelligent audience."

딱지가 붙거나 틀에 박히는 것을 거부하고, 내 마음과 눈을 활짝 열고, 모험과 변화를 계속할 것이다. 문제는 스스로를 자유롭게 하는 것이다. 방해받지 않고, 자기에게 알맞은 치수를 발견하는 것이다. 이것은 예의 한낱 마구잡이식 총의 난사에 불과하지만, 그 안에는 많은 내용이 들어 있다. 10월은 나쁜 달이었다. 그러나 내 철학이 없었다면 더 나빴을 것이다.

## 12월 7일, 목요일

레스터 광장을 걷고 있을 때 (내 마음은 이처럼 중국에서 멀리 떨어져 있는데) 포스터에 "저명 작가의 죽음"이라고 씌어 있는 것을 보았다. 나는 휴 월폴인가, 하고 생각했는데, 스텔라 벤슨[53]이었다. 그렇다면 지금 급하게 뭘 써야 하는가? 나는 스텔라 벤슨을 잘 모른다. 그러나 그녀의 참을성 있는 멋진 눈, 여린 목소리, 기침 소리, 억압받고 있는 듯한 느낌을 기억한다. 벤슨은 로드멜의 테라스에 나와 함께 앉아 있었다. 친구가 될 수도 있었는데, 너무 빨리 가버렸다. 나는 벤슨이 믿음직스럽고, 참을성이 있으며, 매우 성실했다, 고 기억한다. 늘 있는 어려운 저녁 회견 중에 우리는 뭔가 깊은 층으로 파고들려고 노력했다. 기회만 있었다면 우리는 그곳에 도달할 수 있었을 것이다. 벤슨이 작은 자기 차에 오르려고 할 때, 내가 그녀를 문에서 붙잡고, 나를 버지니아라고 불러 달라고 한 것, 편지를 달라고 했던 일이 위안이 된다. 그녀는 "그보다 더 기쁜 일은 없어요."라고 말했다. 그러나 그 먼 중국에

---

53 Stella Benson, 1892~1933, 영국의 소설가. 세관에 근무하는 남편을 따라 중국에서 살다가 그곳에서 사망.

서 죽다니, 뭔가가 꺼져버린 것 같다. 그런데 내가 지금 여기 앉아서 그녀에 관해 뭔가를 쓰고 있다는 것은 너무 덧없지만, 그러면서도 너무나 진실이다. 그리고 앞으로는 아무것도 없다. "저명 작가의 죽음"이라는 플래카드를 단 신문사 차들(?)이 킹즈웨이를 달리고 있다니, 오늘 오후는 참으로 슬픈 날이다. 머리는 아주 차분하고, 많은 고뇌로 억압받고 있다. K. M. 때와 마찬가지로, 벤슨은 죽음으로 나에게 일종의 질책을 하고 있는 것 같다. 나는 아직 살고 있는데, 그들은 세상을 떠났다. 왜? 왜 포스터에 내 이름이 없는가? 저 두 사람이 나에게 항의하고 있는 듯한 느낌이 든다. 두 사람 모두 일을 마치지 못한 채 너무 갑자기 떠났다. 스텔라는 41세였다. "제 책을 보내드릴게요"라고 하던 말들. 외진 섬에서 대령들에게 말동무 노릇을 하면서 살고 있었다. 스텔라 벤슨과 같은 작가가 죽으면 나에 대한 반응도 감소한 것 같은 이상한 느낌을 받는다. 『여기 그리고 지금』은 벤슨의 빛을 받지 못할 것이다. 내 책의 생명이 짧아진 것이다. 내가 표출한 것(내가 밖으로 내보내는 것)의 침투력과 광채는 줄어들었다. 생각할 거리는 마치 사람들이(즉 벤슨이) 생각하는 것에 의해서만 비옥해지는 그물과 같다. 지금은 생명력이 사라졌다.


### 12월 1일, 일요일

어제 『여기 그리고 지금』의 제4부를 마쳤기 때문에 오늘 아침은 명상에 잠겨 있다. 전쟁의 기억을 새롭게 하기 위해, 옛 일기를 몇 장 뒤져보았다.

# 1934년(52세)

## 1월 16일, 화요일

　오랜 시간(멍크스 하우스에서의 3주)을 그냥 흘려보냈다. 왜냐하면 멍크스 하우스에서는 기가 막히게 행복했으며, 아이디어로 가득했기 때문이다. 『파지터가 사람들』, 또는 『여기 그리고 지금』에 대한 아이디어들이 다시 넘쳐나고 있다. (골디는 기묘하게도 편지에서 이 점을 지적하고 있다. 『파도』도 『여기 그리고 지금』이어야 한다고[1], 나는 그 일을 잊고 있었다.) 그래서 나는 작년을 바라보며 작별인사를 한마디도 하지 않았다. 케인스 부부나 존스 부부를 묘사하는 말도 한마디도 하지 않았다. 또 언덕을 그 어느 때보다도 멀리까지 산책했던 일이나, 읽은 책에 대한(어느 날 저녁에는 마블을, 그리고 늘 하던 잡독) 이야기도 하지 않았다.

---

1　골디 디킨슨은 울프에게 보낸 편지에서 다음과 같이 적고 있다. "Such prose has never been written and it also belongs to here and now though it is dealing also with a theme that is perpetual and universal."

## 2월 18일, 일요일

오늘 아침 일요일, 두통 때문에 거의 3주 전에 『여기 그리고 지금』을 중단했던 곳에서 다시 시작했다. 여기서 나는 2, 3주의 공백이 적당한 기간이었다는 것을 알게 된다. 6주가 지나면 식을 텐데, 그러지 않았다. 아직 머릿속에 들어 있고, 또 어디를 고치면 되는지도 알고 있다. 그 대목(공습 동안의 대화 부분)은 내가 피곤했던 탓에 지리멸렬이다. 이제 그 대목을 압축하고, 그 기분으로 재출발하지 않으면 안 된다. 내 둘레에 마법의 세계를 둘러치고, 그 안에서 6주 동안 강하고 조용하게 살고 싶다. 어려운 점은 언제나 하나다. 어떻게 두 세계를 조화시키는가 하는 문제. 격렬하게 흥분하는 것은 좋지 않다. 잘 엮어야 한다.


## 4월 17일, 화요일

어젯밤 너무 지친 탓에, 지커트[2]에 관한 원고를 한 자도 더 쓰지 못하겠고, 『여기 그리고 지금』의 마지막 부분을 구상하는 일도 하지 못하겠다. 이것은 허친슨가에서 급하게 먹은 저녁 만찬, 『맥베스』를 보려고 급하게 달려갔던 일, 도도 맥너튼과 잡담을 한 일, 그리고 새들러스 웰스의 무대에서 프레드 폴락 경과 이야기 한 것 등 때문에 치러야 했던 값비싼 대가다.[3]

셰익스피어에 대한 한 가지 생각.

---

2    Sickert, 1860~1942, 영국의 가장 뛰어난 인상파 화가.
3    4월 16일 허친슨 부부는 울프 부부를 연극에 데리고 가고, 연극이 끝난 뒤 같이 파티에 참석한다. 연극은 새들러스 웰스 오페라단이 공연한 「맥베스」였다. 레이디 맥너튼과 프레더릭 폴락 경은 울프가 젊을 때부터 울프 아버지와 알고 지내온 울프 집안의 지기들이다.

연극은 어떻게 해서라도 표면으로 나오려고 한다는 것, 따라서 소설에서는 반드시 필요하지 않은 현실성을 갖추려고 한다는 것. 그러나 소설도 표면에 올라온다면 표면과 접촉해야 할지 모른다. 이것은 글을 쓰는 여러 단계가 있고, 그 단계들을 어떻게 하나로 결합해야 하는가에 대한 내 이론을 뒷받침해준다. 왜냐하면 나는 결합이 필요하다고 생각하게 되었기 때문이다. 표면과의 이 특별한 관계는 극작가에게 필연적으로 부과된 것이다. 그것이 셰익스피어에게 얼마만큼의 영향을 미쳤을까? 이런 방식으로 소설 이론을 전개할 수 있다는 생각, 등등. 몇 개의 단계를 설정할 것인가, 그리고 그것들을 유지할 것인가, 말 것인가, 등.

## 5월 9일, 수요일

오늘 5월 9일은 우리들 마지막 날이고, 날씨는 갰다. 그래서 우리는 가장 아름다운 때의 워릭셔[4]를 방문했다. 그러나 나는 『독백록』을 읽고 있었고, 우리가 얼마나 다른 사람의 문체에 감염되었는가를 알게 된다. 그 고장의 나무 잎들은 짙은 녹색으로 빽빽했고, 여기저기 땅딸막한 노란 돌집들과, 엘리자베스 시대 풍의 작은 집들이 산재해 있었다. 스트랫퍼드어폰에이번까지 이런 경치가 조화롭게 이어져 있었다. 그리고 (씹기 좋아하는 사람들은 신경 쓸 것 없다) 그곳은 멋지지만 그것을 티내지는 않는 마을이다. 18세기적인 것을 비롯해 그밖의 것들과 밀접하게 어우러진 마을이었다. 셰익스피어 정원에는 온갖 꽃들이 피어 있었다. "셰익스피어가 『태풍』을 쓸 때, 그의 서재 창문은 바로 이쪽을 향하

---

4  영국의 중부 중심 도시는 워릭스.

고 있었습니다"라고 안내인이 말했다. 정말 그랬는지 모른다. 어쨌든 상당히 큰 집이었고, 학교 예배당의 큰 창문들과 회색 돌을 마주하고 있었다. 종이 울릴 때 셰익스피어가 들었던 것은 바로 이 예배당의 종소리였던 것이다. 그 햇빛 찬란한 비인격성이라는 괴이한 인상은, 방황하는 정신으로 파악하는 것 이상의 노력을 하지 않는 한 묘사할 수가 없다. 그렇다, 그곳에 있는 모든 것들이, 이것은 셰익스피어 것이었습니다, 그가 여기 앉았고, 여기를 산책했습니다, 그러나 살아 있는 나를 발견할 수는 없어요, 라고 말하고 있는 것 같았다. 셰익스피어는 조용히 부재중이면서, 동시에 그 자리에 있었다. 셰익스피어는 동시에 두 가지 모습을 하고 있었다. 둘레에 빛을 발하고 있었다. 그랬다, 꽃 속에, 오래된 홀 안에, 정원 안에. 그러나 결코 셰익스피어를 붙잡을 수는 없었다. 그 뒤 우리는 교회로 갔는데, 거기에는 화려하고 웃기는 흉상이 하나 있었다. 의외였던 것은 엉뚱한 쪽을 향하고 있는 마모된 간단한 석판에 "친애하는 벗이여, 제발 그대로 두시라."[5]라고 쓰여 있던 글귀였다. 다시 한 번 셰익스피어는 완전히 대기와 태양이 되어 고요하게 미소 짓고 있는 것 같았다. 내 발 밑으로 1피트 되는 곳에 놓여 있는 작은 뼛조각들이 이 세상에 그처럼 거대한 빛을 던졌던 것이다. 그렇다, 그리고 우리는 교회를 둘러보았는데, 모든 것이 소박하고, 조금 낡았다. 개울이 돌담 옆을 흐르고, 벽과 꽃이 핀 나무들 사이에는 빨간 흙이 있다. 잔디 끝은 깨끗하고, 부드러우며, 녹색인데다 흙이 좀 있고, 그 옆에서는 두 마리의

---

5    초기 현대 영어로 된 원문은 다음과 같다. 'Good friend for Jesus sake forbeare,/To digg the dvst enclosed heare!/Blest be ye man yt spares thes stones,/And curst be he yt moves my bones.' 현대어로 옮기면 다음과 같다. 'Good friend for Jesus sake forbear,/To dig the dust enclosed here!/Blessed be the man that spares these stones,/And cursed be he that moves my bones.'

백조가 유유히 헤엄치고 있다. 교회와 학교와 집은 모두 방이 널찍널찍했으며, 소리가 잘 울렸고, 오늘따라 볕이 잘 들었다. 그리고 안팎에 …[6] 그렇다, 인상적인 고장이다. 아직도 살아 있다. 그리고 창조를 행한 저 작은 뼈들이 저기 누워 있다. 저 정원을 내다보면서 『태풍』을 썼다니! 인간의 머리에 이처럼 격한 분노와 폭풍이 지나간 적이 있었을까. 틀림없이 그 집의 견실함 덕분에 셰익스피어는 편안했을 것이다. 의심할 바 없이 셰익스피어는 지하실들을 고요한 마음으로 보았을 것이다. 향수 냄새를 풍기는 몇몇 젊은 미국 아가씨들이 있었고, 생가에서는 마치 앵무새들이 재잘대듯이 레코드판들이 차례로 이야기를 조잘대고 있었다. 그러나 뉴 플레이스[7]의 관리인이 말했던 것처럼, 셰익스피어의 진본 서명으로 남아 있는 것은 하나밖에 없고, 그 나머지 책이니, 가구니, 그림이니 하는 것들은 깨끗이 사라졌다는 것이 이상하지 않은가? 셰익스피어는 이 사실에 매우 기뻐했을 것이라고 생각한다. 명성이 훼손되지 않은 채로 그의 천재성이 그에게서 흘러나와, 아직도 거기 스트래드퍼드에 있다는 사실이. 극장에서는 『뜻대로 하세요』를 공연하고 있는 것 같았다.

전기 작가들이 뉴 플레이스를 재료로 해서 더 많은 이야깃거리를 만들어내지 못하는 것은 멍텅구리 같은 짓이다. 나 같으면 할 수 있다고 생각한다. 그곳 관리인도 그랬지만, 증손녀가 죽은 셰익스피어의 소유물을 팔았으니, 그의 물건 가운데 없어지거나, 어디 치워두었거나, 그러다가 다시 나타나는 것도 있지 않겠는가? 또한 찰스 1세의 왕비였던 마리아가 뉴 플레이스의 손녀(?) 집에 묵었다고 하니, 그곳이 아직도 중요한 곳이었다는 사실

---

6    판독 불능의 단어―레너드 주.
7    스트래트퍼드의 가장 큰 집 가운데 하나. 1483년경에 지어졌으며, 이것을 셰익스피어가 1597년에 구입하여 살다가 그곳에서 죽었다.

을 말해준다. 관리인이 이런 이야기를 해주었는데, 나는 그때까지 그런 이야기를 들어본 적이 없었다. 또 관리인의 말에 의하면, 목사였던 가스켈은 사람들이 셰익스피어 집을 보여달라고 귀찮게 군다는 이유로 정원에서 거의 예배당까지 뻗어 있던 본래 집을 헐었다는 것이다. 그런데 그 집에는 (창과 벽 사이에) 셰익스피어가 죽은 방이 있었다. 뽕나무가 하나 있었는데, 그것은 셰익스피어의 창 밖에 있던 나무의 자손이라는 것이다. 물빛, 노랑, 흰색 꽃들이 가득 피어 있는 정원은 개방돼 있어, 살아 있는 사람들이 거기를 걷거나 앉아 있을 수가 있다.

## 5월 18일, 금요일

오래된 노트 안에 아일랜드에서 쓴 것을 끼워넣고는 일을 중단해버렸다. 약간 오한을 느낀 것 같았다. 그렇게 쉬고 났으니 별일 아닐 거라고 생각했지만, 독감이었다. 그래서 모든 생각을 포기하지 않으면 안 되었다. 『파지터가 사람들』의 모든 흐름, 그리고 그 책의 영광과 곤경에 찬 끝 부분도. 모든 것이 젖은 스펀지로 지워져 버리고 말았다. 앓아누운 지 오늘로 꼭 일주일째이고, 지금 우리는 여기 멍크스에 와서 성령강림절을 지내고 있다. 더 놀라운 일은, 내가 지금 금촉 워터먼 만년필로 일기를 쓰고 있고, 앞으로는 울워스의 강철 펜 대신, 이 펜을 쓸까 하는 생각을 하고 있다는 사실이다. 오늘은 햇볕이 밝은 감각적인 날씨다. 새들은 둥지 위에서 부스럭거리는 소리를 내고, 나무 위에서 까욱까욱 울고, 아침 일찍부터 소리 높이 울어대고 있는데, 나는 침대에 누워 그 소리를 듣고 있다. L이 퍼시를 데리고 마당을 돌아다니고 있는 소리가 들린다. 모든 것이 조용하고 더없이 편안하다. 이것은 밤낮 투덜거리는 넬리가 배경에서 사라지고, 대신 한결같고, 말수가 적고, 고분고분한 메이블이 와주었기 때문이다. 그렇다, 우리는 파출부 없이 지내고 있다. 우리는 자유롭고, 조용하며, 실제적이며, 아, 이 해방감! 그래서 만약 내가 이 늪에서 내 머리를 들어 올릴 수 있다면 화요일부터 3개월간 일에 몰두할 수 있을 것이다. 그러나 앞으로 하루 이틀 더 쉬겠다. 독감에 걸렸다는 이유 하나로 나는 한없이 겸손해지고, 냉정해지고, 일체의 야심을 품지 않게 되었다. 누구도 나를 찾아오리라고 생각지 않았고, 하물며 내가 다시 단어 한 다스도 꿰맬 수 있을 것 같지 않았다. 그런데 지금은 자신감과, 허영심과, 축복받은 환상이 우리를 살아가게 하고, 다시 우리 자신으로 되돌아오게 해준다. 아주 천천히. 첫 단계는 부드럽고 조용하다. 나는 이 상태를 글 쓰는 일로 방해하지 않겠다.

## 5월 22일, 화요일

오늘은 화요일. 몇 번이나 절망적으로 헛되이 성냥불을 그어댄 뒤(아, 나는 경직과 허무에 완전히 압도돼 있었다!) 마침내 작은 불이 붙었다. 다시 출발할 수 있을지 모른다. 독감을 앓고 난 뒤, 제7부를 다시 시작해야 하는 어려움을 말하고 있는 것이다. 엘바이러와 조지, 혹은 존이 엘바이러의 방에서 이야기를 하고 있는 대목. 나는 아직도 그들로부터 수 마일이나 떨어져 있다. 그러나 오늘 아침엔 적절한 목소리의 감을 잡은 것 같다. 나는 나 자신에게 경고하는 의미로 이것을 적어둔다. 지금 중요한 것은, 아주 천천히 진행하는 것이다. 홍수 한가운데서 멈춰 설 것. 절대로 무리하지 말 것. 드러누운 채 부드러운 잠재의식의 세계가 꽉 차도록 내버려 둘 것. 내 입에서 거품이 나오지 않게 할 것. 서두를 필요는 없다. 1년을 버틸 돈은 있다. 이 책이 내년 6월에만 나오면 충분하다. 마지막 장들은 풍부하고, 요약적이어야 하고, 모든 것을 잘 짜맞추도록 해야 하기 때문에 매일 아침 이 책 전체를 머릿속에서 곰곰이 생각해야만 가까스로 일을 진행할 수 있다. 이야기 부분은 끝났으므로 서둘러 나아갈 필요는 없다. 지금 바라는 것은 풍부하게 만드는 것, 안정시키는 것이다. 마지막 장은 그 길이와 중요성, 그리고 그 양에 있어서 첫 부분과 맞먹어야 한다. 그리고 실제로 그 책의 다른 쪽, 즉 밑에 깔린 쪽을 보여주어야 한다. 이제 다시 읽지는 않으려고 한다. 티파티 장면, 죽음, 옥스퍼드, 등등을, 내 기억에서 불러내리라. 책 전체가 이 작업을 잘해내는 가에 달려 있으므로, 나는 아주 느긋하고 참을성 있어야 한다. 그리고 내 머리가 상당히 삐걱거리고 있으므로, 그것을 잘 간병하고, 될 수 있는 대로 교활하게 프랑스어 따위로 잘 얼러주어야 한다.

## 6월 11일, 월요일

기대했던 쪽은 지금 다시 읽어보니 너무 순진해 보인다. 다시 돌아온 다음 금요일에 오한이 나고 몸이 떨렸으며, 엘리자베스 보웬[8]과 이야기하는 동안, 몸이 몽둥이처럼 뻣뻣했다. 38.3도. 침대. 독감. 그리고 지난 일요일까지 정확히 한 주일 동안 누워 있었

---

8   Elizabeth Bowen, 1899~1973, 아일랜드 태생의 영국 소설가. 『The Death of the Heart』(1939), 『The Heat of the Day』(1949) 등을 썼다.

다. 그리고 로드멜로 갔다. 그리고 거기서 책 쓰기를 다시 시작했고, 갑자기 여러 생각들이 떠올랐다. 그러고서 오페라, 참나무 속에서 노래하는 나이팅게일, 크리스타벨[레이디 아비크론웨이]과 올라프 함브로 씨에게 들은 왕비와 그 부군에 대한 이야기, 그리고 어제 매우 더웠던 음악회 때문에 오늘은 글을 전혀, 전혀 쓸 수 없다.[9] 칼라일이 (이탈리아어로) 말했을 인내가 중요하다. 그러나 생각해보라, 나의 뇌신경 체계 전체가 이 목적을 위해 긴장해 있으므로, 아주 작은 모래알 하나만 있다든지, 하룻밤 늦게 잔다든지, 하루 과로하든지 하면, 모든 활력과 모든 조화가 사라져 버린다. 방금 분명히 눈앞에서 보았지만, 대조를 이루는 복잡한 장면들이 구성돼 간다. 그러니 내일까지 기다려야 한다.

## 6월 18일, 월요일

상당히 덥다. 차를 마신 뒤 외출하기로 일정을 바꿨다. 온 세상이 가뭄이다. 고맙게도 다시 『여기 그리고 지금』의 흐름을 잡았다. 그러나 매우 조심하고 있다. 지금에서야 레이와 매기의 장면을 마쳤다. 다섯 시에 오는 재니를 위해 프랑스어를 공부하고 있다는 것은 내가 풍부해지고 있다는 징조다.[10]

---

9 울프 부부는 6월 8일(금요일)에 「피가로」를 보러 갔고, 10일(일요일) 오후에는 음악회에 가고, 그 뒤 런던으로 돌아가기 전에 친구들과 점심 식사를 했다.
10 울프는 재니 부시(Janie Bussy, 1906~1960)에게 일주일에 두 번씩 프랑스어를 배웠다. 재니는 화가였다.

## 7월 27일, 금요일

아, 이제 완전히 불쾌한 하루를 견뎌 냈다. 식후 한 시간 동안 로드멜 노동당을 대표하는 워딩과 피어즈 씨와의 회견 끝에 이제 마지막 장을 쓸 자유가 생겼다. 자비로운 섭리에 의해 우물은 가득하며, 아이디어들이 떠오른다. 만약 내가 이 일을 폭 넓게, 자유롭게, 힘차게 해나간다면, 두 달 동안 완전히 일에 몰입할 수 있을 것이다. 창조력이라는 것이 일거에 온 우주에 질서를 세우니, 이상한 노릇이다. 오늘 아침처럼 오랫동안 혼란스러웠던 끝에, 하루가 완전히 균형 잡힌 것으로 보인다. 그러나 여기에는 틀림없이 엔진에 발동을 걸 때처럼 신체적이고, 도덕적이고, 정신적 필연성이 있을 것이다. 오늘은 거칠고 바람이 부는, 더운 날이다. 정원에는 돌풍이 분다. 7월 사과가 모두 풀 위에 떨어져 있다. 이제부터 일련의 재빠르고 날카로운 대조를 그리는 일에 몰두하자. 자기의 틀을 마음껏 부셔버리는 것이다. 모든 종류의 실험을 시도해볼 것. 지금은 물론 줄곧 구상하는 일에 매달리고 있어 일기를 쓰거나, 편지를 쓰거나, 책을 읽을 수 없다. 어쩌면 봅[로버트 트리벨리언]이 그의 시에서 나를 누구보다도 행복한 사람이라고 말했던 것은 옳았는지 모른다. 즉, 표현할 줄 아는 머리를 가졌다는 점에서. 아니, 자기의 존재를 동원해서 그것에 완전한 결과를 가져올 줄 안다는 점에서. 다시 말해 어느 정도 스스로를 강요해서 자기의 틀을 깨버리고, 새로운 존재 양식을 발견할 수 있다는 점에서. 즉, 내가 느끼고 생각하는 모든 것을 표현할 수 있는 방법을 발견했다는 점에서. 따라서 머리가 제대로 작동할 때는 기운이 넘치는 것을 느낀다. 무엇 하나 거칠 것이 없다. 그러나 여기에는 부단한 노력과 불안, 돌진이 필수적이다. 지금『여기 그리고 지금』은『파도』의 틀을 깨고 있다.


## 8월 2일, 목요일

마지막 장들도 신경이 쓰인다. 너무 목소리가 날카롭고 수다스럽지는 않은지? 그리고 이 엄청난 길이와, 그리고 끊임없이 밀려들고, 밀려 나가는 창안. 그래서 하루는 하늘에 오른 듯 행복하고, 이튿날은 녹초가 된다.


## 8월 7일, 월요일

상당히 습한 공휴일이다. 케인스와 차를 마셨다. 메이너드는 이를 뺐다는데도 화제가 풍부했다. 예를 들면 "그래요, 3주 동안 미국에 갔다 왔어요. 날씨는 말도 안 돼요. 모든 기후의 모든 결점을 다 가지고 있어요. 이것은 날씨에 대한 내 이론을 뒷받침하지요. 그곳에서는 아무도 위대한 작품을 쓸 수 없어요. 사람들은 온종일 땀을 흘리고, 그 얼룩이 그냥 얼굴에 묻어 있어요. 밤도 낮처럼 덥지요. 아무도 잘 수 없어요. 날씨 때문에 사람들은 하루 종일 움직이고 있을 수밖에 없어요. 나는 원고를 즉각 구술하곤 했지요. 떠나올 때까지 건강은 아주 좋았어요." 그러고는 독일 정치로 화제를 바꿨다. "그 사람들은 돈을 이상하게 쓰고 있어요. 무슨 짓을 하고 있는지 모르지요. 유대인들이 자기들 자본을 빼가고 있는지 모르지요. 이것 보세요, 만약 2천 명의 유대인들이 2천 파운드씩 빼간다면, 어쨌든 그들은 랭커셔 청구서를 갚지 못하고 있어요. 독일 사람들은 언제나 이집트에서 목화를 사서 랭커셔에서 실로 짰지요. 청구서 비용이라야 50만 파운드밖에 안 되지만, 독일 인들은 그것을 지불할 수 없어요. 그런데도 독일인들은 여전히 구리를 사들이고 있지요. 무엇 때문이겠습니까? 물론 무기를 만들기 위해서지요. 국제무역의 전형이에요. 실업자 수는 2만 명. 그러나 물론 그 뒤에는 무언가가 있지요. 이 경제 위기의 원인은 무엇입니까? 그들은 무언가 바보 같은 짓을 하고 있어요. 재무성이 군인들을 통제하지 못하는 거지요.

(그러나 그동안 내내 나는 『여기 그리고 지금』을 어떻게 끝낼까를 생각하고 있다. 코러스, 일반적 서술, 4부 합창을 위한 노래를 넣고 싶다. 그것을 어떻게 만들어야 하나? 급히 달려왔으므로 이제 거의 끝이 보인다. 점점 더 극적이 된다. 회화적인 것으로부터 서정적인 것으로, 특수한 것으로부터 일반적인 것으로 바꾸는 일은?)

## 8월 17일, 금요일

그렇다, 갑자기 충동적으로 이틀 밤이나 자지 않고, 따라서 아침 일찍부터 일한 까닭에 『여기 그리고 지금』(혹은 『음악』, 『여명』, 아니면 뭐라고 부르게 될지)의 끝이 보이기 시작했다. 엘바이러가 집을 나서면서 "내가 무엇 때문에 손수건에 매듭을 만든 거지?"라고 말하고, 동전이 사방에 흩어져 있는 장면에서 끝이 난다.

이 장면은 모두 사람들 사이의 대화로 이루어진다. 그러나 극은 아니다. 지금 각자가 할 말들에 대한 초안을 만들었다. 아래층에서 저녁 파티가 벌어지는 장면에서 끝이 난다. 이제 어려운 고비는 넘었다고 생각한다. 어림잡아 내 원고지로 850쪽 정도가 될 것이라고 짐작한다. 그것은 200쪽으로 17만 단어인데, 그것을 13만 단어로 줄일 작정이다.


### 8월 21일, 화요일

『여기 그리고 지금』에서 배운 교훈은, 하나의 책에 모든 "형식"을 사용할 수 있다는 사실이다. 따라서 다음 책에서는 시, 현실, 희곡, 극, 이야기, 심리학 등을 모두 하나에 담아도 될 것이다. 아주 짧게 해서. 또 한 가지 생각할 수 있는 것은 파넬가 사람들에 관한 극이나, 혹은 P 부인의 전기 따위.


### 8월 30일, 목요일

마지막 장면들을 구성하느라 일기도 못 쓴다면 단테는 어떻게 읽을 수 있겠는가? 불가능할 일이다. 사흘 동안 일에 매달리고 나서 다시 제자리로 돌아오고 나니, 몸이 공중에 뜬 느낌이다. 오늘은 롭슨이 차를 마시러 온다. 그리고 내일은 울프 부부. 그리고…… 엘바이러가 할 말을 생각하다가 끊겼다……"제가 오늘 저녁 내내 손에 쥐고 있던 것이 뭔지 아세요? 동전이에요."[11]

어쨌든 이 장면을 써나갈 재료는 충분히 가지고 있다. 앞으로 2,3주는 문제없다. 어제 새로운 산책길을 발견했다. 아샴과 타링 네빌 사이의 우묵한 곳에 있었다. 아주 매력적인 곳으로, 뒤에는

---

11 『세월』의 마지막 장인 「현재」에서 엘리너 파지터는 델리아의 파티 중 내내 손에 두서너 개의 동전을 움켜쥐고 있다.

언덕이 솟아오른 완전히 격리된 곳이었다. 거기서 강을 따라 거칠고 넓은 길로 돌아왔는데, 강에는 회색빛 물이 넘쳐나고 있었다. 돌고래가 물 위로 올라와 물을 꿀꺽꿀꺽 마셨다. 비가 와서 추한 것들은 모두 사라져버렸다. 믿을 수 없을 18세기 풍의 경치로, 그 덕분에 나는 윌밍턴 생각을 덜 할 수 있었다.

차를 마신 뒤 무섭게 우박이 떨어졌다. 하얀 얼음 같다. 잘게 부서져, 창으로 찌르고 채찍으로 때리는 것 같았다. 마치 땅이 채찍질을 당하고 있는 것 같다. 이것이 몇 번이고 되풀이되었다. 브람스를 틀어놓고 있는 동안 먹구름이 밀려왔다. 이번 여름에는 편지가 하나도 오지 않는다. 그러나 내년에는 많이 올 것이다. 신경은 쓰이지 않는다. 이날, 정확히 말해 어제는, 매우 보람 있는 날이었다. 글을 썼고, 산책을 했고, 책을 읽었다. 리슨, …[12], 생시몽[13], 헨리 제임스의 『어느 귀부인의 초상』의 서문, 매우 능란하며, …[14] 하지만, 한두 가지는 내가 알아볼 수 있다. 그리고 지드[15]의 일기. 놀랍게도 여기에도 회상할 거리가 가득하다. 나라도 말했을 것들이.

### 9월 2일, 일요일

지금 끝 부분을 쓰고 있는 책에 대해 전에 없이 흥분하고 있다. 제목을 『여명Dawn』이라고 할까? 그러면 너무 강하고 감상적일

---

12  읽을 수 없는 글자. 그러나 벨의 『The Diary of Virginia Woolf』에서는 a detective(형사)로 판독하고 있다.
13  Saint Simon, 1760~1825, 프랑스의 철학자이자 사회주의자.
14  읽을 수 없는 글자—레너드 주.
15  André Gide, 1869~1951, 프랑스의 소설가이자 비평가. 1947년 노벨 문학상 수상.

까? 나는 어제, 말이 생각나지 않는다는 둥의 말을 썼던 것 같다. 볼이 화끈거리고, 손이 떨린다. 지금 쓰고 있는 부분은 페기가 그들이 하는 이야기를 듣다가 분을 폭발시키는 장면이다. 이 폭발이 나를 그처럼 흥분시킨 것이다. 너무 도가 지나쳤는지 모른다. 엘바이러가 말하는 장면으로 옮겨 가는 것이 쉽지 않다.

## 9월 12일, 수요일

로저가 일요일에 돌아가셨다. 내일 우리는 어떤 본능에 이끌려 장례식에 간다. 현기증이 나고 무감각해진다. 여자는 우는 거라고 L이 말한다. 내가 우는 것은 대부분 네사와 함께 있을 때인데, 왜 우는지 나도 모르겠다. 나는 머리가 너무 우둔해져서 아무것도 쓸 수 없다. 머리가 완전히 굳어버렸다. 지금 나에게 닥쳐오는 것은 인생의 가난과 모든 것 위에 씌워진 검은 베일. 더운 날씨. 바람이 분다. 모든 것에서 알맹이가 빠져나갔다. 나는 이것이 과장이 아니라고 생각한다. 다시 돌아오리라는 짐작은 하지만. 사실 나는 때때로 더 많은 곳에서 살아보고, 사람들과 만나고, 창조하고 싶다는 큰 욕망을 느낀다. 다만 지금은 그런 노력을 할 수 없다. 헬렌[16]에게 편지를 쓰지 못하겠다. 그러나 이 일기장을 덮고 써봐야겠다.

모파상[17]이 작가에 대한 글을 쓰고 있다(이치에 맞는 말이다). "그에게는 단순한 감정이란 없다. 그가 보는 모든 것, 기쁨, 즐거움, 고통, 절망은 즉각적으로 관찰의 대상이 된다. 그는 자기 의사

---

16   로저의 아내. 화가.
17   Guy de Maupassant, 1850~1893, 프랑스 최고의 단편 작가.

와는 상관없이 여전히 사람들의 마음이나 얼굴, 동작, 억양을 분석한다."(다음은 프랑스 원문—옮긴이 주)

어머니가 돌아가시고 스텔라[18]가 우리를 방으로 데려갔을 때, 간호사가 어머니 침대 옆에서 울고 서 있는 모습을 보고, 고개를 돌린 채 몰래 웃던 일이 생각난다. 저건 우는 척하는 거야, 라고 내가 말했다. 열세 살이었다. 그러고는 내가 충분히 슬퍼하고 있지 않다는 느낌이 들었다. 지금도 그렇다.

작가의 기질: "기쁠 때마다, 흐느낄 때마다, 남들처럼 분명하게, 솔직하게, 단순하게 괴로워하고, 사색하고, 사랑하고 느낄 때는 반드시 스스로를 분석한다."(프랑스 원문 인용, 모파상의 『물 위에서』(1885)—옮긴이 주)

## 9월 15일, 토요일

목요일 장례식에 가길 잘했다. 매우 더운 여름날이었다. 모든 것이 간소하고 기품이 있었다. 음악. 한마디도 하지 못했다. 우리는 정원을 향해 열려 있던 문 앞에 앉아 있었다. 꽃들과 오가는 사람들. 로저가 좋아했을 것이다. 그는 오래된 빨간색의 비단에 덮인 채 누워 있었고, 그 위에는 아주 밝고 색색가지의 꽃이 달린 나뭇가지가 두 개 놓여 있었다. 자기 친구들과 함께 있고 싶은 것은 강한 본능이다. 나도 간간히 로저를 생각했다. 기품이 있고, 정직하고 품이 큰 "크고 상냥한 영혼." 로저에게는 뭔가 성숙하고, 음악적인 면이 있었다. 그리고 그의 쾌활함과, 그가 그처럼 다채롭게, 관대하게, 호기심을 가지고 살아온 사실들을 생각하고 있었다.

18   Stella Duckworth. 아버지가 다른 울프의 언니—레너드 주.

# 9월 18일, 화요일

오늘 아침은 글 쓰는 일이 즐겁다. 왜냐하면 말하는 고통을 면해 주니까. 그처럼 덥더니 오늘은 춥고 우울하다. 지금 그레이엄 부인과 W. 부인이 와 있다. 그러나 어쩌면 평화로운 시간을 가질 수 있을지도 모른다. 그러면 책도 끝낼 수 있을까? 아, 그럴 수만 있다면! 그러나 나는 10마일이나 떨어져 있는 느낌이다. 저 멀리에, 떨어져 있어, 지금은 몹시 피곤하다.[19]

로저의 장례식에서 느꼈던 엄청난 감정을 묘사할 수 있으리라 생각했는데, 물론 그러지 못했다. 이와 같은 감정은 일반적인 것이다. 우리들 모두가 얼마나 자기의 두뇌, 사랑, 등등과 싸우고 있는가. 그러나 결국은 정복될 수밖에 없다. 그러면 정복자인 이 외부의 힘은 너무나 그 존재가 분명해진다. 그것은 그처럼 덤덤한데, 우리는 이처럼 작고, 곱고, 상하기 쉽다. 그러고는 죽음의 공포가 나에게 밀려온다. 물론 나도 죽음의 문 앞에 누워서 안으로 미끄러져 들어가게 될 것이다. 그 사실이 나를 무섭게 한다. 그러나 왠가? 나는 우리 머리로 끊임없이 싸워야 하는 것, 그리고 다른 것에 맞서 서로를 사랑하기 위한 싸움의 공허함을 느꼈다. 로저는 죽었으니까.[20]

그러나 일주일 뒤인 오늘, 즉 목요일에 또 하나의 것이 움직이기 시작한다. 다시 글을 쓰고 싶은 기분이 생기면, 그것에 의해 시간과 죽음을 초월한 고양된 느낌을 갖게 된다. 내가 아는 한 이것은 환상이 아니다. 틀림없이 이 흥분에 있어, 로저는 내 편에 설 것이라고 나는 확실하게 믿는다. 그리하여 보이지 않는 힘이 무슨

---

19  이하는 9월 19일(수요일)에 쓴 것임.
20  이하는 9월 20일(목요일)에 쓴 것임.

짓을 하든지 간에, 우리는 이처럼 그것을 피할 수 있다. 그리고 오늘 우리는 워딩에 간다.

## 9월 30일, 일요일

아직 제목을 정하지 못한 책의 마지막 말을 10분 전에 썼다. 그것도 차분하게. 900쪽. L이 20만 단어라고 말한다. 그걸 다 고쳐 써야 한다니! 그렇지만 마지막 행까지 펜을 가져갔다는 것은 얼마나 멋진 일인가. 비록 대부분의 행이 지워지기는 하겠지만. 여하튼 하고 싶었던 것은 다 했다. 쓰는 데 2년이 채 걸리지 않았다. 그 중간에 『플러쉬』를 썼으니까 2년에서 몇 달이 빠지는 것은 확실하다. 그러니까 나의 어떤 책보다도 빠르게 쓴 책이다. 서술 부분이 많았던 것이 빨리 쓸 수 있었던 이유다. 그리고 어느 때보다도 흥분돼 있었다고 (그러나 늘 이런 말을 하지 않았던가?) 말하고 싶다. 그러나 지금까지와 동일한 흥분은 아니다. 왜냐하면 나는 덜 사적이고, 보다 더 일반적이었기 때문이다. "아름다운" 글은 아니다. 다른 때보다 대화는 훨씬 편안하다. 그러나 어느 때보다 많은 기능들이 동시에 작용해야 했으므로, 어느 기능 하나를 강조하지 않더라도 힘이 무척 들었다. 끝에서는 눈물이나 고양된 기쁨은 없겠지만, 고요함과 넉넉함이 있으면 좋겠다. 여하튼 내가 만일 내일 죽더라도 마지막 행은 거기 있다. 그런데 나는 팔팔하다. 마지막 부분은 내일 고쳐 쓰겠다. 그러나 나는 "구성"을 계속할 만큼 충분히 팔팔하지는 않다. 새로운 것을 만든다는 것, 그것이 힘들었다. 아무래도 마지막 20쪽은 약간 늘어진 느낌이다. 너무 쓰레기가 많아서 빗자루로 쓸어내야 한다. 그러나 전체에 대한 구상이 떠오르지 않는다.

## 10월 2일, 화요일

그렇다, 그러나 내 머리는 결코 나에게 전면적인 영광을 허락해 주지는 않는다. 항상 무슨 차질이 있기 마련이다. 어제 아침 예의 광선이 보였다. 그리고 내 눈에 날카로운, 아주 날카로운 통증이 왔다. 그래서 나는 차 마시는 시간까지 앉아 있거나 누워 있었다. 산책도 못 하고, 한 치의 승리감이나 안도감도 느끼지 못했다. L은 축하하는 의미로 작은 여행용 잉크병을 사주었다. 책 이름이 생각나면 좋을 텐데. 『아들들과 딸들*Sons and Daughters*』? 이미 누군가가 썼을 것이다. 마지막 장은 할 일이 많다. 어느 계층 사람들이 말하듯이, 하나님이 허용하신다면 내일 그 일을 할 작정이다. 반죽이 굳기 전에.

이렇게 여름이 끝났다. 9월 9일 네사가 테라스를 가로질러 들어올 때까지는. 그가 돌아가셨어, 하던 외침이 아직도 귀에 쟁쟁하다. 여름은 매우 힘 있고 행복했다. 아, 걷는 행복! 그것을 이처럼 강하게 느껴 본 적이 없다. 이상한 노릇이지만 카우퍼 포위스[21]도 같은 말을 하고 있다. 헤엄치는 것 같은, 하늘을 나는 것 같은 황홀함. 감각과 사고의 흐름. 언덕과 길과 색깔의 느릿한, 그러나 신선한 변화. 이 모든 것들이 한데 휘저어져, 완전하고 고요한 한 장의 엷은 행복의 휘장이 된다. 이 휘장 위에 내가 가끔 더없이 빛나는 그림을 그리고, 자주 소리 내어 말했던 것은 사실이다. 언덕 꼭대기나 오목한 곳에서, 흥분한 나머지 내가 『아들들과 딸들』

---

21  Cowper Powys, 1872~1963, 영국의 작가이자 철학가.

의 얼마나 많은 쪽들을 떠들어대며 써냈던가. 어쩌면『딸들과 아들들』이『아들들과 연인들』[22]이나『아내들과 딸들』[23]과 다른 느낌을 줄는지 모르지만. 그런데 유감스럽게도 건물이 너무 많다. 소문에 듣자니 '크리스티[24] & 링머 건설'이 보턴[25]의 농장을 사서 거기다 집을 짓는 모양이다. 지난 일요일 루이스로 산책을 가던 길에 자동차와 별장이 많은데 놀랐다. 그래도 나는 그 신비로운 농장 산책길을 발견했고, 피딩호의 길도 발견했다. 그리고 가지가지 아름다운 것들, 이를테면 강이 납빛이나 은빛으로 변하는 것이라든가, 런던 항해의 배들이 강을 따라 내려가는 모습, 또는 다리가 열리는 것을 보았다.[26] 한밤 정원의 버섯들. 죽어 가는 돌고래 눈 같은 달. 중추의 달은 빨간 오렌지 색깔이다. 어떤 때는 반들거리는 강철 칼 같기도 하다. 또는 부드럽게 빛나면서 하늘을 빠르게 가로질러 달려간다. 가끔은 나뭇가지들 사이에 걸려 있기도 하고. 10월인 지금은 짙고 습한 안개가 밀려와, 주위를 탁하고 얼룩지게 만든다. 일요일에 바니와 줄리언이 왔다.

---

22  D. H. 로렌스의 소설.
23  가스켈 부인의 소설.
24  링머 건설회사의 사장.
25  로드멜의 농부.
26  2차 대전 전까지 우즈 강에는 배를 통과시키기 위한 선개교가 있었다.

# 읽었거나 읽고 있는 책.

| | |
|---|---|
| 셰익스피어: | 『트로일러스와 크리시더』 |
| | 『페리클리스』 |
| | 『말괄량이 길들이기』 |
| | 『심벨린』 |
| 모파상 | 단편적으로만 |
| 드 비니 | |
| 생시몽 | |
| 지드 | |
| 도서관 책들:[27] | 포위스 |
| | 웰스 |
| | 레이디 브룩 |
| | 프로스. 도브레 |
| | 앨리스 제임스 |
| 다수의 원고.<br>보관할 가치 없음. | |

27  도서관 책들은 다음과 같다. John Cowper Powys, 『*Autobiography*』(1934), H. G. Wells, 『*Experiment in Autobiography*』(1934), 『*Her Highness the Ranée of Sarawak*』(wife of Charles Vyner Brook), 『*Good Morning and Good Night*』(1934), Bonamy Dobrée, 『*Modern Prose Style*』(1934), Anna Bobeson Burr(ed.), 『*Alice James: Her Brothers — Her Journal*』(1934).

### 10월 4일, 목요일

연못 위에 비가 세차게 내려친다. 연못은 작고 흰 가시로 덮였다. 가시들은 위 아래로 춤을 춘다. 연못에는 뛰어오르는 흰 가시들이 곤두서서, 마치 어린 고슴도치의 가시 같이 보인다. 털을 세우는가 하면 검은 파도가 가로지른다. 검은 파도가 몸서리를 친다. 그러면 작은 물 가시들이 하얗게 된다. 갈팡질팡 내려 쏟아붓는 비와, 위아래로 흔들리는 느릅나무들. 연못은 한쪽으로 넘쳐난다. 수련의 잎들이 한쪽으로 밀리면 빨간 꽃들이 헤엄을 친다. 잎 하나가 펄럭이고 있다. 그러자 한순간 조용해진다. 그러고는 다시 가시가 돋는다. 유리 같지만 끊임없이 위아래로 춤을 춘다. 그림자가 순간 얼룩진다. 이제 햇빛이 난다. 녹색과 빨간색. 모든 것이 빛난다. 연못은 회녹색이다. 풀은 빛나는 녹색. 울타리에는 빨간 딸기과의 과실들. 소들은 아주 흰색이고, 아샴 위는 보랏빛이다.

### 10월 11일, 목요일

간단한 메모. 오늘판 『리터러리 서플리먼트』에서 윈덤 루이스의 "예술 없는 사람들"에 대한 광고를 하고 있다. 엘리엇, 포크너, 헤밍웨이, 그리고 버지니아 울프에 관한 장이 있다. 나는 이치와 본능으로 이것이 공격이라는 것을 안다. 나를 공개적으로 파괴하리라는 것을. 옥스퍼드와 케임브리지, 그리고 젊은 사람들이 윈덤 루이스를 읽는 곳에서는 내 것은 아무것도 남아 있지 않다. 나는 본능적으로 윈덤 루이스의 책을 읽지 않으려고 한다. 글쎄, 그런 이유 때문이겠지만, 나는 키츠를 열고 다음과 같은 글을 발견한다. "추상적인 아름다움을 사랑하는 사람은 그것 때문에 자기 자신의 작품에 대해 더 엄격한 비평가가 되므로, 칭찬이건 비난이건 간에 그에게 일시적인 영향밖에 미치지 못한다. 나 자신의 내부로부터의 비판은 『블랙우드』나 『쿼털리』보다 더 큰 고통을 나에게 주었다. (…) 이것은 일순간의 일에 불과하다. 나는 죽은 뒤 영국 시인들 중 하나로 간주되리라고 생각한다. 당장의 이해만을 생각하더라도, 『쿼털리』에서 나를 뭉개버리려고 했던 시도는 오히려 나를 더욱 주목받게 만들었다."

그건 그렇고. 나는 죽은 뒤 영국 작가들의 반열에 오를 수 있을까? 거의 생각해본 적이 없다. 그렇다면 나는 왜 W. L.[윈덤 루이스]의 글을 읽는 것을 주저하는가? 왜 나는 이처럼 민감한가? 허영심 때문이라고 생각한다. 조롱당한다는 생각이 싫다. V. W.는 끝났다, 라는 말을 듣고 이런저런 사람들이 행복해하는 것이 싫다. 그러면 나에 대한 공격이 힘을 얻을 것이다. 어쩌면 나는 자신의 재능에 대해 자신이 없는지 모른다. 그러나 이 점에 대해서는 W. L.보다 내가 더 많이 알고 있다. 여하튼 나는 계속해 글을 쓸 것이다. 내가 할 일은 논평이나 서평에서 나에 대한 고발이 어떤 성격의 것인지 눈치 채지 않게 모아두었다가, 1년쯤 뒤에 내 책이 나온 다음에 읽는 것이다. 남들이 나를 공격할 때 늘 느끼는 그 평온을 이미 느끼고 있다. 나는 배수의 진을 치고 있다. 나는 그저 쓰기 위해 쓰고 있다, 등. 그리고 남들에게 매도당한다는 것에는 창피하고 야릇한 쾌감이 있다. 명사가 되었다는 것, 순교자라는 것, 등에 대한 쾌감.

## 10월 14일, 일요일

    난감하게도 나는 『파지터가 사람들』을 쓰느라고 나의 창조적인 글쓰기 정신을 한 방울도 남김없이 다 써버렸다. 두통은 없다. (엘리가 전형적인 편두통이라고 부르는 것 말고는, 그녀는 어제 L의 과로를 진찰하러 왔다) 내 옆구리에 박차를 가할 수는 없다. 확실히 나는 비망록의 낭만주의 부분을 구상했지만 착수할 수 없다.[28] 오늘 아침 나는 윈덤 루이스의 공격 화살을 정면으로 받아들였다. 그는 B와 B[29]를 엄청나고 신나게 조롱하고, 나더러는 관찰자가 아니라 염탐꾼이라고 말한다. 내가 본질적인 새침데기이기는 하지만, 현존하는 예술가라고 말할 수 있을 네다섯 명 가운데 하나라는 것이다. 내가 알아낸 채찍질의 내용은 대강 이런 것이다. (그런데 이디스 시트웰[30]은 내가 과소평가 받고 있다고 말한다.) 그런데 이 모기가 내려앉더니 나를 찔렀다. 지금 시간은 12시 반, 아픈 것은 가셨다. 그렇다, 지금 아픔이 물결치며 사라져간다. 오로지 내가 글을 쓸 수 없다는 것이 문제다. 내 머리는 언제 회복될까? 열흘이면 회복될 것이다. 그런데 읽는 것은 전혀 문제가 없다. 어젯밤 『계절』[31]을 읽기 시작했다……. 그런데 내가 하려던 말은, 내가 쓸 필요도, 쓸 능력도 없어 다행이라는 것인데, 왜냐하면 공격을 받으면 거기에 대해 반격을 하고 싶어질 위험이 있기 때문이다. 그것은 더없이 치명적이다. 다시 말해 내가 그의 비평에 영합하기 위해 『파지터가 사람들』에 손을 대는

---

28 『소설의 국면들』에 대한 울프의 새로운 시도를 가리킨다. 뒤에 『A Discourse for 4 Voices』로 제목을 바꿨다.

29 바넷 씨와 브라운 부인―레너드 주.

30 Edith Sitwell, 1887~1964, 영국의 시인이자 평론가.

31 스코틀랜드의 시인 제임스 톰슨(James Thompson, 1700~1748)의 시.

것이 치명적이라는 뜻이다. 나는 2년 전의 나의 계시가 지금 멋지게 도움이 된다고 생각한다. 모험을 하고, 발견하고, 경직된 자세는 허용하지 않는 것, 그리고 진리에 대해 유순하고 벗은 상태로 있을 것. W. L.가 하고 있는 말 가운데 참된 점이 있으면 그것에 직면하자. 내가 새침데기이고 또 염탐꾼이라는 것은 사실이다. 그렇다면 더욱 대담하게 살자. 그러나 어떤 일이 있더라도 이런저런 눈치를 보며 글을 쓰지는 말 것. 그럴 수도 없다. 비판을 받는다는 것에는 묘한 쾌락이 있고, 또 별 것 아니라는 대접을 받는 느낌 또한 유쾌하고 도움이 된다.

## 10월 16일, 화요일

오늘은 완전히 나았다. W. L. 병이 이틀 계속된 셈이다. 늙은 에델의 뭉툭한 애정과, 어제 블라우스를 사느라 부산을 떤 것이 병을 낫게 하는 데 도움이 된 것 같다. 그리고 저녁을 먹고 난 뒤 푹 잠을 잔 것.

오늘 아침에는 글이 써진다.[32]

굉장히 졸리다. 나이 때문인가? 졸음을 쫓아 버릴 길이 없다. 그리고 몹시 우울하다. 책의 끝에 와 있기 때문이다. 옛날 일기를 읽어보았다. 그래서 일기를 적는 것이겠지만, 『파도』를 쓰고 난 다음에도, 『등대로』를 쓰고 난 다음에도, 마찬가지로 비참했다는 것을 알았다. 그때 1913년 이후 그 어느 때보다 진지하게 자살을 생각했던 기억이 난다.[33] 그것은 결국 자연스러운 것이다. 3개월

---

32  이하는 10월 17일(수요일)에 쓴 것.

33  울프는 1913년 그녀의 첫 번째 소설인 『출항』의 작업이 끝나고, 출판이 결정되고 난 뒤인 9월 9일에 자살을 시도했다.

이나 정신없이 달려왔으니까. 흥분한 나머지 쓰고 있는 종이 안으로 풍덩 뛰어들기도 하고. 자, 이런 것은 모두 생략하고. 물론 최초의 더없는 안도감 뒤에는 무서운 공허함이 덮쳐 온다. 내 머리 둘레를 빙빙 돌고 있던 사람들, 생각들. 노력, 간단히 말해 인생 전체가 모두 사라져버렸다. 이것들은 내 머리뿐만 아니라, 내 한가한 시간마저 움켜잡았던 것들이다. 나는 언제나 내 책 위를 달리는, 꼭 같은 기찻길 위에 앉아 있곤 하던 생각이 난다. 앞으로 2, 3주 동안, 혹은 4, 5주 동안 이 같은 사실을 직면하기를 거부한 채, 그것에 대해 생각하기를 거부한 채, 스스로를 어르고 있을 수밖에 없다. 로저가 없다는 사실이 이 일을 더욱 힘들게 만든다. 어제 우리는 네사와 차를 마셨다. 그렇다, 로저의 죽음은 리튼의 죽음보다 더 힘들다. 왜 그럴까, 궁금해진다. 텅 빈 벽. 이 침묵. 이 피폐. 그처럼 그의 울림이 컸던 것을!


## 10월 29일, 월요일


『안티고네』[34]를 읽고 있다. 그 마력이 갖는 힘은 아직도 강력하다. 그리스의 정서는 다른 어떤 것과도 다르다. 앞으로 플로티누스[35]를 읽겠다. 헤로도토스[36]와 호메로스[37]도 읽으려고 생각한다.


---

34  고대 그리스의 비극작가 소포클레스의 작품(B.C. 441).
35  204~270년경의 로마 철학자.
36  B.C. 485~420년경의 고대 그리스의 역사가.
37  B.C. 8, 9세기의 그리스 시인. 『일리아드』와 『오디세이』의 작가.

# 11월 1일, 목요일

어젯밤 클라이브와 식사를 하는 동안에, 그리고 올더스[38]와 케네스 클라크스[39]와 이야기하는 동안에 다음과 같은 몇 가지 생각이 떠올랐다.

**로저의 전기에 관해**: 전기는 그의 여러 시기를 조명하기 위해 여러 사람이 써야 한다는 것.

| 청년기 | 마저리[40] |
|---|---|
| 케임브리지 시대 | 웨드(?)[41] |
| 런던 생활 초기…… | 클라이브 |
| | 지커트 |
| 블룸즈버리 | 데즈먼드 |
| | V. W. |
| 만년 | 줄리언 |
| | 블런트[42] |
| | 허드, 등 |

---

38  Aldous Huxley, 1894~1963, 영국의 소설가이자 비평가.

39  Kenneth Clarks, 1903~1983, 미술 애호가. 내셔널 갤러리의 관장을 지냈다. 로저 프라이의 숭배자였다.

40  Margery Fry, 1874~1958, 치안판사, 형무소 개혁가, 교육가. 로저 프라이의 여섯 자매 가운데서 가장 오빠를 따랐다.

41  Nathaniel Wedd, 1864~1940, 고전학자. 케임브리지 시절 프라이의 친구였다.

42  Anthony Frederick Blunt, 1907~1983, 런던 대학에서 미술사 강의. 나중에 소련 간첩으로 드러남. 프라이와는 케임브리지 시절의 친구였다.

전부를 이를테면 데즈먼드와 내가 종합할 것. 소설에 관해, 그리고 품성의 여러 층. 즉 상층과 하층. 이것은 이미 『파지터가 사람들』에서 사용해본 익숙한 생각이다. 그러나 지금 쓰고 있는 평론에서 보다 면밀하게 이것을 시도해볼 작정이다. 그리하여 머리가 무엇인가를 생각할 때는 자연스럽게 이 순서를 따른다는 것을 보여주고 싶다. 또 이것이 문학에 의해 어떻게 예증되는가, 도.

지금 내가 해야 하는 것은 전기와 자서전.

## 11월 2일, 금요일

새 마취약을 사용하여 이 두 개를 뽑았다. 그래서 여기 일기를 쓰고 있지만, 제대로 써지지 않는다. 게다가 펜이 아직 새것이고, 내 머리도 잇몸처럼 가볍게 마취돼 있다. 치아는 오래 두면 썩은 나무뿌리처럼 되어, 부러뜨려 뽑게 된다. 의사가 이를 부러뜨렸을 때 나는 아무것도 느끼지 못했다. 얼어붙은 내 머리는 올더스와 클라크 부부 생각을 하고 있었고, 멍하니 전기 생각을 하고 있었다. 그러고는 누군가가 내 서평을 쓰고 있지 않을까, 볼 수는 없지만, 오늘은 참 차갑고 맑은 날이라는 생각을 했다.

피가 나는 잇몸을 씻으러 2층에 올라갔다. 그 코카인은 약효가 반 시간 간다. 그 뒤에는 신경이 다시 살아난다. 그러고는 『스펙테이터』를 집어 들고 W. L.이 다시 내게 대해 쓴 글을 읽었다. 스펜더에게 던지는 대답: "나는 악의가 있는 것이 아니다. 몇몇 사람들은 W. 부인을 펠리시어 헤먼즈[43]라고 부른다."[44] 이것은 또

---

43  Felicia Hemans, 1793~1835, 영국의 시인.
44  윈덤 루이스는 『Men Without Art』라는 자기 책을 반박한 스티븐 스펜더의 글을 재반박

한 번 고양이 발톱으로 긁어놓은 꼴이라고 생각한다. 이것을 마치 지나가는 말처럼 슬쩍 내뱉는 것, "제 얘기가 아닙니다. 남들 말이 그렇다는 거지요." 그리고 다음 쪽에서는 지커트에 대해 매우 거만을 떤다. L이 내가 만약 이런데 신경을 쓴다는 것을 알게 된다면 나를 경멸할 것이다. 그렇다. 그러나 10분간은 신경을 써야겠다. 내가 사람들 많은 곳에 눈에 띄지 않게 가라앉으려는데, 다시 조명을 받는 것이 신경 쓰인다. 스스로를 이겨야 한다. 이 공격이 이틀 이상 가지는 않을 것이다. 월요일이면 이 전염병도 끝이 날 것이다. 그러나 이 모두가 정말 따분하다. 그리고 내 앞에는 허무에의 낭떠러지가 수없이 입을 벌리고 있다. 그러나 잠시 생각해보라. 최악의 경우로 설사 내가 보잘것없는 작가라 하더라도 나는 글을 쓰는 것이 즐겁다. 나는 스스로를 정직한 관찰자라고 생각한다. 따라서 세계는 나에게 계속해서 자극을 줄 것이다. 내가 그것을 이용하고 안 하고는 별개로 치고. 그리고 또 한 가지 W. L.의 비평을 예이츠[45]와 어떻게 조화시켜야 하나, 골디와 모건은 고사하고. 만약 내가 보잘것없는 작가라면 그들이 무엇인들 느꼈겠는가? 그리고 새벽 두 시경에 나는 (맹목적으로 내달리는) 범상치 않은 힘을 가지고 있다는 것을 느꼈다. 게다가 나에게는 L이 있고, 그의 저서들이 있다. 그리고 우리들의 공동생활이 있다. 그리고 지금은 돈이 점점 줄어드는 걱정을 안 해도 된다. 그리고…… 비록 일시적이나마 내 자신과, 나에 대한 서평, 내 평판, 나에 대한 평가의 저하(그것은 틀림없이 닥칠 것이고, 8, 9년은 계속될 것이다.)를 완전히 잊을 수 있다면, 나는 평상시의 자신으

하며 다음과 같은 말을 하고 있다. "Mrs. Woolf is charming, scholarly, intelligent, everything that you will: but here we have not a Jane Austen—a Felicia Hemans rather, (…)."

45  Yeats, 1865~1939, 아일랜드의 시인이자 극작가.

로 돌아갈 수 있을 것이다. 재빠르고, 흥분돼 있고, 재미있어 하고, 또 격렬한 자신으로. 평판이 이처럼 턱없이 오르내리는 것은 기이한 일이다. 『머큐리』에서 미국 사람들이 하고 있는 말과 비교해보라……[46] 아니다, 절대로 비교하면 안 된다. 모든 칭찬과 비난이 바다 밑바닥에 가라앉든지, 아니면 위로 떠오르게 해서, 나는 무관심한 채 내 갈 길만 가면 된다. 그리고 남들에 대한 애정과 함께 인생의 모든 방면으로 날아가 보자.

이상은 참 현명한 말이라고 생각한다. 그러나 지금 모두 잊어버렸고, 모두가 끝났다.

지금 가장 중요한 것은 R[47]의 전기를 쓰는 일이다. 헬렌[48]이 왔다. 그녀는 자기와 M[49]이 모두 그 전기를 원한다고 했다. 그러면 나는 기다리겠다. 이것에 대해 내가 어떻게 생각하느냐고? 만약 내가 자유로울 수 있다면, 이것은 내가 전기를 쓸 수 있는 하나의 기회가 될 것이다. 멋지지만, 어려운 기회다. 그러나 새로운 주제를 찾으려는 것보다 낫다. 단, 내가 정말로 자유롭다면 말이다.


## 11월 14일, 수요일[50]

지금은 11월 15일 아침 10시 30분. 『파지터가 사람들』을 다시 읽고, 고쳐 쓰는 일에 덤벼들 참이다. 끔찍한 순간이다.

---

46  『런던 머큐리』에서 위너프레드 홀트비는 사라 거트루드 밀린의 『Three Men Die』에 대한 서평을 쓰면서 울프를 언급하고 있다.
47  Roger Fry—레너드 주.
48  Helen Anrep—레너드 주.
49  Margery Fry—레너드 주.
50  11월 15일(목요일)에 쓴 것임.

12시 45분: 그 끔찍한 뛰어들기를 감행했고, 『파지터가의 사람들』을 다시 쓰는 일을 시작했다. 아, 맙소사, 90일간 매일 하루 10쪽씩. 3개월간. 문제는 압축하는 것. 각각의 장면이 매우 극적으로 다듬어지고, 서로 대조를 이루고, 하나의 관심사에 의해 묶이도록 주의 깊게 배려된 하나의 장면이 되게 할 것. 그리고 몇 개는 일반화할 것. 여하튼 이렇게 하면, 평상시의 홍수가 터져 나와, 창조만이 균형을 잡아준다는 것을 증명하게 된다. 이 방대한 양을 압축해야 하다니, 지금 생각하니 지긋지긋하게 불유쾌한 일이지만, 나는 내 능력을 다시 사용하고 있으며, 이제 파리나 벼룩은 모두 잊어버렸다.

**메모 하나**: 책이 시원치 않은 것에 절망. 그런 것을 어쩌다 쓰게 되었는지 모르겠다. 그것도 그처럼 홍분해서. 그렇게 생각한 것은 어제였다. 그런데 오늘은 다시 괜찮다는 생각이 든다. 다른 책들을 바라보는 다른 버지니아들을 위해 한마디 해둔다면, 세상일이라는 것은 원래 그런 것이다. 오르락내리락, 하나님만이 진실을 아신다.

## 11월 21일, 수요일

마저리 프라이가 일요일에 차를 마시러 왔다. 로저의 전기에 대해 오랫동안 이야기를 했으나, 똑 부러진 결론이 나지 않았다. 마저리는 내 손으로 연구한 것에 그의 다른 면에 대한 장들을 더하고 싶다고 말했다. 나는 하지만 그런 책은 읽기가 쉽지 않지요, 라고 말한다. 아, 물론 당신이 완전히 자유롭게 써주시기를 바라요, 라고 마저리가 말한다. 그분의 생활에 대해 무슨 이야기든 해야겠지요. 그리고 가족에 대해서도, 그 문제에 대해서는 아주 조심해 주십사 하고 부탁드려야 할 것 같아요, 라고 그녀가 말한다. 이 모든 것의 결론은 마저리가 N. S.에 편지를 내고, 로저의 편지를 보내달라고 부탁을 하고, 내가 그것들을 읽고 나서 다시 의논하자는 것, 그러니 앞으로 여러 달이 걸릴 것이다. 우선은 『파지터가 사람들』 일만을 생각하려고 한다. 그러고 나서 로저의 서류 읽기에 전념하고, 책을 쓴다는 결정이 나면, 내년 10월쯤에 쓸 수 있게 될 것이다. 그러나 무엇을 쓴담?

## 12월 2일, 월요일[51]

이상하지 않은가? 『파지터가 사람들』을 개정하고 난 뒤에는 단테를 읽을 수 없는 날이 있는가 하면, 어떤 때는 단테가 매우 숭고하고 도움이 된다고 생각할 때가 있다. 공허한 수다로부터 우리를 고양시켜준다. 그러나 오늘은 (그 오두막집 장면을 쓰고 난 뒤) 내가 너무 흥분해 있다. 오늘은 내 책이 괜찮다는 생각이 든다. 지금은 책에 열중해 있다. 그러나 장례식 장면이 끝나면, 일을 멈추고 머리를 식힐 셈이다. 즉, 크리스마스를 위해 극을 하나 쓸것. 『민물』이라는 우스개 극, 장난삼아. 그리고 현대 비평에 관한논문을 하나 꾸려야 한다. 그러고는 일이 되어가는 것을 두고 볼것. 데이비드 세실[52]이 소설에 관한 책[53]을 썼다. 이것은 일반 독

---

51  (일요일)의 잘못인 듯.
52  David Cecil, 1902~1986, 영국의 전기 작가이자 비평가.
53  『초기 빅토리아 왕조 소설가로』(1934).

자들을 위해서는 좋은 책이지만, 작가들에게는 소용이 없다. 모든 것이 너무 초보적이다. 밖에서 바라본 몇 가지 유익한 지적은 있다. 그러나 나는 이런 종류의 비평은 졸업했다. 그리고 세실은 자주 잘못을 저지른다. 내가 보기에 세실은 W. H.[54]를 잘못 평가하고 있다. 그러고는 깊은 이론을 추구한다. 조드[55]는 우리들이 (블룸즈버리가) 죽었다고 말한다. 나는 조드를 경멸한다. 리튼과 나를 두 괴짜라고 부른다. 불쌍한 프랜시스[56]가 비오는 오늘 아침에 러셀 광장에 있는 호텔 방 침대에 누워 있다. 나는 들어가서 그의 옆에 앉았다. 이마에 혹이 있었으나, 정신은 말짱했다. 프랜시스는 모든 것을 알고 있었다. 프랜시스는 다시 수술을 받다가 죽을지도 모른다. 아니면 천천히 몸이 굳어서, 완전히 마비될지도 모른다. 뇌가 망가질지도 모른다. 이 모든 것을 프랜시스는 알고 있었다. 우리가 농담을 주고받을 때도, 그 사실은 우리를 떠나지 않았다. 하마터면 한두 번 프랜시스가 그 이야기를 할 뻔했다. 그러나 이 순간 나는 아무것도 느낄 수 없다. 로저가 떠난 뒤로, 나는 두 번 다시 그런 일을 겪을 수 없다. 이것이 내 감정이다. 나는 프랜시스에게 키스를 했다. "이것은 처음이야. 이 같은 순결한 키스는"이라고 프랜시스가 말했다. 그래서 나는 다시 한 번 키스를 했다. 그러나 울면 안 되지, 라고 생각하고는 그대로 나왔다.

---

54  에밀리 브론테의 『폭풍의 언덕』

55  C. E. M. Joad, 1891~1953, 철학가.

56  Francis Birrell, 1889~1935, 저널리스트. 블룸즈버리 그룹과 가까이 지냈다.

## 12월 18일, 화요일

어제 프랜시스와 이야기를 했다. 프랜시스는 죽어 가고 있다. 그러나 프랜시스는 그것을 개의치 않는다. 그러나 그의 표정은 개의치 않는 표정이 아니다. 프랜시스는 희망을 접고 있다. 간병인은 이 고통이 언제까지 계속되느냐고 프랜시스가 한 시간마다 묻는다는 말을 했다. 빨리 끝나기를 바라고 있다. 프랜시스는 평상시와 꼭 같았다. 의식이 혼탁하거나 헛소리를 하지도 않았다. 이것은 아테네에 돌려야 할 명예다. L이 말한 것처럼 영혼은 불멸일 자격이 있다. 우리는 살아 있는 것을 기뻐하며, 그러나 어쩐지 멍한 상태로 되돌아왔다. 이 주제에 관해서는 내 상상력을 동원할 수 없다. 죽음을 기다리면서 누워 있는 기분이란 어떤 것일까? 그리고 이 죽음이 얼마나 기묘하고 이상한 죽음인가. 이 부드럽게 갠 날, 나는 안젤리카의 음악회에 가기 위해 서둘러 이 일기를 쓰고 있다.

## 12월 30일, 일요일

일기장 가져오는 것을 잊어서 여기 낱장에다 써야겠다. 한 해가 끝난다. 저 짓궂은 개들이 짖어대는 소리와 함께. 나는 지금 새집에 앉아 있고, 시간은 놀랍게도 3시 10분이다. 비가 오고 있다. 암소가 좌골신경통으로 고생하고 있어, 루이스까지 데려가서 런던행 기차를 태울 것이다. 그 뒤 찰스턴에서 차를 마시고, 그 연극을 하고, 거기서 저녁을 먹는다. 비 때문에 올해는, 좀 함부로 말해서, 기록상 가장 습한 크리스마스가 되었다. 나는 어제야 비로

소 내 유령 농장의 산책길을 걸어볼 수 있었다. 그렇지만 이제 크리스마스도 끝났으니, 비가 그치도록, 에머리 양의 개들이 짖지 않도록 빌어 보자.[57]

일기장을 가지고 오지 않다니 바보짓을 했다. 매일 아침이 끝날 무렵에는 머릿속에 『파지터가 사람들』에 관한 재미있는 생각들이 꽉 차는데. 정서하는 것은 매우 재미있다. 나는 상당히 많은 양을 고쳐 쓰고 있다. 많은 장면들을 압축하려고 한다. 강렬한 장면들, 그러고는 덜 강렬한 장면들. 그러고는 행동을 다룬 부분과 대화 부분. 이 모든 것을 관통하는 일종의 흐름과 리듬을 유지할 것. 여하튼 폭넓은 다양성을 허용할 것, 이 책에서는. 나는 이 책을 『보통 사람들』이라고 부를까 생각하고 있다. 매기와 사라가 침실에 있는 첫 장면을 다소 수정하는 일을 마쳤다. 얼마나 큰 흥분 속에서 그것을 썼던가! 그런데 지금은 원문의 거의 한 줄도 남아 있지 않다. 그렇다, 그러나 정신은 붙들 수 있었다고 생각한다. 그것을 붙들기 위해 60쪽 가량을 쓴다. 그리고 다시 되돌아와 보면, 그것이 마치 횃대 위의 노랑 카나리아 새처럼 깡충거리고 있는 것을 본다. 연극식 대화를 사용하여 S와 M 모두 대담한 인물로 만들고 싶다. 그러고는 마틴이 엘리너를 방문하는 장면으로. 그러고는 긴 하루가 왕의 죽음으로 끝난다. 지금까지 80쪽에서 90쪽을 끙끙거리며 마쳤다. 주로 쪽 번호 매기기를 잘못한 탓이지만.

1년의 끝자락. 프랜시스는 콜링엄 플레이스의 요양원에서 죽음과 대면하고 있다. 프랜시스의 얼굴 표정이 눈에 떠오른다. 마치 하나의 특이하고 고독한 슬픔을 대하고 있는 듯한. 자기 자신

---

57  에머리 양(Kathleen Emery, 1892~1981)은 멍크스 하우스 옆집에 살면서 폭스 테리어 종의 개를 기르고 있었다.

의 죽음, 마흔 다섯, 혹은 그 정도의 나이에 그곳에 혼자 누워 죽음을 바라보고 있다고 생각해보라. 살고 싶다는 강한 욕망을 지닌 채. "그래서 『뉴 스테이츠먼』은 미증유의 최우수 신문이 되겠지요?" "그렇지만 그 사이 그는 죽었어요(브림리 존슨에 대해)"라고 내뱉듯이 말했다. 이 말 가운데 어느 것도 정확히 맞는 말은 없다.

그렇지만 우리는 지금 여기에 있다. 다리를 저는 암소와 강아지들 때문에 짜증이 나기는 하지만, 언제나처럼 아주 행복하다고 생각한다. 언제나 아이디어로 가득하다. L은 아침에 그의 『꿱꿱』[58]을 마쳤고, 제트[59]는 이 의자 저 의자로 기어 다닌다. 머리를 긁으면서.

로저는 죽었다. 그에 관해 내가 뭔가를 써야 하는가? 남은 불씨를 살려낸다는 것. 즉, 될 수 있는 대로 불을 살려보자는 것이다. 이제 빗속을 차 타고 갈 준비를 해야 한다. 강아지들은 아직 짖고 있다.

<hr />

58  1935년에 간행되었다. 레너드의 최초의 파시즘 공격.
59  비단털원숭이.

# 1935년(53세)

## 1월 1일, 화요일

극(『프레쉬워터 *Fresh Water*』)[1]은 꽤 깔끔하게 마무리 지어졌다. 그러나 나는 극작가로 알려지고 싶은 생각은 없다. 어제는 즐거운 섣달그믐 산책을 나가, 래트 농장[2]의 골짜기 둘레를 새 길을 따라 돌아왔다. 거기서 프리스 씨[3]를 만나 도로 건설에 대한 이야기를 했다. 그러고는 루이스의 마틴 가게로 가서 자동차를 찾아서 집으로 와, 바울의 서신서와 신문을 읽었다. 구약성서를 사야겠다. 지금 「사도행전」을 읽고 있다. 마침내 나는 내 독서의 어두운 부분을 비추고 있다. 로마에서 어떤 일이 벌어졌는가? 그리고 르낭[4]의 일곱 권의 책이 있다. 리튼은 그의 글이 "꿀처럼 달콤하다"

---

1   희극. 이 극은 버지니아 울프가 1월 18일의 어떤 파티에서 공연하기 위해 쓴 것이다. 출연자는 울프의 언니 바네사, 조카 줄리언과 안젤리카, 남동생 에이드리언 스티븐, 그리고 남편 레너드였다—레너드 주.
2   울프 부부가 재미삼아 붙인 농장 이름.
3   H. W. 프리스 씨는 로드멜의 남부 농장의 감독.
4   1823~1892, 프랑스의 종교사가, 작가이자 철학자. 일곱 권으로 된 『그리스도교 기원사』의 저자.

고 말한다. 일전에 예이츠와 올더스는 글을 쓰는 큰 목표란 "문학적"인 것을 피하는 것이라는 데 의견 일치를 보았다. 올더스가 빅토리아 시대 사람들에게 팽배했던 비정상적인 "문학적" 숭배 사상에 대해 말한 적이 있다. 예이츠는 실존하는 사람들이 쓰는 말만을 사용하고 싶다고 말했다. 이 같은 변화는 극을 쓰는 과정에서 생겼다고도 말했다. 그래도 여전히 당신의 뜻은 너무 알기 어렵다고 경솔하게 말해버렸다. 그런데 "문학적"이란 무엇인가? 이것은 상당히 재미있는 문제로서, 만약에 내가 비평서적을 쓰게 된다면 한번 그 문제를 깊이 파헤쳐보고 싶다. 그러나 지금은 『멸시당하는 것*On Being Despised*』[5]에 관해 쓰고 싶다. 그러기 위해 내 머리는 여러 아이디어들을 계속해서 퍼 올릴 것이다. 그리고 『보통 사람들*Ordinary People*』[6]을 끝내야 한다. 그리고 로저의 전기, 멸시받는 작가에 대해 써야 한다. 로저는 1935년 10월에 시작하자. 가능할까? O. P.를 10월에 출판한다. 그리고 이 두 책을 1936년 한 해 동안에 쓴다. 어떻게 될는지! 그러나 나는 정신없이 일해야 한다. 곧 53세, 54세, 55세가 된다는 것을 잊지 말고. 나는 내 자신의 아이디어에 아주 흥분한다. 그리고 만나야 할 사람들이 있다.

## 1월 11일, 금요일

금년 봄은 갑자기 닥칠 것이다. 오늘은 바람이 몹시 분다. 이틀 전에 피딩호우까지 말없이 안개 속을 산책하고 왔다. 지금 남자

---

5　훗날의 『3기니』
6　훗날의 『세월』

들이 도리깨질을 하고 있다. 어제 네사와 안젤리카와 이브[7]가 왔다. 우리는 연극에 대해 많은 이야기를 했다. 재미있었다. 나는 커튼콜을 위해 당나귀 머리를 빌려올 것이다. "이것은 당나귀(바보) 같은 작품입니다"라는 뜻으로. 『캐러밴 *The Caravan*』(갑자기 이런 이름을 쓰기로 했다)을 15만 단어로 줄일 작정이다. 5월에 타자 완료. 가능할까? 이 작품은 압축되었다고 생각한다. 그리고 때때로 내 머리는 내가 그 안에 밀어넣을 수 있다고 생각하는 의미들로 터질 지경이 된다. 이 책에서 내가 발견한 것은, 외적인 것과 내적인 것을 한데 엮을 수 있는 가능성을 어렴풋이 알게 되었다는 사실이다. 나는 이 둘을 자유롭게 사용하고 있다. 그리고 내 눈은 제 때에 많은 외적인 것들을 수집해놓았다.

## 1월 19일, 토요일

어제 저녁 그 연극은 잘 끝났다. 그 결과 오늘 아침 내 머리는 바짝 말라서 이 일기장은 베개로밖에 쓸 수 없다. 사람들은 이 연극이 대성공일 수밖에 없었다고 말했다. 나는 즐거웠다. 무엇 때문이었지? 바니와 올리버[올리버 스트레이치]의 칭찬 때문에. 그러나 크리스타벨의 칭찬은 별로였고, 거기 서서 데이비드[데이비드 세실]나 코리[코리 벨], 엘리자베스 보웬과 재치 있게 튕기며 주고받던 말도 별로였다. 그러나 전체적으로 보아 가끔은 이처럼 마음 터놓고 한바탕 웃으면서, 하루 저녁 지내는 것은 좋은 일이다. 로저의 망령이 문을 두드렸다. 로저가 그린 찰리 생어의 초

---

7 Eve Younger. 안젤리카의 친구. 『프레쉬워터』에서 빅토리아 여왕 역을 맡았었다.

상화가 연습이 한창일 때 배달되었다.[8] 프랜시스가 얼마나 좋아했을까, 라고 레너드가 말했다. 이들은 이제 우리들의 유령이다. 그러나 그들은 이 시도에 박수를 보낼 것이다. 그러고는 잠자리에 들었다. 그리고 지금은 (테니슨 같았으면 아, 신이여, 내 영혼을 굽어살피소서, 라고 말했겠지만) 내 머리를 씻어 내고 정신이 들게 만들어서, 어떤 어려운 일이라도 진지하게 착수할 수 있도록 해야 한다. 단테와 르낭을 읽어야 한다. 그리고 끔찍한 겨울이 시작된다. 어울리지 않는 창백한 나날들. 마치 나이 들어가는 여인을 11시에 본 듯. 그러나 L과 나는 오늘 오후 산책을 갈 것이다. 이것은 은행에 예금이 잔뜩 쌓여 있는 것 같은 느낌이다. 이 탄탄한 행복.

어떤 "연극"에 대한 아이디어가 있다. 여름밤. 누군가가 앉아 있다. 꽃들 사이에서 목소리가 들려온다.


## 1월 23일, 수요일


그렇다, 내가 왜 『지커트』를 썼는지 설명했어야 했다. 나는 언제나 생각하는 것이 너무 느리다. 나는 『페어리 퀸』[9]을 읽고 있다. 재미있게. 이 주제에 관해 뭔가를 쓰겠다. 안젤리카를 데리고 쇼핑을 갔다. "『레드클리프의 상속인』[10]을 읽어도 상관없겠어요?"라고 말해 나를 웃겼다. 의상 감각이란 참 이상한 것이다! 안젤리카의 외투와 내 옷을 사는 동안, 부인네들이 마치 경마에 대해 이야기하듯 새 스커트에 대해 이야기하고 있는 것을 듣고 있었다. 나는

---

8    1930년에 C. P. 생어가 죽은 뒤, 로저는 그의 초상화를 케임브리지 대학에 기증했는데, 그 초상화가 왜 지금 배달되었는지는 알 수 없다.
9    1650년에 발표된 에드먼드 스펜서(Edmend Spencer, 1552~1590)의 서사시.
10   영국의 소설가 샬럿 영(Charlotte Younge, 1823~1901)의 유명한 소설.

내일 새 코트를 입고 클라이브와 점심 식사를 해야 하기 때문에 마음이 설렌다. 그리고『페어리 퀸』의 배후에 있는 생각, 즉 아이디어에 대해 내가 이해하고 있는 바를 잘 설명할 수 없다. 하나의 상태에서 다른 상태로 자연스럽게 옮아가는 것을 어떻게 표현할 수 있을까. 그리고 꾸밈없는 아름다움의 자태. 원문을 읽는 편이 낫다. 그런데, 클라이브와의 점심이 이 모든 것을 잊게 해줄 것이다. 연극이 끝났으니까, 이제 우리들은 이곳 사람들을 만나기 시작해야 한다. 그리고『햄릿』을 보러 가고, 봄 여행 계획도 세워야 한다. 2주 정도 소설에서 손을 떼려고 한다. 머리가 뒤엉켰다. 나는 테레사에게 노래를 하게 할 작정이다. 그래서 논쟁을 서정적으로 만드는 것이다. T(사라와 엘바이러를 임시로 이렇게 부르기로 한다)에서 될 수 있는 대로 멀리 떨어져 있을 것. 그러나 맙소사, 오리가 으깨졌다. 이것은 언젠가 잭이 나에게 주었던 으깨진 오리 때문이다. 전체가 액체다. 하나의 핏덩이 새끼. 나는『연애대위법』[11]을 읽고 있다. 잘된 소설이 아니다. 가공되지 않았고, 요리되지 않은 상태로 제 고집만 부린다. 기이하게도 그는 워드 부인[12]의 후예다. 관념에 대한 흥미. 인간을 관념으로 만들어버린다. 어떤 미국 남자가 내 편지에 대한 답장에서 있는 그대로의 나를 보게 되어 기쁘다고 말한다.


## 2월 1일, 금요일

오늘 금요일 아침, 너무 피곤해서『파지터가 사람들』을 계속할

---

11   1928년에 간행된 올더스 헉슬리의 소설.
12   Mrs. H. Ward, 1851~1920, 영국의 소설가.

수가 없다. 왜 그럴까? 아무래도 너무 말을 많이 한 탓이라고 생각한다. 그러나 "사교"도 필요하다고 생각했다. 그래서 헬렌, 메리, 질레트를 만났다. 오늘 저녁에는 앤. 하지만 나는 『파지터가 사람들』이 유망한 작품이라고 생각한다. 신경의 활력이 부족할 따름이다. 오늘 하루는 쉬겠다.

## 2월 20일, 수요일

사라가 정말 문제다. 사라를 주류 속에 넣을 수가 없다. 그런데 사라는 중요하다. 이 장면 전환은 정말 난제다. 그리고 프로파간 다라고 부르고 싶지 않은 무엇인가의 부담. 올더스의 소설은 오싹하다. 그 오싹함을 피해야 한다. 그러나 관념이라는 것은 끈덕진 것이다. 다른 것과 융합하거나, 창조적이고 무의식적인 능력을 유지하려고 들지 않는다. 그 스테이크 하우스 장면을 몇 번이나 고쳐 썼는지 모른다.

## 2월 26일, 화요일

오늘은 파란 빛깔의 매우 쾌청한 날이다. 내 방의 창문들은 몽땅 놀랍도록 파랑색 일색이다. 라일리 씨가 방금 창문들을 수리했다. 나는 둥근 연못의 장면을 쓰고, 쓰고, 또 고쳐 쓰고 있다. 내가 하고 싶은 것은 이들 모두를 줄여서, 모든 문장이 완전히 자연스러운 대화이면서도, 그 뒤에는 상당히 많은 뜻이 압축되도록 하는 것이다. 그리고 아주 조심스럽게 장면이 조화와 대조를 (배의 충돌 장면 따위 등에서) 이루게 할 것. 일이 이처럼 힘든 것은 그 때문이다. 어쩌면 내일 끝날지도 모른다. 그러면 저녁 파티와, 키티가 시골에 가는 장면은 더 빨리 진행될 것이다. 적어도 외면적 장면들은 훨씬 더 간단하다. 그렇게 놔두는 것이 좋을 것이다. 그렇지만 앞으로 할 일이 얼마나 많은가! 8월까지는 끝나지 않을 것이다. 그런데도 지금 갑자기 반파쇼 팸플릿을 쓰고 싶은 충동에 시달리고 있다.

## 2월 27일, 수요일

방금 전부를 다시 고쳐 썼다. 이번에는 이것으로 됐다, 고 스스로에게 말한다. 그러나 나는 스스로에 박차를 가해, 다시 몇 쪽을 쓰지 않으면 안 된다는 것을 알고 있다. 너무 덜커덩거린다. 너무 …[13]. 분명히 어떤 사람은 어떤 것을, 다른 사람은 다른 것을 볼 것이다. 그러나 그것들을 하나로 묶어야 한다. 무의식적인 것을 통해 의식적인 것에 이르고, 거기서 다시 무의식적인 것으로 간다고 말했던 사람은 누구였던가?

나는 지금 F. Q.(『페어리 퀸』)을 중단하고 키케로의 서한집이나 샤토브리앙[14]의 『회상록』을 읽고 싶은 강한 욕망을 느낀다. 내가 생각할 수 있는 한, 이것은 시계추의 자연스러운 흔들림이라고 생각한다. 낭만파 시의 일반화 다음에 개별적인 것을 읽고 싶어지는 것은.

---

13  단어가 생략돼 있다—레너드 주.
14  François René de Chateaubriand, 1768~1848, 프랑스의 작가이자 정치가.

## 3월 11일, 월요일

오늘 오후 차를 타고 있을 때, 나는 내가 얼마나 문장을 다시 쓰고 싶어 하는가, 하는 생각을 했다. 내 손가락 밑에서 문장이 모양을 이루고, 곡선을 이루는 것을 느끼는 즐거움이란! 10월 16일 이래로 나는 단 하나의 새로운 문장도 쓰지 못했고, 오로지 베끼고 타자를 쳤을 뿐이다. 타자 친 문장은 어딘가 좀 다르다. 우선 그것은 이미 거기 있는 것으로 만든 것이다. 머릿속에서 새로 솟아난 것이 아니다. 그러나 이 타자 작업은 8월까지 계속될 모양이다. 이제야 가까스로 첫 번째 전쟁 장면에 와 있다. 운이 좋으면 5월 달에 출발하기 전에 E[엘바이러]를 옥스퍼드 거리까지 데려갈 수 있을 것이다.[15] 그리고 6월과 7월은 당당한 오케스트라의 마지막 장면을 쓰는 데 보낼 것이다. 그러고 나서 8월에 다시 쓰는 작업을 시작할 것이다

## 3월 16일, 토요일

나는 최근에 세 번의 심한 매질을 당했다. 윈덤 루이스, 머스키, 그리고 이번에는 스위너턴.[16] 블룸즈버리를 조롱하고 있다.[17] 그리고 나도 함께 매장당했다. 나는 W. L.을 읽지 않았으며, 스위너턴은 마치 코뿔소에 대한 지빠귀의 영향만큼밖에 나에게 영향을 주지 못했다. 한밤중을 예외로 친다면. 나는 회복하는 시간이

15  그러나 이 부분은 마지막 교정에서 잘려 나갔다.
16  Frank Swinnerton, 1884~1982. 영국의 소설가이자 평론가.
17  머스키의 『The Intelligentsia of Great Britain』을 참조할 것.

무척 빠르다. 그리고 지금은 또 얼마나 운명론적인가. 전혀 신경을 쓰지 않으면서 또 무척 신경을 쓴다. 내 소설은 참 잘됐다. 그리고 오늘 아침은 참 피곤하다. 또 나는 얼마나 칭찬받기를 좋아하는가. 그리고 또 얼마나 많은 아이디어로 차 있는가. 톰과 스티븐[18]이 차를 마시러 왔다. 그리고 레이[19]와 윌리엄[20]이 저녁 식사 때 왔다. 내가 네사의 애들을 비판한 것에 대해 그녀와 주고받은 이야기를 재미있게 기록해두는 것을 잊었다. 그리고 또 한 가지 잊어버린 것이 있는데, 생각이 나지 않는다. 오늘 내 머리는 멍해서 오스버트가 브라이턴에 관해 쓴 글을 읽을 수 없다. 하물며 단테랴.

지난주 『시간과 시류』에서 세인트 존 어바인이 리튼에 대해 "저 비굴한 사내…… 뚜쟁이" 혹은 이와 비슷한 말을 했다.[21] 만약 내가 로저에 대해 쓰게 되면, 블룸즈버리를 씹은 인간들에 대해 한 마디씩 비꼬는 말을 해줘야겠다고 생각하고 있다. 아니다, 그러지 않는 편이 나을 것이다. 그들에 대해서는 아무 말도 하지 않는 것, 그것이 상책이다.


## 3월 18일, 월요일

이 책에서 할 수 있는 유일하게 보람 있는 일은 끝까지 버텨 내

---

18  Stephen Spender―레너드 주.
19  Ray Strachey―레너드 주.
20  William Charles Franklyn Plomer, 1903~1973, 남아프리카 태생의 영국 문학가.
21  세인트 존 어바인은 어느 서평에서 리튼 스트레이치에 대해 다음과 같은 말을 하고 있다. "It was his belittlement of his intellectual and spiritual superiors which endeared that slave-minded man, Lytton Strachey, to the pigmies who loathe those who surpass them (…) Strachey was the Pandar of his time."

는 것이다. 아무에게도 신경 쓰지 말고, 자기 생각에 충실하고, 1인
치도 물러서지 않는 것이다. 매우 기묘한 것은 내가 남과 같이 있
을 때 이 모든 것이 녹아 없어졌다가, 세차게 다시 되돌아오는 모
습이다. 스위너턴과 머스키의 조소는 내가 미움 받고, 얕보이고,
조롱받고 있다는 느낌을 준다. 그러나 이 경우 유일한 해답은 내
생각에 충실하자는 것이다. 어쨌든 일이 끝날 때까지 나에 관해
쓴 것을 읽거나 생각하지 않고 지낼 수 있었으면 좋겠다. 대신 내
목적은 똑바로 보고 그것을 표현하는 일만 생각하는 것이다. 아,
이 모든 것을 구현한다는 것이 얼마나 어려운 일인가. 그리고 창
조의 열기에 의해 열리고 강화된 내 생각을 항상 바깥 세상의 돌
풍에 노출시켜야 한다는 것은 또 얼마나 어려운 일인가. 내가 이
처럼 강한 느낌을 받지 않는다면 일하기가 얼마나 편할까.[22]

　　방금 블룸즈버리에 관한 편지를 한 통 쓴 탓에 『파지터가 사람
들』을 계속할 만큼 마음을 다잡을 수 없다. 한밤중에 잠이 깨어
그 생각을 했다. 편지를 보내야 할지, 말아야 할지 알 수 없다. 그
러나 지금은 꼭 다른 것을 생각해야 한다. 어제 저녁 줄리언과 헬
렌이 왔다.

　　L은 편지를 보내지 말라고 충고했다. 그리고 나도 2초 뒤에는
L의 말이 옳다는 것을 알았다. L은 우리가 대답을 하지 않겠다고
말하는 편이 더 낫다고 말한다. 그러나 우리는 모건에게 블룸즈
버리에 대한 만화 안내서를 만들자고 제안했고, 모건은 그 미끼
를 물었다.

22　다음은 3월 20일(수요일)에 쓴 것임.

## 3월 21일, 목요일

너무 피곤해서 그 복잡하게 뒤얽힌, 너무나 어려운 폭격 장면을 다룰 수가 없다. 실제로 언제나 겪는 두통이 방금이라도 시작될 것 같다. 우선 어제는 너무 난장판이었다.[23]

나는 그 저주받은 장면을 잠시 접어두고, 로드멜에서는 아무것도 하지 않기로 작정했다. 아직 책을 읽을 수 없다는 것을 안다. 내 머리는 마치 단단한 실타래 같다. 두통 가운데서도 가장 기분 나쁜 두통이다. 그러나 곧 지나가리라고 생각한다. 잠시 기분 전환이 필요하다. 정말로 심각한 두통은 아니다. 왜 이런 걸 쓰고 있을까? 왜냐하면 지금 나는 책을 볼 수 없고, 글 쓰는 것은 노래를 흥얼거리는 것과 마찬가지니까. 하지만 얼마나 쓰잘 것 없는 노래인가! 그리고 이제 봄이다.

## 3월 25일, 월요일

오늘 아침에는 화가 치밀었음에도, 그 빌어먹을 장 전부를 발작적인 자포자기 속에서 다시 썼다. 사고의 비약이나 괄호의 사용으로 긴 문장들을 잘게 나눔으로써 성공할 수 있었다고 생각한다. 어쨌든 그런 식으로 했다. 그리고 20쪽에서 30쪽 가량을 잘라냈다.

---

23  다음은 3월 22일(금요일)에 쓴 것임.

## 3월 27일, 수요일

이제 규칙적으로 일기를 쓰는 습관이 몸에 밴 것 같다. 그 이유는 내가 중간 다리의 도움 없이 『파지터가 사람들』에서 단테로 옮아 갈 수 없기 때문이다. 그리고 일기는 머리를 식혀주는 구실을 한다. 공습 장면을 다룬 장이 상당히 걱정이다. 잘못 줄이다가 못 쓰게 만들지나 않을까 걱정이다. 상관할 것 없다. 착실하게 전진하고 결과를 기다리자.

어제 런던 타워에 갔었다. 깊은 인상을 주는 살인적이고, 피투성이 회색빛의 병영 막사 같은 건물로, 갈까마귀가 나오는 토굴 감옥 같았다. 마치 영국 영화의 감옥 같았다. 역사의 뒤안길에 있는 감화원. 그곳은 우리가 총을 쏘고, 사람을 고문하고 투옥한 곳이다. 죄수들은 벽 위에 자기들 이름을 예쁘게 긁어 써놓았다. 왕관의 보석들은 매우 천박하게 빛나고 있었고, 여러 훈장들도 있었다. 스핑크스나 리젠트 거리의 보석점 같았다. 그리고 우리는 스코틀랜드 근위병들이 훈련받고 있는 모습을 보았다. 한 장교가 호랑이 같은 걸음걸이로 이리저리 오가고 있었다. 납 인형 같은 얼굴을 한 장교로, 일종의 무표정한 얼굴로 균형을 잡는 훈련이 돼있었다. 특무상사가 소리를 지르며 욕하고 있었다. 모두가 목이 쉬어 소리 지르고 있었다. 남자들이 발을 맞춰 걷다가 휙 도는 것을 보면, 마치 기계 같다. 그리고 장교들도 소리 질렀다. 모두가 정확하고, 비인간적이며, 허세였다. 사람의 품위를 떨어뜨리고, 보는 이를 아연하게 만드는 광경이었다. 그러나 회색 벽과, 자갈길과, 사형 집행인의 단두대와 어울리는 광경이었다. 사람들은 강가의 오래된 대포들 사이에 앉아 있었다. 계단은 매우 낭만적이었다. 지하 감옥 안에 있는 느낌.

## 4월 1일, 월요일

이 속도로 나가다간 「연옥」[24]을 끝내지 못할 것이다. 그러나 정신이 반이나 엘리너와 키티에 가 있는 상태에서, 읽는다는 것이 무슨 소용이 있겠는가. 아, 그 장면은 더 압축해야 한다. 너무 얄팍하다. 그러나 떠나기 전에 끝낼 수 있을 것이다. 우리는 네덜란드와 프랑스에서 3주 동안 지낼 작정이다. 그리고 비행기로 로마에 가서 1주간. 어제는 큐 가든에 갔다. 만약 식물을 기록할 필요가 있다면, 어제는 벚꽃과 배나무와 목련이 한창이었다. 까만 컵속에 아름다운 흰 꽃이 피어 있었다. 또 다른 꽃은 자줏빛인데, 꽃잎이 떨어지고 있었다. 그리고 또 다른 꽃, 다른 꽃. 덤불은 노란색이고, 풀 속에 수선화들이 피어 있었다. 그렇게 리치먼드를 지나왔다. 연못을 따라 걸은 긴 산책이었다. 몇 가지 자세한 점을 확인했다.


## 4월 9일, 화요일

어제 런던 도서관에서 모건을 만나 화가 머리끝까지 치솟았다. "버지니아, 반가워요"라고 모건이 말했다. 나는 이 사소하지만 친근한 표현에 기분이 좋아졌다.

"착한 도련님이 블룸즈버리에 관한 책을 빌리러 온 건가요?"라고 내가 말했다.

"그래요, 내 말 들어 봐요. 내 책 나왔나요?"라고 모건이 매너링

24 단테의 『신곡』 중.

씨[25]에게 물었다.

"지금 막 부치고 있는 중입니다"라고 M 씨가 말했다.

"그런데 버지니아, 나는 이곳 위원이에요"라고 모건이 말했다. "그런데 우리들은 여성 위원도 받아들일 것인가에 대해 토론을 했어요"—나는 그들이 나를 위원으로 추천할 것인가, 하는 생각이 나서, 그러면 거절해야겠다는 생각이 들어, "그린 부인[26]이 있잖아요"라고 말했다.

"아, 물론 있지요, 그린 부인이 있어요. 그런데 레슬리 스티븐 경[27]이 다시는 안 된다고 말했어요. 그린 부인은 상당히 골치 아픈 존재지요. 그래서 나는 요즘은 여자들이 많이 나아지지 않았느냐고 말했어요. 그러나 위원들은 모두 매우 확고했어요. 아니, 아니, 아니, 여자는 절대 안 된다는 거예요. 그들은 말을 들으려고 하지 않아요."

내 손이 떨리는 것을 봤어야 했다. 나는 매우 화가 나 서 있었다 (또한 대단히 피곤하기도 했다). 나는 판이 깨졌다는 것을 알았다. 아마 M이 내 이름을 댔을 것이다. 그러자 그들은 아니, 아니, 아니, 여자들은 못 말려, 라고 말했을 것이다. 그래서 나는 기분을 가라앉히고 아무 말도 하지 않았다. 오늘 아침 목욕 중에 『멸시당하는 것에 관하여』에 써넣을 구절을 하나 생각해냈다. 내 친구가…… 그 상 가운데 하나를 수여하겠다는 제안을 받는다. 그녀를 위해 크게 예외를 인정하려고 하는 것이다. 요는 어떤 명예를 받게 된 것이다. 무슨 명예인지는 잊어버렸지만……. 그녀는 저 사람들은 내가 정말로 그 상을 받으리라고 생각하고 있었나 봐

---

25  맨워링Manwaring의 잘못. 맨워링(George Ernest Manwaring, 1882~1939)은 런던 도서관의 사서였다.

26  Alice Stopford Green, 1847~1929, 역사학자인 남편 J. R. 그린의 협력자.

27  Sir Leslie Stephen, 1892년 이래로 런던도서관의 관장.

요. 내가 말을 돌려서 아주 부드럽게 거절했는데도 그들은 정말 놀란 모양이었어요. 그런 쓰레기통 속에서 감히 얼굴을 맞대자고 한 그들을 당신이 어떻게 생각고 있는지 말을 안 해주었나요, 라고 내가 말했다. 절대로 그런 말은 안 하지요, 라고 그녀가 말했다. 여기서 마크 패티슨[28]을 등장시켜, 동정심은 벽돌 7백 개를 쌓는 대공사를 할 때도 똑같은 얼굴이 필요할 것이라는 말을 하겠다. 그리고 차 심부름 따위를 하면서 위원회에 있을 수 없다는 것을 보여주겠다. 말이 나온 김에 L. S. 경이 밤마다 미망인 그런 부인과 잠자리를 함께한다는 말도 해주겠다. 그렇다, 분노가 폭발하는 것은 내 책을 위해 매우 좋은 일이다. 왜냐하면 분노는 끓다가 투명해지니까. 그러면 그것을 아름답고, 명석하고, 이성적이며, 풍자적인 산문으로 바꿀 수 있으니까. 내가 그 일을 맡을 것이라고 M이 생각했다니 말도 안 된다……. 친애하는 오랜 친구 모건이 오늘 차를 마시러 왔고, 이어 백내장에 걸린 베리의 병문안을 갔다.

전당(대학인지 아니면 성당인지, 혹은 학문적인 것인지 종교적인 것인지 잊어버렸지만)의 제막식이 있을 예정이며, 그녀는 예외적으로 참석하기로 되어 있었다. 그러나 내 문명은 어떻게 되는가? 2천 년 동안 우리들은 아무 보수도 받지 못하고 일을 해왔다. 지금 저를 매수할 순 없어요. 쓰레기를 한 통 주시겠다고요? 필요 없어요. 명예는 깊이 감사하지만요……. 요는 우리는 거짓말을 해야 하고, 무섭게 부풀어 오른 형제들의 허영심의 피부에 고약을 있는 대로 발라야 한다는 것이다. 진실을 말할 수 있는 것은 돼지 푸줏간 주인의 딸들뿐이다. 그리고 돼지 공장에서 일

28  Mark Pattison, 1813~1884, 옥스퍼드 대학의 학장. 런던 도서관의 위원이기도 했다. 그러나 유능한 사람은 아니었다.

할 몫이 남아 있는 여자들이다.

## 4월 12일, 금요일

이 한 쪽의 호언장담도 1년이 지나면 무슨 말인지 알지 못하게 될 것이다. 그러나 그 안에는 몇 개의 유용한 사실이나 문구들이 있다. 그 사실과 문구들이 그 책을 쓰고 싶어 몸을 근질거리게 만든다. 그런데 나는 두통 둘레에서 계속해 숨바꼭질을 하고 있으며, 오늘 아침은 안정이 안 된다.

## 4월 13일, 토요일[29]

『파지터가 사람들』을 마칠 때까지는 『멸시당하는 것에 관하여』(임시 제목)의 초고를 쓰려고 애쓰지 않는 편이 훨씬 더 현명할 것이라는 점을 지적해 두겠다. 오늘 아침 나는 변덕스러운 마음에 경솔한 시도를 하다가, 소설을 쓰면서 프로파간다를 쓸 수 없다는 재미있는 사실을 발견했다. 그런데 이 소설은 거의 프로파간다에 가까운 것이므로 근처에 가지 않아야 한다.

동물원을 다녀오고 윌리를 만나고 난 뒤, 확실히 나는 반쯤 자고 있다. 그러나 윌리는 내 불 위에 얼마간의 석탄을 던졌다. 법률가라는 직업의 무서움. 그의 막강한 재산. 그 관습. 왕립위원회가 현재 토의 중. 그 편협한 고루함, 등등. 언젠가 자세히 고찰할 가치가 있다. 그리고 의학이라는 전문직과 정골整骨 의사들이 또한

---

29  4월 14일(일요일)에 쓴 것임.

웃음거리다. 그러나 맙소사, 지금은 아니다. 지금은 알피에리[30]나 내시[31]를 비롯한 다른 저명인사들의 책을 읽어야 한다. 어젯밤에는 혼자 책을 읽을 수 있어 행복했다. 우리는 동물원에서 멍청이 같이 생긴 큰 물고기와 고릴라를 보았다. 폭풍 뒤에 흐린 날. 애니 S. 스완이 자기 생애에 관해 쓴 책[32]을 상당히 존경스러운 마음으로 읽었다. 이런 마음은 언제나 자서전을 읽을 때 생긴다. 좋아하게 되든지, 아니면 적어도 상상력에 자극을 받는다. 틀림없이 스완은 셀 수도 없이 많은 자기 책들에 대해 별다른 환상을 가지고 있지도 않으면서, 책 쓰는 일을 그만두지 못한다. 스완의 책들은 돼지 먹이나 개밥에 불과하다. 그러나 스완은 영리한 늙은이다.


## 4월 20일, 토요일


장면은 로드멜로 바뀌고, 나는 L이 만들어준 책상(방석 위에 받쳐 놓은)에서 글을 쓰고 있다. 밖엔 비가 오고 있다. 성 금요일[33] 하루를 완전히 망쳤다. 비가 오고 또 온다. 제방을 따라 산책하려고 했을 때, 목장 위로 두더지가 달려가는 것을 보았다. 미끄러지는 듯했고, 긴 모르모트 같았다. 핑커가 그곳으로 가서 코로 땅을 파다가 구멍 안으로 비비고 들어갔다. 그때 나는 빗속에서 뻐꾸기 우는 소리를 들었다. 그 뒤 집으로 돌아와서 열중해 책을 읽었다. 스티븐 스펜더를. 템포가 너무 빨라 생각하면서 읽을 수 없

---

30  Vittorio Alfieri, 1749~1803, 이탈리아의 극작가.

31  John Summerson, 1904~1992, 『*John Nash, Architect to King George IV*』(1935). 영국의 대표적인 건축사학자.

32  Annie S. Swan, 1860~1943, 『*My Life*』(1934).

33  부활절 직전의 금요일.

다. 생각해 가면서 읽을까? 아니면 다시 읽을까? 이 책에는 상당한 리듬과 유창함이 있다. 그리고 몇몇 일반적인 생각들. 그러나 끝은 대학생 책상 위에 흔한 허접 쓰레기로 끝난다. 스펜더는 모든 것을 다 넣고, 모든 잡담을 기록하고, 그것에 대답하려고 한다. 그러나 나는 몇 가지 문제를 살펴보고 싶다. 왜 나는 동시대 사람들에게 항상 거리감을 느끼는가? 여자의 관점이란 실제로 무엇인가? 어째서 그 관점은 그처럼 허공에 떠 있는 것 마냥 느껴지는가? 그러나 나는 스스로의 한계를 인정한다. 리튼이 늘 말하듯이 나는 추리를 잘 못한다. 창조성이 손상될까 봐 내 머리는 분석하는 일을 본능적으로 피하는 것인가? 그렇게 생각할 얼마간의 근거가 있다고 생각한다. 어떤 창조적인 작가도 동시대 사람을 견디기 힘들다. 우리 스스로가 같은 일을 하고 있다면, 살아 있는 다른 작가를 받아들인다는 것은 너무 거칠고 편파적이다. 그러나 나는 스티븐이 이런 문제와 씨름하고 있다는 사실에 경의를 표한다. 물론 그가 그 문제들을 휘두를 필요가 있다. 자신의 곤경을 자석으로 사용해야 한다. 그러나 그와 동일한 곤경에 있지 않은 사람에게는 이 구도가 너무 독단적인 것이 된다. 그러나 앞서 말했듯이, 나는 논지에 크게 신경 쓰지 않고 이 책을 단숨에 읽었다. 이 방법이 매우 유익하다는 것을 알았다. 그리고 다시 돌아와서는 머리를 쥐어짠다.

## 4월 27일, 토요일

작가의 기교를 발휘해 보려는 욕망이 나에게서 완전히 사라져 버렸다. 그것이 어떤 것인지 상상도 안 된다. 더 정확히 말해, 내 정신을 책이나 평론에 맞게 구부릴 수가 없다. 힘든 것은 쓰는 것이 아니라 구상하는 것이다. 이 단락을 쓰고 나면 다음 단락을, 그리고 또 다음 단락을 써야 한다. 그러나 한 달 쉬고 나면, 나는 좀더 강해지고 탄력이 붙을 것이다. 이를테면 히스 뿌리처럼. 그러면 아치나 둥근 지붕들은 강철처럼 강하게, 구름처럼 가볍게 공중으로 튀어오를 것이다. 그러나 이 표현들은 모두 적절치 못하다. 스티븐 스펜더가 그의 작품에 대한 내 의견을 편지로 알려주길 바라고 있는데, 그 편지가 써지지 않는다. 마찬가지로 콜레트 부인도 제대로 묘사할 수 없다. 어제 L도 나도 콜레트 부인에게 반했다. 휘핏 사냥개 같은 여자. 강철 같은 파란 눈. 은빛 물방울 무늬가 있는 털실 셔츠를 입고 있었다. 완전히 자유로웠으며, 날카로운데다 솔직했으며 시장 아드님의 미망인이다. 남편은 비행기를 타다가 그녀가 보는 앞에서 죽었다. 그 뒤 콜레트 부인은 실의에 빠졌고, 유일한 치료는 벨라와 함께 홍콩에 가서 머무는 것이라고 말했다. 사실을 말하면 이 말을 듣고 우리는 대단한 것을 기대하지 않았다. 한편 콜레트 부인은 축제나 시장님을 비웃으며, 시장 관사 안에서의 생활에 대해 우리에게 말해주었다. 시장은 임기 중에는 자기 호주머니에서 2만 파운드를 지불하고, 명예직일 때는 1만 파운드를 지불한다. 그러고는 족제비 코트를 1천 파운드에 사서 입고는 왕을 템플 바로 모신다. 비가 올 때, 왕이 휙 하고 지나갈라치면 코트는 엉망이 된다. 콜레트 부인의 시어머니는 완전히 자연스럽고 분별이 있는 부인이어서, 생선을 사러 갈 때는 바구니를 끼고 몸소 간단다. 여왕은 그 시어머니에 대한 경의의 표시로 성 조지와 용의 이야기가 새겨진 큰 조개 두 개를 주었다. 이것들은 다행스럽게도 관사에 놓이게 된단다. 시장님은 주렁주렁 매달린 금실 술들 때문에 무거운 옷을 입는다. 너무 보기 흉한 과시이고, 추한 모습이다. 그러나 콜레트 부인은 뜻밖에 아주 매력적이어서, 나는 실제로 그녀에게 꼭 놀러오라고 말했다. 이 말은 우리가 왕족에게조차 쓰지 않는 말이라는 것을 콜레트 부인은 몰랐을 것이다.


## 네덜란드, 독일, 이탈리아, 프랑스 여행

### 5월 6일, 월요일. 주펜에서

떠오른 생각들.

비전이 복잡할수록 풍자에는 어울리지 않는다. 이해하는 바가 많을수록 요약하고 직선적으로 만들기 힘들다. 예를 들어 셰익스피어나 도스토옙스키가 그렇다. 이들 누구도 풍자를 하지 않았다. 이해의 시대. 파괴의 시대, 등등으로.


『벨체임버』[34]

나름대로 감동적이고 완전한 이야기다. 그러나 천박하고 피상적이다. 그러나 잘된 책이며, 마무리가 깔끔하다. 1인치 키를 낮췄기에 가능했다. 왜냐하면 세인티[35] 같은 사람은 깊이 파고들지 않으면서 일을 해야 하기 때문이다. 그리고 이것은 흐름 속에 섞여들어 완성도를 높이게 된다. 다시 말해, 만약에 어떤 작가가 관습을 받아들이고, 그의 등장인물들로 하여금 관습과 맞서지 않고 따르게 하면, 그는 유쾌하고 함축성 있는 균형의 효과를 이룰 수

---

34  하워드 오버링 스터지스(Howard Overing Sturgis, 1855~1920)의 작품.
35  작품의 주인공 후작.

있다. 그러나 그것은 표면상의 이야기일 뿐이다. 요는 무슨 일이 벌어질지에 대해 관심을 가질 수 없다. 그러나 이 구상이 마음에 든다. 그리고 작가가 놀랍도록 추종하고 있는 엉터리 심리학이 역겹다. 그러나 감수성 예민하고 진지한 작가가 천을 짜면서, 예리하게 관찰하면서, 잘난 체하지도 않는다.


## 5월 9일, 목요일

　독일 세관 밖에서 햇볕을 쪼이고 앉아 있다. 차 뒤 유리창에 독일 갈고리 십자 휘장을 붙인 자동차가 방금 차단 막대를 지나 독일 쪽으로 들어갔다. L은 세관 안에 있다. 나는 『아론의 지팡이』[36]를 조금씩 읽고 있다. 안에 들어가서 어떻게 된 일인지 알아봐야 할까? 맑고 건조하며, 바람이 있는 아침이다. 네덜란드 세관에서는 10초밖에 걸리지 않았는데, 여기서는 벌써 10분이 지났다. 창문에는 격자 창살이 붙어 있다. 지금 그들은 밖으로 나왔고, 험하게 생긴 사람이 우리 미찌 원숭이를 보며 웃었다. 그런데 L의 말을 들으니, 그 사람이 어떤 농부가 모자를 쓰고 들어와 서 있으니까, 이 사무실은 교회와 같은 곳이라며 농부의 모자를 벗게 했다는 것이다. 차단 막대가 있는 곳에서 작고 여윈 소년이 사과 하나쯤 들어 있을 가방을 열면서 "하일 히틀러!"라고 말했다. 우리는 아부하는 습성을 배워 가고 있다. 이를테면 세관 장교가 미찌를 보고 웃을 때 좋아하는 모습을 보여주는 따위의, 처음으로 허리를 굽힌 꼴이다.
　예술 작품이란 한 부분이 다른 부분에서 힘을 얻는 것을 의미

36　D. H. 로렌스의 소설.

한다.


## 5월 13일, 월요일. 브렌네르에서

나라가 바뀜에 따라 나타나는 변화가 신기하다. 여기서 침대란 이불을 여러 겹 쌓아 놓은 것이다. 시트는 없다. 건설 중인 집들이 보인다. 오스트리아풍으로 위엄이 있다. 인스브루크에서는 겨울이 7월까지 계속된다. 봄은 없다. 이탈리아가 물빛의 모래톱 모양으로 내 앞에 있다. 체코슬로바키아 사람들이 세관을 향해 우리 앞을 지나가고 있다.


**페루자**에서[37]

오늘 플로렌스를 지나왔다. 녹색과 흰색의 성당들을 보고, 노란 아노 강이 모래톱으로 졸졸 흘러가는 것을 보았다. 우뢰와 함께 폭우. 붓꽃들이 구름을 배경으로 보랏빛으로 피어 있다. 이렇게 해서 아레초까지. 더없이 멋진 교회의 지붕이 내려앉아 있다.


**트라시멘 호수**[38]: 붉은 자줏빛의 클로버 들판에 서 있었다. 물떼새 알 색깔의 호수. 회색빛 올리브는 정교하고 섬세했다. 바다는 차갑고 조개껍질 색깔이었다. 페루자에서 묵지 않은 것을 후회하면서 앞으로 나아갔다. 1908년에 갔던 적이 있는 브라파니로. 변한 것이 없다. 그때나 마찬가지로 햇볕에 탄 정열

37  5월 15일(수요일)에 쓴 것임.
38  이탈리아에서 가장 큰 호수.

적인 여인들. 그러나 그때와는 달리 레이스 따위를 팔고 있었다. 트라시멘에 묵을 걸 그랬다. 어제 어떤 여인숙에 롤빵을 사러 갔는데, 거기에서 조각한 벽난로를 보았다. 하인들과 주인들도 있는 것이, 모두가 가부장적이었다. 불 위에 큰 가마솥이 걸려 있었다. 어쩌면 16세기 이후 거의 달라진 것이 없는지 모른다. 거기서는 술도 빚는다. 남녀가 큰 낫으로 김을 매고 있었다. 우리가 앉아 있는 곳에서 나이팅게일이 노래하고 있었다. 작은 개구리들이 개울 속으로 뛰어들고 있었다.

브라파니: 세 남자가 문을 여닫는 것을 보고 있다. 방문객들에 대해 운명의 여신인 양 논평을 하고, 판단을 내리고, 방 배정을 하고 있다. 매부리코를 한 주름진 여인. 빨간 입술, 새 같은, 완전히 자기만족에 빠져 있는 여자. 프랑스 사람들처럼 축 늘어진 남자들, 그리고 상당히 가난한 언니들. 지금 그들은 앉아서 사람들에 대한 품평을 하고 있다. 우리의 멋진 가방이 도움이 되었다.

로마: 카페에서 차를 마시다. 밝은 색깔의 코트를 입고 흰 모자를 쓴 귀부인들. 음악. 영화를 보듯 사람들을 내다본다. 아비시니아. 애들이 짐을 끌고 있다. 카페를 무상출입하는 사람들. 아이스크림. 카페 그레코[39]를 자주 찾는 노인들.

일요일 카페: N[바네사]과 A[안젤리카]는 그림을 그리고 있다. 몹시 춥다. 로마는 티가 덜 나지만, 일요일이라는 것을 알 수 있다. 거칠게 생긴 턱이 큰 노부인들. Q는 모나코에 대해 이야

---

39  비아 콘도티에 있는 카페 그레코는 여러 세기 동안 화가들이 즐겨 찾는 곳이었다.

기하고 있다. 탈레랑.[40] 아주 가난해 보이는 호리호리한 몇 명의 흑인 여자들. 숱이 적은 머리칼 탓에 빈약해 보인다. 나를 국가명예훈장[41] 후보로 추천하겠다는 수상의 편지. 사양하겠다.


## 5월 21일, 화요일

**인간 뇌의 기묘함**: 아침 일찍 일어나서 최근 7, 8개월 동안 한 번도 생각해본 적이 없는 전문직에 관한 책을 급하게 써버릴까 하는 생각을 다시 했다. 왜 그랬을까? 이 책과 소설 사이에서 망설이고 있다. 두 책을 동시에 낸다는 것은 불가능하지 않은가. 그러나 이것은 내가 종이에 펜을 대고 글을 써야 한다는 하나의 징조이다. 그러나 지금 당장은 N과 A와 함께 양탄자 시장에 가야하는데, 이들이 오지 않는다.


## 5월 26일, 일요일

일요일 오후 여섯 시[42]에 쓰고 있다. 너무 사치스러운 호텔에 묵고 있는데, 악대가 연주를 했다가 그쳤다가를 반복하고 있고, 애들이 소리를 지르고 있다. 웨이터들이 메뉴를 가져와서, 나는 내 프랑스어와 그간 힘들게 배운 이탈리아어의 조각들을 요상하게 섞어 말을 해본다. 그래도 나는 침대에 누워 재미삼아『무관심

---

40  1541~1614, 스페인 화가.
41  영연방에서 65명의 국가 유공자에 수여되는 훈장.
42  '여섯 시at six'는 '엑상프로방스at Aix(-en-Provence)'의 잘못이다. 따라서 이 문장은 "일요일 오후 엑상프로방스에서 쓰고 있다"가 되어야 한다.

한 사람들』[43]을 급히 마칠 수가 있었다. 아, 이곳저곳 이 지방 경치가 너무 아름답다. 예를 들어 첫날 아침 로마에서 드라이브 나갔던 일, 바다와 더럽혀지지 않은 땅의 가장자리. 그리고 치비타베키아[44] 다음에 나타난 우산 모양의 소나무들. 그리고 물론 제라늄과 부겐빌레아가 무성하던 지독히 따분했던 제노아와 리비에라. 독수리 목처럼 생긴 언덕들이 너무 가파르게 내려와서, 마치 우리를 산과 바다 사이에 밀어넣고, 고개 돌릴 여유도 없는 밝고 사치스러운 빛으로 가득한 방에 가둬놓은 느낌이다. 그러나 우리는 첫날밤을 레리치에서 잤다. 그곳은 만과, 넘치는 바다와, 녹색의 돛배와 섬, 그리고 점점 퇴색해가는 빨강 노랑으로 반짝이는 등잔불들이 완벽한 그림을 이루고 있었다. 그러나 이런 완전무결한 그림은 더 이상 나로 하여금 글 쓸 의욕을 느끼게 하지 않는다. 너무 안이하다. 그러나 오늘 차 안에서 로저, 브리뇰, 코르제 생각을 하고 있었다. 올리브나무들과, 빨갛게 녹슨 것 같은 흙, 짧은 풀과 나무들이라니. 그러나 지금 악대가 다시 연주를 시작했다. 이제 우리는 아래로 내려가서 이 고장 무지개 송어의 호화스러운 만찬을 즐겨야 한다. 내일 출발해서 금요일에는 집으로 돌아간다. 마음 같아서는 내 뇌가 다시 마구 먹어주기를 바라지만, 나는 마지막 날들을 보통 때보다 더 빈둥거리고 보낼 수 있을 뿐이다. '왜? 왜?'라고 나는 계속해서 자문한다. 마지막 장면들을 곧 추고할 수 있다는 느낌이 든다. 갑자기 첫 번째 단락을 확장해도 좋겠다는 생각이 든다. 그러나 나는 "쓰는 일"에 너무 아등바등하고 싶지 않다. 내 그물을 넓게 펴야 한다. 차를 타고 올 때, 사람들이 나를 얼마나 싫어하고 또 조롱하는가 하는 생각이 떠

---

43  알베르토 모라비아의 1920년도 작품.
44  로마와 중부 이탈리아의 중요한 항구.

올랐다. 그리고 이에 당당하게 맞서자는 내 결심이 매우 자랑스럽다. 그리고 다시 글을 써야지!

## 6월 5일, 수요일

이리로(런던으로)[45] 다시 돌아왔다. 귀국한 이래로 내가 죽은 것 같은 느낌을 갖게 만들었던 그 기분 나쁜, 마비된 느낌이 조금씩 약해지고 있다. 그렇게 된 까닭의 일부는, 내가 이 메마르고 공허한 저주받은 장을 다시 써야 하기 때문이다. 쓸 때마다 나는 이것이 말도 안 되는 물건이 될 거라고 말하지만, 절대로 그렇게 믿는 것은 아니다. 그러고는 언제나 겪는 우울증이 찾아온다. 그러면 죽고 싶어진다. 지금 마지막 2백 쪽이 스스로의 존재를 주장하고, 다소간 나로 하여금 강제로 연극을 쓰게 하고 있다는 것을 알게 되었다. 모두가 산산이 흩어졌고, 나는 이들을 한데 엮는 일을 그만두었다. 그리고 그 괴상한 막간 뒤에 곧 인생이 시작된다. 전화벨 소리가 울리는 것이다. 그래서 나는 억지로라도 자극을 받는다.(나에게 극적으로 몰아닥친 힘에 대한 기록을 남겨 두고 싶었다.)

## 6월 10일, 월요일. 성령강림절 다음 월요일

멍크스 하우스에서. 열심히 일을 하고 있다. 이 장면들을 얼른

---

45  레너드 주.

써버리려고 한다.[46] 그러나 오늘 아침(화요일)엔 못 쓰겠다. 물론 어떻게 내가 '장미와 별'[47]을 상속받았노라고 말할 수 있겠는가!

## 6월 13일, 목요일

이 마지막 장면들은, 어떤 면에서는,『파도』를 쓰던 때를 생각나게 한다. 머리가 꽉 차서 글 쓰는 것을 중단해야 한다. 2층에 갔다가 머리가 흐트러진 브루스터 부인[48]과 부딪쳐 다시 내려왔다. 단어들이 약간 흘러가는 느낌이 든다. 문제는 극도의 압축. 대조. 이 모두를 한데 어우르는 것. 그러면 되는 것인가? 마치 큰 원통 기둥들을 세워야 하는데, 실제로는 그것들을 땀 흘리며 끄는 수밖에는 없는 느낌이다. 적어도 내 인상은 그렇다. 이제 이 문제는 점점 더 드러나고 강렬해진다. 그리고 중대한 장면을 쓸 때의 안도감이란! 이를테면 엘리너의 장면 같은 것. 그런 것들은 압축하기만 하면 된다. 나를 힘들게 하는 것은 이들을 적절히 배열하는 일이다.

## 7월 16일, 화요일

완전히 실패했다는 묘한 느낌. 마저리는 내 연설[49]에 대해 편

---

46  이하는 6월 11일(화요일)에 쓴 것.
47  여인숙 이름.
48  에델 스미스의 친구.
49  브리스톨에서 있은 로저 프라이의 그림 전시회에서 행한 연설. 버지니아 울프의「순간」에 수록돼 있다―레너드 주.

지를 주지 않는다. 재니의 말에 의하면 파멜라는 전체가 실패라고 생각했다는 것이다. 마지막 장면을 망친 것은 이 때문이었다! 오늘 아침엔 글도 쓸 수 없고, 글의 리듬도 탈 수 없다. 사람들을 식사에 초대하는 일 따위의 무수한 골칫거리 때문에 머리가 아프다. 머리가 곤두서 있다. 그리고 나는 그 빌어먹을 연설문을 인쇄시키든지 거절하든지 해야 한다. 회장이 편지를 보내왔다. 다시는, 절대로, 다시는 하지 않을 것이다!

그러나 내가 마지막 장면의 꿈속으로 다시 들어갈 수 있다면 그것을 제대로 잘 쓸 수 있다고 생각한다. 그러나 수지와 에델을 만나야 하고, 벨셔 양의 집을 방문해야 하고, 전화를 걸고, 편지를 쓰고, 이것저것 지시할 일이 많은데, 어떻게 꿈속으로 들어갈 수 있단 말인가? 자, 마음을 가라앉히고 잘 생각해보라. 오늘은 아직 16일밖에 안 됐다. 8월까지는 2주간이나 있다. 거기 어느 한 구석에 무엇인가 멋진 모양이 숨어 있을 거라고 확신한다. 단순한 잡담과는 다를 것이다. 필요하다면 그것을 뒀다가 나중에 쓸 수도 있다. 그러나 그렇게 하지는 않겠다. 오로지 계속해서 써나가고, 어쩌면 아주 빠르게, 짧은 스케치를 잉크로 쓸 수 있을지도 모른다. 그것은 괜찮은 생각이다. 다시 되돌아가서 중심이 되는 생각을 붙잡고서 그속으로 돌진하라. 그리고 스스로를 잘 억제하고, 자기 자신에 대해서도 통제의 손을 놓지 말 것. 그리고 셰익스피어를 조금 읽는 것도 좋을 듯싶다. 그렇다, 만년에 쓴 희곡 가운데 하나를. 그래서 긴장을 풀도록 하자. 그러나, 아, 이 불안. 손에 든 잔이 계속해서 떨린다.

## 7월 17일, 수요일

방금 초벌 타자를 서둘러 마쳤다. 책은 740쪽에 이른다는 것을 알았다. 다시 말해 148,000단어다. 그러나 줄일 수 있다고 생각한다. 마지막 부분은 아직 초보적인 상태여서, 더 손질을 해야 한다. 그러나 머리가 너무 아파서 당장은 그 일을 진지하게 할 수 없다. 그래도 줄이는 일은 가능하다고 생각한다. 그다음엔? 맙소사. 『파도』를 쓰고 난 뒤 왜 『플러쉬』로 도망을 갔는지 알 것 같다. 그저 둑 위에 앉아 강물에 돌을 던지고 싶은 것이다. 그리고 부담 없는 마음으로 책을 읽고 싶다. 주름살이 저절로 펴지게 하고 싶다. 수지, 버컨, 에델, 그리고 줄리언. 그러니까 나는 네 시 반부터 새벽 한 시까지, 밥 먹고 침묵한 두 시간을 빼고는 계속 이야기를 한 것이다.

마지막 장은 N[노스]의 연설을 중심으로 구성돼야 한다는 것을 이제 알게 된 것 같다. 그 장은 훨씬 더 형식적이어야 한다. 그리고 간주를 도입하는 방법도 알게 되었다. 즉, 침묵의 공간, 그리고 시와 대조.

## 7월 19일, 금요일

아니다. 두통이 또 심해지기 시작한다. 마지막 박차를 가하려고 해도 헛수고다. 마지막 부분은 지난 며칠 동안 이곳의 무성한 느릅나무에서 불어 오던 산들바람 같아야 한다. 그렇다, 푸른 나뭇잎이 무성한 나무에 부는 바람 같은. 왜냐하면 무게와 함께 움직임이 있어야 하니까. 산들바람이 들어 올릴 무엇인가.

## 8월 16일, 금요일

고쳐 쓰는 일이 너무 바빠서 여기에 단 하나의 기록도 남기지 못하겠다. 그렇다. 가능하다면 언제 끝날지 모르는 이 영원한 책을 일주일에 백 쪽의 속도로 타자해야 한다. 한 시까지 나는 고개도 쳐들지 않고 일한다. 지금 한 시니까 산더미처럼 쌓여 있는, 아직 하지 않은 말을 남겨 놓은 채 집으로 들어가야 한다. 이처럼 많은 사람들, 이처럼 많은 장면들, 아름다움, 그리고 여우와 갑작스러운 생각들을 그대로 둔 채.


## 8월 21일, 수요일

어제 런던에 다녀왔다. 『타임스』에서 나에 대해서 써놓은 다음과 같은 글을 보았다. 가장 끈기 있고 양심적인 예술가, 이것은 맞는 말이라고 생각한다. 그 책의 단어 하나하나에 내가 노예처럼 매달려 고생한 것을 생각한다면. 내 머리는 마치, 마치 하나의 푸딩 같다. 조심스럽게 맥박 치면서, 아침나절이 다 끝날 때까지 단어 하나도 만들어내지 못한다. 시작할 때는 제법 기분이 상쾌했었는데 말이다. 어제 처음 20쪽 가량을 메이블에게 보냈다.

마저리 프라이가 서류를 한 아름 안고 금요일에 온다고 한다. 또 한 권의 책. 나에게 또 하나의 책을 시작할 만한 불굴의 용기가 있는 걸까? 쓰고 또 고쳐 쓰는 작업을 생각해보라. 그러나 거기에는 기쁨과 황홀함도 있을 것이다. 다시 또 더워졌다. 이 방의 칠을 다시 하려고 생각하고 있다. 어제 카펜터즈네 가게에 가서 사라사 무명을 골랐다. 이런 것도 적어둘 가치가 있는 건가? 아마 그럴 것이다.

## 9월 5일, 목요일

오늘 아침에는 『세월 The Years』(이 제목으로 정했다)을 쓰는 일을 중단해야만 했다. 완전히 녹초가 됐다. 단 하나의 단어도 퍼 올릴 수 없다. 그러나 저 우물 밑에 무언가가 있다는 것을 나는 안다. 그러니까 하루 이틀 기다려서 우물에 물이 고이게 하자. 이번에는 터무니없이 깊을 것이다. 740쪽이나 되니까. 심리적으로 말해 이번 것은 내 모험 가운데서도 가장 기묘한 것이다. 내 뇌의 반쪽이 완전히 말라버린다. 그러나 고개를 돌리기만 하면, 나머지 반쪽은 작은 평론 하나쯤 기꺼이 쓸 준비가 되어 있다고 생각한다. 아, 누군가가 뇌에 대해 뭔가 좀 아는 것이 있으면 좋으련만. 그리고 오늘도 절망 속에 거의 눈물에 젖어 아무것도 보탤 수 없는 이 장을 바라보면서, 실타래를 더듬어 실 자락을 찾을 수 있다면……. 새로운 출발점을, 아마도 …⁵⁰를 바라다볼 수 있는 사람이 있다면……. 아니다, 모르겠다. 그러면 내 머리는 다시 가득 차고, 이 피로는 가실 것이다. 그러나 잠을 잘 못 자서 괴롭다.

## 9월 6일, 금요일

내 뇌를 파란 마디풀 잎에 며칠 동안 쌓아두려고 한다. 버틸 수 있다면 L의 조카딸들이 떠날 때까지 닷새 동안. 버틸 수 있다면,

---

50  판독 불능. 그러나 벨의 『The Diary of Virginia Woolf』에서는 사라로 판독하고 있다.

이라는 말을 쓴 이유는 지금 하나의 장면이 떠오르는 것을 느꼈기 때문이다. 어찌하여 연결 부분을 좀 더 편하게 만들지 못하는가. 이를테면 매기가 서펜타인 못을 바라보게 한다면, 그 당돌한 비약을 피하게 할 수 있지 않을까? 이 장면이 그렇게 피해 보려고 거의 발작을 일으키다시피 했던 바로 그 장면이라니 이상하지 않은가? 이것은 일찍이 내가 써본 적이 없는 가장 자극적인 장면이 될 거라고 말해왔다. 그런데 이제 이 장면이 걸림돌이 되었다. 왜 그럴까? 너무 개인적이라 그럴까? 박자가 맞지 않아서일까? 그러나 더 이상 생각하지 않겠다.

## 9월 7일, 토요일

열어놓은 창가에서 담배는 피지 않고 알피에리를 읽고 있는 오늘 아침은 천국과 같이 고요하다. 글을 안 쓰면 옛날 같은 독서의 황홀경으로 되돌아갈 수 있다고 생각한다. 문제는 글을 쓰는 작업이 우리의 뇌를 너무 흥분시켜서, 차분하게 가라앉아 책을 읽을 수 없게 만든다는 사실이다. 그리고 그 열기가 사라질 즈음이면 너무 피곤해서, 본격적인 싸움을 할 수 없다. 그러나 오늘까지 『세월』을 이틀간 덮어두었더니, 당장 책을 대할 수 있는 힘이 조용하게, 그리고 확실하게 되돌아오는 것을 느낀다. 그러나 오늘 배달된 존 베일리의 전기[51]는 나에게 의심을 품게 만든다. 무엇이? 모든 것이 다 그렇다. 매트리스 밑에서 생쥐가 찍찍 소리를 내는 것처럼 들린다. 그러나 나는 잠깐 보기만 하고서도 문학 만찬의 냄새를 맡았는데, 『리터러리 서플리먼트』는 이것저것 밝

51   존 베일리(John Bailey, 1864~1931)의 『*Letters and Diaries*』(1935). 아내가 편집했다.

히고 난 다음에, 다음과 같은 취지의 말을 하고 있다. 다른 사람도 아닌 버지니아 울프가 데즈먼드에게서 쿠퍼를 받고 그것을 좋아하고 있다![52] 내가 열다섯 살에 쿠퍼를 읽었는데, 말도 안 되는 헛소리다.

## 9월 12일, 목요일

조용하지도, 천국 같지도 않은 아침. 지옥과 황홀이 뒤섞인 아침. 내 머릿속에 이처럼 뜨거운 풍선을 품고 『세월』을 다시 써본 적이 없다. 책이 너무 긴 탓이다. 그리고 압력이 무서울 정도다. 그러나 내 머리를 온전하게 유지하기 위해, 나는 온갖 재주를 다 사용할 것이다. 나는 열한 시 반에 글 쓰는 것을 멈추고, 이탈리아어나 드라이든[53]을 읽든지 해서, 스스로를 어르겠다. 어제 허드슨 양의 집으로 에델[54]을 만나러 갔다. 그 완벽한 영국 신사 집에 앉아 있으면서, 나는 누가 과연 이 가정용품들을 참을 수 있을까 하는 생각을 했다. 그러고는 집이란 달팽이 껍질처럼 들고 다닐 수 있어야 한다고 생각했다. 어쩌면 미래의 사람들은 집을 마치 작은 부채처럼 손쉽게 다룰지 모른다, 이 집에서 저 집으로 계속 옮겨 다니면서. 벽 안에 안정된 생활 따위는 없을 것이다. 미스 허드슨의 집에는 깨끗하고, 보수가 잘된 방들이 끝없이 이어져 있었다. 모자를 쓴 하녀 한 사람. 파고다 모양의 쟁반에 담아온 케이

---

52  베일리의 일기에 다음과 같은 부분이 있다. "(MacCarthy) said he had given Cowper lately to Virginia Woolf of all people, and she had caught his enthusiasm, which he thought a confirmation of this prophecy about the young."
53  John Dryden, 1631~1700, 영국의 시인이자 평론가.
54  Ethel Smyth—레너드 주.

크. 반짝거리는 갈색 가구들의 어마어마한 진열. 그리고 빨간 인조 가죽으로 장정한 책들. 많은 멋진 방들. 그러나 이 오래된 장원 영주의 저택은 예쁘게 장식돼 있었으며, 물론 공들여 정교하게 만들어져 있었다. 무도회를 위한 방. 도서실, 그러나 안에는 아무것도 없었다. 중국 옷을 입은 이스트본의 유능한 전 시장님이신 허드슨 양은 머리를 깨끗이 빗고, 물결치는 회색 머리를 하고 있었다. 모든 것이 단정하고 탄탄해 보였다. 그리고 은으로 된 액자들은 약간 비뚤어져 있었다. 질서와 체면, 그리고 평범한 분위기. "저는 교구 목사님 사모님을 찾아뵐까 해요." 에델은 말도 못 하게 혈색이 붉고, 또 뚱뚱했다. 이 불쌍한 노부인은 언제나처럼 지칠 줄 모르는 에고티즘으로, 자기의 귀가 어둡다는 것과, 미사에 대해 말하고 있었다. 에델은 6개월마다, 한바탕 일을 벌여야 한다. 아니, 그러나 물론 앞으로 귀가 먹을 것이다, 76세에는. 자, 이제 이브와 안젤리카를 데리고 찰스턴으로 가야한다.

## 9월 13일, 금요일

오늘은 날짜와 요일의 배합으로 보아 미신을 믿는 사람에게는 불길한 날이다! 도킹에 있는 마거릿과 릴리앙을 찾아보기 위해 차로 출발했다. 이제 얌전하게 『세월』의 물결을 탔다고 믿는다. 문제는 항상 장이나 절의 첫 부분인데, 거기서 추를 중심으로 하여 완전히 새로운 분위기를 잡아야 한다. 리치먼드[55]는 나의 매리야트[56]를 받더니, 그의 보잘것없는 작은 기사 신분에 대해 나

---

55 『리터러리 서플리먼트』의 편집장.
56 Frederick Marryat, 1792~1848, 영국 해군 장교 출신의 작가.

에게 감사한다!<sup>57</sup>

## 10월 2일, 수요일

　어제 우리는 브라이턴에서 열린 L. P.[노동당] 대회에 갔다. 물론 오늘 다시 가는 것은 거절했다. 일상에서 너무 벗어나, 다시 『세월』의 작업을 할 수가 없다. 왜 그럴까? 나 따위는 완전히 무시한 그 어떤 것을 위해, 그와 같은 에너지와 그와 같은 노력에 몰입했다는 것. 나도 그것을 잊고 있었다는 것을 알게 해주었다는 것. 아니, 내가 하려는 말은 그게 아니다. 매우 극적이었다. 베빈<sup>58</sup>이 랜즈버리<sup>59</sup>를 공격한다. L이 발언할 때 눈물이 났다. 그러나 L은 무의식중에 포즈를 취하고 있었다. 마치 두들겨 맞은 크리스천의 역할을 맡고 있다는 느낌을 받았다. 그리고 베빈도 연기를 하고 있었다고 생각한다. 베빈이 큰 양 어깨 사이에 고개를 푹 파묻고 있는 모습은, 마치 한 마리 거북이 같아 보였다. 자기 양심을 팔고 다니지 말라고 L에게 말했다. 그렇다면 인간으로서의 내 의무는 무엇인가? 여성 대표들은 목소리도 가냘프고 내용도 부실했다. 월요일에 한 대표가 "이제는 그릇 닦는 일을 그만둘 때입니다"라고 말했다. 소심하고 연약한 주장이었으나 진실된 주장이었다. 작은 갈대 피리 같은 목소리에, 그녀가 요리해야 할 로스트 비프와 맥주가 이렇게 많은데, 무슨 승산이 있다는 것인가? 모두들 발랄하고 재미있었다. 그러나 말이 겹치고, 수식이 지나치다.

---

57　리치먼드는 1935년 6월 3일 수습 기자가 되었다.
58　Ernest Bevin, 1881~1951, 영국의 정치가. 제2차 세계대전 중 처칠 연립 내각의 노동 장관.
59　George Lansbury, 1859~1940, 영국 노동당 당수(1931~1935). 극단적인 평화주의 때문에 당수직에서 물러남.

견해가 너무 편파적이다. 사회구조를 바꾸겠다고 한다. 맞다, 그러나 바꾸고 난 다음에는 어찌 된다는 건가? 베빈이 권리 평등에 입각한 완전한 세상을 만들어줄 것이라고 믿어도 되는 건가? 만약 그가 공작으로 태어났더라면……. 나는 무저항주의를 주장한 솔터[60]의 말에 공감한다. 그의 말은 하나같이 옳다. 우리의 생각도 그래야 한다. 그러나 만약 사회가 변하지 않는다면? 나는 다행히 교육도 못 받았고, 또 투표권도 없으니, 사회의 현상에 대해 책임이 없다. 이런 중얼거림이 내 머릿속을 떠돌면 내 정신이 흩뜨려져, 결국 일을 하지 못하게 된다. 하루쯤 이런 방해를 받는 것은 좋다. 필요하다면 이틀도 좋다. 그러나 사흘은 싫다. 그래서 나는 도통 예전처럼 글을 쓸 수 없었다. 그러나 이 일이 끝나면 스스로를 다잡을 작정이다. 내 머리는 이상할 정도로 표면적인 인상에 민감하다. 인상들을 빨아들여, 그 인상들이 내 머릿속에 맴돌도록 내버려두는 솜씨도 대단하다. 어느 한 개인의 정신이나 일이 얼마나 문제가 되는가? 우리는 너나 할 것 없이 모두 사회구조를 바꾸는 일에 종사해야 하는가? 루이[61]는 우리 일을 하는 것이 매우 즐거웠다고 하면서, 우리가 떠나는 것을 서운해 했다. 집안일도 나름대로 하나의 일이다. 그러나 나는 글을 쓰는 일에 대한 내 사랑을 부인할 수 없다. 그러나……. L이 정치에 갔고, 아마나는 그 일 때문에 L과 의논하게 될 것이다. 그는 정치는 예술과 별개라야 한다고 말한다. 우리는 추운 날씨에 늪지까지 걸어가면서 이 문제를 토론했다. 실제로 내 머리는 너무 쉽게 피곤해진다. 그렇다, 너무 피곤해서 글을 쓸 수 없다.

---

60  Dr. Alfred Salter, 1873~1945, 의사이자 국회의원. 그는 영국이 제국주의의 폐해를 인정하고, 이탈리아인들에 대한 본보기로 영국의 식민지를 국제기구에 내놓아야 한다고 주장했다.

61  집안일을 돌봐 준 에버리스트 부인―레너드 주.

# 10월 15일, 화요일

돌아온 후 매일 아침 『세월』에 전력을 다했다. 차를 마신 뒤 저녁까지는 로저 일을 했고, 산보도 하고, 사람들도 만나고 하느라고 일기를 쓰지 못했다. 오늘 저녁엔 로저를 대충 쓸 예정이다. 왜냐하면 어제 등이 아파서 오늘 아침에는 쓸 수 없었기 때문이다. 이제 10분 후면 2층으로 올라가, 그루버 양을 만나 여성과 파시즘에 관한 책에 대해 토론해야 한다.[62] 그렇다, 지난 열흘 동안은 조용하고 더없이 행복한 시간이었다. 그런데 처음에는 얼마나 싫을까, 하는 생각을 했다. 그런데 전혀 그렇지 않았다. 런던은 조용하고, 습하지 않고 쾌적했다. 식사도 나를 위해 준비돼 있다. 소리 지르는 애들도 없다. 『세월』을 힘들이지 않고 정력적으로 착실히 써나가는 느낌. (그런데 이 느낌이 오늘은 약해졌다.) 사흘 동안 『다음 전쟁』[63]에 무척 흥분했다. 브라이턴에서 있었던 노동당 대회가 나와 책 사이의 둑을 무너뜨렸다는 말을 했던가. 덕분에 나는, 참을 수 없는 충동에 한 장을 단숨에 썼다. 그리고 일을 멈췄다. 그러나 시간이 나는 대로 (형태는 좋다고 생각하므로) 전개할 만반의 준비가 돼 있다. 그리고 내년 봄에 로저에 관한 자료를 준비하면서 로저의 전기를 쓸 계획이다. 일을 이렇게 나누어 하는 것은 더할 나위 없이 좋다. 그런데 왜 진작 이 생각을 하지 못했는지 모르겠다. 틈틈이 뇌의 반대쪽을 차지하는 책을 읽거나 일을 하는 것. 이것이야말로 돌아가는 바퀴를 멈춰 세우고, 그것을 반대 방향으로 돌리는 유일한 방법인데, 이렇게 함으로써 내가 신선해지고, 개선될 수 있다. 아차, 지금 그루버를 만나러 가야 한다.

---

62  루스 그루버는 5월에 울프의 페미니스트 연구서인 『*Virginia Woolf: a Study*』라는 소책자를 출판한 적이 있다.

63  훗날의 『3기니』

## 10월 16일, 수요일

내가 『세월』을 쓰면서 알게 된 것은, 표층을 사용해서 얻을 수 있는 것은 희극뿐이라는 사실이다. 예를 들면 테라스의 장면 같은 것. 문제는 음악과 그림을 특정한 사람들의 집단과 함께 도입함으로써 전혀 다른 층에 도달할 수 있는가, 하는 점이다. 공습 장면에서 시도해보고 싶은 것이 이것이다. 진행시키면서, 서로 영향을 미치게 하는 것. 그림, 음악, 그리고 다른 경향, 행동, 다시 말해 한 인물이 다른 인물에게 미치는 영향, 그러는 동안에도 움직임(공습이 계속되는 동안의 감정의 변화)은 계속된다. 어쨌든 이 책에는 반드시 대조가 있어야 한다. 『파도』 때는 그렇게 했다고 믿었지만, 또 다른 층에 손해를 입히지 않고, 다른 층을 발전시킬 수는 없다. 따라서 내가 기대하는 것은, 인간의 여러 차원에 상응하는 일종의 형태가 스스로를 주장하게 하는 것이다. 모든 형태의 영향을 받아 만들어진 벽을 느낄 수 있어야 한다. 그리고 이 벽이 마지막 장의 파티에서 사람들을 둘러싸서, 그들 하나하나가 살아가는 동안에 그 벽이 완성되었다고 느낄 수 있으면 된다. 그러나 나는 아직 거기까지는 가지 못했다. 지금 크로스비를 쓰고 있다. 오늘 아침엔 표층부 장면. 한 장면에서 다른 장면으로 옮겨가는 나머지는 적어도 나에게는 논리적인 순서를 따른 것으로 보인다. 『파도』 때와 같은 긴장감 없이 나는 이 순서를 즐기고 있다.

저주받은 내 수다 떠는 취미 때문에 다시 『세월』의 진행에 차질이 생겼다. 다시 말해 네 시부터 여섯 시 반까지는 로즈 매콜리와, 그리고 여덟 시부터 밤 열두 시까지는 엘리자베스 보엔과 수다를 떨고 나니, 이튿날에는 머릿속에 둔하고, 무겁고, 뜨거운 걸레가 생기고, 벼룩과 개미와 모기가 날뛰는 대로 내맡겨지게 된다. 그래서 나는 (『하이드 파크에서의 살과 마틴』이라는 제목의) 책을 덮어두고, 오전을 로저의 회고록을 타자하면서 보냈다. 타자 치기는 더없는 진정제이고 청량제다. 이런 소일거리가 늘 가까이에 있으면 좋겠다. 신경을 이틀간 쉬게 하는 것이 내 처방이다. 그러나 휴식은 좀처럼 쉽지 않다. 일이 끝날 때까지 모든 수다 파티를 거절하려고 한다. 크리스마스 때까지 일이 끝나 주면 좋을 텐데! 예를 들어 만약 내가 오늘 저녁 이디스 시트웰의 칵테일 파티에 간다면, 얻어올 것은 짜증나는 광경뿐일 것이다. 나는 작은 불꽃같은 잔소리를 뿜어댈 것이고, 그러면 또다시 처음부터 마음을 가라앉히고 신선하게 해야 한다. 그러나 『세월』이 끝나고 나면 어디든지 가겠다. 그리고 내 생각의 모든 갈라진 틈에 햇볕을 쪼이겠다. 현재는 온갖 사람들이 다 여기 온다. 이번 주일에는 매일 수다를 떨어야 한다. 그러나 내 방에 있을 때가 나는 더 행복하다고 생각한다. 그래서 지금 나는 조용하게 브리지스[64]의 편지들을 열심히 읽고, 어쩌면 헬렌의 뒤엉킨 자료를 정리하기 시작할지도 모른다.

---

64  Robert Bridges, 1844~1930, 영국의 계관시인(1913). 그의 아내가 로저 프라이의 조카다.

# 10월 27일, 일요일

얼핏 에이드리언[65]의 생일이라는 생각이 떠올랐다. 그래서 우리는 에이드리언을 식사에 초대했다. 아니다, 이 책은 서두르지 않겠다. 설사 앞으로 1년이 더 걸리더라도, 모든 장면이 내 손 안에서 충분하고 자연스럽게 익을 때까지 타자를 부탁하지 않겠다. 어쩌다 우리가 항상 시간에 쫓기게 되었는지 궁금하다. 그러나 오늘 아침에는 그 덕에 일을 많이 했다. 나는 키티의 파티 장면을 쓰고 있다. 성급함을 억제하기 위해 무서운 노력을 기울이면서도 (지금처럼 철저하게 내 자신을 억제해 본 적이 없다) 나는 어느 때보다 더 글 쓰는 일을 충분히, 무리 없이, 그리고, 뭐라고 해야 하나? 요즘 이 일이 다른 어떤 일보다 더 자연스러운 기쁨을 나에게 준다. 그러나 현관에서 서로 밀치고 있는 너무 많은 다른 책들의 압력 때문에 천천히 진행하기도 힘들다. 어제 우리들은 켄우드를 지나 힐게이트까지 걸어가서, 두 채의 작은 프라이의 집을 보았다. 로저가 거기서 태어나고, 양귀비꽃을 본 것이다. 그 장면부터 시작할 작정이다. 그렇다, 그 책의 모양이 갖추어진다. 그리고 나의 『다음 전쟁』이 있다. 그것은 마치 상어에 묶인 것처럼 어느 때고 나를 괴롭힌다. 나는 장면들을 차례차례 급하게 써나갔다. 『세월』이 끝나면 곧 그 책에 착수하려고 생각한다. 『세월』을 1월에 끝내고, 『전쟁*War*』(제목이 무엇이 되든)을 6주 내에 쓰고, 그리고 내년 여름에 로저를 쓴다면?

---

65  울프의 남동생

## 11월 18일, 월요일

갑자기 나는 작가로서 한 수준 높은 단계에 도달했다는 생각이 든다. 네 개(?)의 차원이 있다는 것을 알 수 있다. 그것들은 모두 인간의 삶 속에서 만들어지는 것이다. 그리고 그것이 훨씬 더 풍요로운 배합과 균형을 가져다준다. 내 말은 나와 내가 아닌 것. 그리고 밖과 안, 너무 피곤해서 더 이상 설명하지 못하겠다. 그러나 분명히 보이기는 한다. 그리고 이 깨달음은 내가 쓰고 있는 로저에 관한 책에 영향을 미칠 것이다. 이처럼 더듬어 가는 것은 매우 재미있다. 심리와 육체의 새로운 결합, 오히려 그림 같다. 『세월』이 끝난 다음에 이것을 소설로 쓰자.

## 11월 21일, 목요일

그렇다, 이들 표층권의 장면들은 너무 회박해진다. 리치먼드에서 키티와 에드워드와 아침을 지내고 난 뒤에 이런 생각이 들었다. 처음에 그 장면들은 다른 장면들과는 달리 큰 위안이 되어, 기분이 좋아지고, 공중으로 날아오르는 기분을 느낄 정도였다. 즉 문제는 그것을 조용히 받아들이는 것이다. 처음으로 되돌아가고, 세세한 부분을 잘 문지르는 것. 너무 많은 문제점을 지적했고, 너무 어색해서 무엇인가에 "대해" 말을 하고 있는 느낌이다. 나는 한편으로는 개인적인 것을 간직하면서, 다른 한편으로 여러 가지 것이 차례로 몰려오면서 변화해 가는 느낌을 유지하고 싶다. 이 둘을 결합한다는 것, 그것이 그처럼 어렵다.

## 11월 27일, 수요일

특별한 날이 너무 많았다. 그래서 쓰지 못했다. 그러나 하늘이 도와, 내가 추구해 온 주인 없는 땅에 도달한 느낌이다. 그래서 밖으로부터 안으로 들어가 영원을 살 수 있다. 어떤 책을 끝낼 때도 맛보지 못한 매우 기묘한 행복과 자유로운 느낌을 받는다. 그리고 이 책도 터무니없이 길어졌다. 이것이 의미하는 바가 무엇인가?[66] 오늘 아침에는 또 방해가 있었다. 마지막 장을 제대로 시작할 수 없다. 뭐가 잘못됐는지 모르겠다. 그러나 서두를 필요는 없다. 중요한 것은 아이디어들이 편하게 숨 쉬게 내버려둔 다음에, 천천히 쏟아져 나오게 하는 것이다. 그리고 너무 강조하지 말 것. 물론 새 인물 한가운데로 곧바로 들어가기는 어렵다. 노스의 말이다. 한 주 조용히 지낼 작정이었기에 지금 좀 짜증이 난다. 넬리와 낸 허드슨 두 사람이 오고 싶다고 하면서, 날더러 전화를 해줄 수 있느냐고 묻는다. 낸은 터키 친구를 한 사람 데리고 있다. 나는 절대 강요받지 않을 것이다. 결코.


## 12월 28일, 토요일

오늘 날짜를 깨끗한 글씨로 쓰게 되어 매우 기쁘다. 왜냐하면 이제 새 일기책을 쓰게 될 테니까. 그러나 내가 마치 가정부의 걸레처럼 거의 못 쓰게 됐다는 사실을 숨길 수 없다. 내 머리 말이다.『세월』의 마지막 쪽들의 마지막 수정 등을 하느라고. 그러나 이것이 마지막 수정일까? 그리고 어찌하여 나는 매일의 춤을 이

---

66   이 이하는 11월 28일(목요일)에 쓴 듯.

처럼 비틀거리며 발끝으로 추어야만 하는 걸까? 그러나 사실 나는 뭉친 근육을 펴주어야 한다. 오늘은 습한 회색 아침이며, 아직 열한 시 반이다. 한 시간은 조용히 일하고 싶다. 그래서 생각이 난 것인데 목적지에 도달했을 때, 너무 갑자기 쿵 하고 떨어지지 않도록, 내 자신을 위해 속도를 줄이는 방법을 고안해 내야 한다. 그레이[67]에 관한 논문을 하나 쓸 수 있다. 그러나 일단 이 고된 작업에서 헤어나면 전체의 전망이 사뭇 다른 균형을 잡고 나타날 것이다. 도대체 내가 또다시 그 긴 책을 쓸 수 있을까? 머릿속이 극도로 긴장된 상태로, 3년 가까이나 지니고 있어야 하는 긴 소설을? 그럴 만한 가치가 있는지에 대해서는 질문하지 않겠다. 너무 일이 혼잡스러워 로저를 베끼는 일조차 할 수 없는 아침이 있다. 골디[68]는 말할 수 없을 정도로 나를 우울하게 만든다. 언제나 홀로 산꼭대기에서, 어떻게 살아야 하는지 자문하고, 인생에 대한 이론을 세우고 있다. 그러나 절대로 살아 있지는 않다. 로저는 항상 살아 있고, 물기 많은 언덕 밑에 내려와 있다. 거기에 비해 골디는 앞니 사이로 뜨거운 입김을 가냘픈 피리 소리처럼 내뿜고 있다. 언제나 절대적인 것 속에서 살고, 독특하게 생활한다. 항상 셸리이고, 항상 괴테이다. 그리고 골디는 뜨거운 물을 담는 병을 잃어버린다. 그러고는 보편적인 것의 흐름 속에 있는 것이 아니면, 얼굴도, 고양이도, 강아지도, 꽃도 못 알아본다. 그 까닭에 골디의 고매한 책들이 읽기 어려운 것이다. 그러나 골디는 때때로 매우 매력적이었다.

---

67  Thomas Gray, 1716~1771, 낭만주의 이전의 중요한 영국 시인.
68  G. Lowes Dickinson, 1862~1932, 영국의 역사가이자 정치가.

# 12월 29일, 일요일

정말로 『세월』의 마지막 말들을 써넣었다. 잘 써진다. 오늘은 아직 일요일이고, 수요일까지는 쓰기로 작정을 했다. 언제나처럼 흥분되지는 않는다. 조용히 끝내려고 했다. 산문이니까. 잘된 걸까? 내가 뭐라고 말할 수 없다. 구성은 잘 되었을까? 한 부분이 다른 부분을 잘 받쳐주고 있는 걸까? 구성이 잘돼 있고, 전체가 하나로 이루어졌다고 자화자찬할 수 있을까? 하긴 아직도 할 일이 많이 남아 있다. 더 압축하고, 분명하게 해야 한다. 쉬는 부분이 제 효과를 발휘하도록 해야 하고, 반복하는 부분과 전개하는 부분들에도 신경을 써야 한다. 이번에 쓴 것이 797쪽이니까, 각각 2백 쪽이 된다(후하게 봐서). 어림잡아 14만 단어에서 15만 7천 단어라고 해야 하나. 물론 더 저미고, 더 대담하게 깎아 내고, 강조할 필요가 있다. 그 작업에 시간이 얼마나 더 걸릴지, 나도 모르겠다. 그리고 무의식중에 이 일에서 젖을 떼고 다른 창조적인 기분으로 전환해야 한다. 그렇지 않으면 통렬한 절망 속에 빠지게 될 것이다. 참 이상한 노릇이다. 이 모든 것이 사라지고, 뭔가 다른 것이 그 자리를 차지하다니. 그리고 내년 이맘때면 나는 신문에서 오려낸 것들을 한 다발 들고 여기 앉아 있을 것이다. 아니다. 육신은 그렇지 않기를 바란다. 그러나 내 머릿속에는 휘갈겨 쓴 것을 타자한 이 한 더미의 글에 대해, 사람들이 하는 말들이 언제나처럼 합창으로 울려 올 것이다. 그러면 나는 "그것이 내가 해보려고 했던 것이다. 그리고 이젠 다른 일을 해야겠다"고 말할 것이다. 그리고 내 앞에는 갖가지 오래되고 새로운 문제들이 놓여 있을 것이다. 여하튼 이 책에 대한 주된 느낌은 활력, 풍요로움, 에너지이다. 이 책만큼 쓰는 일을 즐겨 본 적이 없다고 생각한다. 그러나 온 정신을 쏟았을 뿐, 『파도』만큼 강렬한 작업은 아니었다.

## 12월 30일, 월요일

　오늘은 틀렸다. 한 마디도 못쓰겠다. 두통이 너무 심하다. 『세월』은 마치 그것을 탐험할 수도, 생각할 수도 없는 록키 아일랜드처럼 보인다. 어제는 찰스턴에 다녀왔다. 크고 노란 테이블에는 사람이 거의 없었다. 로저를 읽으면서 그에게 사로잡혔다. 세상을 떠난 사람과의 기묘한 우정, 어떤 의미에서는 내가 지금까지 사귀어온 어떤 사람보다 더 친하다. 내가 짐작만 하고 있던 일들이 분명해졌다. 그러나 로저의 실제 목소리는 사라졌다.

　옷을 입다가 하나의 생각이 떠올랐다. 생각들이 잠자고 있으면 좋으련만. 전쟁에 관한 책[69]을 어떻게 쓸 것인가에 대해. 즉 이 논문들은 모두 최근 2,3년 동안 편집자의 부탁을 받고 쓴 것처럼 할 것(모든 주제에 관해), 여성이 담배를 피워도 되는가, 짧은 치마, 전쟁, 등. 그러면 이것저것 건드릴 수 있는 권리가 생긴다. 그리고 나로 하여금 부탁을 받은 사람 입장에 놓일 수 있게 해준다. 또한 그런 방법을 택한 핑계가 생기며, 연속성이 생긴다. 한편 이 방법을 설명하고, 책이 제대로 된 품격을 갖출 수 있는 서문을 부치는 것도 좋을 것이다. 그것으로 됐다고 생각한다. 습하고 거친 밤, 강물이 불기 시작한다. 침실로 갈 때 비가 오고 있었고, 강아지들이 짖고 있었다. 살며시 집 안으로 들어가 옛날 책을 읽기로 하자.

69　훗날의 『3기니』 — 레너드 주.

# 1936년(54세)

## 1월 3일, 금요일

사흘간 완전히 진흙 속에 빠진 상태에서 올해를 시작했다. 두통, 터질 것 같은 머리, 내달리는 아이디어로 꽉 찬 머리. 쏟아지는 비. 개울은 넘쳐나고. 어제 넘어지면서 외출했을 때, 진흙이 내 큰 고무장화까지 찼고, 물이 신발 안에서 질척거렸다. 그래서 시골에 관한 한, 이번 크리스마스는 엉망이다. 그래서 사람을 초조하게 하고 성가시게 하는데도, 나는 런던에 돌아가고 싶다. 그래서 약간 죄책감을 느끼면서도, 여기 한 주일 더 머무르지 말자고 부탁했다. 오늘은 노란 회색빛 안개가 꼈다. 그래서 보이는 것은 오로지 작은 언덕과 축축한 빛뿐, 캐번[1]은 보이지 않는다. 내 머리가 『세월』을 시작할 만큼의 균형을 되찾았다고 생각되어 만족스럽다. 월요일에 시작할 마지막 수정 작업 말이다. 이 일이 좀 급하게 된 것은, 지난 몇 년 새 처음 있는 일이지만, L이 내가 내 몫의 집세를 낼 만큼 충분히 벌지 못했고, 내 저금에

1   로드멜의 북쪽, 루이스의 동쪽에 있는 언덕.

서 7십 파운드를 내야 한다고 말했기 때문이다. 저금이 7백 파운드로 줄었기 때문에 다시 채워 넣어야 한다. 다시 경제를 생각하는 것은 나름대로 재미있다. 그러나 너무 진지하게 생각하는 것은 힘들다. 그리고 더욱 나쁜 것은 신문이나 잡지에 기고하는 일로 돈을 벌어야 한다는 것인데, 이는 일을 무자비하게 중단해야 한다는 의미다. 다음 책의 제목은 『편지를 보낸 분들에 대한 답신 *to Correspondents*』[2]이라고 붙일 작정인데 (…) 그러나 지금 하던 일을 당장 그만두고 그 책의 구상을 해서는 안 된다. 아니다. 『세월』이 끝나 내 책상 위에 놓일 때까지, 그 흥분하기 쉬운 신경을 달래 줄 참을성 있고 조용한 방법을 찾아야 한다. 2월엔? 아, 그 해방감, 마치 하나의 커다란, 뭐라고 해야 하나, 뼈 같은 혹, 근육 덩어리가 내 머리에서 잘려 나간 느낌. 그러나 이 책을 쓰는 것이 다른 책을 쓰는 것보다는 낫다. 여기에 이상하게도 나의 심리 상태를 드러내는 그 무엇이 있다. 더 이상 신문에 실릴 글은 쓸 수 없다. 내 자신의 책을 위해 써야 한다. 왜냐하면 신문 생각을 하자마자 내가 하려는 말을 신문에 맞추게 되기 때문이다.


## 1월 4일, 토요일

날씨가 좋아져서 우리는 수요일까지 있기로 작정했다. 물론 비는 올 것이다. 그러나 나는 몇 가지 좋은 결심을 했다. 지금 쓰고 있는 『세월』이 끝날 때까지, 가능한 한 주간지는 보지 말 것. 왜냐하면 주간지는 옛날 생각이 나게 만들기 때문이다. 머리를 옛날 책이나 관습으로 채울 것. 『편지를 보낸 분들에 대한 답신』은 생

2    훗날의 『3기니』

각하지 말 것. 그리고 전체적으로 보아 본질적이어야 하며, 피상적이 되지 말 것. 될 수 있는 대로 형이하학적이야 하며, 불안해하지 말 것. 로저 일을 할 것.[3] 그리고 쉴 것. 왜냐하면 솔직히 말해, 아직도 온통 내 신경은 걷잡을 수 없이 곤두서 있기 때문이다. 한 번만 삐걱 하면 고삐 풀린 절망, 지나친 홍분, 그리고 언제나 겪는 비참함이 덮칠 것이다. 갖가지 등급의 불행의 연속. 그래서 나는 등심 스테이크를 주문하고, 드라이브를 나가기로 했다.


## 1월 5일, 일요일

오래도 끌어온 그 골칫거리를 위해 하루아침을 바쳤다. 하고 싶은 말은 다 한 것 같으니까, 앞으로 더 손을 대면 혼란만 가져올 따름이다. 앞으로 할 일은 깨끗이 정리하고, 다듬는 일뿐이다. 이처럼 마음이 고요한 것을 보니 아마 그런 것 같다. 나는 기분이 좋고, 일은 모두 끝났다. 뭔가 다른 일을 하고 싶다. 잘됐는지 아닌지는 모르겠다. 오늘 아침 내 머리는 편안한데, 어젯밤 『선임 나팔수』[4]를 읽고, 홍수를 구경하러 드라이브를 한 덕분에 머리가 진정되었기 때문이다. 구름은 놀라울 정도로 열대지방의 새 날개와 같은 색깔을 띠고 있다. 탁한 보랏빛. 그리고 호수가 구름을 비추고 있다. 그리고 희고 까만 물떼새들이 날고 있다. 직선을 유지하고 있고, 색깔은 순수하고도 섬세하다. 나는 웬 잠을 그리도 많이 잤던지!

3   1934년 9월에 로저 프라이가 죽은 뒤 울프는 그의 전기를 쓸 것에 동의한다. 그 뒤 1935년 가을부터 실제 집필로 들어가는 1936년 봄까지, 울프는 계속해서 프라이에 관한 막대한 자료를 검토하는 일에 매달리게 된다.
4   토머스 하디의 소설(1880).

## 1월 7일, 화요일

마지막 쪽들을 베꼈다. 단락들의 간격을 더 잘 맞출 수 있었다. 많은 자질구레한 일들과, 중요한 몇 가지 문제가 남아 있다. 예를 들면, 눈이 오는 장면. 그리고 아직 손대지 못한 장면들이 많이 남아 있다. 그러나 나는 늘 할 말은 다 했다는 생각은 계속 가지고 있다. 그리고 앞으로 필요한 것은 오로지 기교뿐, 창조력은 아니다.


## 1월 16일, 목요일

어젯밤 여섯 시 반처럼 그렇게 완전히 비참했던 적은 별로 없다. 그때 나는 『세월』의 마지막 부분을 읽고 있었다. 쓰잘 데 없는 잡담, 한심하고 멍청한 수다처럼 보였다. 내가 노쇠했음을 여실히 보여주는 것이다. 그것도 이처럼 길게. 나는 원고를 책상 위에 털썩 내려놓고, 볼이 벌겋게 달아오른 채 2층에 있는 L한테 뛰어 올라갔다. L이 말했다. "늘 그랬잖소"라고. 그러나 나는 아니, 이처럼 엉망이었던 적은 없었다는 느낌이 들었다. 다른 책을 쓰고 난 뒤에도 같은 기분일까 궁금해서 이 사실을 적어둔다. 그런데 오늘 아침 잠시 다시 읽어보니, 어제와는 반대로 이것이 충실하고, 활기 넘치는 책으로 보였다. 처음 몇 쪽을 읽어보았다. 뭔가 건질 것이 있어 보였다. 그러나 앞으로는 억지로라도 규칙적으로 메이블에게 원고를 보내야겠다. 오늘밤에는 기어코 1백 쪽을 보내리라.

## 2월 25일, 화요일

내가 얼마나 열심히 일하고 있는가는 이 일기가 말해줄 것이다. 지금은 점심 먹기 5분 전인데 처음으로 여기 몇 줄을 쓸 수 있었다. 나는 오전 내내 일한다. 그리고 대부분 다섯 시부터 일곱 시까지도 일한다. 그러고 나면 두통이 오는데, 조용히 누워 있거나, 제본 일을 하거나, 『데이비드 코퍼필드』[5]를 읽거나 하면서 두통을 극복한다. 3월 10일까지는 원고 타자를 마치고, 손질을 해서 L이 읽을 수 있게 준비하겠노라고 맹세했다. 아직도 리치먼드와 엘바이러 장면을 타자하지 못했다. 그 지긋지긋한 공습 장면은 아직도 고칠 곳이 많다. 이 모두를 타자해야 한다. 가능하다면 일요일인 1일까지. 그러고는 처음부터 쭉 다시 읽어야 한다. 그래서 지금 여기에 뭘 쓰거나, 로저의 자서전을 생각하는 것이 불가능하다. 전체적으로 보아 나는 이 일을 즐기고 있다. 이상한 노릇이지만. 기분은 오르락내리락하고, 이렇다 할 만한 명확한 의견도 없는데 말이다.

## 3월 4일, 수요일

이제 공습 장면을 거의 다 베꼈다. 틀림없이 열세 번째 수정 작업일 것이다. 내일 발송한다. 그리고 다시 읽기 전에 (가능하다면) 하루 온종일 쉬고 싶다. 이렇게 해서 끝이 보이기 시작한다. 다시 말해 또 다른 책의 시작이 보인다는 뜻이다. 그 책은 무자비하게 내 방문을 두드리고 있다. 아, 다시 한 번 아침마다 자유롭게

5　찰스 디킨스의 소설.

글을 쓸 수 있게 된다면, 얼마나 큰 축복이랴. 지난 몇 달 동안 고생한 끝에 맛보는 얼마나 큰 신체적 해방감이며, 휴식이며 기쁨이랴. 지난 10월경 이후, 이 하나의 책을 끊임없이 압축하고 고쳐 쓴 끝에 말이다.

## 3월 11일, 수요일

어제는 클라크[6]에 132쪽을 보냈다. 우리는 보통 때와는 다른 과정을 밟기로 했다. 즉 L이 보기 전에 교정지를 인쇄해서, 그것을 미국에 보내기로 했다.

## 3월 13일, 금요일

일이 호조를 띠고 있다. 그래서 점심 먹기 전에 10분을 훔치기로 했다. 어떤 책도 이 책만큼 힘들여 쓴 책이 없다. 내 목적은 교정 때 글자 하나도 바꾸지 않는 것이다. 그 생각도 나쁘지 않다는 생각이 들었다. 지금까지 흔들린 적은 없었다. 그러나 『세월』이야기는 그만 하자. 우리는 어제 정치 이야기를 하면서 켄싱턴 파크를 걸었다. 올더스는 최근의 선언문에 서명하지 않기로 했는데, 그것은 선언문이 제재에 찬성하고 있기 때문이었다. 올더스는 평화주의자다. 나도 그렇다. 나도 서명을 거부해야 할까. L은 지금 유럽이 6백 년 이래 최대의 붕괴 위기에 직면해 있다는 사실을 감안할 때, 개인적인 의견 차를 접고 국제연맹을 지지해야

---

6   R. R. 클라크 인쇄소 ─ 레너드 주.

한다고 말한다. L은 오늘 아침 노동당 특별 대회에 참석하러 갔다.[7] 이번주는 정치적으로 가장 열을 올린, 그래서 피곤한 주간이었다. 히틀러의 군대가 라인 강까지 와 있다. 런던에서는 여러 회합이 열리고 있다. 프랑스인들은 매우 진지해서인지 소수의 정보부 사람들이 한 남자를 내일 협의차 이곳으로 보낸다고 한다. 영국 지성인들에 대한 감동적인 신뢰의 표시다. 내일 또 하나의 모임이 있다. 나는 언제나처럼 아, 이번에도 무사히 지나가겠지, 하고 생각한다. 그러나 괴이하게도 총은 다시 한 번 우리들 개인의 생활 바로 옆으로 다가왔다. 내가 마치 죽을 운명의 생쥐처럼 매일 한 쪽씩 끼적거리고 있는 동안에도 총이 분명히 보이고, 으르렁거리는 소리가 들린다. 달리 할 일이 무엇이 있겠는가, 끊임없이 걸려오는 전화를 받고, L이 하는 말을 듣는 것 말고는. 모든 것이 엉망이다. 다행히 우리는 모든 만찬과 그밖의 약속들을 『세월』을 핑계로 연기했다. 이번 봄에는 매우 집중해서 부지런히 일했다. 아마 이틀쯤 날이 개일 것이다. 개나리가 피어 있다. 그리고 매섭게 추운 밤이 올 것이다. 이들 모두는 동시에 닥치는 것 같다. 나의 고역, 우리들의 비사교성, 위기, 모임들, 어둠. 이들이 의미하는 바는 무엇인가, 아무도 모른다. 개인적으로는 (…) 그렇다, 아무도 만나지 않았고, 산보와 일 이외에는 아무것도 하지 않았다. 점심 먹고 한 시간 걷고, 하는 식으로.

---

7    집단 안보 체제를 지지하는 레너드는 국제연맹이 아비시니아를 침공한 이탈리아에 강력한
     제재를 가해야 한다고 주장한 데 반해, 올더스 헉슬리는 그러한 제재가 오히려 이탈리아 국
     민을 무솔리니 주변에 뭉치게 하는 역효과를 낸다고 반대했다.

## 3월 16일, 월요일

일기를 쓰고 있을 때가 아니다. 그러나 더 이상 이 지겨운 책 일을 계속할 수 없다. 3시에 돌아와서 일을 조금 하겠다. 그리고 차를 마신 뒤에 다시 조금 더. 내 자신을 위해 참고로 적어두지만, 『출항』이래로 이 책만큼 다시 읽었을 때 예리한 절망을 맛본 적이 없다. 예를 들어 토요일이 그랬다. 나는 완전히 실패했다는 생각이 들었다. 그런데도 책의 인쇄는 진행 중이다. 그러고는 절망 속에서 일을 시작했다. 집어던질까, 하는 생각도 했지만 타자 일을 계속했다. 한 시간 뒤에 실이 다시 팽팽해지기 시작했다. 어제 다시 한 번 읽었다. 그러고는 이것이 내 최고의 걸작이 아닌가 하는 생각을 했다.

그러나 (…) 나는 이제야 왕의 죽음 장면에 와 있다. 장면을 바꾸는 일이 이처럼 사람을 지치게 만든다. 또한 사람을 결정적인 순간에 정확하게 포착해서는 휙 집어 던지는 일도 그렇다. 모든 시작 부분에 생기가 없는 것 같다. 그래 다시 타자해야 한다. 250쪽 가량 했다. 7백 쪽을 더 해야 한다. 강가를 따라 산책을 하고, 리치먼드 파크를 가로질러 걷는 것이 다른 무엇 보다 활기를 불어넣어 준다.


## 3월 18일, 수요일

아직 『세월』에 대한 이야기인데, 지금은 너무 잘된 것 같아 수정할 것이 없다. 워터링즈의 장면은 그런 종류의 장면으로는 내가 쓴 것 중에서는 최고로 잘되었다고 생각한다. 방금 초교가 왔다. 거기서 한바탕 냉수 목욕을 하게 될 것이다. 오늘 아침에는 집중할 수가 없다. 『어느 영국 사람에게 보내는 편지』를 써야 한다. 다시 한 번 나는 이것이 책의 마지막 모양이 될 것이라 예감한다.


### 3월 24일, 화요일

쾌적한 주말이다. 나무 잎들이 돋아난다. 히아신스와 크로커스들도. 덥다. 봄의 첫 번째 주말. 그리고 우리는 래트 농장까지 걸어갔다. 제비꽃을 찾았다. 여기는 아직 봄이다. 나는 잠이 덜 깬 상태에서, 이 일 저 일을 만지작거린다. 그리고 나는 『2기니』(제목을 그렇게 정했다)에 매몰돼 있다. 이 책에 너무 깊이 빠져 있어, 지금 내가 무엇을 하고 있는지도 모른다. 거의 정신 이상 상태에 와 있다. 스트랜드 거리[8]를 혼자 무언가 소리 내어 중얼거리면서 걷고 있는 내 자신을 발견한다.


### 3월 29일, 일요일

지금은 일요일인데도 나는 착실히 전진하고 있다. 오늘 아침 옥스퍼드 거리에서의 엘리너 장면을 스무 번째로 고쳐 썼다. 이제 줄거리는 모두 정해졌으니, 오는 4월 7일까지는 일을 마칠 수 있을 거라고 스스로에게 다짐한다. 책이 제법 잘됐다는 생각을 떨칠 수가 없다. 이 이야기는 그만 하겠다. 이번주에는 한 번 두통이 왔다. 꼼짝 못하고 누워 지냈다.

8    런던의 1등 번화가.

## 4월 9일, 목요일

충혈과 호흡 곤란 뒤에 우울한 계절이 올 것이다. 어제 브라이턴에서 원고의 마지막 뭉치를 클라크 사에 보냈다. L이 지금 읽고 있다. 단연코 말하건대 나는 비관적이다. 그러나 L의 판결에는 약간의 온기가 있었다고 생각한다. 그러나 그것은 잠정적인 것이다. 여하튼 요즘은 지겹고, 괴롭고, 동시에 사람의 기운을 빼는 나날들로, 모닥불에 던져야 할 나날들이다. 끔찍한 것은 내일. 바람 부는 오늘 하루 쉬고 난 뒤(아, 차가운 북녘 바람이 우리가 이곳에 온 이래 줄곧 불고 있다. 그러나 나는 그 바람을 듣고, 보고, 냄새 맡을 만한 귀도, 눈도, 코도 없다 그저 집에서 작업장으로, 종종 절망에 빠진 채 서둘러 옮겨 다니기만 할 뿐이다), 하루 쉬고 난 뒤 나는 손대지 않은 교정쇄를 처음부터 시작해서 6백 쪽까지 마쳐야 한다. 왜, 왜 이 일을 해야 하나? 다시는, 다시는 하지 않을 것이다. 이렇게 말하자마자 『2기니』의 처음 몇 쪽을 구상하고, 로저 주변을 유쾌하게 어슬렁거리기 시작한다. 그러나 진지하게 나는 이것이 내 마지막 "소설"일 것이라고 다짐한다. 그리고 비평에 덤벼들고 싶다.

## 6월 11일, 목요일

두 달이 지난 뒤에야 가까스로 이 짧은 글을 쓴다. 두 달 동안의 우울한, 아니 좀 더 비참한, 나를 거의 파국에 이르게 한 병을 앓고 난 뒤 (내 느낌으로는 1913년 이래로 이처럼 절벽 끝에 가까이

가본 적이 없다)[9] 다시 살아났다. 『세월』의 교정쇄 대부분을 고쳐 써야 한다. 써넣고 지우고 하는 작업을. 그러나 그 작업을 할 수 없다. 한두 시간 일할 수 있을 뿐이다. 아, 그러나 다시금 내 마음을 다잡을 수 있다는 이 멋진 기쁨! 어제 M. H.[10]에서 돌아왔다. 앞으로 6백 쪽이 끝날 때까지 살얼음판 걷듯 살자. 나는 할 수 있다고, 할 수 있다고 생각한다. 그러나 그러기 위해서는 커다란 용기와 기력이 있어야 한다. 이것은 앞서 말했듯이, 4월 9일 이래 자발적으로 쓰는 첫 번째 글인데, 그날 이후 나는 침대에 쓰러져 버렸다. 그리고 콘월에 갔다가 (여기에 대해서는 말하지 않았다) 돌아왔다. 엘리를 만났다. 그리고 M. H.로. 그리고 시험 삼아 2주 가량 집으로 돌아왔다. 피가 머리로 올라왔다. 오늘 아침 「1880년」[11]을 썼다.

## 6월 21일, 일요일

1주일 동안 지독하게 앓고 난 뒤 (정말 아침마다 고문이었다. 과장이 아니다.) 골이 쑤시고 (완전한 절망과 실패의 느낌) 머릿속은 마치 고초열을 앓고 난 뒤의 콧속같이 느껴진다. 지금은 다시 선선하고 조용한 아침이다. 안도감, 휴식, 희망의 느낌. 방금 롭슨을 끝냈다. 잘됐다고 생각한다.[12] 나는 너무 스스로를 억제하고 억압하는 삶을 살고 있어서, 삶을 기록할 수 없다. 모든 것이 계획되고, 꽉 막혀 있다. 아래층에서 반 시간 일한다. 그러고는 절망

9   울프는 1913년 9월에 『출항』의 원고를 마친 뒤 자살을 기도한 적이 있다.
10   로드멜의 멍크스 하우스―레너드 주.
11   「세월」의 첫 장 제목.
12   『세월』(The Hogarth Press, 1937)의 71~77쪽 참조.

해서 2층으로 올라간다. 눕는다. 광장 주변을 걷는다. 돌아와서 다시 열 줄 쓴다. 그리고 어제는 상원에 갔다. 언제나 스스로를 억제하고, 통제해야 한다는 느낌을 가지고, 차 마시고 저녁 먹을 때까지 소파에 누운 채 사람들을 만난다. 로즈 M., 엘리자베스 보웬, 네사. 어젯밤엔 광장에 앉아 있었다. 파란 잎에서 물방울이 떨어지는 것을 보았다. 천둥과 번개. 자줏빛 하늘. N과 A가 음악의 8분의 4박자에 대해 토론하고 있었다. 고양이들이 주변을 살금살금 돌아다니고 있다. L은 톰과 벨라와 점심을 먹고 있다. 매우 이상한, 가장 주목할 만한 여름이다. 새로운 감정. 겸허함. 비개인적인 환희. 문학적 절망. 나는 가장 거친 상황에서 기술을 익히고 있다. 플로베르[13]의 편지를 읽다가 나는 실제로 오, 예술이여! 라고 외치는 내 목소리를 듣는다. 인내. 플로베르에게서 위안과 경고를 받는다. 나는 내 책이 조용하게, 힘 있게, 대담하게 모양을 갖추도록 해야 한다. 그러나 내년까지는 나오지 못할 것이다. 그러나 만약 내가 붙잡을 수만 있다면, 그 안에는 가능성이 있다고 생각한다. 나는 등장인물들을 한 문장으로 깊이 파고드는 시도를 하고 있다. 장면들을 잘라내고 압축할 것. 전체를 하나의 매체로 쌀 것.

## 6월 23일, 화요일

좋은 날 다음은 나쁜 날, 이렇게 지나간다. 나만큼 글 쓰는 데 고통을 받는 사람도 드물 것이다. 플로베르를 제외하고는. 그러나 이제 책 전체가 보인다. 나에게 용기와 참을성만 있으면 잘 끝낼 수 있을 것이다. 모든 장면을 조용히 다루고, 잘 구성할 수만 있다

13  Gustave Flaubert, 1821~1880, 프랑스의 소설가.

면. 좋은 책이 될지도 모른다. 그리고 (…) 아, 이 일이 끝난다면!

　오늘은 머리가 그리 맑지 않다. 왜냐하면 치과에 가고, 쇼핑을 했으니까. 내 두뇌는 저울과 같다. 쌀알 한 톨만 올려 놔도 저울이 기운다. 어제는 균형이 맞았었다. 오늘은 기운다.


## 10월 30일, 금요일

　지난번 여기에 마지막으로 쓰고 난 뒤, 몇 달 동안 일어난 일에 대해 지금 당장은 쓰고 싶지 않다. 여기 자세히 밝힐 수 없는 이유 때문에 나는 이 별난 여름을 분석하고 싶지 않다. 실제 장면들을 적는 것이 나에게 더 도움이 되고, 더 건전할 것이다. 펜을 들고 실제 사건들을 묘사할 것. 더듬고 미심쩍어하는 내 펜에게 좋은 훈련이 될 것이다. 나는 아직 "쓸 수" 있는 걸까? 보다시피 이것이 문제다. 이제 나는 그 재능이 죽었는지, 잠자고 있는지를 시험하려고 한다.


## 11월 3일, 화요일

　기적은 끊이지 않고 일어나는 법이라고 했던가. L은 『세월』을 정말 좋아했다! L은 이 작품이 적어도 그가 읽은 데까지는 (바람의 장까지는) 나의 어떤 책 못지않게 잘됐다는 것이다. 최근에 실제로 있었던 일들에 관해 여기 몇 자 적어두겠다. 일요일에 나는 교정쇄를 읽기 시작했다. 첫 번째 부분의 끝까지 읽었을 때 나는 절망했다. 무자비한, 그러나 확고한 절망이었다. 어제는 「현

450　1936년(54세)

재Present Time」[14]까지 읽기로 했다. 거기까지 읽었을 때 나는 "다행히도 이 작품은 너무 엉망이어서 더 이상 생각할 여지도 없다. 교정쇄를 마치 죽은 고양이를 들고 가듯 L한테 가져가서, 읽지 말고 태워달라고 해야겠다"고 말했다. 그렇게 했다. 그랬더니 어깨에서 무거운 짐을 내려놓은 듯했다. 정말이다. 뭔가 커다란 짐을 내려놓은 것 같았다. 오늘은 춥고, 건조하며, 하늘은 아주 잿빛인데, 나는 밖으로 나가 크롬웰의 딸 무덤이 있는 묘지[15]를 가로질러, 그레이스 인을 지나 홀번을 따라 걷다가 돌아왔다. 그때 나는 천재 버지니아가 아니라, 그저 완전히 당당한, 그러면서 지극히 만족해하는 '혼백, 아니면 육체'였다. 매우 피곤하고, 많이 늙었다는 기분이 들었다. 그러나 동시에, 이 백 년 동안 레너드와 엮인 것에 만족해하고 있었다. 그래서 우리는 서먹한 분위기, 우울한 체념의 분위기 가운데서 점심을 먹었다. L에게 말했다. 리치먼드에게 편지를 써서 평론을 쓸 책들을 보내달라고 부탁하겠노라고. 교정쇄를 만들려면 짐작컨대 2백 파운드에서 3백 파운드가량의 비용이 들 것이다. 내 저금에서 지불할 예정이다. 나한테 7백 파운드가 있으니까 4백 파운드가 남을 것이다. 나는 크게 서운하지는 않았다. L이 내가 이 소설에 대해 잘못 생각하고 있는 것 같다고 말했다. 그러고는 알지 못하는 사람들이 많이 찾아왔다. 멈포드 씨[16] 피부는 마호가니빛인데다 몸은 바싹 마르고, 아주 딱딱한 중산모를 쓰고, 지팡이를 짚고 있었다. 응접실로 데리고 가서 담배를 안겼다. …씨. 아주 크고 무거운 몸집을 한 사람인데, 실례

---

14 『세월』의 마지막 장.
15 올리버의 손녀딸이 묻혀 있는 이 묘지는 보통 세인트 조지 가든으로 알려져 있다.
16 짐작컨대 당시 런던에 와있던 미국의 작가이자 사회학자인 루이스 멈포드(Lewis Mumford, 1895~1990)일 것이다.

합니다, 하면서 노크를 했다. 그리고 세실 경과 레이디 세실[17]이 전화로 스페인 대사를 만나도록 우리를 점심에 초대했다. (나는 목하『3기니』를 구상 중이다.) 점심을 먹고 난 뒤 우리는『선데이 타임스』의 도서 전시회에 갔다. 숨이 막혀 혼이 났다! 죽는 줄 알았다. 한없이 피곤했다! 그리고 화이트 양이 왔다. 단단하게 생긴 자그마한 아가씨로, 유쾌하면서도 딱딱한 표정으로 자기 책과 비평에 관한 이야기를 했다. 그러자 우르줄라 스트레이치[18]가 덕워스에서 와서, 내가 누군지 모르시지요? 라고 물었다. 그러자 나는 달빛 어린 템스 강을 머리에 떠올렸다. 그리고 그때 로저 센하우스[19]가 내 어깨를 쳤다.[20] 우리는 집으로 돌아왔는데, L은 아무 말도 하지 않고 계속 읽기만 했다. 나는 신경이 날카로워지면서 우울해지기 시작했다.『세월』을 다르게 쓸 수도 있었다. 나는 다른 책의 구상을 하고 있었다. 그 책은 1인칭으로 써야 한다. 로저의 책이 그런 모양으로 괜찮을까? 그러고는 늘 겪는 무서운 열기 속에 깊은 잠에 빠졌다. 마치 머리에서 피가 다 빠져나간 것 같았다. 갑자기 L이 원고를 내려놓더니, 이것은 비범하게 잘된 책이라고 말했다. 다른 어떤 책 못지않게 잘되었노라고. L은 지금 계속해서 읽고 있다. 이 일기를 쓰느라 피곤해져서 2층으로 올라가 이탈리아어 책이나 읽어야겠다.

---

17  로버트 세실 경과 그의 아내 넬리 세실. 로버트 세실은 국제연맹 창설자 중 한 사람이며, 뒤에 연맹의 부총장을 지냈다.
18  Ursula Strachey, 리튼 스트레이치의 조카딸.
19  Roger Senhouse, 우르줄라의 마지막 애인. 두 사람 모두 출판업에 종사.
20  당시『선데이 타임스』에서 개최한 도서 전시회가 열리고 있어, 출판업에 종사하는 우르줄라, 스트레이치, 그리고 로저 센하우스가 와있었다.

## 11월 4일, 수요일

L은 「1914년」[21]까지 읽었는데, 아직도 뛰어나게 잘 쓴 책이라고 생각한다. 매우 기묘하고, 매우 재미있고, 매우 슬프다고. 우리는 내 슬픔에 대해 토의했다. 그러나 내 생각은 이렇다. 나는 아무래도 L이 옳다고 생각할 수가 없다. 이것은 단순히 내가 이 작품의 결점을 과장하고 있는 데 비해, 작품이 그처럼 잘못됐다고 생각하지 않는 L은 좋은 점을 과장하고 있기 때문인지 모른다. 만약 이 책이 출판돼야 한다면, 나는 책이 나오자마자 쭈그리고 앉아 수정 작업을 하지 않으면 안 된다. 어떻게 그럴 수 있단 말인가? 문장은 하나 건너마다 잘못된 것 같다. 그러나 나는 L이 다 읽을 때까지 이 문제를 미루어두기로 한다. 아마 오늘 밤엔 끝날 것이다.

## 11월 5일, 목요일

기적이 이루어졌다. L이 어젯밤 열두 시에 마지막 쪽을 내려놓고는 말을 하지 못했다. L의 눈에는 눈물이 고여 있었다. L은 이 책이 "가장 주목할 만한 책"이라고 말한다. 그는 이 책을 『파도』보다 더 좋아한다고, 그리고 이것이 출판되어야 한다는 것에 대해 일말의 의심도 가지고 있지 않다고 말했다. L의 감정뿐만 아니라, L이 몰두하는 모습도 보아 온 나로서는 (그는 읽고 또 읽었다) L의 의견을 의심할 수 없다. 내 의견은? 어쨌든 안도의 순간은 황홀하다. 나는 지금 곧바로 서 있는 건지, 물구나무를 서고 있는 건지 알 수 없다. 그만큼 화요일 아침 이후의 반전은 놀랍다. 전에는

21 『세월』의 중간 부분.

이런 경험을 해본 적이 없다.


## 11월 9일, 월요일

이 책에 대해 뭔가 결단을 내려야 한다. 그 결단이 참 어렵다는 것을 알게 된다. 절망에 빠진다. 책이 형편없어 보인다. L의 판결에 매달릴 수밖에 없다. 그러면 정신이 산란해진다. 진통제 삼아 평론을 읽어보려고 한다. 회고록도 읽어보려고 한다. 『리스너』를 위해 책의 서평을 하나 써보려고 한다. 이것들은 모두 내 마음을 산란하게 만든다. 『세월』에 마음을 고정시키지 않으면 안 된다. 교정을 보고, 그것을 발송해야 한다. 오전 중 내내, 꼭 이 일에 내 마음을 고정시켜야 한다. 이것이 유일한 해결 방법이라고 생각한다. 그리고 차를 마시고 나서, 저녁 먹을 때까지 다른 일을 하자. 그러나 오전 중엔 『세월』에 몰두할 것, 다른 일은 하지 말고. 만약 어떤 장이 어려우면 너무 오래 집중하지 말 것. 그러고는 여기 일기장에 적어둘 것. 그러나 차 마시기 전까지는, 다른 일에 덤벼들지 말 것. 이 일이 끝나면 언제라도 모건에게 의견을 물어볼 수 있다.


## 11월 10일, 화요일

대체로 보아 오늘 아침은 보통 때보다 괜찮은 편이다. 사실 내 머리는 이 일에 너무 지쳐서, 한 시간, 또는 한 시간도 채 안 돼 아프기 시작한다. 따라서 나는 머리를 잘 어르고, 조용히 가라앉혀야 한다. 그렇다, 이 책은 잘됐다고 생각한다. 무척 어렵기는 해도.

책 하나를 쓰기 위해 『세월』을 쓸 때의 나처럼 고생한 사람이 또 있을까. 책이 나오면 나는 두 번 다시 이 책을 보지 않을 것이다. 이 책은 끝이 안 보이는 출산 과정 같았다. 지난 여름을 생각해보라. 아침마다 머리가 아팠고, 나는 잠옷을 입은 내 몸을 억지로 작업실로 밀어넣었다. 그리고 한 쪽을 쓰고는 침대에 누웠다. 언제나 틀림없이 실패할 것이라는 확신을 갖고. 지금은 고맙게도 그 확신이 어느 정도 사라졌다. 이 확신만 없어진다면 누가 뭐라고 해도 상관없을 것 같다는 생각이 든다. 그리고 내가 알지 못하는 이유 때문에 내가 존경을 받고, 사랑을 받고 있다는 느낌이 든다. 그러나 이것은 환상의 안개 속에서 추는 춤에 지나지 않는다. 늘 바뀐다. 다시는 긴 책을 쓰지 말 것. 그러나 나는 소설을 더 쓸 수 있다는 느낌이 든다. 여러 장면들이 떠오른다. 그러나 오늘 아침은 피곤하다. 어제 너무 긴장하고 부산했다.

## 11월 30일, 월요일

『세월』에 대해 불안하게 생각할 필요는 전혀 없다. 결국은 잘될 것 같다. 여하튼 이 책은 팽팽하고, 현실적이고, 활기찬 책이다. 방금 끝냈다. 그리고 나는 약간 기분이 들떠 있다. 다른 책과는 물론 다르다. 그러나 그 안에는 보다 많은 "현실적인" 인생이 있다고 생각한다. 더 많은 피와 뼈가 있다. 그리고 어쨌거나 여기저기 깜짝 놀라게 하는 물웅덩이 같은 약점이 있고, 시작은 좀 삐걱거리기는 하지만, 밤에 불안에 떨며 누워 있을 필요는 없다고 생각한다. 확신을 가져도 좋다고 생각한다. 나는 스스로에게 진지하게 이 말을 한다. 단조로운 기대 속에 지내야 하는 몇 주 동안 스스로를 잘 버티기 위해. 또 사람들이 하는 말에 너무 신경을 쓸 필요가 없다. 사실 나는 지독하게 의기소침한 나라는 여인에게 경의를 표한다. 그녀의 머리는 그처럼 자주 쑤셨고, 그처럼 철저히 실패를 확신했었는데, 그런 모든 어려움에도 그녀는 일을 완성했으니까, 축하받아 마땅하다고 생각한다. 걸레처럼 너덜너덜해진 머리를 가지고, 어떻게 그 일을 해냈는지 나도 모르겠다. 이제 좀 쉬자. 그리고 기번[22]을 읽자.

## 12월 31일, 목요일

내 앞에 교정쇄가 있다. 오늘 보낼 교정쇄다. 내가 달려온 가시 돋친 쐐기풀밭 같은 것이다. 그것에 대해 여기 쓰고 싶지 않다.

지난 며칠 동안 날아갈 것 같은 안도감이 나를 감싸고 있다. 일이 끝났다는 생각에. 잘됐건 못됐건 간에. 그리고 2월 이래 처음으로 내 머리는 무거운 짐을 떨쳐버린 나무처럼 꼿꼿이 섰다. 그리고 나는 기번에 파묻혀, 2월 이후 처음이라고 생각하는데, 읽고 또 읽었다. 자, 이제 다시 행동하고, 즐기고, 밖으로 나가자. 나는 글을 쓴다는 것이 나에게 절대적으로 필요하다는 사실에 대해 뭔가 재미있고 가치 있는 기록을 할 수 있을 것이다. 항상 뭔가를 추구하고 있을 것. 긴 책을 쓸 때 오로지 그 일에만 강렬하게 매달리는 것은 가능할 것 같지 않다. 내 말은, 앞으로 내가 다시 그런 일을 하게 되면 (그런 일이 없겠지만) 나는 짤막한 원고를 쓴다던지 해서, 억지로라도 기분 전환을 시도할 것이다. 여하튼 지금

22 울프는 기번의 탄생 200주년을 기념하여 그에 관한 글을 쓰도록 부탁받은 적이 있다. 「타임스 리터러리 서플리먼트」에 「The Historian and 'The Gibbon'」이라는 제목으로 글을 썼다.

은 "내가 글을 쓸 수 있는가"라는 생각을 하지 않을 작정이다. 스스로를 잊고 일에 매진하겠다. 우선 기번을 읽겠다. 그리고 미국에 보낼 원고를 몇 편 쓰겠다. 그러고는 로저와 『3기니』. 어느 것을 먼저 시작하고, 어떻게 짝을 맞춰야 할지는 나도 모르겠다. 어찌되었든 설사 『세월』이 실패하더라도, 나는 그동안 많은 생각을 해왔고, 또 좋은 생각도 좀 모아두었다. 어쩌면 나는 다시 정상에 서 있어, 앞으로 두서너 권의 책을 재빨리 써낼 수 있을지 모른다. 그러고는 다시 쉰다. 적어도 나는 계속해 글을 쓸 수 있는 능력을 가지고 있다는 느낌이 든다. 공허한 느낌은 없다. 이것을 증명하기 위해 집에 들어가 기번에 관한 내 메모를 가지고 와서, 평론을 쓰기 위한 계획을 꼼꼼히 세워보자.

# 1937년(55세)

## 1월 28일, 목요일

다시 한 번 행복하고 떠들썩한 꿈속에 잠겨 있다. 까닭은 오늘 아침 『3기니』를 시작했고, 이 책에 대한 생각을 멈출 수 없기 때문이다. 내 계획은 잡담 그만 하고 책을 쓰는 것이다. 그러면 부활절까지는 대충 뼈대가 만들어질 것이다. 그러나 그 사이 한두 편의 짧은 글을 쓰는 것 정도는 스스로에게 허락할 생각이다. 그리고 무서운 3월 15일 위를 날아다니고 싶다. 『세월』이 미국에 도착하지 않았다는 전보가 오늘 왔다. 나는 침몰과 진흙탕에 대비하고 있어야 한다. 내가 아는 한 이 방법은 너무나 효과적이다. (『3기니』는 1937년 10월 12일에 잠정적으로 끝냈다─울프 주)

## 2월 18일, 목요일

『3기니』를 지금 3주째 쓰고 있다. 38쪽 썼다. 잠시 책 쓸 기분이 사라져서 며칠간의 변화가 필요하다. 당장 생각이 떠오르지 않는다.


## 2월 20일, 토요일


2층으로 올라갈 때 나는 호가스 출판사에서 눈을 돌린다.[1] 왜냐하면 거기에는 서평용으로 보낼 『세월』이 포장돼 있거나, 포장 중에 있기 때문이다. 그것들은 내주 발송된다. 비교적 평온한 주말은 이번이 마지막이다. 이처럼 식은땀을 끈적거릴 정도로 흘리면서 나는 무엇을 두려워하고 있는가? 대체로 내 친구들은 책에 대해 언급을 하지 않을 것이다. 어색하게 화제를 바꿀 것이다. 호의적인 비평가들도 대단히 미지근한 평을 하리라 생각한다. 정중한 미온적 태도. (짐작컨대 그들은 울프 부인이 이번에는 쓸데없이 긴 책을 썼다고 말할 것이다.) 그들은 미국 인디언들처럼 우―하는 함성을 지르면서, 신이 나서 큰 소리로, 이것이야말로 새침하고 잘난 체하는 부르주아 정신의 지겨운 잡담이라고 선언할 것이다. 그리고 이제 아무도 다시는 W 부인을 대수롭게 여길 사람이 없다고 말할 것이다. 그러나 폭력은 크게 개의치 않는다. 나에게 가장 신경 쓰이는 것은, 내가 이를테면 틸턴이나 찰스턴에 갔을 때의 어색한 분위기다. 그들은 무슨 말을 해야 좋을지 몰라 할 것이다. 그리고 6월까지 여기를 떠나지 않을 테니까, 이 젖은 불꽃놀이 같은 분위기에 완전히 노출될 각오를 해야 한다. 이 책은 지친 책이라고 그들은 말할 것이다. 마지막 기를 쓰는 거지…… 라고. 그런데 책을 다 쓰고 나니, 설사 그렇더라도 나는 그

---

1    1924년부터 울프 부부는 타비스톡 광장 52번지에서 살고 있었으며, 그 지하에는 호가스 출판사가 있었다.

그늘 아래에 존재할 수 있다는 느낌이 든다. 적어도 내가 열심히 내 일을 하고 있는 한은. 그런데 일은 끊어지지 않는다. 어제 네사와 삽화가 들어가는 이야기책에 대해 의논했다. 우리는 크리스마스를 위해 열두 장의 석판화를 직접 인쇄해서 출판할 예정이다. 우리들이 이야기하고 있을 때, 마저리 프라이가 전화를 걸고, 로저의 책에 관해 줄리언 프라이[2]를 만나 달라는 말을 했다. 이렇게 해서 이 책이 나에게 압력을 가하기 시작한다. 그리고 L이 가능하다면 『3기니』를 가을까지 그에게 넘겨주기를 바라고 있다. 그러나 그 사이사이 읽던 기번을 마저 읽어야 하고, 방송에도 나가고, 어쩌면 전기에 관한 주제 논문도 써야 할 것 같다. 이 가벼운 소동이 가라앉을 때까지, 나는 문학계에서 떠나 있을 작정이다. 생각해보면 결국 기다린다는 것이 가장 고약한 것이다. 다음 달 지금쯤이면 나는 더욱 편해질 것이다. 지금은 가끔씩만 걱정이 될 따름이다.

## 2월 21일, 일요일[3]

닷새 쉬고 (『얼굴과 목소리*Faces and Voices*』를 쓰느라고) 난 뒤에 『3기니』 일을 시작했다. 더없이 우울하게 정신없이 한동안 일하고 난 뒤, 이제 일에 좀 속도가 붙었고, 이제는 제법 일이 진척될 것 같다. 때로 어떤 연결 부분은 빨리 쓸 수 있다는 것이 이상할 정도다. 희한하게도 조용한 하루였다. 어제는 누구 한 사람 만

2    Julian Fry, 마저리 프라이의 조카이며, 로저 프라이의 유일한 아들.
3    2월 24일(수요일)에 쓴 일기.

나지 않았다. 그래서 칼레도니아 시장[4]에 갔는데, 스푼 가게를 찾지 못했다. 노란 장갑을 3실링에 사고, 양말은 1실링에 사서 집으로 돌아왔다. 다시 프랑스어를 읽기 시작했다. 지난여름, 재니가 나에게 준 『인간 혐오』[5]와 콜레트의 회고록.[6] 그때 나는 우울하고 멍한 상태여서, 이 일이건 저 일이건 집중할 수 없는 상황이었다. 오늘 서평가들이 (아, 어쩌자고 이 빌어먹을 바보 같은 생각을 또 하나) 나에게 날을 세우고 있다. 그러나 거위털 침대 따위에 신경을 쓰고 있어야 되겠는가. 실제로 일단 『3기니』에 속도가 붙으면, 나에게는 흰 가로막대기의 번뜩임만이 보일 것이고, 목표를 향해서 달려갈 것이다.

## 2월 28일, 일요일

『3기니』에 몰두해 있기 때문에 일에서 빠져나와 좀처럼 일기를 쓸 수 없다. (여기서 실제로 나는 대학에 대한 단락을 생각하느라고 펜을 놓고 있다.) 이것이 어떻게 전문직과 관련되는가, 따위의 생각을 하느라고. 이것은 나쁜 버릇이다.

## 3월 7일, 일요일

앞쪽에서 짐작할 수 있듯이, 내 정신적 체온이 갑자기 상승했

---

4 런던에 있는 벼룩시장.
5 몰리에르의 작품.
6 『*Mes Apprentisages*』(1936).

다. 왜 그런지는 모르겠다. 『3기니』를 쓰느라고 상당히 숨 가쁘게 달려왔다는 것 말고는. 이제 숙명적인 주간이 시작되었으니, 체온이 갑자기 떨어질 것을 각오해야 한다. 틀림없이 상황이 매우 악화될 것이다. 그러나 동시에 상황이 치명적이 아닐 수 있다는 확신도 있다. 다시 말해 책은 두들겨 맞겠지만, 약간의 칭찬도 있을지 모른다. 그러나 문제는 내 자신이 그 책이 실패작인 이유를 알고 있으며, 그 실패는 그럴 만한 이유가 있었다는 점이다. (책은 출판도 되기 전에 5,300부가 팔려 나갔다. ― 울프 주) 내가 작가로서, 하나의 인간으로서 나름대로의 철학을 가지고 있다는 것도 알고 있다. 작가로서 나는 평론들은 별개로 치고라도, 다른 두 권의 책(『3기니』와 『로저』)을 쓸 준비가 돼 있고, 인간으로서 현재 내가 누리고 있는 내 생활의 안일과 안전은 함부로 버리지 않을 것이다. 솔직히 말해 나는 이 사실을 이번 겨울에 증명했다. 이것은 제스처가 아니다. 솔직히 명성이 떨어진다는 것, 사람들이 이전만큼 나에게 열광적이지 않다는 것은 나에게 조용히 객관적으로 관찰할 기회를 준다. 또한 나는 사람들로부터 떨어져 초연할 수 있는 입장에 있다. 아무도 찾아 나설 필요가 없다. 요는 어느 쪽으로 구르든 나는 안전하므로, 앞으로 열흘 동안 피할 수 없는 엎치락뒤치락이 끝나고 나면, 느리고, 비밀스럽고, 수확이 가득한 봄, 여름, 가을을 기다릴 수 있다. 다시는 이런 말을 쓰지 않게 되기를 바란다. 금요일 서평이 들어올 때 이 말을 기억할 것.


### 3월 12일, 금요일

아, 살았다! L이 내 침대로 『리터러리 서플리먼트』를 가지고 와서, 아주 좋아요, 라고 말했다. 정말 그랬다.『시대와 조류』는 내가 1급의 소설가이고, 위대한 서정 시인이라고 말한다. 그리고 힘들여 다른 서평들도 대충 읽어보았다. 이 작품이 엉터리는 아니었다는 생각에 머리가 약간 멍해진다. 이 책이 효과를 발하고 있는 것이다. 그러나 물론 내가 의도했던 바의 효과는 아니다. 그러나 지금, 맙소사, 그 죽을 고생을 하고 난 뒤 나는 자유롭고, 성하고 팔팔하다. 전속력으로 달려갈 수 있다. 그러니 이 만족의 외침을 그치고, 기쁨을 가라앉혀야 한다. M. H.로 간다. 줄리언이 오늘 돌아온다. 점심 먹기까지의 5분 동안을 이용해서 내가 여기 쓰려고 하는 것은, 비록 내가 지난 몇 주 동안의 고통과 초조와 절망에서 오늘 완전히 빠져나왔고, 또 다시는 그렇게 되지는 않겠지만, 내가 지금까지 열심히, 그리고 힘들여 써오던『3기니』를 써야 하는 짐을 다시 짊어지고 있다는 사실을 적으려는 것이다. 그래서 지금 나는 그 짐차를 울퉁불퉁한 길 위에서 끌어보려고 애쓰고 있다. 그러니 휴식은 없을 것이다. 일이 끝났다는 느낌이 없다. 언제나 본능적으로 스스로를 멍에에 묶는다. 그 긴장감 없이는 살지 못한다. 이제『세월』은 내 마음 속에서 완전히 사라질 것이다.

차 수리는 끝났다. 그러나 비가 오고 있다.


### 3월 14일, 일요일

『옵서버』에 실린『세월』에 대한 두 칼럼의 칭찬 기사가 나를 흥분시켜서, 예정했던 대로의『3기니』작업을 계속할 수 없다. 심지어 나는 지금까지 소파에 앉아, 그 서평을 읽을 사람들을 생각하고 기뻐하고 있었다. 그러나 1년 조금 더 되는 작년 이맘때, 바로 이 방에서 겪었던 고뇌들…….3년간의 작업이 완전한 실패라는 생각이 들기 시작했을 때, 아침마다 이 방으로 비틀거리며 와서는, 교정쇄를 가위로 도려낸 뒤, 서너 줄 쓰고 나서 다시 침대에 가 누웠을 때, 내 일생의 최악의 여름, 그러나 동시에 가장 계몽적인 시간들을 생각할 때, 내 손이 떨리는 것도 이상할 일이 아니다. 그러나 나를 가장 기쁘게 하는 것은 드 세링코트[7]가 지적했듯이, 『세월』에서 추구한 내 의도가, 내가 걱정했던 것처럼 전적으로 무시되고 흐려진 것은 아닐 수 있다는 가능성이다. T. L. S.[『타임스 리터러리 서플리먼트』]는 마치 이 책이 중산계급의 단순한 백조의 노래[8]인 것처럼 말하고 있다. 일련의 세련된 인상이라고. 그러나 드 세링코트는 이 책을 창조적이고 건설적인 것으로 본다. 그렇다고 내가 세링코트의 글을 다 읽은 것은 아니다. 그러나 세링코트는 몇 개의 중요한 문장들을 집어냈다. 이것은 이 작품이 앞으로 토론의 대상이 될 것이라는 사실을 뜻한다. 그리고 『3기니』가 빨갛게 달아오른 쇳덩어리를 아주 야무지고 똑부러지게 내려치게 되리라는 것을 의미한다. 그리하여 나의 터무니없는 계획이 인생의 시기 따위에 의해 방해를 받지 않게 될 것이다. 그러나 그것을 확인한다는 것은 나에게는 엄청난 발견이었다.


### 3월 19일, 금요일

이것은 정말 내 일생 중 가장 신기한 경험 가운데 하나다. "그들"은 거의 한 목소리로 『세월』이 걸작이라고 말한다. 『타임스』

---

7    Be Selincourt, 1878~1951, 영국의 소설가이자 저널리스트.
8    죽기 전에 마지막으로 부르는 노래.

가 그렇다. 바니, 하워드 스프링[9] 등등(걸작이라는 것에 대해 몇 마디 하고, 그러고는 울프 부인이 현존하는 다른 어느 작가보다 더 많은 것을 우리에게 줄 수 있다든가…… 엄청나게 많이 쓰는 작가라는 등 ― 울프 주). 만약 누가 6개월은 고사하고, 1주일 전만이라도 내게 이 작품을 정서하라는 말을 했더라면, 나는 총에 맞은 토끼처럼 깡충 뛰어올랐을 것이다. 완전히, 그리고 절대로 믿을 수 없었을 것이다! 찬사의 합창은 어제 시작되었다. 그런데 나는 코벤트 가든을 걷다가 처음으로 코벤트 가든의 세인트 폴 교회[10]를 발견했다. 나이 든 가정부가 현관 입구의 의자를 청소하면서 노래하고 있는 것을 들었다. 그리고 버네트 가게로 가서 옷가지를 좀 샀다. 『이브닝 포스트』를 사서 지하철에서 읽다가, 나에 대한 칭찬 기사를 발견했다. 영광이라는 것은 조용하고 평온한 느낌이다. 지금 나는 튼튼하게 무장돼 있어, 이 같은 약간의 흥분에 크게 마음이 흔들릴 일은 없을 것이다. 이제 다시 『3기니』 작업을 시작해야 한다.


## 3월 27일, 토요일


아니, 기번을 맵시 있게 꾸미는 일은 하지 않겠다. 다시 말해 천단어쯤으로 줄이는 일은. 너무 힘이 들고, 내 머리는 너무 풀어져 있다. 춥지만 밝은 부활절 아침에 장작불을 쪼이면서, 여기 몇 자

---

9    하워드 스프링은 『이브닝 스탠더드』에 실린 서평에서 다음과 같이 말하고 있다. "…this is a book that might be called, in more exacting times, a masterpiece…… Once again she liberates the imagination, exciting and inspiring it with that beautifully economical and resourceful prose…… Mrs Woolf's incomparably fertile [novel] (…)."
10   흔히 액터스 처치로 알려져 있는 코벤트 가든에 있는 작은 교회.

끼적거리고 있을 뿐이다. 갑자기 햇살이 비치는가 하면, 이른 시간에 언덕 위의 눈이 흩어지기도 하고, 갑자기 문어 모양의, 잉크처럼 까만 폭풍우가 쏟아진다. 그리고 떼까마귀들이 느릅나무 위에서 바스락거리거나, 나무를 쪼고 있다. 그 아름다움에 대해 말하자면, 아침을 먹고 테라스를 산보하고 있을 때, 내가 늘 말하듯이, 한 사람이 보기에는 너무 아깝다. 사람들이 자세히 보려고만 든다면, 그들 전체를 행복으로 가득 채우기에 충분하다. 이 정원은 교회와, 아샴의 언덕을 배경으로 까맣게 보이는 교회의 십자가와 묘한 조화를 이루고 있다. 다시 말해 영국적인 것의 모든 요소가 우연히 한데 모여 있다. 우리는 목요일에 이리 왔는데, 런던에서는 차가 밀리는 바람에 오도 가도 못했다. 차들이 길거리를 내달리고 있었다. 어제는 드디어 전화와 서평에서 해방되었다. 아무도 전화를 걸어온 사람이 없었다. 나는 『오먼트 경과 그의 아민타』[11]를 읽기 시작했는데, 늘 읽던 창백한 소설에 비해 너무나 풍부하고, 너무나 이야기가 빽빽하고, 너무나 생생하고, 또 근육질이어서, 맙소사, 또 소설을 쓰고 싶어졌다. 메러디스는 제대로 된 평가를 받지 못하고 있다. 밋밋한 산문을 피하려는 메러디스의 노력이 마음에 든다. 그리고 메러디스에게는 유머와 얼마간의 통찰력도 있다. 지금 사람들이 생각하고 있는 것 이상으로. 기번도 읽고 있다. 그러니 나는 필요한 모든 것을 다 갖추고 있다. 그렇지만 언제나처럼 다시 뒷골이 댕기고 두근거리기 시작해서, 더이상 여기 글을 쓸 수 없다.

11 G. 메러디스(1828~1909)의 소설.

# 4월 2일, 금요일

나라는 사람은 참 재미있다! 오늘은 활기가 넘치고 팔팔하며, 생각은 넘칠 지경이다. 그도 그럴 것이, 금요일 『리스너』에 실린 에드윈 뮤어의 글과 『생활과 문학』에 실린 스콧 제임스의 글을 읽고 뺨을 얻어맞은 것 같은 기분 때문에 죽고 싶을 정도로 우울했기 때문이다. 두 사람 모두 나를 호되게 공격했다. E. M.은 『세월』이 죽은, 실망스러운 작품이라고 말한다. S. 제임스도 같은 말을 하고 있다. 모든 불빛은 꺼지고, 내 피리도 땅에 엎드렸다고. 죽은 작품이고, 실망스럽단다. 그러니 내 정체는 드러났고, 그 불쾌한 라이스 푸딩 같은 책은 내가 생각했던 대로였다. 통탄할 실패작. 그 안에 생명이 없다. 콤프턴 버넷 양[12]의 냉엄한 진실과 강력한 독창성에 훨씬 뒤진다는 말이 주는 고통이 새벽 네 시에 나를 깨웠고, 나는 몹시 괴로워했다. 종일 걸려 차로 재닛에게 갔다왔는데, 마음은 흐려 있었다. 그러나 일곱 시경에는 구름이 개었다. 『엠파이어 리뷰』에 넉 줄의 호의적인 서평이 실려 있었다. 내 책 중에서 가장 잘된 것이라고. 이것이 서평이 도움이 될까? 큰 도움이 되지는 못했다고 생각한다. 그러나 몸이 부서질 것 같은 기쁨은 부인할 수 없다. 왠지는 몰라도 기운이 나고, 완전해지고, 호전적이 된다. 칭찬을 받을 때보다 더.

---

12  Compton Burnett, 1884~1969, 영국의 작가, 『형제와 자매』라는 소설을 출간한 바 있다.

## 4월 3일, 토요일

그런데 29일에는 방송을 해야 한다.[13] 다음과 같이 할 작정이다. 문제는 말재주가 아니다. 나는 제목은 무시하고 말에 대해 말하겠다. 어찌하여 말은 기술의 대상이 아닌가에 대해. 말은 진실을 말한다. 그들은 쓸모가 없다. 두 개의 언어가 있어야 한다는 점. 허구와 진실의. 말은 비인간적이다 (…) 돈이 되지 않는다, 프라이버시를 요한다. 왜냐고? 인종 존속을 위해 포옹을 해야 하니까. 죽은 말. 언어의 순수주의자와 비순수주의자들. 이것은 단순한 인상일 뿐이며, 고정된 것은 아니다. 나도 말을 존중한다. 말의 조합. 교묘한 표현은 존재하지 않는 그대를 등장시킨다. 우리는 쉽사리 새로운 단어를 만들 수 있다. "철벅첨벙", "지끈재끈." 그러나 이들을 글로는 못 쓴다.

## 4월 4일, 일요일

또 다른 괴상한 특이성. 메이너드는 『세월』이 내 책 중에서 최고라고 생각한다. 엘리너와 크로스비의 한 장면은 체홉의 『벚꽃 동산』보다 더 낫다고 말한다. 이 의견은 매우 뛰어난 두뇌의 한가운데서 나온 것이기는 하지만, 뮤어의 공격만큼 내 마음을 흔들어 놓지는 않는다. 그러나 천천히, 그리고 깊숙이 잦아든다. 이것은 다른 한 쪽에 대한 반응처럼, 허영심에서 나온 반응이 아니다. 다른 쪽 것은 『리스너』의 금주 판이 지나가면 곧 사라질 것이다. L은 틸

---

13  4월 29일 방송을 했고, 원고는 「Craftsmanship」이라는 제목으로 울프의 산문집 『나방의 죽음』(1942)에 실려 있다.

턴으로 가서 친구들과 오랫동안 조용한 잡담을 하고 왔다. 메이너드는 『세월』이 매우 감동적이라고 말한다. 나의 다른 어떤 책보다도 다정하다고. 『파도』처럼 어리둥절하게 만들지도 않는다고. 상징은 별로 신경이 쓰이지 않는다고. 매우 아름답다고. 그는 필요이상의 말은 하지 않는다고. 아직 다 읽지는 못했다고 한다. 그러나 이 두 의견을 어떻게 조화시킬 수 있단 말인가? 나의 가장 인간적인 책이라는 의견과, 가장 비인간적인 책이라는 의견을. 아, 이 모든 것을 잊고 글을 쓰고 싶다. 내일부터는 그래야겠다.

## 4월 9일, 금요일

"그런 행복은 그것이 어디에 있다고 알려졌든지 간에 불쌍한 것이다. 틀림없이 눈먼 것이기에."[14] 그렇다, 그러나 내 행복은 눈먼 것이 아니다. 오늘 새벽 세 시에서 네 시 사이에 잠이 깨서 생각한 것이지만, 이것은 나의 55년간의 업적이다. 나는 아주 조용히 행복하게 누워 있었다. 마치 소용돌이치는 세상에서, 눈을 한껏 뜨고 깊고, 푸른 조용한 공간으로 걸어 나와 안전하게 존재하고 있는 듯했다. 일어날 수 있는 모든 사건에 대비한 채. 전에는 이런 기분을 맛본 적이 없었지만, 작년 여름부터는 몇 번인가 느꼈다. 최악의 우울증 속에서, 마치 밖으로 걸어 나가 외투를 벗어 던지고, 침대에 누운 채, 밤마다 멍크스 하우스에서 별들을 쳐다보는 느낌이다. 물론 낮에는 기분이 흐트러지지만, 그 느낌은 그대로 있다. 어제 오래 알고 지낸 휴가 와서, 『세월』에 대해 아무

---

14  워즈워스의 시 「Elegiac Stanzas suggested by a Picture of Peel Castle, in a Storm, painted by Sir George Beaumont」에서.

말도 하지 않았을 때도 그 느낌은 거기에 있었다.


## 6월 1일, 월요일. 멍크스 하우스에서

드디어『3기니』의 장단을 되찾았다. 닷새 동안 아등바등 고생한 끝에, 베끼고 얼마간 고쳐 쓰는 일을 하고 난 뒤에. 늙어빠진 불쌍한 내 머리가 기분 좋게 가르랑거리고 있다. 주로 어제 즐겁게 오랫동안 산책을 해서 졸음을 쫓아버렸기 때문이다. 몹시 더웠다. 여하튼 나는 이 일기를 놀이터로 사용해야 한다. 왜냐하면 세 시간 내내 집중만 할 수는 없기 때문이다. 긴장을 풀고, 마지막 한 시간을 여기서 놀아야 한다. 글 쓰는 것의 가장 나쁜 점이 이것이다. 시간의 낭비. 아침의 마지막 한 시간 동안 무엇을 할 수 있을까? 단테를 다시 읽을까. 그러나 아, 두 번 다시 긴 책에 묶이지 않아도 된다는 생각에 얼마나 가슴이 뛰는지! 아니, 다시는 그러지 않을 것이다. 앞으로는 항상 짧은 것만 쓰겠다. 그 "긴 책"은 아직 완전히 쓰러지지 않았다. 잔향이 아직도 으르렁거리고 있다. 내가 이 말을 했던가, 아니지, 런던의 나날은 일기를 쓰기엔 너무 빡빡하고, 너무 덥고, 너무 산만하다. H. 브레이스 출판사가『세월』이 미국에서 베스트셀러가 된 것을 알고 기뻐 편지를 했다는 말을. 이것은『헤럴드 트리뷴』의 리스트 꼭대기에 내 이름이 올라 있는 것으로도 확인되었다. 거기서는 손쉽게 2만 5천 부를 팔았다. 내 기록이다(6월 14일, 월요일.『세월』은 아직도 1위다. 7월 12일, 월요일.『세월』은 아직도 리스트의 1위이고, 매주 그렇다. 8월 23일.『세월』은 현재 2위나 3위. 9판이 나갔다. 어제는 10월 22일. 리스트의 꼴찌 ― 울프 주). (나는 지금『3기니』를 공상하고 있다.) 우리는 돈이 생기면 종신 연금 증서를 살까 하는 생각을 한다. 돈을 위해 글을 쓰지 않아도 된다는 것이 연금의 가장 좋은 점이다. 소설을 또 하나 쓸 수 있을지 의심스럽다. 『세월』 때와 같은 큰 충동을 느끼지 않는 한은 못 쓸 것이다. 내가 만약 딴 사람이라면, 자신에게 말할 것이다, 평론을 쓰고, 전기를 쓰세요, 라고. 이 둘을 위해 새로운 형식을 생각해내세요. 그리고 짧고 기발한 소설을 쓰세요. 시를 쓰세요. 여기에는 운명이 한 몫하고 있다. 왜냐하면 『3기니』를 끝내면(8월에 출판까지는 몰라도, 쓰는 일은 마칠 수 있을 것이다.) 나는 원고를 제쳐 두고 로저를 쓰려고 마음먹었기 때문이다. 내가 가장 좋다고 생각하는 것은 6월 한 달 동안 열심히 『3기니』를 쓰고, 그리고 로저에 관한 기록들을 읽고 또 읽는 것이다. 그런데 나는 『스크루터니』[15]에서 호되게 공격을 받았다. L이 전하는 바에 의하면, 내가 『파도』와 『세월』에서 사기를 쳤다는 것이다.[16] 이와는 반대로 미국에서는 포크너에 의해 가장 지적인 것으로 (그리고 높이) 평가받았다고 한다. 이것이 전부다. (다시 말해 이제 서평에 대해서는 이 정도만 써두면 되리라고 생각한다. 영리한 젊은이들은 나를 깎아내리는 데 재미를 느낄 것이다 ― 그래도 좋다. 그러나 샐리 그레이브스와 스티븐 스펜더가 마음 속으로 나를 밀어주고 있다. 그래서 결국 나는 솔직히 말해, 내 위치가 어딘지 잘 모르겠다. 그러나 이 일은 더 이상 생각하지 않으려고 한다. 기번의 원고는 『뉴 리퍼블릭』[17]에

---

15  리비스가 창간한 비평 계간지.

16  당시 케임브리지 대학의 학부 학생이었던 윌프레드 멜러스는 다음과 같은 말을 하고 있다. "When she had written 『*To the Lighthouse*』 there were three courses open to Mrs Woolf. Either she could enlarge her scope, do something fresh; or she could stop writing altogether; or she could cheat by way of technique. She chose the last of these alternatives."

17  1914년에 창간된 미국의 언론 잡지.

서 거절당했다. 그래서 미국에는 다시 원고를 보내지 않을 작정이다. 그리고『리터러리 서플리먼트』이외에는 전혀 원고를 쓰지 않겠다. 이 신문을 위해 지금 콩그리브[18]의 원고를 쓰려고 한다.)

## 6월 22일, 화요일

콩그리브에 달려들지 않고 여기에 먼저 글을 쓰고 있다는 것은 부끄러운 일이 아닌가? 그러나 사턴 양, 마리, 앤과 잡담하고 난 뒤, 식후에 내 머리는 기진맥진해져서『사랑에는 사랑을』[19]을 읽을 수 없었다. 그리고『3기니』도 월요일까지는 쓰지 않겠다. 숨을 좀 돌릴 때까지. 그러고 나서「교수의 장」을 쓰겠다. 그러고는 마지막 장. 그리고 지금은 니콜슨의 처방에 따라, 뇌에서 피를 다른 부분으로 옮겨야 하는데, 이것은 적절한 처방이다. 나는 산의 정상에 관한 꿈 이야기를 쓰고 싶다. 왜냐고? 눈 속에 누워 있는 것에 대하여. 고리 모양의 색깔에 대해. 침묵과 고독. 그런데 유감스럽게도 그럴 수 없다. 그러나 언젠가 잠시 쉬기 위해 그 세계에 빠져 보는 것은 어떨까? 앞으로는 영원히 짧은 글만 쓰겠다. 오랜 고역은 질색이다. 가끔 돌발적으로 쓰는 강렬한 글 말고는. 또다른 모험을 생각해낼 수 있다면야. 묘하게도 그것이 지금 내 눈앞에 보인다. 어제 채링 크로스 가에서, 책과 관련된 모험이. 뭔가 새로운 조합. 브라이턴? 방파제 위의 둥근 방, 그리고 사람들은 쇼핑을 하고, 서로를 놓치고 만나지 못한다. 이것은 안젤리카가 여름에 해준 이야기다. 그러나 이것과 평론이 어떤 관계가 있는

18  1670~1729, 영국의 신고전주의 극작가.
19  1695년에 발표된 콩그리브의 희곡.

가? 나는 두뇌의 사차원을 잡아보려고 애쓰고 있다……. 문학적 감정과 관련된 인생. 종일 산책했다. 정신적인 모험 하나. 그 비슷한 것이다. 오래된 내 실험을 되풀이해 봐도 소용없다. 실험이기 위해서는 새로워야 한다.

<br>

## 6월 23일, 수요일

『사랑에는 사랑을』을 읽고 난 뒤에 글을 쓰는 것은 어색하다. 걸작이다. 이 책이 얼마나 잘된 작품인지 지금까지는 알지 못했다. 이런 걸작을 읽으면 얼마나 마음이 고양되는지 모른다. 이것은 뛰어나고 탄탄한 영어다! 그렇다, 항상 고전을 옆에 놓고 실패를 막아야 한다. 그러나 나는 내 감정을 다 표현하지 못한다. 내일 이 작품을 하나의 평론 속에 담아야 한다. 그렇다고 해서 불쌍한 로즈메리의 시를 진지하게 앉아 읽을 수도 없다. 오늘 저녁을 위해서는 그래야 하지만. 어째서 L. S.는 D. N. B.[타비스톡 광장 52번지][20]에서 C[콩그리브]가 감정이나 고통을 모르는 사람이라는 말을 했을까? 그 작품 하나에도 새커리의 전 작품을 합친 것보다 더 많은 감정과 고통이 있는데. 점잖지 못한 것은 종종 솔직한 데서 나온다. 그러나 이 이야기는 그만 하자. 어제는 셀프리지 백화점에 뱅어를 사러 갔는데, 날이 타는 듯이 뜨거웠고, 게다가 나는 까만 옷을 입고 있었다. 이번 여름은 날씨가 정말 변덕스럽다. 갑자기 폭풍우가 몰아닥치는가 하면, 꽁꽁 얼거나 불에 그슬린다. 52번지 근처에 다다랐을 때, 피난민의 긴 행렬이 (사막의 캐러밴과 같았다) 광장을 가로질러 걸어갔다. 아마도 함락당한

20 『영국 인명사전』 울프의 아버지가 편집장이었다.

빌바오에서 도망 나온 스페인 사람들 같았다.[21] 아무도 놀란 기색은 없었으나, 왠지 눈물이 났다. 애들도 터벅터벅 걷고 있었다. 여인네들은 싸구려 영국제 상의를 입고, 화려한 손수건을 머리에 쓰고 있었고, 청년들과 그밖의 모든 사람들은 싸구려 가방이나, 아니면 밝은 파랑색의 커다란 법랑 주전자나 깡통들을 들고 있었다. 깡통 속에는 어떤 복지단체에서 받은 선물이 들어 있을 것이다. 도망쳐 나와 다리를 질질 끌면서 걷고 있는 사람들. 스페인의 들판에서 기관총에 쫓겨 터벅거리면서 타비스톡 광장을 가로질러 고든 광장을 따라 걷다가 그다음에는 어디로 갈 것인가? 법랑 주전자를 꽉 움켜잡고. 기묘한 광경이었다. 행선지를 알고 있는 그들은 걸음을 계속했다. 누군가가 그들을 인솔하는 모양이었다. 한 소년이 잡담을 시작했다. 다른 소년들은 캐러밴의 방랑자들처럼 멍하니 서 있었다. 우리가 콩그리브처럼 글을 쓰지 못하는 하나의 이유가 여기 있다.

## 7월 11일, 일요일

하나의 틈새. 생활의 틈새가 아니라 생각의 틈새다. 나는 매일 아침 왕성하게 『3기니』 작업을 해왔다. 8월에 끝낼 수 있을는지가 의심스러워졌다. 그러나 나는 지금 내 마법의 거품 한가운데 있다. 시간이 있다면 세상의 기묘한 모습을 묘사하고 싶은데, 창백한 환멸의 세계를. 때때로 그것이 강렬하게 보인다. 벽이 점점 엷어질 때, 그리고 내가 피곤하고 혼란스러울 때. 그러면 나는 마

---

21  빌바오는 6월 18일에 스페인 반란군에 함락된다. 그러나 그전에 이미 약 4천 명의 바스크 족 어린이들을 로열 오크 호에 태워 영국의 사우샘프턴으로 피난시켜, 영국 각지의 수용소로 이송했다. 울프가 보고 있는 것은 아마도 이송 중의 어린이들일 것이다.

드리드 근처에 사는 줄리언이나 그밖의 것들을 생각한다. 마거
릿 데이비스[22]가 편지로 재닛[23]이 위독하다는 사실을 알려오고,
나에게 『타임스』에 재닛에 관한 글을 쓰지 않겠느냐는 부탁을 해
왔다.[24] 매우 이상한 생각이다. 마치 내가 쓰는 것과 다른 사람이
쓰는 것이 문제가 되는 양. 그러나 이 때문에 어제는 재닛에 대한
생각으로 가득했다. 나는 내 글이 일종의 영매라고 생각한다. 내
가 그 사람이 되는 것이다.

## *7월 19일*, 월요일

　방금 멍크스 하우스에서 돌아왔다. 그러나 아무것도 쓸 수 없
고, 또 쓰지도 않겠다. 너무 짜증스럽고 당황스럽다. 『타임스』에
보낼 재닛을 위한 짧은 추도문을 급하게 쓰느라 내 머리를 너무,
너무 긴장시켰다. 문장을 유연하게 다듬지 못했다. 너무 딱딱하고
형식적인 글이 되었다. 재닛은 세상을 떠났다. 오늘 아침 엠피[25]
가 세 마디를 전해왔다. 언니가 목요일 돌아가셨습니다. 눈을 감
았습니다. 그리고 "참 예뻐 보였습니다." 오늘이 화장하는 날이
다. 엠피가 작은 장례식 순서를 인쇄해 보냈는데, 거기에는 사망
날짜가 빈 칸으로 되어 있었다. 조사는 없었다. 베토벤의 아다지
오와, 정중함과 신념에 관한 문구가 하나 있었는데, 내가 미리 알
았더라면 내 추도문에 넣을 걸 그랬다. 그러나 내 글이 뭐 그리 대

---

22　Margaret Llewelyn Davies, 1861~1944. 울프 부부와 재닛 케이스의 오래된 지기.

23　Janet Case, 울프에게 그리스어를 가르친 옛 친구. 재닛 케이스는 7월 15일에 사망.

24　울프는 다음과 같은 제목의 글을 썼다. 「Miss Janet Case: Classical Scholar and
　　Teacher. By an Old Pupil」

25　재닛의 동생—레너드 주.

단한가? 이처럼 재닛과의 추억 전체를 돌이켜 보면, 거기에는 뭔가 적절하고 완성된 느낌이 있다. 친애하는 늙은 덜렁이 엠피는 혼자서 쓸쓸할 때가 올 것이다. 우리에게 엠피는 늘 덜렁이로 보이지만, 나에게는 매우 감동적인 분이다. 엠피의 편지 가운데 한 대목이 생각나는데, 한밤중에 재닛의 방에 뛰어 들어가, 그 둘이 잠시 즐거운 시간을 함께했다는 것이다. 엠피는 늘 뛰어 들어가곤 했다. 두 사람 중 재닛은 안정되고, 명상적이며, 세상과 맞지 않는 개인적 신념을 갖고 있었다. 그러나 이상하게도 재닛은 표현을 잘 못했다. 말재주가 없는 사람이었다. "나의 사랑하는 버지니아에게"로 시작했던 마지막 편지를 제외하고, 재닛의 편지는 늘 침착하고 스스럼없었다. 하이드 파크 게이트에서 재닛과 지냈던 시간을 얼마나 사랑했던가, 그리고 윈드밀 힐에 갔을 때 나는 얼마나 부끄러웠던가. 또 재닛의 몽상이 내 인생에서 얼마나 큰 역할을 했던가. 마침내 그 몽상은 내 허구의 영역으로 들어왔고, 실생활에서는 나타나지 않았다.

## 8월 6일, 금요일

새로운 소설이 하나 또 떠오르는가? 그렇다면 어떤 모양으로? 현재 그 소설에 대해 가지고 있는 유일한 힌트는 그것이 대화 형식이어야 한다는 것. 그리고 시. 그리고 산문. 이 모두를 분명히 별개의 것으로. 더 이상 길고 꼼꼼한 책은 쓰지 않겠다. 그러나 지금은 충동을 느끼지 않는다. 기다리겠다. 설사 충동이 생기지 않더라도 신경 쓸 일은 아니다. 하지만 일간 옛날의 그 희열을 맛보게 될 것이다. 소설은 더 쓰고 싶지 않다. 새로운 비평 영역을 개

척하고 싶다. 증명된 사실이라고 생각하는데, 나는 사람들을 "즐겁게 하기 위해", 또 남의 생각을 바꾸기 위해 글을 쓰지는 않을 것이다. 나는 지금, 그리고 영원히 나 자신의 주인이다.

## 8월 17일, 화요일

별로 할 말이 없다. 사실 이번 여름의 유일한 생활은 내 머리 안에 있다. 글 쓰는 일은 나를 흥분시킨다. 세 시간이 10분처럼 지나간다. 오늘 아침 일순간 옛날의 환희를 맛보았다. 생각해보라! 뉴욕의 샴브런[26]을 위해 「공작부인과 보석상The Dutchess and the Jemeller」을 베끼고 있었다. 요약문을 보내게 돼 있었다. 샴브런은 이 요약에 실망할 것이다. 그러나 그 작은 터무니없는 섬광 속에도 그 옛날의 흥분이 있었다. 서평 때보다 더 큰 흥분이었다고 생각한다.

다행히 (이것이 바른 표현이라면) 나는 이런 전기 충격들을 받는다. 글을 써달라는 전보를 받을 때. 샴브런은 9천 단어 소설에 5백 파운드를 주겠다고 한다. 그래서 나는 당장 모험담을 꾸며내기 시작한다. 열흘 동안의 모험, 어떤 남자가 팔에 실로 짠 까만 양말을 묶고 노를 젓는다. 이 일기에서조차 나는 자신만을 위해 글을 쓰고 있다고 할 수 있을까? 아니라면 누구를 위해 쓰고 있는가? 상당히 재미있는 질문이다.

---

26  뉴욕의 문예 대행업자.

## 10월 12일, 화요일. 런던에서

그렇다, 우리는 타비스톡 광장에 돌아와 있다. 그리고 나는 9월 27일 이래로 일기를 전혀 쓰지 못했다. 매일 아침 얼마나 빡빡하게 『3기니』 쓰는 일에 매달렸나를 여실히 보여준다. 처음으로 이 글을 쓸 수 있는 것은, 10분 전 열두 시에 『3기니』의 마지막 쪽으로 생각되는 부분을 마쳤기 때문이다. 아침마다 얼마나 정신없이 달려왔던가! 『3기니』는 나를 압박해왔고, 내 안에서 분출되어 나왔다. 만약에 이것이 미덕의 증거가 된다면, 그것은 육체적인 화산과 같은 것이다. 이렇게 작품을 토하고 나니, 내 머릿속은 상쾌하고 고요하다. 그 작품은 오래전부터 (아마 델피에서부터라고 기억하지만) 내 머릿속에서 지글지글 끓고 있었다. 그때는 우선 이것을 억지로 소설로 써보려고 했다. 아니, 소설이 먼저 왔다. 『세월』이. 그러고는 그 지독한 우울증을 겪는 동안 내내 나는 자제했고, 몇몇 광적인 메모를 적는 일 말고는 『세월』을, 그 엄청난 짐을, 내려놓을 때까지 그 샘에서 물을 끌어 올리는 일을 거부했다. 그래서 이처럼 정신없이 달려올 수가 있었던 것이다. 그리고 시간을 충분히 얻어 생각도 많이 했다. 그러나 이 작품이 잘되고 못되고를 내가 어떻게 알겠는가? 이제 참고 문헌 일람표와 주를 달아야 한다. 그리고 한 주 쉬겠다.

## 10월 19일, 화요일

어젯밤 미국의 H. B.사[하코트 브레이스 출판사]에 보낼 「사냥꾼 일행The Shooting Party」을 읽다가, 갑자기 새로운 소설의 형식을 얼핏 보았다. 우선 테마를 말한다. 그리고 그것을 다시 말한다. 이런 식으로 같은 이야기를 되풀이한다. 이것저것 골라 가며 이야기하다가, 종국에 가서는 중심 아이디어를 말한다.

이것은 내 평론에도 어울릴지 모른다. 그러나 지금은 머리가 너무 무거워서 어떻게 그 방법을 찾을 수 있을지 모르겠다. 지금까지 일어난 일은 다음과 같다. 나는 「사냥꾼의 일행」을 끝내고 생각한다. 그 여자가 (가령 그 이름을 크리스타벨이라고 하자) 택시를 불렀으므로, 나는 그 여자를 마중하러 타비스톡 광장으로 가는데, 그 여자는 다시 그 이야기를 나에게 한다. 아니면 이야기를 해나가는 과정에 내가 내 자신의 생각을 자세히 서술할 수도 있다. 아니면 S. P.에서 다른 사람을 찾아, 그 사람의 생애에 대해 말한다. 그러나 모든 장면은 통제돼야 하고, 모두가 중심을 향해 방사선을 이루어야 한다. 나는 이것이 가능한 착상이라고 생각한다. 그리고 그것을 짤막짤막하게 분출하는 물줄기처럼 쓸 수 있을 것이다. 집중적인 하나의 작은 책이 될 수 있을 것이다. 여러 형태의 많은 영감을 다룰 수 있을 것이다. 어쩌면 평론도. 이 생각을 1, 2년 동안 『로저』 등등을 쓰는 동안에 내 머리 구석에 간직해 둬야 한다.

# 1938년(56세)

## 1월 9일, 일요일

그렇다, 억지로라도 이 저주받은 한 해를 시작하자. 한 가지 이유는 내가 『3기니』의 마지막 장을 "마쳤고", 또 다른 이유는 얼마만인지 모르지만, 오랜만에 처음으로 한낮에 글 쓰는 일을 중단했기 때문이다.

## 2월 4일, 금요일

10분간 여기에 급하게 글을 쓰기로 한다. L은 엄숙한 표정으로 『3기니』가 괜찮다고 한다. L은 이 작품이 지극히 명석한 분석이라고 생각한다. 전체적으로 나는 만족한다. 감동을 기대할 수는 없다. 왜냐하면 L의 말대로 이것은 소설과는 다르기 때문이다. 그러나 『3기니』는 소설보다 더 실제적인 가치가 있을지 모른다고 생각한다. 그러나 나는 사실 훨씬 더 덤덤하다. 고되고 지루한 일을 잘 해냈다는 느낌이지만, 어찌되었든 간에 소설처럼 나에게 영향을 미치지는 않을 것이다.


## 4월 11일, 화요일

아무튼 4월 1일이었다고 생각하지만, 나는 『로저』를 쓰기 시작했다. 그리고 로저가 쓴 회상록의 도움을 받아 클리프턴의 시기까지 왔다. 대부분은 고되고 지루한 작업이다. 그리고 아마 다시 써야 할 것이다. 그처럼 오래 끌어왔던 일인데, 써놓은 것이 아직 20쪽밖에 안 된다. 지금 당장 착수할 수 있는 이처럼 진지하고 고된 일이 있어, 『3기니』가 끝난 뒤에 찾아온 갑작스럽고 끔찍한 권태를 극복할 수 있다는 것은 커다란 위안이다. L은 내가 바라던 만큼의 칭찬은 해주지 않았다. 그러나 L은 주석들을 한 모금에 삼켜야 하는 곤욕을 치러야 했다. 그리고 (내일 도착할) 교정지는 나에게 차가운 환멸의 물을 끼얹을 것이다. 그러나 나는 이 책 쓰기를 얼마나 강렬하게, 얼마나 집요하고, 얼마나 절박하고, 얼마나 열렬히, 원했는지 모른다. 지금은 고요하고 평온한 느낌이다. 하고 싶은 말을 다 하고 난 뒤처럼. 이제 평가는 그쪽 몫이다. 이제 이 책은 끝났고, 나는 자유롭게 새로운 모험을 할 수 있다……. 56의 나이로. 어젯밤 나는 다시 구상을 시작했다. 여름밤들. 하나의 완전한 전체. 이것이 내 생각이다.[1] 『로저』로 둘러싸여 있다. 목요일에는 멍크스 하우스로 갈 것이다. 그리고 그 지옥 같은 교

---

1 　이것이 나중에 『막간』이라는 제목으로 울프의 사후에 발표된 책에 대한 최초의 언급이다. 이 책 원고의 첫 쪽의 날짜가 4월 2일로 되어 있으며, 'Summer Night'라는 제목이 붙어 있다. 이 책은 그 뒤 'Poyntzet Hall', 'Poyntz Hall', 'Pointz Hall' 등의 제목을 거쳐 마침내 'Between the Acts'가 된다.

정쇄 다발. 이것이, 『3기니』가, 하나의 시점으로서, 어떤 가치가 있다고 생각해도 되는 것일까? 이 작품이 근면과 풍요함을 보여주고, 또 몇몇 곳은 나의 더 종잡을 수 없는 다른 어느 작품 못지않게 (인용이나 논거 따위의 기술적인 어려움을 생각할 때) "잘 쓴" 책이라고 생각해도 되는 걸까? 『자기만의 방』보다는 이쪽이 낫다고 나는 생각한다. 다시 읽어보니 『자기만의 방』은 약간 자기중심적이고, 과시적이고, 산만하다. 그러나 광채가 있다. 속도감. 주석이 저속하다는 느낌이 든다. 억지스럽기도 하고.

## 4월 26일, 화요일

멍크스 하우스에서 부활절을 보냈다. 그러나 볕은 전혀 들지 않았다. 크리스마스보다 추웠다. 납빛의 잔뜩 찌푸린 하늘. 면도칼처럼 날카로운 바람. 겨울 옷. 교정쇄. 많은 예리한 절망. 신성한 철학의 도움으로 가라앉힐 수 있었다. 맨더빌[2]의 『벌꿀』[3]을 발견하고 기뻤다. (매우 유익한 책. 바로 내가 원하던 책이다.) 그리고 Q가 전화를 걸어왔다. 몇 가지 미리 알려주고 싶다고. 핍시[4] 한테서 편지를 받았느냐고. 오토라인이 돌아가셨다고 했다. 핍시가 위독하다는 말에 충격을 받아 돌아가셨다는 것이다. 그리고 핍시가 나에게 오토라인에 관한 글을 부탁했다는 것이다. (윅스 씨와 마셸 씨[5]가 새 방을 얻으려고 다락방을 수소문하고 다닌

---

2   Bernard Mandeville, 1670~1733, 네덜란드 출생의 산문 작가이자 철학가.
3   『The Fable of the Bees』 자유로운 인간의 이기적인 활동이 공공의 복지를 증진시킨다는 자유주의 경제 사상을 주장.
4   Philip Morrell, 1870~1943, 영국의 정치가.
5   건축가. 뮈젤Muzzell의 잘못.

다고.) 그래서 나는 글을 쓰지 않으면 안 되었다. 그리고 그 무서운 작은 총알이 내 머리에 박혀 현기증이 나게 만든다. 그런데도 나는 지금 새 책의 구상을 하고 있다. 그리고 제발 부탁인데, 다시는 내 어깨 위에 무거운 짐을 올려놓지 않기를 바란다. 생각나는 대로 쓰는, 시험적인 글이면 좋겠다. 『로저』에서 한숨 돌리기 위해, 오전 한 토막에 쓸 수 있는 글이면 좋겠다. 제발 미리 계획을 짜놓지 말라. 우주의 거대한 것들을 모두 불러들여, 지치고 기죽은 내 머리를 강제로 (그 모든 부분이 참가해서) 다른 전체를 감싸게 만드는 일은, 아직은, 미뤄주기 바란다. 내 자신의 재미를 위해 한 가지 메모를 해두자. 『포인체트 홀*Poyntzet Hall*』[6]은 왜 안 되는가? 하나의 중심. 문학 전반을 실재하는 작고 우스꽝스러운 에피소드들과 관련지어 논의한다. 그리고 무엇이든 머리에 떠오르는 것을. 그러나 "나"는 버리고 "우리"로 대신할 것. 끝에 가서 "우리"를 주문처럼 불러 본다면? "우리" (…) 서로 다른 많은 것들의 구성체 (…) 모든 인생, 모든 예술, 모든 부랑아들. 기분 내키는 대로 떠돌아다니는, 그러면서도 하나로 통합된. 이것이 지금의 내 정신 상태는 아닌가? 그리고 영국의 시골. 그리고 무대장치 같은 오래된 집. 그리고 애기 보는 여자들이 걷고 있는 테라스. 사람들이 지나가고, 강렬한 것으로부터 산문적인 것으로, 다시 사실로, 그리고 주석으로 바뀌어가는 무한한 변화. 그러나 이만하면 됐다! 『로저』를 읽어야 한다. 그리고 오토의 장례식에 가야 한다. T. S. 엘리엇의 어처구니없는 명령에 따라, 그를 대신한다는 의미에서, 2시 30분에 세인트 마틴 인 더 필즈 교회[7]로.

　오토라인의 장례식. 아, 맙소사, 얼마나 맥 빠진 장례식인가. 우

6　홋날의 『막간』—레너드 주.
7　트라팔가 광장 동쪽에 있는 교회.

는 소리가 들리는가 하면, 중얼거리는 소리. 손가방을 뒤지는 소리와 발을 끄는 소리. 내로라하는 남 켄싱턴[8]에서 온 노부인들의 거대한 갈색 집단. 그리고 찬송가. 성직자복에 가로로 한 줄 훈장을 단 목사님. 오렌지색과 파란색의 창문들. 그리고 벽의 갈라진 틈에서 삐져나온 장난감 영국 깃발. 이 모든 것들이 오토라인이나 나의 감정과 무슨 상관이 있단 말인가? 예외는 조사가 좋았다는 것. 짐작컨대 필립스가 쓴 비판적인 연구로, 배우 스피트 씨[9]가 낭랑한 목소리로 읽었다. 차분하고 세속적인 연설로서, 적어도 듣는 사람으로 하여금 한 인간에 대해 생각하게 만들었다. 다만 돌아가신 이의 아름다운 목소리에 대한 언급이 오토라인의 코가 자아내는 이상스러운 신음소리를 생각나게 했다. 그러나 그것 또한 거대한 것을 수축시켜 전체의 균형을 잡는 데 도움이 되었다. 필립스의 비서는 나를 붙들고 오래 이야기하면서, 날더러 윗자리에 앉으라고 했다. 모피 옷을 입은 거대한 부인이 좌석을 막고 앉아 "꼼짝할 수가 없네요"라고 말했다. 정말로 그래 보였다. 나는 상당히 뒷자리에 앉았다. 그러나 두터운 코트를 입은 우아한 필립스의 등이 잘 보일 만큼은 충분히 가까웠다. 필립스는 가끔 숫양 같은 빨간 머리를 이리저리 돌려가며 좌석들을 살폈다. 필립스가 조사가 마음에 들었느냐고 물었을 때, 나는 그의 손을 꼭 잡아주었다. 내가 실제로 느낀 것 이상의 감정을 보이지 않았나 싶다. 그래서 나는 천천히 빠져나와 계단 있는 곳으로 갔다. 잭과 메리, 스터지 무어[10]가 사람들, 몰리, 등을 지나서. 거틀러[11]

---

8   런던 서부 구역.

9   Robert Speaight, 1904~1976, T. S. 엘리엇의 「Murder in the Cathedral」에서 베킷 역을 맡았던 배우.

10   T. Sturge Moore, 1870~1944, 영국의 시인. 철학가 G. E. 무어의 맏형.

11   Mark Gertler, 1891~1939, 화가. 오토라인 부인은 그를 거의 아들처럼 사랑했다.

가 눈물을 글썽이며 서 있었다. 집안의 여러 구성원들. 그러다 레이디 옥스퍼드와 마주쳐 꼼짝 못하게 붙들렸다. 레이디 옥스퍼드는 채찍 끈처럼 질기고 꼿꼿한 사람이었다. 화장을 한 덕에 빛나기는 했으나 눈이 약간 공허해 보였다. 레이디 옥스퍼드는 목소리 때문에 오토를 타이른 적이 있다고 했다. 약간 허세를 부린 것뿐이라고. 그렇지만 멋진 여인이었어요. 그렇지만 왜 오토가 친구들과 싸웠는지 알고 계셔요? 여기서 말이 끊긴다. 오토는 요구가 많은 사람이었어요, 라고 마침내 던컨이 거들었다. 그러자 마고트는 더 이상 묻기를 그만두었다. 그리고 내가 그녀의 조사[12]에 대해 희롱하자 그녀는 시먼즈와 조이트의 이야기로 화제를 돌렸다. 『타임스』에 쓴 내 조사는 아직 나오지 않았다.[13] 별로 유감스럽게 생각하지 않는다……[14]

어제 덜위치를 산보하다가 브로치를 잃어버렸는데, 마지막 교정쇄를 오늘(4월 26일) 받은 지금, 이런 일은 일종의 기분 전환이 된다. 교정쇄는 오늘 오후에 보내야 한다. 이 책은 두 번 다시 보지 않을 것이다. 그러나 지금 나는 완전한 자유를 느낀다. 왜 그럴까? 내 자신을 모두 걸었고, 이제는 아무것도 무서운 것이 없기 때문이다. 하고 싶은 일을 무엇이든 할 수 있다. 이제 더 이상 유명하지도 않고, 더 이상 높은 자리에 있지도 않으며, 더 이상 학회에 붙들릴 일도 없으며, 영원히 나는 독립해 있다. 이것이 내 기분이다. 슬리퍼를 신을 때와 같은 느긋한 기분이다. 어째서 이런가, 내가 죽을 때까지 해방되었고, 또 모든 속임수를 떠났다는 느낌이 드는 것은 어째서일까. 내가 보기에 이 책은 별로 대수롭지도

---

12  『타임스』에 실렸던 레이디 옥스퍼드의 조사인지, 아니면 마고트 애스퀴쉬가 울프에게 써달라고 부탁했던 조사인지 분명치 않다.
13  울프의 조사는 4월 28일에 실린다.
14  이하는 4월 28일(목요일)에 쓴 것.

않으며, 고작해야 가벼운 비웃음이나 살 것인데 말이다. 그리고 V. W.는 정말 일관성이 없고, 자기중심적이라고 할 터인데, 왜 이런 느낌이 드는지 분석할 수 없다. 오늘 아침에는 허둥대서 그런가 보다.[15]

난처하게도 그 환상적인 『포인츠 홀』에 너무 몰입해서 『로저』 일을 할 수 없다. 어쩌면 좋은가? 그러나 오늘은 내가 자유롭게 된 첫 날에 불과하다. 그리고 새롭게 두터워진 T. L. S.의 표지에 『3기니』의 기사가 난 덕에 나는 다시 제정신이 들었다.[16] 하긴, 이건 어쩔 수 없는 노릇이다. 나는 내 "자유"에 매달려야 한다. 4년 전에 나에게 내밀어졌던 그 신비한 손에.


## 5월 5일, 목요일[17]

지금 비가 퍼붓고 있다. 가뭄이 끝났다. 겪어본 가운데 최악의 봄이다. 펜이 잘 써지지 않는다. 새 상자에 든 것도 마찬가지다. 『로저』 때문에 눈이 아프고, 이 책을 쓰는 고된 일을 생각하면 약간 무서워진다. 어떻게든 줄이고 느슨하게 풀어야 한다. 이 책을 길고 공들인 문학적인 책으로 확장할 수는 없다. 나중에 일반화해서 힘 있게 날아오르게 해야 한다. 그러나 그 많은 편지들은 다 어떻게 해야 하나? 사실이 거기에 있고, 그것들이 내 이론과 모순될 때, 어떻게 사실과 단절시킬 수 있는가? 큰 문제다. 그러나 억

---

15  이하는 4월 29일(금요일)에 쓴 것.

16  기사는 다음과 같다. "Mrs. Woolf has retired from partnership in the Hogarth Press (…) is shortly to publish a new book by [her] entitled 『Three Guineas』 in which the author develops certain trains of thought which ran through 『The Years』……".

17  5월 3일(화요일)의 잘못.

지로 R. A.[18]식의 초상화를 그린다는 것이 물리적으로 불가능하다는 것은 확실하다. 이 망가진 펜으로 무슨 말을 하려고 했던가?

## 5월 17일, 화요일

오늘 아침 레이디 론다[19]가 『3기니』에 깊이 감동하고 흥분했다는 편지를 보내와서 기쁘다. 테오 보즌켓이 서평용으로 한 부 가지고 있던 책에서 발췌해서 레이디 론다에게 읽어주었던 것이다. 레이디 론다는 이 책이 큰 영향력을 갖게 될 것이라고 말하면서, 스스로를 "당신에게 감사하는 아웃사이더"라고 서명해왔다. 좋은 징조다. 왜냐하면 어떤 종류의 사람들은 이 책에 자극을 받고, 생각하게 되고, 토론을 하게 된다는 것을 말해주기 때문이다. 완전히 조각나 버리게 되는 일은 없을 것이다. 물론 레이디 R은 이미 어느 정도 내 편이다. 그러나 그녀는 매우 애국적이고, 또 시민 의식이 강하기 때문에, 내 글을 읽고 분개해서 반대할 수도 있다. 이 책이 내가 예상했던 것 이상으로 사람들의 관심을 불러일으킬지 모른다. 지난 몇 주 동안 매우 정신이 흐릿하고 춥고, 또 무감각한 느낌이었다. 그리고 (분명히) 내가 그 책을 크게 흥분하고 맹렬하게 썼던 것도 잊어버리고 있었다. 그러나 유럽 전체가 불길에 싸일지 모른다. 그럴 가능성이 높다. 경찰관이 또 한 명 총에 맞고, 독일 사람, 체코 사람, 프랑스 사람들이 또다시 옛날에 했던 끔찍한 짓을 할 것이다. 8월 4일[20]이 다음 주에 올지 모른다.

18  왕립 아카데미.
19  마거릿 헤이그 토마스 론다 자작부인(Margaret Haig Thomas, Viscountess Rhondda, 1883~1958), 『시간과 시류』지의 창설자이며 편집장.
20  제1차 세계대전이 일어난 날.

지금 당장은 소강상태다. L이 마틴이 전하는 말이라고 하면서, 수상이 이번에는 우리가 참전할 것이라고 말했다는 것이다. 그러니 히틀러는 그의 작은 빳빳한 콧수염을 씹고 있을 것이다. 그러나 온 세상이 떨고 있다. 내 책은 모닥불 위의 나방 같은 것인지 모른다. 1초도 못 돼 타버리고 말아버릴.

## 5월 20일, 금요일

『3기니』의 출판(아마 6월 2일)을 기다리는 동안, 기대와 두려움 등에 대해 적어둘까 하는 생각을 여러 차례 했다. 그렇게 하지 않은 것은, 한편에서는 『로저』의 탄탄한 세계에서 살고 있고, 다른 한편에서는 (오늘 아침에도) 공기 같은 『포인츠 홀』의 세계에서 살고 있어서, 내가 지극히 작아 보이기 때문이다. 그리고 감정을 자극하고 싶지 않다. 내가 두려워하는 것은 도발적인 매력이나 공허함이다. 견딜 수 없는 압력에서 헤어나기 위해, 그처럼 강렬한 감정을 가지고 썼던 책도, 표면에 잔물결 하나 일으키지 못할지 모른다. 이것이 내 두려움이다. 또한 대중들이 보는 앞에서 이런 역할을 맡아야 하는 것이 불안하다. 대중들 앞에 내 자서전을 보이는 것이 두렵다. 그러나 이 순간 나는 한없는 안도와 평화를 얻어 즐기고 있기 때문에 (이것은 사실이다) 이 두려움을 완전히 극복했다. 이제 나한테 그 독과 흥분은 없다. 그것만이 아니다. 그것을 뱉어버렸기 때문에, 내 마음의 다짐이 섰다. 다시는 되돌아가거나 되풀이하지 않을 것이다. 나는 아웃사이더다. 나는 내 길을 갈 수 있다. 내 상상력을 내 방식대로 실험할 수 있다. 그 패거리들이 짖어댈지 모른다. 그러나 그것은 내 귀에 들리지 않을 것이다. 그러나 그 패거리들이(서평가, 친구, 적) 설사 나에게 관심이 없거나 비웃는다고 하더라도, 나는 여전히 자유롭다. 이것이 1933년인가 4년 가을의 정신적 전환(적절한 단어를 찾기 위해 지체할 수 없다)의 실제적 결과다. 그때 나는 황홀한 나머지 블랙프라이어즈 근처에서, 큰 돋보기를 사기 위해 런던을 가로질러 달려갔던 일이 생각난다. 그때 나는 지하철 정거장에서 하프를 키던 사나이가 자기 생에 대한 이야기를 해준 답례로 반 크라운(2.5실링)을 줬다. 징조는 누그러들었다. L은 내가 기대했던 것보다 덜 흥분해 있다. 네사는 매우 애매하다. 헵워스 양과 니컬스 부인은 "여자들은 울프 부인에게 빚진 바가 많다"고 말한다. 그리고 피파에게 책을 보내겠다는 약속을 했다. 이제 로저의 편지들을 읽어야 한다. 지금 멍크스 하우스는 바람이 불고 춥다.


## 5월 27일, 금요일

  몇 달 동안 전력을 다해 일하고 난 뒤, 기운을 반쯤 빼고 일하고 있는 이 느낌은 괴이하다. 그 덕분에 매일 여기 반 시간가량씩 글을 쓸 수 있었다. 『로저』를 다시 타자하고 있다. 그러고 나서 월폴의 초안을 쓰겠다. 방금 선명한 녹색 잉크로 회람장에 서명을 했다. 그러나 꼭 해야 할 일을 해야 하는 따분함에 대해서는 길게 쓰지 않겠다. 브루스 리치먼드한테서 그와의 (즉 『리터러리 서플리먼트』와의) 30년간의 협력을 마감하는 감사의 편지가 왔다. L이 거의 매주 "일류 신문의 청탁이요"라고 나를 부를 때, 호가스 하우스에서 아래층으로 전화를 받으러 뛰어 내려갈 때 나는 얼마나 기뻤던가! 리치먼드를 위해 글을 쓰면서 나는 많은 글 쓰는 기술을 배웠다. 어떻게 줄일 것인가, 어떻게 활기를 불어넣을 것인가, 하는 것을. 그리고 손에 펜과 공책을 들고 진지하게 책 읽는 법을 배웠다. 지금 나는 내주 오늘을 기다리고 있다. 이것이 끝나면 고양된 내 감정은 가라앉을 것이다. 약간의 예언을 해본다면? 대체로 나는 기쁨보다는 고통을 더 받을 것이다. 레이디 론다의 열광적인 응원을 즐기기보다는 빈정거림에 더 신경을 쓸 것이다. 많은 빈정거림이 있을 것이다. 몇 통쯤은 몹시 불쾌한 편지가 있을 것이다. 가만히 있는 사람도 있을 것이고. 그리고 (어제부터 셈한다면 3주 뒤에) 우리는 떠날 것이다. 그리고 7월 7일에는 돌아올 것이다. 호텔을 자주 바꾸는 것을 싫어하니까, 어쩌면 더 일찍이 돌아올지 모른다. 그때는 거의 모든 것이 끝나 있을 것이다. 그리고 2년 동안 나는 미국에 보내는 서평 말고는 아무것도 출판하지 않을 작정이다. 기다리고 있는 이번 주가 가장 힘든 때다. 그러나 그리 괴롭진 않다. 『세월』 때의 두려움에 비한다면. (그때는 실패했다는 생각이 너무나 확고해서, 공포가 무뎌져 무관심했었다.)

## 5월 31일, 화요일

피파에게서 편지가 왔다.[21] 피파는 열광적이다. 이것으로 마지막 마음의 짐을 내려놓게 되었다. 이 짐은 상당히 무거웠다. 왜냐하면 만약에 내가 쓴 그 모든 것이 피파의 마음에 들지 않는다면 나는 자신의 개인적 평가를 높이기 위해 매우 진지하게 분발하

---

21  Philippa Strachey. 편지 내용을 다음과 같다. "I have read it with rapture—It is what we have panted for for years and years."

지 않으면 안 될 거라고 생각했기 때문이다. 그러나 피파는 이 작품이야말로 그들이 그처럼 열망해온 것이며, 이제 상처에서 가시는 빠졌다고 말한다. 이제 나는 『리뷰』의 음악과, 당나귀 우는 소리와, 거위가 꺽꺽거리는 소리를 무관심하게 대할 수 있으므로, 나는 이들 모두가 이번 주말에 나온다는 사실도 (정말로) 잊고 있었다. 이처럼 평가받는 날을 침착하게 직면했던 적은 없었다. 나는 케임브리지 패거리들도 별로 신경을 쓰지 않는다. 메이너드는 조롱할지 모른다. 그러나 그러면 어쩌랴?

## 6월 3일, 금요일. 로드멜에서

오늘 『3기니』가 나오는 날이다. 『리터러리 서플리먼트』에는 2단짜리 기사와 권두 기사로. 그리고 『레퍼리』[22]에는 커다란 활자로 "여성들 성 전쟁을 선포하다"라고. 뭐 그 비슷한 제목을 달고 있었다.[23] 다른 책이 나올 때 낄낄거리던 것과 별로 다를 게 없어, 나는 조용히 『포인츠 홀』을 썼다. 나는 린드를 읽을 생각도 않고[24], 『레퍼리』이나 『타임스』의 기사도 다 읽지 않았다. 확실히 조용하고 편안한 느낌이다. 서평을 보거나 사람들의 의견을 묻고 싶은 생각이 없다.

왜 이런지 궁금하다. 내가 전하고 싶었던 것이 시가 아니고 사실이었기 때문일까? 아마 그런 이유 때문일지 모른다. 고맙게도 우리와 이 소동[25] 사이에는 50마일의 펠트 천의 완충지대가 있

---

22 『선데이 레퍼리』
23 정확한 제목은 「WOMAN STARTS NEW SEX-WAR」
24 로버트 린드의 글은 『뉴스 크래컬』에 실렸다.
25 영국 교회 마을 학교 위원회 위원이었던 로드멜의 교구 목사의 부인인 옙스 부인이 멍크스

다. 오늘은 6월 날씨답게 햇볕이 들고, 따뜻하며, 눅눅하지 않지만, 나중에 비가 올 것이다. 아, 『리터러리 서플리먼트』가 나를 영국에서 가장 뛰어난 "소논문 집필자"라고 했을 때는 기뻤다. 또한 이 책을 진지하게 다룬다면, 한 시대의 획을 그을 수 있다는 말에도 기뻤다. 한편 『리스너』는 내가 세심하게 공정하며, 엉뚱한 길로 빠지지 않도록 청교도적인 자제력을 발휘하고 있다고 말한다. 그러나 이것이 거의 전부다.

여하튼 이것이 6년 동안의 몸부림, 분투, 그 많은 고뇌, 얼마간의 황홀의 끝이다. 6년간 『세월』과 『3기니』를 하나의 책으로 묶으려고 했다. 실제로 하나의 책이다. 그리고 지금 다시 출발할 수 있다. 정말로 그러고 싶다. 아, 남몰래, 혼자, 숨어 있고 싶다.


## 6월 5일, 일요일

이번이 나의 최대의 순산이다. 『세월』과 비교해보라! 짖는 소리가 시작될 거라고 생각하면서 눈을 뜨고도, 전혀 신경이 쓰이지 않는다. 어제 『시간과 시류』를 읽고, 그 밖에 런던의 자질구레한 기사들을 읽었다. 오늘은 『옵서버』에 세링코트의 기사. 철저한 공격이다. 『선데이 타임스』와 『뉴 스테이츠먼』, 『스펙테이터』에는 아마 다음주에 기사가 날 것이다. 그래서 체온은 안정돼 있다. 화요일 밤에는 많은 편지가 오리라고 짐작한다. 어떤 것은 익명으로 욕지거리를 할 것이다. 그러나 나는 이미 목적을 달성했다. 사람들이 나를 심각하게 여기고 있으며, 걱정했듯이 내가 귀여운 잡담꾼으로 치부될 염려는 없다. 어제 『타임스』는 "울프 부

하우스의 정원을 합병한 일.

인이 여성에게 고하다"라는 제목의 기사를 싣고 있었다. 그것은 진지하게 사고하는 모든 사람들이 내답해야 할 엄숙한 도전이라고, 뭐 그 비슷한 내용이었다. 『리터러리 서플리먼트』의 광고 서문: 전에 아무도 시도해보지 않았던 것. 그 배후에는 진지한 의도가 있는 듯.

## 6월 16일, 목요일. 발독[26]에서

파이프에 불을 붙이기 위해 이크닐드 가도에서 차를 세웠다. 노란 별장들이 줄지어 있는 초라한 길이다. 지금은 세인트 제임스 디핑. 크로이랜드 다음에는 황폐하고 장엄한 교회. 지금 몹시 덥다. 평평한 땅. 늙은 노인이 낚시를 하고 있다. 펑퍼짐하고 노출된 땅. 강이 길보다 높은 곳을 흐른다. 계속해서 게인즈버러로 갔다. 점심은 피터버러에서. 공장 연통들. 건널목 문이 열려 있다. 다시 출발. 게인즈버러. 방갈로들 사이에 우뚝 솟아 있는 빨간 베니스 풍의 궁정. 손질하지 않은 잔디 광장 한가운데에. 기다란 창문들과 기울어진 담. 작은 길들의 미로. 잊혀진 기묘한 마을.[27] 일요일은 하우스스테즈에서. 아가위나무들. 양들. 앞엔 벽과 흰색에 가까운 금발머리의 소년들이 있다. 수 마일이나 이어진 라벤더 색깔의 평야. 한 가닥 색실 같은 연약한 길이 넓고 쓸쓸한 황야를 가로지르고 있다. 오늘은 온통 구름인 데다 모든 것이 푸른색이고, 바람이 분다. 벽은 마치 솟아올라 깨지려는, 날카로운 흰 물마루의 파도 같다. 그러고는 평평한 땅. 물마루 밑은 습지대. 비

26   영국 동남부의 소도시.
27   이하는 6월 19일(일요일)에 쓴 것.

가 그치기를 기다리고 있다. 왜냐하면 이날은 바람이 불고 벽 위에 비가 왔으므로. 코브리지에서 수 마일 떨어진 습지 한가운데서 꼼짝 못하고 기다리고 있다. 아주 캄캄하다. 종달새가 울고 있다. 점심이 늦는다. 피어스브리지의 여관에서는 90명의 단체 손님들이 식사를 하고 있었다. 사람들은 어떤 놀이를 기리기 위해 18세기풍의 여인숙에서 식사를 하는 모습은 시골 생활의 느낌을 자아낸다. 그리고 어느 정원에 있는 목사관에 갔다. 아주 탄탄해 보이는 개인 집인데, 손님을 받는다고 했다. 뜨거운 햄과 과일. 그러나 진짜 크림이 나왔다. 목장 경치는 지저분했다. 오늘 아침 일찍 찾아간 곳은 워시 지방의 늪지대. 그러고는 페나인 산맥으로. 이들 산은 뜨거운 운무에 싸여 있다. 종달새들이 노래하고 있다. L은 지금 강아지 샐리를 위해 물을 찾고 있다. (그러나 이 부분은 '벽'에 도착하기 전에 썼어야 했다.) 일요일이다. L이 자동차의 스파크 청소를 하는 동안, 나는 로마의 벽 아래 앉아 있다. 그리고 그리스 시의 번역본[28]을 읽으면서 멍하니 생각에 잠겨 있었다. 책을 읽고 있을 때 내 머리는 보이지 않게 무의식적으로 빠르게 도는 비행기 프로펠러 같다. 이런 상태는 좀처럼 도달하기 힘들다. 옥스퍼드 입문서로서 나쁘지 않다. 현 실태를 잘 파악해서 최신의 것으로 만들려고 애쓴 책. 학문적이지만 옥스퍼드적이다. 암소들이 동시에 어떤 집단 본능에 이끌린 듯, 언덕 정상을 향해 움직이고 있다. 한 마리가 다른 소들을 이끌고 있다. 바람에 차가 흔들린다. 언덕을 올라가 호수를 보기에는 바람이 너무 세다. 그래서 언덕이 아직도 로마적이고, 경치는 영원하다……. 로마인들이 본 것을 나도 보고 있다. 바람, 6월의 바람, 물, 그리고 눈. 양들이 길게 자란 목장 풀 위에 진주처럼 박혀 있다. 그늘도 없고, 오

28 『The Oxford Book or Greek Verse in Translation』

두막도 없다. 로마 사람들이 경계선 저쪽을 바라보고 있다. 지금은 아무도 오지 않는다.[29]

화요일. 지금 미들로디언에 있다. 기름을 넣기 위해 차를 세웠다. 스털링으로 가는 길. 스코틀랜드의 운무가 나무들 사이로 밀려나고 있다. 흔히 보는 스코틀랜드 날씨다. 큰 언덕들. 보기 흉한 청교도식 가옥들. 90년 전에 지은 하이드로 호텔. 한 부인이 찾아와서 토요일 울프 부인이 멜로스에서 걷고 있는 것을 보았다고 말했다. 천리안을 가진 사람이다. 그러나 나는 거기 있지 않았다. 갤러쉬어즈는 공업 도시다. 추한 도시다. 멜로스 호텔에서 엿들은 이야기들. 목소리가 부드러운 스코틀랜드 노부인들이 창 밑 벽난로 옆의 정해진 자리에 앉아 있다. "댁이 왜 우산을 들고 돌아다니는지 궁금했어요." 뜨개질을 하고 있던 한 부인은 "이걸 세탁하고 다시 시작해야 할까 봐요. 더러운 땅바닥 위에 앉아 짰으니까." 여기서 내가 말참례를 한다. "우리는 스콧의 무덤을 보기 위해 드라이버러에 들렀어요. 무덤은 폐허가 된 예배당의 망가진 아치 밑에 있었어요. 가까스로 비나 피할 정도의 지붕밖에 없었고요. 거기에 그가 누워 있었어요. 준 남작 월터 스콧 경. 초콜릿 블라망주로 만든 것 같은 상자 안에 있었고, 뚜껑에는 그의 이름이 크고 분명하게 새겨져 있었어요. 그 옆에 묻힌 샬럿 부인도 마찬가지 초콜릿 색의 석판으로 덮여 있었는데, 아마 이것이 스콧 경의 취향이었던가 봐요. 그러나 거기에는 뭔가 어울리는 것이 있었지요. 왜냐하면 사원은 인상적이었고, 강이 들판가를 흐르고 있었어요. 그리고 갖가지 스코틀랜드의 유물들이 스콧 경을 둘러싸고 있었어요. 내가 기념 삼아 흰 꽃을 땄는데 잃어버렸어요. 넓은 장소인데도 스콧은 비좁게 누워 있었어요. 바로 옆에 대령이

---

29  이하는 6월 21일(화요일)에 쓴 것.

누워 있었고, 발밑에는 사위 록하트[30]가 누워 있었지요. 그리고 또 헤이그[31]의 무덤이 있었는데, 검붉은 양귀비꽃이 꽂혀 있었어요." 그러나 노부인들은 동생이 멜로스의 의사였던 존 브라운 박사에 대해 이야기하고 있다. 사람들은 쉽사리 머리가 쑤셨고, 그러면 현기증이 났다. 사람들은 티타임에 케이크를 너무 많이들 먹었고, 7시에는 저녁을 거창하게 먹었다. "그분, 그녀의 남편은 참 좋은 분이었다고 생각해요. 그녀는 나름대로의 개성이 있었지요. 참 좋은 그룹이었어요. (스코틀랜드 사람답게 혀를 많이 굴렸다.) 그들은 지금 어디 살지요? 퇴임하고 퍼트셔에 가서 지내요 (…) 세 코 놓쳤어요 (…) 피스 양이 친구랑 독서실에 와서 불을 달라고 했어요. 종을 울리든지 하면 될 텐데. 잡아요, 당길 테니! (뜨개질한 것을 풀면서) 거긴 지금 굉장히 발전했어요. 2년 전에 (드라이버러의?) 100주년 기념 축제가 있었지요. 나도 그 축제에 갔어요. 예배도 보고, 상당히 재미있었어요. 목사님들도 모두 오시고. 단상에 다섯 명. 아마 대회장이겠지요. 여하튼 참 좋았어요. 날씨도 너무 좋았고, 사람들이 꽉 차 있었어요. 새들도 음악에 맞춰 노래를 불렀지요. 앨런 헤이그의 생일이었어요. 드라이버러에서 예배가 있었어요. 난 드라이버러를 좋아해요. 제드버러는 가본 적이 없어요. 기차게 예쁘다던데." 아니, 이걸 다 적을 수는 없지. 소파에 앉아 있는 저 늙은이들은 틀림없이 나와 나이 차이가 많이 나지 않을 것이다. 그렇지, 65세가량. "에든버러는 좋은 데지요. 난 좋아해요. 제대로 감상하기도 전에 떠나야 해요. 자기 태어난 고장을 떠나봐야 해요. 그랬다 되돌아가 보면 모든 것이 달라져 있지요. 1년이면 돼요. 아니 2년. 나는 이것(하고 있는 일)

30 전기 작가.
31 Field-Marshal Earl Haig, 1861~1928, 제1차 세계대전 중의 영국군 사령관.

을 그만두고 나중에 그 효과를 봐야 해요. 댁은 어느 교회에 나가시지요? 스코틀랜드 교회에 나가시나요? 세인트 자일스가 아니고요? 거긴 옛날에 트론이라고 했지요. 저희는 자일스에 나가요. 그곳은 세인트 조지의 교구였어요. 제 남편은 샬럿 광장의 세인트 조지 교구의 장로였어요. 워 씨를 좋아하세요? 나는 어떤 의미에서는 좋아하지만, 그의 이야기는 듣기가 힘들어요. 대개 불평이지요. 설교는 굉장히 엄합니다. 낭비가 없어요. 찬양대는 아름다운데, 난 잘 들리는 자리를 잡지 못해요. 체면상 사람들하고 자리다툼을 하지 못하지요. 사람들이 오기 전에 조용히 앉아 있어야 해요. 예배를 보러 왔으니까요. 젊은 사람들은 음악을 듣지만, 난 설교를 들어요. 그 자리는 사람들이 시슬 예배당에서 돌아올 때 지나게 되는 거의 그 자리지요. 그들이 쿵 하고 치며 지나가지요. 그러면 나는 일어나 따라가요. 가끔 제일 좋은 자리인데도 사람들이 앉지 않는 자리가 있어요. 나는 세인트 자일스가 좋아요. 오래되고 아름다운 곳이지요. 옆에 앉은 노부인 말이, 이 교회는 완전히 개축됐다고 해요. 그 일을 체임버스가 했다는데, 정작 낙성식 날엔 체임버스 가족을 위해 한 자리도 마련돼 있지 않았다는군요. 잘못한 거지요. 누군가가 급히 자리를 마련해 주었대요. 말도 안 되는 짓이지요. 고교회파에서는 늘 보수 작업을 해요. 나는 에피스코팔 파가 좋아요. 에피스코팔 교파건, 스코틀랜드 교파건 그것대로 내버려두면 돼요. 워 박사의 형님은 던디에 사십니다. 그분은 로제니스를 좋아하세요. 누가 말하는데, 로제니스 목사님은 몸이 약하시대요."

바람이 사납다. 나무들은 잎이 없다. 배넉 빵과 파란색의 1파운드 지폐만이 다르다. 글렌코. 날씨가 험악하다. 잎이 파란 언덕, 떠다니는 것 같은 섬들. 움직이는 차의 행렬. 주민은 없이 관광객뿐이다……. 눈을 띠처럼 두른 벤 네비스 산.[32] 바다. 작은 배들. 그리스와 콘월[33]의 느낌. 노란 깃발과 커다란 디기탈리스 나무들. 농장도 촌락도 오두막도 없다. 곤충에 뒤덮인 죽은 땅. 의자에서 일어나지 못했던 노인. 그 밖에 두 부인. 부인들의 종다리 살이 신발에서 삐져나와 있었다. 모두들 저녁 식사를 위해, 옷을 갈아입고 응접실에 앉는다. 여기는 크리언라리히에서 (제일) 좋은 여관이다. 호수 한가운데 있는 큰 나무들에는 녹색의 종유석들이 늘어져 있다. 사발처럼 가운데가 우묵한 언덕들. 비로드 같은 파란 잎의 언덕들. 이튼 플레이스의 배닝턴. 배닝턴은 식물학자인 시아버지를 위해, 겨울의 상록수를 발견했던 것이다. 밤 열한 시인데도 아직 밝다. 영이 『3기니』에 대해 혹평을 했다. 10분간 괴로웠다. 그러고는 편해졌다. 네스 호[34]가 햄브로 부인[35]을 삼켰다. 햄브로 부인은 진주를 지니고 있었다.

여기서부터는 메모 베끼는 일이 진력이 나서 나머지는 모두 찢어버렸다. 다음 여행부터는 베껴야 할 연필 메모를 한없이 만들지 말라는 교훈. 몇 개는 아쉽다는 생각도 든다. 여관에서 시도했던 보즈웰[36]의 실험들. 또한 할머니가 워즈워스를 위해 일했다는 부인. 할머니는 워즈워스를 빨간 안감을 댄 코트를 입고 시를 중얼거리던 노인으로 기억하고 있다고 했다. 때때로 워즈워스는 어린 애들의 머리를 쓰다듬어 주기는 했으나, 절대로 말을 걸지는 않았다고. 한편 콜리지[37]는 늘 사람들과 어울려 선술집에서

---

32  영국서 제일 높은 산. 1,343미터.

33  영국의 서남부 지역.

34  스코틀랜드에 있는 영국에서 가장 큰 담수호. 깊이가 240미터에 길이가 36킬로미터이다.

35  위니프리드 햄브로. 햄브로 은행장의 부인.

36  James Boswell, 1740~1795, 영국의 전기 작가. 대표작으로 『The Life of Samuel Johnson』이 있다.

37  시인 새뮤얼 콜리지의 맏형으로서, 인생의 대부분을 레이크 디스트릭트에서 술을 마시며 허

술을 마셨다고.


## 7월 7일, 목요일

아, 『3기니』와 P. H.[『포인츠 홀』]의 격심한 요동 끝에 다시 『로저』로 되돌아가는 이 무서운 고통. 어떻게 하면 편지 속의 세세한 일들에 집중할 수 있는가? 오늘 아침 억지로 1888년의 핀란드까지 되돌아갔다. 그러나 어젯밤 점보[38]는 이렇다 할 인생을 가지고 있지 않은 사람의 전기를 쓴다는 생각에 대해 찬물을 끼얹었다. 점보는 로저가 기록할 만한 인생을 갖고 있지 않다고 말한다. 짐작컨대 이는 사실일 것이다. 그런데 지금 나는 자질구레한 일들에 땀을 뻘뻘 흘리고 있다. 사항 전체가 너무 세세하게 꼬리표가 붙어 있고, 또 문서화돼 있다. 지금대로의 규모로 써나가면 되는 걸까? 이렇게 비춰 본 그가 다른 사람들에게 재미있을까? 나는 내 자신이 그를 만났던 그때(1909년)까지를 끈질기게 써나간 다음, 뭔가 더 허구적인 것을 시도해볼 예정이다. 그러나 그때까지는 이 편지들을 모두 꼬박꼬박 읽어야 한다. 다음 두 가지를 늘 대비시키도록 하자. 나의 견해. 그의 견해. 그리고 다른 사람들의 견해. 그리고 그의 책들.


송했으며, 그 고장에서는 워즈워스보다 더 유명했다고 한다.
38   Margery Strachey—레너드 주.

## 8월 7일, 토요일

『포인츠 홀』을 쓰는 일이 즐겁다. 이것은 보통 일이 아니다. 왜냐하면 설사 누가 이 책을 읽는다고 하더라도, 이 책은 그에게 기쁨을 주지는 않을 것이기 때문이다. 그건 그렇고, 앤 왓킨스의 말에 의하면 『애틀랜틱』의 독자들은 월폴의 작품을 충분히 읽지 않아, 내 글을 이해하지 못할 거라고 한다. 청탁을 거절했다.

## 8월 17일(수요일)

아니, 나는 점심 먹을 바로 그 순간까지, 피땀을 흘려 가며, 옛날 기사들에서 필요한 자료를 끌어 모으면서까지 로저 일을 할 생각은 없다. 25분을 훔쳐내겠다. 사실 나는 『로저』에 빠져 있다. 그렇게 되는 일은 없을 거라고 말하지 않았던가? L이 서두를 필요가 없다고 말하지 않았던가? 내 나이가 56세가 아니라면야. 이 나이에 기번은 12년을 더 살 거라고 생각했는데, 곧 죽고 말았다는 생각을 한다. 그러나 왜 아직도 밤낮 초조해하고, 조바심을 내고, 또 벗어나려고 몸부림을 치는가? 내가 바라는 것은 고요한 계절의 시간이다. 명상. 가끔 새벽 세 시에 이 같은 기회를 갖는다. 그때 늘 나는 잠이 깨어 창문을 열고, 사과나무 너머로 하늘을 본다. 어젯밤엔 바람이 맹렬했다. 모든 형태의 풍경 효과가 나타났다. 해가 진 다음에, 거대한 구름이 무너져 내리는가 하면, 개였다가 다시 뭉치는 모양이 너무 놀라워, L이 나를 불러 욕실 창문으로 밖을 보게 했다. 빨간 구름이 소용돌이치고 있었다. 그러다가 딱딱해지고, 보랏빛과 까만색의 수채화 그림물감 덩어리가 되었다가, 다시 빙수처럼 부드럽게 된다. 그러고는 짙은 녹색의 단단한 돌조각이 된다. 파란 돌과 진홍의 물결. 아니다, 이런 말 가지고는 제대로 전달할 수 없다. 그리고 정원에 있는 나무들. 그리고 반사하는 빛. 가파른 언덕 끝에서 불타고 있는 우리들의 뜨거운 부지깽이. 저녁때 우리는 우리들 세대에 대해, 그리고 전쟁의 전망에 대해 이야기했다. 히틀러는 백만 명의 그의 부하를 무장시켰다. 단순한 하기 훈련인가, 아니면? 헤럴드는 라디오에서 세상 물정에 밝은 사람 같은 말투로, 이번에는 정말 전쟁이 일어날 거라는 암시를 하고 있다. 이것은 유럽 문명뿐만 아니라, 우리들의 마지막 인생 길목의 완전한 붕괴를 뜻한다. 퀀틴이 징병당하는 등. 생각하지 않는 편이 낫다. 그뿐이다. 새 방에 대해, 새 의자와 새 책에 대해 이야기한다. 풀잎 위의 한낱 풀벌레에게 달리 할 일이 무엇이 있겠는가? 나는 『포인츠 홀』을 쓰고 싶다. 그밖의 것들도.

### 8월 28일, 일요일

이번 여름의 특징은 심한 가뭄이다. 개울이 말랐다. 아직 버섯 하나 돋지 않았다. 멍크스 하우스의 일요일은 악마의 날이다. 개들이 짖고, 애들이 떠들고, 종이 울리고……. 여기서는 사람들이 저녁 기도에 나간다. 어디서고 안정할 수 없다. 볼링에서 세 번 분전했으나 졌다. 우리들은 볼링 마니아가 됐다. 독서는 비교적 건성이다. 나는 『로저』에 매몰돼 있다. 로저가 미국을 향해 떠나는 데까지 힘들게 끌고 갔다. 나는 소설에 푹 빠질 작정이다. 그리고 다음으로 연결되는 장을 쓰자. 그러나 재미있게 읽힐까? 앞으로 줄이고 부풀려야 할 일을 생각하니 막막하다. 땡그랑, 뗑그렁 하는 종소리……. 어쩌다가 우리가 시골에 묻히게 되었는가? 우리는 일부러 여기에 와 파묻혀 있다! 금방이라도 총소리가 나서 우리를 폭파할지 모른다. L은 매우 표정이 어둡다. 히틀러는 사냥개들을 아주 가볍게 붙잡고 있을 뿐이다. 체코슬로바키아에서 한 발자국만 실수하면 (1914년에 있은 오스트리아 대공의 사건과 같은) 다시 1914년[39]이 온다. 땡그랑, 뗑그렁. 사람들이 들판을 오르내리며 거닐고 있다. 회색빛의 답답한 저녁이다.

## 9월 1일, 목요일

매우 청명한 9월 날씨다. 괴롭게도 시빌이 우리 집에서 점심 식사를 하게 될지 모르지만, 어느 장관님이 갑자기 나타나면 연기할지도 모른다. 정치가 제자리걸음을 하고 있다. 리비스 Q.[40]가 『스크루터니』[41]에서 『3기니』에 대해 맹렬한 공격을 퍼붓고 있다.[42] 그러나 그 공격은 조금도 나를 공포에 떨게 하지 않았다. 전부 읽지도 않았다. 그러나 그것은 앞으로 닥쳐올 힐난의 전조다. 그러나 공격이 모두 개인적이라는 것을 알 만큼은 읽었다. 퀴니 자신의 불만과, 나의 냉대에 대한 보복. 어째서 내가 칭찬이나 힐난에 대해 더 이상 개의치 않는지 모르겠다. 그러나 그것은 사실

---

39  제1차 세계대전이 일어난 해.

40  Queenie Dorothy Leavis, 1906~1981, 영국의 평론가. 남편 프랭크 레이먼드 리비스 (Frank Raymond Leavis, 1895~1978)도 유명한 비평가다.

41  리비스가 편집한 비평 계간지.

42  리비스 부인은 『3기니』에 대해 다음과 같이 말하고 있다. "this book is not merely silly and ill-informed, (…) it contains some dangerous assumptions, some preposterous claims, and some nasty attitudes."

이다. 오늘 아침에는 내가 쓰고 있는 로저의 전기가 약간 싫어졌다. 너무 자세하고 밋밋하다. 그러나 유감스럽게도 내일은『포인츠 홀』을 제쳐 두고 이 일을 해야 할 것 같다. 퀜틴이 자기 테이블을 완성하고 돌아갔다. 지붕은 콘월식 크림색으로 하기로 이야기가 됐다. 어제 텔스콤 계곡을 따라 내려가다가, 강으로 가는 새로운 길을 발견했다.

아, 퀴니에게서 받은 불쾌함은 제인 워커[43]에게 받은 편지 때문에 당장 지워졌다. 수없이 고맙다고 했다……. 그리고『3기니』는 영어를 말하는 모든 남녀의 손 안에 있어야 한다, 는 등.[44]


## 9월 5일, 월요일


참새들이 부리로 지붕을 쪼아대는 화창한 오늘이 1914년 8월 3일일지도 모르는데, 내가 여기 앉아 뉴욕에서의 로저의 생활이나 M. M.에 관한 세세한 사실을 조사하고 있는 것은 참 이상한 노릇이다……. 전쟁이 뜻하는 것은 무엇일까? 어둠, 고통. 그리고 짐작컨대 죽음. 그리고 친구들에게 일어날 무서운 일들. 그리고 퀜틴……. 이 모든 것이 바다 건너 저쪽에 있는 키 작은 웃기는 사내의 머릿속에 있다. 왜 웃기느냐고? 왜냐하면 어느 하나 조리에 닿는 것이 없기 때문이다. 거기에는 조금도 현실성이 없다. 죽음과 전쟁과 암흑은 돼지고기 푸줏간 주인부터 수상에 이르기까지 어느 누구도 바라지 않는 것이다. 자유도 아니고 생명도 아니다. 한낱 파출부의 꿈에 불과하며, 우리들은 그 꿈에서 깨어나, 그

---

43  Dr. Jane Harriet Walker, 1859~1938, 저명한 결핵 전문가.

44  워커는 다음과 같이 말하고 있다. "ought to be read and re-read by every grown up man and woman in the English speaking world"

결과를 잊지 않기 위해 전몰자 기념비(세노타프Cenotaph)를 세웠다. 그런데 나는 이 일을 조리 있게 이해할 만큼, 내 마음을 넓게 열 수가 없다. 만약 이것이 현실이라면, 무엇인가 손에 잡히는 것이 있어야 한다. 그러나 현재로서는 현실 뒤에서 알아들을 수 없는 중얼거림만이 들릴 뿐이다. 오늘밤 우리는 그 키 작은 사내의 미친 듯 짖어 대는 소리를 듣게 되는지 모른다. 뉘른베르크 궐기 대회[45]가 시작됐다. 앞으로 일주일은 계속된다. 그리고 앞으로 열흘 뒤에 어떤 일이 벌어지고 있을까? 설사 우리가 아슬아슬하게 건너왔다고 해도, 언제 어느 순간 어떤 사고가 갑자기 크게 터질지 모른다. 그러나 이번에는 모두가 흥분해 있다. 그 점이 다르다. 그리고 우리들 모두가 꼭 같이 아무것도 모르기 때문에, 우리는 뭉치거나 무리를 이룰 수도 없다. 우리는 집단 본능을 느끼기 시작한다. 모두가 무슨 소식 못 들었어요? 어떻게 생각하세요, 라고 묻고 있다. 유일한 대답은 기다려 봅시다, 이다.

그러는 사이 나이 많은 톰셋 씨가 74년간 말들을 개울가로 데려가거나, 들판 일을 하던 끝에 병원에서 돌아가셨다. L이 수요일에 그의 유언장을 읽기로 했다.


## 9월 10일, 토요일

위기를 현실로 느낄 수 없다. 지금 내가 쓰고 있는 1910년의 고든 광장에서의 로저만큼 현실감이 안 난다. 점심 먹기 마지막 20분을 이용하기 위해, 억지로 머리를 전환한다. 물론 내주 이맘 때

---

45  1923년부터 1938년까지, 특히 히틀러가 집권한 1933년부터 나치당의 위세를 과시하기 위해 뉘른베르크에서 9월 초에 개최한 거대 규모의 군중대회.

우리는 전쟁을 하고 있을지 모른다. 아마도 정부의 지시를 따르고 있다고 생각되는 문서들이 차례로 꼭 같이 엄격한, 그러나 침착한 어조로 히틀러에게, 그가 강요하면 우리는 싸우게 될 것이라는 경고를 보내고 있다. 이 말들은 한결같이 모두 조용하고 절제돼 있다. 도발적으로 들릴 말은 하나도 없다. 모든 점을 고려하고 있다. 사실 우리는 신탁이 내릴 월요일이나 화요일까지, 될 수 있는 대로 조용하게 제자리걸음을 하고 있을 따름이다. 그러나 우리는 히틀러에게 우리가 무슨 생각을 하고 있는지 알려줄 작정이다. 단 한 가지 의문점은, 우리들이 하는 말이 히틀러의 막힌 긴 귀에 다다를 것인가 하는 점이다. (나는 히틀러가 아니라 로저 생각을 하고 있다. 그에 대한 생각만 할 수 있게 해준 데 대해 내가 얼마나 그에게 고마워하는지를 그에게 알리고 싶다. 이 비현실적인 소용돌이 속에서 로저가 얼마나 큰 도움이 되어주는가를.) 나에게는 엄숙한 표정을 한 저 사람들 모두가 한 어린이의 모래성을 믿기지 않는 표정으로 바라보고 있는 어른들처럼 보인다. 그런데 그 성은 어떤 설명할 수 없는 이유 때문에 거대한 진짜 성채가 되어버렸고, 그것을 파괴하기 위해서는 화약이나 다이너마이트가 필요하게 되었다. 정상적인 사람이라면 아무도 그것을 믿을 수 없다. 그러나 아무도 진실을 말해서는 안 된다. 그러다가 사람들은 딴 생각을 하게 된다. 그 사이 비행기는 언덕 위를 가로지르며 배회한다. 모든 준비가 진행된다. 공습의 첫 낌새가 보이면, 사이렌이 특수한 방법으로 울릴 것이다. L과 나는 그것에 관해 더 이상 이야기하지 않는다. 볼링을 하고 달리아 꽃을 따는 것이 훨씬 좋다. 어젯밤 거실에 있는 오렌지빛의 달리아는, 밤의 어둠을 배경으로 마치 불타듯 빛을 발하고 있었다. 발코니는 더 이상 사용하지 않는다.

### 9월 20일, 화요일

일하기엔 너무 맥이 없어 (머리가 상당히 아프다)『로저 프라이』의 다음 장[46]을 요약해두는 것도 좋을 것 같다. P. H.에 너무 열중해서 머리가 아픈 것이다. 메모. 소설이 전기보다 훨씬 더 지치게 한다. 그래서 흥분도 된다.

H[47]가 (미쳐서) 죽은 뒤에 일단락을 지으면 어떨까. 별도의 단락에서 R이 한 말을 인용한다. 그리고 다시 일단락. 그리고 우리가 처음 만난 때부터 분명히 이야기는 다시 시작된다. 다시 말해 내가 받은 첫인상. 교수도 보헤미안도 아닌 세상사에 밝은 사람. 그러고는 로저가 어머니에게 보낸 편지 형식으로 사실을 서술한다. 그러고는 두 번째 만남으로 되돌아온다. 그림. 예술에 대한 대화. 나는 창밖을 내다본다. 로저의 설득력(일종의 박력) 자기가 좋아하는 것을 남도 좋아하게 만든다. 열정, 몰두, 동요. 일종의 나방의 진동과 같은 것이 그를 둘러싸고 있다. 여기서 (오토라인네 집에서) 하나의 장면을 꾸며 볼까. 그러고는 콘스탄티노플. 차를 타고 외출하다. 모든 것을 다시 제자리로 끌어들이는 능력. 사람들하고 어울리는 재주. 그러고는 R에게 보내는 편지를 인용한다.

　1910년 제1회 전시회.

　조소. 블런트를 인용.

　R에 대한 영향. 또 한 번의 클로즈업.

　맥콜에게 보낸 편지. 그 자신의 개인적 해방.

　흥분. 자기 방법을 찾았다. (그러나 이것은 오래 가지 않았다.

---

46　7장으로서 제목은「The Post-Impressionists」.

47　Helen Fry―레너드 주.

V에게 보낸 그의 편지를 보면, 로저는 그녀에게 너무 휘둘리고 있었다.)

사랑. 그가 결코 사랑에 빠졌던 적이 없다는 사실을 어떻게 표현하면 좋을까?

전쟁 전의 분위기를 살린다. 오토. 던컨. 프랑스.

브리지스에게 보낸 미와 관능에 관한 편지. 로저의 터무니없는 요구. 논리.


## 9월 22일, 목요일

실수로『로저』를 몇 쪽 여기에 써버렸다. 늘 말하듯 내 공책들이 뒤죽박죽이 돼 있다는 증거다. 증거가 필요하다면. 그렇다, 지금 V. B.에게 보낸 편지 다발(1910~1916)이 있다. 옥스퍼드의 슬레이드 대학에 대한 증언의 다발, 끝도 없는 서류철들. 그 각각에는 서로 다른 편지와, 신문 오려낸 것이나 책에서 발췌한 것 등이 있다. 그 한가운데에『3기니』에 관한, 지금은 수도 많고, 반공문서 같은 내 편지들이 들어 있다(지금까지 7,017부 팔렸다……). 벨 부부가 떠나간 뒤, 우리가 처음 계획했던 것처럼 하루 종일 말없이 진지하게 일만 할 수는 없었다. 아마 방해받는 바쁜 생활을 즐기고 있는지 모른다. 그러나 나는 옛날부터, 아주 옛날부터 지켜온 규칙적인 독서의 리듬을 회복하고 있다. 우선 이 책을 읽고, 다음에 저 책을 읽는 식으로. 오전 내내『로저』일을 했다. 두 시부터 네 시까지 산책. 다섯 시부터 여섯 시 반까지 볼링. 그리고 마담 세비녜.[48] 일곱 시 반에 저녁 식사.『로저』를 위한 독서. 음악

---

48  Marie de Rabutin-Chantel marquise de Sévigné, 1626~1696, 프랑스의 작가.

을 듣다. 에디의 『캉디드』[49]를 제본하다. 지그프리드 서순[50]을 읽다. 그리고 열한 시 반경에 취침. 매우 박자가 잘 맞는다. 그러나 며칠 못 갈 것 같다. 다음 주에는 모두 흐트러질 것이다.


## 10월 6일, 목요일


다시 10분간. 잠시 『포인츠 홀』을 쓰고 있는데, 한 시간밖에 일을 하지 못했다. 『파도』와 같다. 굉장히 즐기고 있다. 『로저』를 쓰느라고 머리가 지끈거린다. 이틀 전에는 맹렬한 폭풍. 산책은 중지. 사과가 떨어져 있었다. 전기가 나갔다. 울워스에서 한 자루 6펜스를 주고 산 양초를 네 자루 썼다. 응접실 난롯불로 저녁을 짓고, 담배를 피웠다. 남자들이 지금 널빤지에 페인트칠을 하고 있다. 이 방은 확실히 이번주면 끝날 것이다. 지금 정치는 그저 다음과 같은 것이 되었다. "내가 너한테 그렇게 말했지 (…) 네가 그렇게 했지. 나는 하지 않았어." 신문은 읽지 않겠다. 드디어 명상에 잠길 수 있겠다. 우리들 생애를 위한 평화. 왜 그것을 믿으려고 하지 않는가? 큰 마음먹고 레미에도 가지 못한다. 가고 싶다. 가기 싫다. 변화가 그립다. 비록 촛불로 읽는 한이 있더라도 세비녜를 읽고 싶다. 런던과 불빛이 그립다. 포도주가 그립다. 완전한 고독이 그립다. 이 모든 것들을 어제 피딩호로 산책하는 도중에 L과 논의했다.

49  프랑스의 18세기 계몽주의 철학자 볼테르의 소설(1759).
50  1886~1967, 영국의 시인이자 작가.

## 10월 14일, 금요일

길고 캄캄한 밤이 왔을 때 하고 싶은 일이 두 가지 있다. 지금처럼 순간적인 충동에 따라 『포인츠 홀』에 넣을 시를 많이 쓰는 일. 그것들을 편리하게 쓸 수 있으니까. 그리고 T. L. S.를 위해 써놓은 수많은 초벌 원고들을 수집해서 가능하면 제본하는 일. 그것들을 평론집을 위한 소재로 사용할 수 있는 가능성에 대해 생각해볼 일. 인용? 주석? 내가 지난 20년 동안 읽고 메모를 해놓은 영문학 전반에 관한 것으로.[51]

## 11월 1일, 화요일

막스[52]는 체셔 고양이[53] 같다. 통통한데다가 턱밑 살이 늘어져 있다. 눈은 하늘빛. 눈이 흐릿해진다. 어딘가 브루스 리치먼드를 닮은 데가 있다. 온통 곡선이다. 막스가 한 말을 요약하면 다음과 같다. 나는 어느 집단에도 가담하지 않았어요. 아니요, 젊을 때도 가담하지 않았지요. 크게 실수한 거지요. 젊을 때는 바른 길은 하나밖에 없다고 생각해야지요. 이것은 매우 의미심장한 말이지만, 우리는 그것을 알아차리지 못하지요. "세상을 만들기 위해서는 여러 종류의 사람들이 필요하지요." 나는 모든 그룹 밖에 있었어요. 그런데 나를 좋아했던 로저 프라이는 타고난 지도자였지

---

51  울프는 그녀의 생애 마지막 6개월 동안을 영문학 전반을 개관하는 작업에 바쳤다. 이 부분은 그와 같은 계획에 대한 최초의 언급이다.
52  Max Beerbohm.
53  루이스 캐럴(Lewis Carroll, 1832~1898)의 『이상한 나라의 앨리스』에 나오는 고양이. 늘 히죽히죽 웃고 있다.

요. 그만큼 "깬" 사람도 없을 거예요. 그렇게 보여요. 그만큼 그렇게 보이는 사람을 본 적이 없어요. 예술의 미학에 관해서 그가 강연하는 것을 들었지요. 실망했어요. 책장만 계속, 계속 넘기고 있었어요. (…) 햄스테드[54]는 아직 괜찮아요. 몇 년 전에 나는 잭 스트로의 성곽에 머문 적이 있어요. 그때 우리 집사람이 독감에 걸렸어요. 술집 아가씨가 집사람 어깨너머로 말했지요. 집사람이 두 번씩이나 독감에 걸렸다고요. "욕심도 많으셔"라고. 그건 걸작이에요. 그 말 속에 술집 아가씨라는 종족의 특징 전부가 들어 있지요. 나는 평생 열 번쯤 술집에 간 적이 있어요. 조지 무어는 결코 눈을 사용하지 않아요, 그는 사람들이 무슨 생각을 하고 있는지 알지 못해요. 그는 모든 지식을 책에서 얻어요. 아, 나는 당신이 "아베 아케 바레"[55]를 일깨워줄까 봐 걱정했어요.[56] 그래요, 그것은 아름답지요. 그래요, 그때 그가 눈을 사용한 것은 사실이에요. 그렇지 않았다면 그것은 물고기가 없는 아름다운 호수지요. 『케리스 강』[57] (…) 콜슨 커나한?[58] (나는 헤이스팅스에서 C. K가 나를 불러 세우고는 "당신 이디스 시트웰이지요?"라고 물었다는 말을 했다. "아니요, 울프 부인입니다. 당신은요?" "콜슨 커나한입니다.") 이 말에 막스가 꼬로록 소리를 내더니, 곧 그가 『옐로우 북』[59] 시절에 커나한과 알고 지냈다고 했다. 커나한은 『신과 개미』를 썼다. 1천2백 만 부가 팔렸다. 그리고 회상집. 내가 로버츠 경을 찾아갔던 이야기를 했다. (…) 위대한 그분이 의자에서 일

---

54  런던의 교외.

55  어서 오십시오, 그리고 안녕히 가십시오.

56  조지 무어에게는 『Ave』(1911), 『Salve』(1912), 『Vale』(1914)라는 자전적 3부작이 있다. 이들을 통틀어 'Hail and Farewell' 이라고 부른다.

57  조지 무어의 소설.

58  Coulson Kernahan, 1858~1943, 영국의 소설가.

59  1894년부터 1897년까지, 런던에서 발행된 심미운동의 계간지.

어났다. 그의 눈은 개암나무 색깔이었던가? 파란색이었던가? 갈색이었던가? 아니 그의 눈은 그저 한 병사의 눈이었다. 그리고 그는『만난 적이 없는 위대한 사람들』에 막스 비어봄의 이야기를 썼다.

　"그 자신의 글에 대해 말하자면, 친애하는 리튼 스트레이치가 나한테 이렇게 말했어요. 우선 한 문장 쓰고, 그런 다음에 다음 문장을 써요. 나는 그렇게 글을 써요. 계속 그렇게 써나가지요. 그러나 나는 글을 쓴다는 것은 들판을 달리듯 해야 한다고 생각해요. 그것은 선생의 방식이지요. 그런데 아침을 먹고 나서 당신은 어떻게 당신 방으로 가는지요? 어떤 느낌인가요? 나는 언제나 시계를 보고, 맙소사, 원고를 쓸 시간인데, 라고 말하지요. 아니요, 나는 우선 신문을 봅니다. 나는 결코 글쓰기를 원했던 적이 없어요. 만찬에서 돌아오면 붓을 집어 들고 만화를 연달아 그리곤 하지요. 그것들은 여기서 거품처럼 솟아나는 것 같아요. (그는 자기 배를 눌렀다.) 그건 일종의 영감이겠지요. 여사께서 아름다운 에세이 속에서 나와 찰스 램[60]에 대해 하신 말은 정확히 사실입니다. 램은 미쳤어요. 램은 재능이 있었지요. 천재였어요. 나는 잭 호너[61]를 너무 닮았어요. 나는 자두를 꺼내지요.[62] 그건 너무나 동그랗고, 너무나 완벽해요……. 나에게는 1천5백 명가량의 독자가 있지요. 나는 유명합니다. 주로 여사와 여사 같은 상류 계층의 훌륭한 분들 덕분에. 나는

60　Charles Lamb, 1775~1834, 영국의 에세이스트이자 비평가.
61　Jack Horner, 자장가에 나오는 인물.
62　동요는 다음과 같다. Little Jack Horner sat in the corner, Eating a Christmas pie: He put in his thumb, and pulled out a plum, And said, "What a good boy am I!"

자주 내 작품을 다시 읽습니다. 나는 내가 존경하는 사람들의 눈으로 읽는 버릇이 있어요. 나는 자주 버지니아 울프의 입장이 되어 읽습니다. 여사께서 좋아하실 만한 것들을 골라내면서. 여사께서는 그렇게 안 하시겠지요? 아, 꼭 한번 해보세요."

나는 문간의 층계에서 이셔우드[63]를 만났다. 몸이 가냘픈 자유분방한 청년이었다. 자주 이리저리 움직이는 눈. 이지러져 있다. 경마 기수처럼. 몸[64]이 말했다. 이 젊은이가 "영국 소설의 장래를 그의 손안에 쥐고 있다"고. 매우 열정적이다. 맥스의 재기와 특유한 성격을 완전히 의식하고 있으며, 도를 지나치거나 하지는 않았지만, 오늘 밤은 피상적인 모임이었다. 그 증거로 나는 가져온 시가를 피우지 못한 자신을 발견했다. 그것은 더 심층에서의 이야기다. 시빌의 여주인 솜씨 덕분에 모두는 똑같은 표면층에 머물렀다. 주고받은 이야기들과 듣기 좋은 말들. 집은 조개껍질처럼 희고, 은빛이고, 녹색이다. 벽의 널빤지들. 오래된 가구들.


## 11월 16일, 수요일

산꼭대기에 있는 것 같은 순간은 매우 드물다. 내 말은 높은 곳에서 평화로운 기분으로 밖을 내다볼 수 있다는 것. 2층으로 올라가다 이런 생각을 했다. 이것은 상징적이다. 『전기』를 쓰고 있는 지금 나는 위층으로 "올라가고" 있다. 정상에서 그런 순간을 맛볼 수 있을까? 또는 『로저』를 마쳤을 때? 아니면 오늘밤 잠자

63　영국 태생의 미국 소설가이자 극작가, 1904~1986.
64　William Somerset Maugham, 1874~1965, 영국의 소설가이자 극작가.

리에서 두 시와 세 시 사이에도 그런 순간은 단속적으로 온다. 『세월』을 쓰느라 비참했던 그때, 여러 차례 이런 순간이 있었다.

비올라 트리[65]가 어젯밤 늦막염으로 세상을 떠났다. 나보다 두 살 아래다.

비올라의 피부 결이 생각난다. 살구 같았다. 머리칼은 호박색에다 숱이 적었다. 밑 화장 때문에 눈에 물집이 나 있었다. 거대한 여신 같은 여인. 동시에 아득바득 열심히 일하는 여인이기도 했다. 뼈대가 굵었고, 성큼성큼 걸었다. 요즘은 화장에 꽤 신경을 썼다. 비올라를 마지막으로 본 것은 가고일 칵테일에서였다. 그때 비올라는 넉넉하게 넘치는 기분이었다. 다른 기분일 때의 비올라를 만난 적은 없지만, 나는 늘 비올라가 좋았다. 비올라의 책 때문에 1년에 한번쯤 만났던 것 같다. 비올라의 『스페인의 성곽들』[66]이 나온 날 저녁, 그녀는 우리 집에서 식사를 했다. 그리고 나는 차를 마시러 워번 광장으로 갔고, 버터는 신문지에 싸여 있었다. 응접실에는 이탈리아제의 더블베드가 있었다. 비올라는 본능적이었고, 훌륭한 여배우들의 매력적인 몸가짐을 갖고 있었다. 여배우들의 보헤미안적이고 감상적인 점도 갖고 있었다. 그러나 비올라는 철저히 타고난 어머니였고 딸이었다고 생각한다. 야심은 없었다. 세상사에 능했다. 돈에 쪼들렸던 것 같다. 게다가 낭비가였다. 그리고 매우 배짱이 좋았다. 그리고 용감했다. 주위를 그림처럼 꾸미는 재주가 있었다. 하도 몸이 크고 기운도 좋아서 여든 살까지는 살 수 있을 것이라 생각했다. 그러나 틀림없이 밤늦은 시간까지 일하느라 그 성곽을 와해시켰을 것이다. 모르겠다. 그녀는 많은 것을 말로 옮길 수가 있었다. 비올라의 딸 버지니아가

---

65  Viola Tree, 1884~1938, 영국의 여배우. 호가스 출판사에서 그녀의 책을 출간한 적이 있다.

66  공중누각의 뜻.

이번주에 결혼한다. 나는 죽어서 누워 있는 비올라를 생각한다. 너무나 어울리지 않는다. 그런 일은 없어야 했다!

## 11월 22일, 화요일

작가로서의 내 입장에 관한 회상을 적어두기로 한다. 단테는 읽고 싶지 않다. 「라뻉과 라삐노바Lapin and Lapinova」를 다시 손질하다가 10분 쉬고 있다. 이것은 아샴에서 20년도 더 전에 쓴 것이다. 아마 『밤과 낮』을 쓰고 있을 때다.

그때부터 많은 세월이 흘렀다. 그리고 약 10년 전부터 나는 분명히 상당히 높은 자리로 격상됐다. 그러고는 W. 루이스와 스타인 양에게 사형 선고를 당했다. 그리고 지금 나는, 생각해보자, 물론 시대에 뒤졌다. 모건이 보기에도 나는 젊은 사람들과 비교가 안 될 것이다. 그러나 『파도』를 썼다. 그러나 다시는 좋은 작품을 쓸 수 있을 것 같지 않다. 2류 작가이고, 그러다가 어쩌면 완전히 버려질 것이다. 그것이 현재의 나에 대한 일반의 평가라고 생각한다. 이것은 주로 코널리[67]의 칵테일 비평에 근거한 말이다.[68] 바람에 날리는 한 다발의 깃털. 얼마만큼 내가 신경을 쓰고 있는가? 생각보다는 덜 신경을 쓴다. 그러나 당연한 노릇이다. 모든 것이 내가 상상했던 것만큼은 아니기 때문이다. 내 말은 내가 그처럼 유명하다고 생각한 적이 없었다는 뜻이다. 그래서 사형선고를 당하고도 별로 느끼는 것이 없다. 그러나 『파도』나 『플러쉬』

---

67 Cyril Connolly, 1903~1974, 영국의 비평가이자 소설가. 문학잡지 『호라이즌』의 창간자.
68 코널리는 1938는 10월에 간행된 『Enemies of Promise, or How to Live Another Ten Years』라는 책에서, 과거 20년간의 문학을 개관하며 울프를 포함한 관료적 문체를 사용하는 사람들과 대중 언어를 사용하는 사람들을 비교하고 있다.

나 『스크루터니』 이후에 내가 공공연히 공격당한 것은 사실이다. W. L.이 공격했다. 나는 적극적인 반대를 의식하게 되었다. 그렇다, 나는 젊은 사람들한테는 칭찬을 받았고, 나이 든 사람들한테는 공격받는 것이 보통이었다. 『3기니』가 판을 깨버렸다. 왜냐하면 영의 사람들과 『스크루터니』 사람들이 모두 나를 공격하기 때문이다. 그리고 내 친구들한테서도 이 일 때문에 따돌림을 당했다. 그래서 내 입장은 애매하다. 의심할 바 없이 모건의 평판이 나보다는 훨씬 높다. 톰도 마찬가지다. 그렇다면? 어떤 의미에서는 안심이다. 나는 근본적으로 아웃사이더라고 생각한다. 나는 내 일에 최선을 다하며, 벽을 등지고 있을 때 가장 힘이 난다. 그러나 시류를 향해 글을 쓴다는 것은 이상한 느낌이다. 시류를 완전히 무시하는 것은 힘든 일이다. 그러나 물론 그렇게 할 것이다. 그리고 『포인츠 홀』에 뭐가 들어 있는지 볼 일이다. 어쨌든 할 일이 없어지면 나는 평론을 쓰는 나의 재능에 의지할 수 있다.

## 12월 19일, 월요일

마지막 아침을 이용해서 (내일은 어수선할 것이기 때문에) 한 해를 정리하려고 한다. 확실히 앞으로 열흘 정도 남아 있다. 그러나 이 일기장의 독립성이 이것을 (나는 특권이라는 말을 쓰려고 했으나 꼼꼼한 내 양심이 다른 단어를 찾아보라고 명령한다.) 허락해 준다. 이것이 몇 가지 문제를 야기한다. 그러나 그대로 두겠다. 그것은 글 쓰는 기교에 대한 내 관심의 문제다. 대체로 보아 이 기교는 사람을 몰입시킨다. 더욱더? 아니다. 나는 어릴 적부터 기교에 몰입해 왔던 것 같다. 세인트 아이브스[69]의 응접실에서 어른들이 식사를 하고 있을 때, 녹색의 비로드 소파 위에서 호손식의 이야기를 끼적거리고 있던 꼬마 때부터 그랬다. 올해 마지막 저녁 손님은 톰이다.

올해 나는 『3기니』를 썼다. 그리고 4월 1일경에 『로저』를 시작했다. 1919년까지의 그의 이야기를 썼다. 월폴에 관한 글도 썼다. 「라빵과 라삐노바」. 그리고 『전기 작법』. 『3기니』의 반응은 재미있고 뜻밖이었다. 단 내가 뭘 기대하고 있었는지가 분명치 않다. 8천 부 팔렸다. 내 친구 가운데 아무도 그 말을 하지 않았다. 이미 광범하던 내 독자층이 더 넓어졌다. 그러나 이 책의 진짜 가치에 대해 나는 완전히 오리무중이다. 그것은……? 아니다, 책의 가치에 대해 말하는 것을 삼가겠다. 왜냐하면 사실 아직 아무도 이 작품에 대한 입장을 밝힌 사람이 없기 때문이다. 『자기만의 방』 때보다 의견의 일치가 훨씬 덜하다. 따라서 그 작품에 대해서는 평가를 유보하는 것이 가장 적절할 것 같다. 『포인츠 홀』도 120쪽 썼다. 220쪽 가량의 책으로 만들 생각이다. 잡동사니. 프라이의 여러 사실들에 대한 오랜 압박에서 헤어나기 위해 그 책으로 달려간다. 그러나 전체가 보이기 시작하는 느낌이다. 그것은 4월의 어느 날, 늘어진 실을 그저 붙잡은 것과 같다. 다음 쪽에 뭘 쓴다는 생각도 없었다. 그런데 다음 쪽이 써지는 것이다. 글 쓰는 즐거움을 위해.

---

69　영국의 남서 해안에 있는 작은 마을. 울프는 어릴 때 이곳 별장에서 매해 여름을 보냈다.

# 1939년(57세)

## 1월 5일, 금요일

낡은 펜촉으로『로저』를 조제트 직전까지 썼으므로 오늘은 새 펜촉으로 매우 화창한 1월 아침의 마지막 5분간을 새해의 첫 페이지를 쓰는 데 사용하겠다. 점심 먹기 전 마지막 5분 안에, 중요한 책의 첫 페이지를, 이런 머리로 어떻게 시작하면 될까? 머리는 아직도『로저』의 마지막 문장의 틀 속에서 맴돌고 있다. 그 마지막 문장은 아마도 앞으로 열두 번도 더 고쳐 쓰게 될 것이다. 그런데 주된 주제는 일이다.『로저』를 비롯한 그밖의 통상적인 로드멜의 주제들. 다시 말해 나는 서리가 내리는 것을 너무 오랫동안 방치해두었다. 14, 15일 전에 여기 왔을 때 모든 파이프가 얼어붙었다. 닷새 동안 눈이 내리고, 매섭게 춥고 바람이 불었다. 우리는 한 시간 동안 눈보라 속을 지그재그로 운전했다. 바퀴에 체인을 감지 않으면 안 되었다. 우리는 크리스마스 날에도 찰스턴과 틸턴으로 이처럼 힘들게 기어갔다. 그런데 이틀 뒤에 일어나 보니, 사방에 파란 풀이 돋아 있었다. 부엌 창에 늘어진 긴 고드름

코끝에는 물방울이 달려 있었다. 녹고 있었다. 파이프가 녹았다. 오늘은 동풍이 불어오는 것이, 마치 6월 아침 같다. 일기를 쓸 시간이 끝났다. 여하튼 일기는 시작되었다. 그리고 아마 내일은 머리가 더 맑아져서 10분쯤 글을 쓸 수 있을지 모른다.


## 1월 8일, 월요일[1]


그런데 내 머리는 『로저』를 쓰느라고, 늙은 세탁부의 행주처럼 돼버렸다. 맙소사, 그 조제트의 장이라니. 그런데 이 장은 너무 자세하고, 너무 깐깐하다. 더 풀어놓아야 한다. 우선은 이 죄 없는 일기장에서, 소설로 되돌아갈 일요일까지 나흘 동안 그래야 한다고 맹세한다. 하지만 나는 글을 쓰고 싶다는 소망을 으깨버렸다. 심지어는 소설마저도. 로드멜은 특히 겨울에는 뇌에 좋지 않다. 나는 세 시간 착실하게 글을 쓴다. 두 시간 걷는다. 그리고 틈틈이 식사 준비를 하고, 음악이나 뉴스를 들으면서 열한 시 반까지 독서를 한다. 이러면서 나는 상당히 많은 R의 편지 묶음을 읽었다. 그리고 세비네를 약간. 초서와, 시시한 책 몇 권.


## 1월 18일, 목요일


내 소설(「라뺑과 라삐노바」)이 『하퍼스』[2]에 실린다는 것은 틀

---

1  1월 9일(월요일)의 착각.
2  미국에서 간행되는 종합지. 『사이언티픽 아메리칸』에 이어 미국에서 두 번째로 오래된 잡지. 현재 발행 부수는 22만 부.

림없이 기분 좋을 일이다. 오늘 아침 소식을 들었다. 아름다운 이야기입니다. 기꺼이 실어드리겠습니다. 그래서 6백 달러가 생겼다. 나는 인간은 격려 없이도 일을 할 수 있어야 한다는 이론을 가지고 있지만, 이 이론을 보충하는 의미에서 꼭 해둬야 할 말은, 격려는 마음을 따뜻하게 해주고, 힘이 나게 해준다는 사실이다. 그것은 부정할 수 없다. 어쩌면 격려가 원인이 되어 오늘 아침엔 『포인츠 홀』을 정신없이 썼다. 여러 상황을 요약하는, 보다 직접적인 방법을 찾아냈다고 생각한다. 그러면 (운율에 맞춘) 시는 서정적 산문으로 바뀌는데, 나도 로저와 같은 의견이지만, 내가 이 점에 너무 지나친 경향이 있다. 그런데 그 의견이야말로 내가 오랜만에 받은 최고의 비판이었다. 다시 말해 나는 무생물적인 광경을 시적으로 바꾸고, 내 개성을 강조함으로써 소재에서 의미가 배어나오도록 하지 않는다는 것이다.

## 2월 28일, 화요일

잡담으로 신경이 지친 경우 말고는 여기에 글을 쓰지 않는다는 것은 진실을 위해서는 불행한 노릇이다. 나는 시시한 이야기나 우울한 이야기만을 적었고, 그것도 숨김없이 적는다. 『로저』 일을 하루 쉰다. 그리고 『포인츠 홀』을 쓰면서 행복한 하루를 보낸다. 그리고 너무 많은 소포들. 출판돼 나오는 책들. 머리 뒤통수에 마비가 온다. 이 증세가 올 때면 늘 그렇듯이, 모든 나방들이 덤벼든다. 늘 겪는 일이다. 자세히 설명할 것도 없다. 나는 종합기술전문학교에 가서 "한 말씀" 해야 한다. 약속이 불어난다. 이 난국에 더하여 무수한 피난민들. 이런…… 아무 말도 하지 않겠다고 해놓고서는 모두 해버렸다.


## 3월 11일, 토요일

어제, 그러니까 10일 금요일, 『로저』의 초고 마지막 문장의 마지막 단어를 써 넣었다. 그러니 이제 다시 시작해야 한다. 아니, 시작하는 것이 아니라 고쳐 쓰고 또 고쳐 써야 한다. 끔찍한 고역이 기다리고 있다. 그리고 전기 작가로서의 자신의 자질에 대한 무수한 의문. 도대체 할 수 있기나 한 것인가, 에 대한. 그래도 끝까지 일을 마쳤다. 그러니 한순간 자신에게 가벼운 만족을 허용해도 좋을 듯싶다. 나는 여러 사실들 속에서 필요한 것을 다소간 추출해 내는 데 성공했다. 셀 수 없는 끔찍한 사실들을 모두 여기 적을 시간은 없다. 이 작품 속에는 한 가닥 생명의 불빛이 있을지 모른다. 아니면 그것들은 모두 먼지나 재일까?


## 4월 11일, 화요일

기분 전환을 위해 디킨스를 읽고 있다. 디킨스는 생생하게 살아 있다. 그러나 디킨스의 글은 그렇지 못하다. 이것은 디킨스의 장점인 동시에 단점이다. 정신이 들어 있지 않은 뭔가가 나타나는 것이 보이는 것 같다. 그러나 디킨스의 정확성과, 때로는 통찰력마저 놀라울 지경이다. 예를 들어 스퀴어즈 양이나 프라이스 양[3], 그리고 농부들에 대한 통찰력. 설사 그러고 싶어도 내 비판

---

3    디킨스의 소설 『니콜라스 니클비』의 등장인물들.

적 정신을 디밀 수 없다. 그리고 여러 책을 하나로 엮으려는 목적을 위해 직업상 세비녜를 읽고 있다. 앞으로는 빠르고, 강렬하고, 짧은 책만을 써야 한다. 어디 오래 묶여서는 안 된다. 이것이야말로 노년의 침전과 냉각을 막는 길이다. 그리고 모든 선입관적 이론들을 띄워놓은 채로 둘 것. 왜냐하면 가능해 보이는 노선마저, 그것을 묘사할 수 있을 만큼 충분히 알고 있는지 점점 더 의심스러워지기 때문이다. 모두가 너무 강하고 관습적이다. 데이비스[4]의 막내 남동생 모리스가 죽었다.[5] 그리고 나는 늘 마거릿이 인생을 너무 조심스럽게 산다는 생각을 해왔다. 얼마 안 되는 힘을 재보고 실험해 가며, 그것을 쉬운 일에 조금씩 써가면서 수명을 연장해 어쩌자는 것인가? 나는 로슈푸코[6]도 읽고 있다. 이 작은 갈색 책의 진짜 목적은 펜을 한 손에 들고, 책 향내를 맡아가며 읽는데 있다. 그리고 좋은 책을 읽게 해준다는 것. 쏟아져 나오는 젊은 사람들의 같잖은 원고나 짹짹거리는 소음 대신, 이것은 어미 새의 관심을 끌려고 노란 부리를 한껏 벌리고 있는 어린 새의 재잘거림을 묘사하는 말이다. 초서는 필요에 따라 집어 든다. 그리하여 만약 시간이 있다면(아마 다음 주는 혼자 있는 시간이 더 많을 것이다.), 만약 전쟁이 일어나지 않는다면, 나는 점점 더 높은 곳으로 미끄러져 올라가, 좀처럼 살 수 없는 흥분된 기층에 있게 될 것이다. 그곳에서 내 머리는 비행기 프로펠러처럼 너무 빨리 돌아가, 마치 움직이지 않는 것처럼 보일 것이다. 그러나 나는 클리프턴 부분의 마지막 부분을 다시 타자해야 한다. 그리하여 내일까지 일을 마치고, 갑판을 정리하고, 케임브리지 부분을 쓸 준비

4  울프 부부의 오래된 지기(1861~1944).

5  마거릿 데이비스에게는 여섯 명의 남자 형제가 있었는데, 모리스(1865~1939)는 그중 셋째
   다. 당시 마거릿은 78세.

6  1613~1680, 프랑스의 고전작가.

를 해야 한다. 여기는 비교적 잘됐다고 생각한다. 압축돼 있고, 틀도 좋다.


## 4월 13일, 목요일


그 후 이틀 동안 독감을 앓았다. 심하지는 않았으나 언제나처럼 머릿속이 텅 비었다. 그래서 오늘 아침에는 여기 한가하게 앉아, 로저의 편지들을 이것저것 읽고 있다. 처음 40쪽을 끝냈다. 유년 시대 등을. 채 1주도 안 된 사이에. 그러나 그것은 대부분 자서전이다. 지금은 정치가 급박하다. 체임벌린이 오늘 의회에서 연설을 했다. 전쟁이 내일 일어나지는 않겠지만 더 가까워졌다.[7]

어제 디킨스를 1백 쪽가량 읽었다. 이제 희곡과 소설에서 뭔가 막연한 것이 보인다. 무수한 장면의 허풍과 캐리커처들이 항상 제 특성을 갖추고 무대에서 내려오는 것이 보인다. 문학은, 다시 말해 헨리 제임스처럼 색깔을 가감하고, 암시하는 것은 거의 사용되지 않았다. 모든 것이 대담하고 채색돼 있다. 상당히 단조롭지만 풍부하고 창조적이다. 그렇다, 그러나 대단하게 창조적인 것은 아니다. 암시적이지 않다. 모든 것이 테이블 위에 놓여 있다. 어느 하나 외로이 만들어지는 것이 없다. 이처럼 속도감과 매력이 있는 것은 그 때문이다. 책을 내려놓고 생각하게 만드는 것은 아무것도 없다. 그러나 이상은 독감을 앓는 가운데 얻게 된 감상이다. 지금은 머리가 너무 복잡하니 에드워드 경을 집으로 가져가서 난로 가에 앉아 뭔가를 좀 끄집어내도록 해보겠다.


7    제2차 세계대전은 1939년 9월 1일에 일어났다.

## 4월 15일, 토요일

돌이켜 생각해보니 『로저』는 비교적 잘된 작품 같다. 각 장을 고치는 데 2주 이상은 걸리지 않을 것이다. 그리고 올해의 고역과 이렇게 격렬하게 부딪쳐보는 것도 재미있다. 갖춰지는 모양새가 보인다고 생각한다. 그리고 그것을 엮어나가는 내 방법이 좋았다. 어쩌면 너무 소설적일지 모른다. 상관없다. 편지도 뉴스도 없었다. 너무 머리가 피곤해서 책을 읽을 수 없다. L은 전속력으로 자기 책을 쓰고 있다. 나는 휴가가 필요하다. 프랑스에서 며칠 동안, 아니면 코츠월드 언덕[8]을 드라이브하고 싶다. 하지만 좋아하는 것이 얼마나 많은가를 생각하다 보면, 이상한 것은 나는 늘 이런 말투로 시작한다) 전쟁이 가져올 단절이다. 모든 것이 무의미해진다. 계획도 세울 수 없다. 그러면 집단의식이 생겨난다. 영국 전체가 동시에 전쟁의 공포를 생각하고 있다. 지금까지 이처럼 강하게 느껴 본 적은 없다. 그리고 잠시 쉬고는 각자 다시 자기만의 개인적 고독 속에 빠진다.

그러나 나는 런던에서 마카로니를 주문해야 한다.


## 4월 26일, 수요일

『로저』의 4분의 1인 백 쪽을 썼다. 이 작업은 내일까지 마칠 예정이었다. 전부가 4백 쪽이고, 백 쪽에 3주 걸렸으니까 (하지만 도중에 방해가 많았다) 끝날 때까지 9주 걸릴 것이다. 그렇다, 7월 말까지 끝낼 예정이었다. 그렇지만 집을 비우게 될지 모른다. 8월

---

8  영국 중서부의 구릉지대.

에. 그리고 이 전부를 타자시키는 것이 9월……. 여하튼, 내년 이 맘때면 책이 나올 것이다. 그러면 8월에는 자유로워질 것이다. 참으로 힘들고 지루한 일이다. 게다가 6, 7명의 사람들 외에는 별로 관심도 없을 것이다. 그리고 나는 한바탕 공격을 받을 것이다.

## 6월 29일, 목요일

『로저』와 P. I. P.를 쓰는 고역으로 내 머리가 핑핑 돌기 때문에 여기서 10분간 쉬기로 한다. 왜 그럴까? 이 일기를 다시 읽을 일이 있을까? 만약 내가 앞으로 회상록을 쓰게 된다면 (그것은 『로저』로부터의 해방을 의미한다.) 이 일기를 이용하게 될지도 모른다.[9] 어제는 우울한 날이었다. 포트넘스에서 구두를 골랐다. 세일이라지만 쓰지 못할 물건들만 나와 있었다. 분위기는 영국 상류계급의 분위기. 모두 꽉 끼는 옷들을 입고 있었고, 발톱은 빨갛게 칠하고 있었다. 내 꼴도 우스꽝스러웠다. 볼이 빨갰다. 몸이 비비꼬였다. 그러나 공원을 가로질러 빗속을 걸으면서 기분이 회복되었다. 집에 돌아와 파스칼[10]에 집중하려고 노력했다. 잘 안 됐다. 그러나 이것이 심신을 조절하는 유일한 방법이며, 비록 이해는 못한다고 해도 마음의 평정은 얻을 수 있다. 신학의 세세한 점은 내 이해의 범위를 넘어선다. 그러나 나는 리튼이 하는 말을 이해할 수 있다.[11] 내 오래된 교활한 친구. 확실히 인생은 한낱 꿈이다. 리

9  울프는 로드멜에서 1939년 4월 18일부터 「a sketch」라는 제목으로 회고록을 쓰는 작업을 시작했으며, 이후 19개월 동안 간헐적으로 이 일을 해왔다. 울프의 『존재의 순간들』에 수록된 「A Sketch of the Past」를 참조할 것.
10  1623~1662, 프랑스의 철학가이자 과학자, 수학자.
11  리튼 스트레이치는 『프랑스 문학의 이정표』(1912)에서 다음과 같이 파스칼을 격찬하고 있다. "In sheer genius Pascal ranks among the very greatest writers who have

튼이 죽었고, 내가 리튼의 글을 읽고 있다니. 그리고 우리가 이 세상에서 의도했던 바를 밝히려고 노력하고 있다니. 그러나 때때로 그것은 한낱 환상이라는 느낌이 든다. 너무나 빨리 사라져버리고, 너무나 덧없이 지나간. 그리하여 이 작은 책들 말고는 그것을 보여줄 아무것도 남아 있지 않다. 그러나 그 덕분에 나는 결심을 확고히 하고, 이 순간에서 즙을 짜낼 수 있다. 나는 식사 후에 L과 함께 진료소에 걸어갔다. 끈을 잡아당기고 있는 샐리와 밖에서 기다리며 저녁 경치를 구경했다. 아, 리젠트 파크 위에 떠 있는 자줏빛의 회색 구름과, 하늘에 떠 있는 보랏빛과 노란빛의 흔적을 보고 나는 뛸듯 기뻤다.

## 8월 7일, 월요일

『비전과 디자인』[12]을 요약하는 일을 그만두는 경솔하고 대담한 실험을 해보려고 한다. 오전 중에 힘들여 쓴 것들을 개정해야 하는데 말이다.

아, 그렇다. 몇 가지 쓸거리가 생각났다. 반드시 일기는 아니다. 회상물. 이와 같은 도피가 요즘 유행이다. 피터 루카스와 지드가 같은 작업을 하고 있다. 두 사람 모두 창조적인 일에 전념할 수 없는 것이다. (『로저』만 아니라면 나는 그럴 수 있다.) 요즘 같은 세상에서는 코멘트하기가 (그것은 매일의 감탄사인데) 손쉽다. 나도 그렇게 느낀다. 그러나 내가 무슨 생각을 하고 있었담? 나는 검열관들을 생각하고 있었다. 가공의 인물들이 우리에게 경고를 한

---

lived upon this earth."

12   로저 프라이의 글.

다. 그것은 지금 내가 읽고 있는 원고 속에서도 분명히 나타난다. 이런 말을 하면 아무개는 내가 감상적이라고 말할 것이다. 저 말을 하면…… 내가 부르주아적이라고 말할 것이다. 보이지 않는 검열관들이 모든 책을 둘러싸고 있는 것처럼 보인다. 그래서 책들은 경직돼 있고, 또 불안하다. 실제로 이들 검열관이 어떤 사람들인가 알아보는 것도 보람 있는 일일지 모른다. 워즈워스에게도 검열관이 있었던가? 그렇지는 않을 것이다. 아침을 먹기 전에 「루스」[13]를 읽었다. 그 고요함, 그 무의식, 그 집중, 여기서 나오는 "아름다움"이 나에게 강한 인상을 주었다. 마치 정신이 진주를 분비하기 위해서는 대상 위에 고요하게 자리 잡고 있어야 하는 것처럼.

이것은 논문에 적합한 주제가 된다.

비유적 표현을 쓴다면, 정신을 둘러싼 모든 환경이 훨씬 더 가까워졌다. 들판에서 울고 있는 어린 아이는 가난과 나의 안락을 생각하게 만든다. 나는 마을 운동회에 나가야 하나? "나가야 한다."라는 말이 내 명상 속으로 파고든다.

아, 그리고 이것은 옷을 입다가 생각한 것인데, 노년이 가까워지는 것, 그리고 서서히 죽음이 다가오는 것을 서술한다면 얼마나 재미있을까. 사람들이 사랑을 묘사하듯이 말이다. 쇠약해지는 모든 증상을 기술할 것. 그러나 왜 쇠약해지는 걸까? 나이 들었다는 것을 다른 경험과는 다른 것으로 취급할 것. 죽음에 이르는 점진적 단계 각각은 대단한 경험이니까 그것을 찾아낼 것. 죽음은 적어도 다가오는 모습에서는 태어나는 것처럼 무의식적인 경험은 아니다.

이젠 상당히 기분이 상쾌해졌으므로 다시 내 고역으로 돌아가야 한다.

13  워즈워스의 시.

## 8월 9일, 월요일

고역 끝에 멍하고 우울해졌다. 어떻게 하면 이 장을 끝낼 수 있을까? 하나님만이 아신다.


## 8월 24일, 목요일[14]

R의 연애 이야기보다 "위기"를 묘사하는 것이 더 재미있을지 모른다. 그렇다, 우리는 바로 그 한가운데 있다. 우리는 지금 전쟁을 하고 있는 것인가? 한 시에 뉴스를 들으려고 한다. 작년 9월과는 감정적으로 사뭇 다르다. 어제 런던은 거의 무관심 상태였다. 기차는 붐비지 않았다. 우리는 기차로 갔다. 거리에도 동요하는 기색이 없었다. 이삿짐 운송업자가 한 사람 왔다. 감독이 말했듯이 이것은 운명이다. 운명에 맞서 할 일이 뭐가 있습니까? 37번지[15]는 완전한 카오스 상태였다. 앤[16]을 묘지에서 만났다. 물론 지금 당장은 전쟁이 아니지요, 라고 앤이 말했다. 존 레만[17]은 "글쎄, 어떻게 돼가는 건지 정말 모르겠어요"라고 말했다. 그러나 최종 연습치고는 완벽하다. 박물관들은 닫혔다. 로드멜 언덕 위에 서치라이트가 설치됐다. 체임벌린은 위기가 임박했다고 말한다. 러시아 조약[18]은 불유쾌하며, 예기치 않았던 놀라움이다. 우리들은 한 떼의 양에 가깝다. 열광 따위는 없다. 참을성 있는 당황. "어떻게

---

14  8월 25일(금요일)의 잘못.
15  울프가 이사 가려는 새 집이 있는 멕클렌버러 광장 37번지.
16  Ann Stephen. 울프의 조카딸―레너드 주.
17  John Lehmann, 케임브리지 대학 출신의 호가스 출판사 직원.
18  1939년 8월 23일 밤에 체결된 독소불가침조약

든 견뎌내야지” 하는 소망을 가지고 있는 것 같다. 식량을 두 배로 주문하고, 약간의 석탄도 주문했다. 바이올렛 아주머니는 체임벌린으로 피난 갔다. 모든 것이 현실 같지 않다. 때때로 절망의 바람이 불어온다. 일하기가 힘들다. 체임버스에서 단편 하나에 2백 파운드 주겠다는 제안이 왔다. 늪지 위에 아지랑이가 덮여 있다. 비행기들. 단추 하나만 누르면 우리는 전쟁 상태에 들어간다. 단치히[19]는 아직 점령되지 않았다. 관청 직원들은 유쾌하다. 집에 들어가는 것을 기다리는 동안 한 가닥 두 가닥 글을 써보탠 탓에 손이 마비됐다. 지금은 싸움을 해야 할 목표가 없다고 앤이 말했다. 공산주의자들은 당황하고 있다. 철도 파업이 무산됐다. 핼리팩스 경[20]이 시골 신사 같은 목소리로 방송하고 있다. 루이가 옷값이 오를 거냐고 묻는다. 물론 이 밑바닥에는 비관의 심연이 있다. 젊은이들은 사분오열돼 있다. 어머니들은 2년 전의 네사 언니 같다. 그러나 언제라도 모든 것이 다시 제자리에 놓이게 되는 전환이 올지 모른다. 모두의 감정이 개인의 감정을 덮었다가 물러간다. 불쾌감과 혼란. 그리고 이 모두가 37번지의 소란과 뒤섞여 있다.


### 9월 6일, 수요일

오늘 아침 여덟 시 반에 처음으로 공습경보가 울렸다. 사이렌의 떨리는 소리가 침대에 누워 있는 방으로 밀고 들어온다. 그

---

19  폴란드의 항구 도시. 주민의 대부분이 독일인임을 구실로 히틀러가 소유권을 주장했다. 폴란드가 이를 거절하자 1939년 9월 1일 히틀러는 이 도시를 침공하여 제2차 세계대전의 시작이 된다.
20  당시의 외무부 장관.

래서 옷을 입고 L과 테라스 위를 걸었다. 하늘은 맑았다. 집은 모두 닫혀 있었다. 아침 식사. 경계경보 해제. 그 사이에 서더크[21]가 공습을 당했다. 뉴스는 없다. 헵워스 자매가 월요일에 왔다.[22] 왠지 항해를 하고 있는 느낌이다. 대화가 매끄럽지 못하다. 지루하다. 모든 것에서 모든 의미가 사라졌다. 신문도 거의 읽을거리가 없다. BBC는 하루 미리 모든 뉴스를 방송해버린다. 공허함. 비능률. 이런 것들도 기록해두는 것이 좋을 것이다. 내 계획은 억지로라도 로저의 일을 하는 것이다. 그러나 맙소사, 이것은 내가 평생 경험한 것 중에서 최악의 것이다. 다시 말해 육체적 감각만을 느낄 뿐이다. 추워지고 무감각해진다. 끊임없는 방해. 우리는 커튼을 만들었다. 우리는 배터시의 여덟 명의 여자와 애들을 위해 오두막으로 석탄 따위를 운반했다. 임산부들은 모두 싸움을 하고 있었다. 몇 사람은 어제 돌아갔다. 우리는 차에 뚜껑을 씌우기 위해 끌고 나왔다가, 네사를 만나 차를 얻어 타고 찰스턴에 차를 마시러 갔다. 그렇다, 지금 세상은 텅 비고 무의미하다. 나는 겁쟁이인가? 육체적으로 그렇다고 할 수 있다. 내일 런던에 간다는 것이 무서워진다. 절박한 상황에 몰리면 아드레날린이 충분히 분비돼서 나를 침착하게 해준다. 그러나 내 머리는 정지한다. 오늘 아침 나는 시계를 집어 들었다가 다시 내려놓았다. 그리고 잃어버렸다. 이런 일이 나를 초조하게 만든다. 틀림없이 이런 일은 극복할 수 있다. 그러나 내 머리는 오그라들어 우유부단해진다. 이것을 치료하기 위해서는 토니[23] 같은 탄실한 책을 읽어야 한다. 근육 단련이 된다. 헵워스 자매는 책을 브라이턴으로 소개시키고

---

21  템스 강 남쪽 지구.
22  호가스 출판사에서 일하는 바바라 헴워스가 여동생과 함께 멍크스 하우스에서 며칠간 묵고 있었다.
23  Richard H. Tawney, 1880~1962, 영국의 작가이자 경제사학자, 대학교수.

있다. 산책이나 할까? 그렇다, 비전투원들을 괴롭히는 것은 나방과 파리들이다. 이번 전쟁은 냉정하게 시작됐다. 우리는 그저 살인 기계를 작동해야겠다는 느낌이 들 뿐이다.

현재까지 아시니아 호가 침몰했다.[24] 전혀 무의미한 일로 생각된다. 기계적인 살육이다. 마치 한 손에는 항아리를 들고, 다른 손엔 망치를 든 꼴이다. 왜 항아리를 깨야 하는가? 아무도 모른다. 이 느낌은 전에 경험했던 어떤 느낌과도 다르다. 그리고 일상생활에서 피가 모두 빠져나갔다. 영화도 연극도 허용되지 않는다. 가끔 미국에서 오는 것 말고는 편지도 없다. 『애틀랜틱 먼슬리』는 「비평에 관하여Reviewing」를 거절했다. 친구들한테서 편지나 전화도 없다. 그렇다, 이것은 긴 항해다. 낯선 사람들과 대화하고, 많은 자질구레한 일들과 손볼 일들. 이것들이 내 손이 닿는 가장 확실한 것들이다. 모든 창작력이 절단됐다. 완전한 여름 날씨다.

마치 눈을 뜨고 겨우 하늘을 쳐다보거나, 차를 한 잔 마실 수 있는 환자 꼴이다. 갑자기 안도하는 마음으로 펜을 들 수 있었다. 더위 속에서 산책을 한 탓에 몸속의 탁한 공기를 맑게 하고, 피가 돌도록 한 결과다. 이 일기장은 이 같은 메모를 축적하는 데 도움이 될 것이다. 백 번도 넘게 이야기했지만, 제 아무리 전쟁의 비극이 쌓이더라도 그보다 더 현실성이 있는 생각이 있다. 우리는 어떤 목적을 위해 만들어진 것일까? 내가 할 수 있는 유일한 기여는, 나의 이 정돈되지 않은 생각들. 그것은 자유를 위한 총질이다. 그렇다고 스스로에게 다짐한다. 이렇게 해서 하나의 허구, 하나의 유령을 떠받친다. 그리하여 밖으로부터 뭔가가 압박해 들어와서, 그것이 안개를, 존재하지 않는 것을 굳히는 그 느낌을 회복한다.

햇볕이 내려 쪼이는 습지를 걷다가, 노랗게 구름에 덮인 곳을

---

24 9월 3일 1천4백 명을 태우고 캐나다로 가던 아시니아 호가 독일 잠수함에 격침당했다.

보았는데, 그때 이 15권이 넘는 일기책을 가지고 하나의 글을 쓸 수 있겠다는 생각을 했다. 일은 완만한 언덕을 내려가듯 쉬울 것이다. 『로저』 때처럼 가파른 언덕 같은 고역은 아닐 것이다. 그러나 읽을 시간이 있을까? 꼭 읽어야 하는데. 오늘 밤 공습은 서더크, 포츠머스[25], 스카버러[26] 이후 감소해서, 동부 해안을 습격했으나 손해는 없었다. 내일 우리는 런던으로 떠난다.

## 9월 11일, 월요일

그리스어로 읽기를 그만두고 테오파라투스[27]의 서너 편의 『성격론』을 영어로 읽었다. 메모를 해두는 것도 좋을 것이다. 내 머리를 그리스에다 묶어두려고 한다. 상당히 성공적이다. 언제나 그렇지만 끈적끈적하게 달라붙고, 돌진하고, 미꾸라지처럼 요리조리 빠져 다니는 그리스 사람들의 솜씨란! 라틴 사람이라면 아무도 시골뜨기가 한밤중에 빌려준 돈 생각을 한다는 사실에 주목하지는 않을 것이다. 그리스 사람들은 대상을 확실히 똑바로 보고 있다. 그러나 테오파라투스나 플라톤을 이해하기 위해서는 먼 길을 가야 한다. 그러나 그럴 만한 가치가 있다.

---

25  영국 남부의 항구.
26  동북부의 항구 도시.
27  Theophrastus, B.C. 372?~287?, 그리스 철학자. 『성격론』이 유명. 30가지 도덕 유형을 제시.

## 9월 28일, 목요일

아니, 나는 날짜를 잘 모르겠다. 비타가 오늘 여기서 점심을 먹을 것이다. 나는 『로저』를 열두 시에 끝내고 실속 있는 독서를 할 작정이다. 머리를 혼란스럽게 하지 않겠다. 예리하고 짤막한 메모밖에 할 수 없다. 왜냐하면 내 머리는 어찌된 까닭인지 소설이나 논문을 시작할 때는 매우 유쾌한데, 책 끝에 가까워 오면 맥을 못 추기 때문이다. 그렇다면 왜 머리를 풀어주지 않는 것인가? 『세월』을 너무 양심적으로 힘들게 쓰느라고 머리가 망가진 것은 아닐까? 그래서 나는 스티븐슨[28]으로, 『지킬 박사와 하이드 씨』로 휙 돌아서 보지만 이것은 내 취향이 아니다. 바람은 있지만 빛이 아름답다. 그런데 나는 글씨를 쓸 수 없다.

## 10월 6일, 금요일

딴짓을 하고 싶은 욕망을 누르고 『로저』 전부를 정서하는 데 성공했다. 말할 것도 없이 원고는 다시 고쳐 쓰고, 압축하고, 활기를 불어넣어야 한다. 과연 할 수 있을까? 끊임없이 방해가 들어온다. 우선 루이스 캐럴[29]에 관한 글을 하나 썼고, 다양한 종류의 책을 읽었다. 플로베르의 전기[30], 드디어 출판된 R의 강연, 에

---

28  Robert Louis Stevenson, 1850~1894, 스코틀랜드의 시인이자 소설가.
29  Lewis Carroll, 1832~1898, 영국의 작가. 본명은 레버렌드 찰스 럿위지 도지슨
30  프랜시스 스티그뮬러, 『플로베르와 마담 보바리』

라스무스[31]와 자크 블랑슈[32]의 전기.[33] 웹 부인의 점심 초대를 받았다. 웹 부인은 자주 우리 이야기를 한다. 그런데 내 손은 사시나무처럼 떨린다. 방 청소를 했더니 기분이 가라앉았다. 다음엔 뭘 써야 할지 분명치 않다. 이번 주말에는 톰이 온다. 나는 3등 객차의 대화를 기록할 작정이었다. 실업가들의 말. 그들의 남성적이고 초연한 생활. 온통 정치 이야기. 신중하고 직업이 확실하나, 여자에 대해 경멸적이거나 무관심하다. 예를 들면, 한 남자가 『이브닝 스탠더드』를 내보이면서 여자 사진을 손으로 가리킨다. "여자들 말입니까? 집으로 보내 집안일이나 하게 하면 돼요"라고 한쪽 눈이 멍들고 감색 서지 양복을 입은 사내가 말했다. 다른 한쪽 사내가 "여자는 남자의 짐이야"라고 말한다. 또 다른 논평이다. 그의 아들은 매일 저녁 강연에 참석한다. 냉정한 남자의 세계를 들여다보는 것은 기이한 느낌이다. 날씨에 대한 방비가 확실하다. 보험회사 직원들은 모두 각 분야의 윗자리를 차지하고 있다. 밀봉돼 있고, 자족하고 있으며, 감탄스럽고, 말수가 적고, 매서우며, 객관적이고, 충분히 풍족하다. 그러나 몸은 학교 학생들처럼 여위고 민감하다. 그러면서 밥벌이는 하는 사내들. 새벽 차 안에서 그들이 말한다. "전쟁 따위에 갈 시간이 어디 있다고. 틀림없이 녀석들은 직업이 없을 거야." "지옥보다는 바보들의 천당이 낫지." "전쟁은 미친 짓이야. 히틀러 씨와 그 부하들은 갱단이지. 알 카포네[34]처럼 말이야." 그들에게서는 예술이나 책 따위의 냄새도 안 난다. 보험 이야기가 끝나자 단어 맞추기 퍼즐을 하고 있다.

---

31  Desiderius Erasmus, 1469~1536, 네덜란드의 인문학자. 문예부흥의 선구자. 『우신 예찬』의 작가.

32  Jaques Emile Blanche, 1861~1942, 프랑스의 화가. 그는 1927년에 울프를 만난 적이 있으며, 울프의 예찬자였다. 그가 그린 울프의 스케치 초상화가 있다.

33  Jaques Emile Blanche, 『*More Portraits of a Lifetime, 1918~1938*』

34  이탈리아 출신의 미국 갱단 두목.

## 10월 7일, 토요일

전쟁이 발발한 처음 며칠 동안은 완전히 허무한 느낌이었지만 묘하게도 지금은 일과 아이디어가 정신없이 밀려들어, 머리가 옛날처럼 빙빙 돌고 가슴이 두근거려, 전보다 더 기운이 빠진다. 한 가지 이유는 신문을 위한 글을 쓰고 있기 때문이다. 분명 잘한 일이다. 이 일은 나로 하여금 집중하고 조직할 기회를 주기 때문이다. 지금 나는 『로저』의 느슨한 장들을 과감하게 다잡고 있는데, 이 일을 중단하고 원고를 하나 써야 한다는 것을 알고 있기 때문이다. 원고에 대한 여러 아이디어들이 내 머리를 떠나지 않는다. 『타임스』를 위해 이런 원고를 하나 써보면 어떨까? 이런 생각을 하자마자 나는 아이디어에 사로잡힌다. 나는 『로저』라는 요새를 지켜야 한다. 왜냐하면 크리스마스까지 책 전체를 타자해서, 네사에게 넘겨주어야 하기 때문이다. 무리해서라도.

## 11월 9일, 목요일

이 자유로운 일기장으로 도망올 수 있다는 것이 얼마나 다행스런 일인가. 그러나 나는 『로저』라는 힘든 일이 막바지에 이르고 있다고 생각한다. 마지막 부분을 다시 쓰고 있는데, 이전 것보다 더 마음에 든다. 마지막 장을 몇 개의 단락으로 나누기를 잘했다고 생각한다. 그 끝 부분을 잘 마무리할 수만 있다면. 신문에 글을 쓰는 것의 가장 좋지 않은 점은, 이것이 사람의 마음을 흩트려 놓는다는 사실이다. 마치 바다 위에 퍼붓는 소나기처럼.

「비평에 관하여」35는 지난주에 나왔다. 예상했던 것처럼 암흑 속으로 사라지지는 않았다. 『리터러리 서플리먼트』에는 신랄하고 성미 까다로운 논설이 실려 있었다. 늘 듣던 익숙한 목소리로 신경을 긁고 흠집을 냈다. 그리고 Y. Y.[로버트 린드]가 예의바르기는 하나, 어이없다는 투의 글을 『뉴 스테이츠먼』에 투고하고 있다. 그리고 내 반박. 왜 반박문을 쓸 때 나는 마치 늘 동물원의 원숭이처럼 춤을 추고, 걸으면서 씨부렁거리고, 그리고 다시 고쳐 쓰게 되는지 모르겠다. 그러느라 하루를 낭비했다. 이것은 완전한 낭비라고 생각한다. 그러나 만약 내가 아웃사이더라면 아웃사이더로 남아 있으면 된다. 제발 부탁컨대, 척하거나 극적이고 멋진 포즈를 취하려고 하지 말 것.

## 11월 30일, 목요일

몹시 지치고 녹초가 되어 우울하고 짜증이 난다. 그래서 여기다 내 기분을 표현해두려고 한다. 『로저』는 실패작이다. 그 고생이라니……. 더 이상 이야기하고 싶지 않다. 내 머리는 기진맥진해서 원고를 찢어버리거나, 벅벅 줄을 그어버리고 싶은 욕망에 저항하고 있다. 머리에 공기와 빛을 채워 넣어야 한다. 그리고 나가 걷고, 안개로 나를 감싸야 한다. 고무장화가 도움이 된다. 늪에서 허우적거릴 수도 있으니까. 아니다, 나는 짤막한 회상기를 하나 쓸 것이다.

---

35  울프가 쓴 팸플릿—레너드 주.

## 12월 2일, 토요일

하루만 쉬면 피로와 낙담이 금방 가신다. 집 안에 들어가서 방석을 만들었다. 저녁엔 머리 아픈 것이 가라앉았다. 아이디어들이 되돌아왔다. 기억해둬야 할 힌트가 있다. 베개를 항상 뒤집어놓을 것. 그러면 아이디어가 몰려든다. 다만 나는 『로저』가 끝날 때까지 그것들을 벌통에 넣어두어야 한다. 표면에 나왔다가 내 팸플릿 때문에 그처럼 바늘에 찔린다면 곤혹스러운 일이 될 것이다. 1년 동안은 맹세코 논쟁을 벌이지 않겠다. 여러 아이디어들. 작가의 의무에 대해. 아니, 그것은 뒤로 미루겠다. 어젯밤 프로이트[36]를 읽기 시작했다. 지식의 폭을 넓히기 위해. 내 뇌를 더 넓히고, 보다 객관적으로 만들어 스스로에서 탈피하게 할 것. 그렇게 해서 노년의 위축을 극복할 것. 항상 새로운 것을 시도할 것. 리듬을 깨트릴 것, 등. 때때로 일기장에 메모를 해둘 것. 그런데 아침나절 고역을 치르고 나면, 메모는 모두 사라져버린다.

## 12월 16일, 토요일

이 방이 하도 난잡해서 펜을 찾는 데 5분이 걸렸다. 『로저』는 산산조각이 났다. 그리고 나는 월요일까지 50쪽을 마쳐야 한다. 원래는 1백 쪽을 할 예정이었다. 결혼을 다룬 장을 제대로 만들 수 없다. 균형을 이루지 못했다. 고치고 인용해도 점점 더 나빠진다. 그러나 소설을 쓸 때처럼 소동을 피우지는 않는다. 『세월』을 고쳐 쓰면서 나는 하나의 교훈을 얻었다. 결코 그 교훈을 잊어버

---

36  Sigmund Freud, 1856~1939, 오스트리아의 심리학자. 정신분석학의 태두.

리는 일은 없을 것이다. 항상 나는 스스로에게 그때의 공포를 기억하라고 말한다. 내 생각에 어제는 기분이 좋았던 것 같다.『3기니』의 예찬자에게서 2통의 편지가 왔다. 둘 다 진심에서 쓴 것이었다. 하나는 참호 속의 한 병사로부터, 그리고 다른 하나는 약간 이성을 잃은 중류사회의 여인으로부터.

## 12월 18일, 월요일[37]

자주 그랬듯이 나는 다시 한 번 사랑스러운 나의 빨강 표지 일기장을 찾았다. 어떤 본능으로 그랬는지는 알 수 없지만. 무엇 때문에 이런 메모를 해두는지 모르겠다. 다만 이것이 긴장을 푸는 데 필요하고, 이 가운데 얼마간은 나중에 나의 흥미를 끌 것이라는 점 말고는. 그러나 무엇이 내 흥미를 끈다는 말인가? 왜냐하면 나는 결코 깊은 곳에 이르지 못하기 때문이다. 나는 너무 피상적이다. 그러고는 집에 들어가기 전에 대충 갈겨쓰고 만다. 급하게 시계를 본다. 그렇다, 10분 남았다. 10분 동안에 무슨 말을 할 수 있는가? 사색 따위가 필요한 것이 아니다. 사색은 성가신 일이다. 왜냐하면 나는 자주 사색하기 때문이다. 그러고는 정확히 내가 여기 쓸 수 있는 것에 대해 생각한다. 아웃사이더인 것에 대해. 직업적 품위에 대한 내 입장에 관해. 어제『리터러리 서플리먼트』에 W 부인에 대한 신랄한 또 다른 언급이 있었다. 그리고 그녀가 비평가들을 박멸하고 싶어 하는 욕망에 대해. 달리 말해 프랭크

37   12월 17일(일요일)의 착각.

스위너턴[38]이 착한 남자 아이라면, 나는 못된 여자 아이다.[39] 이것은 하찮은 일이다. 무엇과 비교해서? 아, 그라프 슈페[40] 호가 오늘 몬테 비데오[41]를 떠나 죽음의 입으로 출항한다.[42] 그 광경을 보기 위해 기자들과 부자들은 비행기를 대절한단다. 전쟁과 우리의 심리가 새로운 국면에 이른 것 같다. 여하튼 세계 BBC의 눈이 이 게임을 주시하고 있다. 그리고 오늘 밤 몇몇 사람이 죽거나 죽음의 고뇌를 겪을 것이다. 그리고 우리들은 이 추운 겨울밤에 벽난로의 불을 쪼이면서 제공되는 뉴스를 보게 될 것이다. 영국 선장에게는 K. C. B.[43]가 수여됐고, 『호라이즌』은 절판이 되었다. 루이는 이를 뺐다. 그리고 우리는 어젯밤 산토끼 파이를 너무 많이 먹었다. 또 나는 '집단'에 관한 프로이트의 글을 읽었다. 그리고 『로저』의 잔손질을 했다. 이것은 마지막 페이지다. 한 해도 끝이 나려고 한다. 크리스마스에 플루머를 초대했다. 그리고, 언제나처럼 시간이 없다. 나는 리케츠의 일기[44]를 읽고 있다. 온통 전쟁에 관한 것이다. 지난번 전쟁의. 그리고 허버트의 일기[45]와 다디의 『셰익스피어』. 그리고 내 두 권의 공책은 메모로 넘쳐난다.

---

38   Frank Swinnerton, 1884~1982, 영국의 소설가이자 비평가.

39   스위너턴의 『The Reviewing and Criticism of Books』에 대한 언급.

40   만 톤급의 유명한 독일 군함.

41   우루과이의 수도.

42   그라프 슈페 호의 선장은 영국 군함들이 진을 치고 기다리고 있는 항구 밖으로 배를 몰고 나가 무고하게 부하들을 죽이는 대신, 선원들을 하선시킨 뒤 배를 폭파하고, 스스로는 배와 운명을 같이 했다.

43   바스 훈장.

44   T. 스터지 무어, 『Self-Portrait, Taken from the Letters and Journals of Charles Ricketts, RA』

45   Lord Herbert, 1734~1780, 『Letters and Diaries of Henry, Tenth Earl of Pembroke and his Circle』(1939).

# 1940년(58세)

## 1월 6일, 토요일

**사망 기사 하나**: 험버트 울프.[1] T. S. 엘리엇의 『사중주』. 언젠가 한번 그와 아일린 파워스에서 초콜릿 크림 한 상자를 나누어 먹은 적이 있다. 어떤 팬이 보내준 것이었다. 어울리는 선물이었다. 울프는 말이 많고 배우처럼 생긴 사람이었다. 울프는 내가 그의 집사람이냐는 질문을 자주 받노라고 말했다. 그는 행복한 결혼을 했노라고 묻지도 않은 말을 했다. 비록 그의 아내는 제네바에 살고 있지만. 어디였는지 생각이 안 난다. 다음과 같은 생각을 하던 기억이 난다. 왜 항의하는가? 무엇이 너를 괴롭히는가? 아, 그것은 아널드 바넷이 『이브닝 스탠더드』에서 나를 공격했던 날 저녁의 일이다. 『올랜도』였던가? 나는 이튿날 시빌의 집에서 울프를 만날 예정이다. 울프는 이상한 신파조의 표정을 짓고 있었는데, 이는 아마도 중압감 때문이었을 것이다. 울프는 겉으로는 매우 확신에 차 보였다. 그러나 속으로는 글을 너무 쉽게 쓰고, 풍자

1   Humbert Wolfe, 1885~1940, 이탈리아 출생의 영국 시인.

를 너무 숭상한다는 비아냥 때문에 갈기갈기 찢겨져 있었다. 이것은 내가 울프의 여러 자서전 가운데 어느 하나에서 건져 올린 것이다. 울프는 마치 자기의 자화상이 불만스러운 듯, 그리고 또 그렸다. 이것이 요즘 유행하는 수많은 중년 자서전의 원조라고 생각한다. 겨울밤에 이 같은 흐릿한 추억을 불러일으킨 사람(마지막으로 피곤한 내 머리에 희미한 막을 씌운 그 사람)은 지금 움푹 꺼진 유황빛 얼굴에, 딸기 색깔의 눈을 감고 누워 있는 것이다. (만약 글로 쓴다면 '누워 있다ies'나 '눈eyes'의 둘 중 하나를 빼야 한다. 맞는 말이지? 그렇다, 내 생각으로는 그렇다. 글의 흐름을 망칠 필요는 없다. 다만 우리는 항상 모든 문체를 연습하고 있어야 한다. 이것이 계속 끓게 하는 유일한 방법이다. 내 말은 표면에 껍질이 생기지 않게 하는 유일한 방법은, 불길 속에 단어의 장작을 넣는 것이다. 이 문장은 기운이 없다. 좋다, 그대로 두자. 이 일기장이 한 푼 돈이 되는 것도 아니다. 그러니 내 호주머니가 위협받을 일도 없다.) 밀[2]을 읽어야 한다. 아니면 『리틀 도릿』[3]을. 그러나 이것들은 모두 잘라서 그냥 내버려둔 치즈처럼 신선하지 않다. 첫 번째 쪽이 항상 제일 맛있는 법이다.


## 1월 26일, 금요일

이와 같은 절망의 순간이, 내 말은 얼어붙은 불안한 시간이, 유리 상자 안에 들어 있는 그림으로 그린 파리 한 마리가 자주 그러듯이 황홀경으로 바뀌었다. 이것은 내가 두 개의 골칫거리를, 내

2    Stuart Mill, 1806~1873, 영국의 경제학자이자 사회과학자.
3    찰스 디킨스의 연작 소설.

소설과 『애보츠포드의 개스』(오늘 인쇄에 들어간다)를, 집어던
진 덕분에, 다시 아이디어들이 밀려들었기 때문인가? 어느 날 밤
나는 코를 『로저』에 박고, 바이스에 주리 틀린 듯 완전히 침몰한
채, 목이 졸려, 빠져나갈 길 없이, 쇠처럼 단단하게, 묶인 상태에
서, 줄리언을 읽기 시작했다. 그리고 내 머리는 그 거친 언덕을 날
아올라 갔다. 미래를 위한 힌트 하나. 언제든지 압박에서 풀려나
기 위해서는 날아갈 것. 항상 거칠게 베개를 뒤집을 것. 출구를 터
놓을 것. 아주 작은 것도 도움이 된다. 『리스너』에서 마리 코렐리[4]
에 대한 서평을 써달라는 제안이 왔다. 이것은 내가 다시 길을 잃
었을 때 쓸 수 있는 여행자 수표 같은 것이다. 마지막 장은 2만 단
어에서 1만 단어로 쥐어짜야 한다고 생각한다. 처음을 다음과 같
이 시작해보려고 한다.

"로저 프라이가 그의 마지막 산문집에 붙인 제목은 『변모』
였다. 그의 생애 마지막 십 년을 뒤돌아볼 때, 그 십 년을 가리
키는 제목으로 매우 자연스러웠다고 생각한다(그러나 변모는
변화뿐만 아니라 성취도 나타낸다 — 울프 주)."

"그 기간은 안식과 침체의 세월이 아니라, 항구적인 실험과
경험의 나날이었다. 비평가로서의 그의 지위는 확고해졌다.
'그가 사망했을 때, 영국 예술계에서의 로저 프라이의 위치는
독창적인 것이었으며, 유일하게 견줄 수 있는 사람은 명성이
최고에 달했을 즈음의 러스킨[5]뿐이다'라고 하워드 하니는 적
고 있다."

"그러나 그것은 프라이가 그의 지적인 생활을 자유롭고 힘차

4   Marie Corelli, 1855~1924, 영국의 작가.
5   John Ruskin, 1819~1900, 영국의 작가이자 비평가.

게 영위하여, 그의 시야를 확장하고 확대한 결과다. 그는 다른 생활에 있어서도 그것 못지않게 진취적이었다. 그리고 이 두 변모는 항구적인 무엇인가를 만들어낸 것이다. 클라크 경이 말하고 있듯이, "비록 그는 자기 신념의 주된 윤곽에 있어서는 놀랍도록 초지일관했으나, 그는 불굴의 실험 정신으로 차 있었으며, 어떤 모험도 마다하지 않을 준비가 돼 있었다. 그것이 학문적 전통의 한계를 제아무리 멀리 벗어나는 것이라고 하더라도, 도전할 준비가 돼 있었다."

"그러나 신체적으로는 무리였다. 그의 건강은 오메가에서 보낸 오랜 세월 때문에 망가져 있었다."

아니다, 이것을 전부 풀어낼 수는 없다. 사적인 글과 공적인 글 사이에는 큰 차이가 있다. 사적인 글을 공적인 글로 바꾸는 일은 참 묘하다. 그리고 힘도 든다. 조금 모아두었던 가십거리나 비평거리는 이제 바닥이 났다. 내가 무슨 말을 하려고 했지? 아, 그 겨울의 서정적 기분, 그 강렬한 정신적 기쁨은 끝났다. 비가 오고 바람이 불면서 눈이 녹기 시작한다. 그리고 늪지는 질퍽거리고, 군데군데 눈이 남아 있다. 아주 어린 양 두 마리가 동풍이 부는 가운데 비틀비틀 걷고 있다. 죽은 암양 한 마리가 마차에 실려 가고 있었다. 이 끔찍한 광경을 피하기 위해, 나는 오두막 옆을 기듯이 돌아왔다. 그리고 지금 이런 글을 가지고 끙끙거리고 있으니 멋진 저녁을 보낸 것은 아니다. 그러나 버크[6]를 즐기고 있으며, 계속해서 프랑스 혁명에 대해서도 읽게 될 것이다.

---

6    Edmund Burke, 1729~1797, 영국의 사상가이자 정치가.

## 2월 2일, 금요일

불길만이 나에게 꿈을 꾸게 한다. 쓰려고 하는 모든 것에 대해. 이번에 런던 살림에서 시골 살림으로의 이사 온 것은 어떤 이사보다도 완전한 변화다. 그렇다, 그러나 아직 나는 이곳 생활의 요령을 터득하지 못했다. 거대한 공간이 갑자기 공허해지고, 조명을 받는다. 그리고 런던은 조금씩 주리에 틀려 구겨지고 있다. 내가 자주 런던의 성 안을 애정 어린 마음으로 회상하는 것은 이상한 노릇이다. 런던탑으로 가는 산책. 그것이 나의 영국이다. 다시 말해 만약에 폭탄이 떨어져서 놋쇠 장식을 단 커튼이 있는 저 작은 골목길 가운데 어느 하나를, 그리고 강의 냄새를, 그리고 책을 읽고 있는 저 노파를 다치게 한다면 나도, 글쎄, 애국자들이 느끼는 것과 같은 감정을 느끼게 될 것이다.

## 2월 9일, 금요일

어찌된 노릇인지 희망이 되살아났다. 무엇이 미끼 구실을 했을까? 코렐리에 대한 내 글에 동조하는 조 애커리의 편지? 별로 그런 것 같지는 않다. 우리가 톰과 함께 식사한 일? 아니다, 스티븐의 자서전을 읽었기 때문이다. 비록 스티븐의 젊음과 정력, 그리고 훌륭한 소설가로서의 몇몇 자질에 대해 쓰린 질투를 느끼기는 했으나, 동시에 구멍도 찾아낼 수 있었다. 그러나 여러 날 저녁 버크와 밀을 힘들게 읽고 난 다음에, 갓 나온 그 책과 『사우스라이딩』[7]을 읽으면 힘이 나니 이상하다. 동시대 사람의 글을 읽

---

7    위니프리드 홀트비의 소설.

는 것은 좋은 일이다. 비록 그것이 불쌍한 W. H.[위니프리드 홀트비]의 소설처럼 눈 깜짝할 사이의 인생의 한 단면을 그린 것이라도. 그리고 월요일에 런던에 가져갈 원고, 빌어먹을 그 마지막 3장을 끝까지 완전히 손질했다. 그리고 "변모"의 마지막 부분을 단단히 묶어 놓았다. 물론 네사나 마저리에게 원고를 넘길 때는 말할 것도 없고, 다시 읽을 때는 몸이 오싹하겠지만, 그래도 나는 그 무지개 빛깔의, 남자의 꽤 많은 부분을 아, 정말 힘들게 잠자리채 안에 잡아넣었다고 생각한다. 틀림없이 나는 매 쪽을 (마지막 쪽은 확실히) 열 번, 혹은 열다섯 번 이상 고쳐 썼다. 나는 망가뜨렸다고는 생각하지 않는다. 오히려 활기를 불어넣었다고 생각한다. 그래서 저녁노을이 빛난다. 그러나 바람은 칼날처럼 매섭게 파고든다. 식당의 양탄자에 곰팡이가 피기 시작한다. 그리고 존 버컨이 곤두박질을 치고, 아마 사경을 헤매는 것 같다.[8] 몬티 셰어먼[9]도 죽고, 캠벨[10]도 죽었다. 그리고 L의 바보스럽게 착한 나이 든 목사 친구, 버피라는 독신 친구도. 바람이 다시 일기 시작하고, 뭔가가 덜커덩거린다. 고맙게도 나는 북해에 살지도 않고, 헬리골랜드를 공습하러 나가는 것도 아니다. 이제 나는 프로이트를 읽으려고 한다. 그렇다, 스티븐은 나에게 세 시간 연속해서 환상을 보게 해준다. 아직도 그것을 맛볼 수 있다면, 거기에는 또 하나의 세계가 있다. 인용문이 무엇이었더라? 하나의 세계가 밖에 있다? 아니다. 『코리올라누스』[11]에서였던가?[12]

8   캐나다의 총독 지사. 몬트리올 방문 중 넘어져, 뇌진탕을 일으켜 나흘 뒤에 사망했다.

9   Monty Shearman, 1885~1940, 변호사이며 미술품 수집가.

10   Rev. Leopold Collin Henry Douglas Campbell-Douglas. 케임브리지 대학 시절 레너드의 친구.

11   셰익스피어의 비극.

12   참조: 'Despising,/For you, the city, thus I turn my back:/There is a world elsewhere.' —Shakespeare, 『Coriolanus』III, iii, 131~133.

# 2월 11일, 일요일

수표 쓰는 일을 미루기 위해 일기를 쓴다. 그런데 전쟁은 일주일에 11실링을 용돈으로 쓰던 그 옛날처럼 내 돈주머니 끈을 조이게 만들었다. 그리고 책이 끝나 갈 때의 진짜 흥분이 나를 감싸고 있다는 것도 적어두겠다. 이것은 책이 잘됐다는 뜻인가? 아니면 그저 내가 성공적으로 내 마음의 짐을 풀어놓았다는 뜻인가? 여하튼 어제 부들부들 떨고 난 뒤, 오늘은 크게 전진할 수 있어서 이번주말은 37번지에서 보낼 수 있을 것 같다. 여하튼 빡빡하고 양심적인 스케줄이다. 그래서 날이 풀린 오늘 아침엔 텔스콤[13]까지 걸으면서, 강연 내용을 여러 쪽 생각해냈다. 강연은 알차고 풍요로워야 한다. 리닝 타워학파는 19세기의 억압 이후에 나타난, 자서전 작가의 학파라는 생각이 떠올랐다. (스티븐슨에서 인용) 이것은 스티븐의 자서전과, 루이스 맥니스[14] 등을 설명해준다. 나는 대뇌 기능에 대한 생각도 했다. 무의식이 아니라 표면적 자극에 의해 움직이며, 융합할 수 없는 정치라고 하는 이질적인 것이 기여하는 시의 정신 활동에 대해. 그 때문에 암시력이 결핍된다. 가장 암시적인, 최상의 시는 많은 상이한 생각들이 융합해 만들어진 까닭에, 설명할 수 있는 것 이상의 것을 말하게 되는 걸까? 대개 윤곽은 그렇고, 그 이상을 알기 위해서는, 공공 도서관으로 가야 한다. 그러면 일반 독자들은 귀족적 교양을 버리게 된다. 그리고 계급 문학의 종말이 오고, 성격 문학이 시작된다. 새로운 피로 만들어진 새로운 단어들. 그리고 엘리자베스 시대 작가들과의 비교. 정신분석 이론 속에는 뭔가가 있다고 생각한다. 리닝 타워

---

13  서섹스 동부의 마을.
14  Louis MacNeice, 1907~1963, 영국의 시인이자 극작가.

의 작가는 사회를 묘사할 수 없었다는 사실. 따라서 스스로를 하나의 산물, 또는 희생물로 묘사해야만 했다. 이것은 다음 세대를 억압으로부터 해방시키기 위한 새로운 수단이었다. 작가에 대한 새로운 개념이 필요하다. 그리고 리닝 타워 작가들은 스스로를 축소시킴으로써, 위대한 사람의 '천재'라는 낭만을 파괴해버렸다. 그들은 헨리 제임스처럼 개인을 탐구하는 일을 하지 않았다. 그들은 깊이 파내려가지 않았다, 그들은 겉을 보다 예리하게 깎아냈을 뿐이다, 등등. L은 문장紋章에 쓰이는 회색의 다리 없는 새를 보았다. 나는 내 생각만을 보고 있었다.


## 2월 18일, 일요일[15]

이 일기는 런던 부분과 시골 부분으로 나누어도 좋을 것이다. 나누어지는 부분이 있으리라 생각한다. 방금 런던의 장章에서 돌아왔다. 매섭게 춥다. 그래서 산보를 줄였다. 본래는 사람들이 많은 거리를 걸을 작정이었다. 그리고 어둠이 (불이 켜진 창은 하나도 없었다.) 나를 우울하게 했다. 화이트홀[16]에 서서, 나는 말들에게 "존, 집으로 가자"라고 말하고는, 새벽의 회색빛 속으로 말을 몰아 집으로 돌아왔다. 집들은 어두워지는 저녁의 유령같이 을씨년스러운 빛으로 싸여 있었다. 시골 저녁보다 훨씬 더 을씨년스러웠다. 이렇게 홀번으로, 그리고 더 밝은 지하로 돌아왔다. 그곳은 의자를 옮겨 놓은 탓에 더 기분이 좋았다. 얼마나 조용했던가―그리고 런던은 조용했다. 크고 말없는 황소가 한 마리 누워

15  2월 16일(금요일)의 착오.
16  런던의 웨스트민스터 특별구 거리.

있었다.


## 2월 19일, 월요일

내가 스스로에게 하는 말을 여기 적어도 좋을 것이다. 때로 나는 내가 쓴 이 많은 글을 누가 읽을까, 하는 생각을 한다. 어느 날 이것으로 작은 금괴를 하나 만들어낼 수 있을지 모른다고 생각한다. 나의 회고록을 위한. 그런데 다음에는 리튼의 전기를 써보라는 말이 있었다. 『3기니』는 미국에서는 완전히 실패했다. 그러나 더 이상 이야기할 것은 없다.


## 3월 20일, 수요일

그렇다, 한바탕 앓았다.[17] 사실은 두 번 앓았다. 지난 일요일 열이 38.3도까지 올라가, 마침 와 있던 안젤리카가 나를 침대에 눕혀 주었다. 또 한 번은 지난 금요일, 점심 먹은 뒤 열이 38.9도까지 올랐다. 그래서 L의 방 침대에 누웠다. 투스 의사는 내일까지 누워 있으라고 했다. (그런데 지금 나는 일어나 L과 교정을 보고 있다) 지겨운 노릇이다. 이른바 가벼운 반복성 기관지염이라고 부르는 것이다. 그렇다, 지난 일요일(열이 38.3도로 올랐던) L은 『로저』의 전반부에 대해 나에게 준열한 훈계를 했다. 우리는 목장을 걸고 있었다. 마치 아주 딱딱하고 강한 부리에 쪼이는 느낌이었다. 언제나처럼 L의 비판은 점점 더 깊이 파고들었다. 마

17  독감—레너드 주.

지막에 L은 내가 "보기에 잘못된 방식을 택했고, 이것은 전기가 아니라 단순한 분석에 지나지 않으며, 근엄한 억압이다. 사실 국외자에게는 지루하다. 이 쓸데없는 수많은 인용은 무엇 때문인가……"라며 거의 화를 냈다. L의 말은 하나의 인생을 이렇게 다루어서는 안 된다는 것이다. 만약 주체 자신이 관찰자라면 별문제지만, 로저는 그렇지 못하니까 작가의 관점에서 보아야 한다는 것이다. L의 이성적이고 비개인적인 면이 가장 강하게 나타난 묘한 경우였다. 꽤 인상적이었다. 그러면서 매우 단정적이고 강경해서, 나는 납득한 것 같은 기분이 들었다. 내 실패에 대해서 말이다. 그러나 L 자신도 한 가지 점에서는 잘못을 하고 있다는 묘한 느낌이 들었다. 어떤 깊은 이유 때문에 고집을 부리고 있다는. R에 대한 위화감 때문인가? 인격에 대한 흥미의 결핍? 누가 알랴? 내 마음 속의 실이 꼬여 있었음을 적어둔다. 그리고 우리가 걷고 있는 동안, 그리고 부리가 더욱 깊고 깊게 박히는 동안에도 나는 L의 성격에 대해 이처럼 초연한 관심을 가지고 있었다. 그리고 네사가 왔다. 네사는 반대 의견이었다. 마저리는 편지에서 "매우 생생하고 재미있다"고 적어 보냈다. 그 뒤 L은 후반부를 읽었다. L은 그것이 버나드 가의 문간 층계에서 끝난다고 생각하고 있었다. 그리고 "눈물이 나서 고맙다는 말도 못하겠다"는 N의 메모, 그리고 N과 D가 이리로 차를 마시러 와서는, 하나도 바꾸지 말라고 한다. 그리고 마저리는 마지막 편지에서 "어김없는 그 사람입니다 (…) 한없는 존경을 보냅니다."라고 적어 보냈다. 여기서 그치겠다. 몇 군데는 다시 쓸 것이다. 침대에 누워서 다시 쓸 곳을 대충 생각해두었다. 그러나 올 봄에 맞출 수 있을까? 그 생각은 내일로 미루어두자. 여하튼 큰 안도감을 느낀다.

# 3월 21일, 목요일

예수 수난일의 축제가 시작된다. 꽃과 새밖에 없는 정원에서 어떻게 그 축제를 느낄 수 있을지 알 수 없다. 지금 나에게는 그 황혼의 시간이 시작된다. 그 불쾌한 타협이 나타나는 시간이. 점심때까지 점점 더해진다. 차를 마시러 거실에 앉아 있을 때. 음울하고, 지저분하고, 종이가 흩어져 있는 것 같고, 이것저것 손을 대보고 싶은 정신 상태를 잘 알고 있다. 그리고 『로저』의 그림자가 머릿속에 자리를 잡고 있다. 가능한 한 빨리 밖으로 나가 하비[18]의 회고록을 계속해 읽어야겠다. 그렇게 해서 천천히 표면으로 다시 떠올라올 것. 나는 몇몇 서평을 생각하고 있다. 시드니 스미스,[19] 마담 드 스탈[20], 버질[21], 톨스토이, 어쩌면 고골[22]을.[23] L에게 부탁해서 루이스 도서관에서 스미스의 생애를 찾도록 하자. 좋은 생각이다. 네사에게 전화해서 헬렌에게 그 장을 보내달라고 하고, 만날 약속을 부탁하자. 아침을 먹을 때 톨스토이를 읽었다. 『골든와이저』[24]였는데, 이것은 내가 1923년에 코트와 함께 번역했던 것으로, 거의 잊어버리고 있었다.[25] 언제나 꼭 같은 현실감, 마치 벗겨진 전깃줄을 만질 때 같은. 그처럼 불완전하게 전달돼도 그의 거칠고 짧은 생각은 반드시 공감이 가는 것은 아니지만,

---

18  John Hervey, 1696~1743, 영국의 정치가.

19  Sidney Smith, 1771~1845, 영국의 작가.

20  Anne Louise Germaine Necker, 1766~1817, 프랑스의 작가.

21  Virgil, B.C. 70~19, 로마의 시인.

22  Gogol, 1809~1852, 러시아 작가.

23  실제로는 어느 하나도 실천에 옮기지는 못했다.

24  Alexander Borisovich Goldenweiser, 1875~1961, 러시아의 피아니스트.

25  울프는 S. S. 코텔리안스키와 함께 A. B. 골든와이저가 쓴 『Talks with Tolstoi』를 번역해 1923년에 호가스 출판사에서 출판한 적이 있다.

나에게는 더없이 감동적이고 자극적이다. 가공되지 않은 천재. 다른 어떤 작가보다도 예술에 있어서나, 심지어는 문학에 있어서까지 우리 마음을 더 흔들어 놓고, 더 "충격적"이며, 더 우레 같은 작가다. 트위크넘[26] 요양소의 침대에 누워『전쟁과 평화』를 읽을 때도 마찬가지 느낌이었던 생각이 난다. 늙은 새비지[27]가 책을 집어 들더니, "대단한 작품이야!"라고 말했고, 진[28]은 내게는 하나의 계시였던 이 책에 탄복하려고 애썼다.[29] 직선적이고 현실적인 문체. 그러면서 그는 사진적인 사실주의에는 반대였다. 샐리가 다리를 절어 수의사에게 가야 한다. 태양이 떠올랐다. 새 한 마리가 바늘처럼 날카로운 소리를 낸다. 크로커스 꽃과 백합꽃이 모두 피었다. 나무에는 잎도 싹도 없다.『리터러리 서플리먼트』에 실린 러시아어에 관한 글에서 나를 인용하고 있다. 이상한 노릇이다.[30]


## 3월 29일, 금요일


　이 해방감과 신선함을 어떻게 생각하면 될까? 밤에 창문을 열고 별들을 바라다보면 그런 기분이 든다. 불행히도 지금 시간은 12시 15분, 회색빛의 음산한 날이다. 비행기들은 아직도 날아다

---

26　런던 교외에 있는 요양소.

27　울프의 의사—레너드 주.

28　요양소 원장—레너드 주.

29　조지 새비지 경(Sir George Savage, 1842~1921)은 울프 아버지 때부터 알고 지낸 내과 의사 겸 정신과 의사인데, 울프는 1910년에 Twickenham of Miss Jean Thomas의 개인 요양소에서 6주가량 요양한 적이 있다. 그 뒤 진은 울프에게 헌신적이 되었다.

30　기사 내용은 다음과 같다. "'WAR AND PEACE' TODAY": "Mrs Woolf somewhere remarks the preoccupation of the Russian novelists with 'the soul'".

니고, 보턴[31]이 세 시에 매장될 예정이다. 나는 마저리를 만나고, 존[존 리먼]을 만나고, Q를 만난 끝에 머리가 완전히 지쳤다. 그러나 내 신경을 건드리는 것은 마저리가 꺼낸 개미처럼 자질구레한 말들이다. 개미가 내 머릿속을 돌아다닌다. 정정, 찬사, 감정, 날짜, 그리고 작가가 아닌 사람에게는 아무것도 아닌 것으로 보이는 세세한 것들("존에 관해 이것만 더하면 어떨까요" 따위). 이것은 나에게는 고문이다. 이 오래된 쪽들을 손가락으로 넘기고, 먹지로 복사하는 일. 맙소사, 맙소사. 그리고 독감으로 몸이 나른하다. 몸이 회복되고 있다. 뭘 한담? 강이 있다. 이를테면 런던 다리가 있는 템스 강. 그리고 공책을 하나 살 것. 그리고 스트랜드 거리를 따라 걸으면서 만나는 모든 얼굴과 상점에 충격을 받는일. 아마 펭귄 총서를 한 권 사는 일. 왜냐하면 우리는 월요일 런던에 가기 때문이다. 그러고는 엘리자베스 시대 작가 중 한 사람을 골라 읽자고 생각한다. 이것은 한쪽 가지에서 다른 쪽 가지로 공중 그네 타는 것과 같다. 그러고는 다시 이리로 와서 어슬렁거린다……. 아, 그렇다, 우리는 우리 책들을 해안가로 소개시키고 어떤 가게에서 차를 마시고, 골동품 구경도 하고. 거기엔 아름다운 농가들이 있고, 아니면 새로운 길과, 꽃들이. 그리고 L과 볼링을 하고, C. R.[32]을 위해 아주 조용한 독서를 할 것이다. 쫓기지 않고. 그러면 5월과 더불어 아스파라거스가 피고 나비들이 날아들 것이다. 정원 손질을 조금 하게 되는지도. 아, 그리고 판화도 만들자. 그리고 내 침실 가구를 바꿔야지. 이곳의 호젓하고, 런던과는 떨어져 방문객도 없는 생활이 오래고 행복한 황홀경으로 느껴지는 것은 나이 때문인가, 아니면 무엇 때문인가? (…) 나는 평화로

---

31  로드멜의 농부―레너드 주.
32  『보통의 독자』.

운 상태와 감각을 불러일으키고 있다. 관념적인 생각이 아니고. 사실상 나는 1914년에 아샴에서 돌아온 이래로 시골의 봄을 본 적이 없다. 그리고 당시는 불황이었어도, 나름대로의 성스러움이 있었다. 나는 시-산문도 구상해 보려고 한다. 때때로 케이크도 만들면서, 자, 자, 더 이상 미래와 싸우거나, 과거를 후회하지 말 자. 월요일과 화요일을 즐기자. 그리고 이기주의 때문에 죄책감 을 느끼지도 말자. 왜냐하면 맹세하건대, 나는 인류를 위해 펜과 말로 할 만큼은 다했기 때문이다. 내 말은 이제는 젊은 작가들이 우리와 교대할 차례가 되었다는 것이다. 그렇다, 나는 봄을 즐길 자격이 있다. 나는 누구에게도 빚이 없다. 써야 할 편지 하나 없고 (시의 원고는 잔뜩 기다리고 있지만), 주말 손님도 없다. 왜냐하 면 이번 봄엔 다른 사람들도 나처럼 지낼 수 있기 때문이다. 흐르 는 물소리에 젖어 나는 점심때까지 휨퍼[33]를 읽겠다.

## 3월 31일, 일요일

오늘 아침엔 개미처럼 쥐가 날 정도로 일한 끝에, 내 날개를 펴 기 위해 스스로에게 재미나는, 짤막한, 터무니없는, 될 법도 하지 않은 이야기를 하나 하려고 한다. 자세한 부분은 생략하겠다. 왜 냐하면 나는 자세한 것이 질색이니까. 고맙게도 내주 이맘때면, 나는 자유로워질 것이다. 마저리와 내가 정정한 분을 여백에 자 유롭게 써넣을 수 있다. 이야기는? 아, 내 창가에 와서 주둥이로 작은 나뭇가지를 휘두르면서 쨱쨱거리는, 한 마리 새의 일생에

---

33  아마 당시 출간된 프랭크 스미스가 쓴 등산가 에드워드 휨퍼(Edward Whymper, 1840~ 1911)의 전기일 것이다.

관한 이야기. 아니면 보턴이 진흙이 돼버리는 이야기. 사라지는 영광. 슬픔에 잠긴 장례식 참석자들이 보내온 색색가지의 수많은 꽃들. 온통 까만 옷을 입은 여인네들은 걸어 다니는 우체통 같고, 남자들은 까만 판지로 만든 상자 안에 있는 듯했다. 이야기는 만들어지지 않는다. 그러나 은유를 하나 피력할 수 있을지 모른다. 그것도 안 된다. 비둘기 빛깔의 창문은 하늘빛의 아지랑이 속에 섬처럼 떠 있고, 마당의 두 느릅나무 위엔 팥빛의 안개가 앉아 있으며, 늪은 바다 밑 바닥처럼 녹색으로 어둠침침하다. 내 뒤통수는 아직도 끈에 꼭 묶여 있다. 볼링을 해서 그 끈을 풀어야겠다. 스케치의 장점(두서없는 확장, 뜻밖의 발견)을 완성된 작품 속에 도입하는 것은 아마도 내 능력 밖인 것 같다. 시드니 스미스[34]는 그의 담화 속에서 그것을 해내고 있다.

## 4월 6일, 토요일

L. L.[35]에서 인용할 자료를 찾느라 하루 오후를 보냈다. 조끼를 만들기 위해 실크를 또 샀다. 그리고 톰과 데즈먼드를 만나기 위해 허친슨 부부와의 점심 식사에 가지 않았다. 그리고 꾸벅꾸벅 졸면서 저녁을 보낼 수 있어 얼마나 행복했는지. 그래서 어제 12시 45분에 L에게 두 보따리의 원고[36]를 넘기고, 우리는 공휴일의 점원처럼 행복하게 차를 몰고 나갔다. 이제 짐은 내려놓았다! 잘됐건 못됐건, 끝난 것이다. 그래서 어깨에 날개가 돋은 듯하다.

---

34   Sydney Smith, 『휘퍼』의 작가.
35   런던 도서관.
36   『로저 프라이: 하나의 전기』

그리고 조용하게 생각에 잠겨 있는데 타이어에 펑크가 났다. 우리는 길 한가운데서 타이어를 갈아 끼워야만 했다. 여기 돌아왔을 때는 완전히 구겨진 줄기 같았다. 오늘은 상쾌한 봄날이다. 더없이 밝고, 색상은 풍성하고, 차면서도 부드러운 날씨. 둑을 따라 피어 있는 수선화는 온통 노란색이다. 볼링 세 게임을 지고, 지금은 잠을 자고 싶을 뿐이다.

## 5월 13일, 월요일

오늘 교정쇄를 보냈기 때문에 얼마간의 만족감, 한 장을 마쳤다는 느낌과, 거기에서 오는 평화를 맛본다. 맛본다, 라고 표현한 것은 우리가 지금 "역사상 가장 위대한 전투"의 사흘째 날에 있기 때문이다. 그 전투는 (여기서는) 내가 반쯤 잠자는 상태로 침대에 누워 있던 아침 여덟 시, 뉴스에서 흘러나온 네덜란드와 벨기에의 침략 소식으로 시작됐다. 워털루 전투[37] 사흘째. 사과꽃이 정원에 눈처럼 흩날린다. 연못에 볼링공이 하나 빠졌다. 처칠은 모든 사람들에게 떨쳐 일어나라고 강권한다. "나는 피와 눈물과 땀밖에 바칠 것이 없습니다."[38] 형태가 없는 이 거대한 것이 더욱더 퍼져 나간다. 그것들은 실체를 갖춘 것은 아니지만 다른 모든 것들을 왜소하게 만든다. 던컨이 찰스턴 상공에서 벌어진 공중전을 보았다고 한다. 은빛 연필과 한 모금의 연기. 퍼시[39]는 부상병

---

37  영국이 나폴레옹에게 최후의 패배를 안겨 준 1815년의 전투.

38  1940년 5월 10일에 독일은 예고 없이 중립국이었던 네덜란드, 벨기에, 룩셈부르크를 침공하고, 독일에 유화 정책을 펴 왔던 체임벌린이 사임한다. 새롭게 나라를 이끌게 된 처칠은 5월 13일 그가 이끄는 새 정부에 대한 신임을 묻는 연설에서 "I have nothing to offer but blood, toil, tears and sweat"라는 유명한 말을 하게 된다.

39  정원사.

들이 걸어서 도착하는 것을 보았다. 그리하여 나의 이 작은 평화는 커다랗게 입을 벌린 심연이 삼켜버리고 말았다. L은 만약에 히틀러가 승리하는 날에는 우리가 자살할 만큼의 충분한 휘발유가 차고에 있다고 말하지만, 삶은 계속된다. 이것이 가능한 것은 큰일과 작은 일들 때문이다. (『로저』에 대한) 내 감정은 굉장히 강렬하지만 (전쟁이라는) 상황이 그 주위에 큰 테를 쳐 놓는 것처럼 보인다. 아니다, 나는 강렬하게 느끼면서, 동시에 그 감정 속에는 별로 중요한 것이 없다는 것을 아는 기묘한 모순을 터득할 수가 없다. 아니면, 때때로 그런 생각이 들듯이, 이전보다 더 큰 중요성이 있는 것은 아닌가?

## 5월 20일, 월요일

이 생각은 보다 인상적이었어야 했다. 그 생각은 감각이 있는 어느 순간에 불쑥 나타난 것이다. 전쟁은 절망적인 질병 같은 것이다. 하루 종일 온통 마음을 짓누른다. 그러면 느낄 수 있는 감각이 사라진다. 그다음날 우리의 몸은 공중에서 분해된다. 그러고는 배터리가 재충전되고 다시…… 뭐라고? 글쎄, 공습의 공포가 있지. 런던에는 공습을 당하기 위해 간다. 그리고 파국, 만약에 그들이 성공한다면. 오늘 아침엔 해협이 그들의 목표라고 한다. 어젯밤 처칠이 우리에게 한번 생각해봐 달라고 했다. 우리가 폭격을 당할 때, 적어도 한 번은 우리가 적의 총구를 병사로부터 우리 쪽에 돌렸다는 사실을.[40] 데즈먼드와 무어는 지금 이 순간 책을 읽고 있다. 즉 사과나무 밑에서 이야기를 하고 있다. 화창하고 바

---

40 당시 참전 중인 영국군은 북상하는 독일군을 맞아 벨기에에에서 싸우고 있었다.

람이 부는 아침이다.


## 5월 25일, 토요일


그 뒤 우리는 전쟁 중 최악의 한 주에 도달했다. 지금도 그대로다. 화요일 저녁 가볍게 술 한잔 하고 난 뒤, 톰과 W. P.[41]가 오기 전에 BBC가 독일군이 아미앵과 아라스[42]를 점령했다고 발표했다. 프랑스 수상은 진실을 고함으로써 "버틸 수 있다"는 우리의 희망을 산산조각 냈다. 독일군은 월요일에 전선을 돌파했다. 자세한 이야기를 적는 것은 지루하다. 그들은 탱크와 낙하산 부대로 공격하는 것 같다. 우리는 피난민으로 가득한 도로를 폭격할 수 없다. 독일군은 계속해서 부수고 들어온다. 지금은 불로뉴[43]에 와 있다. 그러나 그들이 확실하게 점령한 것은 아니다. 25마일 전선에 구멍이 뚫렸다니 프랑스 대군은 무얼 하고 있었단 말인가? 독일인이 한 수 위라는 느낌이 든다. 그들은 민첩하고 대담하며, 어떤 농간도 부릴 수 있다. 프랑스 사람들은 잊어버리고 다리를 폭파하지 않았다. 독일 사람들은 젊고, 신선하고, 창의성이 많아 보인다. 우리는 터벅거리고 그들 뒤를 따라 가고 있다. 우리가 런던에 머물고 있는 사흘은 이렇게 계속됐다.

로드멜은 소문으로 들끓고 있다. 우리에게도 폭격이 미칠 것인가? 피난은 가야 하나? 창문을 뒤흔드는 대포 소리. 병원선이 격침됐다. 이렇게 전쟁이 우리에게 다가오고 있다.


41  William Plomer — 레너드 주.
42  두 도시 모두 독일에 인접한 북부 프랑스의 소도시.
43  프랑스 북부 해안의 항구 도시.

오늘의 소문에 의하면 버스를 타고 있던 수녀님이 남자 손으로 버스 값을 냈다고 한다.


## 5월 28일, 화요일

그리고 오늘 여덟 시에 프랑스 수상이 벨기에 왕의 배반을 발표했다. 벨기에는 항복했다. 우리 정부는 항복하지 않는다. 처칠이 네 시에 방송할 예정. 습하고 흐린 날이다.


## 5월 29일, 수요일

그러나 희망은 되살아난다. 왜 그런지 모르겠다. 절망적인 전쟁. 연합군은 버티고 있다. 이제는 이런 표현도 신물이 난다. 용기에 대해, 그리고 역사에 대해 더프 쿠퍼[44] 식의 연설을 하는 것은 쉬운 일이다. 결론을 알고 있을 때는 말이다. 그러나 웬일인지 그것은 사람들에게 기운을 불어 넣어준다. 톰이 말했듯이 시는 산문보다 쓰기 쉽다. 나는 애국시를 다발로 풀어낼 수 있다. L은 런던에 갔다 왔다. 대단한 뇌우다. 나는 늪지를 산책하고 있었고, 해협에 면한 항구들에 날아드는 대포 소리 같은 것이 들렸다. 그 뒤에 방향이 바뀌자, 나는 런던에 대한 공습이라고 생각했다. 라디오를 틀었다. 뭔가 떠드는 소리가 들렸다. 그러자 대포 소리가 약해졌다. 그리고 비가 왔다. 『포인츠 홀』를 오늘 다시 시작했다. 그리고 약간의 낟알을 얻기 위해 몇 번이고 도리깨질을 했다. 그리

---

44  Duff Cooper, 1890~1954, 영국의 외교관. 처칠이 정보장관에 임명했다.

고 월폴의 원고도 보냈다. 점심을 먹고 난 뒤에는 시드니 스미스를 시작했다. 짧은 비행만 할 작정이다. 그 사이사이에 『포인츠홀』일을 하고. 아, 그렇다. 이제는 더 이상 긴 책을 생각할 수 없다. H. 브레이스 사에서 『로저』를 찍겠다는 전보를 보내왔다. 누구의, 무엇에 관한 책인지 거의 잊고 있었다. 그러니 이것은 성공이다. 실패할 거라고 예상하고 있었는데. 그러니 결국 그렇게 나쁜 책은 아니었던 모양이다. 2백5십 파운드를 계약금으로 받았다. 그러나 짐작컨대 연기하게 될 것이다. 나는 매일 저녁 콜리지와 워즈워스의 편지를 한 무더기씩 읽고 있다. 묘한 호기심으로 쫀쫀하게 짜인 둥지를 헤치고 파고든다.

## 5월 30일, 목요일

오늘 (네사의 생일이다) 킹피셔 연못을 걷다가 처음으로 병원 열차를 보았다. 사람들이 타고 있었고, 장의차 같지는 않았으나 장중하게 보였다. 마치 뼈에 울림이 가지 않도록 하기 위한 것처럼. 어떤 것(무슨 말을 써야 하나), 비탄에 잠긴, 다정한, 무거운, 비밀스러운 어떤 것이, 우리들의 부상병을 푸른 들판을 가로질러 조심스럽게 데려오는데, 누군가가 그들을 바라다보고 있는 것 같다. 내가 그들을 볼 수 있었던 것은 아니다. 상상 속에서 어떤 것을 보는 능력은, 항상 나를 뭔가 시각적이면서 감정적인 것으로 꽉 차게 만든다. 그리고 비록 그것이 널리 퍼져 있음에도, 나는 집에 돌아올 때 그 인상을 붙잡아둘 수가 없다. 길고 무거운 기차가 들판을 가로질러 그 짐을 싣고 가는, 그 느리고 시체 같은 비탄의 인상을. 나는 기차가 조용하게 루이스의 산허리를 잘라내 만든

철길을 미끄러져 들어가는 것을 보았다. 곧 들오리 같은 비행기들이 머리 위로 날아왔다. 한 바퀴 회전하더니 방향을 잡고 캐번 언덕 위로 날아갔다.

## 5월 31일, 금요일

『포인츠 홀』에서 말했듯이, 쇠 부스러기, 쓰레기, 파편들이 지금 끓어오르고 있다. 나는 말장난을 하고 있다. 이 일기에서 손가락 연습을 하고 있는 덕에 얼마간의 재주는 있다고 생각한다. 그러나 쇠 부스러기들을 보라. 루이는 웨스트마코트 씨의 하인을 만났다. "그가 불로뉴 전투를 묘사하는 방식이 귀에 거슬립니다." 퍼시는 풀을 깎고 있었다. "결국은 내가 그들에게 이기지요. 만약 또 다른 전투에서 이기는 것이 확실하다면……." 어젯밤엔 공습경보가 울렸다고 한다. 모든 서치라이트가 몹시 떨고 있었다. 줄기 위의 이슬방울처럼 빛의 점들이 나타난다. 한나 씨[45]는 밤늦게까지 서서 "구경"했다. 소문은 아주 그럴듯하다. 소문에 의하면 영국 사람들이 벨기에로 이송됐는데, 골프채와 공과 얼마간의 그물을 싣고 플랜더스에서 오던 이들은, 낙하산병으로 오인되어 사형선고를 받았다가 석방되어, 시포드로 돌아왔다는 것이다. 퍼시가 전하는 소문에 의하면, 독일 사람들이 "이스트본[46] 근처 어딘가"에 나타나서, 마을 사람들은 장총과 쇠스랑 등으로 무장했다는 것이다. 이것들은 우리가 얼마나 많은 여분의 상상력을 쓰지 않고 가지고 있는지를 보여준다. 교육받은 우리는 그러한

---

45　로드멜의 지방 자원 방위 부대의 대장.
46　영국 남부의 해안 도시.

상상력을 자제한다. 마치 내가 텔스콤의 언덕에서 기병들을 보고 그들을 물을 마시고 있는 황소로 오인했던 것처럼. 또다시 상상의 날개를 펴고 있다. 그래서 집에 올 때 버섯 길로 왔는지, 들판으로 왔는지도 기억이 안 난다. 오래된 상상의 샘물 꼭지를 다시 열 수 있다는 것은 얼마나 놀라운 일인가. 그리고 얼마나 만족스러운 일인가. 그러나 오래 갈까? 나는 마지막 부분 전부를 구상했다. 속만 채워 넣으면 된다. 『로저』에 눌려 잠자고 있던 능력이 튀어 올라온 것이다. 그리고 나에게 그것은 다시 냄새를 쫓는 사냥개들의 짖어대는 소리다. "종이 쓰레기 있나요?" 여기서 땡그렁거리는 종소리에 일이 중단됐다. 흰 스웨터를 입은 어린 소년이, 아마도 보이 스카우트 일로 온 것 같다. 메이블의 말에 의하면, 저 애들이 런던의 37번지에도 매일같이 와서, 귀찮게 굴다가는 뭔가를 집어 들고 도망간다는 것이다. 절망적인 전쟁. 꼭 같은 열변. 사우스이스트를 지나 집으로 오는 길에 낡은 정원모를 쓰고 벌초를 하고 있는 코켈 부인을 만났다. 모슬린 앞치마를 두르고, 하늘색 리본을 맨 모자를 쓴 하녀가 나온다. 왜냐고? 문명의 수준을 지키기 위해?

## 6월 7일, 금요일

찌는 듯 더운 여름밤에 방금 런던에서 돌아왔다. 우리의 생사가 달린 전쟁은 계속되고 있다. 어젯밤 여기에 공습이 있었다. 오늘도 전쟁은 불꽃을 튀긴다. 새벽 두 시 반까지 앉아 있었다.

## 6월 9일, 일요일

나는 계속할 것이다. 그러나 가능할까? 이 전쟁의 압력이 런던을 꽤 빨리 파괴해 버리고 말았다. 짜증나는 날이다. 내 현재 기분을 설명하자면 이렇다. 나는 혼자 생각한다. 항복한다는 것은 모든 유태인을 포기한다는 것을 의미한다. 강제수용소. 그래서 우리는 차고로 간다. 이 생각은『로저』를 고치거나 볼링을 할 때도 우리의 의식 뒤에 있다. 위안이 된다면 무엇이든 매달린다. 예를 들면 어제 찰스턴에서의 리 에슈턴처럼.[47] 그러나 오늘 전선은 팽창하고 있다. 어젯밤에 비행기(독일?)가 우리 머리 위를 지나갔다. 여러 가닥의 서치라이트가 뒤쫓았다. 나는 창문에 종이를 발랐다. 또 하나의 다른 생각. 대낮에 침대에 눕고 싶지 않다. 우리 차고에 대해 말하고 있는 것이다. 우리가 두려워하는 것은 (이것은 과장이 아니다) 프랑스 정부가 파리를 떠났다는 뉴스다. 뻐꾸기와 다른 새들 뒤에서 으르렁거리는 소리가 난다. 하늘 뒤에 화덕이 있다. 갑자기 글을 쓰는 "나"라는 존재가 사라졌다는 이상한 느낌이 들었다. 청중이 없다. 반응도 없다. 이것은 죽음의 일부분이다. 그러나 꼭 그런 것은 아니다. 왜냐하면 나는『로저』를 고치고 있고, 내일이면 보낼 수 있다고 기대하고 있기 때문이다. 그리고『포인츠 홀』도 끝낼 수 있을 것이다. 그러나 이것은 하나의 사실이다. 사라지는 메아리.

---

47  Leigh Ashton, 1897~1983, 빅토리아 앨버트 박물관의 관장, 울프의 형부인 클라이브 벨의 친구.

## 6월 10일, 월요일

하루 휴일. 이 말은 묘하게 불안이 일시 가신다는 뜻인데, 잘못 생각한 것인지도 모른다. 오늘 아침 사람들 말이, 여하튼 전선이 뚫리지 않았다는 것이다, 몇 곳을 빼고는. 그리고 영국군이 노르웨이를 떠나 그들을 도울 것이라고 한다. 어쨌든, 오늘은 하루 쉰다. 석탄 가루 같은 날. L은 전등불 밑에서 아침을 먹었다. 화덕 불같이 덥더니, 고맙게도 선선하다. 또한 오늘은 교정쇄를 보내고, 『로저』를 마지막으로 읽었다. 색인 작업이 남아 있다. 지금은 기분이 우울하다. 조금 가라앉은 기분이고, L의 냉담했던 기억이 전해 주고, 존[48]의 침묵이 더욱 강화시킨 암시를 받아들일 준비가 돼 있다. 즉 이 책은 나의 또 하나의 실패작이라는.


## 6월 22일, 토요일

워털루라고 생각한다. 그리고 전투는 프랑스에서 계속되고 있다. 그 결과는 아직 알려지지 않고 있다. 오늘은 흐리고 울적한 날이다. 볼링에서 지고, 기분이 가라앉고 짜증이 나서, 다시는 볼링을 하지 않고, 대신 읽던 책을 읽겠다고 맹서를 한다. 읽던 책이란 콜리지. 로즈 매콜리[49]. 베스버러의 편지들[50]. 이것은 해리 오에게 영향을 받은 약간 바보 같은 비약이다. 마음에 드는 책 하나를 발견해서 그것에 묻히고 싶다. 그러나 그러지 못한다. 만약 이것이

---

48  John Lehman―레너드 주.
49  Rose Macaulay, 1881~1958, 영국의 소설가. 『And No Man's Wit』의 작가.
50  베스버러 백작이 아스피널과 함께 편집한 『Lady Bessborough and her Family Circle』.

내 마지막 코스라면 나는 셰익스피어를 읽어야 하지 않을까? 그러나 그러지 못한다. 『포인츠 홀』을 끝내야 하는 것이 아닌가, 뭔가 하나 마지막으로 끝내야 하는 것이 아닌가, 라고 생각한다. 마지막이라는 생각은 두서없는 매일 매일의 삶에 생기와, 심지어는 들뜨고 무모한 느낌마저 준다. 어제는 이것이 내 마지막 산책이 될는지 모르겠다는 생각을 했다. 베이딘 위의 초원에서 몇몇 녹색 유리관을 발견했다. 밀밭은 양귀비꽃으로 불타고 있었다. 밤에는 셸리를 읽었다. 좌파 계열의 시를 읽고 난 후에 셸리, 콜리지를 읽으면 그들은 더없이 섬세하고, 순수하고, 음악적이며, 타락하지 않았다는 느낌을 받는다. 그들이 더없이 가볍고 확실한 발걸음을 내딛으며, 노래하는 그 솜씨라니. 응축시키고, 융합하고, 깊이를 더해 가는 솜씨란. 새로운 비평 방식을 찾아낼 수 있었으면 한다. 더 빠르고, 가볍고, 보다 일상적이면서 더 강렬한. 더 핵심을 찌르면서도 덜 정돈된 것. 더 유동적이며, 비상을 따라갈 수 있는 것. 『보통의 독자』에 실린 내 글들과 비교해서 말이다. 늘 문제가 되는 것은, 마음의 비상을 유지하면서 정확을 기하는 것. 처음 계획했던 스케치와 마지막 작품과의 모든 차이가 여기서 비롯한다. 자, 이제 점심 준비를 해야 한다. 하나의 역할이다. 동쪽과 남해안은 밤마다 공습을 당한다. 매일 밤 6명, 3명, 22명이 죽었다. 바람이 거세다. 메이블과 루이가 까치밥나무와 구스베리 열매를 따고 있다. 찰스턴으로 갔던 일이 내 연못에 돌을 던진 격이 되었다. 지금 당장 『포인츠 홀』 말고 달리 매달릴 일이 없는 나는 방황하고 있다. 게다가 전쟁(수술을 위해 칼을 갈고 있는 동안 우리의 기다림)이 밖의 보호 벽을 치워버렸다. 메아리가 전혀 들리지 않는다. 둘러싸여 있다는 느낌이 없다. 대중이라는 것에 대한 느낌이 거의 없기 때문에, 『로저』가 나오는 건지 아닌지도 잊

어버렸다. 그처럼 오랜 동안 나에게 반응을 보여주고, 내 존재를
두텁게 확인해주었던 친숙한 오랜 소용돌이들, 그 규범들은 모두
사막처럼 퍼지고 거칠어졌다. 다시 말해 더 이상 "가을"도 겨울도
없다. 우리는 벼랑 끝으로 자꾸 흘러간다……. 그러고는? 1941년
6월 27일이 올 것이라고 확신할 수 없다. 이 생각은 찰스턴에서
차를 마실 때조차도 무엇인가를 잘라버린다. 우리는 또 하나의
오후를 물방아용 도랑으로 떨어뜨린 것이다.


## 7월 24일, 수요일


그렇다, 적어두어야 할 것이 있다. 그러나 출판 전야 이 순간의
내 감정에 대해 알아보고 싶다. 이 감정은 변덕스럽다. 그래서 별
로 강하지 않다. 『세월』이 나오기 전처럼 강하지 않다. 아니, 전혀
그렇지 않다. 아직도 마음이 쑤시듯 아프다. 지금이 내주 이맘때
면 좋겠다는 생각을 한다. 그러면 모건도 데즈먼드도 있을 테니
까. 걱정스러운 것은 모건이 이 책을 좋아하지 않는다고 말하는
것인데, 그는 친절한 사람이니까 그런 의사는 넌지시 비치기만
할 것이다. 데즈먼드는 틀림없이 나를 우울하게 만들 것이다. 『타
임스』의 『리터러리 서플리먼트』는 (「서평에 관하여」 건으로 기
분이 상한 상태니까) 약점을 잡으려고 할 것이다. 『시대와 시류』
는 열광할 것이다. 그리고, 그것이 전부다. 언제나처럼 두 파로 갈
라져서 논의될 것이라는 점을 반복해 써둔다. 즉, 매력적이라는
관점과 지루하다는 관점. 생생하다는 관점과 죽어 있다는 관점.
그렇다면 왜 마음이 쑤시는가? 거의 외우다시피 잘 알고 있으면

서? 그러나 완전히 알고 있는 것은 아니나. 리넌 부인[51]은 열광적이다. 존은 말이 없다. 물론 나는 블룸즈버리 그룹을 하찮게 여기던 패들에게는 조롱을 당할 것이다. 이 사실을 잊고 있었다. 그러나 L이 샐리의 빗질을 하고 있어 집중할 수 없다. 나만의 방이 없다. 11일 동안 나는 여러 시선이 노려보는 가운데 졸아들어 있었다. 그것은 어제 '여성개발원'[52]에서의 강연으로 끝났다. 드레드노트[53]에 관한 이야기를 했다. 단순하고 전반적으로 자연스럽고 친근한 모임이었다. 차와 비스킷이 나왔다. 샤바스 부인은 몸에 꼭 끼는 드레스를 입고 손님 대접을 하고 있었다. 나에게 경의를 표하기 위한 문학 모임이었다. 가드너 양은 옷에 『3기니』를 핀으로 달고 있었다. 톰셋 부인은 『3주간』을. 또 어떤 이는 스푼을. 아니, 나는 레이[54]의 죽음에 대해 언급할 수는 없다. 여기에 대해 나는 아는 것이 아무것도 없다. 레이가 몸이 매우 컸고, 회색의 헝클어진 머리칼에, 멍든 입술을 한 괴물이라는 것 말고는. 나는 레이를 젊은 여성의 전형으로 생각하고 있었는데, 그런 레이가 가버렸다는 것이다. 흰 코트와 바지를 입고 있던 레이는 일종의 전형적 기질을 가지고 있었다. 벽을 둘러치고, 실망해 있었고, 용기가 있었으며, 뭔가가 결여된, 무엇이었던가, 상상력?

레이디 옥스퍼드의 말에 의하면 저축은 전혀 미덕이 아니고, 돈을 쓰는 것이 미덕이라고 한다. 레이디 옥스퍼드는 눈물을 훌쩍이며 내 목에 매달렸다. 캠벨 부인이 암이란다. 그러나 순간 기분을 되돌리고는 돈을 쓰기 시작했다. 레이디 옥스퍼드는 차게

---

51  1907~1987, 영국의 시인이자 편집인.

52  영국 최대의 여성 단체.

53  드레드노트 혹스 사건. 울프와 그의 동생 에이드리언, 그 밖에 던컨 그랜트를 포함한 총 6명이 피부에 검은 칠을 하고, 터번을 쓰고, 자신들을 아비시니아(에티오피아)의 왕족이라고 속여 영국 군함 드레드노트 호의 사열을 받는 장난을 친 사건.

54  Ray Strachey, 1887~1940, 영국의 화가.

해놓은 닭고기를 찬장 안에 뚜껑을 씌워 놓아둘 터이니 언제나 좋을 때 먹으라고 했다. 시골 사람들은 버터를 쓴다고도. 레이디 옥스퍼드는 줄무늬가 있는 비단 옷을 예쁘게 차려입고, 짙은 하늘색 타이를 매고 있었다. 주름 장식이 달리고, 창이 빨간 짙은 하늘색 러시아 모자를 쓰고 있었다. 이것은 그녀의 단골 모자가게에서 받은 선물이다. 그녀의 낭비의 결실이다.

모든 벽들, 나를 보호해주고 메아리를 들려주던 벽들이 이 전쟁 통에 몹시 엷어졌다. 글 쓰는 것을 정당화해 줄 원칙이 없다. 반응을 보여주는 대중도 없다. 심지어 "전통"마저도 투명해졌다. 거기서 어떤 에너지와 무모함이 나온다. 틀림없이 어떤 것은 좋고, 어떤 것은 나쁠 것이다. 그러나 그것이 유일한 길잡이다. 그리고 아마도 벽은, 만약 세차게 부수면 결국은 나를 받아줄 것이다. 오늘 밤은 아직도 머리가 흐릿하지만, 내일 책이 나오면 맑아질 것이다. (구름에 덮인 듯하다. 내일 책이 나오면 그 구름은 걷힐 것이다.) 이것은 괴로울지도 모르고, 마음 편한 일인지도 모른다. 그러면 다시 한 번 나는 내 둘레에 지금까지 보지 못했던 벽을 느끼게 될지 모른다. 아니면 빈 공간을? 아니면 오싹함을? 이런 메모를 적고 있지만, 메모에도 지쳤고, 지드에도 지쳤고, 비니[55]의 공책[56]에도 지쳤다. 지금은 뭔가 연속된, 강인한 것을 읽고 싶다. 전쟁이 일어난 처음 며칠 동안 나는 메모만을 읽을 수 있었다.

---

55  Alfred de Vigny, 1797~1863, 프랑스의 시인이자 극작가, 소설가.
56  비니의 메모집인 'Pensées'는 1867년에 『*Journal d'un poète*』라는 이름으로 간행되었다.

## 7월 25일, 목요일

지금 이 순간의 나는 별로 예민하지 않다. 최악의 경우라도 그것은 표면적인 것에 불과하다. 왜냐하면 결국 중요한 사람들은 모두 칭찬해주었기 때문이다. 그러나 만약 모건이 칭찬해준다면 나는 안심할 것이다. 아마 내일이면 알게 될 것이다. 최초의 서평(린드가 쓴 것이다.)이 말하기를 "깊은 상상의 공감이 (…) 그를 매력적인 인물로 만들었다. (거친 표현에도 불구하고) 극적인 데는 별로 없다. (…) 그러면서 현대 미술에 관심이 있는 사람들은 마음을 송두리째 빼앗는 흥미를 느낄 것이다. (…)"

지금 이 순간의 나와 로저의 관계는 참으로 묘하다. 그가 죽은 뒤 나는 그에게 일종의 형태를 부여했다. 로저가 그런 모양이었던가? 지금 이 순간 나는 바로 그의 앞에 있는 느낌이다. 마치 내가 그와 친한 사이인 것처럼. 마치 우리 둘이 함께 로저에 대한 이 환상을 만들어낸 것처럼. 마치 이 환상의 아기가 우리 둘 사이에서 태어난 것처럼. 그러나 로저에게는 그것을 바꿀 힘이 없었다. 그러나 얼마 동안 그것은 그의 모습으로 행세하게 될 것이다.


## 7월 26일, 금요일

『리터러리 서플리먼트』의 서평으로 미루어, 나는 괜찮은 이류쯤 되는 것 같다. 모건의 서평은 없다. 『타임스』는 실제로 이 책이 전기들 가운데서 상당히 높은 자리를 차지한다고 말한다. 『타임스』는 내가 적절한 것을 찾아내는 천재적 소질이 있다고 한다. 이어서 『타임스』는 (아마도 미술 평론가가 썼을 것이다)[57] 로저의 색조 따위를 분석하고 있다. 『타임스』의 글은 영특하지만 더 이상 말할 여지가 없다. 지금은 조용하고 편안한 기분이다. 앞으로 콜리지를 써야 하고, 또 끝났으므로, 아니 거의 끝났으므로(이런 식의 표현을 내가 얼마나 싫어하는가), 나는 내 인생에 뭔가 항구적이고 참된 것이 있다는 생각이 든다. 그러고, 나는 알찬 작업을 해냈다는 사실에 상당한 자부심을 갖는다. 여하튼 나는 만족하고 있다. 그러나 내 우편물을 읽을 때는, 마치 거머리가 가득 들어 있는 항아리 안에 손을 넣는 느낌이고, 그러고는 나는 한 무더기의 지겨운 편지를 써야 한다. 그러나 오늘은 믿을 수 없게 사랑스러운(그렇다, 사랑스럽다는 말이 제격이다), 덧없이 변화하는, 따스하고 변덕스러운 여름 저녁이다. 또한 나는 볼링 두 게임을 이겼다. 커다란 고슴도치 한 마리가 백합 연못에 빠졌다. L이 소생시키려 했다. 재미있는 광경이다. 정부에서는 살아 있는 고슴도치 한 마리에 2실링 6페니를 준다고 한다. 루스 베네딕트[58]를 읽고 있다. 여러 가지 시사를 받는다. 문화의 유형에 대해, 너무 많은 시사를 받는다. 여섯 권짜리 오거스터스 헤어[59]도 시사하는 바가 적지 않다. 작은 글들을 모아놓은 것. 그러나 오늘 저녁은 순간적이나마 매우 평화롭다. 토요일은 서평이 없는 날이다. 여기서도 면역이라는 단어가 맞는 말이다. 아니다, 아직 존이 읽지 않았다. 어제 저녁 열두 대의 비행기가 머리 위를 지나 바다로 싸우러 나갈 때, 나는 BBC의 지시를 받은 집단적 감정이 아니라, 나 개인의 감정을 느꼈다고 생각한다. 나는 거의 본능적으로 그들의 행운을

---

57  글을 쓴 것은 『타임스』의 미술 평론가인 찰스 매리엇(Charles Marriott, 1869~1957).

58  Ruth Benedict, 1887~1948, 미국의 인류학자. 『Patterns of Culture』의 작가.

59  Augustus Hare, 1834~1903, 영국의 작가. 『The Story of My Life』를 썼다.

빌었다. 여러 반응에 대해 과학적인 기록을 할 수 있다면 좋을 것이다. 침략은 오늘 밤일지도 모른다. 아니면 전혀 없을지도 모른다. 이것이 쥬베르[60]의 추측이다. 그리고⋯⋯ 무슨 말인가 하려고 했는데⋯⋯ 그런데 뭐였지? 저녁 준비를 해야 한다.

## 8월 2일, 금요일

완전한 침묵이 그 책을 둘러싸고 있다. 바다로 나가 행방불명이 되었는지도 모른다. BBC 식으로 표현하자면 "우리의 책 한 권이 돌아오지 않았다." 모건의 서평은 없다. 서평이 전혀 없다. 편지도 없다. 모건이 그 책이 입에 맞지 않아 거절했다고 생각하지만, 그래도 나는⋯⋯ 그렇다, 정직히 말해 조용한 마음으로 완전하고 오랜 침묵과 대면할 준비가 돼 있다.

## 8월 4일, 일요일

주디스[61]와 레슬리[62]가 게임을 끝내기 직전의 짧은 시간을 이용해서 큰 위안에 대해 적어두려고 한다. 데즈먼드의 서평은 내가 하고 싶었던 말을 모두 하고 있다. 이 책은 친구들을 기쁘게 해주고, 젊은 사람들은 맞아요, 맞아요, 이젠 그 사람을 알겠어요. 이 책은 즐거울 뿐만 아니라 중요한 책이지요, 라고 말한다고. 그것

---

60  Sir Philip Joubert de la Ferté, 1887~1965, 공군 원수.
61  Judith Stephen―레너드 주.
62  Leslie Humphrey―레너드 주.

이면 됐다. 매우 조용하고 보상받은 느낌을 준다. 소설을 썼을 때와 같은 그 옛날의 승리감이 아니라, 부탁받은 일을 해냈고, 친구들에게 그들이 원하는 것을 주었다는 느낌이다. 처음 작정했던 것처럼 나는 그들에게 내가 쓰지 않은 책에 대한 자료만을 주었다. 이제 나는 만족할 수 있다. 사람들이 뭐라고 생각할지에 대해 신경 쓸 필요가 없다. 왜냐하면 데즈먼드가 종 치는 역할을 잘해 주었고, 이것이 다른 사람들을 자극할 것이다. 내 말은 친한 사람들 사이의 대화는 대개 그의 의견을 반영하게 될 것이다. 허버트 리드와 맥콜은 맹렬하게 씹어대고, 그들의 입장을 밝혔다. 이제 모건만이 남아 있다. W. 루이스한테서는 개인적인 공격의 화살이 날아올 것이다.

## 8월 6일, 화요일

그렇다, 오늘 아침 (존과 함께) 아침을 먹을 때, 클라이브의 하늘색 봉투를 보고는 다시 한 번 매우 행복했다. 클라이브는 거의…… 뭐라고 해야 하나?, 경건하다고 해야 하나? 아니, 조용하고, 진지하고, 전혀 비아냥거림 없이 찬사를 표해 주었다. 이 책은 나름대로 그 분야에서는 나의 가장 잘된 책과 어깨를 나란히 한다고, 오랜만에 보는 최고의 전기물이라고, 첫 부분은 마지막 부분과 마찬가지로 잘됐고, 조금도 처지는 데가 없이 한결같다고. 그래서 지난 3월 어느 날, 열이 38.3도나 올랐을 때, 레너드와 산책하면서, 부리로 쪼이면서 내가 느꼈던 것이, 옳았다는 것을 다시 확인하게 된 것이다. 전체적으로 보아, 첫 부분이 마지막 부분보다 덜 복잡하고 덜 격렬하지만, 더 재미있다는 확신. 분명 이와 같은 격려는 필요하다. 그 위에 견고한 건물을 세우기 위한 탄탄한 기초로서.

## 8월 10일, 토요일

그리고 모건이 약간 내 기분을 상하게 했다. 그러나 나는 이미 레슬리가 그 전날 밤, 그저께, 그리고 내일 말을 더듬느라 "음, 음" 할 것이기에 이미 기분이 상해 있었다. 그래서 모건과 비타가 약간 기분을 상하게 했고, 봅과 에델이 약간 내 기분을 돋우어 주었다. 그리고 『스펙테이터』에서 어떤 나이 지긋한 평론가가 리드를 공격하고 있는 일도. 그러나 정말 이것으로 모두 끝났다. 서평은 더 나오지 않을 것이고, 그리고 만약 내가 혼자 있을 수 있다면, 더 이상 사람들이 말뚝을 박거나, 핑크색의 포대를 굴착하는 일이 없고, 이웃사람들도 없다면, 틀림없이 나는 크게 호흡을 하고 날아올라갈 것이다. 『포인츠 홀』속으로, 그리고 콜리지 속으로. 그러나 우선 (몹쓸 존 같으니) L. P.[63]를 다시 써야 한다. 끊임없이 사람을 만난다는 것은 고독하게 갇혀 있는 것 못지않게 좋지 않다.

## 8월 16일, 금요일

제3판을 주문했다. 37번지에서 수요일에 L이 "붐이 일고 있어요"라고 말했다. 그러나 멀리 떨어져 있는 우리에게는 실감이 나

63 『젊은 시인에게 보내는 편지』

지 않는다. 그런데 왜 미지근한 말 한마디가 칭찬하는 말보다 더 사람을 우울하게 만드는 것일까? 모르겠다. 웨일리[64] 이야기를 하고 있는 것이다. 파멜라[65] 이야기가 아니다. 위대한 예술 작품이 어쩌고저쩌고. 이제『로저』는 제 길에 들어섰다. 자리를 굳혀 가고 있다. 이제 끝났다. 지금은『포인츠 홀』을 쓰고 있는데, 한 시간의 여유가 생겼다. 여러 번 공습이 있었다. 한 번은 산책 중에 있었다. 숨기 좋은 건초 더미가 있었으나 그냥 걸어서 집으로 왔다. 공습경보 해제. 그리고 다시 사이렌이 울린다. 그리고 주디스와 레슬리가 왔다. 볼링 게임. 그리고 엡스 부인 등이 식탁을 빌리러 왔다. 경계 해제. 마지막 남아 있는 한 시간을 위해 뭔가 일거리를 만들지 않으면 지금처럼 점점 사람이 못쓰게 될 것이다. 그러나『포인츠 홀』은 집중을 요한다. 골칫거리다. 그래서 나는 안으로 들어가 헤어를 읽고, 에델에게 편지를 쓰려고 한다. 몹시 덥다. 바깥도.

그들은 매우 가까이까지 왔다. 우리는 나무 밑에 누워 있었다. 그 소리는 마치 바로 위에서 누군가가 톱질을 하는 것 같았다. 우리는 머리 뒤에 손을 대고 얼굴을 땅에 댄 채 엎드려 있었다. 이를 악물지 말라고 L이 말했다. 마치 그들이 뭔가 움직이지 않는 것에 톱질을 하고 있는 것 같았다. 폭탄에 내 오두막 창문들이 흔들렸다. 폭탄이 여기 떨어질까요? 라고 내가 물었다. 그러면 우리는 모두 가루가 된다. 아마도 나는 무에 대해 생각하고 있었던 것 같다. 내 기분이 맥 빠진 상태였으니까 맥 빠짐에 대해. 약간 무섭기도 했다. 메이블을 차고로 데리고 가야 하나? 마당을 가로지르는 것은 위험하다고 L이 말했다. 그러자 또 한 패가 뉴헤이븐에서 날

64   아서 웨일리가『The Listner』에『로저 프라이』에 대한 서평을 썼다.
65   로저의 고명딸.

아왔다. 우리 둘레는 온통 폭음과 톱질하는 소리, 윙윙거리는 소리뿐이었다. 늪에서 말이 울부짖었다. 몹시 무덥다. 천둥소린가요?, 라고 내가 물었다. 아니요, 대포 소리요, 라고 L이 말했다. 찰스턴 방면의 링머 쪽에서 들려오는 소리요. 그러자 소리는 천천히 약해졌다. 부엌에 있던 메이블이 창문이 흔들렸다고 말했다. 공습은 계속되었다. 멀리에서 비행기 소리가 들린다. 레슬리가 볼링을 하고 있다. 나는 번번이 진다. 내 책은 나에게 고통을 줄 뿐이다, 라고 샬럿 브론테가 말했다. 오늘은 나도 동감이다. 날씨는 몹시 무겁고, 우울하고, 축축하다. 이것은 곧 바로잡혀야 한다. 공습경보 해제. 어젯밤 다섯 시부터 일곱 시 사이에 144기를 격추.

## 8월 19일, 월요일

어제, 그러니까 18일 일요일에 큰 소음을 들었다. 그들이 바로 우리 머리 위로 왔다. 나는 비행기를 쳐다보았다. 마치 피라미 한 마리가 으르렁거리는 상어에 대들듯. 비행기가 머리 위에서 번쩍거렸다. 세 대였다고 생각한다. 황록색이었다. 그러고는 탕, 탕, 탕 하는 소리. 독일 비행기인가? 또다시 킹스턴 위에서 탕, 탕, 탕. 런던 쪽으로 다섯 대의 폭격기가 서둘러 날아갔다고 한다. 지금까지 겪어 본 중에 가장 위험했던 상황이다. 144기를 격추, 아니지, 이것은 지난번 이야기다. 그리고 오늘은 (아직까지는) 공습이 없다. 공연 연습.[66] 『후회』[67]를 읽을 수 없다. 왜 그렇다고 말하지 않는가?

---

66  로드멜의 '여성개발원'에서 공연할 연극의 연습.
67  콜리지의 작품.

## 8월 23일, 금요일

책이 통 팔리지 않는다. 런던 공습 이래로 판매가 하루 15부로 급락. 공습이 원인인가? 회복될 것인가?

## 8월 28일, 수요일

하루 종일 시를 쓸 수 있다면 얼마나 좋을까. 이것은 불쌍한 X[앤]가 나에게 준 선물인데, 앤은 학교에 다닐 때 시를 싫어했기 때문에 절대로 시를 읽지 않는다. 정확히 말해 앤은 화요일부터 일요일까지 묵었는데, 거의 죽을 지경이었다. 왜냐고? 왜냐하면 (그 한 가지 이유는) 앤이 예술가적 자질은 가지고 있으면서 예술가가 아니기 때문이다. 앤은 매우 민감하면서도 그것을 표현할 길이 없다. 나는 앤이 매력적이라고 생각한다. 개성이 있고, 정직하며, 어쩐지 측은한 데가 있다. 앤은 자신이 기묘하게 둔감하다는 것과, 자기 머리가 진부하다는 것을 알고 있다. 그녀는 늘 주저한다. 화장이라도 해야 하나? Y[리처드]는 그래야 한다고 말하고, 나는 아니라고 말한다. 사실상 앤은 음악이나 그림과 마찬가지로 색깔에 대한 감각도 없다. 힘과 정신력은 강한데, 뛰어나가려고 할 때 늘 뭔가가 그녀의 발목을 잡는다. 앤이 울다가 잠드는 모습을 상상할 수 있다. 그래서 배급표도 책도 안 가져왔기 때문에 여기서 빈둥거리고 있었던 것이다. 나는 앤의 마음을 편하게 해주기 위해 그녀를 "착한 강아지"라고 불렀다. 내 아프간 사냥개, 길고 굵은 다리에다 긴 몸뚱이. 그리고 머리에는 빗질하지 않은 헝클어진 머리칼. 그렇게 잘생겼다니 기뻐요, 라고 앤이 말했다. 사실 그렇다. 그렇지만, 한 주일 동안 간단없이 방해를 받고, 볼링을 하고, 티파티를 하고, 사람들이 찾아오는 통에 사립학교라는 것이 어떤 것인지 알게 됐다. 프라이버시가 없다. 어김없이 내 늙은 마음을 거친 수건으로 벅벅 문질러주는 느낌. 그리고 주디스와 레슬리가 볼링을 하려고 한다. 그래서 런던에 다녀오고, 아홉 시 삼십 분부터 새벽 네 시까지의 긴 공습 끝에 갖는 나의 최초의 고독한 아침에 이처럼 마음이 가볍고, 자유롭고, 행복해서 나는『포인츠 홀』의 시라고 부르는 부분을 썼다. 잘되었나? 썩 잘 됐다고는 생각하지 않는다. 버지니아 울프가 1940년 8월에 어떤 일이 있었는지 알고 싶어 할 때, 그녀를 달래기 위해 나는 말해두고자 한다. 공습은 이제 시작에 불과하다고. 만약에 침공이 이루어진다면, 다음 3주 안에 일어날 것이다. 대중의 고뇌는 지금 최고조에 달했다. 하늘에서 톱 써는 소리가 난다. 말벌의 윙윙거리는 소리가 들린다. 사이렌 소리, 이 소리를 지금 신문에서는 "울보 윌리"[68]라고 부르는데, 만종처럼 규칙적이다……. 아직 오늘 공습경보가 울리지 않았지요, 라고 사람들이 말한다. 런던에서 두 번. 한 번은 내가 런던 도서관에 있을 때였다. 거기서 나는『스크루터니』에서, 역시 울프 부인은 젊은 사람들보다 낫다, 라고 씌어 있는 서평을 보았다. 기분이 좋았다. 존 버컨의 "버지니아 울프는 M. 아널드[69] 이래의 최고의 비평가로서, 그보다 더 현명하고 더 공정하다. (…)"는 말 또한 마음에 들었다. 파멜라에게 편지를 써야 한다. 책의 판매가 좀 늘었다.

마지막 쪽에 대한 후기. 우리는 테라스에 가서 놀기 시작했다. 커다란 복엽기 한 대가 무겁고 느리게 왔다. L이 웰즐리 뭐라는

68  Weeping Willie, 자장가 속의 인물.
69  Matthew Arnold, 1822~1888, 영국의 비평가.

비행기라고 했다. 레슬리가 연습기라고 했다. 갑자기 교회 뒤에서 탕탕 하는 소리가 났다. 우리는 사격 연습을 하는 거라고 말했다. 비행기는 습지 위를 천천히 선회하더니, 아주 낮게 우리 쪽으로 가까이 다가왔다. 그러자 (마치 주머니들이 터지듯) 탕탕하는 일제사격 소리가 울려 퍼졌다. 비행기는 방향을 돌려 천천히, 무겁게 선회하면서 루이스 쪽으로 날아갔다. 우리는 바라보고 있었다. 레슬리가 독일의 흑십자 표지를 보았다. 노동자들도 모두 보고 있었다. 그것이 독일 비행기였다는 생각이 들었다. 그것은 적이었던 것이다. 비행기는 루이스 위의 전나무들 사이로 빠져들더니 다시 올라오지 못했다. 그때 우리는 윙윙거리는 소리를 들었다. 쳐다보니 아주 높은 곳에 두 대의 비행기가 보였다. 비행기가 우리 쪽으로 왔다. 우리는 오두막으로 피신하기 시작했다. 그러나 비행기는 선회했는데, 레슬리가 영국 마크를 보았다. 그래서 우리는 구경했다. 비행기는 옆으로 미끄러지면서 활강하더니 급강하해서는 추락한 비행기를 식별하고 확인하려는 듯, 5분간쯤 요란한 소리를 내면서 둘레를 맴돌았다. 그러고는 런던 쪽으로 날아갔다. 우리 의견은 그것은 상처 입은 비행기로, 착륙할 곳을 찾고 있었다는 것이었다. "그건 분명히 독일 전투기야"라고 남자들이 말했다. 대문 옆에 포대를 만들고 있던 남자들이다. 이 화창하고 선선한 8월 달 저녁에, 테라스에서 볼링을 하다가 폭사한다면 그것은 매우 평화롭고 아주 자연스러운 죽음이 될 것이다.


## 8월 31일, 토요일

  지금 우리는 전쟁 중이다. 영국이 공격당하고 있다. 나는 어제 처음으로 이 느낌을 갖게 되었다. 절박, 위험, 공포의 느낌. 전쟁이 진행 중이라는 느낌. 처절한 전투. 4주간 계속될는지 모른다. 나는 무서워하고 있나? 간헐적으로. 무서울 때 가장 나쁜 점은 이튿날 아침 일어났을 때 머리가 재빨리 움직이지 않는다는 사실이다. 물론 이것은 침공의 시작인지 모른다. 절박감. 무수한 동네 소문들. 아니다. 전쟁 중의 영국의 느낌을 포착하려는 노력은 부질없다. 감히 말하건대, 미국에 보낼 폭격에 관한 지겨운 원고[70] 대신에 소설이나 콜리지를 쓸 수 있다면 나는 바다 속을 조용히 헤엄쳐나갈 수 있을 것이다.

### 9월 2일, 월요일

지난 이틀 동안은 전쟁이 없었던 것 같다. 공습경보는 단 한 번. 더할 나위 없이 조용한 밤이다. 런던 공습 이후의 휴식.

### 9월 5일, 목요일

덥다, 덥다, 정말 덥다. 기록적인 열파. 만약 기록을 해두었다면 이번 여름은 기록적인 여름이다. 두 시 반에 붕붕 소리를 내고 비행기 한 대가 왔다. 10분 뒤에 공습경보. 20분 뒤에 경보 해제. 되풀이하지만 덥다. 그러고는 내가 시인인가 의심한다. 『포인츠 홀』은 힘든 작업이다. 머리가 침체…… 아니다, 단어가 생각나지 않는다. 맞다, 머리가 침체된다. 떠오른 하나의 생각. 작가는 모두

---

70 「Thoughts on Peace in an Air Raid」라는 글.

불행하다. 그래서 책 속에 그려진 세상의 광경은 너무 어둡다. 행복한 것은 말을 갖지 않은 사람들이다. 오두막 정원에 있는 여인들, 이를테면 샤바스 부인. 세상의 참된 광경이 아니다. 작가가 그려 낸 광경일 뿐. 음악가나 화가는 행복할까? 그들의 세상은 작가보다 더 행복한 것일까?

## 9월 10일, 화요일

런던에서 반나절을 지내고 돌아왔다. 지금까지의 방문 가운데 가장 기묘한 방문이었을 것이다. 가워 거리로 갔더니 장벽이 설치되어 있고, 그 위에 우회 화살표가 그려져 있었다. 파괴된 흔적은 없었다. 그러나 다우티 거리에는 사람들이 모여 있었다. 그리고 창가에 있는 퍼킨스 양을 보았다. 멕클렌버러 광장에는 새끼줄이 처져 있었다. 경비원들이 있었다. 들어가면 안 된다는 것. 우리 집에서 30야드가량 떨어진 곳에 있는 집이 새벽 한 시에 폭격을 당했다. 완전히 망가졌다. 광장에는 또 하나의, 아직 폭발하지 않은 폭탄이 있었다. 우리는 그 뒤를 돌아서 걸었다. 제인 해리슨[71]의 집에 서 있었다. 그 집에선 아직도 연기가 나고 있었다. 큰 벽돌 더미였다. 그 밑에는 방공호에 들어갔던 사람들이 있었다. 천 조각들이 아직도 버티고 서 있는 벌거벗은 벽 위에 걸려 있었다. 거울 같은 것이 흔들거리고 있었다. 빠진 이처럼, 깨끗하게 잘려 있었다. 우리 집은 다친 데가 없었다. 깨진 창도 없다. 그러나 지금쯤은 폭탄에 무너졌는지도 모른다. 우리는 버낼[72]이 완장을

---

71  Jane Harrison, 1850~1928, 고전학자이자 인류학자. 그녀가 사망하기 직전에 울프가 방문했다.

72  J. D. Bernal, 1901~1971, 런던 대학의 물리학 교수.

차고 벽돌 위를 뛰어다니는 것을 보았다. 거기서는 누가 살았던가? 아마도 내가 창문에서 우연히 보곤 하던 젊은 남녀들일 것이다. 발코니를 화분으로 꾸미고 거기에 앉아 있던 아파트 주민들. 이들 모두가 가루가 돼버렸다. 광장 뒤 차고에 있는, 눈이 짓무르고 몸을 사시나무 떨듯 하는 남자가 우리에게 한 말에 의하면, 그는 폭발로 인해 침대에서 날아갔다고 한다. 그래서 사람들이 그를 교회에 대피시켰다는 것이다. "딱딱하고 찬 의자에 사내애를 안고 앉아 있었지요. 공습해제 경보가 울렸을 때는 정말 기뻤어요. 온몸이 쑤십니다"라고 그가 말했다. 그는 독일인들이 킹스 크로스 정거장을 폭격하기 위해 사흘 밤이나 연달아 왔다고 말했다. 그들은 아가일 거리를 절반이나 파괴하고, 그레이스 인 거리의 가게들도 파괴했다는 것이다. 그때 프리처드 씨가 한가롭게 나타났다. 그 뉴스를 아주 태연하게 받아들였다. "그 사람들이 이렇게 해서 정말 주제넘게 우리더러 평화조약을 받아들이게 할 셈인가요……!"라고 프리처드 씨가 말했다. 프리처드 씨는 자기 아파트의 지붕 위에서 공습 구경을 하고는 돼지처럼 잔다. 우리는 퍼킨스 양과 잭슨 부인과 이야기하고 난 뒤(그러나 이 두 사람은 평온했다. 퍼킨스 양은 방공호 안의 침대에서 잤다고 한다), 그레이스 인 거리로 갔다. 우리는 차를 두고 홀번을 둘러봤다. 찬스리 거리의 끝에 커다란 공간이 생겼다. 아직 연기가 나고 있었다. 어떤 큰 가게가 파괴된 것이다. 맞은편 호텔은 조개껍질처럼 비어 있었다. 어느 술 가게는 창문이 하나도 남아 있지 않았다. 사람들이 테이블 앞에 서 있었다. 술을 대접하는 모양이었다. 찬스리 거리에는 청록색의 유리 파편이 산더미처럼 쌓여 있었다. 남정네들이 창틀에 남아 있는 유리 조각들을 깨고 있었다. 유리가 떨어지고 있었다. 그리고 우리는 링컨스 인으로 갔다. N. S. 사무실로. 창은 깨졌지만 집은 멀쩡했다. 여기저기를 살펴보았다. 아무도 없었다. 복도가 젖어 있었고, 계단에는 유리 파편들이 흩어져 있었다. 문은 모두 잠겨 있었다. 그래서 다시 차로 갔다. 교통은 대혼잡이었다. 마담 투소 뒤의 극장은 찢겨져 나가, 무대가 보였다. 장식물들이 매달려 흔들거리고 있었다. 리젠트 파크의 집들은 모두 창이 부서졌지만 집은 괜찮았다. 그러고는 정돈된 정상적인 거리가 몇 마일이나 이어져 있었다. 베이스워터 전부와 서섹스 광장은 전과 다름없었다. 거리는 텅 비었고, 얼굴들은 굳어 있고, 눈들은 흐릿했다. 찬스리 거리에서 나는 손수레에 악보를 싣고 가는 사람을 보았다. 우리 타이피스트의 사무실은 파괴돼 있었다. 그리고 윔블던에 도착했을 때 공습경보. 사람들이 뛰기 시작했다. 우리는 거의 텅 빈 거리에서 될 수 있는 대로 빨리 차를 몰았다. 말들은 끌채에서 풀려났고, 차들은 멈춰 섰다. 그러자 경보 해제. 지금 내가 생각하고 있는 것은, 예를 들어 히스코트 거리에 있는 아주 꾀죄죄한 하숙집 주인들이다. 저들은 또 한밤을 지내야 한다. 문 앞에 서 있던 늙고 불행한 여인들. 더럽고 비참하다. 글쎄…… 네사가 말했듯 일이 매우 긴박해지고 있다. 37번지에서 이틀 밤은 자지 말자고 말한 것에 대해 스스로를 비겁하다고 생각했다. 퍼킨스 양이 전화를 하고, 거기 머무르지 말라고 충고해주었을 때, 나는 아주 마음이 놓였다. 그리고 L도 동의했다.


### 9월 11일, 수요일

방금 처칠의 연설이 있었다. 명석하고, 절도 있고, 당당한 연설이다. 저들이 침공을 준비하고 있다고 한다. 만약 실현된다면 다음 2주 안이라는 것. 군함과 수송선들이 프랑스 항구에 모여들고 있다. 런던 폭격은 물론 침공 준비의 일환이다. 우리의 장엄한 도시…… 운운의 말은 나를 감동시킨다. 왜냐하면 나는 런던이 장엄하다고 느끼기 때문이다. 우리의 용기, 운운. 어젯밤 런던에 또 공습. 시한폭탄이 궁정에 떨어졌다. 존이 전화를 했다. 그는 공습이 있은 날 밤, 멕클렌버러 광장에 있었다. 호가스 출판사를 곧 옮기자고 한다. L이 금요일 올라갈 예정이다. 존이 우리집 창문이 모두 깨졌다고 했다. 그는 어디선가에서 하숙하고 있다. 사람들은 광장에서 철수했다. 차 마시기 직전에, 비행기 한 대가 우리 보는 앞에서 격추당했다. 경마장 위에서. 서로 물고 물리고, 급선회하고, 그리고 급강하. 그러자 짙고 검은 연기가 터져 나왔다. 조종사가 낙하산으로 뛰어내렸다고 퍼시가 말한다. 이제 여덟 시 반경이면 공습이 있을 것이다. 여하튼, 공습이 있건 말건 간에 그때가 되면 우리는 그 불길한 톱질 소리를 듣는다. 그 소리는 커졌다 작아졌다 한다. 잠시 조용하다가 또다시 시작된다. 우리는 앉아서 각기 자기 일들을 하면서 "또 싸우는 모양이군"이라고 말한다. 나는 내 일을 하고, L은 담배를 말고 있다. 가끔 쿵 하는 소리가 들린다. 창이 울린다. 그래서 우리는 런던이 다시 폭격당하고 있다는 것을 알게 된다.


## 9월 12일, 목요일

강풍이 일고 있다. 날씨가 사나워졌다. 아르마다의 날씨다. 오늘은 비행기 소리는 없이 바람뿐이다. 어젯밤엔 하늘이 몹시 시끄러웠다.[73] 그러나 공습은 런던의 새로운 일제 엄호사격에 의해 좌절됐다. 신나는 일이다. 만약 이번주, 다음 주, 다다음 주를 버틸 수 있다면. 만약 날씨가 바뀐다면, 만약 런던의 공습이 좌절된다면, 우리는 출판사 이사에 관해 존과 의논하기 위해 내일 런던에 간다. 창문을 고치고, 귀중품도 챙기고, 또 편지도 받아올 것이다. 즉, 만약 광장 출입이 허용된다면 말이다. 아, 나는 검은 딸기를 따면서 일반 독자를 위한 역사책을 생각했다, 아니 꾸며냈다. 전기를 포함한 문학의 한 모퉁이에서부터 차례차례로 마음 내키는 대로 문학을 읽을 것.

## 9월 13일, 금요일

침공이 있을 거라는 강한 느낌이 짙게 감돌고 있다. 길은 군용 화물 차량과 군인들로 가득하다. 런던에서 하루 힘들게 보내고 방금 돌아왔다. 우리가 들어보지 못한 공습이 윔블던 바깥쪽에서 시작됐다. 갑작스러운 정체. 사람들이 증발해버렸다. 그러나 몇몇 차량들은 계속 달리고 있다. 우리는 언덕 위의 화장실에 가기로 했다. 닫혀 있었다. 그래서 L은 나무를 이용할 수밖에 없었다. 비가 억수같이 쏟아진다. 멀리서 대포 소리가 들린다. 핑크색 벽돌로 지은 대피소를 보았다. 우리의 여행 중, 단 한 가지 재미있었던 것은 거기 사는 남자와 여자, 그리고 어린애와 이야기했던 일이다. 그들은 클레펌에서 폭격을 당했고, 집이 무너질 위험에 있었다. 그래서 그들은 걸어서 윔블던까지 왔다. 그들은 이 미완성의 포대가 피난민으로 넘쳐나는 집보다 낫다고 했다. 그들은 도

---

73  9월 7일부터 11월 3일까지, 매일 밤 평균 2백 대의 독일 항공기가 런던을 폭격했다.

로 공사 인부들이 쓰는 등잔과 냄비도 가지고 있어, 차를 끓일 수 있었다. 야경 서는 사람들은 그들이 주는 차를 마시려 하지 않았다. 자기들 차를 가지고 있었기 때문이다. 누군가가 그들에게 샤워를 제공했다. 윔블던의 어느 한 집에는 관리인만이 있었다. 물론 그들은 우리에게 잠자리를 제공할 수는 없었다. 그러나 그녀는 매우 친절했다. 사람들을 쉬어 가게 했다. 우리는 모두 잡담을 했다. 엡섬으로 가는 중산층의 꽤 멋져 보이는 부인은 애를 데리고 오지 못해 매우 유감이라고 했다. 그러나 우리는 그 애를 내버려두지는 않을 거예요. 남편은 수다스럽고 감정적인 켈트인이었고, 부인은 차분한 색슨 여인이었다. 딸이 건강하기만 하다면 우리는 상관없어요, 라고 했다. 그들은 대팻밥 위에서 잤다. 폭탄이 마을 공유지에 떨어졌던 것이다. 그는 칠쟁이었다. 매우 다정하고 대접이 정성스러웠다(그는 내가 깔고 앉도록 꽤 얇은 깔개를 계단에 깔아주었다. 한 장교가 안을 들여다보았다. 그는 "침공 대비를 하시는군요"라고 마치 그것이 약 10분 뒤에 일어날 일처럼 말했다―울프 주). 그들은 사람들이 와서 잡담하는 것을 즐기고 있었다. 그들은 어떻게 될까요? 그는 히틀러가 곧 끝이 날거라고 생각했다. 수탉 깃털 장식의 모자를 쓴 그의 아내는 절대로 그렇지 않을 거라고 했다. 두 번 우리는 떠나려고 일어섰으나, 총소리가 나서 다시 되돌아왔다. 마침내 출발. 방공호와 그 안에 있는 사람들의 행동에 주목하면서. 러셀 호텔에 도착했다. 존은 없었다. 요란한 포 소리. 대피했다. 그리고 멕클렌버러 광장을 향해 출발. 우연히 존을 만났는데, 그는 광장은 아직 닫혀 있다고 했다. 그래서 호텔에서 점심 식사를 했다. 우리는 호가스 출판사가 위급한 상황에 처했으므로 전원 도시 통신을 이용하기로, 20분 안에 결정해버렸다. 아직 공습이 계속되고 있다. 멕클렌버러 광장으로 걸어갔다.


## 9월 14일, 토요일

침공의 느낌, 병사들과 기중기처럼 생긴 기계를 실은 트럭들이 뉴헤이븐 쪽으로 비틀거리며 가고 있다. 공습이 진행 중이다. 지금 기관총 소리라고 생각되는 뚜루룩거리는 소리가 들려왔다. 비행기들이 윙윙거린다. 퍼시와 L이 그중 몇 대는 영국 비행기라고 했다. 메이블이 나와서 쳐다보았다. 생선을 튀길까요, 찔까요, 라고 묻는다.

여기다 글을 쓰는 것의 큰 이점은, 나의 초조함을 가시게 해준다는 사실에 있다. 초조함의 원인은 볼링에서 진 것, 침공, 공습으로 사람이 죽었을 때 우는 소리를 듣는 것, 그리고 읽어야 할 책이 없는 것, 등등. 지난주에는 세비냐를 읽었는데, 덕분에 기운이 났다. 지금은 허세부리고 메마른 버니[74] 때문에 약간 맥이 빠졌다. 몇 세기가 지났는데도 그의 신랄하고 멋 부리는, 약간 교만한…… 뭐라고 해야 하나, 적당한 단어가 생각나지 않는다. 이 같은 그의 태도와 성격이 나를 다치게 한다. 게다가 내가 싫어하는 사람을 생각나게 만든다. 로건일까? 그에게는 톰을 연상시키는 허풍을 떠는 구석이 있다. 바싹 말라버린 인위적 잔인함…… 아, 무슨 단어였더라! 그 단어는! ('건방진'이라고 하면 어떨까—울프 주) 글을 쓸 때 내가 너무 민감한 걸까? 나는 현대의 우리 작가들에게 사랑이 결핍돼 있다고 생각한다. 우리들의 고뇌가 우리의 몸을 뒤틀리게 한다. 그러나 나는 하나의 문구에 매달릴 수가 없

74 로저 드 라부틴 부시 백작(1618~1693)의 착오. 세비냐 부인의 조카.

다. 그것은 그리운 로즈[75]를 생각나게 만드는데, 나는 지금 로즈에게 편지를 쓸 작정이다. 사람들은 항상 착륙지점이 있을 거라고 생각한다. 그러나 그런 것은 없다. 하나의 무대, 하나의 가지, 하나의 종말. 『로저』에 관한 감사장을 쓰는 일이 싫다. 이 말은 벌써 여러 번 했다. 아이포 에반즈(펭귄 판 6실링 문고)를 읽음으로써 내 새 책을 쓰기 시작하겠다.

## 9월 16일, 월요일

자, 이제 우리는 배 안에 두 사람만이 남았다. 비바람이 대단한 날이다. 발에 물집이 생긴 메이블이 짐 보따리를 들고 열 시에 터벅거리면서 떠나갔다. 우리 두 사람 모두에게 그동안 친절히 대해줘서 고맙다는 꼭 같은 말을 했다. 그리고 추천서를 써줄 수 있느냐고 물었다. "다시 만날 수 있을까요"라고 내가 말했다. 죽기 전에, 라는 뜻으로 알아들은 메이블은 "물론이지요"라고 대답했다. 이렇게 해서 5년간의 늘 편치만은 않았던 말없는, 그러나 매우 수동적이고 고요한 관계는 끝이 났다. 설익은 무거운 배가 가지에서 떨어진 것이다. 그리고 우리는 둘만 있게 되어, 더 자유스러워졌다. 더 이상 메이블에게 대한 책임이 없다. 집 문제는 먹고 자는 사람을 두지 않는 것으로 해결했다. 그러나 나는 어리석었다. 윌리엄슨 씨의 고백록을 여기저기 읽다가, 그의 자기중심주의에 어안이 벙벙해졌다. 작가라는 사람들은 모두 자기 눈에 자신이 그처럼 대단하게 보이는 것인가? 윌리엄슨은 자신의 광채에서 한 치도 벗어나지 못한다. 자신의 명성에서. 나는 윌리엄슨

---

75   Rose Macaulay, 1881~1958, 영국의 소설가.

의 불후의 명작 가운데 어느 하나 읽은 것이 없다. 오후에 농성에 필요한 식량을 루이스에서 장만한 뒤 찰스턴으로. 어젯밤 저습지 위 여기저기에서 반짝거리는 섬광을 보았다. L의 생각으로는 런던 방어를 위해 쏘아 올린 일제사격의 포탄이 터지는 것이란다. 하늘엔 밤새 비행기가 소란스러웠다. 몇 번인가 들린 요란한 폭음. 나는 교회 종소리가 들리지 않을까 해서 귀를 곤두세웠다. 내가 주로 이곳에 메이블과 함께 유폐되었다는 생각을 하고 있었다는 사실을 인정하지 않을 수 없다. 메이블도 같은 생각을 하고 있었다. 죽게 되면 죽는 거지요, 라고 메이블이 말했다. 그녀는 여기서 죽기보다는, 당연한 이야기지만, 홀로웨이 방공호에서 카드놀이를 하다가 죽는 편이 낫다고 했다.

## 9월 17일, 화요일

침공은 없다. 바람이 세다. 어제 공공도서관에서 X[76]의 비평 책을 하나 대출했다. 이 책을 읽은 덕에 내 책 쓰기가 싫어졌다. 런던 도서관의 분위기에 전염된 것 같다. 모든 문예비평이 싫어졌다. 그처럼 약은 체하는, 그처럼 메마른, 내용도 없는 재치, 그리고…… 예를 들어 T. S. 엘리엇이 X보다 못한 비평가라는 것을 증명해보려는 시도들. 모든 비평이 이처럼 숨 답답한 것일까? 책 먼지, 런던 도서관, 공기. 아니면 단순히 X가 이류의, 상상력이 빈약한 대학의 전문가에 불과하기 때문일까? 창조적이려고 애쓰는 대학 선생, 책으로 머리가 꽉 찬 대학 선생, 작가이고자 하는

---

76    F. L. 루카스(1894~1967)는 그의 『Studies French and English』(1934)에 수록된 「Modern Criticism」이라는 산문에서, 비평가로서의 T. S. 엘리엇을 헐뜯고 있다.

사람에 불과한 걸까? 『보통의 독자』에 대해서도 같은 말을 할까? 5분간 보는 척하다가 우울해져서 책을 반환했다. 계원이 물었다. "울프 부인은 어떤 책을 원하시는지요?" 나는 영문학사 책이 필요하다고 말했다. 그러나 너무 역겨워져서 뒤져보기가 싫었다. 책은 무척 많았다. 그리고 스톱포드 브룩[77]의 이름도 생각나지 않았다.

볼링 두 게임을 이기고 나서 다시 여기 일기를 계속한다. 우리들 섬은 무인도다. 멕크[78]에서 편지가 오지 않는다. 커피도 떨어졌다. 세 시와 네 시 사이에 신문이 온다. 전화를 해도 멕크에 연락이 안 된다. 어떤 편지는 닷새나 걸린다. 기차는 불규칙하다. 크로이던에서 내려야 한다. 안젤리카는 옥스퍼드를 거쳐 힐턴에 간다. 그래서 우리 둘, L과 나는 주위에서 거의 단절돼 있다. 어젯밤 집에 돌아왔을 때, 마당에서 한 병사를 발견했다. "울프 부인을 뵐 수 있을까요?" 나는 필경 우리 집을 군인 숙소로 지정하기 위해 온 것으로 생각했다. 아니었다. 죄송하지만 타자기를 좀 빌릴 수 있을까요? 언덕 위의 장교가 가면서 자기 것을 가져가 버렸단다. 그래서 내 휴대용 타자기를 내줬다. 그러자 그가 말했다. "실례지만, 체스를 두시나요?" 그는 체스에 빠져 있었다. 그래서 우리는 그에게 토요일에 차 마시러 와서 같이 두자고 초대했다. 그는 언덕 위의 방공 서치라이트 부대에 근무하고 있었다. 재미없다고 했다. 샤워도 할 수 없고. 솔직하고 사람 좋은 청년이었다. 직업군인일까? 내 생각엔, 이를테면 부동산 업자나, 작은 가게 주인 아들 같았다. 사립학교 출신은 아니었다. 하층 계급 출신도 아니었

---

77 Rev. Stopford Augustus Brooke, 1832~1916, 『*English Literature from A.D. 670 to A.D. 1832*』의 저자.

78 맥클렌버러 광장, 호가스 출판사가 있는 곳.

다. 알아봐야겠다.[79] "두 분만 계시는데 방해가 돼서 죄송합니다"
라고 말했다. 또 토요일엔 루이스로 영화를 보러 갔다.


## 9월 18일, 수요일

오늘 아침엔 "우리는 모든 용기를 발휘할 필요가 있습니다"라
고 하던 말이 떠올랐다. 멕클런버러 광장의 우리 집 창문이 모두
깨지고, 천장이 내려앉고, 그릇이 거의 다 깨졌다는 이야기를 들
었을 때였다. 폭탄이 터진 것이다. 왜 우리는 타비스톡을 떠난 것
일까? 그런 생각은 해서 무엇 하나? 런던으로 가려고 작정하고,
우리는 퍼킨스 양한테 갔을 때 다음과 같은 말을 들었다. 출판사
에 남아 있는 것은, 레치워스[80]로 소개시킬 예정. 불쾌한 아침이
다. 이 판에 어떻게 미슐레나 콜리지에 몰두할 수 있단 말인가?
앞서 말했듯이 우리에게는 용기가 필요하다. 어젯밤 런던에서 심
한 공습이 있었다. 방송을 기다리고 있다. 그런데도 나는 여전히
『포인츠 홀』을 착실히 써나가고 있다.


## 9월 19일, 목요일

오늘은 용기가 덜 필요하다. 손해를 설명하던 P 양의 목소리의
인상이 점점 엷어진다.

---

79   그 병사의 이름은 켄 셰퍼드. 그는 9월 22일(일요일)에 와서 식사도 하고, 레너드와 체스도
했다.
80   런던 북부의 외곽에 있는 영국 최초의 전원 도시.

## 9월 25일, 수요일

하루 종일 (월요일엔) 런던에 있었다. 아파트에. 어두웠다. 창문엔 양탄자가 못질해져 있었다. 천장은 군데군데 찢겨져 있었다. 부엌 식탁 밑엔 회색 먼지 더미와 그릇이 더미로 쌓여 있었다. 뒷방들은 무사했다. 아름다운 9월 날씨다. 부드러운, 사흘 동안의 부드러운 날씨. 존이 왔다. 우리들은 레치워스로 이사를 했다. 그날 가든 시티[81]가 우리를 소개疏開시켰다. 놀랍게도 『로저』가 팔리고 있다. 브런즈윅 광장에서 폭탄이 터졌다. 나는 빵 가게에 있었다. 흥분하고 지친 여인네들을 위로했다.


## 9월 29일, 일요일

폭탄 하나가 너무 가까이에 떨어져서 나는 L이 창문을 쾅 하고 닫은 줄 알고 화를 냈다. 휴에게 편지를 쓰고 있었는데, 펜이 내 손가락에서 튕겨져 나갔다. 공습은 아직 계속되고 있다. 양치기 개들이 여우를 울타리 밖으로 쫓아내려는 것 같다. 그들이 짖어 대고 물면, 약탈자는 뼈 한 조각을 떨어뜨리면서, 즉 뉴헤이븐 위에 폭탄을 떨어뜨리고 도망가버리는 것이 보인다. 공습 해제. 볼링 게임. 마을 사람들이 문 밖에 나온다. 춥다. 이 모두가 이제는 친숙하다. (여러 가지 중에서) 내가 특히 생각하고 있는 것은, 이것이 게으른 생활이라는 사실이다. 침대에서 아침을 먹고, 침대에서 책을 보고. 그러고는 목욕. 저녁 식사는 주문하고. 오두막 공부방으로 간다. 방을 재배치한 다음에 (책상에 볕이 들게 놓고, 교회는

---

81    하워드의 주창에 의해 19세기 말부터 시작된 전원도시 계획을 위한 단체.

오른쪽에, 창은 왼쪽에 보이게 했더니, 새롭고 매우 아름다운 경치가 됐다.) 담배 한 대로 몸의 상태를 조절하고, 열두 시까지 원고를 쓴다. 일을 중단하고 L한테 가서 신문을 잠시 본다. 다시 돌아와 열한 시까지 타자를 친다. 라디오를 듣고, 점심. 턱이 아프다. 씹지 못하겠다. 신문을 읽는다. 사우스이즈까지 산책. 세 시에 돌아온다. 사과를 따서 정리한다. 차를 마시고 편지를 쓴다. 볼링. 다시 타자. 미슐레를 읽거나 여기 일기를 쓴다. 저녁 준비. 음악을 듣고, 수를 놓는다. 아홉 시 반에서 열한 시 반까지 독서를 하거나 존다. 그리고 취침. 옛날 런던에서의 생활과 비교해본다. 한 주일에 세 번은 누군가가 온다. 하루 밤은 디너파티. 토요일은 산책. 목요일은 쇼핑. 화요일엔 차를 마시러 네사에게 간다. 한번은 시티[82]를 산보한다. 전화가 와서 L이 모임에 갔다. K. M.이나 롭슨이 L을 귀찮게 한다. 금요일에서 월요일까지 보통 이렇게 일주일이 지나간다. 지금 우리는 무인도에 있으니까 나는 좀 더 독서로 머리를 채워 넣어야 한다고 생각한다. 그러나 왜? 행복하고, 매우 자유롭고 아무 구속도 받지 않는, 하나의 단순한 멜로디에서 다른 멜로디로 울리는 생활. 그렇다. 다른 생활을 그처럼 오래 살았는데, 이제 이 같은 생활을 즐겨서 안 된다는 법이 있는가? 그러나 나는 퍼킨스 양의 하루와 비교하게 된다.


## 10월 2일, 수요일

여기 글을 쓰는 대신 저녁노을을 보고 있어야 하는 것은 아닌지? 파란 하늘에서 빨간 빛이 반짝하는 것이 보인다. 습지의 건

82  런던의 상업 금융 중심지.

초 더미가 그 빛을 받고 있다. 내 뒤에는 나무에 빨간 사과가 달려 있다. L이 그것들을 따고 있다. 캐번 언덕 밑을 지나는 기차에서 한 줄기 연기가 피어오른다. 그리고 공기 전체에 엄숙한 고요함이 감돌고 있다.[83] 여덟 시 반까지 그런 상태가 계속되다가, 하늘에서 붕붕거리는 죽음의 소리가 시작된다. 런던으로 가는 비행기들이다. 글쎄, 거기까지는 아직 한 시간이 남았다. 암소들이 풀을 뜯고 있다. 느릅나무들이 하늘을 배경으로 작은 잎들을 흩뿌리고 있다. 배가 매달린 우리 집 배나무는 축 늘어져 있다. 그 위로는 풍향기가 달린 교회의 뾰족탑이 보인다. 어찌하여 다시 한번 낯익은 목록을 만들려고 하는가? 거기로부터 뭔가가 빠져나가는데. 죽음을 생각해야 하나? 어젯밤 창 밑에 크고 무거운 폭탄이 떨어졌다. 너무 가까워서 우리 둘 모두가 깜짝 놀랐다. 비행기 한 대가 이 과일을 떨어뜨리고 지나간 것이다. 우리는 테라스로 나갔다. 하늘 가득히 작은 별들이 반짝이고 있었다. 모두가 조용했다. 이트포드 언덕 위에 폭탄이 떨어졌다. 강 옆에 아직 터지지 않은 폭탄 두 개가 있었는데, 흰 나무로 십자가를 만들어 표시해놓았다. 나는 L에게 말했다. 아직 죽고 싶지는 않다고. 가능할 것 같지 않다. 그러나 독일 사람들은 철도와 발전소를 노리고 있다. 매번 더 가까이 온다. 캐번 언덕 꼭대기에는 마치 날개를 벌리고 앉아 있는 모기 같은 것이 있는데, 일요일 격추당한 메서슈미트 전투기[84]다. 오늘 아침 쾌조로 콜리지 일을 했다. 사라[85]도. 이두 편의 논문으로 20파운드를 받을 예정. 책은 아직도 나가지 않

---

83  참조: 'Now fades the glimmering landscape on the sight,/And all the air a solemn stillness holds.' —T. Gray, 『*Elegy Written in a Country Churchyard*』

84  2차 대전 당시 나치 독일이 자랑하던 전투기.

85  Sara Coleridge. 영국의 작가. 시인 콜리지의 딸.

는다. 그리고 스피라는 자유의 몸이 되었고, 마고트[86]는 편지에 "내가 한 일이에요"라고 적고는, 덧붙여 "나는 당신 자신에 관해, 그리고 당신이 믿고 있는 것에 대해 긴 편지를 썼어요"라고 적고 있다.[87] 내가 무엇을 믿는다는 거지? 당장은 생각이 나지 않는다. 아, 그렇다. 나는 사람이 어떻게 폭탄에 맞아 죽는가를 상상하고 있다. 비교적 생생하게 느낄 수 있다, 그 감각을. 그러나 그 뒤에는 숨 막히는 허무밖에 아무것도 보이지 않는다. 분명히 나는 생각할 것이다. "아, 10년은 더 살고 싶다. 이렇게는 말고. 그리고 이번만은 내가 그것을 묘사할 수 없을 것이다. 그것, 죽음 말인가? 아니다. 내 뼈가 씹혀 뒤범벅이 되어 으깨지는 모습이, 매우 활동적인 내 눈과 머리에 어렴풋이 보인다. 빛이 꺼지는 과정은, 괴로울까? 그렇다, 무서울 거라고 생각한다. 그리고 기절. 힘의 고갈. 의식을 찾으려고 두, 세 번 경련을 일으키고, 그러고는 점, 점, 점.


## 10월 6일, 토요일

나는 이 일기에 안렙스 가족과 루스 베레스퍼드가 오기 전에 시간을 잠시 내서 쓰려고 한다. 무엇을? 이런 일들이 이상하게 보일 날도 있을 것인가? 즉, 내가 L과 같이 걷다가, 늪지에서 처음으로 폭탄이 떨어진 구덩이를 본 일, 그리고 하늘에서 독일 비행기가 붕붕거리는 소리를 내는 것을 듣던 일, 그리고 돌 하나로 두 마리의 새가 죽는 편이 더 낫겠다고 신중하게 결정하고 나서, 내가 두 발자국 L에게 가까이 간 일이. 어젯밤엔 루이스가 폭격 당했다.

86   Lady Oxford, 1864~1945, 수상 부인으로서 사교계의 여왕.
87   레이디 옥스퍼드의 편지는 다음과 같다. "Dearest, beautiful Virginia, I got the man Robert Spira out at last! I loathe our vile treatment of aliens."

# 10월 12일, 토요일

매일 매일을 더 충실하게 살고 싶다. 읽는 것은 거의 다 소화해야 한다. 다음과 같이 말하는 것이 반역 행위가 아니라면, 지금과 같이 사는 것이 너무 행복하다는 말은 감히 할 수 없으나, 평탄하기는 하다. 삶의 선율은 하나의 아름다운 곡조에서 다른 아름다운 곡조로 바뀐다. (오늘) 모든 것이 이 현실의 극장에서 연주되고 있다. 언덕과 들판. 눈을 뗄 수가 없다. 10월에 꽃이 핀다. 갈색의 쟁기. 그리고 색이 바랬다가 신선해졌다 하는 습지. 지금 안개가 피어오른다. 그리고 "즐거운" 일들이 차례로 이어진다. 아침 식사하기, 글쓰기, 차 마시기, 볼링, 독서, 단 것들, 침대. 로즈가 편지로 그녀의 일상을 알려 왔다. 그 편지 때문에 나도 우울해졌다. 그러나 나는 회복할 것이다. 지구는 다시 돌고 있다. 그 뒤에서, 아, 물론 그렇지. 그러나 나는 더욱 강해져야 한다고 생각하고 있었다. 한 가지 이유는 로즈 때문에. 또 다른 이유는 내가 수동적인 묵종을 몹시 무서워하기 때문이다. 나는 강하게 살고 있다. 내가 지금 런던에 있다면, 혹은 2년 전에 그랬듯이, 눈을 부릅뜨고 돌아다니고 있을 것이다. 여기보다 더 많은 일이 있고, 더 스릴이 있다. 그래서 그걸 보충해주어야 한다. 그러나 어떻게? 책을 발명하는 데서 가능하다고 생각한다. 그 일에서는 항상 거친 파도를 만날 가능성이 있다. 아니, 이 일은 더 이상 천착하지 말기로 하자. 회상의 단편들이 신선하게 내 머리에 떠오른다. 그 세 편의 짧은 원고[88]를 쓰느라 (그중 하나는 오늘 보냈다) 머리가 복잡해서, 나는 기분 전환으로, 한 쪽을 토비[89]를 위해 할애했다. 생선을 잊고

---

88  세 편의 글은 「The Man at the Gate」 「Sara Coleridge」 「Georgiana and Florence」
89  1906년에 사망한 울프의 오빠. 「존재의 순간들」에 「A Sketch of the Past」라는 제목으로.

있었다. 저녁을 만들어야 한다. 그러나 이처럼 L과 단둘이 있으니, 모든 것이 천국처럼 자유롭고 편하다. 지금 양탄자를 빨아야한다. 이 또한 즐거움이다. 그리고 의복에 관한 지겨운 일들, 시빌과 관련된 지겨운 일들이 모두 사라져버렸다. 그러나 나는 전쟁을 치르는 이 수년간을 긍정적인 시간으로 돌이켜보고 싶다. L은 사과를 따고 있다. 샐리가 짖는다. 마을에 적이 쳐들어올 것을 상상한다. 생활 반경이 마을로 한정된 것이 기이하다. 장작은 몇 번의 겨울도 날 수 있게 사놓았다. 우리들 친구들은 모두 각자의 겨울 난로에 격리돼 있다. 이제 방해받을 가능성은 적다. 차도 없다. 휘발유도 없다. 기차는 일정치 않다. 그리고 우리는 이 아름답고 자유로운 가을 섬에 있다. 그러나 나는 단테를 읽겠다. 그리고 영문학 책의 여행에 나설 것이다. 여러 사람이 내『보통의 독자』를 무료 도서관에서 여러 사람이 대출한 것을 보고 기뻤다. 나도 이도서관의 회원이 될 생각이다.


## 10월 17일, 목요일

우리들의 개인적인 운이 방향을 틀었다. 존이 타비스톡 광장은 이미 존재하지 않는다고 한다.[90] 만약 그렇다면 이젠 더 이상 한밤중에 일어나 울프 부부의 운이 기울기 시작한다는 생각을 할 필요가 없다. 처음으로 그들은 경솔하고 어리석었다. 다음으로『하퍼스 바자』에서 급하게 비평이나 소설 하나를 써달라는 부탁이 왔다.[91] 그러니 이 나무는 내가 생각했던 것처럼 완전히 고사

90   그때까지 타비스톡 광장에 세내고 있던 울프네 집은 폭격으로 완전히 파괴됐다.
91   보낸 작품은「유산」

한 것이 아니고, 아직도 열매를 맺고 있는 것이다. 세 편의 그 짧은 원고를 써서 30기니를 벌기 위해 내가 얼마나 머리를 썼는지 모른다. 그러나 그 노력은 보람이 있었다. 왜냐하면 곤충 같은 양심과 근면 때문에 나는 미국 사람들에게 120파운드의 값어치를 인정받은 것이다. 완전한 날씨다. 이 좋은 날, 멋쟁이 나비 한 마리가 사과 잔치를 벌이고 있다. 풀 위에 썩은 빨간 사과가 하나 놓여 있다. 그 위에 나비가 있고, 저쪽은 부드럽고, 파랗고, 따뜻한 색깔의 언덕과 들판이다. 모든 것이 땅 위에서 쉬기 위해, 부드러운 공기 속을 내려오는 것 같다. 빛이 어두워지기 시작한다. 이윽고 사이렌 소리. 그리고 거문고를 뜯는 것 같은 윙윙 소리…… 그러나 지금은 거의 잊고 살 수 있다. 고통 받는 런던 위에서 밤마다 이루어지는 이 작전을. 메이블은 떠나고 싶어 한다. L이 나무에 톱질을 하고 있다. 교회 위의 묘하게 생긴 작은 십자가가 언덕을 배경으로 선명하게 보인다. 내일 런던에 갈 예정이다. 안개가 피어오르고 있다. 습지 위에는 안개가 희고 긴 양털같이 놓여 있다. 창에 검은 휘장을 쳐야 한다. 할 이야기가 그처럼 많았는데. 나는 내 머릿속을 엘리자베스 시대 작가들로 채우고 있다. 다시 말해 내 머리에 저 멋쟁이 나비한테처럼 식량을 공급하고 있다. 커튼을 치자마자 사이렌 소리. 불쾌한 시간이 시작된다. 오늘은 누가 죽을까? 우리는 아닐 거라고 생각한다. 아무도 이런 생각을 하는 사람은 없다, 자극제로서 말고는. 사실 나는 런던에서 그 세월을 겪고 난 지금, 우리는 이 늦가을의 화창한 날씨를 즐길 자격이 있다고 생각한다. 다시 말해 이것이 자극이 된다. 육체적 위험이라는 매우 엷은 빛깔을 배경으로 매일을 볼 수 있다. 그리고 나는 오늘『포인츠 홀』로 되돌아왔다. 그리고 앞으로는 지금처럼 습관적으로 메모를 하는 대신, 이따금씩 내가 하는 일에 대해 마구잡이 독서를 하려고 한다. 이것은 메모를 축적하기 위한 하나의 방편이다. 아, 그리고 나는 내 머리를 위해 철의 커튼을 만드는 데 성공했다. 너무 옥죄어 들어올 때는 문을 닫아버린다. 책도 읽지 않고, 글도 쓰지 않는다. 아무 주장도 하지 않으며, 뭘 "꼭 해야 한다"는 것도 없다. 어제는 산책을 했다, 빗속에 피딩호의 언덕을. 새 길이었다.

## 10월 20일, 일요일

금요일 런던에서 가장…… 뭘까? 인상적인, 아니야 그렇지는 않아, 광경은 워렌 가 지하철 입구에 주로 어린이들이 가방을 들고 서 있는 행렬이었다. 시간은 열한 시 반이 가까웠다. 우리는 그 어린아이들이 버스를 기다리는 피난민들인 줄 알았다. 그러나 그 아이들은 훨씬 더 긴 줄을 만들며, 세 시까지 거기 앉아 있었다. 여인네들, 남정네들, 그리고 더 많은 가방과 담요들. 야간 공습을 피하려 방공호에 들어가기 위해 서 있었던 것이다. 물론 야간에 공습이 있다. 그래서 그들은 아침 여섯 시에 지하철역을 떠났다가 (목요일에 심한 공습이 있었다) 열한 시에 다시 돌아온다. 거기서 타비스톡 광장으로 갔다.[92] 안도의 한숨으로 쓰레기 더미를 보았다. 적어도 세 집이 날아갔다. 지하실에는 쓰레기뿐이다. 유일한 유품은 (피츠로이 광장에 살던 시절에 샀던[93]) 낡은 등나무 의자와 간판장이가 쓴 "셋집"이라는 간판이었다. 그러고는 벽돌과 나무 조각뿐이었다. 옆집엔 유리문 하나가 매달려 있었다. 내 서

___

92  타비스톡 광장에 있던 울프네 집은 폭탄으로 파괴됐다 — 레너드 주.
93  여기서 울프는 1907년에서 1911년까지, 그러니까 결혼하기 직전까지 살았다. 한편 1887년에서 1898년 사이에 버나드 쇼도 여기서 살았다.

재의 벽 한모퉁이가 서 있는 것이 보였다. 내가 그처럼 많은 책을 썼던 그곳이 그 밖에는 모두 쓰레기였다. 그처럼 여러 날 밤 우리가 앉아 있었고, 또 파티를 열었던 곳이 이제는 허허벌판이었다. 호텔은 무사했다. 그러고는 멕크로 갔다. 꼭 같은 광경이었다. 쓰레기, 유리 조각, 까맣고 보드라운 먼지, 횟가루들. T 양과 E 양[94]이 바지와 멜빵 달린 작업복을 입고, 머리에 수건을 쓰고 비로 쓸고 있었다. 나는 T 양의 손이 퍼킨스 양의 손처럼 경련을 일으키는 것을 보았다. 물론 더없이 상냥하고 친절했다. 멋지고 삐걱대는 대화. 같은 말의 되풀이. 사모님 명함을 받아놓지 않은 것을 얼마나 후회했는지…… 아니면 놀라시지 않게 해드릴 수 있었는데요. 정말 끔찍해요…… 2층에서 T 양은 우리를 위해 기울어진 책장을 바로 세웠다. 식당 바닥에는 온통 책이 흩어져 있었다. 내 거실에 있는 헌터 부인[95]의 진열장은 온통 유리를 뒤집어쓰고 있었다, 등등. 다만 응접실 유리만이 거의 그대로 남아 있었다. 그러나 바람이 들어왔다. 나는 일기를 찾기 시작했다. 이 작은 차로 얼마나 실어 나를 수 있을까? 다윈의 책과 은 식기. 그리고 얼마간의 유리잔과 도자기들.

그러고는 응접실에서 소 혓바닥 요리를 먹었다. 존이 왔다. 나는『비글호의 항해』[96]를 가져오는 것을 잊었다. 종일 공습은 없었다. 그래서 두 시 반경에 차로 집으로 돌아왔다.

가진 것을 잃어버렸을 때의 들뜬 기분, 가끔 내 책과 의자와 양탄자와 침대가 생각날 때말고는. 그것들, 하나하나를, 그리고 그 그림들을 사기 위해, 얼마나 애썼던가. 그러나 멕크에서 자유로

---

94  탈봇 양과 에드워즈 양. 울프네 아래층에 살고 있었다.

95  에델 스미스의 동생

96  1839년에 간행된 다윈의 탐험기.

워져, 일종의 해방감을 느낀다. 거의 확실하게 모든 것은 파괴될 것이다. 그리고 우리가 묘하게도 그 양지바른 아파트를 차지하고 있었다는 사실⋯⋯ 이사하는 일과, 거기에 드는 비용에도, 틀림없이 만약 우리가 우리 물건들을 건진다면 그것은 싸게 먹히는 것이다. 다시 말해 우리가 52번지에 그냥 남아 있다가 모든 것을 잃어버렸다면 말이다. 그러나 묘한 노릇이다. 가졌던 것을 모두 잃어버리고 해방감을 느낀다니. 나는 거의 벗은 채로 평화롭게 다시 삶을 시작하기를 원한다. 어디든 마음대로 갈 수 있다면. 그러나 멕크로부터 자유로워질 수 있을까?

## 11월 1일, 금요일

우울한 저녁이다, 정신적으로. 혼자 불을 쪼이고 있다. 그리고 누구와 이야기하는 대신 너무나 두꺼운 이 책을 대하고 있다. 이번주에 『타임스』를 위해 읽어야 할 책은 E. F. 벤슨[97]의 마지막 자서전, 거기에서 벤슨은 자기에게 달라붙어 있는 모든 사람들로부터 헤어나려고 애쓰고 있다. 나는 이 자서전에서 가벼운 입의 위험에 대해 알게 된다. 나도 함부로 말할 수 있다. 예를 들어 벤슨은 다음과 같이 말한다. "우리는 자기 자신 속에서 새로운 깊이를 발견해야 한다"고. 글쎄, 이 말에 대해서는 더 이상 신경을 쓰지 않겠다. 그러나 가벼운 말의 위험은 지적해두겠다. 그리고 덧붙여 두건대, 나는 심지어 서평 하나를 쓸 때도 단어 하나하나의 무게를 손가락 끝에 느끼면서 쓴다. 그러니 내가 죄의식을 느낄 필요가 있는가?

97  1867~1940, 영국의 소설가이자 전기 작가.

## 11월 3일, 일요일

어제 강이 둑을 넘어 범람했다. 습지는 갈매기가 날아다니는 바다가 됐다. L과 나는 곳간으로 갔다. 물이 터져, 거품을 일으키며, 으르렁거리면서 토치카 옆의 빈틈으로 쏟아져 들어오고 있었다. 지난 달 폭탄이 하나 터졌다. 늙은 톰셋이 수리하는 데 한 달이 걸렸다고 말했다. 어떤 이유 때문인지 (에버리스트의 말에 의하면 토치카 때문에 둑이 약해졌다고 한다) 그것이 또 터졌다. 오늘은 비가 엄청나다. 거기다 강풍까지. 마치 오랫동안 친하게 지낸 자연이 제멋대로 날뛰고 있는 것 같다. 다시 곳간으로 갔다. 물이 더 차고, 더 깊어졌다. 다리는 끊겼다. 물 때문에 농장 옆길은 다닐 수 없게 됐다. 그래서 습지의 내 산책길은 모두 사라져버렸다. 언제까지? 또 한 군데 둑이 터진 곳이 있었다. 폭포수처럼 물이 흐르고 있었다. 깊이를 알 수 없는 바다. 그렇다, 이제 바다는 보턴의 건초 더미 둘레까지 밀려왔다. 건초더미는 홍수 한가운데에 있고, 들판 바닥은 바다다. 해가 뜨면 매우 아름다울 것이다. 오늘 저녁 안개가 끼면 중세풍의 경치를 연출할 것이다. 나는 돈 버는 일에서 해방되어 행복하다.『포인츠 홀』일로 다시 돌아와 가끔씩 쓰고 있다. 작은 캔버스에 그림을 그릴 수 있어 기쁘다 아, 이 자유…….

## 11월 5일, 화요일

홍수 한가운데 있는 건초더미는 믿을 수 없이 아름답다. 눈을 들어보면 습지 전체의 물이 보인다. 해가 빛나는 파란 하늘에 갈

매기들이 미나리 씨처럼 날아다닌다. 눈보라가 친다.[98] 대서양의
비행사들.[99] 노란 섬들. 잎이 떨어진 나무들. 오두막의 빨간 지붕
들. 아. 이 홍수가 영원히 계속될 수 있다면. 처녀지. 방갈로도 없
다. 태초에 그랬듯이. 지금은 앞에 빨간 잎들이 있는 회색 납빛.
우리들의 내해. 캐번 언덕은 절벽이 됐다. 내가 지금 생각하고 있
는 것은 대학이 H. A. L. F.나 트레빌리언과 같은 빈 조개껍질로
가득 차 있다는 사실. 그들은 대학의 산물이다. 또한 나는 지금처
럼 생산적이었던 때는 없다. 또한 책에 대한 오래된 갈증이 나를
엄습하고 있다. 어린아이 같은 정열이다. 그래서 나는 흔히 말하
듯이 매우 "행복"하다. 그리고 『포인츠 홀』 때문에 흥분돼 있다.
일기를 속기로 쓰니 도움이 된다. 새 스타일이다. 이처럼 섞어 쓰
는 것은.

## 11월 17일, 일요일

　내 정신사의 하나의 기이하고 사소한 일로 내가 관찰해 낸 바
에 의하면, 나는 인간 박물학자처럼 메모하기를 좋아하는데, 머
릿속에서 돌다가 실타래처럼 말려버리는 것은 책이 가지고 있는
리듬이다. 그 결과는 사람을 지치게 만든다. 『포인츠 홀』의 리듬
(마지막 장의)이 너무 강박적이어서, 그것이 실제로 들릴 정도이
고, 아마도 내가 사용하는 모든 문장에서 그 리듬을 사용했을 것
이다. 회상기를 위한 메모를 읽음으로써 이 압박을 타파할 수가

---

98　원문의 snowstorms(눈보라)를 『Diary of Virginia Woolf』에서는 snowberries(?)
　　(인동덩굴과의 관목)로 판독하고 있다.
99　『Diary of Virginia Woolf』에서는 본문의 Atlantic floor를 atlantic flier로 판독하고
　　있다.

있었다. 메모의 리듬이 훨씬 자유롭고 느슨하다. 이 리듬으로 이틀 동안 글을 쓰고 나니, 완전히 신선해졌다. 그래서 다시 『포인츠 홀』로 돌아간다. 이것은 상당히 깊이가 있는 작품이라고 생각한다.

## 11월 23일, 토요일

방금 『야외극』을 끝냈기 때문에 아니면 『포인츠 홀』이었던가? (아마 1938년 4월에 시작했지) 내 머리가 잘 돌아가고, 다음 책 (아직 이름 없음)의 첫 장을 쓸 수 있다. 『무제 *Anon*』라고 불러 두자. (곧 이름을 지어줄 작정이다.) 오늘 아침에 일어난 일을 정확히 언급하자면, 루이가 와서 방해한 일을 말해야 한다. 루이는 유리 항아리를 들고 왔는데, 그 안에는 얇은 우유막 속에 버터 덩어리가 떠 있었다. 그래서 나는 루이와 함께 들어가, 떠 있는 찌꺼기를 건져냈다. 그러고 나서 나는 버터 덩어리를 들고 가서 L에게 보였다. 이것은 내가 가사상의 위대한 승리를 거둔 순간이었다.

나는 그 책에 대해 약간 승리감에 도취돼 있다. 이것은 새로운 방법으로 쓴 재미있는 시도라고 생각한다. 다른 책들보다 더 본질적으로 순수하다고 생각한다. 더 많은 찌꺼기를 건져낸 작품이다. 보다 기름진 버터이며, 확실히 고통스러웠던 『세월』보다 더 신선하다. 거의 모든 쪽을 즐기며 썼다. 이 책은 (메모해두어야겠다) 『로저』를 쓴 고역 한가운데서, 압력이 최고조에 달했을 때 간간이 쓴 것이다. 이것을 앞으로의 방침으로 삼으려고 한다. 만약에 새로운 책을 매일의 일감으로 이용할 수 있다면(이와 같은 일은 줄어들기를 바라는 바이지만) 여하튼 그것은 사실에 입각한 책이 될 것이고, 그러면 나는 높은 압력의 순간을 얻어 낼 수 있을 것이다. 나는 내 산의 정점, 그 끈질긴 비전을 출발점으로 삼으려고 한다. 그리고 어떻게 될지 지켜볼 것이다. 아무 일이 없대도 그만이다.

## 12월 22일, 일요일

그 노인들은 참 아름다운 분들이었다. 아버님과 어머님은, 참 단순하고, 명석하고, 침착하셨다. 지금까지 옛날 편지며, 아버님의 회상기를 읽고 있었다. 아버님은 어머님을 사랑하셨다. 아, 아버님은 참 솔직하고, 합리적이고, 순수하셨다. 참 세심하고 섬세하셨고, 교양이 있었고, 순수하셨다. 읽어보면 그들의 생활은 참 고요하고 유쾌하기까지 했다. 진흙이나 소용돌이 따위는 없다. 그리고 아주 인간적이다. 애들과, 애들 방의 웅성거리는 소리와 노래들. 그러나 그들의 동시대인의 입장에서 읽으면 나는 어린이로서의 비전을 잃어버릴 위험이 있으니, 읽는 것을 중단해야 한다. 소란스러운 것은 하나도 없고, 복잡한 것은 아무것도 없고, 자성할 일도 없다.

## 12월 29일, 일요일

돛이 팔딱거리는 순간들이 있다. 그러면 인생의 예술을 크게 사랑하는 나로서는, 어제처럼 내가 그 위에 앉아 있는 꽃이 시들 때, 그 단물을 다 빨아먹기로 작정한 말벌처럼 언덕을 가로질러 벼랑으로 달려간다. 가장자리에는 한 두루마리의 철조망이 쳐져 있다. 나는 뉴헤이븐으로 가는 길에, 정신이 들도록 마음을 비벼 댔다. 비가 오는데 나이 든 누추한 처녀들이 별장 옆의 인적이 없는 길에서 식료품을 사고 있었다. 그리고 뉴헤이븐은 큰 상처를 입고 있었다. 그러나 몸을 피곤하게 하면 마음은 잠이 든다. 일기를 쓰고 싶은 욕망이 모두 사그라져버렸다. 여기에 대한 바른 해독제는 무엇일까? 이리저리 냄새를 맡으며 찾아봐야겠다. 마담 드 세비냐가 해답이라고 생각한다. 글을 쓴다는 것이 매일의 즐거움이 돼야 한다. 나는 노년의 딱딱함을 싫어한다. 그것을 지금 느낀다. 나는 삐걱거리고 있다. 내게서 쉰내가 난다.

아침 이슬을 밟는 발은 전처럼 가볍지 않아,
새로운 감정을 대함에 가슴은 전처럼 뛰지 않아,
그리고 한 번 밟히고 난 희망은 전처럼 재빨리 튕겨 오르지
도 못한다.

나는 실제로 매슈 아널드의 시집을 찾아 이들 시행들을 베꼈다. 베끼면서 나는 다음과 같은 생각을 했다. 지금 내가 그처럼 많은 것들을 좋아하고 싫어하는 까닭은, 내가 계급서열과 가부장제에서 점점 멀어져 가고 있기 때문이라고. 데즈먼드가 『이스트 코커』[100]를 칭찬해서 내가 질투가 났을 때, 나는 나지, 하면서 늪지를 걷는다. 그리고 나는 이 길을 걸어야 하며, 남의 흉내를 내서는 안 된다. 이것이 내가 글을 쓰고 살아 있는 것을 정당화는 유일한 이유다. 지금 사람들은 먹는 것을 무척 즐기고 있다. 나는 상상의 식사를 꿈꾼다.

100 T. S. 엘리엇의 『네 개의 사중주』

# 1941년(59세)

## 1월 1일, 수요일

일요일 밤, 런던 대화재[1]에 관한 매우 정확하고 상세한 책을 읽고 있을 때, 실제로 런던이 불타고 있었다. 우리 도시의 교회 여덟 개가 파괴되었고, 런던 시청도 파괴되었다. 이것은 작년 이야기다. 새해 첫날인 오늘은 마치 회전 톱날 같은 날카로운 바람이 분다. 이 일기장은 37번지에서 건져온 것이다. 가게에서 이 책과 함께, 지금 『책장을 넘기며』라고 부르는 내 책을 위한 엘리자베스 작가들의 책을 한 아름 가지고 왔다. 심리학자라면 이 글을 누군가와 강아지가 있는 방 안에서 썼다는 것을 눈치 챌 것이다. 혼자 몰래 한 마디 더해 둔다면, 아마도 내가 이 일기에서 덜 수다스러워질 것이라는 사실, 그러나 너무 많은 것을 쓰고 있는 이 마당에 이것이 무슨 소용이 있겠는가. 신경 써야 할 출판사도 없다. 독자도 없다.

---

1　런던 역사상 최악의 화재(1666. 9. 2~5). 대부분의 공공건물이 소실되었다.

# 1월 9일, 목요일

공백. 모두가 얼어붙었다. 아직도 서리가 있다. 하얗게 불타고 있다. 파랗게 불타고 있다. 빨간 느릅나무들. 나는 다시 한 번 눈에 덮인 언덕을 묘사할 생각은 없었다. 그러나 그렇게 되었다. 그리고 지금도 아샵 언덕에 눈길을 주지 않을 수 없다. 언덕은 빨갛고, 보랏빛이고, 비둘기 색깔의 파란 회색이며, 그것을 등지고 서 있는 십자가는 무척 멜로드라마틱하게 보인다. 늘 생각나거나, 아니면 잊어버리던 구절이 무엇이었더라. 모든 사랑스러운 것에 그대의 마지막 눈길을 주라.[2] 어제 X 부인[3]이 거꾸로 매장됐다. 실수였다. 몸이 그처럼 무겁다 보니, 루이의 표현대로 먹을 것을 찾아 아귀처럼 게걸스럽게 무덤 속으로 뛰어든 것이다. 오늘 루이가 이모를 매장하는데, 이모부가 시포드에서 이 환상을 보았다고 한다. 그들의 집은 지난주 아침 일찍 터지는 소리를 들었던 폭탄에 의해 폭파됐다. 그리고 L은 강의를 하고, 방 안을 정리하고 있다. 이런 것들이 재미있는가? 나중에 생각이 날까? 이것들은 우리로 하여금 그만해요, 당신은 참 예뻐요, 라고 소리치게 만드는 것일까? 하긴, 내 나이가 되면 인생의 모든 것이 아름답다. 내 말은 훗날이 별로 남아 있지 않다는 생각이 드니까. 그리고 언덕 저편에는 장밋빛의 푸르고, 빨간 눈이 없을 것이다. 나는 지금 『포인츠 홀』을 베끼고 있다.

---

2   참조: "Look thy last on all things lovely,/Every hour ─/─ Walter de la Mare," ─「Fare Well」iii.

3   Mrs. Dedman. 울프 부부가 로드멜로 이사 온 이래, 부부가 가끔씩 와서 집안일을 도와주었다.

# 1월 15일, 수요일

이 일기장의 결론은 검약이 될지 모른다. 그리고 내가 말이 많았다는 사실에 부끄러워진다. 내 방에 뒤죽박죽으로 쌓아놓은 20권가량의 일기장을 볼 때. 정확히 누구에게 부끄럽다는 건가? 그것을 읽고 있는 나 자신에게. 그런데 조이스가 죽었다. 나보다 2주일가량 어렸던 조이스. 위버 양이 양털 장갑을 끼고,『율리시스』의 타자 친 원고를 가지고 와서, 호가스 하우스의 우리 차 탁자 위에 올려놓던 생각이 난다. 로저가 그녀를 보냈다고 생각한다. 이 책을 찍는 데 우리 생활을 바쳐야 하는가? 그 품위 없는 쪽들은 위버 양과는 어울리지 않아 보였다. 목까지 단추를 채운 위버 양은 노처녀다워 보였다. 그리고 책은 쪽마다 음란스러웠다. 나는 상감 조각이 된 장식장 서랍 안에 그 원고를 넣어두었다. 어느 날 캐서린 맨스필드가 와서 내가 그 원고를 꺼내 보였다. 캐서린은 비웃으면서 그것을 읽기 시작했다. 그러다가 갑자기 말했다. 여기엔 뭔가가 있어요, 영문학사에 남을 만하다고 생각되는 광경이. 조이스는 우리 주변에 있었으나, 나는 그를 만난 적이 없다. 나는 가싱턴에 있는 오토라인의 방에서 톰이 (그때 조이스의 책이 출판되었다.) 마지막 장의 그 엄청난 기적을 이룬 뒤, 뉘라서 다시 글을 쓸 수 있겠는가, 라고 말하던 일이 생각난다. 톰은 내가 아는 한 처음으로 넋을 잃고 열광했다. 나는 파란 표지의 책을 한 권 사서, 여기서 한여름 동안 놀라움과 발견의 경련을 느끼면서, 그러고는 다시 지겹게 긴 지루함을 느끼면서 읽었던 기억이 난다.[4] 이것은 선사시대의 이야기다. 지금은 신사 분들이 모두

---

4  『율리시스』는 1922년 2월에 파리에서 셰익스피어 출판사에 의해 간행되었고, 울프는 4월에 책을 샀다.

그들의 의견을 새로이 가다듬었고, 책은 긴 행렬의 한가운데 자리를 잡았다고 생각한다.

우리들은 월요일 런던에 있었다. 나는 런던 브리지로 갔다. 강을 보았다. 안개에 덮여 있었다. 몇 가닥의 연기가 피어오르고 있었다. 아마도 불타고 있는 집들일 것이다. 그러고는 토요일에 또 불이 났다. 그리고 한 모퉁이가 잘려나간 벽이 절벽처럼 서 있는 것이 보였다. 큰길 한 모퉁이가 박살이 나 있었다. 그리고 한 은행과 기념비는 그대로 서 있었다. 버스를 타려고 했다. 그러나 교통 마비 때문에 내렸다. 그리고 다음 버스는 나에게 걸어갈 것을 권했다. 교통은 완전 정체. 길이 모두 파괴되었기 때문이다. 그래서 지하철로 템플에 갔다. 그리고 오래 낯익은 광장의 황량한 폐허 속을 걸어 다녔다. 깊이 파이고, 분해돼 있었다. 오래된 벽돌들은 흰 가루가 되었고, 마치 건축업자의 작업장 같았다. 회색 먼지와 깨진 창문들. 구경꾼들. 모든 완벽함이 사라지고 파괴되었다.


## 1월 26일, 일요일

나는 낙담을 상대로 투쟁했다.『하퍼스』가 내 소설과「엘런 테리Ellen Terry」를 거절했다.[5] 하지만 부엌 청소와 (시원치 않은) 원고를『뉴 스테이츠먼』에 보내고,『포인츠 홀』을 쓰는 사이에 이틀 동안 회상기를 쓰는 것으로 이겨냈다(희망컨대). 이 절망의 골짜기가 나를 집어삼키게 해서는 안 된다고 다짐한다. 고독은 거대하다. 로드멜에서의 생활은 김빠진 맥주다. 집은 눅눅하다.

5　『하퍼스 바자』사의 런던 사무소에서, 뉴욕 본사에서『유산』을 원치 않는다는 편지를 보내왔다.「엘런 테리」는 1941년 2월에 NS & N에 발표되었고,「유산」은 울프의 사후에『The Haunted House and Other Stories』에 수록되었다.

집 안은 지저분하다. 그러나 달리 대안이 없다. 해는 점점 길어질 것이다. 나에게 지금 필요한 것은 그 옛날의 박력이다. 언젠가 데즈먼드가 나에게 "당신은 나처럼 아이디어 속에서만 참되게 살 수 있어요"라고 말한 적이 있다. 그러나 아이디어를 물처럼 퍼올릴 수는 없다는 것을 잊어서는 안 된다. 성찰이 싫어지기 시작한다. 자고, 늘어지고, 생각에 잠기고, 독서를 하고, 자전거를 타고, 아, 그리고 좋은 딱딱한 바위 같은 책, 다시 말해 허버트 피셔의 책 같은 것이 있으면. 이것이 내 처방이다.

전쟁은 잠시 소강상태다. 여섯 밤이나 공습이 없다. 그러나 가빈[6]은 최대의 전투는 이제부터란다. 말하자면 3주 안에, 모든 남녀, 개, 고양이, 그리고 곤충까지도 무기와 신념 등등을 다 잡아야 한다고. 지금은 해가 뜨기 전의 추운 시간이다. 정원에는 몇몇의 아네모네 꽃이 있다. 그렇다, 나는 지금 생각에 잠겨 있다. 우리는 미래가 없는 삶을 살고 있다. 그것이 이상하다. 닫힌 문에 우리 코를 대고 있는 것이다. 자, 이제 새 펜촉으로 이니드 존즈에게 편지를 쓰자.


### 2월 7일, 금요일


내가 왜 우울했던가? 생각이 나지 않는다. 우리는 찰리 채플린을 보러 갔다.[7] 우유 배달하는 소녀처럼 우리도 지루했다. 나는 약간의 열정을 가지고 쓰고 있다. 『드랄 부인*Mrs. Thrale*』[8]은 케임브

---

6  『옵서버』의 편집장.
7  울프 부부는 찰스턴에서 채플린이 히틀러를 풍자했던 영화 〈위대한 독재자〉를 보았다.
8  Hester Lynch Piozzi(Mrs. Thrale, 1741~1821), 영국의 작가. 새뮤얼 존슨의 친구.

리지에 가기 전에 끝내야 한다. 한 주일 동안의 소동이 임박했다.


## 2월 16일, 일요일

　지난주의 소동 끝에 지금은 거친 회색빛 물속. 다디와의 점심 식사가 가장 좋았다. 매사 밝고 허물없었다. 뉴넘에서의 부드러운 회색 밤이 좋았다. 퍼넬은 다디의 거창한 의식용 방에 있었는데, 모두가 반들거리고 인상적이었다. 다디는 빨간색과 까만색의 부드러운 옷을 입고 있었다. 우리는 활활 타는 불 옆에 앉아있었다. 종잡을 수 없는 기묘한 대화. 다디는 내년에 떠난다고 한다. 그리고 레치워스[9] 타자기에 묶인 노예들, 당기고 굳은 얼굴을 한 기계들, 지칠 줄 모르는 더욱더 개량된 기계들이 접고, 누르고, 풀칠해서 완전한 책들을 만들어낸다. 가죽처럼 보이게 천 위에 도장을 찍을 수도 있다고 한다. 우리 인쇄소는 유리 상자 안에 들어 있다. 볼 만한 시골 경치도 없다. 상당히 오래 걸리는 기차 여행. 식량은 빈약하다. 버터도 없고, 잼도 없다. 늙은 부부들은 자기들 식탁을 위해 마멀레이드와 그레이프 낫을 저장해 두고 있다. 라운지의 불 둘레에서는 반쯤 속삭이는 대화가 계속되고 있다. 엘리자베스 보웬이 우리가 돌아간 지 두 시간 뒤에 도착해서 어제 갔다. 내일은 비타. 그러고는 이니드. 그러고는 어쩌면 나의 고매한 생활 속으로 되돌아갈 수 있을지 모른다. 그러나 지금은 아니다.


9　호가스 출판사는 레치워스로 옮겨졌다.

## 2월 26일, 수요일

나의 "보다 고매한 생활"은 거의 엘리자베스 시대의 극이다. 『포인츠 홀: 야외극Points Hall, the Pageant』을 마쳤다. 이 극은 오늘 아침 『막간Between the Acts』으로 이름을 고쳤다.

## 3월 8일, 일요일

브라이턴에서 있었던 L의 강연에 갔다가 방금 돌아왔다.[10] 마치 외국 마을 같다. 처음 맞는 봄날. 여인네들이 의자에 앉아 있다. 다방에서 예쁜 모자를 보았다. 유행이 눈에 얼마나 많은 활기를 주는가! 그런데 다방 안에는 늙고, 시간의 껍질을 뒤집어쓰고, 입술을 그리고, 치장한, 유령 같은 여인들이 있었다. 웨이트리스는 체크무늬의 무명옷을 입고 있었다. 아니, 나는 성찰을 하지 않으려고 한다. 나는 헨리 제임스의 문장을 떠올린다. 끊임없이 관찰하라.[11] 다가오는 나이를 관찰하라. 욕심을 관찰하라. 내 자신의 낙담을 관찰하라. 그렇게 함으로써 그것은 유용해진다. 적어도 그러기를 바란다. 나는 이 시간을 가장 유용하게 쓰려고 애쓴다. 나는 깃발을 휘날리면서 쓰러지고 싶다. 이것은 아무래도 성찰에 가까운 것 같다. 그러나 완전히 그렇지는 않다. 박물관 표를 사서 매일 자전거를 타고 가서 역사를 읽는다면 어떨까. 각 시대의 대표적 인물을 골라, 그의 주변과 그에 관해 쓴다면. 할 일이 있다는 것은 중요하다. 그리고 지금 얼마간의 기쁜 마음으로 일

---

10  레너드는 WEA에서 'Common Sense in History'라는 제목으로 강연을 했다.

11  원문은 다음과 같다. "Never cease to watch whatever happens to you."

곱 시라는 것을 인식한다. 저녁 준비를 해야 한다. 대구와 소시지 고기. 그것들에 관한 글을 씀으로써 대구와 소시지를 얼마간 장악하게 된다는 것은 사실이라고 생각한다.

# 내면세계의 민낯

울프는 서른세 살이 되던 1915년 1월 1일부터 규칙적으로 일기를 쓰기 시작해, 자살하기 나흘 전인 1941년 3월 28일까지 장장 27년간이나 꼼꼼하게 일기를 적고 있다. 이렇게 쓴 일기를 울프가 손수 묶고, 또 장정을 해서 스물여섯 권의 공책으로 남겨놓았다. 이것을 훗날 울프의 조카며느리인 앤이 편집하고, 조카 퀜틴이 긴 서문을 붙여 1977년에 다섯 권으로 된 *The Diary of Virginia Woolf*를 출간했다. 그러나 이보다 24년 전인 1953년에 이미 울프의 남편 레너드가 아내의 방대한 일기 가운데서 주로 문필 생활에 관련된 부분만을 추려 *A Writer's Diary*라는 제목의 단행본으로 출간했다.

우리는 어떤 문학 형태보다도 일기에서 꾸미지 않은 작가의 맨얼굴을 볼 수 있다. 일기의 독자는 우선은 자신이다. 『울프 일기』에서 우리는 울프가 작품 하나를 계획하고, 쓰고, 고치고, 또 고쳐 쓰는 고뇌의 시간들, 그리고 송고하기 전에 남편에게 원고를 보이고는 그 하회를 초등학생처럼 초조하게 기다리는 모습, 책이 나온 뒤 서평에 대해 신경을 쓰지 않겠노라고 거듭 다짐하면서도 서평에 신경을 곤두세우고 있는 시간들, 그리고 서평이 마음에 들지 않았을 때의 격한 분노 등 인간 울프의 생생한 면모를 여실히 볼 수 있다. 그러나 무엇보다 인상적인 것은 작품 하나하나를 대하는 울프의 끈기, 집중력, 성실함이다. 울프의 일기 전체에서 받는 인상은 매우 어둡고 우울하다. 이 점은 가감해서 읽을 필요가 있다. 생전의 울프를 기억하는 사람들은 그녀가 매우 쾌활하고, 기지에 차 있고, 사교적이었다고 증언하고 있기 때문이다.

『울프 일기』는 몇 가지 이유 때문에 난해해졌다. 일기의 독자가 자신이고 보면 자신만이 알 수 있는 내용이 많이 들어 있기 마련이다. 그 결과 많은 부분이 이해하기 어려워진다. 우선 등장인물들과의 관계가 명확하지 않은 경우가 많다. 한편 자기만의 생각을 기록하는 일기는 속성상 독백이고, 따라서 의식의 흐름 수법에 가장 알맞은 장르기도 하다. 더구나 울프가 앓고 있던 조울증(비정형 정신병)이 심해질 때의 문장은 환상 세계의 극치를 보여 준다.

울프의 일기는 3월 24일(월요일) 날짜로 끝난다. 그녀가 세상을 떠나기 나흘 전이다. 이 날의 일기에서는 전혀 죽음을 예감할 수 없다. 호가스 출판사의 리먼으로부터 『막간』에 대한 격찬의 편지를 받고, 또 봄에 출간한다는 광고를 냈다는 말을 듣고도 울프는 3월 27일 그 소설이 너무 하찮고 시시해서too silly and trivial 다시 손본 뒤 가을에 내고 싶다는 답장을 보낸다.

악화된 울프의 우울증 증세에 놀란 레너드는 울프에게 친구 겸 의사인 윌버포스를 만날 것을 권하고, 3월 27일(목요일)에 울프를 브라이턴으로 데리고 간다.

그 이튿날, 1941년 3월 28일(금요일)에 울프는 외투를 입고,

호주머니에는 돌을 채워 넣은 채, 집 근처의 우즈 강으로 걸어 들어가 자살한다. 레너드는 사우스이즈의 강둑의 그네 옆에서 울프의 지팡이를 발견한다. 울프의 시체는 3주 뒤에 멀리 떨어진 강 하류에서 발견되었고, 레너드는 4월 21일에 울프의 시체를 화장하여 멍크스 하우스의 잔디밭 끝에 매장한다.

울프는 언니와 레너드에게 유서를 남기는데, 레너드에게 남긴 유서는 다음과 같다.

"다시 미칠 거라는 느낌이 확실해요. 다시는 그 끔찍한 시련을 이겨 내지 못할 거라는 생각이 들어요. 그리고 이번에는 회복도 안 될 거예요. 환청이 들리기 시작해서 집중할 수가 없어요. 그래서 나는 지금 최선이라고 생각되는 길을 택하려고 해요. 당신은 나에게 바랄 수 있는 가장 큰 행복을 주셨어요. 당신은 모든 면에서 최고였어요. 이 무서운 병이 닥칠 때까지, 어느 누구도 우리만큼 행복할 수는 없었을 거예요. 더 이상 버틸 수가 없어요. 내가 당신의 인생을 망쳐놓고 있다는 것을 알아요. 내가 아니었으면 당신은 일을 할 수가 있었는데. 앞으론 일할 수 있을 거라고 믿어요. 이 글도 제대로 쓸 수가 없네요. 읽기도 힘들어요. 내 모든 행복은 당신이 있어 가능했다는 말을 하고 싶어요. 당신은 한없이 참을성이 있었고, 또 믿을 수 없으리만치 잘해주셨어요. 나는, 다른 사람들도 모두 이 사실을 알고 있다는 말을 하고 싶어요. 누가 나를 구해낼 수 있었다면, 그것은 바로 당신이었을 거예요. 이제 나에게선 모든 것이 떠나고, 당신이 착했다는 확신만이 남아 있어요. 더 이상 당신의 인생을 망칠 수는 없어요. 나는 어느 두 사람도 우리만큼 행복할 수는 없었다고 생각해요. 버지니아."

참고로 아래에 원문을 인용해 둔다.

"I feel certain that I am going mad again. I feel we can't go through another of those terrible times. And I shan't recover this time. I begin to hear voices, and I can't concentrate. So I am doing what seems the best thing to do. You have given me the greatest possible happiness. You have been in every way all that anyone could be. I don't think two people could have been happier 'til this terrible disease came. I can't fight any longer. I know that I am spoiling your life, that without me you could work. And you will I know. You see I can't even write this properly. I can't read. What I want to say is I owe all the happiness of my life to you. You have been entirely patient with me and incredibly good. I want to say that — everybody knows it. If anybody could have saved me it would have been you. Everything has gone from me but the certainty of your goodness. I can't go on spoiling your life any longer. I don't think two people could have been happier than we have been. V."

난해한 본서를 번역하면서 가장 많은 도움을 받은 것은 앤이 편집한 『The Diary of Virginia Woolf』다. 앤이 성실하게 달아둔 4천 개에 가까운 주가 아니었으면 이 책의 번역은 불가능했을지도 모른다. 한편 제르멘 보몽의 프랑스어판 번역본 『쥬르날 당 에끄리벵 Journal d' un Ecrivain』에서도 적지 않은 도움을 받았다. 이 자리를 빌려 감사의 마음을 전하고 싶다. 끝으로 이 책의 번역에는 『A Writer's Diary』(London: Harcourt, Inc. 1982)를 기본으로 했음을 밝힌다.

천재적 두뇌를, 그것도 너무 시대에 앞서 가지고 태어난 탓에 많은 사람들의 선망과 경외, 그리고 시기를 동시에 받으며, 오로지 문학 하나만을 위해 남김없이 혼불을 태우며 살다간 한 여인의 작가적 생애를 이해하는 데 이 책이 조금이나마 도움이 된다면 큰 보람으로 여기겠다.

박희진

# 저작물 일람표

## 장편소설

『출항 *The Voyage Out*』(1915)

『밤과 낮 *Night and Day*』(1919)

『제이콥의 방 *Jacob's Room*』(1922)

『댈러웨이 부인 *Mrs Dalloway*』(1925)

『등대로 *To the Lighthouse*』(1927)

『올랜도 *Orlando: A Biography*』(1928)

『파도 *The Waves*』(1931)

『세월 *The Years*』(1937)

『막간 *Between the Acts*』(1941)

## 단편소설

「필리스와 로자먼드 Phyllis and Rosamond」

「불가사의한 V 양 사건 The Mysterious Case of Miss V.」

「조앤 마틴 양의 저널 The Journal of Mistress Joan Martyn」

「펜텔리쿠스 산정에서의 대화 A Dialogue upon Mount Pentelicus」

「어느 소설가의 전기Memoirs of a Novelist」

「벽 위에 난 자국The Mark on the Wall」(1917)

「큐 가든Kew Gardens」(1919)

「저녁 파티The Evening Party」

「단단한 물체들Solid Objects」(1920)

「동감Sympathy」(1921)

「씌어지지 않은 소설An Unwritten Novel」(1920)

「유령의 집A Haunted House」(1921)

「어떤 연구회A Society」(1921)

「월요일 아니면 화요일Monday or Tuesday」(1921)

「현악 사중주The String Quartet」(1921)

「청색과 녹색Blue & Green」(1921)

「밖에서 본 여자대학A Woman's College from Outside」(1926)

「과수원에서In the Orchard」(1923)

「본드 가의 댈러웨이 부인Mrs Dalloway in Bond Street」(1923)

「럭튼 유모의 커튼Nurse Lugton's Curtain」

「과부와 앵무새: 한 편의 실화The Widow and the Parrot: A True Story」
(1985)

「새 옷The New Dress」(1927)

「행복Happiness」

「조상들Ancestors」

「소개The Introduction」

「만남과 헤어짐Together and Apart」

「동족을 사랑한 남자The Man who Loved his Kind」

「단순한 멜로디A Simple Melody」

「하나의 요약A Summing Up」

「존재의 순간들: 슬레이터네 핀은 끝이 무뎌Moments of Being: Slater's Pins have no Points」(1928)

「거울 속의 여인: 반영The Lady in the Looking-Glass」(1929)

「연못의 매력The Fascination of the Pool」

「세 개의 그림Three Pictures」

「어느 영국 해군 장교의 생활 현장Scenes from the Life of a British Naval Officer」

「프라임 양Miss Pryme」

「펜턴빌에 있는 정육점 간판에서 컷부시라는 이름을 보고 쓴 산문체 송시Ode Written Partly in Prose on Seeing the Name of Cutbush above a Butcher's Shop in Pentonville」

「인물화 모음Portraits」

「반야 아저씨Uncle Vanya」

「공작부인과 보석상The Duchess and the Jeweller」(1938)

「사냥꾼 일행The Shooting Party」(1938)

「라뺑과 라삐노바Lappin and Lappinova」(1939)

「탐조등The Searchlight」

「잡종견 집시Gypsy, the Mongrel」

「유산The Legacy」

「상징The Symbol」

「해변 휴양지The Watering Place」

## 단편소설집

『두 이야기*Two Stories*』(1917)

『월요일 아니면 화요일*Monday or Tuesday*』(1921)

『유령의 집*A Haunted House and Other Short Stories*』(1944)

『댈러웨이 부인의 파티*Mrs. Dalloway's Party*』(1973)

『단편소설 전집*The Complete Shorter Fiction*』(1985)


## 산문집

『*Modern Fiction*』(1919)

『보통의 독자*The Common Reader*』(1925)

『자기만의 방*A Room of One's Own*』(1929)

『*On Being III*』(1930)

『*The London Scene*』(1931)

『보통의 독자: 두 번째 이야기*The Common Reader: Second Series*』(1932)

『3기니*Three Guineas*』(1938)

『나방의 죽음*The Death of the Moth and Other Essays*』(1942)

『*The Moment and Other Essays*』(1947)

『*The Captain's Death Bed And Other Essays*』(1950)

『*Granite and Rainbow*』(1958)

『*Collected Essays(four volumes)*』(1967)

『*Books and Portraits*』(1978)

『여성과 소설*Women And Writing*』(1979)

## 희곡

『프레쉬워터*Freshwater: A Comedy*』(1923년 상연, 1935년 개작, 1976년 출간)

## 전기

『플러쉬*Flush: A Biography*』(1933)

『로저 프라이*Roger Fry: A Biography*』(1940)

## 자서전

『존재의 순간들*Moments of Being*』(1976)

『*The Platform of Time: Memoirs of Family and Friends*』(2007)

## 일기

『울프 일기*A Writer's Diary*』(1953)

『*A Moment's Liberty: the shorter diary*』(1990)

『*The Diary of Virginia Woolf: Diary of Virginia Woolf from 1915 to 1941(five volumes)*』(1977~1984)

『*Passionate Apprentice: The Early Journals, 1897~1909*』(1990)

『*Travels With Virginia Woolf*』(1993)

## 서한집

『*Congenial Spirits: the selected letters*』(1993)

『*The Flight of the Mind: Letters of Virginia Woolf vol.1, 1888~1912*』(1975)

『*The Question of Things Happening: Letters of Virginia Woolf vol.2, 1913~1922*』(1976)

『*A Change of Perspective: Letters of Virginia Woolf vol.3, 1923~1928*』(1977)

『*A Reflection of the Other Person: Letters of Virginia Woolf vol.4, 1929~1931*』(1978)

『*The Sickle Side of the Moon: Letters of Virginia Woolf vol.5, 1932~1935*』(1979)

『*Leave the Letters Till We're Dead: Letters of Virginia Woolf vol.6, 1936~1941*』(1980)

『*Paper Darts: The Illustrated Letters of Virginia Woolf*』(1991)

『*Life as We Have Known It introductory letter*』(1931)

# 버지니아 울프 연보

| | |
|---|---|
| 1882년 | 1월 25일, 런던 켄싱턴에서 출생. |
| 1895년 | 5월 5일, 어머니 사망, 이해 여름에 신경증 증세 보임. |
| 1899년 | '한밤중의 모임Midnight Society'을 통해 리튼 스트레이치, 레너드 울프, 클라이브 벨 등과 친교를 맺음. |
| 1904년 | 아버지, 레슬리 스티븐 사망. 5월 10일, 두 번째 신경증 증세 보임. 이 층 창문에서 투신자살을 시도하나 미수에 그침. 10월, 스티븐 가의 네 남매, 토비, 바네사, 버지니아, 에이드리안은 아버지의 빅토리아 시대를 상징하는 하이드 파크 게이트를 떠나 블룸즈버리로 이사함. 12월 14일, 서평이 『가디언*The Guardian*』에 무명으로 실림. |
| 1905년 | 3월 1일, 네 남매가 블룸즈버리에서 파티를 열면서 이후 '블룸즈버리 그룹Bloomsbury Group'이라는 예술가들의 사교적인 모임을 탄생시킴. 정신 질환 앓음. 네 남매가 함께 대륙 여행을 함. 근로자들을 위한 야간 대학에서 가르침. 『타임스*The Times*』의 문예 부록에 글을 실음. |
| 1906년 | 오빠인 토비가 함께했던 그리스 여행에서 돌아온 후 장티푸스로 사망. |
| 1907년 | 블룸즈버리 그룹을 통해 덩컨 그랜트, J. M. 케인스, 데스몬드 매카시 등과 친교를 맺음. |

| 1908년 | 후에 『출항The Voyage Out』으로 개명된 『멜림브로지어』를 백 장가량 씀. |
| --- | --- |
| 1909년 | 리튼 스트레이치가 구혼했으나, 결혼이 성사되지 않음. |
| 1910년 | 1월 10일, 변장을 하고 에티오피아 황제 일행이라 사칭하고 전함 드레드노트 호에 탔다가 신문 기삿거리가 됨. 7~8월, 요양소에서 휴양. 11~12월, 여성 해방 운동에 참가. |
| 1911년 | 4월, 『멜림브로지어』를 8장까지 씀. |
| 1912년 | 1월 11일, 레너드 울프가 구혼함. 5월 29일, 구혼을 받아들여 8월 10일 결혼. |
| 1913년 | 1월, 전문가로부터 아기를 낳는 것이 건강에 좋지 않다는 진단 결과를 들음. 7월, 『출항』 완성. 9월 9일, 수면제 백 알을 먹고 자살 기도. |
| 1914년 | 8월 4일, 제1차 세계대전 발발. 리치몬드의 호가스 하우스로 이사. |
| 1915년 | 최초의 장편소설 『출항』을 이복 오빠가 경영하는 덕워스 출판사에서 출간. |
| 1917년 | 수동 인쇄기를 구입하여 7월에 부부가 각기 이야기한 편씩을 실은 『두 편의 이야기Two Stories』를 출간. |
| 1918년 | 3월, 두 번째 장편 『밤과 낮Night and Day』 탈고. 몽크스 하우스를 빌려 서재로 사용. |
| 1920년 | 7월, 단편 「씌어지지 않은 소설An Unwritten Novel」 발표. 10월, 단편 「단단한 물체들Solid Objects」 발표, 『제이콥의 방Jacob's Room』 집필. |
| 1921년 | 3월, 실험적 단편집 『월요일 아니면 화요일Monday or Tuesday』을 호가스 출판사에서 출간. 「유령의 집 A Haunted House」, 「현악 사중주The String Quartet」, 「어떤 연구회A Society」, 「청색과 녹색Blue and Green」 |

등이 수록됨. 11월 14일, 세 번째 장편『제이콥의 방』
완성.

1922년     심장병과 결핵 진단을 받음. 9월에 단편「본드 가의
댈러웨이 부인Mrs Dalloway in Bond Street」을 씀. 10월
27일,『제이콥의 방』출간.

1923년     진행 중인 장편『댈러웨이 부인*Mrs Dalloway*』을『시
간들*The Hours*』로 가칭함.

1924년     5월, 케임브리지의 '이단자회'에서 현대 소설에 대
해 강연. 그 원고를 정리한『베넷 씨와 브라운 부인
*Mr Bennet and Mrs Brown*』을 10월 30일에 출간.『댈
러웨이 부인』완성.

1925년     5월,『댈러웨이 부인』출간. 장편『등대로*To the Light-
house*』구상, 장편『올랜도*Orlando*』계획.

1927년     1월 14일,『등대로』출간. 5월에 단편「새 옷The New
Dress」발표.

1928년     1월, 단편「슬레이터네 핀은 끝이 무뎌Slater's Pins
Have No Points」발표. 3월,『올랜도』탈고. 4월에 페
미나Femina상 수상 소식 들음.

1929년     3월, 강연 내용을 보필한『여성과 소설*Woman and
Fiction*』완성. 10월에『여성과 소설』을『자기만의 방
*A Room of One's Own*』으로 개명하여 출간. 12월에
단편「거울 속의 여인: 반영The Lady in the Looking-
Glass: A Reflection」발표.

1931년     『파도*The Waves*』출간.

1933년     1월,『플러쉬*Flush*』탈고.

1937년     3월 15일, 장편『세월*The Years*』출간.

1938년     1월 9일,『3기니*Three Guineas*』완성. 4월, 단편「공작부
인과 보석상The Dutchess and the Jeweller」발표. 20년

전의 단편 「라뼁과 라삐노바Lappin and Lapinova」 개필.

| | |
|---|---|
| 1939년 | 리버풀 대학에서 명예박사 학위를 수여하려 했으나 사양함. 9월, 독일의 침공, 런던에 첫 공습이 있었음. |
| 1940년 | 8~9월, 런던에 거의 매일 공습이 있었음. 10월 7일, 런던 집이 불탐. |
| 1941년 | 2월, 『막간Between the Acts』 완성. 3월 28일 오전 11시경, 우즈 강가의 둑으로 산책을 나간 채 돌아오지 않음. 강가에 지팡이가, 진흙 바닥에 신발 자국이 있었음. 이틀 뒤에 시체 발견. 오랫동안의 정신 집중에서 갑자기 해방된 데서 오는 허탈감과 재차 신경 발작과 환청이 올 것에 대한 공포 등이 자살 원인이라고 추측함. 7월 17일, 유작 『막간』 출간. |

옮긴이 **박희진**

서울대학교 영문과와 동 대학원을 졸업하고 미국 인디애나대학교에서 박사학위를
받았다. 논문집으로 「The Search beneath Appearances: The Novels of Virginia Woolf and
Nathalie Sarraute」, 역서로 『의혹의 시대』『잘려진 머리』『영문학사』『등대로』『파도』
『올랜도』『상징주의』『다다와 초현실주의』『어느 작가의 일기』 등, 저서로 『버지니어
울프 연구』『페미니즘 시각에서 영미소설 읽기』『그런데도 못 다한 말』이 있다. 현재
서울대학교 명예교수이다.

버지니아 울프 전집 13
## 울프 일기 A Writer's Diary

| | |
|---|---|
| 1판 1쇄 발행 | 2019년 7월 26일 |
| 1판 3쇄 발행 | 2023년 1월 5일 |
| 지은이 | 버지니아 울프 |
| 옮긴이 | 박희진 |
| 펴낸이 | 임양묵 |
| 펴낸곳 | 솔출판사 |
| 편집장 | 윤진희 |
| 편집 | 김현지 김재휘 최소민 |
| 경영관리 | 이슬비 |
| 주소 | 서울시 마포구 와우산로29가길 80(서교동) |
| 전화 | 02-332-1526 |
| 팩스 | 02-332-1529 |
| 블로그 | blog.naver.com/sol_book |
| 이메일 | solbook@solbook.co.kr |
| 출판등록 | 1990년 9월 15일 제10-420호 |

© 박희진, 2019

ISBN    979-11-6020-089-8    (04840)
        979-11-6020-081-2    (세트)